SUSAN ABULHAWA
Ihr letzter Tanz

Der Roman

Nahr ist erst Mitte dreißig, als sie ihr Leben Revue passieren lässt. Seit Jahren sitzt sie in Einzelhaft im Hochsicherheitstrakt eines israelischen Gefängnisses. Was nun folgt, ist die bewegende Geschichte einer kämpferischen Frau, die als Tochter palästinensischer Flüchtlinge ohne Heimat aufwächst. Von klein auf lernt Nahr, dass ihre Familie in Kuwait nur geduldet ist und nicht aufbegehren darf. Doch nach einer gescheiterten Ehe weiß sie, dass sie das traditionelle Leben ihrer Großmutter und Mutter nicht fortführen kann. Sie geht ihren eigenen Weg, muss Gewalt und Demütigungen ertragen, bis sie in Palästina Bilal begegnet. Durch ihn entdeckt sie, was Liebe zu geben vermag und setzt sich voller Stolz für ihre Heimat ein. So zieht der Widerstand gegen die israelische Siedlungspolitik, den Bilal organisiert, auch Nahr immer mehr in seinen Bann. Die Folgen sind unausweichlich.

»Eine meisterhaft geschriebene Geschichte, die Sie nicht mehr aus der Hand legen können.« *CNN*

»Susan Abulhawa besitzt das Herz einer Kriegerin; sie ist eine bedeutende Schriftstellerin unserer Zeit.« *Alice Walker*

Die Autorin

Susan Abulhawa, 1970 geboren als Kind palästinensischer Flüchtlinge, wuchs in Kuwait, Jordanien und Jerusalem auf. Als Teenager ging sie in die USA, studierte Biomedizin und lebt heute in Pennsylvania. Die Autorin engagiert sich für die Menschenrechte und die Verbesserung der Lebensumstände von palästinensischen Kindern in besetzten Gebieten. 2001 gründete sie die nicht staatliche Kinderorganisation *Playgrounds for Palestine*. Ihre Romane sind internationale Bestseller. »Während die Welt schlief« wurde in 30 Sprachen übersetzt und »Ihr letzter Tanz« ist für den *Aspen Words Literary Prize* nominiert.

SUSAN
ABULHAWA

Ihr letzter Tanz

ROMAN

Aus dem Amerikanischen
von Stefanie Fahrner

DIANA

Von Susan Abulhawa sind im Diana Verlag erschienen:
Während die Welt schlief
Als die Sonne im Meer verschwand
Ihr letzter Tanz (zuvor: Nahrs letzter Tanz)

MIX
Papier aus verantwortungsvollen Quellen
FSC® C014496
FSC www.fsc.org

Penguin Random House Verlagsgruppe FSC® N001967

2. Auflage
Vollständig überarbeitete deutsche Taschenbuchausgabe 07/2021
Die Diana-Hardcover-Ausgabe erschien unter dem Titel »Nahrs letzter Tanz«

Die englischsprachige Ausgabe erschien 2020 unter dem Titel
Against the Loveless World bei Atria Books
an imprint of Simon and Schuster, New York

Redaktion der überarbeiteten Ausgabe: Hanna Bauer
Umschlaggestaltung: t.mutzenbach design, München
nach einer Originalvorlage von Norstedts Verlag
Umschlagdesign: © A. Timrén mit Bildern von iStock.com
und Shutterstock.com
Satz: Leingärtner, Nabburg
Druck und Bindung: GGP Media GmbH, Pößneck
Printed in Germany

ISBN 978-3-453-36077-8

www.diana-verlag.de
Dieses Buch ist auch als E-Book lieferbar.

In Erinnerung an Mame Lambeth, »meinen« Menschen.
Und an Aminah Abulhawa, den Menschen,
auf den ich schon immer gewartet habe.

I. Kuwait

Im Würfel, Osten

Ich lebe im Würfel. Ich schreibe auf seine glatten Betonmauern, so wie es gerade geht: anfangs mit den Fingernägeln, dann mit einem Bleistift, den ich von den Wärterinnen bekommen habe.

Licht scheint hinein durch ein kleines Fenster aus Glasbausteinen, hoch über der Ostwand gelegen, dort, wo nur die vielbeinigen Krabbler hingelangen, die ebenfalls hier leben. Ich mag besonders die Spinnen und Ameisen, die ihre jeweiligen Herrschaftsgebiete für sich beanspruchen und es ansonsten hinbekommen, einander aus dem Weg zu gehen, in unserem gemeinsamen Neun-Quadratmeter-Universum. Das Licht einer jenseitigen Welt mit Sonne, Mond und Sternen – vielleicht sind es aber nur Leuchtstoffröhren … da bin ich mir nicht sicher – strömt durch das Fenster herein, in einem Prisma, das mit roten, gelben, blauen und violetten Mustern an der Wand landet. Die Schatten von Ästen und Sträuchern, vorbeiziehenden Tieren, bewaffneten Wachen oder vielleicht auch anderen Gefangenen gleiten manchmal durch das Licht hindurch.

Einmal habe ich versucht, das Fenster zu erreichen. Ich stapelte alles, was ich besaß, auf dem Bett übereinander – einen Nachttisch, die kleine Box mit meinen Toilettensachen und drei Bücher, die die Wärterinnen mir gegeben hatten *(Schindlers Liste, Die Glücksliste* sowie *Dankbarkeit ist die Antwort)*. Ich kletterte auf den Stapel hinauf und streckte mich so hoch, wie ich nur konnte, erreichte aber nur ein Spinnennetz.

Als meine Nägel noch fest waren und ich mehr wog als heute, versuchte ich, die verstreichende Zeit so festzuhalten, wie es Gefangene tun: einen Strich an der Wand für jeden Tag, zusammengefasst in Fünfergruppen. Aber bald erkannte ich, dass die hellen und dunklen Phasen im Würfel nicht mit denen der Außenwelt übereinstimmten. Diese Erkenntnis war eine Erleichterung, denn der Anspruch, mit dem Leben jenseits dieser Mauern Schritt zu halten, war mir zur Last geworden. Als ich meinen selbst auferlegten Kalender aufgab, verstand ich, dass Zeit nichts Reales ist – durch die Abwesenheit von Hoffnung oder Erwartung besitzt sie keine innere Logik. Der Würfel ist zeitlos. Stattdessen enthält er eine gähnende Leere aus etwas, das nicht benannt ist, ohne Zukunft, Gegenwart oder Vergangenheit. Und ich kann sie mit dem ausfüllen, was mir innewohnt: mit dem Leben, an das ich mich erinnere, oder jenem, das ich mir ausdenke.

Gelegentlich kommen Besucher zu mir. Mit Körper und Sprache tragen sie das Klima der Außenwelt herein, von dort, wo Jahreszeiten und Wetter sich ändern. Wo Autos und Flugzeuge, Boote und Fahrräder Menschen von Ort zu Ort befördern. Wo sich Gruppen versammeln, um zusammen zu spielen, zu essen, zu weinen oder in den Krieg zu ziehen. Fast alle meine Besucher sind Weiße. Obwohl ich nicht weiß, ob es Tag oder Nacht ist, kann ich an ihnen leicht die Jahreszeit ablesen. Im Frühling und im Sommer glüht die Sonne auf ihrer Haut, wenn sie den Würfel betreten. Sie atmen leichter und führen den Hauch der Blüten mit sich. Im Winter sind sie blass und matt, haben dunkle Augen.

Früher, als meine Haare noch nicht grau waren, kamen

noch mehr Besucher. Es waren hauptsächlich Geschäftsleute aus der Gefängnisindustrie (ja, so etwas gibt es tatsächlich), die den Würfel auskundschafteten. Angesichts dieser elegant gekleideten Voyeure fühlte ich mich innerlich immer hohl. Reporter und Menschenrechtsaktivisten kommen weiterhin, wenn auch nicht mehr so oft wie früher. Nachdem Lena und die Frau aus dem Westen da gewesen waren, bekam ich eine Weile gar keinen Besuch mehr.

Die Frau aus dem Westen, die etwa Anfang dreißig war, kam für ein Interview. Die Wärterin erlaubte mir, auf dem Bett zu sitzen, normalerweise wurde ich an der Wand festgebunden. Ich weiß nicht mehr, ob die Frau Reporterin oder Menschenrechtsaktivistin war. Vielleicht war sie Schriftstellerin. Ich fand es angenehm, dass sie eine Dolmetscherin mitgebracht hatte, eine junge Palästinenserin aus Nazareth. Einige Besucher gaben sich überhaupt keine Mühe und erwarteten von mir, Englisch zu sprechen. Ich kann natürlich Englisch, aber es kostet mich große Mühe, und außerdem möchte ich ihnen nicht zu sehr entgegenkommen.

Sie war an meinem Leben in Kuwait interessiert und wollte mit mir über meine »Sexualität« sprechen. Alle wollen die Geschichte meiner Muschi hören. Sie haben ihre vorgefasste Meinung, drehen sich die Worte so hin, wie es ihnen passt. Sie wollte wissen, ob es stimmt, dass ich Prostituierte war.

»Sie denken, Prostitution hat etwas mit Sexualität zu tun?«, fragte ich.

Ein flüchtiger Blick der Verwirrung huschte über ihr Gesicht, dann antwortete sie: »Nein, natürlich nicht. Wechseln wir das Thema.«

Sie war groß. Ihr Haar war braun, lose am Hinterkopf zusammengebunden. Sie trug Jeans und eine einfache cremefarbene Bluse mit einer Jacke darüber und bequeme schwarze Schuhe. Kein Make-up. Ich mochte sie nicht. Ich mochte die Dolmetscherin, die wie ich klein und ein dunkler Typ war. Sie trug rote Converse-Schuhe mit vierzehn schwarzen Kugelschreiberpunkten auf dem weißen Gummiteil. Erst ein Punkt, dann eine Gruppe aus neun Punkten, dann eine Gruppe aus vier Punkten: 194. Die 194-Methode war ein Code, mit dem wir uns der israelischen Überwachung entzogen. Aus jedem ersten, neunten und vierten Wort setzten wir uns geheime Botschaften zusammen. Das war einfach und effektiv. Darum wusste ich auch, dass sie mehr war als nur eine Dolmetscherin. Sie hieß Lena, daran erinnere ich mich.

Zuerst war ich verwirrt. Denn die 194-Methode funktioniert nur mit schriftlichen Nachrichten. Man kann ja nicht gleichzeitig zählen, zuhören, übersetzen und sprechen. Mit einem Mal fiel mir auf, dass Lena während des Übersetzens an ihren Stift tippte, wenn bestimmte Wörter fielen. Sie musste den Moment erkannt haben, als ich dahinterkam, denn plötzlich lächelte sie dezent. Die Wörter lauteten *Mund, Papier, Notizblock, Essen* und sollten zusammengenommen wohl bedeuten: »Iss den Zettel auf.«

Die Interviewerin schaute nach unten, ganz so, als sei sie sich nicht mehr sicher, ob sie die nächste Frage wirklich stellen sollte. »Worüber möchten Sie reden?«, wollte sie dann von mir wissen.

An jenem Tag wanderten meine Tagträume zurück zu besseren Zeiten, zu den Stränden, Wüsten und Einkaufszentren von Kuwait.

»*Zeit-o-zaatar*«, erwiderte ich.

Die Frau fragte Lena: »Ist das dieser palästinensische Brotdip?«

Lena nickte, und die Frau machte sich ein paar Notizen.

Ich war mir aber sicher, dass sie sich nicht für meine Geschichte interessierte. Ich erzählte sie trotzdem.

»Als wir noch in Kuwait lebten, wurden die Abschlussnoten der Oberschulen immer in der Zeitung veröffentlicht. Die Palästinenser machten jedes Jahr den Großteil der Top-Ten-Absolventen aus. Als die besten fünf einmal allesamt Palästinenser waren, sorgten sich die Kuwaiter ganz besonders. Bald ging das Gerücht, die Palästinenser wären so schlau, weil sie so viel *zeit-o-zaatar* aßen. Und so wurde das ganze Land von einer *zeit-o-zaatar*-Welle heimgesucht. Die Geschäfte kamen gar nicht nach, so groß war der Bedarf«, berichtete ich lachend.

Die Frau aus dem Westen rutschte auf ihrem Stuhl herum, während sie Lena beim Übersetzen zuhörte. Ich ignorierte ihre wachsende Ungeduld. »Ich wusste, dass das nicht stimmte, denn ich aß viel *zaatar* und war nie gut in der Schule. In der neunten Klasse blieb ich sitzen, weil ich sowohl in Religion als auch in Mathematik durchfiel. Im selben Jahr bekam mein Bruder Jehad die Gelegenheit, die vierte Klasse zu überspringen.« Obwohl damals glücklichere Zeiten herrschten, ist meine Erinnerung von Traurigkeit durchzogen. Ich würde gern mit meinem jüngeren Ich sprechen, es von seinem Wert und seinem Verstand überzeugen. Von seiner Lernfähigkeit. Vor allem aber möchte ich, dass es daran glaubt, dass es nicht dumm ist, so wie alle es ihm einredeten.

Die Frau aus dem Westen versuchte, mich zu unterbrechen, aber ich redete einfach weiter. »Eine Zeit lang strengte ich mich sehr an und ließ mir von meinem kleinen Bruder Nachhilfeunterricht geben. Aber wenn die Schule fest daran glaubt, dass du dumm bist, kannst du dich noch so sehr anstrengen.«

»Ihr Bruder … Ich habe gelesen, dass er …«

Ich ließ sie nicht ausreden. »Mein Bruder ist genial«, verkündete ich. Sie blickte auf ihren Notizblock. Ich wusste, dass sie sich nicht für meine Kindheitsgeschichten interessierte, weil sie sich überhaupt keine Notizen machte.

»Es ist mir egal, was Sie über meinen Bruder gelesen haben, aber ich kann Ihnen versichern, dass Jehad ein sanfter und verletzlicher Mensch war«, sagte ich. »Als er auf die Mittelschule ging, bekam ich mit, dass er von zwei Jungen schikaniert wurde. Also sammelte ich meine Freundinnen ein. Zusammen warteten wir vor dem Schultor auf sie und verpassten ihnen eine Abreibung. Danach bewunderte mich Jehad umso mehr. Einmal, es war Sommer, da …«

Die Frau aus dem Westen hob die Hand. Sie sah auf ihren Notizblock hinab und legte die Hände über die vorformulierten Fragen. Dann atmete sie tief ein und blinzelte übertrieben langsam. Es sah aus, als würde sie durch die Augenlider atmen. »Ich habe irgendwo gelesen, dass Sie Opfer einer Gruppenvergewaltigung wurden, und zwar an dem Abend, als Saddam Hussein in Kuwait einmarschierte.«

Ich hob eine Augenbraue. Das schien sie zu verunsichern. In meinem Augenwinkel nahm ich Lenas unmerkliches Lächeln wahr.

Die Frau fuhr fort: »Ich kann mir vorstellen, wie schrecklich das war, und es tut mir leid, dass ich Sie wieder daran erinnere.«

»Warum glauben Sie, Sie könnten so einfach hereinspazieren und mir solche Fragen stellen?«

Lena zögerte kurz, übersetzte dann aber pflichtbewusst.

Die Frau gab sich überrascht. »Sie haben sich bereit erklärt, von mir interviewt zu werden. Darum stelle ich Ihnen Fragen«, erklärte sie und hielt mit geschlossenen Augen kurz inne. »Ich musste mich zwei Monate lang auf Herz und Nieren überprüfen lassen, um diese Stunde mit Ihnen zu bekommen. Ich habe den Behörden alle meine Fragen im Voraus zukommen lassen«, fügte sie beinahe verzweifelt hinzu.

Lena wiederholte ihre Worte auf Arabisch, übermittelte mir mit ihren Augen aber etwas anderes.

Schließlich antwortete ich. »Nun, mir haben die Behörden sie nicht vorgelegt. Seien Sie sicher, dass ich mich deswegen beschweren werde.« Mein Sarkasmus brachte sie fast zum Weinen, was mich ihr gegenüber etwas milder stimmte. Deshalb fügte ich noch hinzu: »Aber ich werde Ihre Frage beantworten: nein. Ich wurde nicht vergewaltigt an dem Abend, als Saddam in Kuwait einmarschierte.«

Die Interviewerin schien enttäuscht zu sein, ging dann aber zu anderen Themen über. Sie wollte wissen, wie ich zum Widerstand gekommen war. Sie bezeichnete ihn als Terrorismus. Sie fragte dann nach meiner Gefängniszelle, die sie ein »schönes Zimmer« nannte, und relativierte den Ausdruck sofort wieder. »Ich weiß, dass es trotzdem ein Gefängnis ist.«

»Sind Sie Jüdin?«, fragte ich.

Sie blinzelte wieder lange. »Ich weiß nicht, warum das wichtig sein sollte.«

»Weil es wichtig ist.«

»Ich bin hier als professionelle Reporterin, nicht als Vertreterin einer Religion.«

»Die meisten professionellen Reporter würden diesen Ort nicht als ein schönes Zimmer bezeichnen«, gab ich zurück.

Sie durchbohrte mich mit ihrem Blick. »Wenn man bedenkt, was Sie getan haben, würde ich sagen, es ist schöner als das, was Sie vielleicht verdient hätten. Ich glaube nicht, dass Sie in einem arabischen Land so gut behandelt werden würden. Dort würde man Sie auspeitschen und dann hängen.«

Sie klappte ihren Notizblock zu. »Ich glaube, ich habe alles, was ich brauche«, sagte sie und bedeutete der Wache, sie hinauszuführen.

Die Wärterin hatte neben uns gestanden, um sicherzustellen, dass mich niemand anfasste oder mir irgendeinen Gegenstand übergab. Jetzt befestigte sie meine Sicherheitsarmbänder an der Wand, bevor sie die Tür öffnete.

Die Frau wendete sich mir zu, als sie aufstand. »Ich möchte nur, dass Sie wissen, dass meine Großeltern …«

»… den Holocaust überlebt haben.« Ich beendete ihren Satz und verdrehte die Augen.

In ihrem Blick stand blanke Verachtung.

»Ja, in der Tat«, sagte sie, »das stimmt. Und sie haben mir beigebracht, immer fair zu bleiben. Das versuche ich hier gerade.«

Lena begann zu übersetzen, aber ich winkte ab. »Genau das tun Sie hier nicht«, sagte ich auf Englisch, mit viel Geringschätzung in der Stimme, die von der Unwürdigkeit ablenken sollte, dass ich an die Wand gekettet war. Die Wärterin befahl uns, dass wir schweigen sollten, und ich war dankbar dafür, weil ich dadurch das letzte Wort behielt. Solch ein winziges Stück Kontrolle bedeutete mir alles – wirklich alles.

Später ertönte die Sirene, die signalisierte, dass meine nächste Mahlzeit durch den Schlitz geschoben wurde. Doch dieses Mal flüsterte jemand von der anderen Seite der Tür: »Im Brot.«

Ich setzte mich mit dem Tablett hin, zerriss langsam das Pitabrot und spähte ins Innere. Die Deckenkamera hatte ich immer im Hinterkopf. Da war es: ein kleines, fest gefaltetes Papier, eingewickelt in Plastik. Ich nahm mir vor, es im

Schutz der Dunkelheit zu öffnen, steckte es in eines meiner Bücher, das ich zu lesen vorgeben würde, wenn es wieder hell wurde.

Hör auf, mit Reportern zu sprechen. Israel konstruiert hier eine Geschichte, in der Du während Deines ganzen Lebens von muslimischen Männern misshandelt und dann gezwungen wurdest, einer terroristischen Gruppe beizutreten. Sie wollen damit zeigen, dass Israel Dich gerettet hat und ihr Gefängnis Dir ein besseres Leben beschert hat. Du bist die einzige Gefangene, die Besuch von Reportern bekommt. Sie dürfen in Deine Zelle, das kann doch gar nicht sein! Denk mal darüber nach. Sie veröffentlichen Bilder von Dir an einem sauberen Ort mit vielen Büchern. Das ist eine Propagandakampagne, um zu zeigen, dass Israel eine wohlwollende Nation ist, sogar für Terroristen. Deiner Familie geht es gut. Sie schicken Dir ihre Liebe. Wir kämpfen noch darum, dass sie Dich besuchen dürfen. Iss diesen Zettel auf.

Auch ohne Unterschrift wusste ich, dass er von Jumana war. Das war der erste Hinweis darauf, dass es ihr gut ging. Ich konnte mich kaum an ihr Gesicht erinnern, aber ich vermisste sie. Ich wünschte, sie hätte etwas über Bilal geschrieben. Ein paar Neuigkeiten – oder auch nur seinen Namen. Oder wenigstens den Anfangsbuchstaben seines Namens. B ist am Leben, und es geht ihm gut. B schickt dir seine Liebe. Oder nur B.

Als es wieder dunkel war, steckte ich den Zettel in den Mund, kaute und schluckte ihn. Ich stellte mir vor, wie schrecklich ich auf diesen Pressefotos aussehen musste. Ich darf keinen Spiegel besitzen, aber ich weiß, dass meine Haare ohne Föhn kraus werden. Damals waren sie noch schwarz, und damals machte mir das noch etwas aus. Der Flaum über meiner Lippe war nicht gewachst, und meine

Augenbrauen wirkten buschig. Wahrscheinlich sah ich genau so aus, wie sich Westler eine Terroristin vorstellen: ungepflegt, haarig, dunkel, hässlich. Aber es waren nicht diese Fotos, die mich störten. Es waren vielmehr diejenigen, die während meines Prozesses in der arabischen Presse erschienen waren, jene, die mich vor so vielen Jahren in Kuwait zeigten. Ich malte mir aus, dass meine Familie sie sehen würde. Wie sehr muss es meine Mutter geschmerzt haben.

Und doch treibt mich das nicht mehr um. In Gefangenschaft kann sich nichts bewegen, nicht einmal das Herz.

Nach Lena und der Frau aus dem Westen hatte ich sehr lange keine Besucher mehr. Mein Haar war um fünf Zentimeter gewachsen, als ich den nächsten Menschen zu Gesicht bekam. Die Wärterin kam, um mir ein Notizbuch und zwei Druckbleistifte zu geben. Sie hätte die Sachen einfach durch den Türschlitz schieben können, entschied sich aber dafür, den Würfel zu betreten. Sie meldete sich über den Lautsprecher, damit ich meine Sicherheitsarmbänder an der Wand befestigen konnte. Ich fragte mich, ob sie die Wärterin war, die mir die Nachricht hatte zukommen lassen. Sie durfte nicht mit mir sprechen, aber ich glaube, sie lächelte, als sie bemerkte, wie aufgeregt ich war, als ich die Lieferung auf meinem Bett sah.

Ich hatte lange dafür gekämpft, diese Utensilien zu bekommen. Aber jetzt überlegte ich mir, was ich schreiben sollte. Einen Brief vielleicht. Oder eine Geschichte! Ein Tagebuch! Gedichte? Sobald die Metalltür hinter ihr zugeknallt und ich von der Wand entriegelt war, nahm ich den Stift und schlug das Notizbuch auf.

Ich starre auf die nackten Seiten, möchte versuchen, meine Geschichte zu erzählen – alles, was ich Bilal anvertraut habe, und alles, was danach kam. Wie eine richtige

Geschichtenerzählerin, mit emotionalen Höhen und Tiefen, obwohl ich mich an diese Emotionen nur dem Namen nach erinnere. Mein Leben kehrt in Bildern, Gerüchen und Tönen, nicht aber in Gefühlen zu mir zurück. Ich empfinde nichts.

Tanz, Rubinfluss

Ich weiß nicht mehr, wann ich zum ersten Mal in meinem Leben getanzt habe. Die Frauen meiner Generation kamen schon tanzend auf die Welt. Es war einfach das, was wir machten, wenn wir uns trafen. Wir bildeten einen Kreis, klatschten und sangen, und dann kam abwechselnd jede von uns in die Mitte und schwang die Hüften. Aber ich merkte schon früh, dass die Leute mir gern zusahen, wenn ich tanzte.

Wenn die Musik spielt, überlasse ich meinen Körper ganz sich selbst. Ich habe nie versucht, irgendetwas zu kontrollieren. Es war die völlige Hingabe an die Musik und an all die unsichtbaren, unbekannten Kräfte, die sie heraufbeschwört. Ich lasse zu, dass der Rhythmus gegen meine Seele streicht und meinen Atem in sich einhüllt. Vielleicht war es das, was die Leute gesehen haben, denn beim Tanzen bin ich dem wahren Glauben bisher am nächsten gekommen.

Orientalischer Tanz, den die Leute, die es nicht besser wissen, Bauchtanz nennen, sieht vielleicht nach kontrollierter, choreografierter Bewegung aus, ist aber genau das Gegenteil. Unser Tanz ist Chaos und Anarchie. Die Antithese der Kontrolle. Es geht darum, die Macht über den eigenen Körper abzugeben und jedem einzelnen Knochen, Band und Nerv, jeder einzelnen Muskelfaser Autonomie zuzugestehen. Jeder Haut- und Fettzelle. Jedem Organ.

Ich nehme an, das gilt für jede Form des Volkstanzes,

aber alles, was ich kenne, sind die Rhythmen der Levante, von Babylon, El Khaleej und Nordafrika. Dies ist die Musik, die seit meiner Kindheit in meinem Körper lebt und sich in meinen Knochen eingenistet hat. Die Texte von Umm Kalthoum, das Klagelied einer *Nay*, die Melodie eines Kanun oder das Kratzen einer Oud sind die Geräusche meines Lebens. Sie hallen in mir wider, hallen durch die Zeit und durch die Geschichten, die diese alten Instrumente erschaffen haben. So sehr ich die Klänge Indiens und Afrikas mag – den komplexen Nachklang einer Sitar, die hohen Saiten eines Tumbi, die tiefen Schläge und vielschichtigen Rhythmen afrikanischer Trommeln, die ergreifende Präzision eines Xylofons –, sie bewegen vielleicht meinen Körper, dringen aber nicht zu der tiefen Stille in meinem Inneren vor, aus der mich die Musik entführt. Denn sie stammen von anderen Völkern und erzählen Geschichten, die ich erst als Erwachsene erfahren habe.

Musik ist wie gesprochene Sprache, sie ist untrennbar mit ihrer jeweiligen Kultur verbunden. Wenn man eine Sprache oder einen Dialekt nicht früh genug im Leben lernt, wird immer der Akzent einer anderen Welt darin mitschwingen, egal wie fleißig man Vokabeln, Grammatik und Tonfall auswendig lernt oder liebt. Deswegen stören mich ausländische »Bauchtänzerinnen« so. Sie benutzen unsere Musik als Vorwand, um mit dem Hintern zu wackeln und herumzuhüpfen, und das beleidigt mich.

Orientalische Musik ist der Soundtrack meines Lebens und Tanzen die einzige Nation, die ich jemals für mich in Anspruch genommen habe, die einzige Religion, die ich verstehe. Wenn ich Frauen beim *Bauchtanzen* sehe, zu Musik, die sie nicht verstehen, in Kleidern eines Volkes, das sie nicht kennen – oder schlimmer noch, verachten –, dann fühlt es sich an, als wollten sie mich kolonisieren. Mich und alle anderen arabischen Frauen, die unsere Traditionen und Herkunft bewahren.

Mein Leben begann in einer Zweizimmerwohnung in Hawalli, einem kuwaitischen Getto, in dem sich palästinensische Flüchtlinge nach der Nakba niederließen. Ich wurde zwar mit Geschichten über Palästina groß, wusste aber nicht viel über Politik, und sie interessierte mich auch nicht. Obwohl mein Vater jedes Jahr mit uns nach Palästina fuhr, um unsere Ausweise verlängern zu lassen, war es das »alte Land« in meinem jungen Kopf, ein weit entfernter Ort, den ich mit der Generation meiner Großmutter in Verbindung brachte.

In der vierten Klasse spottete meine ägyptische Klassenkameradin Gameela einmal: »Die Palästinenser sind dumm. Deswegen haben die Juden euch auch euer Land gestohlen.« Ich zerrte sie an ihren Zöpfen zu Boden und verpasste ihr eine Tracht Prügel. Die Schule suspendierte mich daraufhin, und ich war meinem Ruf als Unruhestifterin gerecht geworden. Sitti Wasfiyeh sagte danach tatsächlich einmal, sie sei stolz auf mich. Keiner in der Schule traute sich noch, mich dumm anzumachen.

Bevor ich Bilal kennenlernte, verlor ich nie ein Sterbenswörtchen darüber, dass ich Gameela nur deswegen schlug, damit ich vor den landesweiten Schultests suspendiert wurde. Ich konnte nämlich nicht gut lesen, und vor allem befürchtete ich, als dumm geoutet zu werden. In der Schule war ich einigermaßen durchgekommen, weil ich bei Prüfungen schummelte und überragende Fähigkeiten im Auswendiglernen besaß. Und weil ich kämpfte. Mein Bruder Jehad gab mir Nachhilfeunterricht, als er in der Schule so weit fortgeschritten war, dass er schon fast in meine Klasse ging. Es war unser Geheimnis. Jehad sagte oft zu mir, dass ich »wirklich schlau« sei. Er ermutigte mich auch dazu, Gedichte zu lesen. Mit der Zeit konnte ich einige der schönsten und erotischsten Liebesgedichte Arabiens auswendig. Und durch sie fand ich Zugang zum geschriebenen Wort.

Mama bewahrte eine Schachtel Schwarz-Weiß-Fotos aus ihrem Leben in Haifa auf. Sie waren wohlhabend gewesen, aber europäische Juden stahlen ihnen alles, als sie 1948 Palästina eroberten: ihre Möbel, ihre Bücher und ihre Bankkonten. Mamas Familie wurde über Nacht mittellos, einige verstreuten sich über die ganze Welt, andere starben. Sie wollte nicht darüber reden. »Was bringt es schon, die alten Wunden wieder aufzureißen«, sagte sie immer. Außer einmal, als ich ihr erzählte, was Gameela zu mir gesagt hatte. Sie rief Gameelas Mutter an und sagte ihr, ihre Tochter solle ihre lose ägyptische Zunge im Zaum halten, oder sie würde sie ihr abschneiden.

»Du gemeine Frau, du solltest nicht schlecht über Palästina sprechen, sonst stopfe ich dir das Maul mit meinem Schuh!«, rief sie in den Hörer. Ich fand es aufregend, wie meine Mutter Gameelas Mutter ausschimpfte, und konnte fast nicht mehr aufhören zu kichern.

Meine Großmutter väterlicherseits, Sitti Wasfiyeh, Hajjeh Um Nabil, wohnte bei uns. Im Unterschied zu Mama hatte sie ihr Dorf in Palästina nie wirklich verlassen. So wie ich es jetzt im Würfel tue, durchstreifte sie Ein el Sultan im Geiste. Sie langweilte uns mit Geschichten ihrer Kindheit dort und über Leute, die wir nicht kannten. Sie glaubte immer daran, dass wir eines Tages zurückkehren würden.

»Es ist die älteste Stadt der Welt, du Kuh«, sagte sie einmal zu mir. »Vor langer Zeit erbaut. Älter als Jericho. Wenn du besser in der Schule wärst, wüsstest du das selbst.« Mit Jehads Hilfe schlug ich es später im Lexikon nach, weil ich ihr beweisen wollte, dass ich schlau war. »Sitti, natürlich weiß ich, dass Ein el Sultan im Jahr 7000 vor Christus gegründet wurde.«

»Warum erzählst du mir das? Denkst du etwa, ich wüsste das nicht? Vielleicht solltest du lieber daran arbeiten, ein bisschen abzunehmen. Niemand will eine dicke Kuh heiraten.«

Sitti Wasfiyeh hatte ihre freundlichen Momente. Sie flocht mir das Haar, als ich zur Grundschule ging, brachte mir bei, Weinblätter zu rollen, Zucchini zu schnitzen und Brot zu backen. Aber sie hatte auch eine harte Seite. Sie trat meist genau dann zutage, wenn sie mit ihren Töchtern telefonierte, meinen Tanten, die ich noch nie gesehen hatte, weil sie in Jordanien lebten. Zu allem Überfluss konnte mein Bruder in Sitti Wasfiyehs Augen nichts falsch machen, was ihre Beleidigungen umso persönlicher und boshafter machte. Mama sagte mir dann immer, ich solle nicht so empfindlich sein. »Sie ist eine zänkische alte Frau, was sollen wir denn tun? Sie meint es ja nicht so.«

Ich zahlte es Sitti Wasfiyeh heim, als ich fünfzehn war und schon glaubte, ich sei böse. Ich war Anführerin einer Bande, die den Lehrern Streiche spielte. Regelmäßig stahl ich Süßigkeiten aus dem kleinen Laden und ließ mich einmal von einem Jungen auf den Mund küssen. Ich gab den Autoritätspersonen Widerworte. Einmal brachte ich sogar Sitti Wasfiyeh zum Weinen.

»Du bist eine gemeine alte Frau«, schrie ich. »Deshalb haben dir auch deine Töchter nicht angeboten, bei ihnen zu wohnen. Der Grund ist nicht, dass sie gerade umziehen oder ihre Häuser zu klein sind oder was sie dir sonst für Märchen erzählt haben. Der Grund ist, dass du eine fiese alte Frau bist, die niemand erträgt, und wenn du künftig nicht netter zu uns bist, schmeißen wir dich auch bald raus. Wir drei müssen uns ein Schlafzimmer teilen, damit du dein eigenes Zimmer haben kannst. Du solltest die Füße meiner Mutter küssen für das, was sie für dich getan hat. Wenn es nach mir ginge, würde ich dich auf die Straße setzen. Und du weißt verdammt gut, dass deine blöden Töchter uns keinen einzigen Dinar für dich schicken. Das nächste Mal, wenn du meine Mutter beschuldigst, dein Geld zu stehlen, werde ich dich persönlich rauswerfen.« Niemand in meinem Alter redete so mit den Erwachsenen und schon gar nicht mit der eigenen Großmutter. Ich war böse.

Mama schlug mich mit ihrem Pantoffel. »Sprich niemals wieder so mit deiner Großmutter«, schrie sie, noch immer auf mich einprügelnd. »Wenn dein Vater, Allah hab ihn selig, noch bei uns wäre, würde er dir eine geharnischte Tracht Prügel verpassen«, sagte sie. Ich war froh, dass mein Vater in solchen Momenten nicht da war. Vermutlich hätte er genau das getan.

»Wie kannst du sie bloß verteidigen? Dich behandelt sie doch noch schlimmer!«, gab ich zurück.

Erschöpft ließ meine Mutter den Pantoffel sinken. Seit Baba tot war, kam sie mir ziemlich resigniert vor. Sie holte tief Luft, atmete langsam wieder aus und führte mich zur Veranda, aber erst, nachdem ich mich bei Sitti Wasfiyeh entschuldigt, ihr dreimal die Hand geküsst und mir schweigend von ihr angehört hatte, dass ich wie ein wildes Tier sei, völlig falsch erzogen.

»Komm, wir setzen uns nach draußen und reden, *Habibti*«, schlug Mama vor und legte mir eine Hand auf die Schulter. So war das bei uns. Innerhalb von Sekunden gingen wir von Streit oder Bestrafung zu *habibti* und anderen Koseworten über.

»Versteh doch, wir sind alles, was sie hat. Tief im Inneren weiß sie, dass du recht hast. Deshalb weint sie dort drinnen. Aber wenn sie so tut, als wäre ich der Grund dafür, dass ihre

Töchter sie nie zurückrufen oder sie nicht besuchen oder sie bitten, bei ihnen zu wohnen, dann muss sie sich nie der Wahrheit stellen. Und die lautet, dass ihre Kinder sie nicht mehr wollen. Das ist ein schreckliches Schicksal.«

Ich hörte ihr zu in dem Bewusstsein, dass gerade etwas aus den stillen Tiefen meiner Mutter zum Vorschein kam. Wir waren eine Familie mit Geheimnissen, Dingen, die an den Rändern unseres Lebens lauerten, unsichtbar, unausgesprochen, aber spürbar in der Struktur unserer Streitgespräche, in den zusätzlichen Sekunden einer Pause, der Intensität eines Blickes. Erst viele Jahre später erfuhr ich aus Gerüchten, dass ich gezeugt worden war, bevor meine Eltern verheiratet waren, und dass mein Vater nur um die Hand meiner Mutter angehalten hatte, um einen Skandal zu vermeiden. Ich weiß nicht, ob es wirklich wahr ist. Aber ich vermute, das war der Grund, warum wir so wenig Kontakt zu ihrer Familie hatten.

Ich lernte sie erst kennen, als Mamas Mutter in Syrien starb und wir zur Beerdigung ins Flüchtlingslager nach Yarmouk reisten. Alle waren nett zu mir, meinem Bruder und Mama. Aber ich spürte anhand der Wärme und Liebe, die allen Familienmitgliedern zuteilwurden, nur nicht Mama, dass sie irgendwie eine Randexistenz in ihrer Familie geführt haben musste. Sie hat nie etwas darüber erzählt, aber ich vermutete, entweder war ich der Grund oder die Tatsache, dass Mama als Kind der Liebling ihres früh verstorbenen Vaters gewesen war.

»*Habibti*, ich brauche eine Zigarette. Geh hinein. Öffne die dritte Schublade. Ganz hinten ist eine Packung zwischen den Socken versteckt.«

Mama rauchte eine Schachtel am Tag, versuchte zwischendurch aber immer wieder, ganz aufzuhören. Ich war damals das einzige Mädchen unter meinen Freundinnen, das nicht versuchte, heimlich zu paffen. Ich hatte nämlich in einem Comic gelesen, dass westliche Firmen Tabak benutzten, um uns langsam zu töten und unser gesamtes Geld und unsere Bodenschätze an sich zu bringen. Das Rauchen zu verweigern war ein Akt der Rebellion, und ich belehrte gern andere über die Verschwörung des Westens. Aber ich wollte den Augenblick nicht verderben und holte pflichtbewusst Mamas Marlboro-Vorrat, während der Tee in der Küche kochte.

»Möge Allah deine Tage segnen, meine Tochter«, sagte sie, als ich mit dem heißen Kessel, zwei Tassen, frischer Minze, Zucker und ihrer Packung mit den ausgetrockneten Marlboros zurückkam. Normalerweise konnten wir in der engen Straße unter unserem Balkon Kinder spielen sehen, aber es war Waschtag, und unsere Kleider, die zum Trocknen aufgehängt waren, versperrten uns die Sicht. Nach Mamas Anweisung hatte ich die Jeans und Hemden meines Bruders auf die äußere Leine zur Straße hin aufgehängt, dazu Mamas *dishdashas*. Meine Hosen, Kleider und Blusen hingen an der mittleren Leine, versteckt vor den lüsternen Augen der jugendlichen Passanten, und schließlich, auf der inneren Leine, direkt hinter dem Balkongeländer, befestigten wir unsere Unterwäsche. Anstatt freie Sicht auf das Treiben auf der Straße zu genießen, konnte ich nur sehen, wie unsere Höschen unter blauem Himmel im Wind flatterten.

Ich goss den Tee ein und sagte: »Mama, du musst dafür sorgen, dass sie damit aufhört. Sie ist schrecklich.«

»Manchmal möchte ich sie direkt nach Amman verfrachten, zu ihren Töchtern, aber das können wir ihr nicht antun.« Sie steckte sich die Zigarette an und nahm einen Zug, schloss die Augen und hob zufrieden das Kinn, eine Rauchwolke ausstoßend. »Dein Vater, Allah hab ihn selig, nahm mir das Versprechen ab, für seine Mutter zu sorgen, egal was passiert.« Versprechen den Toten gegenüber sind heilig.

Meine Mutter gab Sitti Wasfiyeh Kontra, wenn ihr danach war, aber meistens ließ sie es einfach bleiben. Im Gegensatz zu mir war Mama keine Freundin dramatischer Auftritte, es sei denn, jemand tat ihren Kindern etwas an. Einmal bedrohte sie Sitti Wasfiyeh mit einem Küchenmesser. Damals war ich etwa sieben Jahre alt gewesen. Ich war zum Essen ins Haus gekommen und wollte danach gleich wieder zum Spielen auf die Straße hinaus, aber Mama war das nicht recht. »Außerdem bist du langsam zu alt, um mit Jungs zu spielen. Sie meinen vielleicht, du wärst verliebt in sie«, neckte sie mich.

Was Sitti Wasfiyeh darauf entgegnete, bekam ich nicht mit, aber meine Mutter lief sofort in die Küche, um sich ein Messer zu holen. »Bei Allah und seinem Propheten werde ich dir die Zunge abschneiden, wenn du jemals wieder so etwas sagst.«

Ich fragte Mama, was Sitti Wasfiyeh gesagt hatte, um sie dermaßen zu provozieren. Mama scheuchte mich weg und sagte: »Kümmere dich um deinen eigenen Kram, und misch dich nicht in die Angelegenheiten der Erwachsenen ein.«

An jenem Tag blieb ich im Haus. Ich war mir sicher, dass alle sich anschreien würden, wenn mein Vater von der Arbeit zurückkam. Aber Mama schickte mich nach nebenan zu unseren Nachbarn. Was auch immer los war, es drehte sich um mich, und da war etwas, was gerade ich nicht wissen durfte. Im Rückblick vermute ich, dass Sitti Wasfiyeh wahrscheinlich die Gerüchte um meine Geburt wieder aufgewärmt hatte. Vielleicht hatte sie gesagt: »Der Apfel fällt nicht weit vom Stamm«, oder etwas noch Schlimmeres.

Laut Mama war Baba nicht für die Hausarbeit zu haben. »Ich bin ein Mann! Was erwartest du von mir?«, sagte er immer. Aber ich erinnere mich daran, dass er unseren Glastisch mit einem besonderen Glasreiniger namens Windex putzte, das war schicker als Spülmittel und bewies, dass wir in den Slums von Kuwait zur Mittelklasse gehörten. »Yalla«, rief er mir zu, »sing mir vor, was du gelernt hast.«

Daraufhin trällerte ich den Fatooma-Song von Ghawwar el-Tousheh. Am Wochenende, wenn Mama morgens zum Kaffee bei den Nachbarn war, brachte er mir noch ein paar Zeilen mehr vom Text bei, und ich sang, während er den Couchtisch abwischte. Der Glasreiniger bildete einen Regenbogen auf dem Glas – das faszinierte mich. Baba sagte, es sei die Magie von Windex. Ich erinnere mich nur an zwei konkrete Vormittage, aber die Erinnerung hat sich irgendwie auf meine ganze Kindheit ausgedehnt, ganz so, als hätten wir jeden Tag zusammen gesungen und geputzt.

Ich durfte den Fatooma-Song nicht singen, wenn Mama dabei war.

»Warum?«, wollte ich von Baba wissen.

»Sie kann dieses Lied wirklich nicht leiden, und wenn sie mitkriegt, dass du es singst, bekommen wir beide Ärger.«

Ich war hin- und hergerissen zwischen der Liebe zu meinem Vater und der Loyalität zu meiner Mutter. Aber ich hielt den Mund. Ich wusste auch (ohne zu wissen, dass ich es wusste), dass Fatooma der Name seiner neuen Freundin war und dass Mama das auch wusste.

Es kommt mir vor, als müsste ich mehr Erinnerungen an meinen Vater haben, weil ich bei seinem Tod alt genug war, eine ganze Menge mit ihm erlebt zu haben. Eine Zeit lang erfand ich Erinnerungen an Dinge, die ich mir von ihm gewünscht hätte: dass er mein Haar bürstete, mir beibrachte, Autos zu reparieren, am Elternsprechtag in die Schule kam, meinen Lehrern die Meinung blies, zusammen mit mir im Meer schwamm, mir vorlas, mich auf den Schultern trug, sich am Zeugnistag auf meine Seite schlug, wenn Mama mir Vorwürfe machte, und Sitti Wasfiyeh zurechtwies, wenn sie sagte, ich sei dumm wie ein Esel, oder wenn sie mich dazu zwang, mir den Mund mit Seife auszuwaschen, weil ich geflucht hatte. Ich stellte mir vor, dass er Mamas Singer Nähmaschine genauso satthatte wie ich und darauf bestand, dass sie aufhörte, unsere Kleider zu nähen, und stattdessen im Salmiya-Souq mit uns einkaufen ging.

Aber alles, was von meinem Vater übrig geblieben war, war ein Mann, der das Fatooma-Lied sang und den Couchtisch mit Windex putzte. Bis er starb und nur noch ein Gesicht in einem gerahmten Foto war, an einer Wand in einer lange verlassenen Wohnung in Kuwait, in einem Land, das uns aufgegeben hatte.

Mama war im Juni 1967 mit mir schwanger, als die Israelis sie ein zweites Mal zum Flüchtling machten. Nach der Flucht im Jahr 1948 aus Haifa hatte sie sich zusammen mit meinem Vater in dem Dorf der Ahnen Sitti Wasfiyehs niedergelassen: Ein el-Sultan. Im Juni 1967 mussten sie von Neuem fliehen, nur mit dem, was sie tragen konnten. Acht Kilometer weit mussten sie laufen, um den Jordan über die Allenby-Brücke überqueren zu können. Die Brücke war voll mit Leichen und brach schließlich zusammen, gerade als Mama sie passierte. Einige Menschen fielen hinunter und mussten aus dem Wasser gerettet werden. Manche schafften es nicht mehr. Aber die Leute strömten weiter über die eingestürzte Brücke und hielten sich an den Trümmern fest, während sie sich durch den Fluss quälten. Mama erzählte mir später: »Als dein Vater und ich das Wasser überquerten, betete ich zu Allah. Dann traf ich eine Abmachung mit dem Fluss. Ich sagte, ich würde dich nach ihm benennen, wenn er keinen von uns verschluckt.«

Aber es wäre seltsam gewesen, mich Jordan zu nennen. So habe ich den Namen Nahr bekommen. Fluss.

Mein Vater begab sich auf die gefährliche Reise zurück nach Palästina, nachdem er uns in Jordanien in Sicherheit gebracht hatte. 1948 hatten die Palästinenser eine Lektion gelernt: Gehst du weg, um dein Leben zu retten, so heißt das, dass du alles verlierst und nie wieder zurückkehren kannst. Deshalb blieb Baba während der Ausgangssperre monatelang in unserem leeren Haus wohnen, während Israel seine Macht über ganz Palästina festigte. Es muss schwer für ihn gewesen sein, so alleine in der unheimlichen Stille des Hauses, in dem er und seine Geschwister als Teil einer lauten, lebhaften Familie aufgewachsen waren. Doch er blieb, denn so bekam er eine *hawiyya*, was bedeutete, dass er als »ausländischer Einwohner« in seinem eigenen Haus in Palästina wohnen durfte. Er sagte, das sei besser, als ein Flüchtling zu sein.

Baba schloss sich uns wieder an, sobald er konnte. Doch seine lange Abwesenheit hatte unsere Familie beschädigt. Als ich geboren wurde, waren meine Eltern bereits nach Kuwait umgesiedelt. Dort vögelte mein Vater die erste von vielen Freundinnen. Sie hieß Yaqoot: Das ist der Name, den er in meine Geburtsurkunde eintragen ließ, ohne vorher meine Mutter zu fragen. In der Nacht, als meine Mutter mich zur Welt brachte, war er sicher bei Yaqoot gewesen, und als er beim Krankenhaus ankam, sonnte er sich – noch leicht betrunken – im Nachglanz eines romantischen Abends. So nannte er mich impulsiv nach seiner neuen Freundin und unterschätzte damit Mamas Intuition und Wut.

Yaqoot ist ein ungewöhnlicher Name für eine Palästinenserin. Bei den Irakerinnen ist er gebräuchlicher; darum nehme ich an, dass die Freundin meines Vaters eine Tochter Babylons war. Der Name bedeutet »Rubin«, und die Leute finden, es ist ein wohlklingender arabischer Name. Doch als Mama meine Geburtsurkunde sah, schrie sie und weinte und schlug meinen Vater mit ihrem Schuh. Sie zerschmetterte alle Teller in unserem Haus und bewarf ihn damit, während er versuchte, den Geschossen auszuweichen. Er ließ sie sich abreagieren, entschuldigte sich, schwor, dass Mama die einzige Frau war, die er liebte, und versprach, es nicht wieder zu tun. Dann schliefen sie wahrscheinlich miteinander. In der folgenden Zeit war alles harmonisch zwischen ihnen, dann wiederholte sich das ganze Szenario mit einer anderen Frau.

Als Mama zum zweiten Mal schwanger war, drohte sie, meinen Vater umzubringen, wenn er das Baby nach einer seiner »Huren« benannte, aber als sie dann einen Jungen bekam, musste sie sich darüber keine Gedanken mehr machen. Mein Vater jedoch nannte ihn Wasfy, nach seiner Mutter Sitti Wasfiyeh, was genauso schlimm war. Es erübrigt sich zu erwähnen, dass Mama niemals die Namen verwendete, die in unseren Geburtsurkunden verzeichnet sind. Sie hielt ihr Versprechen dem Fluss gegenüber und rief mich Nahr. Mein Bruder Wasfy war für sie nur Jehad, ein Name, den Mama ausgesucht hatte – ein weiterer Streitpunkt zwischen ihr und Sitti Wasfiyeh.

Nur meine Familie und einige Verwaltungsangestellte an meiner Schule wussten, dass mein richtiger Name Yaqoot lautete, was eine glückliche Fügung war, denn als die Amerikaner Saddam vertrieben, suchte die kuwaitische Polizei nach jemandem namens Nahr. Ich konnte mich aus der Affäre ziehen, weil in meinem Ausweis Yaqoot stand.

Mein Bruder hatte nicht so viel Glück. Die Leute riefen ihn entweder mit dem einen oder dem anderen Namen oder mit beiden zusammen: »Wasfy Jehad«. Als die kuwaitische Polizei auf die Jagd nach Palästinensern ging, um Rache zu üben, weil Jassir Arafat sich auf die Seite Saddams gestellt hatte, wussten sie, nach wem sie suchen mussten.

Jehad war erst drei Jahre alt, als Baba an einem Herzinfarkt starb, in den Armen einer anderen Frau. Aber uns gegenüber behauptete Mama, dass Baba zu Hause gestorben sei. Sie erfand eine ganze Geschichte, die sich jedes Mal veränderte, wenn sie sie erzählte. »Er hatte den roten Flanellschlafanzug an, den ich für ihn gekauft hatte«, sagte sie etwa. Kurz darauf trug er den grünen Pyjama oder nur Unterwäsche. In letzterer Version hatte sie ihn schnell ankleiden müssen, bevor der Krankenwagen kam. Mama war eine schreckliche Lügnerin, aber die Wahrheit war einfach zu demütigend. Alle wussten Bescheid, und Mama wusste, dass sie es wussten, was die Sache nur noch erniedrigender machte. Mamas Lüge diente aber nicht nur dazu, um ihr selbst und uns die Scham zu ersparen. Ich denke, sie wollte ihn auch beschützen. Trotz allem hatte Mama meinen Vater sehr geliebt. Und er liebte sie auch, auf seine ganz eigene Weise.

Einmal, im Eifer des Gefechts (in jedem Streit ging es immer auch um Geld), tadelte Sitti Wasfiyeh Mama wegen des Todes meines Vaters, ihres einzigen Sohnes. »Wenn du eine bessere Ehefrau gewesen wärst, hätte er nicht zu anderen Frauen gehen müssen«, sagte sie, während sie das Essen genoss, das Mama zubereitet hatte.

»Wenn du einen Sohn großgezogen hättest, der seinen Schwanz in der Hose behalten kann und sein Geld anstatt für Huren für seine Familie ausgegeben hätte, müssten wir diese Debatte nicht führen.« In dieser Nacht hörte ich, wie sich Mama auf dem Balkon bei meinem toten Vater für das entschuldigte, was sie gesagt hatte. »Ich vergebe dir, mein Liebling. Ich vermisse dich«, flüsterte sie in den Äther hinein.

Jene Palästinenser, die aus Jerusalem, Haifa, Yafa, Akka, Jenin, Bethlehem, Gaza, Nablus, Nazareth, Majdal und den anderen Orten in Palästina vertrieben worden waren, fanden Aufnahme in Kuwait. Der Ölboom bot ihnen die Gelegenheit, sich ein neues Leben aufzubauen. Die Kuwaiter gewährten den Palästinensern nie mehr als eine vorübergehende Aufenthaltserlaubnis und machten deutlich, dass wir ewige Gäste waren. Doch die Palästinenser hatten Erfolg und waren maßgeblich daran beteiligt, Kuwait zu dem zu machen, was es heute ist. Wir waren Teil von jedem Sektor des öffentlichen Lebens, blieben aber immer Unterschicht.

Das alles wusste ich, aber es machte mir nichts aus. Kuwait war mein Zuhause, und ich war eine treue Untertanin der königlichen Familie. An jedem einzelnen Schultag sang ich gemeinsam mit den anderen Schülerinnen die Nationalhymne, mit Leidenschaft und Treue zu Kuwaits Reihe der regierenden Emire. Ich war traurig, als Emir Sabah Al-Salim Al-Sabah im Jahr 1977 starb. Und immer am 25. Februar feierten wir Kuwaits Unabhängigkeitstag so ausgelassen, als wäre es unser eigener.

Ich liebte alles an den Kuwaitern – ihre feinen *Khaleeji*-Gewänder, ihre *mutchboos* mit geröstetem Huhn und scharfer Soße, ihre *diwans*, ihre Tradition des Perlentauchens und ihre Lebensweise. Ich brachte mir ihren Dialekt bei und konnte *Khaleeji* »besser als sie selbst« tanzen. Das hat mal jemand zu mir gesagt. In der achten Klasse durfte ich sogar Teil der offiziellen Tanzgruppe sein, die am Unabhängigkeitstag im Fernsehen für die königliche Familie tanzte. Aber im Gegensatz zum Rest der Gruppe wurde ich im folgenden Jahr nicht wieder eingeladen, weil sich die Zuschauer beschwert und darauf bestanden hatten, dass eine solche Ehre den kuwaitischen Kindern vorbehalten sein sollte.

»Sie können es nicht ertragen, wenn die Palästinenser sich mit etwas hervortun«, sagte Mama, um mich zu trösten, aber sie verärgerte mich damit nur, denn ich mochte es nicht, dass sie schlecht über die Kuwaiter sprach. Für Mama jedoch war der Grund aller Probleme, dass wir Palästinenser waren, und in ihren Augen hatte die ganze Welt es auf uns abgesehen. Ich musste erst Zeit, Krieg und Gefängnis überleben, um sie zu verstehen.

»Siehst du, wie das ganze Land *zeit-o-zaatar* vertilgt, nur um so zu sein wie wir?« Sie lachte so heftig, dass ich die Füllungen in ihren Zähnen sehen konnte. Jetzt, allein im Würfel, lache ich auch, und es kommt mir so vor, als wären ihre Silberfüllungen, die ich vor mir sehe, meine eigenen. Ich erzähle Mama, wie sehr ich es liebte, wenn sie so lachte. Die Wärterinnen sind an die Gespräche gewöhnt, die ich mit mir selbst führe. Ich weiß, dass ich hier allein bin. Ich leide nicht unter Wahnvorstellungen. Aber die Erinnerung erweckt die Vergangenheit zum Leben, alles wirkt so real. Ich sehe, fühle und höre Jehad, Sitti Wasfiyeh, Mama, Baba. Vor allem Bilal ist hier bei mir.

Als ich klein war, gab es weder Handys noch Computer, und das Fernsehen bot nur zwei Kanäle an, einen auf Arabisch, den anderen auf Englisch mit Untertiteln. Das Programm begann am Abend und dauerte bis Mitternacht. Beide Programme begannen und endeten mit Lesungen aus dem Koran, die wir Kinder ungeduldig absaßen, bevor wir unsere Augen auf Cartoons (*Tom & Jerry* oder *Road Runner*) und dann auf die Seifenopern richten konnten. Einmal in der Woche zeigte jeder Sender einen Spielfilm, der stark zensiert wurde, um jede zarte Andeutung körperlicher Intimität zu tilgen. Ich bekam noch nicht einmal Bilder von Liebespaaren zu sehen, die sich an den Händen hielten. Es war offensichtlich, wo die Schnitte gemacht wurden. Erst blickten die Schauspieler sich tief in die Augen und kamen sich näher, im nächsten Moment standen sie weiter entfernt voneinander als am Anfang. An solchen Stellen blieb der Film für gewöhnlich zuckend stehen, was uns ermutigte, die Pause in unseren Köpfen mit einem Kuss oder auch mehr zu füllen. Aber nicht einmal darin war ich gut. Ich wusste ja fast nichts, und dieses Wenige konnte ich mir nur vage ausmalen. Bis Suad Marzouq mir und meinen verblüfften vierzehnjährigen Freundinnen erzählte, dass die Erwachsenen mit ihren Zungen küssten. Wir glaubten ihr nicht, übten aber trotzdem. Als ich sechzehn war, war ich mir sicher, ich wüsste alles, was es über die Liebe zu wissen gibt. Meine Freundinnen und ich hatten es nämlich geschafft, ein paar Schmuddelhefte (einmal sogar ein VHS-Video) in die Finger zu bekommen. Ich war ein Naturtalent im Flirten und bekam viel Aufmerksamkeit von Jungs, hatte aber nie einen richtigen Freund so wie einige meiner Freundinnen. Sie trafen ihre Verehrer heimlich, und das bedeutete meist Händchenhalten im Park. Wir hielten uns für mutig und kühn, aber in der Regel war ein Kuss mit einem Jungen schon das Höchste der Gefühle. Ich glaubte an das, was meine Welt mich lehrte – dass Allah einen bestimmten Mann für mich vorgesehen hatte und mein Leben beginnen würde, wenn ich ihn fand. Bei dem Gedanken, verheiratet zu sein und Babys zu machen, entflammte ich innerlich.

Als ich Mhammad zum ersten Mal traf, war ich siebzehn. Er war fünfundzwanzig. Er lebte in der alten Heimat, war aber gerade in Kuwait zu Besuch bei seiner Tante Um Naseem, die eine Etage über uns wohnte. Wir alle hatten ihn in den Nachrichten gesehen, als er einen Monat zuvor aus einem israelischen Gefängnis entlassen worden war, und meine Freundinnen waren neidisch darauf, dass er jetzt in unserem Haus wohnte.

»Sieht er wirklich so gut aus wie im Fernsehen?«, fragte eine. Ich hatte ihn noch nicht leibhaftig gesehen, fand aber, dass er im Fernsehen eher durchschnittlich ausgesehen hatte.

»Ich habe gehört, dass er nach sieben Jahren im Gefängnis eine Frau sucht«, sagte eine andere.

»Nahr, können wir bei dir zu Hause abhängen?«, bat eine dritte.

Ich erteilte ihnen eine Abfuhr. »Was ist los mit euch? Gibt es auf der Welt keine Jungs mehr in unserem Alter?«

Sie sahen mich an, als wäre ich verrückt geworden.

Mhammad Jalal Abu Jabal war ein echter Held, ein Guerillakämpfer, der für mehrere Widerstandsoperationen verantwortlich war. Es hieß, er sei gefangen genommen worden, nachdem er im Alleingang zwei zionistische Soldaten getötet hätte, die wiederum zwei seiner Freunde getötet hätten, Märtyrer, Allah hab sie selig.

»Den einen hat er mit einem Messer erstochen, dann seine Waffe genommen und den anderen erschossen«, erklärten sie.

»Ja, und?«

»Er ist kein Junge, sondern ein Mann. Ein berühmter Freiheitskämpfer«, sagte Sabah. Missbilligend stieß sie Luft durch die Zähne aus, spottete über meine ständige Unwissenheit. Ich konnte es nicht leiden, wenn sie das tat, besonders vor den anderen Mädchen.

Sabah wohnte im Nachbarhaus, und wir kannten uns, seit ich denken konnte. Unsere Freundschaft war aus Rivalität und Eifersucht erwachsen, aber auch aus Liebe und Vertrautheit. Wir kannten die Geheimnisse der anderen, hatten eine gemeinsame Geschichte und hielten zusammen gegen Außenstehende, aber wir versuchten uns auch gegenseitig zu übertrumpfen und wetteiferten manchmal um die Aufmerksamkeit desselben Jungen.

Sabah fuhr fort: »Er hat echt krasse Sachen gemacht. Aber da es dir egal ist, was mit Palästina passiert, kann dir das ja auch egal sein. Wir anderen sind ihm dankbar dafür, was er geopfert hat.«

Sabah hatte keine Ahnung von Palästina. Keine von uns hatte das, mal abgesehen von dem bisschen, was wir aus den Nachrichten aufschnappten, und ein paar Fetzen aus den Unterhaltungen der Erwachsenen, die früher dort gelebt hatten. Hand aufs Herz, es stimmte, dass es uns nicht interessierte. Wir waren Töchter von Kuwait, auch wenn wir nie Bürgerinnen werden konnten.

»Scheiß drauf, Sabah. Vielleicht heiratet er dich ja. Versuch's doch!«

Als mir klar wurde, dass Sabah an diesem neuen Mann interessiert war, wollte ich ihn auch für mich. Ich war hübscher und eine bessere Tänzerin als sie, obwohl sie auch nicht schlecht aussah. Außerdem war sie intelligenter als ich. Und sie spielte Gitarre, was mich ärgerte, weil sie damit alle in ihren Bann ziehen konnte. Zum Glück war sie unsicher und schüchtern und spielte nur bei sich zu Hause oder im engen Freundeskreis.

Während der nächsten Tage sammelte ich Informationen aus den Gesprächen zwischen Sitti Wasfiyeh, Mama und den Nachbarn. Mhammad stammte aus einer bekannten Familie mit riesigem Landbesitz, obwohl ein Großteil davon bereits von dem zionistischen Gebilde beschlagnahmt worden war – so nannten die Leute Israel, ganz so, als würde es sich auflösen, wenn wir seinen Namen nicht aussprachen. Sie hatten ihn gefangen genommen und acht Tage lang gefoltert, bevor er schließlich ein auf Hebräisch abgefasstes

Geständnis unterschrieb, das er nicht verstand. Darin stand, dass er einer von drei Männern gewesen war, die drei Soldaten angegriffen und zwei von ihnen getötet hatten. Der überlebende Soldat hatte ihn während des Angriffs nicht wahrgenommen, aber es gab andere Zeugen, die unter Folter gestanden, ihn in der Nähe des Tatorts gesehen zu haben. Er wurde vor ein Militärgericht gestellt und zu lebenslanger Haft verurteilt. Sie boten ihm eine geringere Strafe an, wenn er seinen jüngeren Bruder Bilal, der nach Jordanien geflohen war, beschuldigte. Aber er behauptete, dass sein Bruder nichts damit zu tun habe, seine Abreise sei reiner Zufall gewesen. Schließlich hatte er nicht nur den Mord an zwei israelischen Soldaten gestanden, sondern bekannte sich auch schuldig, einen Monat zuvor ein militärisches Nachschublager gesprengt und Angriffe auf Zivilisten geplant zu haben. Sieben Jahre später kam er frei im Rahmen eines merkwürdigen Gefangenenaustauschs, der von Israels neuestem Liebling Hosni Mubarak aus Ägypten vermittelt worden war. Danach tauchte er in Kuwait auf.

Niemand glaubte daran, dass Bilal nichts mit den Ereignissen an jenem schicksalhaften Tag zu tun hatte. Er war bereits mit fünfzehn Jahren inhaftiert worden, weil er gegen eine jüdische Siedlung protestiert hatte, und hatte bald einen Ruf als Anführer weg. Im Exil und während des Studiums war Bilal im Widerstand aktiv, und Israel wollte ihn unbedingt erwischen. Sie versuchten, ihn zu ermorden, und als das nicht klappte, wollten sie ihn gefangen nehmen. Aber schließlich war es Bilal, der ihnen einen Deal anbot: Mhammads Freiheit im Austausch gegen seine eigene. Zur allgemeinen Überraschung stimmte Israel zu. Bald wurde klar: Bilal war eine Trophäe. Und ich nehme an, sie wussten damals ganz genau, was ich erst Jahre später erfuhr: dass nichts in Mhammads Geständnis der Wahrheit entsprach.

Um sicherzustellen, dass Israel seinen Bruder nicht erneut verhaften würde, verlangte Bilal, dass Mhammad dem Roten Kreuz übergeben und im Libanon, in Kuwait, Jordanien, Tunesien oder in irgendeinem arabischen Land außer Ägypten (das ihn vielleicht gleich wieder an Israel überstellte) in Sicherheit gebracht wurde.

Nach einer Odyssee durch mehrere Länder kam Mhammad schließlich zu seiner Tante nach Kuwait. Den wahren Grund dafür erfuhren wir nie. Einige sagten, dies sei der beste Ort, nicht wieder verhaftet zu werden, nachdem sie Bilal festgesetzt hatten, denn Kuwait war ein sicherer Zufluchtsort für Palästinenser. Andere behaupteten, der Deal bedeute, dass er niemals nach Palästina zurückkehren könne, und dass kein anderes Land ihn mehr aufnehmen würde. Wieder andere sagten, er sei nach Kuwait gekommen, weil er hier eine Stelle angeboten bekommen hatte. Sabah glaubte, er sei hier, um eine Frau zu finden. »Ich habe gehört, dass seine Mutter in Palästina ihn unbedingt unter der Haube haben will«, raunte sie.

Inzwischen weiß ich, dass es die Bestimmung der Exilanten ist, von Ort zu Ort zu ziehen. Was auch immer der Grund dafür sein mag, der Boden unter unseren Füßen ist niemals fest.

Im Frühjahr 1985 flirtete ich schamlos mit Mhammad. Am Anfang war es ein Spiel, ein unausgesprochener Wettbewerb zwischen Sabah und mir. Er zeigte jedoch kein Interesse an mir, und das führte dazu, dass ich mich in eine Art Besessenheit hineinsteigerte. Ich stellte ihm nach und führte immer wieder »zufällige« Begegnungen im Treppenhaus herbei. Er sah so gut aus, und ich musste trotz unseres Altersunterschieds ständig an ihn denken.

»Glückwunsch, Nahr«, sagte Sabah und verdrehte die

Augen. »Du hast im Treppenhaus Hallo zu ihm gesagt. Das ist bahnbrechend.«

Ich sonnte mich in dem, was ich für Sabahs Neid hielt. »Mehr als nur Hallo«, berichtigte ich und erzählte ihr, dass er zu einer demnächst stattfindenden Hochzeitsfeier in unserer Nachbarschaft kommen würde.

»Er sagte, er wolle mich tanzen sehen«, schwindelte ich ihr vor.

Unsere Freundinnen kreischten vor Aufregung, aber Sabah sagte nichts mehr.

Mein Plan funktionierte. Auf der Hochzeit bestand meine Mutter nach einigen Liedern zwar darauf, dass ich mit dem Tanzen aufhörte. (»Das reicht, Nahr!«, hatte sie gesagt.) Ich bemerkte jedoch, dass ich seine Aufmerksamkeit erregt hatte. An jenem Abend konnte er die Augen nicht von mir lassen. Ich erinnere mich an nicht viel aus diesem Sommer, nur noch daran, wie ich meinen Freundinnen erzählte, dass ich den Mann gefunden hatte, den Allah für mich auserkoren hatte.

Von da an trafen Mhammad und ich uns regelmäßig am Strand, in Parks und Einkaufszentren. Meine Freundinnen (sogar Sabah) deckten mich, wenn Mama anrief. Er erzählte mir Geschichten über Palästina, die anders klangen als die meiner Großmutter und meiner Eltern. Dort gab es ein Nachtleben für junge Leute: Partys, Cafés, Parks und Clubs. Damals konnten die Palästinenser noch zum Strand gehen, und wir redeten über unsere gemeinsame Liebe zum Meer. Er wollte alles über mein Leben wissen. Er kämpfte mit der Wüstenhitze und mit der Anpassung an das Leben in Kuwait. Er wäre schon vor Wochen abgereist, hätte er mich nicht kennengelernt. »Die Freundschaft zu dir bedeutet mir alles«, sagte er. Er wirkte verletzlich, und die Art, wie er mich brauchte, verführte mich zu der Annahme, dass ich ihn liebte. Ich gestand es ihm. Nur wenige Monate später kam er mit seiner Familie zu uns nach Hause und bat um meine Hand.

Ich träumte von der großen Liebe, Sex, meinem eigenen Haus, Kindern, einem Job, so wie moderne Frauen einen hatten. Vielleicht konnte ich ja eine elegant gekleidete Sekretärin sein, so wie ich sie auf dem Cover von Frauenmagazinen gesehen hatte? Daraufhin ging ich auf die Suche nach den neuesten Haushaltsgeräten, die zu dem Leben passten, das ich mir vorstellte. Eine von diesen halb manuellen Waschmaschinen, wie es bei uns im Haus eine gab – wo man jedes Kleidungsstück durch zwei Rollen schieben musste, um das Wasser auszupressen –, würde mir nicht reichen. Einige Leute hatten sogar Spülmaschinen, die das Geschirr reinigten und trockneten. So eine wollte ich, und Mhammad versprach mir, dass ich eine bekäme. Ich malte mir aus, wie alle meine Freundinnen mich beneiden würden.

Sitti Wasfiyeh war entzückt, obwohl sie den Geräten, die ich kaufen wollte, nicht über den Weg traute. »Ich kann mir nicht vorstellen, dass eine Maschine das Geschirr spülen kann. Wie soll sie die Sachen denn auch gründlich sauber schrubben? Du wirst Käfer in deinem Haus bekommen, und ich werde dich nie besuchen«, warnte sie mich.

Mama riet mir, eine solch große Entscheidung nicht überstürzt zu treffen. Sie fürchtete, Mhammad könne zu alt für mich sein. Viele Jahre später gestand sie mir, dass sie die Ehe beinahe verboten hätte, aber meine Begeisterung und Freude in diesen Tagen hätten sie an ihrem Instinkt zweifeln lassen. »Außerdem hattest du den stärksten Charakter in der Familie. Ohne es zu bemerken, richteten wir uns immer nach dir«, sagte sie zu mir. Ich für meinen Teil hielt Mamas Sorgen für die Ängste eines Menschen, dessen Ehe nicht so gut gelaufen war, wie er es sich erhofft hatte. Außerdem stellte sich meine Geschichte doch wohl anders dar als ihre.

Mein Bruder Jehad fühlte sich nicht wohl in der Rolle des Hausherrn, die er der Tradition wegen bekleiden musste, obwohl er erst elf Jahre alt war. »Ach, was soll's, es ist mir egal, Nanu. Zieh es einfach durch, wie auch immer. Ich ertrage diesen Heiratsverhandlungskram einfach nicht mehr«, verkündete er. Aber später, als ihm klar wurde, dass ich aus unserer Wohnung ausziehen würde, sprach er ein Machtwort.

»Als Mann des Hauses bestehe ich darauf, dass Nanu weiterhin in unserer Wohnung lebt. Sie darf ihren Ehemann besuchen, aber sie darf nicht bei ihm leben«, erklärte er am Abend unserer Verlobung. Die Gäste waren belustigt. »Wie süß«, bemerkte jemand. In jener Nacht bekam Jehad einen Asthmaanfall. Ich schlief in seinem Bett, ließ ihn an meiner Brust weinen und versprach ihm, dass ich nie weit weg sein würde und immer da wäre, wenn er mich brauchte.

Jehad war aber nicht der einzige Mann in der Familie. Die Brüder meiner Mutter (ich wollte sie nicht Onkel nennen) kamen vorbei, um ihre sozialen Pflichten zu erfüllen. Sie vertraten mich, die Braut, in den förmlichen Gesprächen über meine Mitgift und andere praktische Dinge der Ehe. Meine Familie hatte etwas gegen die ungeheuerlichen Summen, die manche Leute verlangten. Umsonst konnten sie mich jedoch auch nicht weggeben. Sie wollten meinen jungen Verehrer nicht ruinieren, aber ich war eben auch eine Frau, die eine anständige Mitgift wert war. Mama sagte, wir müssten überlegen, was der junge Mann sich leisten könne. »Aber wir müssen auch sicherstellen, dass du versorgt bist. Also müssen sie uns zeigen, dass sie es ernst meinen«, verkündete sie.

Als die Heiratsverhandlungen abgeschlossen waren, ließ

Mhammads Tante eine Bombe platzen, die beinahe alles zerstört hätte. »Wir erwarten, dass die Hochzeit mindestens achttausend Dinar kosten wird, und wir wären bereit, zehntausend zu bezahlen. Aber wir müssen noch eine Weile warten …«

»Eine Weile?«, entgegnete Mama.

»Sein Bruder Bilal wurde gerade verhaftet, und seine Mutter kann nicht nach Kuwait reisen, um eine Hochzeit zu besuchen, weil Israel ihr Haus beschlagnahmen könnte, wenn sie wegfährt. Es wäre falsch und respektlos von dem ältesten Sohn, unter diesen Umständen eine Hochzeitsfeier abzuhalten«, erklärte Mhammads Tante.

Es war schwer, dagegen etwas zu sagen, aber sie verstanden auch, wie demütigend es für mich wäre, die Hochzeit ohne eine richtige Feier zu begehen. Mama schlug vor, den Hochzeitstermin zu verschieben, aber die endgültige Entscheidung lag bei mir. Schließlich zahlte Mhammads Familie eintausend Dinar, gab uns eine Gold-*shabka* im Wert von zweitausend Dinar und ein *mo'akhar* für ebenfalls zweitausend Dinar, mietete und möblierte unsere eheliche Wohnung und legte ein gemeinsames Konto über zehntausend Dinar an, die wir in einigen Monaten für unsere Hochzeitsfeier verwenden sollten, wenn Hajjeh Um Mhammad, meine Schwiegermutter, vielleicht doch nach Kuwait reisen konnte, *inshallah*.

Ich war zufrieden. Er liebte mich. Der Verzicht auf eine sofortige Hochzeitsfeier war der Preis dafür, einen Nationalhelden zu heiraten. Unsere Aufgabe als Frauen war es, Opfer zu bringen, und ich war jetzt eine Frau. Ich malte mir ein schönes Leben in Kuwait aus. Wir würden herrliche Ausflüge an die Strände und in die Wüste machen und in den Ferien nach Kairo, Amman, Beirut, Damaskus und Bagdad reisen. Ich würde mit unseren Kindern nach Palästina fahren, um dort unsere Verwandten zu besuchen. »Das ist ein Opfer, das ich gern bringe für den Mann, den ich liebe«, erklärte ich. Ich weigerte mich, mir Mamas Argumente gegen die Hochzeit anzuhören. Dann bat sie mich, sie anzurufen, falls Mhammad mich in unserer ersten gemeinsamen Nacht zu grob anpackte.

»Es ist normal, dass es beim ersten Mal wehtut«, sagte sie, während ich die neuen Kleider meiner Mitgift durchsah. Ich traute mich nicht, ihr zu sagen, dass ich aus dem Pornovideo bereits über Sex Bescheid wusste.

»Soll ich das schwarze oder das weiße tragen?«, fragte ich und hielt zwei Negligés hoch.

Sie errötete. »Das, das dir besser gefällt«, sagte sie und verließ den Raum.

Wir wurden von einem Imam getraut, und unsere Heiratsurkunde wurde von einem meiner Onkel und von Jamil, Mhammads bestem Freund in Kuwait, bezeugt. Mhammad lächelte und drückte meine Hand.

Es fällt mir schwer, mich an die Enttäuschung zu erinnern, besonders, weil ich sie damals nicht eingestanden habe, nicht einmal mir selbst gegenüber. Ich hatte immer von meiner Hochzeit geträumt, mit Hunderten von Augenpaaren, die voller Liebe oder Neid oder vielleicht Begierde auf mich gerichtet waren. Aber nichts dergleichen. Nur eine ruhige Feier, eine kleine Versammlung, ein bisschen Kuchen und ein süßes Kleid – dieses Ereignis war ein Platzhalter für die große Hochzeit, die noch stattfinden würde, daran glaubte ich fest. Oder vielleicht tat ich nur so, als glaubte ich daran.

Erst im Nachhinein erkenne ich, dass Tamaras Geist die ganze Zeit über da war. Das erste Mal hörte ich diesen Namen in unserer Hochzeitsnacht. Unsere Familien begleiteten uns bis an die Schwelle unserer neuen Wohnung. In ihren Gesichtern stand die Art von nervösem Glück, das mit der Erwartung einer tiefgreifenden Transformation des eigenen Kindes einhergeht. Seine Tante, seine Familie und meine Familie überschütteten uns mit Umarmungen und Glückwünschen. Bevor sie gingen, umarmte mich Mama noch einmal und flüsterte mir ins Ohr: »Tausend Glückwünsche, mein Liebling. Möge Gott dich immer beschützen und lenken. Und denk daran, was ich dir gesagt habe.«

Nun waren wir alleine in unserer wunderschön eingerichteten neuen Wohnung. Ich hatte erwartet – gehofft –, er würde mich gegen die Wand drücken und leidenschaftlich küssen, während seine Hände gierig über meine Schenkel glitten, so wie ich es in dem illegalen Film gesehen hatte. Stattdessen sahen wir uns an und lächelten peinlich berührt. Ich fragte, ob ich uns etwas zu trinken holen sollte, und er nickte. Als wir auf unserem neuen Sofa Tee tranken, zog er mich zu sich heran.

»Wir müssen nichts machen, wenn du nicht willst«, sagte er.

Es erschreckte mich, dass er so etwas sagte. Sofort warf ich mir selbst vor, zu zurückhaltend zu sein. Heute blicke ich auf viele Momente in meinem Leben zurück, in denen ich instinktiv die Verantwortung für die Handlungen und Gefühle meiner Mitmenschen übernahm.

»Oh doch, ich will«, sagte ich. »Warte einen Moment.« Ich stand auf und ging ins Schlafzimmer, wo ich schon Tage zuvor meine Kleider ausgepackt hatte, und öffnete meine spezielle Schublade mit »Sachen für das Ehebett«. Ich entschied mich für das weiße Negligé, weil ich in einer Zeitschrift gelesen hatte, dass Männer Frauen bevorzugten, die gleichzeitig unverdorben und sexy waren. Dann frischte ich mein Make-up auf, bewunderte den vollen Glanz meiner

Weiblichkeit im Spiegel und war bereit. In meinem Körper brannte ein Feuer, als ich mit den Händen über die Kurven meiner Brüste bis hinunter zu meinen Hüften fuhr. Ein verführerisches Lächeln huschte über mein Gesicht, als ich vor ihm stand, bereit, von meinem Ehemann verschlungen zu werden. Er würde sicherlich von seinem großen Glück überwältigt sein, eine so schöne Braut zu haben.

Er lächelte und wandte den Blick ab, als schämte er sich für mich. Mein Lächeln, meine Kurven, mein Feuer, meine Schönheit und meine Sinnlichkeit verschmolzen zu einem nackten Fleck aus Scham. Tränen stiegen mir in die Augen. Ich unterdrückte sie, so gut ich konnte, aber er musste sie bemerkt haben. Als er sich mir endlich näherte, tat ich ihm leid.

So wurde ich zum ersten Mal sexuell berührt, voller Mitleid. Er wischte mir die Tränen weg und küsste meine Wangen. Er sagte, ich sei wunderschön. Ich erwiderte den Kuss, aber die Intensität, die ich gerade noch gespürt hatte, konnte ich nicht wieder zurückholen. Er führte mich ins Schlafzimmer, machte das Licht aus und legte mich sanft auf das Bett. Dann ging er ins Badezimmer. Ich wartete, wie eine verwirrte Zuschauerin meines eigenen Lebens, bis er zurückkam und in der Dunkelheit neben mir ins Bett schlüpfte. Seine Erektion und Nacktheit weckten meinen Körper wieder auf, und ich schmiegte mich an ihn. Er stellte sich ungeschickt an, musste ein paar Mal neu ansetzen, ganz so, als würde er eine Aufgabe ausführen. Was auch immer sich in mir gerührt hatte, war verschwunden, und ich beschloss, mein Bestes zu geben, um die Nacht zu überstehen. Ich war mir sicher, dass ich etwas falsch gemacht hatte. Schließlich glitt er in mich hinein, und ich begann mit der Vorstellung, fest entschlossen, seine Enttäuschung abzumildern und ihn dazu zu bringen, mich zu lieben und zu wollen.

Ich täuschte Lust vor, auch wenn es schrecklich war, zum ersten Mal penetriert zu werden, und stöhnte so laut wie die Schauspieler, die ich auf der alten Pornokassette gesehen hatte. Ich wartete darauf, dass es sich gut anfühlte, und hoffte, dass alles mit mir stimmte. Ich wollte, dass es vorbei wäre. Würde es immer so sein? Wie wäre es wohl, ein Baby zu haben? War mein Körper schön? Machte ich es auch richtig? Mama hatte mich vorgewarnt, dass es wehtun könne, und sie hatte recht. Aber ich hatte geglaubt, es wäre auch etwas Besonderes, etwas Schönes. Ich biss die Zähne zusammen und ballte die Fäuste. Mhammad war meistens ruhig und bat mich manchmal, mich zu entspannen. Er kämpfte mit seiner Erektion, aber dann drehte er mich auf den Bauch. Das hatte ich auch in dem Pornovideo gesehen. Ich versuchte, die Schauspielerin zu imitieren, obwohl er mir wehtat. Er atmete schwer und bewegte sich schneller von hinten in mir. Dann flüsterte er: »Tamara«, ließ sich fallen und rollte von mir herunter.

Irgendwann in dieser Nacht wachte ich auf. Er war nackt auf dem Balkon und weinte leise unter einem gleichgültigen Mond, eine brennende Zigarette zwischen den Fingern. Leise ging ich zurück ins Bett. Ich wusste, dass seine Tränen etwas mit dem Namen zu tun hatten, den er hinter meinem Rücken zärtlich in die Luft gehaucht hatte. Alleine im Bett, den Kopf unter den Laken, wiederholte ich leise den Namen: »Tamara.« Doch der Klang blieb mir im Hals stecken, darum schluckte ich ihn hinunter. Nun lebte Tamara auch in mir.

Mhammad und ich arbeiteten beide. Er leitete ein Restaurant, und ich machte ein bisschen Buchhaltung für einen Friseursalon, in dem ich auch Augenbrauen fädelte und Maniküren ausführte. Ich war immer gut in solchen Sachen, und dank der Arbeit fühlte ich mich wie eine moderne Frau. Aber in Wirklichkeit war die Ehe nicht das, was ich mir vorgestellt hatte. Sicherlich hatten Mhammad und ich auch schöne Zeiten. Aber ich erinnere mich nicht an sie – mit einer Ausnahme. Wir waren zusammen an den Strand gegangen und hatten in der Sonne gelegen. Danach hatten wir Freunde besucht, die ihren eigenen Alkohol herstellten: riesige Mengen von schrecklich schmeckender schwarzer Flüssigkeit. Sie fanden meinen Widerwillen süß und forderten mich auf, das Zeug doch wenigstens zu probieren. Ich konnte mich nicht an den Geschmack gewöhnen, machte aber mit, denn ich wollte so aufgeschlossen wie die anderen Frauen sein. Irgendwann setzte die Wirkung des Alkohols ein, und es gefiel mir, wie ich mich fühlte. Sexy und weltgewandt. Mhammad sagte, er sei froh, dass ich mich nicht angestellt hatte. Er erklärte, moderne Frauen würden rauchen und trinken. Aber ich weigerte mich, mir eine weitere Zigarette anzuzünden, und erzählte ihnen, was ich vor Jahren in dem Comicheft über die westliche Verschwörung gelesen hatte, uns mit Zigaretten töten zu wollen. Sie lachten, wie Erwachsene lachen, wenn ein kleines Kind etwas Dummes sagt. Die Ehe hatte mich kleiner gemacht.

Wir aßen und tanzten und lachten, zuerst am Strand und später dann bei seinen Freunden. Ich hatte Sonnenbrand auf den Schultern, und Mhammad rieb mich mit Aloe ein. An jenem Abend lernte ich, dass wir uns lieben konnten, wenn wir betrunken waren. Wir waren müde und konnten uns kaum noch auf den Beinen halten, als wir endlich wieder zu Hause waren. Ich dachte, wir würden gleich schlafen gehen, aber Mhammad bestand darauf, dass wir den Rest seiner geheimen Alkoholration austranken. Er holte seine Oud hervor und zupfte ein bisschen darauf herum. Zuerst stimmte er das Instrument, dann spielte er Lieder, die mich sofort ergriffen und zum Tanzen brachten. Meine Hüften wurden eins mit der Musik und liebkosten ihre Noten. Ich badete geradezu in der Freude, zog mein Top und meinen BH aus, bis ich nackt tanzte, nur einen Schal um die Hüften. Er spielte, ich tanzte, und keiner von uns wollte aufhören. Schließlich erlagen wir doch dem Alkohol und der Erschöpfung. Etwas später liebten wir uns. Aber selbst an diesem schönen Tag sah er mich nicht an, sondern drehte mich wieder auf den Bauch. Da wusste ich, dass er in diesem Moment nicht mit mir, sondern mit Tamara schlief.

Ich versuchte, die Nähe dieser Nacht bei anderen Gelegenheiten wiederherzustellen, ermutigte ihn, zu Hause mit mir zu trinken und seine Musik zu spielen. Aber das alles wirkte gestellt, und so taumelten wir nur irgendwie durch die peinlichen Momente, bis wir betrunken und enttäuscht einschliefen.

An die nächsten Monate erinnere ich mich kaum noch. Sie waren nur eine Abfolge von Bildern und Klängen, meist Streitgesprächen, gefolgt von Tränen und einer zugeschlagenen Haustür. Wie früher mein Vater kam er meistens mitten in der Nacht zurück und behauptete, er sei mit seinem Freund Jamil im Kaffeehaus gewesen. Aber im Gegensatz zu meinem Vater liebte Mhammad seine Frau nicht. Er wollte nicht bei mir sein und mochte es nicht, mich zu berühren. Und mit der Zeit wollte ich ihn auch nicht mehr, aber erst musste etwas in meinem Inneren zerbrechen.

Ich war neunzehn, als mein Mann mich verließ. Es war ein gewöhnlicher Streit und nicht das erste Mal, dass ich ihn beschuldigte, zu seiner geliebten Tamara abzuhauen. Aber dieses Mal ging er und kehrte nicht zurück, nicht einmal, um seine Sachen zu holen. Mhammad kam nicht zur Arbeit. Die erste Woche seiner Abwesenheit verbrachte ich damit, in Krankenhäusern und Polizeistationen nach ihm zu suchen.

Jamil, den ich als seinen besten Freund in Kuwait kannte, wusste auch nicht, wohin er gegangen war.

Jamils Gesichtsausdruck hatte ich noch niemals bei einem Mann gesehen. Er wirkte vollkommen erschüttert, ganz so, als wäre er derjenige, der seinen Ehepartner verloren hatte.

»Ich glaube, er ist zurück nach Palästina gegangen. Vielleicht sucht er ja nach …« Er zögerte, und seine Augen füllten sich mit Tränen. »Tamara. Er ist zu Tamara gegangen, glaube ich.«

Mir wurde schwer ums Herz. Da war dieser Name schon wieder – ein Name ohne Gesicht, ohne Stimme, ohne Geschichte. »Er hat dir tatsächlich von Tamara erzählt?«, fragte ich. »Kennst du sie? Wo ist sie?«

Jamil wandte den Blick ab. »Es tut mir leid, Nahr. Ich hoffe, er wird wenigstens einer Scheidung zustimmen, damit du, *inschallah*, wieder heiraten kannst und nicht in einem Schwebezustand leben musst.«

Scheidung? Darüber hatte ich noch nicht einmal nachgedacht, bevor Jamil das Wort aussprach.

Diesen Moment mit Jamil habe ich immer wieder Revue passieren lassen. Mit dem, was ich heute weiß, sehe ich, was mir damals in seinem Gesicht entgangen war. Ich verstehe nun, warum er weinte, kenne das Geheimnis in den Furchen seiner Stirn. Tamara bedeutete auch etwas für ihn.

Ich traf Um Buraq in jener schrecklichen Zeit, als Mhammad mich gerade verlassen hatte. Wir waren auf der Hochzeit meiner ehemaligen Klassenkameradin, die eine entfernte Verwandte von Um Buraq war. Eigentlich kannte ich das Mädchen nicht gut und ging nur hin, weil Sabah mich darum bat. »Wenn du nicht deinetwegen hingehst, tu es für mich. Ich möchte so gern zu dieser Hochzeit, traue mich allein aber nicht.«

»Du Lügnerin! Ganz viele unserer Freundinnen gehen auch.«

»Okay. Also, du bist die Beliebteste von uns allen, und jeder wird dich tanzen sehen wollen. Wenn wir zusammen gehen, färbt ein bisschen Glanz auf mich ab.«

»Du lügst immer noch.« Mit einem unsicheren Lächeln sah ich sie an. Sie kannte mich gut genug, um zu wissen, dass sie schon gewonnen hatte. Und ich kannte sie gut genug, um zu wissen, dass sie aufrichtig war. Es tat ihr wirklich leid, dass meine Ehe nicht so gelaufen war, wie ich es mir erhofft hatte.

»Großartig! Dann wäre das abgemacht. Ich hole dich morgen früh ab. Wir lassen uns im Hamam abbürsten, dann essen wir zu Mittag, lassen uns die Haare machen ...«

»Nein! Ich habe gesagt, ich komme zur Hochzeit. Ich absolviere nicht auch noch einen langen Salontag. Ich gehöre ja nicht zur Familie«, protestierte ich.

»Es ist nicht wegen der Hochzeit, Nahr! Du siehst schrecklich aus. Und du riechst!«

Es war mitten am Tag, und ich steckte noch im Nachthemd. Meine Haare waren ein ungewaschenes, krauses Durcheinander. Seit Tagen hatte ich nicht gebadet.

»Na schön. Von mir aus, du bezahlst!«

Wie wäre mein Leben wohl verlaufen, wenn ich nicht eingelenkt hätte? Das fragte ich mich noch viele Jahre lang. Zum ersten Mal seit Wochen verließ ich das Haus. Ich hatte mir ein bisschen zu oft von der Arbeit freigenommen und rechnete damit, bald gefeuert zu werden.

Sabah und ich verbrachten den Tag damit, uns schön machen und verwöhnen zu lassen. Die marokkanische Badebehandlung im Hamam mit Dampf und festem Schrubben weckte meine Haut wieder auf, und bald fühlte ich mich geradezu wie neugeboren. Wir lagen nebeneinander beim Peeling, dann bei der Massage und Körperölung. Wir bekamen

Gesichtsbehandlungen, Maniküre und Pediküre. Wir ließen uns die Haare waschen, föhnen und stylen. Nach dem Mittagessen machten wir ein Nickerchen und gingen zurück, um uns das Make-up auftragen zu lassen, dann zogen wir unsere schicken Kleider an und machten uns auf zur Hochzeit.

Ich erinnere mich nicht mehr genau an jenen Abend, außer an das Gefühl, dass mein Herz weniger schmerzte, je mehr ich tanzte. Gespielt wurde hauptsächlich *Khaleeji*-Pop, ägyptische und libanesische Musik. Aber auch einige Klassiker und instrumentale *taqseem* wurden von dem *takht*-Orchester intoniert. Es waren so viele Gäste aus der Levante anwesend, dass sie sogar ein *jafra* spielten. Wir brannten ein wahres Feuerwerk auf der Tanzfläche ab mit einer schnellen *dabka*. Auf meine Initiative hin zogen wir die Braut in die Mitte und tanzten um sie herum, das gefiel ihr. Ich hörte erst auf zu tanzen, als die Musik unterbrochen wurde, damit die Frauen beider Familien Komplimente austauschen und erklären konnten, was für eine Ehre es sei, die Braut wegzugeben oder im Familienkreis zu empfangen.

Eine ältere kuwaitische Frau kam an unseren Tisch und quetschte sich auf einen Stuhl neben mir. Sie stellte sich als Verwandte der Braut vor und fing an, sich mit mir zu unterhalten.

»Es ist eine gute Sache, dass Khaleeji-Hochzeitsfeiern nach Geschlechtern getrennt sind. All diese Frauen hätten dich in Stücke gerissen, wenn du so vor ihren Ehemännern getanzt hättest. Palästinensische Hochzeiten sind gemischt, oder?«, wollte sie wissen.

»Normalerweise schon. Aber es kommt auf die Familie an. Manche sind traditioneller und halten getrennte Feiern ab. Aber normalerweise sind sie gemischt. Abgesehen vom Henna-Abend und manchmal der *zaffa.*«

»Hat dein Mann erlaubt, dass du auf gemischten palästinensischen Hochzeiten tanzt?«

Ich zögerte kurz. Konnte ich denn weiterhin behaupten, einen Ehemann zu haben? »Ja, das stört ihn nicht.«

»Ich habe gehört, dass dein Mann ein palästinensischer Held ist«, sagte die Frau.

Sie sagte das auf eine Art, als wüsste sie mehr. Ich nickte und wandte mich von ihr ab.

»Entschuldige, dass ich so neugierig bin«, sagte sie. »Ich neige dazu, schneller zu reden als zu denken, aber ich will dir nichts Böses. Es tut mir leid, wenn ich dich beleidigt habe.«

»Wie heißt du noch mal?«

»Um Buraq. Schön, dich kennenzulernen, Yaqoot.«

Dieses Miststück wusste anscheinend so einiges über mich. Mein offizieller Name war zwar kein Geheimnis, aber auch nicht allgemein bekannt.

Ich starrte sie durchdringend an.

»O nein, da habe ich schon wieder etwas ausgeplappert! Ich weiß, was du denkst. Du fragst dich, woher ich deinen Namen kenne. Es tut mir leid. Ich war fasziniert von deinem Tanz. Daraufhin fragte ich die Braut, wer du bist, und sie erzählte es mir.«

Ich reagierte nicht sofort. Was sollte ich von ihr halten?

Die Frau lächelte. »Ich weiß, dass ich älter bin als du, aber ich versuche nur, mich mit dir anzufreunden. Einige von uns werden den Abend auf einer anderen Party ausklingen lassen, wenn diese hier beendet ist. Möchtest du dich uns vielleicht anschließen?«

Für mich mit meinen zwanzig Jahren mochte sie uralt sein, aber heute weiß ich, dass sie gerade einmal vierzig gewesen war. »Die Hochzeitsfeier wird weit nach Mitternacht enden. Wer wird um diese Zeit noch wach sein?«, fragte ich ungläubig.

Ich werde nie vergessen, wie sie daraufhin lachte. Sie brachte ein hohes Gackern hervor und riss die Lippen weiter auf, als es anatomisch möglich schien. Dabei entblößte sie große Zähne mit einer markanten Lücke, die nicht ganz symmetrisch zu ihrer Nase verlief. »Ach, Schätzchen! Ein ganzer Stadtteil von Kuwait erwacht an einem Donnerstagabend erst nach Mitternacht zum Leben«, sagte sie. Sie musste das Entsetzen in meinem Gesicht gesehen haben, denn dann schloss sie ihren riesigen Mund und hörte auf zu lachen.

»Hier, nimm meine Pager-Nummer, falls du es dir anders überlegst.« Sie reichte mir eine Karte mit ihrer Telefon- und Pager-Nummer. Es überraschte mich, dass sie einen Pager hatte, denn bislang hatte ich nur Ärzte und wichtige Geschäftsleute mit solchen Geräten gesehen. Sofort nahm ich an, sie wäre vielleicht jemand Wichtiges, und das veränderte meine Einstellung ihr gegenüber. Dankbar nahm ich die Karte an und gab ihr meine Telefonnummer.

»Warum gibt dir eine alte Frau ihre Pager-Nummer? Das ist wirklich seltsam«, sagte Sabah, die Um Buraq nachsah.

Es war schön, die Hochzeit meiner Freundin zu besuchen, weil ich dadurch aus dem Haus kam und einen neuen Rhythmus in mein Leben brachte. Aber eigentlich stimmt das so nicht ganz. Tatsächlich kehrte ich einfach zu dem Leben zurück, das ich vor meiner kurzen Ehe geführt hatte, ganz so, als hätte es sie nie gegeben. Ich harrte so lange wie möglich in unserer ehelichen Wohnung aus und tat so, als sei Mhammad auf Geschäftsreise, wenn der Vermieter kam, um die Miete zu kassieren. Vielleicht würde er ja zurückkommen oder wenigstens Geld schicken. Doch nach zwei Monaten sagte mir die Frau des Vermieters, das ganze Gebäude wisse, dass mein Mann mich verlassen habe. Ich solle bezahlen, ansonsten käme die Polizei und hole mich raus.

Mama und ich gingen zusammen mit Mhammads Tante Um Naseem zur Bank, um Geld von dem gemeinsamen Hochzeitskonto abzuheben. Doch dort sagte man uns, dass Mhammad es schon vor Monaten geleert hatte. Er hatte mir nichts hinterlassen. Um Naseem war das zutiefst unangenehm, sie gab mir ein paar Hundert Dinar, die sie eigentlich nicht entbehren konnte. Kurz darauf rief meine Schwiegermutter Hajjeh Um Mhammad aus Palästina an. Sie weinte und versprach, mir nach besten Kräften zu helfen. Mhammad hatte auch ihr das Herz gebrochen. Ich konnte ihr Geld jedoch nicht annehmen, weil ich wusste, dass sie bereits viel von ihrem Erbe für Anwaltskosten und israelische Bußgelder aufgewendet hatte, alles nur, um ihr Haus behalten zu dürfen. Sie war eine alte Witwe, die allein lebte, und ich durfte ihre Last nicht noch vergrößern. Sie schickte trotzdem tausend Dinar, und Um Naseem bestand darauf, dass ich sie annahm. Zuerst verschwieg ich es Mama, weil sie mich dazu gebracht hätte, das Geld für die Miete zu verwenden. Aber man hatte mich praktisch rausgeschmissen, und in dieser Wohnung wollte ich sowieso nicht bleiben. So tugendhaft wie Mama war ich nun mal nicht, und ich rächte mich gern an dem Vermieter, der mich gedemütigt hatte. Ich machte sogar absichtlich den Hebel an der Dusche kaputt.

Jehad und Mama kamen mitten in der Nacht, um mir beim Auszug zu helfen. Mama zwang mich, die Möbel zurückzulassen, als Ersatz für die Miete. Sie ließ nicht zu, dass ich mich um das Bezahlen drückte, denn »Stehlen ist *haram*«, wie sie bemerkte. Sie sagte, Gott würde mich irgendwann dafür bestrafen. Als wäre es nicht Strafe genug gewesen, dass ich mit knapp zwanzig eine verlassene Braut war. Es stellte sich außerdem heraus, dass meine schönen Haushaltsgeräte mir überhaupt nicht gehörten. Mhammad hatte sie vom Vermieter nur geliehen. In Zukunft würde ich das

Geschirr wieder von Hand spülen und die halbautomatische Waschmaschine benutzen müssen. Aber es befriedigte mich, mir das Gesicht des Vermieters vorzustellen, wenn er den abgebrochenen Duschhebel entdeckte.

Nach kurzer Zeit hatte ich eine neue Anstellung im Büro einer Privatschule. Nebenbei fädelte ich weiterhin Augenbrauen und machte meinen Kundinnen Make-up und Nägel für besondere Anlässe wie Hochzeiten und Partys. Alles war mir so vertraut. War meine Ehe vielleicht nur ein Traum gewesen? Mhammad verschwand langsam aus meinen Gedanken. Ich hätte ihn vielleicht völlig verdrängen können, hätte mich Sitti Wasfiyeh nicht gelegentlich daran erinnert, dass ich es nicht geschafft hatte, meinen Ehemann länger als ein Jahr zu halten. Oder wäre ich nicht hin und wieder jemandem begegnet, den ich schon lange nicht mehr gesehen hatte und die unvermeidliche Frage aufkam, warum ich nicht schwanger sei. Glücklicherweise war Sabah meistens bei mir, wenn ich in solche Situationen geriet, und sprang für mich in die Bresche.

»Wir leben in den Achtzigern. Eine Frau muss nicht gleich Kinder bekommen«, sagte sie. Oder: »Nahr ist eine moderne Frau. Sie will noch keine Kinder.«

Sabah hielt mir den Rücken frei, gerade gegenüber Außenstehenden. Darum vertraute ich Sabah, als sie mein Unbehagen in Bezug auf Um Buraq teilte, und rief diese Frau nicht zurück, als sie eine Nachricht auf dem Anrufbeantworter in der alten Wohnung hinterließ, kurz bevor man mich hinauswarf. Ich fand Um Buraq einfach nur aufdringlich und alt (wenn auch ein bisschen faszinierend), aber Sabah witterte einen Skandal.

»Gut, dass du nicht mehr unter dieser Nummer erreichbar bist. Ich habe kein gutes Gefühl bei ihr«, sagte Sabah bei einem unserer Telefonate. »Du weißt, ich wärme nicht gern alten Tratsch auf, aber ihr Ehemann hat sich eine Zweitfrau genommen, weil sie keine Kinder kriegen kann. Sie nennt sich Um Buraq, um sich in ihrem Alter einen gewissen Respekt zu verschaffen. Aber da ihr Ehemann sie nicht mehr oft besucht, hat sie niemanden, der sie im Zaum hält. Ich habe gehört, dass sie mit anderen Männern schläft. *Istighfar Allah!*«

Auch ich hatte davon gehört, aber das machte Um Buraq ja so interessant. »Na klar! Wie sonst soll sie das Feuer in ihrem Inneren löschen?«, scherzte ich, und Sabah versetzte mir einen freundschaftlichen Schubs.

»Was denn?«, protestierte ich und verfiel in einen Tonfall der Weisheit, der jenen Frauen vorbehalten ist, die tatsächlich schon Sex hatten. »Eines Tages wirst auch du diese Glückseligkeit erfahren«, sagte ich und tat so, als wäre meine Erfahrung in Wahrheit nicht traumatisierend gewesen.

Ich blieb weiterhin neugierig auf Um Buraq, denn ich bewunderte das unerschütterliche Selbstvertrauen, das sie trotz ihrer bedauernswerten sozialen Stellung als verlassene Erstfrau ausstrahlte. Kurz darauf hatte sie sich irgendwie unsere Nummer beschafft und hinterließ eine Nachricht bei meiner Mutter. Sabah reagierte ungewöhnlich streng, als ich ihr sagte, dass ich zurückrufen wollte.

»Die Leute tratschen schon über dich wegen deines lausigen Ehemannes. Warum solltest du dich da mit jemandem wie Um Buraq abgeben? Außerdem ist sie nicht einmal von hier. Sie ist Irakerin, tut aber so, als sei sie Kuwaiterin, weil ihr Ehemann von hier ist«, sagte Sabah.

»Woher willst du wissen, dass sie tratschen, wenn du nicht mitgetratscht hast? Und was hat das alles damit zu tun, dass sie Irakerin ist?«, gab ich zurück.

»Also wirklich, Nahr. Du weißt, dass ich bloß versuche, auf dich aufzupassen«, sagte sie. Ja, das wusste ich, aber ich legte trotzdem auf. Normalerweise versöhnten Sabah und ich uns innerhalb von ein oder zwei Tagen nach einem Streit. Aber nicht dieses Mal. Es dauerte lange, bis wir unsere Freundschaft wieder aufleben ließen, denn an jenem Tag rief ich Um Buraq an. Ich wusste nicht, ob die Gerüchte über sie stimmten, glaubte aber, sie würde mich verstehen – sie würde wissen, wie es sich anfühlte, eine abgelegte Frau zu sein.

Um Buraq

Hier im Würfel denke ich über all die Entscheidungen nach, die ich in meinem Leben getroffen habe. Der Entschluss, mich an Um Buraq zu wenden, sticht dabei als Schlüsselmoment hervor.

»Na, so was. Das ist eine nette Überraschung und gutes Timing obendrein«, zwitscherte Um Buraq am anderen Ende der Leitung. An diesem Abend wollte sie mit Freundinnen auf eine Party gehen und lud mich ein, sie zu begleiten. Ich erwiderte, ich würde liebend gern, könne aber leider nicht. »Meine Familie würde mir nicht glauben, dass eine Hochzeitsfeier bis spät in die Nacht andauert«, erklärte ich.

»Mach dir keine Sorgen. Du übernachtest bei mir. Alle meine Mädchen machen das von Zeit zu Zeit«, sagte Um Buraq. Wäre ich klüger, weltläufiger, weniger naiv, eher wie Sabah gewesen, hätte ich mich vielleicht gefragt, was das heißen sollte. *Alle meine Mädchen.*

Ich fragte sie, was ich anziehen solle. Sie antwortete, ich solle mich sexy kleiden. Ob es eine gemischte Party sei? Sie kicherte. »Ja, gemischt.«

Ich ging davon aus, dass hauptsächlich Paare kommen würden, weil es so bei der einzigen anderen Abendparty gewesen war, die ich je besucht hatte.

»Ich fühle mich nicht wohl auf Partys mit Paaren«, klagte ich. »Werden noch andere Singles da sein?«

Dann kam wieder dieses gewaltige Lachen. Selbst über das Telefon wirkte es abstoßend. Ich stellte mir die großen Zähne vor, die breite Zahnlücke, die fleischigen Lippen. Sie ahnte wohl, dass ich einen Rückzieher machen wollte, und versicherte mir, ich bräuchte mir keine Sorgen zu machen. »Ich gehe doch auch ohne Ehemann hin, oder?«

»Ich bin froh, dass du neue Freundinnen gefunden hast und nach vorn schaust«, sagte Mama. Aber Sitti Wasfiyeh warnte: »Die Leute werden tratschen. Jemand in deiner Lage sollte nicht außer Haus übernachten.«

»Lass sie in Ruhe«, sagte meine Mutter. »Alles, was sie macht, ist arbeiten. Im Salon, in der Schule. Sabah ist ihre einzige Freundin. Sie muss ihr Leben leben.« Noch heute höre ich Mamas Worte.

Jehad war gerade auf dem Weg nach draußen, um Fußball zu spielen, als Um Buraqs Fahrer unter dem Balkon laut hupte. Wir stiegen gemeinsam die Treppe hinab, und er entdeckte Um Buraq, die auf dem Beifahrersitz saß. Sie trug eine traditionelle *abbaya*. »Du hängst jetzt mit alten kuwaitischen Frauen ab?«, neckte er und ging seines Weges. Ich war überrascht, als ich zwei andere Frauen auf dem Rücksitz sah. Wir begrüßten uns, und Um Buraq stellte uns einander vor. An ihren Akzenten konnte ich ablesen, dass Saus Libanesin war und Fifi aus Ägypten kam. Sie waren in meinem Alter und beide sehr schön.

»Wir müssen auch einen guten Namen für dich finden«, sagte Um Buraq.

»Was meinst du damit?«

An einer Ampel drehte sie sich zu mir um. »Wähle einen anderen Namen als Yaqoot«, sagte sie.

»Almas«, platzte ich heraus, ohne großartig nachzudenken. *Diamant*. Über diesen Augenblick habe ich viel nachgedacht, über diese Entscheidung, mir einen anderen Namen auszusuchen. Wusste ich tief in meinem Inneren, dass dies auch eine Verpflichtung bedeutete? Vielleicht eine Verpflichtung zur Rebellion. Zum Widerstand gegen das Drehbuch, nach dem ich mich richten sollte, um ein ehrbares Leben zu führen. Bescheidenheit, ein Ehemann, Kinder, Arbeit, sozialer Status, Geld. Sehnte ich mich etwa nach jenem, was abseits des fast schon unnatürlich sauberen Lebens lag? Wenn ja, warum? War es das Prickeln? Der Wunsch, wichtig zu sein, beachtet zu werden? Der Wunsch nach freier Sexualität?

Vielleicht war es auch etwas Banaleres. Im Alter von zwanzig war ich bereits von meinem Ehemann verlassen worden. Ich hatte nicht einmal eine richtige Hochzeit bekommen. Das setzte mich in den Augen der anderen herab und brachte mir ihre Verachtung ein. Vielleicht glaubte ich ja, Um Buraq könne meinen Schock und meinen Schmerz verstehen.

Um Buraq hob anerkennend die Augenbrauen. »So sei es! Almas. Ein passender Name für ein Juwel wie dich.«

Nun hatte ich drei Namen – vier, wenn man »Nanu« mitzählte, wie Jehad mich manchmal nannte.

Um Buraqs Haus war bescheiden, aber doch elegant und lag im Bezirk Rumaithiya. Eine südasiatische Frau um die fünfzig öffnete die Tür. Deepa war eine von zwei Hausangestellten. Der andere war Ajay, der Ehemann der Frau, unser Fahrer. Die meisten Kuwaiter waren streng und unfreundlich ihren Angestellten gegenüber. Um Buraq war zwar fordernd, schien ihre Hausangestellten aber eher als ihre Familie zu begreifen. Zu meinem Erstaunen sprach sie sogar ihre Sprache.

»Sprichst du Hindi?«, fragte ich.

»Nein! Das ist Malajalam«, blaffte Um Buraq, als fände

sie es befremdend, dass ich den Unterschied nicht kannte. Deepa war vor zwanzig Jahren, als Um Buraq heiratete, nach Kuwait gekommen, um dort zu arbeiten. Sie hatte ihr beigestanden, als sie mehrere Fehlgeburten erlitten hatte und dann verlassen wurde. Deepa war selbst kinderlos und dieser Schande entflohen, indem sie nach Kuwait gegangen war. Erst einige Zeit später, nachdem ihr Ehemann versucht hatte, mit einer anderen Frau ein Kind zu zeugen, wurde offenbar, dass er der Unfruchtbare war, nicht sie. Ajay flehte Deepa an, ihm zu vergeben und die Beziehung wieder aufzunehmen, und Deepa bat Um Buraq, ihn nach Kuwait zu holen. Aber da sich Um Buraq keinen weiteren Angestellten leisten konnte, einigten sie sich darauf, dass sie ihn anderweitig unterbringen und einen Teil seines Verdienstes kassieren würde. Er stimmte zu, verließ seine zweite Frau, um seiner Impotenz zu entfliehen, und von da an lebten die drei zusammen in Kinderlosigkeit und der unausgesprochenen Schande, die damit einherging. Sie waren alle ungefähr gleich alt, aber sowohl Deepa als auch Ajay nannten Um Buraq »Mama«.

»Die Kleider, die du mitgebracht hast, sind nicht das Richtige«, befand Um Buraq und gab mir ein paar knappe Teile zum Anprobieren. Ein rotes Kleid, das sie ausgesucht hatte, saß ziemlich eng und betonte meine Kurven. Ich fuhr mit den Händen über meinen Körper und beobachtete im Spiegel, wie der Stoff über meine Brüste, Taille und die Rundung meiner Hüften fiel. Ich fühlte mich wunderschön. Glamourös. Es war wahrscheinlich das teuerste Kleid, das ich je getragen hatte. Ich konnte darin jemand anders sein, nicht mehr die zwanzigjährige Versagerin, die erst im Teenageralter richtig lesen lernte, sich in den erstbesten Mann verliebte, der des Weges kam, ihn heiratete und dann zum Lieblingsthema der Klatschtanten wurde. In diesem Kleid konnte ich Almas sein, ein Diamant.

»Hier, nimm auch das.« Um Buraq reichte mir eine glitzernde kleine Handtasche, die zu dem Kleid passte.

Ich trug viel Make-up auf, um Almas gerecht zu werden, einer verführerischen und anspruchsvollen Frau. Ich mochte dieses Gesicht mit dickem Kajal, Mascara und rotem Lippenstift, das mich da im Spiegel ansah.

»Magst du lieber Red Label oder Black Label?«, fragte mich Susu.

Ich dachte, sie redete von meinem Kleid. »Weiß ich nicht. Niemand kann das Etikett sehen«, erwiderte ich und verrenkte mich, um das Kleideretikett im Spiegel zu betrachten. Alle haben sie gelacht. Susu spuckte beinahe ihre Cola aus.

»Was ist denn so lustig?«

»Hier.« Susu hielt mir ihr Getränk hin. »Das ist Red Label.«

Ich erkannte den Geruch sofort. »Das ist ja Alkohol! Ich dachte, du würdest Cola trinken«, sagte ich.

Immer noch lachend sagte Fifi: »Probier einfach. Und gib dich nicht so unschuldig. Wir wissen alle, dass die Palästinenser Alkohol trinken.«

Ich erinnerte mich an Mhammad. Und an meinen Vater. Noch immer hörte ich Mamas Klage, dass er nach *khamr* und Sünde stank. Dass er zu jenem Hurenhaus zurückkehren solle, aus dem er gerade gekommen war. Ich nahm das Glas von Susu entgegen, schnupperte daran und nahm einen großen Schluck. Dieser Alkohol war nicht wie das Zeug, in das Mhammad mich eingeführt hatte. Er hatte nicht einmal die gleiche Farbe. In meinem Inneren tobte eine Feuersbrunst, und ich dachte, ich müsse mich übergeben. Ich hustete, meine Augen tränten, und meine Nase begann zu laufen. Die anderen amüsierten sich nur.

Ich rannte ins Badezimmer. Das Make-up, das ich vor wenigen Augenblicken noch an mir bewundert hatte, war verschmiert. Der Kajal und die Wimperntusche liefen schwarz über mein Gesicht.

»Du siehst aus wie eine Katze, die gerade ihre Kätzchen gefressen hat«, sagte Um Buraq von der Badezimmertür aus. Deepa stand lächelnd neben ihr. »Ich bringe es dir wieder in Ordnung, Liebling.« Sie benahm sich fast mütterlich.

»Trinkst du etwa auch dieses schreckliche Zeug?«, wollte ich von Um Buraq wissen.

»Nein. Aber ich verdamme niemanden dafür. Ich werde dir zeigen, wie man es richtig trinkt«, sagte sie, und Deepa fügte in gebrochenem Arabisch hinzu: »Nicht trinken wie Wasser. Trink langsam.«

Deepa holte ein feuchtes Handtuch und reichte es Um Buraq, die es sanft gegen mein Gesicht tupfte. In meinem Kopf drehte sich alles.

»Entspann dich. Vertrau mir. Du wirst dich herrlich amüsieren. Wir Frauen verdienen es, auf dieser Welt ein bisschen Spaß zu haben.« Sie sprach sanft, sogar liebevoll mit mir, während sie langsam mein Make-up wieder auftrug. »Gott hat uns nicht dazu erschaffen, nur Babys zu bekommen und den Bedürfnissen der Männer zu dienen, während sie durch die Welt ziehen und einfach tun, worauf sie Lust haben«, erklärte sie. Ich dachte an Mhammad, und die Schande des Verlassenwordenseins wurde mir wieder bewusst. Sie fuhr fort: »Sie sind Vampire, und dann, wenn sie dich bis auf den letzten Blutstropfen ausgesaugt haben, hauen sie ab.«

»Mama, Ajay braucht mich«, unterbrach Deepa.

Um Buraq winkte mit der Hand. »Lass ihn warten. Erst kümmern wir uns um dieses Mädchen.«

Mit der Zeit wurde mir klar, dass Um Buraq nur um Deepas Willen Ajay tolerierte, obwohl sie die Hälfte seines Verdienstes am Ende eines jeden Monats einbehielt. Wäre Deepa nicht gewesen, hätte Um Buraq ihm alles abgenommen. Ajay konnte nichts dagegen tun. Er war in Indien in Ungnade gefallen, und er konnte mit Deepa zusammen nirgends hingehen außer nach Kuwait. Seine Arbeitserlaubnis war von Um Buraq abhängig. Sie besaß ihn im wahrsten Sinne des Wortes und ließ ihn dafür bezahlen, dass er Deepa verlassen hatte. Das war eine Art Ersatzstrafe für ihren eigenen Ehemann, der sich eine Zweitfrau genommen und sie im Stich gelassen hatte. Der Mann von Um Buraq hatte zu ihr gesagt, sie solle ihm dankbar sein, dass er ihr die Schande der Scheidung erspart habe. Aber Um Buraq wusste genau, dass es für ihn einfach billiger war, sie als Erstfrau zu behalten, als die *mo'akhar*, die Scheidungsmitgift, zu bezahlen, die bei manchen Ehen absichtlich exorbitant hoch angesetzt ist, um eine Scheidung zu verhindern.

Bevor ich Um Buraq kannte, war mir nie in den Sinn gekommen, dass das Patriarchat vielleicht nicht unbedingt die natürliche Ordnung der Dinge darstellte. Um Buraq war die erste Frau, der ich begegnete, die die Männer wirklich hasste. Das sagte sie ganz offen und ohne sich dafür zu rechtfertigen. Und ich fand es überzeugend.

Deepa brachte mir eine Flasche Mineralwasser. Ich stürzte sie hinunter und stieß einen befriedigten Rülpser aus, der uns alle zum Lachen brachte. Dann reichte Deepa mir ein Glas. »Scotch mit sprudelndem Wasser«, sagte sie und wackelte lächelnd mit dem Kopf, wie es die Leute aus Südasien gern machen. »Nur nippen.«

Ich probierte. Es schmeckte ziemlich furchtbar. Aber auch nicht richtig schlimm. Bald scharten wir die anderen Mädchen um uns, schnappten uns unsere Handtaschen und machten uns auf den Weg zur Party.

»Moment.« Um Buraq nahm mir die Handtasche ab, sah hinein und gab sie mir wieder zurück. »Braves Mädchen. Du solltest keinen Ausweis mitnehmen.«

Auch dieser Augenblick sticht hervor in meiner Erinnerung. Es wäre ganz normal gewesen, Geldbörse und Ausweis mitzunehmen. Wusste ich tief im Inneren, dass ich nichts dabeihaben sollte, was meine Identität preisgab? Hatte ich damit gerechnet, dass die Polizei uns anhalten würde? Oder war ich einfach zu betrunken?

Mein Körper war ganz entspannt und mein Herz offen für die Welt, warm und voller Liebe. In diesem Moment empfand ich viel Zuneigung für Um Buraq und Deepa. Vielleicht sogar für Fifi und Susu, wie auch immer ihre wirklichen Namen lauteten. Wir drei waren in schwarze *abbayas* eingewickelt, darunter unsere Kleider, und saßen in Um Buraqs Lincoln Continental. Sie thronte vorne neben Ajay, der die Hände am Lenkrad ließ und uns durch den Rückspiegel im Blick behielt.

Ich mochte das Kleid, das eng über meiner Taille lag und meine Brüste zusammenpresste, als würden sie gleich platzen. Das war nicht wirklich ich, sagte ich mir, sondern Almas. Ich ließ das Fenster herunter und hielt mein Gesicht in den kühlen Wind des Wüstenwinters.

»Mädchen! Mach das Fenster zu! Die Heizung ist an!«, schrie Um Buraq, und die Mädchen kicherten. »Deepa hat dir zu viel zu trinken gegeben«, brummte sie. »Vergiss nicht, dass du Almas heißt. Reiß dich zusammen, und werd wieder nüchtern. Verstehst du?«

»Wie das?«, fragte ich.

»Wie was?«

»Wie werde ich wieder nüchtern?«

Sie dachte darüber nach und sagte: »Mach Kopfrechnungen. Zähl irgendwas. Zähl alles um dich herum. Das hilft dir, dich zu konzentrieren.«

Es war fast elf Uhr abends, als wir beim Strandhaus ankamen. Mir war schwindlig, und ich rutschte in den schlecht sitzenden hohen Schuhen herum, die Um Buraq mir geliehen hatte. Wir gingen auf eine große, kunstvoll geschnitzte Holztür zu, die sich öffnete, bevor wir sie erreichten. Heraus kam ein kuwaitischer Mann mittleren Alters, der uns mit übertriebener Freude begrüßte. Er trug eine traditionelle *dishdasha*, aber ohne einen *ghutra-o-egal* auf dem Kopf. Drinnen wurden wir von den Jubelrufen einer kleinen Männergruppe in einem riesigen Raum empfangen. »*Ahlan Ahlan Ahlan!* Willkommen, ihr Schönheiten. Jetzt kann die Party beginnen!«

Außer uns gab es keine Frauen. »Ihr habt uns warten lassen, meine Damen! Aber ihr seid es wert. Kommt, setzt euch. Was darf ich euch zu trinken anbieten?«

Zähl Dinge, schoss es mir durch den Kopf. Um Buraq hatte gesagt, ich solle Dinge zählen, um wieder nüchtern zu werden.

Ich zählte zehn Männer, vier Flaschen Black Label Scotch und sechs Flaschen Red Label Scotch, drei davon leer, zwei teilweise ausgetrunken und fünf noch verschlossen. Zehn Schachteln Zigaretten, drei *argilehs*. Einen Taschenspiegel mit zwei Linien weißem Pulver. *War das etwa Kokain?* Zehn Aschenbecher voll Asche und ausgedrückten Zigarettenkippen, sechs Schalen mit Nüssen, zwei edle Silbereimer voller Eis, drei Flaschen Pepsi, zwei Flaschen Ginger Ale.

»Hallo, meine Schöne. Nimm Platz«, sagte jemand, und mir wurde klar, dass ich die Einzige war, die noch stand. Die Männer stellten sich uns vor, als Abu Irgendwas oder Abu Soundso, und bald zeigten sie uns Fotos von ihren Kindern.

Die Musik wurde lauter, und Fifi und Susu standen auf, um mit den Männern zu tanzen, dann zogen sie mich hoch und holten mich zu sich. Ich hob die Arme und ließ die Hüften kreisen. Die Musik ergriff mich, aber in meinem Inneren wuchs ein Unbehagen.

Zählen, Nahr, sagte ich mir. Zwei Bilder hingen an der Wand, eins zeigte den Emir, das andere seinen Nachfolger. Ein Schwert mit Widmung ruhte auf einem Regal unter den Fotos. Sechs persische Teppiche säumten den langen *diwan*, drei Kronleuchter hingen von der Decke, ein großer, flankiert von zwei kleineren, alle gedimmt. Ich schloss die Augen. Mein Körper tanzte. Drei Männer ließen viele Banknoten über mir herabregnen. *Mein Vater war so viele Abende fort gewesen, war er an einem Ort wie diesem gewesen, hatte er das gemacht, was diese Männer machten? Aber was machen sie hier eigentlich? Was mache ich hier eigentlich? In drei Tagen werde ich einundzwanzig. Tanz einfach, Nahr. Tanz, Yaqoot. Tanz, Almas. Almas. Almas. Mein Name ist Almas. Eins. Zwei. Drei Namen. Vier: Nanu. Jehad. Trink noch ein bisschen Red Label. Nur ein Schlückchen, nur ein Schlückchen. Nicht trinken. Zählen.*

Ich weiß nicht, wie lange ich tanzte, aber irgendwann war der mittlere Kronleuchter ausgeschaltet, und die anderen waren weiter gedimmt. Fifi war mit einem der Männer abgehauen. Susu kuschelte zwischen zwei Männern auf dem Sofa, und Um Buraq spielte Backgammon mit dem ältesten Mann der Gruppe, während der Rest ihnen zuschaute und Wetten auf den Gewinner abschloss. Der Raum war voller Rauch, und mir wurde plötzlich schlecht. Einer der Männer, die mit mir getanzt hatten, führte mich in ein Badezimmer. Dort sah ich Almas in einem großen Spiegel. Ich war barfuß, meine Haut glänzte vor Schweiß, das Haar war schlaff und das Make-up leicht verrutscht, aber nicht verschmiert.

Die Toilette, das Bidet, die goldenen Wasserhähne, die Marmorfliesen, der Whirlpool und die Glasdusche drehten sich um mich, als ich mich an die Toilette klammerte, um die toxische Mischung aus Scotch und Nüssen zu erbrechen. Ich übergab mich, bis nur noch Galle kam. Der Mann von vorhin kauerte neben mir und hielt meine Haare. *Ich dachte, ich hätte die Tür abgeschlossen.* Er reichte mir ein warmes, feuchtes Handtuch, dann ein kaltes Glas Wasser. Schließlich führte er mich zum Waschbecken, gab mir eine frische Zahnbürste samt Zahnpasta, streichelte mir die Haare. »*Salamtik, alf Salamah*«, sagte er immer wieder, offensichtlich besorgt um mich.

Ich putzte mir die Zähne und bat ihn, mir ein wenig Privatsphäre zu gewähren. Er drehte sich um und ging hinaus, und ich setzte mich auf die Toilette, um zu pinkeln. Als ich mich im Bidet wusch und dann abtrocknete, wurde mir zu meinem Entsetzen klar, dass er immer noch im Badezimmer war. Er stand zwar mit dem Rücken zu mir, starrte mich aber im Spiegel an. Als ich ihn entdeckte, lächelte er. Die Angst, die meinen Körper flutete, verstärkte meine Erschöpfung und Verwirrung, und nun spürte ich, dass ich kaum gehen konnte.

»Ich helfe dir«, sagte er. »Vielleicht wird dir etwas frische Luft guttun.« Er führte mich durch einen separaten Zugang, der direkt auf den Strand hinausführte. Ich konnte das Meer hören, aber es war zu dunkel, um viel zu sehen außer der Mondsichel und unendlich vielen Sternen. Er zog mich zu sich herunter auf den Boden. Ich hatte nicht bemerkt, dass er eine Decke mitgebracht hatte und sie bereits auf dem Sand neben einem Gaskamin ausgebreitet hatte. »Du bist wunderschön«, säuselte er, streichelte meine Brüste und drückte mich auf den Rücken. »Alle wollten dich, als sie dich tanzen sahen. Ich kann kaum fassen, wie viel Glück ich habe.«

Die Sterne standen dicht am Himmel, fast wie ein Netz aus Ewigkeit. So hatte ich den Himmel zuletzt gesehen, als Jehad und ich noch Kinder gewesen waren und mein Vater mit uns in der Wüste campen ging, wochenlang. Im Winter schien das ganze Land Zelte in der Wüste aufzustellen. *Wie hatte ich diese Tage nur vergessen können? Wie oft hatten wir das als Familie gemacht? Das waren wunderbare Erinnerungen an meinen Vater, sogar besser als der Windex-Regenbogen auf dem Glastisch und der Fatooma-Song. Nein, das ist nicht der Ort, an dem mein Vater seine langen Nächte verbracht hat. Das kann einfach nicht sein.*

Die Luft im Persischen Golf war salzig, trocken und kalt. Ich atmete sie ein und aus, immer wieder. Die gleiche Luft atmete er, als er sich in mir bewegte, immer wieder. Etwas Spitzes, vielleicht ein Stein oder eine Muschel, bohrte sich mir bei jedem Stoß in den Rücken. Ich musste wieder pinkeln. Die Sterne beobachteten mich und forderten mich dazu auf, mich zu bewegen. Aber ich traute mich nicht. Ich ließ es über mich ergehen, denn das machen wir Mädchen eben so. Sogar wir bösen Mädchen. Wir lassen es über uns ergehen und stehen den Männern zu Diensten, denn manchmal müssen wir um unser Leben fürchten ... und später rächen wir uns dann.

Ich erleichterte mich, wo ich gerade lag, und fühlte die warme Nässe zwischen meinen Schenkeln. »Du bist jeden Dinar wert«, sagte er. »Kann ich dir irgendetwas bringen?«

»Alles in Ordnung?« Er stupste mich an, aber ich war so erschöpft, dass ich nicht aufstehen konnte. Er stieß mich wieder an, und ich verschloss meine Augen vor den Sternen.

Als ich sie wieder öffnete, lag ich auf dem Bauch, auf einer harten Oberfläche. Ich hörte Stimmen von Männern und Frauen um mich herum. Ich sah die nackten Beine einer Frau, deren blau lackierte Zehen ich als Fifis erkannte. Das Licht im Zimmer war gleißend hell, und ich versuchte mich umzudrehen, aber jemand hielt mich fest. Fifi beugte sich zu mir herunter. »Es ist alles in Ordnung, du hattest eine große Glasscherbe vom Strand in deinem Rücken stecken. Da ist ein Arzt, der sich um dich kümmert«, sagte sie. Dann fügte sie flüsternd hinzu: »Hast du es nicht gespürt? Jedenfalls konnten wir dich nicht ins Krankenhaus bringen, weil … du weißt schon.«

Ich übernachtete bei Um Buraq. Ein heftiger Schmerz durchfuhr mich, wann immer ich den Arm auf der Seite bewegte, wo die Muskeln in meinem Rücken von der Glasscherbe durchtrennt worden waren. Am Morgen wusch ich mich in der Badewanne, so gut es mit einem Arm eben ging. Deepa half mir dabei, meine Haare zu waschen, ohne den Verband nass zu machen. Die anderen Mädchen waren gegangen, ich war allein mit Um Buraq.

»Du hast gestern Abend ja einen ordentlichen Krawall veranstaltet. Beim nächsten Mal musst du vorsichtiger sein«, sagte sie und schob mir ein Tablett mit Spiegeleiern und *labneh* hin, während sie sich über einen Teller mit *mutchboos* hermachte. Das traditionelle kuwaitische Gericht aus golden angebratenem Hühnchen und scharfer Tomatensoße auf Safranreis mit Rosinen und Nüssen war normalerweise ein großes Abendessen, aber sie aß es zu jeder Tages- und Nachtzeit.

»Nein, danke. Ich kann im Moment nichts essen.«

»Deepa hat frischen Orangen-Ingwer-Saft für dich gepresst. Trink ihn. Und nimm diese beiden Tabletten gegen deine Kopfschmerzen.«

Ich nippte an dem Saft, mein Haar war immer noch feucht.

»Alles hat gut geklappt. Besser, als ich erwartet hatte«, sagte Um Buraq und schaufelte sich eine Handvoll Reis in den Mund. »Hol mir mal den Umschlag da drüben.« Sie deutete auf ein dickes blaues Päckchen, das von einem Gummiband zusammengehalten wurde.

»Ich arbeite nicht für dich. Hol ihn dir doch selbst«, sagte ich.

»Er ist für dich. Aber ich behalte ihn gern«, gab sie zurück, ohne von ihrem Teller aufzusehen.

Mit dem gesunden Arm griff ich hinter mich, aber selbst diese Bewegung tat weh.

»Mach ihn auf.«

Ich konnte mich kaum rühren vor Schmerzen.

»Warte«, sagte sie. »Ich öffne ihn für dich.«

Sie leckte sich den Reis von den Fingern, zog einen Stapel Geldscheine aus dem Umschlag und zählte mit ihren fettigen Fingern zweitausend Dinar ab. Dann legte sie alles zurück in den Umschlag und übergab ihn mir.

»Sie hatten Gewissensbisse wegen der Probleme, die der junge Mann uns gemacht hat«, sagte sie. Um Buraq hatte fünfhundert Dinar für mich bekommen, zudem fünftausend für den Schaden, den der junge Kerl angerichtet hatte. Ich wollte ihr das Geld zurückgeben und diese Frau nie wiedersehen müssen. Aber ich verdiente dreihundert Dinar pro Monat in meinem Vollzeitjob, und hier bot sie mir einfach so zweitausend an.

»Wo ist der Rest?«, wollte ich von ihr wissen.

Sie erstickte fast an ihrem Essen.

»Warum behältst du dreitausendfünfhundert Dinar für dich?«, fragte ich forscher, als mir tatsächlich zumute war.

»Das ist der Deal«, erwiderte sie und nahm noch einen Bissen, ohne mich anzusehen.

»Wir haben keinen Deal«, gab ich zurück. Ich versuchte, meiner Stimme einen harten Klang zu geben und den Schmerz zu unterdrücken.

Sie lächelte, zog die großen Lippen dabei fast bis zu den Rändern ihres Gesichts. Ein Stück Petersilie steckte ihr zwischen den Zähnen, und die fast schon vulgär wirkende Zahnlücke schien mich zu verspotten. »Ich mag dich«, sagte sie, griff sich mit den fettigen Händen an den Busen und zog eine Stoffbörse voller großer Banknoten heraus. Sie zählte tausend Dinar ab und schob sie mir zu. Ich griff nicht danach, sondern starrte sie weiter an. Starrte die Zahnlücke an. Ihr Lächeln schwand. Sie zählte weitere fünfhundert ab, und das sollte es gewesen sein. »Alles, was recht ist. Ich muss auch leben. Jetzt zieh dich an. Ajay wird dich nach Hause fahren.«

Ich nahm das Geld und ging, in der Hoffnung, sie nie wiederzusehen.

Ich erfand eine fadenscheinige Geschichte über meinen Arm und kam damit durch. Bis ich eines Morgens Mama darum bitten musste, mir beim Anziehen zu helfen. Sofort entdeckte sie meinen Verband und bestand darauf, dass ich ihr erzählte, was wirklich passiert war.

»Mama, das ist nichts Schlimmes«, beschwichtigte ich. Aber sie ließ nicht locker. Ich log ihr vor, ich sei zu Hause bei Um Buraq die Treppe hinuntergefallen und in einem Splitter gelandet, von einem Glas Wasser in meiner Hand. »Ich wollte dich nicht beunruhigen.«

»Du solltest besser aufpassen. Zum Glück hast du dir nicht den Hals gebrochen«, seufzte sie. Sitti Wasfiyeh hörte unser Gespräch mit an und fügte hinzu: »Das passiert, wenn man die Augen nicht aufmacht. Ich sage dir immer wieder, dass du die Augen aufmachen sollst. Aber mir hört ja keiner zu. Du bist ungeschickt und solltest auf die Respektspersonen in deiner Familie hören.«

Mein Arm heilte nur langsam, genau wie die Wunde an meinem Rücken. Ich wusste nicht, was ich mit den dreitausendfünfhundert Dinar tun sollte, die ich in meinem Safe versteckt hatte. Dort bewahrte ich noch andere Schätze auf: die goldene *shabka* von meiner Hochzeit, zehn übrig gebliebene Goldbarren von einst zwanzig, die Mama heimlich gekauft hatte, als Baba noch lebte, und den Eintausend-

Dinar-College-Fonds für Jehad, von dem wir immer wieder etwas abzweigten, um unseren Lebensunterhalt bestreiten zu können. Es war nicht genug, um ihn an einer Universität unterzubringen, aber mit dem neuen Batzen Geld war es vielleicht doch denkbar, ihm eine gute Ausbildung zu bezahlen. Vielleicht konnte er ja ein reicher Arzt werden und uns dann unterstützen. Ich hatte noch anderthalb Jahre Zeit, um den Rest irgendwie aufzubringen.

Während der nächsten zwei Monate hinterließ Um Buraq mehrere Nachrichten, aber ich rief sie nicht zurück. Sabah glaubte, ich wäre immer noch wütend auf sie, wegen irgendeines dummen Streits, an den ich mich nicht mehr erinnern konnte. Auch ihre Anrufe nahm ich nicht entgegen. Glücklicherweise war Sitti Wasfiyeh gerade zum Kaffee bei einer Nachbarin, als Um Buraq vor unserer Wohnungstür stand. Ich beobachtete Um Buraq durch den Spion und tat so, als wäre niemand zu Hause. Ich ließ sie einfach an die Tür klopfen, bis sie aufgab und wieder verschwand. Aber ich befürchtete, sie würde noch einmal kommen und einen Skandal auslösen.

Ich bekam einen weiteren Job als Verkäuferin in einem Bekleidungsgeschäft. Von da an liefen meine Tage so ab: Sekretärinnenjob, Abendjob, nach Hause und dann alles wieder von vorn. An den Wochenenden und in meinen freien Stunden fädelte ich hier und da noch Augenbrauen. Ich kam mir vor wie ein Roboter, gleichgültig, was die Erinnerung an diese schreckliche Party betraf. Ich war beschäftigt, müde und abgestumpft, und das war gut. Ich wollte nichts denken oder fühlen, bis ich etwas Vernünftiges vorzuweisen hatte – vielleicht ein Sparkonto, damit mein Bruder zur Uni gehen konnte, oder einen guten Job, der mir Respekt und sozialen Status verschaffen würde. Tief in meinem Inneren wagte ich es sogar, davon zu träumen, selbst einen Abschluss zu machen oder meine Gedichte öffentlich vorzutragen. Aber meine hartnäckige Entschlossenheit beunruhigte meine Mutter. »Schau dich doch mal an. Was soll das heißen, dir geht es gut? Du siehst aus, als hättest du mindestens zehn Kilo abgenommen«, sagte sie.

Von Um Buraq hörte ich erst wieder, als sie eines Tages bei meiner Arbeit auftauchte und darauf bestand, dass wir uns unterhielten, bevor ich zu meinem Zweitjob ging. Bei »Juice King« in Salmiya bestellten wir uns am Drive-in-Schalter zwei große Gläser mit frisch gepressten Saftcocktails. Ich sah Um Buraq nicht in die Augen.

»Ich hätte dir vorab mehr über die Party erzählen sollen. Es tut mir leid. Ich wollte dir doch bloß helfen«, sagte sie.

»Ich habe dich nicht um Hilfe gebeten. Warum belästigst du mich bei der Arbeit?«

»Ich möchte dir ein Angebot machen.«

»Ich will nichts von dir.«

Sie seufzte. »Moment mal, hör mich doch einfach an. Ich bin kein schlechter Mensch. Frauen wie wir …«

Ich drehte mich zu ihr um. »Ich bin nicht wie du.«

Sie hielt kurz inne, bevor sie mir antwortete. »Wenn du nur auf dem Papier verheiratet bist, von deinem Ehemann verlassen und gedemütigt wurdest in den besten Jahren deines Lebens, nicht die Möglichkeit hast, deine Familie und dich selbst zu ernähren, in einer materialistischen Kultur, die dich verachtet, wenn du nicht das richtige Auto fährst – dann bist du genau wie ich.«

Sie starrte mich durchdringend an, bis ich ihren Blick erwiderte. Ich wusste nicht, was ich darauf entgegnen sollte. Ich dachte an den Inhalt des Safes zu Hause, an den Fremden, der sich am Strand auf mich gelegt hatte, an die Glasscherbe, die sich in meinen Rücken gebohrt hatte. Der Knoten in meinem Bauch, den ich seit jener Nacht in mir trug, zog sich enger um meine Eingeweide, und ich wollte den Saftcocktail am liebsten wieder auskotzen. Ich fühlte mich benommen. Hatte sie recht? War das mein Schicksal?

»Was willst du von mir?«, fragte ich und legte Feuer in meinen Blick, obwohl ich mich innerlich schon besiegt fühlte.

»Ich möchte, dass wir Freundinnen sind. Wir können uns gegenseitig helfen, und ich glaube, dass du die Dinge mit der Zeit anders betrachten wirst als in diesem Moment. Ich weiß, dass dein Bruder einer der besten Schüler im ganzen Land ist, und das schon seit Jahren.«

Ich ließ sie abblitzen. Meine Wut war echt, und sie verlieh mir Macht. »Hör mir genau zu. Ich werde dir die Augen auskratzen, wenn du meine Familie je wieder erwähnst. Verstehst du mich?«

Aber sie fuhr fort, als hätte sie nichts gehört. »Dein Bruder verdient eine richtige Ausbildung. Ich weiß, dass deine Familie es sich nicht leisten kann, ihn auf die Universität zu schicken. Aber ich kann euch dabei helfen.«

Tatsächlich wollte ich miterleben, wie er sich seinen Traum erfüllte, Chirurg zu werden. Und ich wollte ihm dies ermöglichen. Ich wollte meine Familie ernähren und schützen. Doch dann dachte ich daran, was ihr Angebot ganz konkret bedeutete, mir drehte sich der Magen um. »Ich muss wieder zur Arbeit«, sagte ich und versuchte, mich zusammenzureißen.

Der Kellner kam zu unserem Auto und nahm Um Buraqs leeres Glas mit. Ich bedeutete ihm, auch meins abzuräumen. »War etwas nicht in Ordnung mit dem Saft?«, fragte er. Ich hatte ihn kaum angerührt.

»Sie fühlt sich nicht wohl«, antwortete Um Buraq und streckte ihm sein Trinkgeld hin.

Als er gegangen war, sagte sie: »Ich biete dir die Möglichkeit, in einer Stunde ein Monatsgehalt zu verdienen.«

»Und wenn ich Nein sage?«

Sie reckte sich nach dem Handschuhfach und öffnete es. Es war voller Krimskrams und Papiere. »Schau mal in den blauen Umschlag dort«, sagte sie.

»Ich will dein Geld nicht.«

»Da ist kein Geld drin. Mach ihn auf.«

Ich öffnete ihn. Und da war ich, in diesem engen roten Kleid, ein Glas Scotch in der Hand, tanzend zwischen drei Männern, die mich begafften und mit Geld überschütteten, das um meine nackten Füße zu Boden fiel. Ich erkannte mich kaum wieder, aber das war ich, tatsächlich. »Hast du diese Bilder gemacht? Hast du das so geplant?«

Ich öffnete die Autotür und würgte. Wenn diese Fotos jemals in die falschen Hände gelangten, würde ich nicht nur mein Gesicht verlieren, sondern im schlimmsten Fall auch noch wegen Prostitution eingesperrt werden. Ich erstarrte bei dem bloßen Wort. Prostitution.

»Nimm dir Zeit zum Nachdenken«, sagte sie und ließ den Wagen an.

Zwei Monate später ging ich mit ihr, Susu und Fifi auf eine andere Party. Wieder waren dort verheiratete Männer ohne ihre Frauen, und bald zeigten sie Fotos von ihren Kindern herum.

Später erfuhr ich, dass sich Um Buraq immer Fotos zeigen ließ, wenn die Männer betrunken genug waren. Nicht, weil sie sich für ihre Kinder interessierte, sondern weil sie darauf hoffte, einen Blick auf die vier Ziffern ihrer PIN zu erhaschen. »Diese Männer haben immer mehrere Konten. Sie sind zu dumm, um sich die Codes zu merken, darum haben sie in ihren Brieftaschen kleine Zettel mit den Nummern«, erklärte sie. Sie ließ uns so unauffällig wie möglich die Bankkarten stehlen. Dann hoben wir eine möglichst große Summe ab, ohne Verdacht zu erwecken. Es klappte jedes Mal. Für Männer mit so viel Geld sind tausend Dinar nämlich bloß Kleingeld. Sie vermissten sie überhaupt nicht – das behauptete Um Buraq jedenfalls.

Um Buraq hatte eine Wohnung in Hawalli für ihre Mädchen. Wenn sie es uns sagte, gingen wir dorthin. Wir hielten die Wohnung sauber und sorgten dafür, dass immer ausreichend Essen und Dessous zur Verfügung standen. Manchmal gingen wir auch hin, wenn wir allein sein wollten. Fifi studierte irgendetwas, ich sah sie dort oft mit ihren Büchern, die sie auf dem Tisch ausbreitete. Sie packte sie immer schnell ein und machte sich davon. Es ist seltsam, aber ich habe Susu und Fifi nie näher kennengelernt, erfuhr niemals ihre wirklichen Namen. Ich behielt meinen Bürojob und ging nur ein paar Stunden pro Woche in die Wohnung. Es war leicht, das Ganze vor meiner Familie geheim zu halten, weil ich genügend plausible Gründe hatte, nicht zu Hause zu sein – Augenbrauen fädeln, einkaufen, Freundinnen treffen, Besorgungen machen.

Als ich zum ersten Mal in der Wohnung war, gab Susu mir eine Pille, die mich entspannen sollte. Sie riet mir auch, mein wahres Alter zu verheimlichen. »Sag ihm, dass du sechzehn bist. Dann ist es schneller vorbei. Je jünger sie dich einschätzen, desto schneller kommen sie«, sagte sie. Ich folgte ihrem Ratschlag. Er schaffte es in einhundertdreiundsiebzig Sekunden (ich zählte mit), zahlte vierhundert Dinar (ich zählte sie zweimal nach) und ging. Ein paar Wochen später kam er mit einer teuren Goldkette zurück und bezahlte den gleichen Betrag für weniger als eine halbe Stunde mit mir. Aber da waren auch noch andere. Jeder kaufte sich ein kleines Stück von mir und nahm es für immer mit. Ich erinnere mich an alle.

Abu Nasser war der Erbärmlichste von allen. Verheiratet, fünf Kinder, Spross einer reichen kuwaitischen Familie.

Äußerlich betrachtet eine fromme, aufrechte Stütze der Gesellschaft. Er sprach öffentlich über Tugend, Kalifate und bessere Zeiten, in denen die Moral in Form von geschriebenen und ungeschriebenen Gesetzen die Frauen noch fest im Griff gehabt hatte. Anfangs widerte er mich an, aber mit der Zeit bemitleidete ich ihn nur noch. Jetzt, im Würfel, bin ich dankbar für ihn. Abu Nasser zeigte mir anschaulich, was unter dem Mantel der öffentlichen Frömmigkeit vor sich ging – wer die Menschen waren, die die Moral für sich gepachtet hatten und vorgaben, weiser, klüger und tugendhafter als wir anderen zu sein.

Ich war eine der Wenigen, wenn nicht die Einzige, die Einblick in Abu Nassers dekadente Weltanschauung hatte. Er glaubte, hinter den Versuchungen stecke der Teufel, der seine Standhaftigkeit prüfe, aber er brachte es immer fertig, seine Verstöße gegen die Gebote Allahs mit irgendwelchen Haarspaltereien zu rechtfertigen. Er sagte, wenn er mich nicht berühre, sei es technisch gesehen keine Sünde. Er kam immer, wenn er wusste, dass ich meine Periode hatte. Ich musste ihm mein schmutziges Höschen reichen, das mit einer blutigen Slipeinlage versehen war, und ihn sich selbst überlassen. Er bezahlte mehr, wenn ich den ganzen Tag über dieselbe Einlage getragen hatte. Und noch mehr, wenn er gleich zwei Tage meiner Körpersäfte bekam. Je ekliger, desto besser. Er hielt das Höschen wie ein wertvolles Geschenk und führte es sich langsam ans Gesicht, atmete ein, während er sich einen runterholte. Ich musste im selben Raum sitzen, durfte ihn aber nicht ansehen (ein weiterer entlastender Kniff für den Tag der Abrechnung). Aber er sorgte dafür, dass ich ihn hörte. Armselige kleine Männergeräusche, die mich an einen winselnden Hund erinnerten und dazu brachten, mich selbst zu hassen. Als er fertig war, brach er in Tränen aus, sein Gesicht war mit meinem Blut verschmiert. Dann verfluchte er mich. »Verführerin! Möge Gott dich dafür bestrafen, dass du mich hierhergelockt hast.« Er flehte Allah an: »O Herr, ich bitte dich um die Gnade, den Teufel und die Verführerin des Teufels von mir fernzuhalten.« Dann warf er Geldscheine auf den Boden und rannte hinaus, sicher direkt in die Moschee, um seine Seele zu reinigen. Und pünktlich nach achtundzwanzig Tagen, auf dem Höhepunkt meines Menstruationszyklus, war er wieder da.

Einmal, als ich nichts für Abu Nasser hatte, beschuldigte er mich, ein Bastardkind in mir zu tragen, nannte mich eine Hure und ging. Drei Tage später kam er zurück, um sich dafür zu entschuldigen, dass er die Sünde begangen hatte, die Ehre einer Frau ohne Beweise in Verruf zu bringen. In seiner Entschuldigung sprach er sich aber zu einem gewissen Grad frei, da ich technisch gesehen sowieso keine ehrenwerte Frau war.

Sein Timing war perfekt – es hatte sich bloß um eine kleine Menstruationsverzögerung gehandelt, und ich blutete gerade. Ich ging ins Badezimmer und kam lächelnd mit einer schmutzigen Slipeinlage wieder heraus. Dieses Mal bezahlte er erheblich mehr. Großzügig war er, das musste man ihm lassen.

Abu Moathe war Filialleiter einer Bank und changierte zwischen gewalttätig und sentimental. Er wollte, dass ich mit ihm kämpfe, wollte Vergewaltigungsszenen spielen. Für mich war es jedoch kein Spiel, denn obwohl ich dafür bezahlt wurde, fühlte es sich an wie eine echte Vergewaltigung. Ich schrie unter der Hand, die er mir auf den Mund drückte. Manches Mal ging er zu weit und hinterließ Prellungen an meinem Körper.

Er war einer der wenigen *mitkawteen*: Palästinenser, denen man die kuwaitische Staatsbürgerschaft verliehen hatte.

Das hatte er seinem Vater zu verdanken, der General im Militär gewesen war, bevor Kuwait seine reichen Ölvorräte entdeckt hatte. Die meisten *mitkawteen* waren Intellektuelle oder adelige Kaufleute, die stolz auf ihre palästinensische Herkunft waren. Doch Abu Moathe konnte nicht zu seinen palästinensischen Wurzeln stehen und tat alles dafür, sie zu verbergen. Einmal schlug er mich bewusstlos, weil ich ihn gefragt hatte, aus welchem Dorf in Palästina seine Familie ursprünglich stammte. Die geschwollene linke Gesichtshälfte stellte sich später als Jochbeinbruch heraus.

Um Buraq mochte ihn nicht und warnte mich vor ihm. »Versteh mich nicht falsch. Geld ist Geld, aber irgendwo ist Schluss. Dieser Mann ist verrückt«, sagte sie.

Nachdem er mir das Jochbein gebrochen hatte, suchte Um Buraq ihn in der Bank auf. Auch sie hatte ein gutes Timing, denn sie erschien in jenem Moment, als sein Vater, der General, mit mehreren Männern gekommen war, um Abu Moathe zur Geburt seines zweiten Sohnes zu beglückwünschen. Um Buraq gab vor, einen Kredit beantragen zu wollen, aber eigentlich übermittelte sie ihm damit die Botschaft, dass sie ihm einen echten Skandal machen könnte.

»Sein Gesicht wurde kalkweiß, als er mich sah«, erzählte Um Buraq mir später.

Ich selbst hatte mir mehr Sorgen darüber gemacht, wie ich meiner Mutter mein geschwollenes, blutunterlaufenes Gesicht erklären sollte. Am Morgen danach war ich aus dem Haus geschlichen, bevor meine Familie erwachte, und früh zur Arbeit gegangen. Vor dem Wachmann tat ich so, als stürzte ich zu Boden. Abu Zhaq, ein freundlicher, ältlicher Palästinenser, der eine dicke Brille und eine Zahnprothese trug und meistens im Koran oder in Sufi-Gedichten las, kam mir sofort zu Hilfe. Er wunderte sich nicht darüber, wie mein Gesicht so kurz nach dem »Sturz« aussah. Er wusste nämlich, dass ich eine Show abgezogen hatte, und spielte mit. Ich hingegen wusste, dass er mich bemitleidete, was mich umso mehr beschämte.

»Möge Allah dir ein langes Leben schenken, Ammi«, sagte ich. »Es geht mir gut. Es war nur ein kleiner Sturz.«

Abu Moathe entschuldigte sich unter Tränen. So machte er es immer. Er schwor mir jedes Mal, dass er mich liebte. Dass ich die erste Frau war, die er jemals wirklich geliebt hätte. Dass seine kuwaitische Frau ihn nicht so gut verstand wie ich, weil ich Palästinenserin war. Er küsste mir die Füße, kummervoll schluchzend, und ich empfand Mitleid mit ihm, was mich wiederum zu der Annahme verleitete, dass ich ihn auch liebte. Vielleicht gab es ja so etwas wie Liebe, die mit Abscheu und Hass verwoben war. Dann verletzte er mich erneut. Aber nachdem Um Buraq ihn aufgesucht hatte, war es anders. Erfüllt von schlechtem Gewissen, hatte er einen Plan gefasst. Er machte mir einen Heiratsantrag, erzählte mir von seinem Traum, mit zwei schönen Frauen herumzulaufen, eine an jedem Arm.

Heute fällt es mir schwer, zuzugeben, dass ich diesen Plan ganz vernünftig fand und mir ausmalte, ja sogar davon träumte, seine zweite und bevorzugte Frau zu sein. Ich wollte auserwählt sein, vielleicht geliebt werden. Ich wollte aus meinem Leben heraus, aus meiner Haut, und sein Angebot schien mir das Beste, auf das jemand wie ich hoffen durfte.

»Aber ich bin schon verheiratet«, erinnerte ich ihn.

»Darum kümmere ich mich«, sagte er. Vielleicht, damit er mich in einem besseren Licht sah, gestand ich ihm, wie Um Buraq mich zu dieser Betätigung gezwungen hatte. Ich erzählte ihm, wie sie mich mit den Fotos erpresst hatte, und er versprach, dem Ganzen ein Ende zu bereiten und für immer auf mich aufzupassen. Ich sagte ihm, dass ich ihn auch liebte, und verriet ihm, dass ich in Wirklichkeit Yaqoot hieß. Nahr behielt ich aber doch für mich.

Abu Moathe bedrohte Um Buraq auf dieselbe Art, wie sie es bei ihm getan hatte. Er suchte ihren getrennt lebenden Mann auf, unter Vorspiegelung geschäftlicher Gründe. Damit signalisierte Abu Moathe ihr, dass er sie genauso leicht ruinieren konnte wie sie ihn. Er hatte ein triumphierendes Grinsen auf den Lippen, als er mit seinem dicken Finger auf ihre Schulter tippte.

»Yaqoot arbeitet nicht mehr für dich«, verkündete er und forderte sie dazu auf, ihm die Fotos zu übergeben.

Um Buraq sah mich spöttisch an. »Du hast ihm deinen Namen gesagt, du dummes Mädchen? Und du willst, dass *er* die Fotos bekommt?« Dann wandte sie sich wieder ihm zu und lachte ihr schreckliches Zahnlückenlachen, als ob sie schon eine Million Käfer wie ihn zerquetscht hätte. Ich rechnete damit, dass es ihn erzürnen würde, aber es verwirrte ihn nur. Mich lehrte diese Szene eine wichtige Lektion im Leben: Wenn du unvorhersehbar reagierst, sind die Leute erst mal so verdutzt, dass du mit etwas Glück die Oberhand gewinnst.

Das gelang Um Buraq an jenem Tag. Sie versprach, mich nie wieder anzurufen. Und als ich darauf bestand, dass sie die Fotos herausgab, schüttelte sie nur den Kopf und sagte: »Du dummes, dummes Mädchen.« Dann stimmte sie sämtlichen Bedingungen zu, vorausgesetzt, Abu Moathe bezahlte sie dafür. Sie gab ihm das Gefühl, gewonnen zu haben, und er ließ sich darauf ein, dumm wie er war. Auf diese Weise konnte sie jeden Preis nennen, denn das Wort eines Mannes galt. Es gab so etwas wie Ehre unter den Lasterhaften. Er bezahlte Um Buraq fürstlich.

So wurde Abu Moathe für eine Zeit lang mein Sugardaddy. Ich brauchte Um Buraq nicht mehr unter die Augen zu treten, und mein Tagesablauf war geregelter, aber dafür musste ich mich jetzt von ihm verprügeln lassen. Er versprach, mich niemals ins Gesicht oder auf den Hals zu schlagen, also dorthin, wo man hinterher Spuren sehen könnte, solange er über meinen Körper verfügen konnte.

Er hatte eine geheime Wohnung in Salmiya, wohin ich mich begab, wann immer er mich anpiepste. Ich musste so tun, als sei ich eine nichts ahnende Hausfrau oder Hausangestellte, die ihren täglichen Koch- und Reinigungsarbeiten nachgeht. Er spielte meinen Vergewaltiger, der sich eingeschlichen hatte, als niemand zu Hause war. Zuerst musste ich mich wehren, um ihn zu provozieren, mich zu schlagen, dann sollte ich der Freude an der Sache erliegen und um mehr betteln. Diese Komödie wurde ein- oder zweimal pro Woche aufgeführt. So bestritt ich unseren Lebensunterhalt und baute Jehads Universitätsfonds auf. Abu Moathe brachte mir sogar bei, an der Börse zu investieren. Eine Zeit lang spielte ich mit einer kleinen Geldsumme herum, machte aber keine riskanten Geschäfte. Auf jeden Fall boten Aktien eine einfache Erklärung für das zusätzliche Einkommen. Abu Moathe überschüttete mich mit Geschenken: Schmuck, Kleidung, Schuhe, Handtaschen. Aber ich musste die Sachen in der geheimen Wohnung lassen, weil Mama sich schon über unsere verbesserte finanzielle Lage wunderte. Sie wusste nichts von den Ersparnissen für die Uni, und ich behielt meine bisherigen Jobs, um Geld zu verdienen und aus dem Haus zu kommen. Zum ersten Mal standen wir nicht am Rande der Zwangsräumung, und Mama konnte die Einnahmen ihrer Nähaufträge für sich selbst ausgeben. »Möge Allah dich segnen, meine Tochter. Du bist mehr wert als alles Gold der Welt«, sagte sie. Sie glaubte meine Geschichten, denn das, was ich wirklich tat, war unendlich weit von ihrer Realität und Vorstellungskraft entfernt.

Einmal erinnerte ich Abu Moathe an sein Eheversprechen, und er erwiderte: »Wenn ich das durchziehen würde, schneidet Um Moathe mir wahrscheinlich im Schlaf die Eier ab.« Ich erwähnte die Sache nie wieder, und er hörte bald auf, mich anzupiepsen und wechselte das Schloss in seiner Wohnung aus. Er hatte sich eine andere Frau gesucht.

Das ist nicht die ganze Wahrheit. Aber ich habe Bilal diesen Teil nie erzählt. Abu Moathe hörte nicht auf, mich anzupiepsen. Ich ließ zu, dass er mich schwängerte, weil ich glaubte, ich könnte ihn so eher dazu bringen, mich zu heiraten. Ich dachte, er könnte mir helfen, eine Scheidung durchzusetzen. Stattdessen brachte er mich nach Ägypten – es war meine erste Flugreise –, und dort gingen wir in eine Klinik. Zwei ältere Frauen halfen mir auf den Tisch in einem schmutzigen Raum. Eine Krankenschwester steckte mir eine Infusionsnadel in den Arm, und als ich aufwachte, hatte ich dicke, blutige Lappen zwischen den Beinen. Dann wurde ich von denselben älteren Frauen wieder aus dem schmutzigen Raum hinausgeführt. Ich blutete zwei volle Wochen lang, bekam Fieber und schreckliche Krämpfe. Ich hatte Angst davor, zum Arzt zu gehen, weil der mich, nach dem, was er sehen musste, ins Gefängnis hätte schicken können. Um Buraq war der einzige Mensch, an den ich mich wenden konnte, und sie kümmerte sich um alles. Sie holte mich zu sich nach Hause und rief einen Arzt. Er sagte, ich könne an einer Sepsis sterben, wenn ich nicht sofort ins Krankenhaus ginge. Wir einigten uns aber darauf, noch einen Tag abzuwarten, in der Hoffnung, die intravenösen Antibiotika würden ihre Wirkung entfalten. An das, was danach geschah, erinnere ich mich nicht, aber es hat sich wirklich so zugetragen. Um Buraq holte eine traditionelle Heilerin, und zusammen pflegten sie mich gesund. Meiner Mutter erzählte Um Buraq, dass wir zum Camping in die Wüste fuhren, wo es keine Telefonzellen gab. Es dauerte eine Woche, bis ich wieder halbwegs bei Kräften war. Der Arzt sagte, untenrum sei ich kaputt und vernarbt und könne keine Kinder mehr bekommen.

Dass Abu Moathe mich einfach so fallen ließ, half mir letztlich dabei, mir die Realität meines Lebens vor Augen zu führen. Ich piepste ihn immer wieder an, aber er reagierte nicht darauf. Nachdem ich ihn mehrmals im Büro angerufen hatte, wandte er sich an Um Buraq und drohte, uns beide zu vernichten, wenn ich ihn weiterhin belästigte. Ich begab mich ins Bett, rollte mich um meinen ausgehöhlten Bauch zusammen, und eine tiefe Einsamkeit legte sich um mein Herz. Ich kam mir verloren vor auf dieser Welt, fühlte mich wertlos, spürte, dass ich Flecken auf der Seele trug, die niemals abgewaschen werden konnten. Ich hatte ein echtes Verlangen danach zu sterben.

Eines Tages trieb mich Um Buraq aus dem Bett. Deepa stand neben ihr, ein Getränk in der Hand.

»Hör mir zu!«, forderte sie. »Zuerst trinkst du diesen Kräutertee. Und dann kommst du aus dem Loch heraus, in das du gefallen bist.« Deepa legte mir ein Kissen in den Rücken, als Um Buraq mich hochzog. Ich nahm den Tee und nippte bedächtig. Der Geschmack von Salbei und Zimt erfüllte meinen Mund, und die warme Flüssigkeit glitt meinen Hals hinunter bis in meinen ausgehöhlten Bauch. Ich starrte Um Buraq ausdruckslos an.

»Jetzt hörst du mir zu«, begann sie. »Abu Moathe ist ein Stück Scheiße. Jeder Mann ist Scheiße. Je früher du diese Wahrheit akzeptierst, desto leichter wird dein Leben werden. Ich habe geglaubt, du wüsstest das mittlerweile. Was hast du dir dabei gedacht? Dass er dich heiraten und deinen Ruf wiederherstellen würde? Du nimmst dir von ihnen, was du kriegen kannst. Sie haben alle Macht der Welt, aber es ist möglich, die Oberhand über sie zu erlangen. Das ist es, was du lernen musst.«

Ich lehnte den Kopf an Um Buraqs Schulter. Sie legte die Arme um mich und schob mich sanft zurück. »Ich gestehe dir noch einen weiteren Tag Selbstmitleid zu, aber morgen früh stehst du auf, machst dir den Kopf frei und entscheidest, wie du leben willst. So einfach ist das. Du triffst diese Entscheidung. Dann noch eine und noch eine. Es gibt niemanden, der dich zwingt, in diesem erbärmlichen Zustand zu verharren. Du bist jung, schön und gesund. Du hast ein Zuhause, Familie und Freundinnen. Das ist doch eine gute Ausgangsposition.«

Deepa ermahnte mich sanft, noch etwas Tee zu trinken, dann verließen beide den Raum. Ich lag die ganze Nacht wach und projizierte meine Erinnerungen und Fantasiebilder an die Decke, so ähnlich, wie ich es heute im Würfel mache.

Vor Sonnenaufgang beschloss ich, mich mit dem Ruf zum *fajr*-Gebet aus dem Bett zu zwingen. Meine vernarbte, leere Gebärmutter fühlte sich an wie ein Felsbrocken in meinem Bauch, als ich in die Küche ging, um Kaffee zu machen. Zu meiner Überraschung war Deepa bereits wach und kochte einen *ibriq*-Kaffee. Sie schenkte zwei Tassen ein und schob mir eine zu, dann setzten wir uns an den Tisch. Schweigend nippten wir an unserem Kaffee, denn für Worte war es noch zu früh. Ich traf eine weitere Entscheidung: Ich betete. Daraufhin führte ich die rituelle *wudu*-Reinigung durch, zog das Gebetsgewand an, das Um Buraq für mich herausgelegt hatte, und betete dann das *fajr-salat*. Es fühlte sich gut an. Ich traf die Entscheidung, mein Haar zu waschen, zu duschen und jeden Zentimeter Haut an meinem Körper gründlich abzuschrubben. Dann die Entscheidung, meine Haare zu trocknen und zu kämmen. Die Entscheidung, ein leichtes Make-up aufzutragen. Als Um Buraq zur Mittagszeit erwachte, aß ich mit ihr und Deepa. Eine Entscheidung folgte der anderen.

»Du siehst gut aus«, bemerkte Um Buraq und nahm einen großen Bissen Ei mit Brot. Ich nickte.

»Wofür hast du dich entschieden?«, fragte sie mit vollem Mund.

»Ich möchte normal sein«, sagte ich.

»Du warst immer normal, Mädchen«, sagte sie. »Normal ist nicht das, was die anderen Leute tun. Du kannst dein eigenes Normal erfinden.«

Ich wusste, was sie meinte. Um Buraq schimpfte immer auf Anstand und Schicklichkeit, wies auf die allgegenwärtige Heuchelei hin, hasste Männer.

»Ich möchte das nicht mehr machen. Ich möchte nur noch als Sekretärin und Verkäuferin im Einkaufszentrum arbeiten und meine Familie unterstützen«, sagte ich.

Um Buraq sah mich an. Ich erwiderte ihren Blick und weigerte mich, als Erste wegzusehen. Sie rollte die Augen, fuhr mit der Zunge über die Zähne und saugte Luft durch die Zahnlücken ihres großen Mundes, um Essensreste zu entfernen. »Dann solltest du das so machen, meine Liebe. Ich bin für dich da, wenn du mich brauchst.«

Wieder starrten wir uns in die Augen. »Danke, dass du dich in den letzten Tagen um mich gekümmert hast. Ich werde dir die Arztkosten zurückzahlen«, versprach ich.

»Das habe ich gern für dich getan. Du brauchst dich nicht um die Arztrechnungen zu sorgen. Ich habe sie beglichen, und dabei bleibt es«, sagte sie.

Die Ambivalenz unserer Beziehung trat überdeutlich hervor. Ich empfand eine Zuneigung zu dieser Frau, die mich erpresst und zur Prostitution gezwungen hatte. Wir teilten unaussprechliche Geheimnisse, und dadurch entstand eine tiefe Nähe zwischen uns. Gleichzeitig verspürte ich den Drang, von ihr wegzulaufen und niemals zurückzuschauen. Noch paradoxer war, dass Um Buraq mich liebte, mich aber gleichzeitig benutzte und ausbeutete. Ich kann das nicht richtig erklären, aber ich weiß, dass es so war.

Ich nahm mein Leben wieder auf, so wie ich es getan hatte, nachdem Mhammad mich verlassen hatte. Ganz so, als wäre nichts geschehen, als wäre das Leben völlig normal weitergegangen. Ich ging zurück in meinen Bürojob, arbeitete wieder verstärkt im Verkauf und nahm mehr Kundinnen zum Augenbrauenfädeln an. Die Freitage waren für die Familie reserviert, und ein Gefühl der Zufriedenheit mischte sich langsam in die körperliche Anstrengung, die meine Tage mir abverlangten. Mein Verdienst war viel niedriger, als ich in den Monaten zuvor meiner Familie gegenüber behauptet hatte, und so war ich gezwungen, meine Ersparnisse anzutasten. Aber jeden Tag traf ich Entscheidungen, immer die gleichen, und das Leben ging weiter.

Es war Jehads letztes Schuljahr. Der Großteil unseres Familienlebens drehte sich darum, ihm Ruhe und gesundes Essen – also optimale Voraussetzungen – zu verschaffen, damit er die anstrengenden Prüfungen in jedem Quartal bestand und auch die vielen Universitätsbewerbungen erfolgreich angehen konnte. Bei den Zwischenprüfungen folgte eine gute Nachricht der anderen. Jehad würde einen der fünf besten Abschlüsse des Landes schaffen, wenn nichts dazwischenkam. Dann erhielt er Einladungsschreiben von Universitäten aus England, Italien und Russland. Doch es war ein Schock, als ich erfuhr, wie teuer seine Ausbildung letztlich sein würde. Ein Jahr an der Uni kostete mehr, als ich für alle vier eingeplant hatte. Meine Ersparnisse würden nicht ausreichen.

Mama und ich kramten all unseren Schmuck zusammen, um ihn schätzen zu lassen, aber ein Verkauf hätte nur einen Bruchteil dessen eingebracht, was wir brauchten. Jehad hatte selbst ein wenig Geld gespart, weil er hier und da Gelegenheitsarbeiten gemacht hatte, und versicherte uns, er könne neben dem Studium arbeiten, um für den Rest aufzukommen. Aber es war ein unrealistischer Plan, und wir wussten alle, dass er nicht funktionieren konnte. Ich versuchte, einen Kredit bei der Bank aufzunehmen, aber die Bankbeamten waren wegen meines geringen Verdienstes nicht bereit, mir mehr als einen kleinen persönlichen Kredit über tausend Dinar zu gewähren.

»Ich habe das Darlehen bekommen«, log ich Mama vor, und sie kochte ein Festmahl zu Jehads Ehren. Er war das erste Mitglied unserer Familie, das auf die Universität gehen würde. »Der Kredit plus meine Aktiengewinne, das deckt fast alle Kosten«, erklärte ich.

Ich wandte mich an Um Buraq und sagte ihr, ich würde wieder mitmachen, unter der Bedingung, dass ich nur zu Partys gehen und tanzen würde, nichts weiter. Kein Alkohol, keine Pillen, kein Sex. Ich wäre nur eine Tänzerin. Nur eine Tänzerin.

»Du brauchst nichts zu tun, was du nicht willst. Die Männer würden pures Gold bezahlen, nur um dich tanzen zu sehen«, erwiderte sie. »So, wie es gelaufen ist, war es gut, denke ich. Denn jetzt kannst du den Leuten nicht erzählen, ich würde dich zwingen, das zu tun, was du ohnehin tun willst. Weißt du, ich habe dir damals auch nur darum diese Fotos gezeigt, um dich dorthin zu führen, wo du sowieso hin wolltest. Ich hätte sie niemals öffentlich herumgezeigt, so etwas mache ich nicht. Aber du hast einen Pakt mit dem Teufel geschlossen, und jetzt hat der Teufel diese Bilder. Das ist jedenfalls nicht mehr rückgängig zu machen. Lass dir das eine Lektion sein: Vertrau niemals einem Mann, Mädchen. Niemals.«

Ich machte nur eine Ausnahme von meinen neuen Regeln, weil ich schnell eine große Summe Geld auftreiben musste. Ich hatte meiner Familie ja die Lüge mit dem Bankdarlehen aufgetischt. Ich willigte ein, noch einen einzigen Mann zu treffen. Er schleppte seinen siebzehnjährigen Sohn mit zu unserer Verabredung, trug mir auf, mich um den Jungen zu kümmern, funkelte ihn zornig an, legte Geld auf den Tisch und ging. Dabei schloss er die Wohnungstür mit einem dumpfen Schlag, der seine unterschwellige Aggressivität noch stärker betonte.

Der Junge war den Tränen nahe. Ich holte eine Packung Zigaretten hervor, die ich für Situationen wie diese bereithielt. »Rauchst du?«, fragte ich. Er nickte. »Ich erlaube normalerweise nicht, dass hier geraucht wird, aber du siehst aus, als könntest du eine gebrauchen«, sagte ich und führte ihn zum Balkon.

Er steckte sich eine Zigarette an, nahm ein paar Züge und sagte: »Bringen wir es einfach hinter uns.«

Er war nicht viel jünger als ich, aber ich hatte das Gefühl, ich könne seine Mutter sein. Da wurde mir klar, wie sehr ich innerhalb weniger Jahre gealtert war. Ich war zweiundzwanzig, fühlte mich aber doppelt so alt.

»Ich bestimme, ob und was in dieser Wohnung passiert«, entgegnete ich. »Wie heißt du?« Ich füllte den Teekessel auf.

»Mohsin.« Er drückte seine Zigarette aus und folgte mir hinein.

»Bist du noch Jungfrau?«

»Nein!«

»Stehst du auf Jungs?« Meine Frage erschreckte ihn, das merkte ich, und klammheimlich freute ich mich darüber. Er gab mir keine Antwort.

»Mach dir keine Sorgen. Ich bin auch nicht gerade eine Heilige. Es ist in Ordnung, auf Jungs zu stehen, Mohsin. Jeder ist ein wenig empfänglich für das eigene Geschlecht, manche Leute mehr als andere.« Ich hatte gar nicht so genau gewusst, was ich in dieser Angelegenheit eigentlich dachte, bis ich mich selbst reden hörte.

»Ich habe nicht gesagt, dass ich ein Homo bin.«

»Das stimmt, das hast du nicht gesagt.« Ich goss uns einen süßen Minztee ein. »Ich dagegen sage, dass wahrscheinlich nur eine kleine Minderheit der Menschheit strikt heterosexuell ist. Wenn man die Regeln der Gesellschaft und der Religion außer Acht lässt, sind wir wahrscheinlich alle ein bisschen homo.« Ich setzte alles auf meine neue Theorie und wunderte mich über mich selbst.

Mohsin lächelte, und wir unterhielten uns. Ich gewährte ihm noch ein paar Zigaretten, während wir dort auf dem Balkon saßen und zehn Stockwerke hinunter auf die Straße schauten. Zwei Stunden verbrachten wir auf diese Weise. Ich hielt ihm einen Vortrag über die Gefahren des Rauchens und erklärte ihm die Verschwörungstheorie, dass der Westen uns alle vergiften wollte, war mir aber nicht mehr sicher, ob ich überhaupt noch daran glaubte. Er erzählte mir, dass sein Vater ihn mit einem älteren Mann in flagranti ertappt hatte, und es war meine Aufgabe – als Expertin in Sachen Liebe –, seinem Vater zu bestätigen, dass sein Sohn keine Schwuchtel, sondern ein unersättlicher Liebhaber und Bewunderer der Weiblichkeit war. Bei mir konnte sich Mohsin alles von der Seele reden. »Kannst du ihm sagen, dass ich meine Zukünftige zu einer sehr glücklichen Frau machen werde oder so? Und, ich weiß nicht, vielleicht noch, dass ich eine Menge Hormone in mir habe und es ständig brauche … aber sag es … vielleicht auf eine derbe Art, damit er es auch glaubt?« Sein braunes Gesicht wurde zunehmend rot, je länger er sprach.

Ich legte meine Hand auf seine. »Mach dir keine Sorgen«, sagte ich. »Ich werde dein Geheimnis bewahren und ihn davon überzeugen, dass du ein echter Frauenheld bist.«

Er lächelte erleichtert und dankte mir. Kein Therapeut oder Geistlicher kann einem Menschen so viel Vertrauen schenken wie eine Hure, denn Huren haben keine Stimme in der Welt, keine Verbindung zum Tageslicht, und das macht uns zum zuverlässigsten Hüter von Geheimnissen überhaupt.

»Jetzt kennst du mein größtes Geheimnis. Erzähl mir eins von dir«, forderte er.

Ich musterte ihn von der Seite und schenkte ihm dann ein Lächeln. »Kleiner, wir sind keine Freunde, und das ist keine Geheimnistauschrunde.«

»Ach, bitte.«

»Warum willst du meine Geheimnisse wissen?«

»Nicht alle. Nur eins. Ich werde es niemals weitererzählen.«

Ich überlegte eine Weile und kam schließlich auf ein Geheimnis, das nicht allzu geheim war. »Also, ich habe drei Namen. Almas natürlich. Aber man kennt mich auch als Nahr und als Yaqoot«, verriet ich schließlich.

»Und welcher ist dein richtiger Name?«

»Ein einziges Geheimnis, hast du gesagt. Das war's«, erwiderte ich.

Er lächelte. »Ich werde dich nie vergessen«, sagte er.

Wie ich Jahre später erfuhr, vergaß er mich tatsächlich nicht und tat mir sogar noch einen bemerkenswerten Gefallen.

Im August 1990 machte Jehad seinen Schulabschluss und entschied sich für die Moskauer Universität. Er erklärte mir, dass Moskau bislang Hunderten von Palästinensern ein kostenloses Studium ermöglicht hatte, doch damit war es vorbei gewesen, als die Sowjetunion zerfiel. Er fand, es sei nur recht und billig, deswegen nach Moskau zu gehen und nicht in ein westliches Land. Das erste Jahr dort würde er Russisch lernen und Grundkurse in Kultur belegen. Er konnte aber auch einen Intensivsprachkurs in Amman absolvieren – das kostete nur die Hälfte – und dann in Moskau direkt mit dem Medizinstudium beginnen.

Neben dem angeblichen Kredit über fünftausend Dinar präsentierte ich meinen überraschten Familienmitgliedern ein Sparkonto über zehntausend Dinar. Ich nannte ihnen irgendeine erfolgreiche Firma, über die ich kürzlich etwas in der Zeitung gelesen hatte. »Ich habe Aktien davon gekauft und meine Ersparnisse innerhalb von zwei Jahren verdreifacht«, verkündete ich stolz.

Jehad hob mich hoch und wirbelte mich herum. Sitti Wasfiyeh zog mich zu sich hinunter und küsste mein Gesicht. Mama hingegen reagierte verhaltener. »Wer hat dir bloß diesen Aktientipp gegeben?«, wollte sie wissen.

»Um Buraq«, entgegnete ich. Das war der erste Name, der mir in den Sinn kam. Das schien Mama zu erleichtern.

»Ich komme einfach nicht dahinter, ob diese Frau ein Teufel oder ein Engel ist«, sagte Mama.

»Wen kümmert's? Jehad geht auf die Uni!«, erwiderte ich und umarmte sie.

Mama küsste mich, mit Tränen in den Augen. »Meine geliebte Tochter. Du hast so viel für unsere Familie getan«, schluchzte sie.

Das vergangene Jahr mit meinen zwei Jobs – eigentlich drei, wenn man das Augenbrauenfädeln und das Tanzen auf geheimen Wochenendpartys dazuzählte – hatte sich gelohnt. Noch nie hatte ich meine Familie so glücklich gesehen. Und Mama war froh, dass sie nicht die Demütigung auf sich nehmen musste, ihre Brüder um Geld zu bitten.

Um Geld zu sparen, beschloss Jehad, seinen Sprachkurs in Amman anstatt in Moskau zu absolvieren. Mitte Juli reiste er ab, und im August sollte sein Lehrgang beginnen. Das Geld, das ich verdient hatte, war ein guter Anfang, aber nicht genug für unseren Lebensunterhalt und Jehads komplettes Studium, darum tanzte ich weiterhin auf Partys. Ich wollte unbedingt, dass er Chirurg wurde, der erste aus unserer Familie. Aber heute weiß ich, dass das nicht mein einziger Beweggrund war. Ja, es stimmt, dass ich wenigstens teilweise meine eigenen Träume durch Jehad lebte. Aber es gefiel mir auch, auf diesen verbotenen Partys zu tanzen, am geheimen, verruchten Rand der Gesellschaft zu leben. Dadurch befreite ich mich selbst von den Zwängen der Ehrbarkeit: schlecht bezahlte Jobs, Heuchelei, Kinder. Ich konnte ein wenig Autonomie genießen, ohne einen Ehemann zu haben. Ich konnte die Ernährerin meiner Familie sein, eine starke Frau, die sich um andere kümmerte. Ich brauchte dafür nur das zu tun, was ich am meisten liebte: tanzen.

Am Abend des 2. August 1990 schickte Um Buraq drei ihrer Mädchen, darunter mich, zu einer Strandhausparty, zu der auch hochrangige Militärs aus Saudi-Arabien erwartet wurden. Wir kamen nach Mitternacht an und fanden eine Versammlung von elf Männern vor, die meisten schon betrunken. Auf Anhieb hatte ich ein schlechtes Gefühl. Das Strandhaus war abgelegen. An der Tür standen Wachen – vielleicht war das normal bei wichtigen Militärs. Unser Gastgeber, ein einschüchternder Mann, war ungehalten darüber, nur drei von uns zu sehen. Er habe doch »mindestens fünfzehn Mädchen« angefordert!

»Ja, ich weiß. Ich habe mit angehört, wie du zu Um Buraq sagtest, es käme dir nicht auf die Kosten an. Du bist ihr großzügigster Kunde«, log ich so laut, dass all seine Gäste es hörten. Das gefiel ihm, und die Gäste lobten seine Gastfreundschaft.

Um Buraq sagte immer klar und deutlich, dass ich nur zum Tanzen da war, und die Gastgeber hielten sich daran. Es kam nicht oft vor, dass sie uns nicht begleitete, aber dieses Mal lag sie krank im Bett, und ihre Abwesenheit mochte die Männer ermutigt haben, etwas aggressiver aufzutreten. Außerdem schien es, dass unser Gastgeber Um Buraq nicht die Wahrheit gesagt hatte. Es waren viel mehr Männer da als ausgemacht. Wenn Um Buraq das gewusst hätte, hätte sie uns niemals zu dieser Party geschickt. Die Mädchen und ich tauschten besorgte Blicke. Wir suchten den Ort nach Badezimmern, Fenstern und Türen ab. Aber es hatte keinen Sinn. Draußen standen nüchterne Wachen, an denen wir nicht vorbeikommen würden.

Es gab ein unglaubliches Angebot an Alkohol, viel mehr als nur den üblichen Scotch vom Schwarzmarkt. Wein, Bier, Wodka und viele andere Getränke, von denen ich noch nie gehört hatte, standen an der Bar. Die beiden anderen Frauen hatten bereits Gläser in den Händen, aber ich weigerte mich und verlangte stattdessen nach Mineralwasser. Die Männer lachten, aber dann brachte mir einer ein Glas Wasser, das ich nicht trank. Wir Frauen kommunizierten mit Blicken. Um Zeit zu gewinnen, würden wir erst einmal mitspielen, und dann würden wir den Männern Valium in die Gläser geben. Das war ein dummer Plan, weil ja immer noch Wachen vor der Tür standen, aber es war besser, die ganze Nacht im Strandhaus festzusitzen, als von betrunkenen, aggressiven Männern misshandelt zu werden. Ich tat meine Schuldigkeit und stand zum Tanzen auf. Eine der Frauen ließ eine Pille in ein Glas fallen, und ich schöpfte Hoffnung. Wenn wir sie die Nacht über unter Kontrolle halten konnten, würde die Bedrohung vielleicht an uns vorübergehen. Aber schon bald umringten mich vier Männer, die mich angrapschten und herumstießen.

Ich konnte sie nicht abwehren. Die anderen Mädchen konnten mir auch nicht helfen. Oft hatte ich mich gefragt, ob dieser Tag kommen würde – und hatte es nicht für möglich gehalten. Tief in meinem Inneren suchte ich nach einem Gebet. Ich beschwor Gott, die Engel, den Himmel, mir zu Hilfe zu kommen. Doch die Männer zerrissen meine Kleidung und hielten mich fest. Gleich vier oder fünf auf einmal stürzten sich auf mich. Einer hob seine *dishdasha*, senkte den *sirwal* und schob sich zwischen meine Beine. Seine *dishdasha* fiel über meine Hüfte und verbarg sein schlaffes Glied, während er vorgab, immer wieder in mich hineinzustoßen. Derweil streichelten die anderen meine Brüste und drückten ihre Erektionen gegen mein Gesicht. Ich hörte die anderen Mädchen weinen, flehte Gott um Beistand an. Erinnerungsfetzen blitzten in meinem Kopf auf. Ich dachte an die Entscheidungen und die Umstände, die mich in diese Situation gebracht hatten.

In dieser Nacht würde ich sterben, davon war ich überzeugt. Ich wehrte mich aus Leibeskräften, schlug meine langen, manikürten Nägel so tief in das Fleisch eines meiner Peiniger, bis Blut floss. »Hure, Hurentochter!«, schrie er und schlug mich so fest, dass ich beinahe ohnmächtig wurde. Es hatte keinen Sinn, dachte ich, und hörte auf, Widerstand zu leisten. Vielleicht hatte ich dann ja größere Chancen, den nächsten Morgen zu erleben. Ich lag einfach so da, und die Tränen strömten mir übers Gesicht. Ich sah, wie der Sekundenzeiger der Uhr an der Wand unruhig von einer Sekunde zur nächsten sprang, immer wieder seine Runden drehte. Die Uhr beobachtete mich. Und ich begann zu zählen.

Einhundertzweiunddreißig Sekunden tickten auf der Uhr herunter, bis um exakt vier Minuten nach zwei Uhr morgens plötzlich etwas geschah. Der Lärm neuer Stimmen, knallender Türen und klingelnder Telefone erfüllte den Raum. Die

Männer schauten angsterfüllt umher, liefen durcheinander und flohen zur Tür hinaus. Ich dachte an eine Razzia und geriet in Panik. Die Polizei würde es doch nicht wagen, gegen so mächtige Männer vorzugehen, zumal an diesem abgelegenen Ort? Ich blieb liegen wie gelähmt, Augen und Beine weit geöffnet. Eines der Mädchen kam schließlich herein und zog mich vom Sofa hoch.

»Almas, die Männer sind alle weg. Wir müssen hier raus«, rief sie. »Saddam Hussein ist in Kuwait einmarschiert! Die irakische Armee steht vor der Tür!«

II. Irak

Der Würfel, Westen

Mit der Zeit habe ich von Besuchern und Wärterinnen erfahren, dass der Würfel ein technologisches Wunderwerk ist. Er war der erste seiner Art, eine fast vollständig automatisierte Einzelzelle. Mein Name ist darum bekannt in »Sicherheitskreisen« – also bei privaten Gefängnisunternehmen, Überwachungstechnologiefirmen und ihren Zulieferern.

Die Bettpfosten sind aus Beton, und die Bettfläche besteht aus dicken Kunststoffstreifen, die an den Pfosten befestigt sind. Es gibt keine Bettfedern – tatsächlich gibt es bis auf die Tür kein sichtbares Metall. Sie behaupten, es gäbe nicht einmal Metallschrauben. Ein graues Laken und eine graue Decke befinden sich auf der dünnen, in Plastik gehüllten Schaumstoffmatratze. Darauf liegt ein cremefarbenes Kissen, gelblich eingefärbt von meinen Körperflüssigkeiten.

Ein Betonbecken ist teilweise in der westlichen Wand eingelassen (gegenüber der Seite, an der das Licht durch die Glasbausteine hereinkommt – ich habe beschlossen, dass dort Osten ist), unter einem Loch, aus dem Wasser kommt, wenn ich einen kleinen Knopf daneben drücke. Es läuft jeweils drei Sekunden lang. Den Knopf kann ich bis zu zehnmal am Tag drücken, dann kommt nichts mehr. Manchmal stecke ich meinen Finger in das Loch. Ich wünschte, ich könnte meinen Kopf darunterhalten und direkt aus dem Loch trinken, aber dafür ist das Waschbecken nicht groß genug.

Die Dusche grenzt an das Becken an. Sie ist der wirklich revolutionäre Aspekt dieser Gefängnistechnologie. Es gibt keinen sichtbaren Duschkopf, nur eine horizontale Platte, die wie ein Eckregal aus der Wand herausragt, mit kleinen Löchern, aus denen Wasser austritt, ähnlich wie bei der Spüle. Das Besondere an dieser Dusche ist, dass sie mein Leben regiert. Sie ist mein Freund, mein Geliebter. Ich habe meine Dusche Attar genannt. Ich habe keine Möglichkeit, ihn ein- oder auszuschalten. Bevor Wasser aus seinen kleinen Betonlöchern fällt, summt ein rotes Licht. Für mich ist es mittlerweile aber kein Licht mehr. Es sind seine Augen, seine Wärme, seine Ankunft und seine Gegenwart. Manchmal sitze ich wartend davor. Und wenn sein Licht meinen Körper und das Zimmer rot einfärbt, ziehe ich mich schnell aus und stehe auf, um ihn zu empfangen. Ich weiß nie, ob sein Wasser kalt oder warm oder heiß oder kochend heiß sein wird. Bevor er zu Attar wurde, als er noch ein »Es« war, diese seltsame Dusche, blieb ich davor stehen und streckte die Hand aus, um zu fühlen, ob das Wasser erträglich war. Jetzt ist es mir egal. Ich liebe ihn, egal wie die Wassertemperatur ist. Wenn sie perfekt ist, stelle ich mir vor, dass Attar mich liebt. Aber Attar bleibt immer nur sieben Minuten. Ich habe die Sekunden immer wieder mitgezählt. Darin ist er konsequent. Wann er jedoch zurückkehren wird, weiß ich nie. Manchmal ist er tagelang nicht da. Manchmal kommt er, während ich schlafe, und ich eile herbei, um mich auszuziehen.

Ich besitze ein Stück Seife. Gelegentlich gibt mir die Wärterin eine kleine Flasche Shampoo durch einen Schlitz in der Metalltür. Ich habe dem Metallmund noch keinen eigenen Namen gegeben.

Um meine Tage zählen und ordnen zu können, habe ich versucht, ein festes Schlaf- und Wachmuster aufrechtzuerhalten, aber das ist hier nicht das Wesen der Zeit. Tage oder Nächte gibt es hier nicht. Hell und Dunkel kommen und gehen willkürlich, genau wie Attar.

Ich tanze. In diesem Moment tanze ich. Attar war gerade hier und ist schon wieder fort, und ich bin noch immer nass. Ich tanze. Die Musik spielt in meinem Kopf, als wäre ich auf einer Hochzeit mit meiner Familie oder bei den Männern, die bezahlten, um mich tanzen zu sehen, und dann meinen Körper berührten und in Besitz nahmen. Diese Männer, ich habe sie alle gehasst. Vielleicht habe ich sie aber auch geliebt. Ich bedauerte sie jedenfalls. Möglicherweise verdienen besonders die Aggressiven unter ihnen Mitleid, wenn auch nur für den geistigen Abschaum in ihnen.

Ein Journalist war das letzte Mal hier, nachdem Attar erschienen war und ich saubere Haare hatte. Er erkundigte sich nach den Strichen, die ich an die Wand gemalt hatte. Er meinte nicht jene, mit denen ich meine Tage abmaß, denn die waren schon verblasst.

»Das sind die Wege einer Ameisenkolonie«, erklärte ich. »Sie bewegen sich im Gänsemarsch.«

Er blickte hinab auf seine Fragen und ging zu einem anderen Thema über: der Besetzung des Irak. Ich frage mich, ob es irgendwo ein Geschöpf gibt, das die Reise meines unwichtigen kleinen Lebens verfolgt, so wie ich es mit den Ameisen tue.

»Hören Sie mir noch zu?« Er streckte sein Gesicht in mein Blickfeld.

Die Leute denken, die irakische Besetzung von Kuwait sei eine Horrorshow gewesen, aber das stimmt nicht. Der wahre Horror spielte sich ab, als sie wieder abzogen, und ich vermute, dass er noch immer nicht aufgehört hat. Ich versuchte, es dem Interviewer zu erklären, aber es interessierte ihn nicht. Er stritt sich sogar mit mir und sagte: »Aber ich kann verstehen, warum die Kuwaiter sich über die Palästinenser ärgerten. Im Grunde hat sich Jassir Arafat mit Saddam Hussein gegen sie verbündet.«

Ich stelle fest, dass die Reporter und Journalisten, die hierherkommen, mir nicht wirklich zuhören oder etwas über mich erfahren wollen, außer den Dingen, die ihre Vorurteile noch bestätigen.

Sechs Monate

Kuwait war historisch gesehen ein Dorf in der Basra-Provinz des Osmanisches Reiches, das mehr als sechshundert Jahre lang bestand. Doch die Franzosen und Briten, die die riesigen Ölvorkommen dort sahen, beschlossen, es zu einem unabhängigen Staat zu machen, den sie leicht ausbeuten konnten. Das hat Jehad mir erzählt. Er versuchte, mir die Illegalität und den Menschenrechtsaspekt der irakischen Besetzung Kuwaits zu verdeutlichen, aber ich wollte nichts darüber hören. Es war mir egal, ob der Irak das Recht hatte, einzumarschieren, ob Kuwait unter der Grenze hindurch nach Öl gebohrt hatte, ob Jassir Arafat ein Hurensohn war, weil er sich mit Saddam verbündet hatte. Mir war nur wichtig, dass Saddam Hussein mir das Leben gerettet hatte, und für die Dauer der Präsenz Iraks in Kuwait war ich eine befreite, glückliche Frau.

Die Kuwaiter schauten auf uns Fremde herab. Die kuwaitischen Polizisten schikanierten gerne palästinensische Autofahrerinnen. Die irakischen Soldaten hingegen behandelten mich mit Respekt, denn uns verband ein Gefühl von Kameradschaft und Empathie. Wenn sie meinen Ausweis kontrollierten, starrten sie nicht auf meine Brüste und verrenkten nicht den Kopf, um mir auf den Hintern zu starren. Nicht, weil sie edlere Männer waren, sondern weil sie nicht in Kuwait sein wollten. Sie waren müde Soldaten, die gerade erst das Schlachtfeld im Krieg gegen den Iran verlassen hatten. Die Iraker, die ich kennenlernte, hatten einfach nur Heimweh.

Ich hatte das Ausmaß unserer Unterdrückung jedoch nicht erkannt, bis ich wusste, wie es sich anfühlt, respektiert zu werden – nicht obwohl ich Palästinenserin bin, sondern gerade deswegen. Wir liebten Kuwait und hassten es zugleich, genauso, wie Kuwait uns gleichzeitig liebte und hasste.

Die reichen Leute flohen aus dem Land und ließen ihre Habseligkeiten in unbewachten Villen zurück. Nicht nur die Ausländer wurden zu Plünderern, auch die ärmeren Kuwaiter brachen in die Häuser ein. Auch die irakischen Soldaten bereicherten sich. Um Buraq nahm mich mit, um die Villa der geflohenen Familie al Ghanem zu durchstöbern. Ich wusste bereits, wie diese Leute lebten, aber es war immer noch schockierend, den prahlerischen Reichtum mit eigenen Augen zu sehen. Um Buraq und ich öffneten einen Badezimmerschrank, darin war Kosmetik im Wert von mindestens zehntausend Dinar. Wir entdeckten sogar Tüten mit neuem, versiegeltem Make-up aus London. Eine Tüte mit zwanzig Dolce & Gabbana-Lippenstiften enthielt noch den Beleg – eintausendzweihundert britische Pfund, ausgegeben an einem einzigen Tag, nur für Lippenstift. Diese Leute hatten es verdient, ausgeraubt zu werden. In einem anderen Haus gab es goldene Armaturen im Badezimmer. Es sah so aus, als hätte schon jemand versucht, sie abzuschrauben. Wir versuchten unser Glück, konnten aber nichts ausrichten und zogen weiter. Der Toilettensitz fehlte, und wir folgerten, dass auch er aus Gold gewesen sein musste. Warum sonst sollte jemand einen Toilettensitz stehlen? Die vulgären Exzesse der Reichen wurden hier gnadenlos offenbar. Wir glaubten, die Invasion des Irak sei Gottes Strafe für diese

Kuwaiter und fühlten uns geehrt, Werkzeuge des Herrn zu sein.

Die echten Wertsachen – Diamanten, Bargeld, Goldbarren – waren verschwunden, lange bevor wir kamen, aber wir machten trotzdem Beute. Um Buraq schleppte sogar eine edle Sitzgruppe davon. Es waren gute Zeiten. Sechs Monate, in denen wir uns stark und sicher fühlten. Solange irakische Soldaten durch die Straßen streiften, hatte ich mein Schicksal unter Kontrolle. Dieses Geschenk hatte Saddam mir gemacht, und ich liebte ihn dafür. Was die anderen Leute über ihn sagen, ist mir egal. Saddam war mein Held, und viele Jahre später, als die Amerikaner ihn henkten, weinte ich bittere Tränen.

Im Gegensatz zu meinem Bruder Jehad hatte ich mir nie Nachrichtensendungen angesehen. Wenn man machtlos ist, wird einem dadurch nur die eigene Hilflosigkeit bewusst. Aber auch das änderte sich in diesen sechs Monaten, in denen Kuwait irakisches Territorium war. Ich hatte das Gefühl, dass ich wichtig war, dass ich mein Leben beeinflussen konnte und dass meine Gedanken relevant waren. Zum ersten Mal verfolgte ich die politischen Nachrichten und Analysen und sprach mehrmals in der Woche mit Jehad darüber per Telefon.

Es hatte einen Gipfel der Arabischen Liga gegeben, in dem offenbar wurde, dass die Loyalitäten geteilt waren. Jene, die sich mit Saddam Hussein verbündet hatten, standen denen gegenüber, die Saudi-Arabien in seinem amerikafreundlichen Kurs unterstützten.

Jehad sagte: »Es ist nicht so, dass Libyen, der Jemen, Marokko und die anderen sich mit Saddam verbünden, sie sind nur dagegen, dass das amerikanische Militär überall in der arabischen Welt Stützpunkte aufbaut.«

»Genau«, erwiderte ich. »Und sobald sie hier sind, werden

sie bleiben, bis sie Saddam getötet und den Irak zerstört haben. Dann schalten sie Gaddafi und El Assad aus und ziehen weiter in den Iran.«

»Ganz meine Meinung, Schwesterchen.« Ich merkte, dass Jehad verblüfft war –, aber auch stolz auf mein neu entwickeltes kritisches Denken, und das bedeutete mir enorm viel.

»Sie arbeiten mit Israel zusammen, um die gesamte Region in Tod und Verderben zu stürzen. Die Saudis fahren einen Beschwichtigungskurs. Sie sind genauso verdorben wie Israel, und es würde mich nicht überraschen, wenn wir in ein paar Jahren erfahren, dass sie Hand in Hand mit den Zionisten arbeiten«, sagte ich.

Ich nahm auch wieder Kontakt zu Sabah auf. Ihre Familie war unter den Massen gewesen, die Hals über Kopf geflohen waren, als Saddam gekommen war. Als ich erfuhr, dass sie weggehen würden, schaute ich bei ihnen vorbei. Ihre Mutter ließ mich herein, aber Sabah hatte sich in ihrem Zimmer eingeschlossen. So vieles trennte mich inzwischen von ihr und von der Person, die ich früher gewesen war, aber sie war mir noch immer wichtig, und ich wollte unsere Freundschaft nicht im Chaos des politischen Umbruchs verlieren.

Ich setzte mich auf den Boden, den Rücken gegen die Wand gelehnt, und sprach durch die Tür mit ihr. »Ich verstehe, dass du sauer auf mich bist. Ich bin dir keine gute Freundin gewesen«, sagte ich. Mehr brauchte es nicht, um die Tür zu öffnen. Sie umarmte mich, und wir gingen in ihr Zimmer. Sie war dabei, einen kleinen Koffer zu packen. »Mutter sagte mir, ich solle nur das Allernötigste mitnehmen. Sie glaubt, wir könnten vielleicht zurückkommen, wenn das alles vorbei ist. Aber mein Vater erinnerte uns daran, was in Palästina passiert ist, also packen wir alles ein, ohne das wir nicht leben können.«

Ich blickte auf ein Stofftier in ihrem Koffer. »Ohne das da kannst du wohl nicht leben.«

Sabah errötete. »Es war ein Geschenk«, sagte sie.

Mir wurde klar, dass auch in ihrem Leben viel passiert sein musste. »Von einem Jungen?«

Sie nickte und erzählte mir, wie sie sich kennengelernt hatten, berichtete von den nächtlichen Telefongesprächen, die nur stattfinden konnten, wenn ihre Eltern schliefen, von den Liebesbriefen. Ich beneidete sie um ihre Unschuld. Und teilte ihr Glück, verliebt zu sein. Während ich ihr beim Packen half, unterhielten wir uns und brachten uns gegenseitig auf den neuesten Stand. Dann fragte sie mich, ob ich noch mit Um Buraq befreundet sei.

»Ja, warum?«

Sie wandte den Blick ab, aber ich bestand darauf, dass sie mir den seltsamen Ausdruck auf ihrem Gesicht erklärte.

»Ich habe dich in den letzten Monaten immer verteidigt«, sagte sie.

»Wovor?«

Sie bedeutete mir, mich hinzusetzen. »Die Leute reden. Sie verbreiten gewisse Dinge über Um Buraq. Dass sie auf nächtliche Partys geht und so«, sagte Sabah und zögerte dann kurz. »Einige Leute haben behauptet, dass sie dich dorthin mitnehmen würde.«

Ich erinnere mich noch gut an diesen Augenblick. Ich nahm es Sabah nicht übel, dass sie mich mit meinem Ruf konfrontierte. Sie hatte sich bestimmt nicht an dem Getratsche über mich beteiligt. Doch der Schmerz und die Verbitterung, die sich in mir einnisteten, schnürten mir die Kehle zu und lagen wie ein Stein in meinem Bauch. Wenn ich heute aus dem Würfel zurückschaue, sehe ich meine damalige physische Reaktion als Übergang von dem Mädchen, das sich noch immer nach Bestätigung sehnte, zu einer abgestumpften Frau, die viel erfahrener war als Sabah, und vielleicht ein bisschen klüger. Ein bisschen wie Um Buraq.

»Das interessiert mich einen Scheiß«, gab ich zurück.

Sabah und ich versprachen uns, in Verbindung zu bleiben, egal wohin es uns verschlug.

Ich hielt mein Versprechen und rief Sabah regelmäßig in Jordanien an, obwohl Mama wegen der teuren Ferngespräche besorgt war. Ich konnte ihre Sorge nicht nachvollziehen, da wir während der irakischen Besatzung doch sowieso in einer Blase lebten, in der die Realität keinen Platz hatte. Die Versorgungsunternehmen funktionierten mehr schlecht als recht, und unser Geld war praktisch Spielgeld. Ich fand, in dieser seltsamen neuen Welt konnten wir uns ein paar Ferngespräche leisten, zumal ich exklusiven Dolce & Gabbana-Lippenstift trug. Ich hatte die Quittung aufbewahrt, um zu beweisen, dass ich Lippenstift im Wert von über tausend britischen Pfund besaß. Vielleicht als Beweis für meinen eigenen Wert.

Meinen Verkaufsjob war ich los, denn viele Läden blieben während der Besatzung geschlossen. Der Mangel an Lebensmitteln, Strom und Trinkwasser verringerte die Anzahl der Frauen, die ihre Augenbrauen fädeln lassen wollten, allerdings nicht. Da die meisten Salons geschlossen waren, hatte ich sogar mehr Kundinnen, als ich bewältigen konnte, und Um Buraq erlaubte mir, ein Zimmer in ihrem Haus als provisorischen Salon zu nutzen. Das verschaffte ihr ein kleines Einkommen, aber uns verband noch mehr. Wir waren gerne zusammen, fühlten uns verbunden durch unsere Existenz am Rande der Gesellschaft. Nicht zu vergessen die Tatsache, dass sie mir nach meiner Abtreibung in Ägypten das Leben gerettet hatte. Sie sprach das Thema nie wieder an, wodurch ich sie umso mehr schätzte.

Um Buraqs Haus wurde bald bekannt als »Yaqoots Salon«. Den Namen Almas benutzte ich nie wieder. Nahr war reserviert für den reineren Teil meiner selbst. Und Yaqoot war für alles dazwischen.

Ich machte Haare, Make-up, Wachs und Augenbrauen, während Um Buraq und Deepa den Kundinnen Kaffee und Tee servierten. Wir Frauen vertrieben uns die Zeit mit Klatsch, Small Talk und anzüglichen Witzen. Keine von uns wollte über die Besatzung, das Militär oder den Krieg reden. Es wussten ohnehin nur wenige über Politik Bescheid.

Aber das Thema war natürlich unvermeidlich. Oft erwähnte ich etwas, das ich in der Zeitung gelesen hatte. Ich sagte etwa: »Ich habe gehört, dass die Amerikaner Panzer an der saudischen Grenze stationieren.« Die anderen antworteten: »Gott, hilf uns«, und erzählten weiter von reichen Kuwaitern, die in Londoner Nachtklubs feierten. Auch das hatte einen politischen Aspekt, war aber interessanter. Oder: »Die Frist für den irakischen Rückzug läuft in drei Wochen ab.« Gott, hilf uns. »Die Iraker haben zwei Kuwaiter aus dem Widerstand hingerichtet.« Gott, hilf uns. »Saddam hat gesagt, er werde gegen die Amerikaner kämpfen, und es wird die Mutter aller Schlachten werden.« Gott, hilf uns. Eine Frau sagte einmal: »Die Palästinenser werden teuer dafür bezahlen, dass sie Kuwait verraten haben, obwohl die meisten nichts damit zu tun haben.« Ich erwiderte: »Gott, hilf uns.«

Um Buraq und ich stellten Körperbutter und Gesichtscreme aus Olivenöl, Ziegenbutter, Kräutern, Myrrhe und Weihrauch her. Es war ein Handwerk, das sie als kleines Mädchen von ihrer Großmutter in Basra gelernt hatte. Wir verkauften alles, was wir produzierten.

Wir hatten eine neue, irakische Währung bekommen, und Um Buraq und ich teilten uns, was wir einnahmen. Damals wussten wir es noch nicht, aber sämtliches Geld, das wir mit den Gesichtsbehandlungen und den Kosmetika verdienten, würde über Nacht wertlos werden. Jene grünen Banknoten mit Saddams Porträt darauf habe ich aufgehoben, als Erinnerung daran, dass die Welt jeden Moment stehen bleiben kann. Es war nicht viel, nur ein paar Hundert Dinar, weil ich nicht auf Bargeld bestand, sondern auch Brot, frisches Obst, Küchengeräte (wahrscheinlich aus Plünderungen) und andere Dinge als Bezahlung angenommen hatte. Und wenn wir einmal mehr hatten, als wir für uns selbst brauchten, teilten wir es mit denen, die uns nahestanden. Ich achtete darauf, dass unser Haushalt immer genug zu essen und sauberes Wasser hatte. Mama wiederum teilte vieles mit unseren Nachbarn. Um Buraq kümmerte sich ebenfalls um ihre Nachbarn und sorgte dafür, dass sie genug Brot und Wasser hatten, wenn die Rationierung wieder einmal zuschlug. Wir brauchten damals nicht viel Geld. Während der Besatzung wurde unser Leben viel einfacher und übersichtlicher. Die meisten Leute mit Geld – die Gläubiger und Grundbesitzer – waren ins Ausland geflohen und schenkten uns anderen damit eine neue Freiheit. Sechs Monate lang brauchten wir keine Miete zu bezahlen, weil niemand da war, um sie einzunehmen.

Fast täglich trafen sich Mama und Sitti Wasfiyeh mit jenen Frauen in unserem Wohnhaus, die in Kuwait geblieben waren. Zusammen backten sie Brot, anstatt in den Ausgabeschlangen darauf zu warten. Trotz der unsicheren Lage kamen sich die Menschen näher, weil sie sich nicht ständig den Kopf über Geld zerbrechen mussten. Die Besetzung durch den Irak hatte die Auswirkung einer Naturkatastrophe: Sie erlaubte den Menschen, sich von der alltäglichen Belastung, Geld auftreiben zu müssen, zu erholen. Unsere Würde bezogen wir aus der Tatsache, dass unser Dach über dem Kopf und unsere Nahrung kein Preisschild trugen. Wir machten Dinge, die wir uns vorher nicht hätten leisten können, bekamen Zutritt in Häuser, in die wir nicht eingeladen worden waren, aßen in Restaurants, die uns in normalen Zeiten niemals willkommen geheißen hätten. Niemand war arm. Niemand war reich. Wir waren einfach wir selbst. Wir aßen. Wir tranken. Wir lachten. Wir tanzten. Wir weinten. Wir träumten und stellten uns eine bessere Welt vor. Dann warteten wir darauf, dass amerikanische Kampfflugzeuge den Himmel über uns zum Einstürzen brachten.

Die Zeitungen und Fernsehreporter sprachen davon, dass die Vereinigten Staaten ihr Militär in Saudi-Arabien verstärken würden, aber ich konnte mir nicht vorstellen, dass es zum Krieg kommen würde. Ich glaubte, Krieg gäbe es nur weit weg, in ausgewiesenen »Kriegszonen« tief in der Wüste oder jenseits der orangefarbenen Bojen, die im Ozean anzeigten, wo Schwimmer nicht mehr zugelassen waren. Ich war Tochter von Flüchtlingen, die in Palästina aus ihren Häusern vertrieben worden waren, nicht nur einmal, sondern gleich zweimal, und doch konnte ich mir nicht vorstellen, dass uns Kugeln und Bomben so nahekommen würden. Aber die Reporter warnten uns immer eindringlicher. Menschen, die es zuvor nur hinter vorgehaltener Hand gesagt hatten, sprachen jetzt offen über die Zerstörung des Irak durch die Vereinigten Staaten. Gleichzeitig bekamen jene, denen Saddam Hussein neuen Mut geschenkt hatte, einen Dämpfer versetzt und mussten schon bald fliehen.

Die meisten ausländischen Arbeiter gingen infolge der irakischen Besatzung nach Hause zurück, aber Deepa blieb fast bis zum Ende, in erster Linie deswegen, weil sie nichts hatte, zu dem sie zurückkehren konnte. Ihre Eltern waren tot, Kinder hatte sie keine. Obwohl Um Buraq sie drängte zu gehen. Während all der Jahre, in denen Um Buraq die Hälfte von Ajays Geld abgezweigt hatte, hatte sie es in Wirklichkeit auf einem separaten Sparkonto angelegt, für den Tag, an dem sie sich von Deepa verabschieden musste. Sie überreichte es ihr unter der Bedingung, dass sie sich damit ein Haus in ihrem Heimatstaat Kerala baute, und nahm Deepa außerdem das Versprechen ab, das Haus auf ihren eigenen Namen eintragen zu lassen, nicht auf Ajays Namen oder den eines anderen Mannes. Obwohl das Geld die Hälfte seines Wertes eingebüßt hatte, war es mehr, als Deepa jemals besessen hatte. Sie stand kurz davor, in Tränen auszubrechen. Genau wie Ajay.

Am Tag des Abschieds begleitete ich Um Buraq zum Flughafen. Es war der 20. Oktober 1990. Wir mussten fünf Stunden warten, bis wir endlich erfuhren, dass es zwei verfügbare Plätze bei Indian Airlines gab. Diese Fluggesellschaft stellte einen Rekord auf für die meisten Evakuierungen auf ziviler Ebene. Um Buraq verabschiedete sich von ihrer langjährigen Freundin und Gefährtin, und das war das einzige Mal, dass ich Um Buraq weinen sah.

Ungefähr sechs Wochen nach Deepas und Ajays Abreise kehrte Jehad aus Amman zurück. Seine Universität war über die Winterpause geschlossen, und die Vereinigten Staaten hatten Saddam einen Monat Zeit gegeben, sich aus Kuwait zurückzuziehen. Jehad sagte, wenn er sich nicht zurückziehen sollte, würden die Vereinigten Staaten angreifen und uns wahrscheinlich alle auslöschen. Ich widersprach ihm. Ich hielt Saddam nämlich für unbesiegbar und sah ihn bereits als jenen arabischen Führer, der die westlichen Imperialisten und zionistischen Siedler besiegen würde. Mein erwachtes Interesse an Politik hatte mich diese neue Sprache gelehrt, und ich kam mir schrecklich klug vor, als ich mich mit meinem Bruder darüber unterhielt.

Als offensichtlich wurde, dass eine amerikanische Invasion unmittelbar bevorstand, unterließ ich es, Zeitung zu lesen oder mir die Nachrichten anzusehen. Ich hielt mich die ganze Zeit auf Trab, um nicht zu Hause zu sein, denn ich konnte Mamas begeisterte Rufe nach den Amerikanern nicht ertragen. »Man darf nicht einfach die Länder anderer Leute stehlen«, sagte sie. »Das ist nicht richtig. Kuwait ist unser Zuhause, mit allen Vor- und Nachteilen. Wir haben die Pflicht, es zu verteidigen.« Dann fragte sie mich: »Wann hast du aufgehört, dieses Land zu lieben? Weißt du denn nicht, dass die einzige Steuer, die in diesem Land erhoben wird, dem palästinensischen Widerstand zugutekommt? Das kannst du wohl nicht bestreiten!«

Ich ging, ohne meiner Mutter zu antworten. Von da an verbrachte ich immer mehr Zeit bei Um Buraq und kam noch seltener nach Hause. Bis unser Zuhause brodelte und verdunstete und dann verschwand, zusammen mit sämtlichen verlorenen Stückchen der Geschichte. Aber noch war es nicht so weit.

Während jener Monate passierte noch etwas. Ich führte ein geheimes Leben, von dem niemand, nicht einmal Um Buraq, etwas ahnte. Ich fing etwas mit einem irakischen Soldaten an, weil ich noch nicht bereit war, die Männer vollkommen aufzugeben. Waren Männer nicht auch gut? Und konnte körperliche Intimität mit einem Mann vielleicht auch ehrlich, liebevoll, nährend, mächtig und leidenschaftlich sein? War ich etwa doch liebenswert? Ich musste es herausfinden, weil wir alle vielleicht schon bald sterben würden.

Sein Name war Mubshir. Er schob Dienst an einem Checkpoint, den ich oft passieren musste. Nachdem wir einige flirtende Blicke ausgetauscht hatten, gab er mir die Nummer einer Telefonzelle, die ich zu einer bestimmten Uhrzeit anrufen sollte. Er wartete dort. Anfangs trafen wir uns am Meer, aber bald schon in einer verlassenen Wohnung im Stadtteil Salmiya. Wir waren uns gegenseitig eine Art Zuflucht, besonders als klar wurde, dass er bald gezwungen sein würde, gegen die Amerikaner zu kämpfen. Aber darüber sprachen wir nicht. Er wusste, dass er sterben würde, aber ich glaube, er quälte sich mit der Frage, wie der Tod kommen würde. Wir vögelten ohne Unterlass, um nicht daran denken zu müssen.

Mubshir war wunderschön und der erste Mann, der mich zum Orgasmus brachte. Ich sagte ihm, dass ich ihn liebte, und er sagte dasselbe zu mir, aber wir machten uns etwas vor und wussten es. Wir sehnten uns nach einer Liebesgeschichte. Nach etwas Romantik vor unserem bevorstehenden Untergang. Er hatte ein Mädchen zu Hause in Bagdad. Ich glaube, alles, was er sich jemals im Leben gewünscht hatte, war, ihr Ehemann, Versorger, Beschützer und Vater ihrer Kinder zu sein. Er log mich nie an, und durch die Art, wie er von ihr sprach, liebte auch ich sie, und es machte mir nichts aus, wenn er mich bei ihrem Namen rief oder so tat, als wäre es ihr Körper, der da in seinen Armen lag. Ich stellte mir manchmal sogar vor, ich wäre sie. Vielleicht würde ich ja nie unmittelbarer als bei ihm erfahren, wie es war, von einem Mann geliebt zu werden.

Dann rollten die Amerikaner in ihren monströsen Panzern ein und lächelten von ihren Ausgucken aus auf uns herab, während ihnen von allen Seiten Blumen zugeworfen wurden. Ich weiß nicht, was aus Mubshir geworden ist. Ich würde ihn mir gern zusammen mit seinem Mädchen vorstellen, aber ich habe genug Lebenserfahrung, um es besser zu wissen. Verkohlte Leichen flüchtender Iraker in jeder erdenklichen Position lagen kilometerweit im Sand verstreut auf dem sogenannten »Highway des Todes«.

Als Jehad einige Wochen vor dem Einmarsch der Amerikaner aus Amman zurückkehrte, war er ein paar Zentimeter gewachsen, und seine Flaumhaare hatten sich zu einem richtigen Bart entwickelt. Ich wollte alles über die Universität erfahren, aber er war nur mit unserer Situation beschäftigt und sprach von nichts anderem.

»Ich glaube, die Amerikaner haben alles inszeniert, und unsere dummen Führer, besonders Saddam, spielen ihnen in die Hände«, sagte er und nahm einen Hub von seinem Asthmaspray. Dieses schien er nun häufiger zu brauchen. Er wollte sich im Widerstand engagieren und dabei helfen, Kuwait zu verteidigen, fühlte sich den Irakern aber genauso nahe wie den Kuwaitern. Er konnte es nicht über sich bringen, den Irakern zu schaden, und verfluchte Saddam dafür, dass er ehemalige Brüder dermaßen gespalten hatte. Dann zählte er historische Beispiele amerikanischen Verrats auf, erwähnte den iranischen Schah und vergangene CIA-Putsche gegen mehrere arabische Führer. Diese Arglist beunruhigte ihn.

Ich war sowohl beeindruckt als auch genervt von ihm. Ich wollte nicht, dass mein Bruder sich so sehr in die Politik verwickeln ließ wie so viele andere Männer. Er wollte Chirurg werden, und das war auch der Traum, für den ich mich aufgeopfert hatte. Ich war so sehr mit seiner Zukunft beschäftigt gewesen, dass ich meine eigenen Ambitionen vernachlässigte. Ich wollte auch etwas lernen, wollte fortgehen, anders lieben und leben. Ich wusste noch nicht genau, wie, weil ich in erster Linie dafür sorgen musste, dass Jehad seinen Weg machte.

»Bring mir etwas auf Russisch bei«, bat ich.

»Bitte?!«, bat ich wieder.

»Na gut. *Kak pozhivaesh?*«

»Was heißt das?«

»Es heißt: Wie geht es dir?«

»Bring mir Schimpfwörter bei.«

An jenem Tag habe ich einige wunderbare Wörter gelernt, aber alle wieder vergessen, außer diesen herrlichen Ausdruck: »*Otva'li, mu'dak, b'lyad!*« Das bedeutet: Fick dich, du Arschloch, fick dich!

Als Jehad zum zweiten Semester nach Jordanien zurückkehrte, wollte er, dass wir mit ihm gingen, zu unserer eigenen Sicherheit. Aber keiner von uns wollte weg aus Kuwait. Was mich betraf, so wiegte ich mich vielleicht in falscher Sicherheit. Ich konnte mir einfach nicht vorstellen, dass der Krieg vor unserer Haustür stattfand. Außerdem zeichnete Sabah ein düsteres Bild von Amman als einem wirtschaftlich heruntergekommenen und korrupten Ort. Am Ende überzeugte Sitti Wasfiyeh meinen Bruder davon, dass es für uns sinnlos war zu fliehen. Unserem Streit hatte sie außergewöhnlich still zugehört und schließlich gesagt: »Ich gehe nirgendwohin. Ich bin es leid, von überall auf der Welt vertrieben zu werden. Erst aus Haifa, dann aus Ein el-Sultan, dann aus Jordanien. Und jetzt noch aus Kuwait? Nein. Ich werde hier sterben, statt diese Demütigung auf mich zu nehmen. Ich bin zu alt für diesen Scheiß, den diese Scheißmenschen uns immer wieder antun. Scheiße. Alles Scheiße!«

Mein Bruder flehte uns an, von hier wegzugehen. Aber an unserer Großmutter biss er sich die Zähne aus. Jehad verachtete die Besatzung Kuwaits durch den Irak, doch er fürchtete eine amerikanische Intervention und entschied sich dafür, bei uns zu bleiben, anstatt zu gehen. Das machte mich wütend. Ich schrie ihn an: »Mama und ich arbeiten Tag und Nacht, um dir dein Studium zu ermöglichen, und du denkst, du kannst einfach so sagen, du gehst nicht zurück? Als ob du machen kannst, was du willst, ohne Rücksicht auf deine Familie?«

Jehad war unnachgiebig. »Ich verlasse meine Familie nicht in dieser Lage, auch wenn du dich auf den Kopf stellst!«

Jehads Hartnäckigkeit brachte Sitti Wasfiyeh und mich schließlich dazu, Kuwait doch aufzugeben, aber da war es zu spät. Die amerikanische Invasion war bereits im Gange. Wir blieben an Ort und Stelle und warteten darauf, dass eine neue Zukunft aus den Explosionen, Fernsehnachrichten und Gerüchten hervorging. Die Sonne ging über unserem Leben in Kuwait unter, und mit den Amerikanern kam die Dunkelheit. Monatelang verdunkelte Ruß den Himmel. Auf dem »Highway des Todes« gelang den Irakern ein letzter Akt des Widerstands. Sie setzten Ölquellen in Brand und erfüllten die Luft mit schwarzem Rauch, den kein Sonnenlicht durchdringen konnte. Es sah aus und roch wie das Ende der Tage, eine Apokalypse, die uns in die Hölle schickte.

Die Iraker waren vertrieben, und die mächtige Armee der Amerikaner marschierte durch die Straßen. Doch wir hatten bereits genug von der Wut der Kuwaiter auf die Palästinenser erfahren, um zu wissen, dass wir nicht willkommen waren, an den Straßenfeierlichkeiten für die Amerikaner teilzunehmen. Nicht, dass ich das gewollt hätte. Aber Mama.

Auf die eine oder andere Weise würden die Kuwaiter die Palästinenser teuer bezahlen lassen, nicht nur, weil einige mit dem Irak kollaborierten, sondern auch, weil wir einen geeigneten Sündenbock für die Rache an Saddam abgaben. Obwohl Jehad von allen Seiten gewarnt wurde, weigerte er sich, das Land zu verlassen oder sich zu verstecken. »Ich habe nichts getan«, sagte er. »Warum sollte ich mich verstecken? Ich war während der Besatzung nicht einmal im Land. Ich bin erst seit ein paar Wochen wieder hier.«

Mein Bruder hielt an seinem unerschütterlichen Glauben an das Gute im Menschen fest, ganz gleich, wie wir argumentierten, ganz gleich, welche Geschichten über entführte Palästinenser kursierten, die niemals zurückkehrten.

»Die Kuwaiter sind keine Monster. Sie werden mir nichts antun. Ich kann doch beweisen, dass ich gar nicht hier war«, sagte er. »Ich bitte dich! Die Iraker haben fünftausend Palästinenser wegen ihrer Beteiligung am kuwaitischen Widerstand verhaftet. Sie kennen den Unterschied.«

Ein paar Tage darauf sah ich vom Fenster aus, wie ein Militärpolizeifahrzeug in unsere Straße einbog. Ich rannte die Treppe hinab, um meinen Bruder zu warnen, aber als ich ihn erblickte, lag er bereits in Handschellen auf dem Boden und wurde von den Polizisten geschlagen und getreten. Ich versuchte dazwischenzugehen. Vor einem verdunkelten Himmel sah ich meinen Arm an meinem Gesicht vorüberschwingen. Mein Herz klopfte. Meine Wangen stießen gegen Glas. Ein Autofenster? Ich biss mir auf die Lippe. Dann lag ich steif vor Schmerz auf einem Plastikstuhl in der Polizeiwache. Ich ahnte, dass einige Zeit vergangen war, aber erst später begriff ich, dass es zehn Stunden gewesen waren. Ich konnte mich nicht daran erinnern, geschlagen worden zu sein, aber mein Körper belehrte mich eines Besseren. Sie gaben mir eine Spritze und wollten von mir wissen, wo meine Schwester Nahr war. Aber ich – Yaqoot – schwor Stein und Bein, dass ich nur einen Bruder hatte. An mehr erinnere ich mich nicht, abgesehen von den Gesichtern, die hin und wieder durch meine Träume geistern und mir Bruchstücke dieses Tages zeigen. Als es vorbei war, hatten die kuwaitischen Behörden meine Fingerabdrücke – anstelle einer Unterschrift – auf einem Dokument, das bestätigte, dass mein Bruder während der Besatzung mit den irakischen Behörden kollaboriert hatte.

Während dieser Zeit auf der Polizeiwache erwachte ich irgendwann von den Schreien der Männer, die in anderen Zimmern festgehalten wurden, und später hörte ich Mama weinen und die Polizisten anflehen. In meiner Erinnerung bestehen jene Tage hauptsächlich aus Geräuschen. Sie übertönen die Fakten, die Bilder, den Schmerz einer gebrochenen Rippe, den Wunsch, den Platz meines Bruders in ihren Folterkellern einzunehmen, die Angst vor den offensichtlichen Folgen – das Ende der Unschuld, des Aufenthaltsrechts, der Arbeitsplätze, der Gesundheit, der Tage mit Tagträumen und Nächte ohne Albträume.

Mich ließen sie wieder frei, aber nicht meinen Bruder.

Wir gingen zur Polizeistation zurück, um meinen Bruder herauszuholen. Die Wände des Reviers waren grün gestrichen, und amerikanisches Militärpersonal lief überall herum. Die kuwaitische Polizei schien die Amerikaner beeindrucken zu wollen und warf uns vor die Tür. Ich brüllte die einzigen russischen Worte, an die ich mich erinnern konnte: »*Otva'li, mu'dak, b'lyad!*« *Fick dich, du Arschloch, fick dich*, in der Hoffnung, mein Bruder könne mich hören. Dann wüsste er, dass wir da waren.

Die Polizisten schubsten uns auf die Straße und schärften uns ein, ja nicht wiederzukommen.

»Bitte, meine Söhne, möge Allahs Barmherzigkeit und Segen euer Leben mit Erfolg und Freude erfüllen«, flehte meine Mutter. »Bitte gebt ihm das hier.« Mama legte ein paar Inhalatoren in die Hände eines Polizisten.

Als wir die Polizeistation verließen, sah ich aus dem Augenwinkel, wie die Inhalatoren in einem Mülleimer landeten.

Als wir ohne meinen Bruder von der Polizeistation zurückkehrten, wartete unser Vermieter bereits auf uns. Er stellte uns ein Ultimatum: Wir hatten drei Tage Zeit, die

Miete für das letzte halbe Jahr zu bezahlen, oder er käme mit der Polizei zurück, um uns hinauswerfen zu lassen.

»Die meisten Menschen im Land wurden während der Besatzung von der Bezahlung der Miete befreit«, protestierte ich.

»Aber nicht die Palästinenser. Eure irakischen Freunde haben euch Jobs gegeben. Ihr habt genügend Geld.«

Mama versuchte zu erklären, dass wir keine Arbeit hatten. Aber ich hielt sie zurück, denn ich sah in seinem Gesicht, dass es zwecklos war. Es ging nicht um die Miete.

Am nächsten Tag stand die Polizei in unserer Wohnung. Der Vermieter benutzte seinen Generalschlüssel, um unsere Tür zu öffnen, ohne vorher anzuklopfen oder uns vorzuwarnen. Ich telefonierte gerade mit einem Anwalt, um meinen Bruder aus dem Gefängnis zu holen. Mama rauchte voller Anspannung eine Zigarette, und Sitti Wasfiyeh führte ihr Mittagsgebet aus. Vor Schreck ließ ich den Hörer fallen und traute mich nicht, mich zu bücken, um ihn wieder aufzuheben. Mama fing an zu schreien.

»Wir haben noch zwei Tage Zeit, um die Miete zu bezahlen!«, rief ich. Warum kamen sie jetzt schon?

Der Polizist strich mit dem Finger über meine Lippen. »Eure Miete interessiert uns nicht. Wir suchen nach Verrätern.«

»Hier ist niemand außer uns«, gab ich zurück.

»Na, dann schauen wir mal. Vielleicht seid ihr ja die Verräter.«

Wenn ich an diesen Tag zurückdenke, sehe ich zuallererst Sitti Wasfiyehs Gesicht vor mir. Sie blickte von ihrer Gebetsmatte auf, als die Polizisten durch unsere Wohnung trampelten, Möbel umwarfen, Schubladen ausleerten, Kissen aufrissen und Sachen kaputt machten. Das Gesicht meiner Großmutter war aschfahl, ganz so, als wäre jedes Leben aus ihr gewichen. Ihr Mund stand offen, aber sie brachte kein Wort heraus. Ich bekam große Angst. Hatte sie etwa einen Herzinfarkt? Sofort eilte ich zu ihr hinüber, und als sie meine Arme um ihren Körper spürte, schluchzte sie laut auf. Ich hörte meine Mutter schreien: »Wir sind keine Kollaborateure. Sie begehen einen Fehler. Wir leben seit über fünfundzwanzig Jahren in diesem Land. Wir lieben Kuwait.«

Es schmerzte mich, meine Mutter betteln zu sehen. Ich hasste diese Männer. Nun hasste ich auch Kuwait. Ich hasste die Emire. Ich bereute, dass ich ihnen in der Schule die Treue geschworen hatte. Dass ich in der achten Klasse am Unabhängigkeitstag im Fernsehen getanzt hatte.

»Schau dir das an!«, rief einer von ihnen, hielt die Tüte mit den Dolce & Gabbana-Lippenstiften hoch und las die Quittung, die darin lag. »Diese Leute kaufen teure Schminke in London ein.« Alle scharten sich um die Tüte.

»Mach den auf!«, bellte dann ein Polizist und deutete auf den Safe. Mama und ich tauschten einen Blick. Ich küsste Sitti Wasfiyeh und erhob mich, um den Safe zu öffnen.

Das meiste von dem, was ich im vergangenen Jahr verdient hatte, lag bereits auf unserem Bankkonto, für Jehads Studiengebühren, und nur einen Tag zuvor hatte ich den größten Teil des verbliebenen Betrags für die Bezahlung des Anwalts verwendet. Es war nicht mehr viel übrig, aber die Polizisten nahmen es an sich, genau wie meine goldene *shabka*.

»Ihr habt eindeutig genug, um in London Lippenstifte zu kaufen. Ihr braucht das bestimmt nicht«, sagte er lächelnd, während er sich die Tüte mit den Dolce & Gabbana-Lippenstiften griff und unser Geld und Gold hineinsteckte. Die wenigen Scheine in irakischer Währung zog er heraus und ballte sie in der Faust. »Die könnt ihr behalten«, sagte er und warf sie uns zu.

Ich ging zurück zu meiner Großmutter, die noch immer weinte, wie ich es noch nie gesehen hatte. Sie wirkte klein, verletzlich und hilflos, und die Falten in ihrem Gesicht füllten sich mit Tränen, als wären es kleine Flüsse. Ich nahm ihre Hand und küsste sie. Als die Polizisten gingen, sagte sie mit zitternder, müder Stimme: »Warum, meine Söhne? Warum habt ihr das getan? Das ist *haram*, meine Söhne. Es ist *haram*. Warum behandelt ihr uns so?«

Einer von ihnen, ein junger Mann, der sich still verhalten hatte und sich offensichtlich nicht wohl in seiner Haut fühlte, wandte sich mit niedergeschlagenen Augen an sie. »Es tut mir leid, *khala*«, sagte er. *Es tut mir leid, Tante*. Aber er wurde schnell von dem Mann beiseitegeschoben, der unsere Ersparnisse beschlagnahmt hatte. »Geh und frag Jassir Arafat, warum!« Er spuckte auf den Boden und ging.

Der Vermieter, der alles mit angesehen hatte, erinnerte uns: »Noch zwei Tage. Sechs Monate rückwirkend. Ich will alles haben, oder ihr fliegt raus. Ich nehme keine Teilzahlung.«

Während die Banken langsam die Konten wieder freigaben, drängten sich die Menschenmassen in den Filialen, denn die meisten Geldautomaten waren außer Betrieb oder fehlten ganz. Erstaunlicherweise verkündete die wiedereingesetzte kuwaitische Regierung, dass alle Bankkonten auf den Stand vom 2. August zurückgesetzt würden, ganz so, als hätte es die vergangenen sechs Monate nie gegeben. Einige Banken schafften es, die Leute dazu zu bringen, sich ordentlich anzustellen, aber meistens herrschte Chaos. Ich wartete fünf Stunden lang – erfolglos. Am zweiten Tag kampierte ich vor der Bank und schaffte es, kurz nach dem Öffnen zum Zug zu kommen, aber ich durfte nur einen kleinen Betrag abheben – nicht genug, um den Vermieter zu bezahlen.

»Nahr«, sagte sie. Um Buraq nannte mich nur so, wenn sie ernste Angelegenheiten zu besprechen hatte. »Ich wünschte, ich könnte dir helfen. Aber ich weiß nicht, ob ich mir das jetzt erlauben kann. Ich muss mein Geld zusammenhalten. Heute Morgen kam mein Mann vorbei und zwang mich, ihm meinen ganzen Goldschmuck auszuhändigen. Dieses Arschloch will sich eine dritte Frau nehmen, um ›die Befreiung zu feiern‹. Er drohte, mich als Kollaborateurin bei der Polizei anzuzeigen, wenn ich mich weigerte. So, wie die Dinge jetzt liegen, werden sie ihm glauben, denn einige meiner Cousins im Irak haben Kinder beim Militär. Die Regierung hat angekündigt, alle Bankkonten auf den Stand vor der Invasion zu setzen, was heißt, dass sie mir das Geld zurückgeben, das ich Deepa geschenkt habe. Aber das wird nicht von heute auf morgen passieren. Dann kann ich dir aushelfen, aber jetzt geht das einfach nicht. Es tut mir leid, dass ich dir nicht helfen kann, aber an deiner Stelle ... Ich sage das nur ungern ... aber du solltest Abu Moathe um Hilfe bitten. Zumindest könnte er dafür sorgen, dass du alles Geld von deinem Bankkonto ausgezahlt bekommst.«

Mir wurde schlecht bei dem Gedanken, mich an Abu Moathe wenden zu müssen. Aber ich hatte keine andere Wahl.

Zuerst rief ich an, um zu sehen, wie er gelaunt war. Wenn er einen schlechten Tag hatte, würde ich stattdessen Abu Nasser, den Höschenschnüffler, anrufen. Aber Abu Moathe schien angenehm überrascht, von mir zu hören, und sagte, ich solle gleich vorbeikommen. Er würde die Wachen anweisen, mich in die Bank hereinzulassen.

Zwei bewaffnete Wachmänner standen vor der Bank und hielten die Massen von Menschen im Zaum, die ungeduldig versuchten, in die Bank zu kommen. Sie gestatteten immer nur ein paar Leuten gleichzeitig den Zutritt. Ich bahnte mir einen Weg zu ihnen und zeigte meinen Ausweis vor: »Abu Moathe erwartet mich.«

Drinnen wurde ich in das Büro des Filialleiters geführt. Abu Moathe ging um einen großen Holzschreibtisch herum, um mich zu begrüßen.

»Salaam, meine Freundin. Dein Besuch ehrt mich«, begann er mit der üblichen Schmeichelei, aber ich hatte ein unbehagliches Gefühl. »Was kann ich dir anbieten?«, fragte er. »Ich meine mich zu erinnern, dass du lieber Tee als Kaffee trinkst.«

»Tee wäre schön. Vielen Dank, Abu Moathe«, sagte ich. Er bestellte zwei Gläser Tee bei der alten Frau, die schüchtern in der Tür stand.

Er ging an mir vorbei, um die Tür zu schließen, und auf dem Weg zurück zu seinem Schreibtisch strich er mir mit der Hand über die Schulter. »Was verschafft mir die Ehre?«

Die alte Frau kam mit dem Teetablett herein und stellte es auf seinem Schreibtisch ab. Ich erklärte, dass ich all unser Geld abheben müsse, um unsere Miete zu bezahlen und meinen Bruder aus dem Gefängnis zu holen. Ich versicherte ihm, mein Bruder sei unschuldig. Er sei verhaftet worden, obwohl er während der Besatzungszeit in Jordanien studiert hatte.

»Wenn er doch im Ausland war, wie konnten sie ihn dann festnehmen?«

Ich stotterte: »Er ... er ... er kam nach dem Ende des ersten Semesters zurück, ein paar Wochen vor der Befreiung.«

»Du hast gelogen«, sagte er grinsend und bot mir eine Zigarette an. Ich lehnte ab und fühlte mich wie in der Falle.

»Ich habe nicht gelogen, Abu Moathe. Möge Allah dir verzeihen, dass du das gesagt hast.«

Er ging darauf nicht ein und zündete sich eine Zigarette an. Dabei murmelte er wie zu sich selbst: »Sie wagt es, Allah zu erwähnen.«

»Es tut mir leid, Abu Moathe. Ich werde einfach wieder gehen.« Ich erhob mich.

»Setz dich!«, befahl er streng. »Du hast wohl vergessen, wer ich bin. Ich entscheide, wann du gehen kannst.«

Ich tat, wie mir befohlen, und suchte den Raum nach etwas ab, mit dem ich mich verteidigen konnte. Aber da war nur ein Durcheinander von Papieren und Akten auf seinem Schreibtisch. Ein paar Stifte, eine leere Mokkatasse und ein Briefbeschwerer: ein Tropfen Öl in einem Glaswürfel. Das würde ihm nicht wehtun. Er lehnte sich in seinem Ledersessel zurück und grinste wieder, während eine Rauchwolke aus Mund, Nase und Zigarette zur Zimmerdecke emporstieg. Abu Moathes dicker Bauch wölbte sich kugelartig nach vorn.

»Ich fand es immer seltsam, dass eine Frau wie du nicht raucht.«

»Was meinst du damit, eine Frau wie ich?« Ich spürte, wie der Mut zu mir zurückkehrte, versetzte meine Füße, meine Beine, meinen Rücken, mein Herz in Bereitschaft, um bei der nächsten Gelegenheit aufzustehen und die Bank zu verlassen. Da bemerkte ich eine Bankkarte, die an einem der Papiere auf seinem Schreibtisch befestigt war.

»Du weißt genau, was ich meine«, sagte er. »Jedenfalls habe ich mir dein Konto angesehen, nachdem du angerufen hattest. Es wäre mir nie in den Sinn gekommen, dich unter dem Namen Yaqoot zu suchen. Ich habe nie geglaubt, dass das dein richtiger Name ist. Aber anscheinend sagen Huren doch manchmal die Wahrheit.«

Ich bewegte meine Zehen in meinen hochhackigen Schuhen und versuchte weiter, meinen ganzen Mut zusammenzunehmen. Dabei vermied ich es, das Blatt Papier mit der beigefügten Bankkarte anzusehen. Wenn Banken einem eine neue Kontokarte schickten, hatte sie einen voreingestellten PIN-Code, den man an jedem Geldautomaten zurücksetzen konnte. Es war wahrscheinlich seine eigene Bankkarte mit dem neuen Code. Der Glaswürfel-Briefbeschwerer stand direkt daneben.

»Du hast eine schöne Summe an Ersparnissen aus diesem Land, stimmt's?«, sagte er und nippte an seinem Tee. Er erhob sich und ging um den Tisch herum.

»Bitte, Abu Moathe ...«

»Ich gebe dir das Geld von deinem Konto. Aber was bekomme ich dafür? So machen es die Palästinenser: Sie nehmen und beißen die Hand, die sie gefüttert hat.« Ich erinnerte ihn lieber nicht an seine palästinensischen Wurzeln.

Ich stand auf, um zu gehen, aber er packte mich an den Haaren. Ja, früher hatte es ihm Spaß gemacht, mich an den Haaren zu ziehen. »Bück dich und zieh dein Kleid hoch, du Hure«, forderte er. Bevor ich widersprechen konnte, warnte er mich, was passieren würde, wenn ich nicht machte, was er sagte.

»Ich werde dich hinauswerfen und laut rufen, dass du mir gegen Bezahlung einen blasen wolltest. Und dann wirst du im Gefängnis landen, direkt neben deinem Bruder, diesem schmutzigen Hundesohn einer Hure.«

Ich hob mein Kleid und ließ mein Höschen herunter. Es war weiß mit blauem Spitzenbesatz. Langsam beugte ich mich über den Schreibtisch, über den Glaswürfel-Briefbeschwerer und die Bankkarte, und wie ich da erkennen konnte, stand sein Name darauf. Er schob meine Beine auseinander. Ich spannte die Zehen in meinen Schuhen an, legte die Finger der einen Hand um den Briefbeschwerer und bohrte die Nägel der anderen in meine Handfläche. Er schob sich in mich hinein. Ich biss die Zähne zusammen, grub die Nägel tiefer in meine Haut und beobachtete die Wellen in dem Teeglas, während er hinter mir keuchte. »Ihr verdammten, undankbaren Palästinenser. Habt ihr gedacht, das war's? Dass Saddam Kuwait regieren würde? Habt ihr gedacht, ihr könntet uns so einfach hintergehen? Ich sag dir jetzt mal was, du Schlampe. Die Palästinenser taugen nur zu zwei Dingen: als billige Arbeitskräfte und als billige Huren. Wir kaufen und verkaufen Leute wie dich.«

Ich öffnete die Fäuste, ließ eine Hand auf dem Briefbeschwerer liegen, nahm mit der anderen die Bankkarte an mich und stopfte sie in meinen BH. Außerdem prägte ich mir den PIN-Code ein, der in kleinen Ziffern auf das Blatt gedruckt war.

»Jetzt kriegst du es so richtig, du Hure.«

Ich sagte mir die Nummer im Kopf wieder und wieder auf, bis er in mir kam. Dann zog ich meine weiße Unterhose mit dem blauen Spitzenbesatz wieder hoch. Ließ das Kleid herunterfallen. Und dann erhob ich mich, beobachtete ihn und plante meine Rache.

Nachdem er sich aufgerappelt hatte, rief er seine Assistentin über die Sprechanlage. »Bringen Sie Frau Yaqoots Akte mit.«

»Setz dich«, wies er mich an. Ich saß da und spürte, wie sein Sperma aus mir herauslief.

»Und trink deinen Tee«, fügte er hinzu. Ich nahm das Glas, nippte an dem Getränk und wiederholte die PIN im Kopf: 3254, 3254, 3254.

Ein Klopfen an der Tür, dann trat eine junge Frau mit einem Ordner ein. Ich vermied es, sie anzusehen. Sie wartete neben dem Schreibtisch, während er die Akte öffnete und sie ihr dann zurückgab. Sie gab mir ein paar Formulare zum Unterschreiben. Ich reichte ihr meinen Ausweis. Als sie mit dem vollen Betrag meines Bankkontos zurückkam, steckte ich das Geld in meine Handtasche. Es war nicht ganz das, was die Regierung versprochen hatte, aber ich machte keinen Aufstand deswegen, zumal ich ja Abu Moathes Bankkarte besaß.

Ich dankte ihm, ganz so, als hätte er mich nicht gerade vergewaltigt. Er sagte mir, es sei ihm ein Vergnügen gewesen, ganz so, als hätte er mich nicht gerade vergewaltigt. Ich bahnte mir einen Weg durch die Menge, die immer noch draußen wartete, und lächelte bei der Vorstellung, wie ich all sein verdammtes Geld von seinem verdammten Bankkonto mit seiner verdammten Bankkarte abheben würde, die zwischen meinen Brüsten steckte. 3254, 3254.

Ich schaffte es irgendwie nach Hause. Aber es war kein Zuhause mehr. Die Wohnung, in der ich mein ganzes Leben lang gelebt hatte, war mir jetzt fremd. Seit die Polizei alles auf den Kopf gestellt hatte, herrschte Chaos. Mama war damit beschäftigt gewesen, sich um Sitti Wasfiyeh zu kümmern, die zum Arzt gebracht werden musste, weil ihr »Kopf explodierte«, wie sie geklagt hatte. Ihr Blutdruck war gefährlich angestiegen. Sie hätte einen Schlaganfall bekommen, wenn Mama sie nicht rechtzeitig in die Notaufnahme gebracht hätte. Aber ich hatte das Geld von meinem Konto in der Hand, und Mama und Sitti Wasfiyeh konnten in dieser Nacht ruhig schlafen, in dem Wissen, dass wir nicht aus unserer Wohnung geworfen würden und unsere Sachen auf der Straße landeten.

Auf meinem Bankkonto war genug, um den Vermieter, den Anwalt und die Bestechungsgelder an diejenigen zu bezahlen, die der Anwalt uns nannte. »Alle wissen, dass er nicht im Land war«, erklärte der Anwalt. »Aber momentan gibt es keine Rechtsstaatlichkeit. Wir müssen sie ganz einfach überzeugen, ihn freizulassen.«

Wie viel hatte Abu Moathe wohl auf dem Konto? Und was würde passieren, wenn er merkte, dass seine Karte weg war? Vielleicht würde er zur Polizei gehen und melden, dass ich sie ihm gestohlen hatte! Aber dann erinnerte ich mich daran, wie unvorsichtig und unorganisiert er war. Er wusste wahrscheinlich nicht einmal mehr, dass die Karte auf seinem Schreibtisch gelegen hatte. Eher würde er seine Sekretärin dafür verantwortlich machen, dass sie sie verlegt hatte.

Am nächsten Tag und auch in den folgenden zwei Wochen fuhren Um Buraq und ich mit Abu Moathes Bankkarte durch das ganze Land, auf der Suche nach funktionierenden Geldautomaten, an denen wir jeden Tag so viel wie möglich abhoben.

Unser Anwalt nahm die Hilfe einer internationalen Menschenrechtsorganisation in Anspruch, die schließlich erreichte, dass Jehad in ein Krankenhaus gebracht wurde. Dort interessierte sich ein Journalist für seinen Fall – er recherchierte über Iraker und Palästinenser, die im Gefängnis gefoltert worden waren –, und die Kombination aus medialem Druck, Bestechungsgeldern und juristischen Mitteln brachte die Behörden am Ende dazu, Jehad zu entlassen.

In Erwartung von Jehads Rückkehr machten Mama und ich uns daran, die Wohnung zu putzen und wieder in Ordnung zu bringen. Wir klebten und nagelten zerbrochene Schubladen und Schränke zusammen, falteten Kleider, stapelten unsere Sachen zurück in die Regale und füllten vier Säcke mit Müll. Wir putzten die Fenster, wischten die Möbel ab, schrubbten das Bad und die Küche, fegten und wischten. Wir schlugen die Teppiche, lüfteten Kissen und Bettdecken aus, wuschen Bettzeug und Wäsche und hängten alles zum Trocknen auf die Wäscheleinen des Balkons. Sitti Wasfiyeh wollte uns helfen. Wir legten das ganze Besteck und den restlichen Nippes vor sie auf den Tisch zum Abwischen und Polieren. Sie hatte die bequemste Matratze und bestand darauf, dass ihr Enkel bei Gott so lange darauf schlafen müsse, bis er wieder ganz gesund sei. »Gern kannst du mein Bett nehmen«, bot ich ihr an.

»Ich schlafe doch nicht bei euch Kühen«, gab sie zurück. »Macht mir ein Lager auf dem Boden neben meinem Enkel.«

Mama und ich tauschten einen Blick. »Nein. Das geht nicht. Du schnarchst. Du wirst ihn vom Schlafen abhalten«, sagte ich.

Sie zögerte, bewegte ihre Zahnprothese mit der Zunge im Mund hin und her. »Na schön. Daran habe nicht gedacht. Dann werde ich in deinem Bett schlafen«, sagte sie und wandte sich einem Löffel zu.

Am Abend waren wir alle erschöpft und gingen früh zu Bett. Sitti Wasfiyeh wollte die sauberen Laken auf ihrem Bett für Jehad frisch halten, darum erprobten wir schon das neue Schlafarrangement. Sie beschwerte sich, dass wir die Bettwäsche nicht richtig gewaschen, ihr Lager nicht bequem genug hergerichtet hätten, dass das Abendessen, das wir zu uns genommen hatten, zu fettig gewesen sei und sie deswegen wahrscheinlich nicht würde schlafen können. Sie würde krank werden und wäre nicht in der Lage, ihren Enkel aus dem Krankenhaus abzuholen, und das nur meinetwegen. Oder wegen Mama. Oder wegen uns beiden. Es war eine Verschwörung gegen sie im Gange. Dessen war sie sich sicher, bis sie einschlief.

Noch vor Sonnenaufgang standen wir auf und begaben uns ins Krankenhaus, um Jehad zu besuchen und dann hoffentlich nach Hause zu holen. Sitti Wasfiyeh war ungewöhnlich still. Sie wirkte klein und zerbrechlich während des stundenlangen Wartens, saß einfach nur da und spielte nervös mit ihrer Gebetskette.

Der Anwalt kam herein, einen Stapel Papiere in der Hand, und bedeutete uns, ihm zu folgen. Jehads Freilassung war gesichert. *Elhamdulliah*, seufzten wir alle. Gedankt sei dem Herrn!

Ich half Sitti Wasfiyeh auf die Beine. Jehad saß in einem Rollstuhl, als wir in sein Zimmer kamen, und wir scharten uns um ihn, während der Anwalt mit den Wärtern verhandelte und den Stapel Papiere mit ihnen durchging. Dicke Verbände bedeckten Jehads Auge. Die Ärzte hatten sein Augenlicht nicht retten können. Sein Gesicht war geschwollen, und sein Arm lag in einem Gipsverband. In den Knochen seiner rechten Hand und seines Unterarms steckten jetzt vierzehn Schrauben. Im offiziellen Bericht hieß es, er sei im Gefängnis gestürzt, was zur Verletzung seines Sehnervs aufgrund tiefer Risse des Auges und der Fragmentierung von Augenhöhlenknochen und Sehnervenkanal geführt habe. Da war noch mehr medizinische Fachsprache, die ich nicht verstand – Trümmerbrüche der Metakarpal- und Phalangealknochen auf der Höhe des Metakarpophalangealgelenks. Doch er stand auf, als er uns sah, küsste Sitti Wasfiyehs Hände, dann die unserer Mutter und auch meine. An diesem Tag erfasste mich eine neue Art des Glücks. Es war die Art Glück, die man nur verspürt, wenn das Leben einem alles genommen hat und die Menschen übrig bleiben, die einem am wichtigsten sind. An diesem Tag teilten wir als Familie die Erleichterung, Jehad in Sicherheit zu sehen, was uns neue Kraft schenkte.

Jehad wollte sich ausruhen, als wir zurück in die Wohnung kamen. Wir nahmen eine kleine Mahlzeit zusammen ein. Er aß sehr wenig und sagte noch weniger. Es war hart, Jehad so geschlagen sehen zu müssen. Er war verschont geblieben, aber wir konnten nicht darauf bauen, dass wir in Kuwait noch lange sicher waren. Der Tag hatte uns alle erschöpft, und wir gingen früh schlafen. Mama steckte Jehad ins Bett und schob ihm all unsere Kissen unter, damit er hoch genug lag, denn die Ärzte hatten angeordnet, den Druck auf sein verbliebenes Auge möglichst gering zu halten.

Vom Türrahmen aus betrachtete ich meinen schlafenden Bruder und wusste, dass ich mir niemals verzeihen konnte. Jehad war in Kuwait geblieben, weil ich mich gemeinsam mit Sitti Wasfiyeh geweigert hatte fortzugehen. Ich werde seine zerstörten Träume für den Rest meines Lebens in mir tragen.

Ich würde gern erzählen, was mit meinem Bruder passiert ist. Was sie ihm angetan haben. Wie sie ihn verwundet und gebrochen haben. Wie die kuwaitische Polizei und das Militär mit den Amerikanern zusammenarbeiteten, um den letzten Rest an Leben aus ihm herauszuprügeln. Ich würde gern erklären, womit sie durchgekommen sind – womit die Mächtigen immer durchkommen. Aber es ist nicht meine Geschichte, und Jehad hat Trost in der Stille gefunden.

Wir gehörten zu den wenigen palästinensischen Familien, die noch in Kuwait waren. Ganze Straßenzüge in unserem Viertel wirkten wie leer gefegt. Die kleinen Läden mit ihren blinkenden Lichtern und bunten Angebotsschildern waren dunkel und verrammelt. Die Kinder, die auf der Straße Ball gespielt hatten, waren verschwunden. Die jungen Männer, die sich an Ecken zusammengerottet hatten, um uns Frauen nachzusehen und zu belästigen, schienen sich in Luft aufgelöst zu haben. Die Wäscheleinen an den Balkonen, die jedes Gebäude mit bunter Wäsche geschmückt hatten, waren nackt.

Wir waren geblieben, weil wir Jehad nicht zurücklassen konnten, und nun, da wir ihn wiederhatten, packten wir ein, was wir tragen konnten von unserem Leben: Kleidung, ein paar Küchengeräte, das gerahmte Foto von Baba an der Wohnzimmerwand und Mamas Singer Nähmaschine. Es gab zwei weitere Familien in unserem Block, eine in unserem Wohnhaus und eine im benachbarten. Sie kamen zu uns nach Hause, um Jehad willkommen zu heißen, und wir beschlossen, früh am nächsten Morgen gemeinsam aufzubrechen, weil wir hofften, dass wir in einer größeren Gruppe leichter durch die vielen Checkpoints auf dem Weg zum Flughafen gelangen würden.

Wir wollten die vierzehnstündige Fahrt nach Amman mit unseren Autos in Angriff nehmen, aber sie hatten irakische Nummernschilder, da wir gezwungen gewesen waren, sie während der Besatzung zu wechseln, und jetzt erlaubte Kuwait den Palästinensern nicht, neue zu beantragen. Um Buraq versprach, unsere Autos für uns zu verkaufen und uns das Geld weiterzuleiten. Zu meiner Überraschung tauchte sie morgens um vier Uhr bei uns auf, um uns zum Flughafen zu fahren.

»Ich möchte sichergehen, dass die Papiere für die Autos in Ordnung sind«, sagte sie.

»Du Lügnerin. Das haben wir doch schon kontrolliert«, gab ich zurück und umarmte sie. »Du bist gekommen, weil du mich liebst. Gib's nur zu, du alte Schreckschraube.«

Früher hatte Mama mir manchmal verbieten wollen, Um Buraq zu treffen, weil sie glaubte, dass sie einen schlechten Einfluss auf mich ausübte. Aber jetzt umarmte sie sie und dankte ihr dafür, dass sie uns dabei half, das Land zu verlassen.

Während Mama Frühstück machte, damit wir vor der Reise etwas in den Magen bekamen, machten Um Buraq und ich mit Abu Moathes Bankkarte einen letzten Streifzug zu einem Geldautomaten. »Ich habe ein bisschen Angst davor, dass wir heute erwischt werden«, sagte ich.

»Wie sollen sie uns denn erwischen? Es ist vier Uhr morgens«, erwiderte Um Buraq. Da hatte sie auch wieder recht. »Außerdem ist es ein Sparkonto. Er überprüft es offenbar nicht regelmäßig, und für sein Girokonto hat er mit Sicherheit noch eine Extrakarte.« Auch das stimmte. Zu diesem Zeitpunkt hatten wir fast 12 000 Dinar abgehoben, die wir gleichmäßig unter uns aufgeteilt hatten. Der Kontostand betrug immer noch 9860 Dinar.

Schließlich war es an der Zeit, aufzubrechen. Unsere Nachbarn warteten in drei Taxis, während wir fünf uns in Um Buraqs Lincoln Continental zwängten. Mama fragte Um Buraq, wie all diese Dellen und Kratzer an ihr Auto gekommen waren. »Die Leute in diesem Land können nicht fahren«, erklärte sie, und so ging es los.

Ajay war bislang der Einzige gewesen, der das Auto gefahren und sie überallhin kutschiert hatte. In der kurzen Zeit, seit er fort war, hatte Um Buraq es geschafft, nacheinander mit einer Bordsteinkante, einer Straßenlaterne und einer Hauswand zu kollidieren. Sie konnte ja kaum über das Lenkrad schauen und wechselte immer wieder wild die Fahrspuren.

Jehad sagte nicht viel, aber Um Buraq entschuldigte sich in einem fort dafür, was die Polizei ihm angetan hatte. Sie verkündete, dass Kuwait einen Verlust erleiden würde, wenn es einen so intelligenten und leidenschaftlichen jungen Mann wie ihn nicht im Land haben wollte. Ich wechselte das Thema, um ihm die Unterhaltung zu ersparen, und fragte nach Deepa und Ajay.

»Ich kann nicht glauben, dass ich vergessen habe, es dir zu erzählen!«, brüllte sie und brauste ohne Rücksicht auf Verluste über die Bordsteinkante, sodass wir alle durchgerüttelt wurden. »Deepa hat sich ein Haus gekauft!«

»Halt!«, schrie Sitti Wasfiyeh. »Haltet das Auto an!«

Um Buraq stieg auf die Bremse. »*Bismillah!*«, brüllte sie. »Was ist los, *hajjeh*?«

Das Taxi hinter uns legte ebenfalls eine Vollbremsung hin und rammte uns fast.

»Ich will auf dem Rücksitz sitzen«, forderte meine Großmutter. »Ich habe wohl kaum vier Kriege überlebt, um dann bei einem Autounfall zu sterben. Helft mir hier raus!«, forderte sie.

Ich war an Um Buraqs unorthodoxen Fahrstil bereits gewöhnt, aber Mama und Sitti Wasfiyeh klammerten sich angstvoll an die Haltegriffe. Um Buraq schien verwirrt zu sein. Jehad lächelte, lachte beinahe, und das machte mich so glücklich, dass ich selbst loslachte. Ich konnte nicht aufhören, und dann stimmte auch Mama mit ein. Es war die Art Lachen, die ansteckend wirkte. Sitti Wasfiyeh war erfreut, das alles ausgelöst zu haben. »Ich war immer lustig, sogar schon als kleines Mädchen. Ich konnte die Leute immer zum Lachen bringen«, sagte sie. Und daraufhin verwandelte sich auch Jehads Lächeln in ein ausgewachsenes Lachen. Sogar Um Buraq lachte. Da waren wir nun, dicht gedrängt in einem übel zugerichteten Lincoln Continental, der an der Spitze eines Vier-Wagen-Konvois auf einer beklemmend stillen Straße fuhr, auf dem Weg hinaus aus einer verlassenen palästinensischen Stadt in Kuwait.

»Dieses Land wird ohne Palästinenser nicht das gleiche

sein. Schaut euch all diese leeren Häuser an«, sagte Um Buraq, als wir uns beruhigt hatten.

Mama begann zu weinen. Sitti Wasfiyeh hob die Hände und betete: »O Gott, mein Herr, bestrafe die Juden dafür, dass sie uns zu ewigen Flüchtlingen gemacht haben, und Jassir Arafat, dass er einen weiteren palästinensischen Exodus verursacht hat. Verflucht seien die Amerikaner und die Juden. Sie stecken hinter all den Kriegen.«

»Amen«, sagte Mama.

Jehad war still und schaute aus dem Fenster, den Arm um unsere Großmutter gelegt.

Wir wurden an zwei Kontrollpunkten angehalten, und dank Um Buraq kamen wir ohne Probleme durch. Sie zeigte ihren Ausweis, der sie eindeutig als Kuwaiterin identifizierte, und log den Soldaten vor, dass wir, genau wie die Karawane hinter uns, Palästinenser waren, die während der Besatzung ihre ganze Familie geschützt und gerettet hatten. Sie sprach mit der Autorität einer älteren Tante zu ihnen, und sie reagierten mit Respekt und winkten uns alle durch, nachdem sie unsere Ausweise überprüft hatten.

»Um Buraq«, rief Mama vom Rücksitz. »Ich glaube nicht, dass wir diese Checkpoints ohne dich so einfach hätten passieren können. Möge Allah dich segnen, das Böse von dir fernhalten und Licht und Freude in all deine Tage bringen.«

Dann mischte Sitti Wasfiyeh sich ein und übertraf meine Mutter noch mit Lobpreisungen auf Um Buraq. Ich hörte Jehads Schweigen. Er war anscheinend mit seinen Gedanken woanders.

Um Buraq umarmte mich noch einmal herzlich am Flughafen, bevor sie wieder abfuhr. Sie küsste mich auf die Wangen, wünschte mir viel Glück und flüsterte mir ins Ohr: »Ich schicke dir Kunden, wenn du Geld brauchst. Lass es mich einfach wissen. Und diese Karte kannst du wahrscheinlich auch in Amman verwenden. Probier es aus. Allah sei mit dir, Schwester.«

Ich erwiderte ihren Kuss, und dann nahm sie mein Gesicht zwischen die Hände und sagte: »Was auch immer passiert auf dieser unnachgiebigen Welt, wir werden uns wiedersehen, meine Schwester.«

III. Jordanien

Im Würfel, Norden

Aus der Nordwand ragen drei Gegenstände heraus. Eine kleine Toilette aus Kunststoff, die spült, wenn es ihr gerade gefällt. Ich habe versucht, meine körperlichen Bedürfnisse an sie anzupassen, aber das Spülen erfolgt zufällig. Das heißt, hier drinnen stinkt es manchmal. Aber es ist mein eigener Gestank, und ich bin froh, hin und wieder etwas anderes zu riechen als das Desinfektionsmittel, das sie ab und zu aus kleinen Löchern durch die Wand sprühen.

Dann gibt es noch eine elektronische Befestigung für meine Gefängnisarmbänder. Zwei kleine Lichter blinken gelb, wenn ich meine Armbänder andocken muss. Ein inwendiger Mechanismus greift nach meinen Armbändern und gibt ein Kreischen von sich. Ein schrecklicher Alarm ertönt, und das gelbe Blinken wird grün, um den Wachen anzuzeigen, dass sie gefahrlos eintreten können. Eine der »Verbesserungen«, die Israel an diesen hochtechnologischen Fesseln vorgenommen hat, war, die Lautstärke des Alarms zu senken. Als die Besucher den Würfel besichtigten, wurde ihnen dies vorgeführt, als Beweis dafür, wie sich die Haftbedingungen an mein Wohlbefinden anpassen ließen.

Aber selbst die besten Erfindungen im Dienste der Haft und der Unterjochung kommen nicht gegen meinen Freiheitsdrang an. Ich befestige mich stets mit dem Gesicht zur Wand an den Steckdosen, obwohl mir immer wieder eingeschärft wird, mit nach hinten gefesselten Handgelenken nach vorn zu sehen. Aber diesen Gefallen tue ich ihnen nicht. Ich bleibe in dieser Stellung, bis die Besucher wieder gehen. In der Zwischenzeit singe ich manchmal, und wenn möglich, furze ich. Es macht mir Freude, ihr Unbehagen zu spüren. So ist die Nordseite einerseits der Bereich der Gefangenschaft, andererseits auch die Richtung des Trotzes.

Meinen Kampf für Schreibwerkzeuge trug ich an der Nordwand aus. Die Wärterinnen ignorierten alle meine Bitten nach Stift und Papier so lange, bis ich meine Körperflüssigkeiten dazu benutzte, etwas an die Nordwand zu schreiben. Mit Menstruationsblut schrieb ich: »Lang lebe Saddam Hussein«, und mit Kot: »Israel ist Scheiße«.

Sie ließen mich sauber machen, gaben mir aber einen Stift, den ich behalten durfte. Ich habe gewonnen.

Abgesehen von den Gästen aus der Gefängnisindustrie, erlaubt das israelische Gesetz nur der unmittelbaren Familie, palästinensische Gefangene zu besuchen. Mein Ehemann ist fort. Ich habe keine Kinder. Das heißt, dass nur meine Mutter und vielleicht mein Bruder theoretisch kommen könnten, aber Israel hat es irgendwie geschafft, die *hawiyya* meines Bruders zu widerrufen und seinen und Mamas Namen auf eine Visa-Blacklist setzen zu lassen. Sie können nicht einmal ins Land einreisen, geschweige denn mich im Würfel besuchen.

Ich habe immer wieder den Traum, dass ich mit Saddam Hussein Kaffee trinke. Ich möchte unbedingt mit ihm reden, aber wir sitzen schweigend da und starren uns an. Wir drehen unsere Tassen um, damit der Kaffeesatz uns unser Schicksal weisen kann. Um Buraq kommt, um uns die Zukunft vorauszusagen, aber ich bestehe darauf, dass wir auf Jehad warten. Dann zeigen sowohl Saddam als auch Um Buraq auf einen Olivenbaum in unserer Mitte, und ich bin zufrieden, denn Jehad ist bei uns. Aber der Baum ist auch

Bilal. Um Buraq betrachtet Saddams Tasse und verkündet dann, dass Jehad Kuwait hätte verlassen sollen, bevor die Amerikaner kamen. Er zuckt mit den Achseln, und beide schauen mich an und deuten auf meine Tasse. Ich drehe sie um, und zu meinem Entsetzen sehe ich gesichtslose Männer, die meinen Bruder schlagen. Der Olivenbaum ist weg. Panisch und schweißgebadet wache ich auf, verspüre ein Bedauern. Dann versuche ich, wieder einzuschlafen. Ich will in den Traum zurückkehren, um meinen Bruder zu retten, um Kuwait zu verlassen, bevor die Amerikaner kommen.

Unstetes Terrain

Eine der Familien in unserer Karawane besaß ein Haus in Amman, in dem wir ein paar Wochen wohnen durften, bis wir ein eigenes Zuhause hatten. Wir mieteten schließlich eine möblierte Zweizimmerwohnung. Das war das Beste, was wir uns leisten konnten. Sitti Wasfiyeh bekam das Schlafzimmer, und wir anderen schliefen zu dritt auf den Bodenpolstern im Wohnzimmer. Um ehrlich zu sein, wollte Sitti Wasfiyeh, dass Mama oder Jehad das Schlafzimmer nahmen, aber wir bestanden darauf, dass es ihr gehörte. Es ging uns um den Respekt vor den Alten.

»Möge Allah euch segnen, meine Kinder. Um Jehad, du bist die einzige wahre Tochter, die ich jemals hatte«, sagte sie am ersten Abend auf dem Weg ins Bett, woraufhin wir geschockt zurückblieben. Wahrscheinlich brach es ihr das Herz, dass ihre Töchter, die in Jordanien lebten, nicht angeboten hatten, dass sie bei ihnen wohnte. Wir drei sahen zu, wie sie gebeugt in ihr neues Zimmer schlurfte. Jehad sprang auf, um sie zu stützen, und ich dachte während der restlichen Nacht, selbst in meinen Träumen, nur an meine Großmutter, an ihr beklemmendes Leben auf einem Planeten, der keinen Platz für sie hatte.

Amman schien mir der schlimmste Ort auf Erden zu sein, obwohl ich bislang kaum aus Kuwait herausgekommen war. Die kleinen Gebäude mit Läden, die vornehm als Einkaufszentren bezeichnet wurden, waren unspektakulär und überteuert. Die Qualität von allem, vom Essen bis hin zur Kleidung und zu den Friseursalons, war schlechter als das, was ich in Kuwait gewohnt war, und kostete trotzdem fast das Doppelte. Ich versuchte, einen Job zu finden, aber die Arbeitslosigkeit in Jordanien war bereits hoch gewesen, bevor eine halbe Million aus Kuwait vertriebener Palästinenser in das Land einfiel.

Wo ich in Amman auch hinsah, alles war eine Erinnerung an das, was uns verloren gegangen war. Meine liebsten kuwaitischen Fernsehserien – Um E'leiwi und Bu E'leiwi, Suad Abdullah und Hayat elFahd und Maryam Saleh – ertrug ich nun kaum noch. Ich vermisste Kuwaits Ozean, die warme blaue Unendlichkeit, die uns überallhin begleitete, selbst wenn wir im Winter in der Wüste kampierten. Das Meer des Arabischen Golfs benetzte all meine Erinnerungen. Seine salzige Luft, die über unsere Haut und unsere Haare strich und in unsere Lungen stieg, wenn wir in Strandcafés oder Abendkonzerten saßen. Tausende von Krebsen, die von den Gezeiten zum Vorschein gebracht und wieder verborgen wurden. Der glühende Sand, der unsere Füße verbrannte. Die Jungen, mit denen wir Blicke austauschten. Das warme Wasser, das unsere Sorgen wegspülte und sich nach Freiheit anfühlte. Eiscreme von Ala'a Eddin in Salmiya, gefrorene *booza dhahab*, damit wir die Hitze durchstanden. Ich war so weit von dem Land entfernt, in dem es alles gab, was ich auf der Welt kannte. Ich hatte mir bisher noch keine Zukunft für mich vorgestellt, aber ich spürte, dass mein Leben irgendwie entgleist war. Wahrscheinlich hatte ich immer geglaubt, dass die Träume, die ich eines Tages leben würde, in der vertrauten Umgebung Kuwaits liegen würden. Nun war mir das Land unter den Füßen weggezogen worden, und ich stakste durch das unstete Terrain der Flüchtlinge.

Für Mama war es anders, und auch für Sitti Wasfiyeh, die uns immer versichert hatte, sie würde nie wieder gesund werden, wenn sie wieder zum Flüchtling würde. Es erstaunte mich, wie schnell sie sich in der Wohnung zurechtfanden und sich in einen neuen Alltag begaben, ganz so, als wären ihre Leben einfach abgeschnitten und anderswo neu eingepflanzt worden, intakt, nur bedeckt mit einem Staubkorn der Trauer, das sie abschüttelten, um wieder ins Leben zurückzukehren. Vielleicht war es leichter für sie, weil sie den Schock, ein Flüchtling zu werden, bereits gut kannten. Sie wussten, dass Untätigkeit und Ziellosigkeit den Geist stumpf machten, die Augenlider beschwerten und Lethargie und Verzweiflung ins Bewusstsein einsickern ließen. Sie waren geübte Flüchtlinge und konnten besser mit generationsübergreifenden Traumata umgehen.

Mama konnte ihre Singer Nähmaschine gut gebrauchen, als sie mit einem örtlichen Schneider die Vereinbarung traf, ihm einen Teil seiner Arbeit abzunehmen. Sie fing mit Saumarbeiten an und bekam danach einen Auftrag für eine traditionelle *tatreez*-Stickerei. Weitere Bestellungen folgten. Im Laufe der Jahre hatte ich meine Mutter manchmal sticken sehen, aber nie besonders darauf geachtet. Ich war jung, und für mich gehörten bestickte Kaftane zu einer anderen Generation. Dumm wie ich war, hielt ich sie für unkultiviert im Vergleich zu moderner europäischer Kleidung. Aber hier in Amman, im Nebel meines Exils und meiner Trägheit, aus der Perspektive des Verlustes, kristallisierte sich die spektakuläre Komplexität des *tatreez* heraus, als ich beobachtete, wie meine Mutter wunderschöne Kaftane schuf, meisterhafte Zeugnisse unseres Erbes, aber auch Ausweise von Mamas Kunstfertigkeit. Sie verbrachte Stunden mühevoller Kleinarbeit vornübergebeugt mit Nadel und Fingerhut, zog und stieß Fäden durch den Stoff, um Muster zu kreieren, welche die Geschichten unseres Volkes in einer textilen Sprache schilderten, die von palästinensischen Frauen über Jahrhunderte hinweg entwickelt worden war. Mama beherrschte diese Sprache fließend. Sie wusste, welche Muster aus welchem Dorf kamen, was sie bedeuteten und wie sich diese Bedeutung neben einem anderen Muster ändern konnte. Sie hatte versucht, ihr Wissen an mich weiterzugeben, als ich noch ein kleines Mädchen war, aber ich hatte nichts damit zu tun haben wollen.

Erst jetzt im Würfel kann ich mich wieder an den Tag erinnern, an dem sie es aufgab, mir etwas beizubringen. Sie sagte: »Ich mache dir keine Vorwürfe. Wenn ich die Chance gehabt hätte, zur Schule zu gehen wie du, hätte ich das auch getan. Du bist ein kluges Mädchen. Eines Tages wirst du einen Schreibtischjob haben. Du wirst nicht sein wie ich, die nur weiß, wie man eine Vergangenheit stickt, die unwiederbringlich verloren ist.«

Mama war geschickter als die meisten anderen, und schon bald hatte sie sich in Amman eine geschäftliche Nische geschaffen: Sie bestickte Hochzeits-*thobas* mit den aufwendigsten und teuersten *tatreez*-Mustern. Für ein solches Kleid brauchte man normalerweise sechs bis neun Monate, aber unsere finanzielle Situation trieb Mama dazu, noch härter zu arbeiten und alle zwei bis drei Monate ein Kleid zu produzieren. Jedes von ihnen war ein Kunstwerk, sorgfältig bestickt mit Geschichten. Es schmerzte mich, dass sie verkauft werden mussten.

Mamas erste Kundin war eine Braut, die traditionelle *tatreez*-Muster auf Seide wünschte, ein unglaublich schwieriges Material zum Besticken. Sie wollte, dass die Gestaltung von ihrem Heimatort in Palästina und dem ihres Bräutigams erzählte und dass meine Mutter das Muster auf den *qabbah*- und *radah*-Teilen eines zerlumpten Kaftans, der ihrer Ururgroßmutter gehört hatte, zitierte. Aber Mama schlug vor, das Alte und das Neue zu kombinieren und das *tatreez* des alten Kaftans direkt in das Brautkleid zu integrieren. Die Frau stimmte zu, als sie Mamas Entwurfszeichnungen sah, und das Endprodukt war umwerfend.

Die zukünftige Braut stellte sich vor den Spiegel, drehte sich und betrachtete das wunderschöne neue Kleid aus jedem Blickwinkel. »Ich kann nicht in Worte fassen, wie schön ich es finde. Du bist ein Genie, Um Jehad, besser als all die schicken Designer, die Kleider machen, die diesem hier nicht das Wasser reichen können«, sagte sie. »Alle meine Freundinnen werden grün vor Neid sein, wenn sie mich bei der Hochzeit sehen, und auch mein Bräutigam wird das Kleid lieben.«

Ich sah zu, wie die Frau sich in dem großen Spiegel in unserem Wohn- und Schlafzimmer bewunderte. Inzwischen diente es auch als Näh- und Ankleidezimmer, und ich konnte dem Glück der Frau nicht entfliehen. Ich spürte, wie sich ein eiserner Ring um mein Herz zog. Ich erinnerte mich, wie Mama mir angeboten hatte, mein Hochzeitskleid zu entwerfen. Aber ich kaufte mir lieber ein Kleid, weil ich das »moderner« fand. Ich bin mir sicher, dass ich damals irgendetwas Gefühlloses sagte, etwa, dass sie in der Vergangenheit stecken geblieben sei oder dass diese *thobas* Kleider für eine vergangene Welt seien. Und ich weiß, es verletzte sie, aber sie ließ sich nichts anmerken. Dieser Moment, in dem eine Fremde sich in dem wunderschönen Kleid bewunderte, das meine Mutter gemacht hatte, hätte eigentlich uns gehören sollen, mir und Mama. Ich musste ein anderer Mensch werden – jemand, der Schande, Vergewaltigung und Vertreibung erlebt hatte –, um zu verstehen, dass meine Mutter, eine einfache Witwe, die lediglich über eine einfache Schulbildung verfügte, eine außergewöhnliche Künstlerin war. Meine Mutter war eine Schöpferin von Schönheit, eine brillante Bewahrerin von Kultur und Geschichte. Und ich war die undankbare Tochter, die bis jetzt nichts verstanden hatte.

»Ich wette, meine Freundinnen werden dich bitten, auch ihnen die Kleider zu machen«, sagte die Frau aufgeregt. »Was soll's, bitte erzähl ihnen nur nicht, was ich bezahlt habe. Wenn sie ein Kleid in Auftrag geben, schlage ich vor, dass du ihnen mindestens das Vierfache berechnest.«

»Wenn du denkst, dass es so viel wert ist, warum bezahlst du dann nicht so viel für dein Kleid?«, fragte ich. Aber Mamas Blick sagte mir, dass ich mich um meine eigenen Angelegenheiten kümmern solle. Sie lächelte die Frau an, die vorgab, mich nicht zu hören, und ich ging in den Flur, wo das Telefon klingelte.

»Um Buraq! *Yis'ed soutik*. Hallo, meine Freundin«, sagte ich, als ich ihre Stimme hörte.

»Liebes, hör zu. Meine Telefone werden wahrscheinlich abgehört, deswegen rufe ich von einem öffentlichen Telefon aus an und habe nicht viel Zeit«, sagte sie ein wenig außer Atem.

»Was …?«

»Du-weißt-schon-wer hat mich vor ein paar Tagen angerufen. Er denkt, du hättest seine Bankkarte gestohlen und Geld von seinem Konto abgehoben. Ich habe ihm gesagt, dass du das niemals tun würdest«, sagte sie und schöpfte Atem. »Er wollte mich dazu bringen, ihm deine Adresse in Amman zu geben, aber ich behauptete, ich hätte keine Ahnung, wo du dich aufhältst. Ich wollte es gar nicht wissen. Du musst auf dich aufpassen. Er drohte, dich zu zerstören, und wenn es das Letzte sei, was er täte.«

»Er kann's ja mal versuchen, dieser Hurensohn. Fick die Muschi seiner Mutter«, erwiderte ich. Um Buraq brachte diese Vulgarität in mir zum Vorschein, und es gefiel mir, wie sie in solchen Augenblicken auf meiner Zunge klang.

»Ich rufe dich später wieder an. Hier warten Leute auf das Telefon. Er hat mich daran erinnert, dass er noch immer diese Bilder hat. Ich werde sehen, was ich ausrichten kann. Gott sei mit dir«, sagte sie und legte auf.

Wegen der Bilder machte ich mir keine Sorgen. Wem sollte er sie denn zeigen? Meine ganze Familie hatte das Land verlassen. Das Geld trieb mich mehr um. Ich hatte noch immer keinen Job gefunden, und das, was ich von Abu Moathes Konto abgehoben hatte, hatten wir in die Anzahlung für ein Auto gesteckt. Ich hatte versucht, seine Karte in Amman zu benutzen, aber vergeblich. Jetzt wusste ich auch, warum.

Eine Woche darauf nahm Mama noch ein paar Veränderungen an dem Brautkleid vor.

»Mama, es tut mir leid. Ich wollte mich nicht einmischen. Diese Frau hat unbegrenzt Geld zur Verfügung und versucht trotzdem, dich zu betrügen. Das Kleid ist einer Königin würdig.« Meine Worte konnten nicht annähernd die Liebe und Qual ausdrücken, die ich in meinem Inneren empfand.

»Du musst mich einfach machen lassen. Ich versuche doch bloß, das Geld für Miete und Strom zusammenzukriegen«, gab sie zurück und drückte mir liebevoll die Hand. Ich wusste, dass sie das nicht gesagt hatte, um mich daran zu erinnern, dass ich einen Job finden musste, aber es fühlte sich trotzdem so an. Ich war die Ernährerin der Familie gewesen, das war meine Identität, doch in Amman gab es keine Arbeit für mich. Mama besaß ein einzigartiges Können, aber für Sekretärinnen und Kosmetikerinnen waren keine Stellen frei.

Ich sah Mama an, und der eiserne Ring in meiner Brust

zog sich noch enger zusammen. Mir kam der Gedanke, dass Mama ungefähr in meinem Alter gewesen war, als sie aus ihrem Zuhause in Palästina vertrieben worden war. Sie war dann nach Amman gekommen, bevor sie mit meinem Vater nach Kuwait weiterreiste. Es schien mir, dass einem sein Schicksal vererbt wurde wie die Augenfarbe. Hatte sie wohl dieselbe Orientierungslosigkeit empfunden wie ich gerade? Hatte sie sich so gelähmt gefühlt wie ich? War es das Einzige gewesen, woran sie denken konnte, als ihr das Schicksal den Boden unter den Füßen weggezogen hatte?

Ich umarmte sie und vergrub mein Gesicht in ihrem Nacken. »Ich war dumm, dass ich deine *tatreez* nicht zu schätzen wusste, Mama. Ich verspreche dir, dass ich eine Arbeit finden werde. Ich möchte, dass du zur Ruhe kommst.«

»Liebling, mir macht es nichts aus, zu sticken. Ich arbeite gern und mache mich nützlich. Vielleicht erinnert es mich daran, als ich ein Mädchen war«, entgegnete sie und streichelte mir über das Haar. »Ich weiß, dass du bald den richtigen Job finden wirst. In der Zwischenzeit verdienst du eine Pause. Du hast unsere Familie jahrelang ernährt. Wenn deine harte Arbeit und deine schlauen Investitionen nicht gewesen wären, wären wir niemals von dort weggekommen. Du bist diejenige, die es geschafft hat, deinen Bruder aufs College zu schicken. Er wäre immer noch dort, wenn Saddam nicht gewesen wäre, dieser Hurensohn. Aber *elhamdulliah*, meine Tochter. Alles wird gut. Wir nehmen, was Allah uns gibt, das Gute und das Schlechte, und vertrauen auf Seine Weisheit.«

Ich schluchzte an ihrer Brust. Ich hatte so viele Lügen erzählt und trug so viele Geheimnisse in mir, die jetzt zwischen uns standen. Eine Dunkelheit, in der Bilder lauerten: Bilder der Frau, die ich wirklich war. Ich fühlte mich schmutzig in den Armen meiner Mutter und wünschte mir, ich könnte die starke, clevere Tochter sein, für die sie mich hielt. Aber sie umarmte mich fest, streichelte mein Gesicht mit einer Hand und wischte mir mit der anderen die Tränen ab. »Ich werde dir für deine Hochzeit das schönste Kleid machen, das ich je bestickt habe, denn du wirst den richtigen Mann finden, den du lieben und heiraten willst«, verkündete sie.

Sie gab mir einen Kuss auf die Stirn und wischte meine Tränen weg, dann nahm sie sich eine Garnspule. »So, jetzt muss ich noch einen kleinen Auftrag erledigen, bevor ich das Hochzeitskleid fertig mache.«

»Ich kann dir helfen, wenn du willst«, bot ich an.

Mama richtete mir einen Arbeitsplatz neben ihrem ein und gab mir Faden und ein Bruststück, das später auf eine *thoba* genäht werden sollte. Ich folgte ihren Anweisungen für die Motive »Zypressenbaum« und »Paschas Zelt« und schaffte etwa vier Zentimeter, bevor ich erkannte, dass ich alles falsch gemacht hatte. Ich trennte das Durcheinander wieder auf und begann von vorn, schon jetzt gelangweilt und frustriert. Aber ich biss mich durch, wollte etwas beweisen – ich weiß nicht genau, was. Mama schaute gelegentlich zu mir herüber und lächelte, redete über dies und das: Dinge, die sie für die Wohnung kaufen wollte. Leute, die wir bald besuchen mussten, um wegen eines Todesfalls zu kondolieren oder Glückwünsche zu einer Geburt oder bevorstehenden Hochzeit zu überbringen. »Und Ramadan steht auch schon vor der Tür«, fügte sie hinzu.

»Ist das richtig so, Mama?« Ich zeigte ihr meinen zweiten Versuch. Sie beugte sich über meine Arbeit und sah mich an. Wir wussten beide, dass ich schlecht war in allem, was Geduld erforderte, und sie war vornehm darüber hinweggegangen, aber nun mussten wir der Realität ins Auge sehen. Wir starrten uns an. Sie grinste und kicherte als Erste, und ich stimmte ein. In uns beiden stieg unbändiges Gelächter auf.

»Du hast tatsächlich länger durchgehalten, als ich erwartet hatte«, sagte Mama schließlich. »Mach uns doch einen Tee, und ich bringe das hier in Ordnung.«

»Der Tee kommt sofort. Und ich habe eine noch bessere Idee. Moment.« Ich ging in die Küche, machte den Wasserkocher an, füllte dann eine kleine Plastikwanne mit warmem Wasser und jeder Menge schwarzem Salz. Ich holte ein paar Handtücher, eine Flasche Nagellack, zwei kleine vulkanische Steine aus dem Badezimmer und ein Glas Körperbutter, die ich am Vortag aus Olivenöl, Kokosbutter, Rosenwasser, Eukalyptusblättern und Thymian hergestellt hatte.

Zuerst brachte ich das Tablett mit den Teegläsern herein. Ich setzte es ab und sagte zu Mama: »Mach die Augen zu und öffne sie nicht, bis ich es dir sage.«

Ich holte die Wanne mit schwarzem Salz. »Lass die Augen weiter geschlossen! Und heb deine *dishdasha* ein Stückchen an.« Sie tat wie geheißen und machte ihre Beine frei. Ich hob ihre Füße nacheinander an und legte sie sanft in das warme schwarze Salzwasser. Sie stieß einen langen, zufriedenen Seufzer aus und öffnete die Augen. »Das fühlt sich herrlich an, meine wundervolle Tochter. Allah segne dich und bringe dir Liebe und Glück.«

»Hör nicht auf mit den Segenswünschen. Es geht noch weiter. Mach dich bereit für meine Spezialpediküre!«, verkündete ich.

Ich rieb Mamas Füße im Salzwasser und schrubbte die toten Hautzellen mit den vulkanischen Steinen ab. Sie legte die Stickerei beiseite und genoss es, so verwöhnt zu werden. Ich wickelte ihre Füße in heiße Handtücher, entfernte die Nagelhaut an den Zehen, schnitt die Nägel, polierte und lackierte sie, massierte dann meine spezielle Butter in ihre Füße und Waden ein. Es war schön zu sehen, wie sie sich entspannte. Die Anspannung und die Schmerzen lösten sich unter meinen Händen auf.

»Ich weiß nicht, warum du nicht einfach deinen eigenen Salon aufmachst. Du warst immer so gut in solchen Sachen. Ich kenne niemanden, der mehr über Schönheit und Gesundheit weiß als du. Du machst alles: Augenbrauen, Wachs, Haareschneiden, Föhnfrisuren, Nägel, Füße, Make-up, Hautpflege. Alles! Und du bist die Einzige, die natürliche Kosmetik herstellt. Die Leute würden eine Menge Geld ausgeben, um sich so gut zu fühlen wie ich gerade«, bemerkte sie.

»Glaubst du wirklich, dass das funktionieren könnte?« Generell war ich ziemlich wagemutig, aber ich wollte auch nicht das bisschen Geld, das wir hatten, aufs Spiel setzen.

»Natürlich! Wann habe ich dich jemals angelogen?«

Sitti Wasfiyeh, die gerade von einem Besuch bei ihren Töchtern zurückgekehrt war, kam hereingehumpelt. »Du lügst die ganze Zeit«, sagte sie beiläufig. »Was gibt es heute zu essen? Ich hoffe, etwas Gutes.«

Mama und ich lachten leise. Dann rief Mama: »Willkommen zurück, *hajjeh*! Wir haben dich den ganzen Tag über vermisst. Ich habe *molokhiyeh* gemacht, suppig, so wie du es magst.«

Ich fügte hinzu: »Hast du bei meinen Tanten nichts zu essen bekommen?«

Wir warteten auf die Beschwerden, die sicher folgen würden.

»Oh, das ist nett. Aber ich hatte heute Lust auf *msakhan*, und du weißt, dass meine Töchter nur noch Mist kochen, seit ihre Schwiegereltern eingezogen sind. Sie dürfen nicht mehr so kochen, wie ich es ihnen beigebracht habe«, klagte sie. Daraufhin mussten wir wieder lachen, was Sitti Wasfiyeh noch mürrischer machte.

»Sie wird mich jetzt dazu zwingen, ihre Füße zu machen, oder?«, flüsterte ich Mama zu.

»Mach es einfach, sonst kriegen wir den ganzen Abend über zu hören, wie schrecklich ihre Füße aussehen und sich anfühlen«, seufzte Mama.

Als ich aufstand, um das schmutzige Wasser wegzutragen, fiel Mama etwas ein. »Ach, übrigens, hast du etwas von Um Buraq gehört?«

»Nein. Sie hat mir letzte Woche eine Nachricht hinterlassen, aber ich konnte sie seither nicht erreichen. Warum?«

»Dann stimmt es also«, sagte Mama. »Ich habe gehört, dass sie im Gefängnis ist.«

»Wie bitte?« Ich ließ beinahe die Wanne mit dem schmutzigen Wasser fallen.

»Ich weiß keine Einzelheiten. Ich habe bloß gehört, dass irgendjemand, vielleicht ihr Fahrer, sie angezeigt hat, weil sie angeblich mit den Irakern kollaboriert hätte.« Dann flüsterte Mama: »Eigentlich hieß es, sie hätte eine Affäre mit einem irakischen Offizier. Kaum zu glauben, eine Frau in ihrem Alter …«

»Meinst du vielleicht ihren ehemaligen Fahrer Ajay? Er ist zurück nach Indien gegangen, zusammen mit seiner Frau Deepa, als wir noch in Kuwait waren. Das ergibt keinen Sinn.«

»Nichts auf der Welt ergibt einen Sinn – ich erzähle dir nur, was ich gehört habe. Es soll in der Zeitung stehen. Ich jedenfalls bin aus dieser Frau nie richtig schlau geworden. Ich fand sie etwas zu derb, aber auch immer nett und großzügig. Egal, sie verdient es nicht, im Gefängnis zu sitzen«, sagte Mama und fügte noch hinzu: »Man weiß nie, wem man wirklich vertrauen kann. Schau, was ihr Fahrer ihr angetan hat, nachdem sie ihn so viele Jahre lang bei sich beschäftigt hat.«

In der Rubrik »Arabische Welt« in unserer Zeitung fand ich unter einem Artikel über Textverarbeitungsprogramme mit arabischer Schrift einen weiteren interessanten Artikel über ein Netzwerk von Rechnern namens »Internet«, das bald die Welt verbinden sollte, und zwar durch Computer mit fernsehähnlichen Monitoren. Das klang für mich nach Science-Fiction. War die Geschichte über Um Buraq direkt daneben also auch nur eine Art Satire? Außerdem hieß es in dem Artikel nur, dass eine kuwaitische Frau wegen Kollaboration verhaftet worden sei.

Ich hatte keine Ahnung, ob es sich wirklich um Um Buraq handelte. Also hörte ich mich in unserem alten Freundeskreis um. Wir hatten ein paar gemeinsame Freunde in Kuwait, und außerdem waren da noch einige der Frauen aus unserem provisorischen Salon während der irakischen Besatzung. Bald stellte sich heraus, dass Um Buraq tatsächlich verhaftet und zusammen mit einer anderen Frau ins Gefängnis gebracht worden war. Man bezichtigte sie des Verrats.

Kurz nachdem Deepa und Ajay nach Indien abgereist waren, verlangte Um Buraqs Nachbarin Geld von ihr. Sie behauptete, Ajay habe ihre Haushälterin geschwängert. Die Nachbarin beharrte darauf, dass Um Buraq als Arbeitgeberin von Ajay für die finanziellen Verluste verantwortlich sei, die dadurch entstanden seien, dass sie die Haushälterin nach Sri Lanka zurückschicken und eine andere einstellen musste. Natürlich bezahlte Um Buraq nicht. Stattdessen erklärte sie, dass Ajay zeugungsunfähig war. Ein erbitterter Streit folgte, in dem Um Buraq kein Blatt vor den Mund nahm. »Lass einen Bluttest machen. Vielleicht kommt dann heraus, dass dein Ehemann der Vater ist«, sagte Um Buraq zu ihrer Nachbarin.

Ein paar Monate später trat die Polizei die Tür von Um Buraq ein und verhaftete sie, mitten in der Nacht. Beim Prozess legte die Anklage mehrere eidesstattliche Erklärungen vor, dass Um Buraq mit den irakischen Besatzern kollaboriert und verschiedene Tugend- und Anstandsregeln verletzt habe. Die Nachbarin und ihr Ehemann bezeugten, dass sie spätabends irakische Beamte hatten kommen und wieder gehen sehen. Sie behaupteten weiter, Um Buraq und ihre palästinensische Freundin seien beide Kollaborateurinnen. Ich vermutete, dass sie mich meinten, und versteckte die Zeitung vor Mama.

Der Anklage gelang es außerdem, eine bestätigende eidesstattliche Erklärung von Ajay aus Indien zu beschaffen. In der Botschaft sagte er aus, dass er sie persönlich zu einem irakischen Militärzentrum gefahren habe, wo sie über ein Mitglied des kuwaitischen Widerstands Bericht erstattet habe. Ajay hatte also einen Weg gefunden, sich an Um Buraq zu rächen, weil sie die Hälfte seines Lohns jahrelang einbehalten und das Geld schließlich seiner Frau übergeben hatte.

Alles, was Ajay aussagte, entsprach der Wahrheit. Um Buraq hatte einen Kuwaiter im Widerstand angeschwärzt, um die Frau des Mannes zu retten. Er hatte sie so schwer misshandelt, dass sie nicht wiederzuerkennen war. Die Frau war Stammkundin im Schönheitssalon gewesen. Als sie eine Woche lang nicht erschien, spürten wir sie im Krankenhaus auf. Dort erholte sie sich von drei gebrochenen Rippen, einem durchbohrten Lungenflügel, einem gebrochenen Kiefer, einer gebrochenen Nase, zwei blau geschlagenen Augen und verschiedenen Schnittwunden und Prellungen. Kurz nachdem die Frau aus dem Krankenhaus entlassen wurde, verhafteten irakische Soldaten ihren Ehemann. Er starb unter der irakischen Folter, und nun drohten sowohl der Ehefrau als auch Um Buraq lebenslange Haftstrafen, um seinen Tod zu sühnen.

Geopolitische Nachrichten beherrschten die Gespräche vor Ort, besonders unter den 250.000 Palästinensern, die aus Kuwait nach Jordanien vertrieben worden waren. Selbst diejenigen, die gewöhnlich kaum informiert waren, kannten die Schlagzeilen, und mir ging es nicht anders: »US-Außenminister James Baker bekräftigt die ›Neue Weltordnung‹«, »Madrider Konferenz: Ist dies der Anfang eines neuen Friedens?«

Unter dem neuen amerikanischen Präsidenten Bill Clinton schloss Jassir Arafat Frieden mit Israel – das sogenannte Oslo-Abkommen. Es herrschte Masseneuphorie, aber Jehad freute sich nicht. »Das ist eine Katastrophe«, klagte er. Trotzdem sah er es auch als Chance. »Ich habe gehört, dass einige Palästinenser ihre *hawiyyas* zurückbekommen konnten«, sagte er. »Wir hatten Aufenthaltsgenehmigungen über Baba, als wir klein waren, aber Israel widerrief sie, weil wir es uns nicht leisten konnten, dort hinzufahren und sie zu verlängern. Ich kenne jemanden bei der PLO, der sie uns vielleicht erneuern kann.«

»Aber was zur Hölle sollen wir in Palästina? Wir kennen niemanden dort! Außerdem, wieso hast du Verbindungen zur PLO?«

»Wir haben dort immer noch Familie«, sagte er und ignorierte den zweiten Teil meiner Frage.

»Die kennen wir doch kaum!«

»Vertrau mir, Nahr. Wir sollten wirklich versuchen, Aufenthaltsgenehmigungen zu bekommen. Wir sind überall auf der Welt unerwünscht. Deswegen wäre es nicht verkehrt, noch eine andere Option zu haben, auch wenn wir sie nicht nutzen. Was glaubst du, wie lange es dauern wird, bis hier etwas passiert und Jordanien uns sonst wohin vertreibt? Jedenfalls brauchst du überhaupt nichts zu tun. Ich kümmere mich um die Anträge. Wir müssen jetzt aktiv werden, denn sie lassen nur wenige Menschen zurück, und das sind diejenigen, die früher einmal eine Aufenthaltserlaubnis hatten, oder reiche Leute, die sie für die Wirtschaft gebrauchen können.«

»Na gut. Kann ich dir irgendwie helfen?«, sagte ich, obwohl ich es weiterhin nicht einsah.

Aber dann fügte er hinzu: »Außerdem möchte Mama, dass du dich scheiden lässt. Und das geht nur in Palästina, da Mhammad nicht hierherkommen wird.« Jeder in meinem Umfeld, der meine Situation kannte, hatte mich dazu gedrängt, mich scheiden zu lassen. Sie gingen davon aus, dass ich ein anständiges Leben nur würde führen können, indem ich noch einmal heiratete, und das war nur möglich, wenn ich die erste Ehe offiziell beendete.

»Du auch? Warum mischt ihr euch alle in meine Angelegenheiten ein?«, fragte ich.

»Nanu, Mama hat recht. Vielleicht solltest du bald wieder heiraten.«

»Hör zu, kleiner Bruder. Ich weiß deine Sorge um mich zu schätzen, aber du solltest dir mehr Gedanken über deine eigene Situation machen. Stehst du überhaupt noch auf Mädchen?«

»Wir reden hier nicht über mich. Und ja. Aber ich will jetzt nicht heiraten.«

»Ich auch nicht.«

Er lachte. »Wer sich mit dir streitet, kann nur verlieren.«

Ich lachte auch, küsste ihn und ging in die Küche, um uns etwas zu essen zu machen. Es war einer der wenigen unbeschwerten Momente, die Jehad und ich miteinander teilten, seit wir nach Amman gekommen waren. Die Zeit in dem kuwaitischen Gefängnis hatte ihn für immer verändert.

Jehad wurde ein Mann der Stille, der komprimierten, dichten Stille. Er weigerte sich, über seine Erfahrung zu sprechen, vergrub seine Geschichte in den Narben auf seinem Körper, in dem geblendeten linken Auge und der lahmen rechten Hand, die nie wieder richtig funktionieren sollte. Ich respektierte seine Entscheidungen, vor allem als ich mitbekam, wie friedfertig er sein Leben von da an führte. Jehad wurde nicht Chirurg, so wie er es sich einst erträumt hatte, sondern Künstler: ein begabter und begehrter Landschaftsgärtner in Jordanien, der einige der schönsten Gärten in Amman gestaltete.

Obwohl ich einige Versuche machte, eine feste Stelle zu finden, gab ich mich lieber dem bittersüßen Kummer darüber hin, wie mein Leben sich entwickelt hatte. Der Ruf des Bettes war verführerisch, aber ich wühlte mich durch meine Tage, versuchte, mich irgendwie zu beschäftigen. Ich schaffte es, hier und da ein bisschen Geld zu verdienen, indem ich Augenbrauen fädelte und Hennamuster auftrug, aber diese Jobs waren nur sporadisch. Ich hatte nichts zu tun und wohnte in einer so armseligen Stadt – das warf mein Kopfkino an. Es war mir, als würde ich immer wieder dieselben kurzen Filmszenen sehen. Aber irgendwann waren es keine Erinnerungen mehr, sondern scharfe Krallen, die sich in meine Eingeweide bohrten. Die unaufhörliche Arbeit, mit deren Hilfe ich es in Kuwait geschafft hatte, meine Gedanken in Schach zu halten, war hier keine Option mehr. Ob ich nun wach war oder schlief, ununterbrochen quälten mich die Bilder von Abu Moathe in seinem Bankbüro, von den Männern, die keuchten und lachten in jener Nacht, in der Saddam in Kuwait einmarschierte, von Abu Nasser, dem Höschenschnüffler, von der dreckigen Abtreibungsklinik in Kairo, von den dicken, blutbefleckten Tüchern zwischen meinen Beinen.

Mamas Stickerei und Jehads Gartenarbeit sorgten dafür, dass wir ein Dach über dem Kopf und Essen auf dem Tisch hatten. Die Hausarbeit fiel natürlich mir zu. Ich kochte, putzte und ging einkaufen. Und ich übernahm die Pflege von Sitti Wasfiyeh. Ich hatte gar nicht mitbekommen, was Mama im Laufe der Jahre alles für sie getan hatte. Sitti Wasfiyeh konnte oder wollte sich nicht selbst baden. Als Kind hatte sie ihre Großmutter gebadet und erwartete nun von uns dasselbe. Sie war in einer Zeit aufgewachsen, in der man das Badewasser noch über dem Feuer hatte erhitzen müssen, und deswegen wollte sie es nicht anders haben – obwohl das heiße Wasser bei uns aus dem Wasserhahn kam. »Ich traue dem Frieden nicht«, sagte sie immer. Wie Mama es bisher getan hatte, musste ich große Wasserbehälter über dem Ofen erhitzen und zum Badezimmer tragen. Dort vermischte ich das heiße Wasser mit kühlerem, schöpfte und goss es über Sitti Wasfiyeh, während sie sich mit Olivenölseife wusch. Nichts anderes benutzte sie jemals, sogar für ihre Kleidung. »Was stimmt nicht mit dem Shampoo, Sitti?«, fragte ich.

»Ich traue dem Frieden nicht«, gab sie zurück.

Ende Dezember 1993 kam Jehad früh von der Arbeit nach Hause und schwang aufgeregt eine graue Mappe.

»Ich habe sie!«, rief er und zog einen Stapel Papiere aus dem Ordner. Es war ihm gelungen, unsere *hawiyyas* wieder zu erneuern, sodass wir nach Palästina zurückkehren konnten. Allerdings waren nur Jehad und ich im Besitz der *hawyyias*, da wir sie durch unseren Vater schon als Kinder gehabt hatten. Mama und Sitti Wasfiyeh waren gezwungen, Besuchervisa zu beantragen. Ich fand das verwirrend, und außerdem war ich nicht besonders scharf darauf, nach Palästina zu fahren. Aber ich freute mich für Jehad, weil es ihm wichtig war.

Auch Mama und Sitti Wasfiyeh waren glücklich. Tatsächlich war die ganze Welt glücklich. Jassir Arafat bekam den Nobelpreis, endlich wurde ein richtiger Flughafen in Gaza gebaut, und den Palästinensern wurden echte Pässe ausgestellt.

»Ich hätte nie gedacht, dass ich das noch erleben darf«, sagte Sitti Wasfiyeh mit Tränen in den Augen. Aber sie weigerte sich trotzdem, bei der neuen israelischen Botschaft in Amman ein Besuchervisum zu beantragen. »Ich habe so lange gewartet, jetzt kann ich auch noch ein bisschen länger warten, und zwar so lange, bis ich als Bürgerin in unseren eigenen palästinensischen Staat einreisen kann. Ich werde diese Hurensöhne nicht um die Erlaubnis bitten, nach Hause gehen zu dürfen. Ich habe ja sogar Unterwäsche, die älter ist als dieses zionistische Gebilde. Der Nachrichtensprecher hat gesagt, diese Oslo-Geschichte heißt, dass es in fünf Jahren einen Staat geben wird. *Inshallah*, in fünf Jahren lebe ich bestimmt noch. *Elhamdullilah*.«

Mama hatte nichts dagegen, ein Besuchervisum zu beantragen. »Sollen sie ruhig glauben, dass es ihr Land ist. Ich weiß es besser. Ich weiß, dass wir, die Eingeborenen, dem Land gehören.«

Ich verhielt mich still und hoffte, dass sie mich nicht bemerken würden.

Mama sah mich an und sagte: »Gott sei Dank, meine Enkel werden in Palästina auf die Welt kommen.«

»Oho, du hast direkt auf deine Enkel übergeleitet. Und ich hatte schon Angst, du würdest mir wieder einen Vortrag über die Scheidung halten und darüber, dass ich einen netten Mann finden soll«, sagte ich.

»Warum musst du immer so sarkastisch sein?«, blaffte Mama. »Für dich ist alles ein Problem. Was ist so verkehrt daran, wieder zu heiraten? Oder normal zu sein? Du hast zwei Gesichter. In einer Minute bist du nett, in der nächsten bösartig.«

»Ich wusste gar nicht, dass du mich für abnormal oder bösartig hältst.«

Mama kniff die Augen zusammen. Das machte sie immer, kurz bevor sie einen Wutausbruch bekam. Während meiner Jugend hatte ich es oft beobachtet, wenn sie sich mit meinem Vater stritt oder an den Tagen, an denen ich meine Zeugnisse nach Hause brachte, oder wenn sie sich mit Händlern zankte, von denen sie sich über den Tisch gezogen fühlte.

»Ja, das glaube ich!«, rief sie, eine Hand in die Hüfte gestützt, mit der anderen anklagend auf mich deutend. »Weil es nicht normal ist, auf diese Weise allein zu sein. Und die Art, wie du über Männer redest, als wären sie alle Teufel, ist auch nicht normal. Du bist noch immer jung und schön. Wenn du nicht bald einen Mann findest, wirst du bis an dein Lebensende allein sein.«

»Seid still, ihr beide!«, brüllte Sitti Wasfiyeh. »Ihr macht mir Kopfschmerzen. Gleich fängt meine Sendung an. Geht und streitet euch draußen.«

»Wenn du glaubst, dass Männer lebenswichtig sind, warum suchst du dir dann nicht selbst einen Ehemann und lässt mich in Ruhe«, rief ich wütend und bedauerte es im selben Moment.

»Halt die Klappe, Nahr!«, schimpfte Jehad, und Mama ging fluchend davon.

Ich blieb in Amman, um mich um Sitti Wasfiyeh zu kümmern, während Mama und Jehad in Palästina waren. Ein Teil von mir wollte mitfahren, sich scheiden lassen und neu anfangen. Ich wollte auch nach Palästina, um Hajjeh Um Mhammad wiederzusehen und endlich den berühmten Bilal kennenzulernen, von dem wir alle im Laufe der Jahre so viel gehört hatten. Aber ich redete mir ein, ich sei noch nicht so weit. In der Stille, die im Würfel widerhallt, erkenne ich jetzt, dass ich es vermeiden wollte, eventuellen Gerüchten über mich zu begegnen, die mir vielleicht vorausgeeilt waren. In den langen, untätigen Stunden, seit wir nach Amman gekommen waren, hatte ich begonnen, Palästina zu idealisieren, so wie alle, die ich kannte. Insgeheim malte ich mir einen Neuanfang dort aus – vielleicht konnte ich sogar meinen eigenen Salon eröffnen, so wie Mama es mir vorgeschlagen hatte.

»Meine Töchter kümmern sich gern um mich«, sagte Sitti Wasfiyeh und fügte noch hinzu: »Aber du solltest trotzdem dableiben und das Haus hüten.« Wir wussten, dass es nicht lange dauern würde, bis sie eine Ausrede gefunden hatte, um von ihren Töchtern zu uns zurückzukommen. So sehr sie auch versuchte, ein Teil der Familie ihrer Töchter zu sein – für sie war sie nichts als eine Last. Es dauerte nur einen Tag, bis sie mich anrief und bat, sie zu holen. Sie behauptete, sie hätte ihre Blutdruckmedizin vergessen.

»Ich kann dir deine Tabletten auch vorbeibringen, Sitti«, bot ich ihr an.

»Mach einfach, was ich sage! Komm und hol mich«, blaffte sie und legte auf.

Dort angekommen, plauderte ich ein wenig mit meiner unausstehlichen Tante Latina. Sie erzählte mir, dass Sitti Wasfiyeh sich darüber beschwert habe, dass sie zurück in unsere Wohnung müsse, »um auf dich aufzupassen, weil du allein bist«. Ich widersprach ihr nicht, weil ich meine überhebliche Tante nicht mochte und meine Großmutter ihr gegenüber nicht schlechtmachen wollte. Nur mit meiner Mutter und Jehad lästerte ich hin und wieder über Sitti Wasfiyeh. Nun wurde meine Tante aber unruhig und machte

Anstalten, mich aus der Wohnung zu komplimentieren. Ihr Mann hatte nämlich angerufen, um ihr mitzuteilen, dass er heute früher nach Hause kommen würde.

Bevor wir gingen, sagte ich vor meiner Tante zu Sitti Wasfiyeh: »Ich bin froh, eine Großmutter wie dich zu haben, die mich nicht allein in der Wohnung lässt.« Sitti lächelte so freudig, dass ihr die locker sitzenden Prothesen beinahe aus dem Mund fielen, und ließ die Augen tanzen. Mein ganzes Leben lang hatte ich mir von ihr anhören müssen, wie sehr ihre Töchter sich wünschten, dass sie mit ihnen zusammenlebte, wie glücklich wir uns schätzen konnten, dass sie sich für uns entschieden hatte, und wie schlecht wir doch gegen ihre Töchter abschnitten, sei es finanziell oder was Schönheit, Haushalt sowie Kochkünste betraf, und das hielt sie auch für die Ursache dafür, dass unsere Ehemänner es nicht mit uns ausgehalten hätten. Bislang hatte sie die große Entfernung dafür verantwortlich gemacht, dass ihre Töchter sich nicht um sie kümmerten, aber jetzt waren wir in der gleichen Stadt, und sie taten noch immer nicht viel für sie. Das musste schwer zu ertragen sein. Mama schwindelte Sitti Wasfiyeh manchmal vor, dass meine Tanten angerufen hatten, um sich nach ihr zu erkundigen. Es kam dann immer zum Streit, da Sitti Wasfiyeh Mama bezichtigte, diese Anrufe nur dann anzunehmen, wenn sie gerade weg war, ein Bad nahm oder ein Nickerchen hielt. Mama wolle sie von ihren Töchtern fernhalten. Aber wir schluckten ihre Beleidigungen und Beschuldigungen herunter, weil wir meine Großmutter lieber zänkisch sahen als todunglücklich.

Mama und Jehad blieben zwei Wochen in Palästina. Es war das erste und einzige Mal, dass Sitti Wasfiyeh und ich länger als ein paar Stunden allein miteinander waren. Anfangs hatte ich mich davor gefürchtet, aber dann wurden es schöne, unvergessliche Tage. Sitti Wasfiyeh war anders, wenn meine Mutter und Jehad nicht in der Nähe waren. Oder vielleicht war ich anders ohne die beiden. Eine ihrer größten Freuden war es, eine *argileh* auf der Terrasse eines Kaffeehauses zu rauchen. In Kuwait hatten wir sie oft zum Strandcafé gebracht. Und wie mit einem Kind im Spielzeugladen hatten wir sie überreden müssen, wieder nach Hause zu gehen. Seit wir nach Amman gezogen waren, rauchte sie auf unserem Balkon mit Blick auf eine mit Müll übersäte Straße, aber es war »besser als nichts«, wie sie erklärte.

Eines Abends, als wir zusammen auf dem Balkon unserer kleinen Wohnung saßen und Kinder auf der Straße beobachteten, deren Kleidung vom Spielen verdreckt war, erzählte mir meine Großmutter von dem Tag, als ihr Vater sie beim Rauchen erwischt hatte. »Ich war ungefähr dreizehn oder vierzehn, das war kurz bevor ich heiratete. Mein Großvater, also dein Ururgroßvater, ließ uns seine *argileh* putzen, solange sie noch glimmte. Wenn niemand hinsah, nahm ich heimlich ein paar Züge. Eines Tages, als er zur Moschee ging, ließen meine Cousinen und ich die *argileh* herumgehen. Wir rauchten, bis die Kohle ganz zu Asche geworden war, und gerade als wir aufstanden, um sie zu leeren, kam mein Vater herein.« Sie nahm einen weiteren Zug aus der Pfeife. »Er hat uns nicht in flagranti erwischt, aber das Zimmer war voller Rauch, und daran hat er es gemerkt. Wir haben es abgestritten, aber das machte ihn nur noch wütender. Wir bekamen alle Schläge.«

»Was ist mit Sidi?«, fragte ich. »Hat es ihn auch gestört, dass du rauchst?«

»Dein Großvater war davon angetan, weil er es rebellisch fand. Brave Mädchen haben damals nicht geraucht. Wir haben zusammen geraucht, natürlich nur privat. Es war eine großartige Zeit«, sagte sie, und die Erinnerung an das, was längst verloren war, trieben ihr die Tränen in die Augen.

»Ich hätte nie geglaubt, dass ein Tag kommen würde, an dem die Frauen sich einfach in Straßencafés setzen und rauchen können wie die Männer«, sagte sie und grinste mich an. »Für mich ist das wunderbar. Aber ich bin alt, und deswegen ist es in Ordnung. Für Frauen deiner Generation ist es eine gefährliche Verführung. Dadurch verfallen die Sitten.«

»Oh, Sitti, fang nicht schon wieder damit an«, sagte ich.

»Ich rede nicht von dir. Ich weiß, dass du ein gutes Mädchen bist. Du rauchst ja nicht einmal zu Hause«, sagte sie.

Ich beließ es dabei und beobachtete sie beim Rauchen. Die Falten auf ihrer Wange zuckten und veränderten sich mit jedem Zug, und ich versuchte, sie mir kurz vor ihrem Hochzeitstag vorzustellen, noch immer ein junges Mädchen in Palästina, das mit seinen Cousinen heimlich rauchte.

»Weißt du, ich hatte immer ein schlechtes Gefühl bei diesem Taugenichts, den du geheiratet hast«, sagte sie. Meine Großmutter hatte schon immer ein Faible für Geschichtsrevisionismus gehabt. Damals hatte sie behauptet, er sei zu gut für mich, und drängte mich, seinen Antrag anzunehmen, damit ich eine ehrenwerte Frau werden könne. Zu meiner Mutter hatte sie gesagt, sie solle mich besser verheiraten, bevor jemand mein Hymen durchstoßen und meinen Ruf zerstören würde. Sie sagte, ich sei schon zu alt, und das Hochzeitsfenster würde sich bald schließen. Aber jetzt hörte sich das alles anders an. »Ich bin froh, dass du ihn losgeworden bist«, verkündete sie.

Unsere entfernteren Verwandten in Palästina hatten von Jehads Gefangenschaft in Kuwait gehört und empfingen ihn wie einen Helden. Zu seinen Ehren gab es Festessen in den Häusern der Cousins, die wir höchstens ein- oder zweimal als Kinder gesehen oder bislang noch gar nicht kennengelernt hatten. Mama war ihnen dankbar dafür, aber weder sie noch Jehad schienen sich dort zu Hause zu fühlen.

»Alles ist anders«, erzählte Mama bei ihrer Rückkehr nach Amman. »All die Kontrollpunkte, der jüdische Siedlungsbau, ausländische Juden überall. Ich habe den Ort kaum wiedererkannt. Ich fühlte mich wie eine Fremde in meinem eigenen Land.«

Am Telefon hatte Mama nichts erzählen wollen über ihre Fahrt nach Haifa, aber jetzt hakte ich nach. »Was soll ich sagen, meine Tochter?« Ein ungewohnter Ausdruck des Kummers hatte sich in ihr Gesicht geschlichen. »Dort wohnten ausländische Juden, als wären sie die wahren Eigentümer.« Sie wedelte mit der Hand, wie um ihren Schmerz zu verscheuchen.

»Aber wie war es? Bist du hineingegangen? Das ist wichtig, Mama. Warum willst du nichts erzählen?«

Mama warf die Orange, die sie gerade geschält hatte, auf den Boden. »Warum kannst du nie aufhören?« Ihr Kinn zitterte.

Wir schwiegen eine Zeit lang. Dann fing Jehad an, über Politik zu reden. Das war unsere übliche Methode, unangenehme Themen zu umgehen. Oslo war das Thema des Tages. Nach der ganzen Aufregung über den neuen Frieden und den Oslo-Deal hatte ich angenommen, das Leben dort würde sich ändern.

Jehad sagte: »Es stimmt, die Leute sind voller Hoffnung. Aber Oslo ist doch nur Show. Hinter den Kulissen passiert Schreckliches.«

»Wie meinst du das?«, fragte ich, aber er winkte ab und wechselte das Thema.

Alle redeten über Bilal, den Schwager, den ich nie kennengelernt hatte. Er war als Teil einer Abmachung ins Gefängnis gegangen, damit mein Mann freigelassen werden konnte. Im Zuge des Oslo-Abkommens hatte man ihn wieder entlassen.

»Er hütet jetzt Schafe in den Bergen. Seltsam. Ein sehr stiller Mann«, sagte Mama, gerade als der rhythmische Schlag von Sitti Wasfiyehs Stock ihr Kommen ankündigte.

»Von einem Kämpfer mit Kalaschnikow zu einem Schafhirten mit Stock«, klagte Sitti Wasfiyeh. »Sie brechen unsere Kämpfer. Wenn es jemals ein Symbol dafür gegeben hat, was diese zionistischen Hunde, Söhne von sechzig Hunden, uns antun …« Sie schüttelte den Kopf und ließ die Worte in der Luft hängen.

»Sitti, woher weißt du, worüber wir reden?«, fragte ich.

»Ich habe an der Tür gelauscht!«, erwiderte sie ganz sachlich. »Ich wollte hören, ob ihr über mich redet.«

Wir lachten. Jehad stand auf, um ihr auf das Bodenkissen zu helfen. »Allah segne dich, mein Sohn.« Sie bedankte sich bei ihm und griff nach der Schale mit Kirschen und Granatapfelkernen, von denen wir naschten.

»Ich glaube nicht, dass es sich so verhält, Sitti.« Jehad nahm den Faden unserer Unterhaltung wieder auf. »Er ist anständig und schlau. Nicht wie sein Bruder. Außerdem hat er den Widerstand nicht aufgegeben.«

Das weckte mein Interesse, nicht weil er Bilal oder den Widerstand erwähnt hatte, sondern wegen der Art, wie er es sagte. Ich kannte meinen Bruder gut genug, um zu wissen, dass sich hinter den Andeutungen eine größere Geschichte verbarg, aber es war zwecklos, ihn vor Mama und Sitti Wasfiyeh darauf anzusprechen.

»Deine Großmutter hat recht, Jehad. Bilal war nicht so, wie ich erwartet hatte, nicht der schlaue Chemiker und großartige Kämpfer, den Israel all die Jahre gejagt hat. Er war klein und sanft, hatte nicht viel zu sagen. Mich hat er jedenfalls nicht sehr beeindruckt«, seufzte Mama.

Jehad spielte mit den Granatapfelkernen in seiner Hand und sah dann zu Mama auf. »Klein, sanft und ruhig beschreibt mich auch ziemlich gut.« Mama wollte protestieren, aber er kam ihr zuvor. »Ich beeindrucke euch sicher auch nicht, bin ich doch vom Studenten an der Universität zu einem einfachen Gärtner abgestiegen. Aber ich versichere euch, dass ihr keine Ahnung habt, was in mir vorgeht.«

Jehad stand auf und verließ das Haus, obwohl Mama versuchte, ihn zurückzuhalten, und ich wusste: Was auch immer in ihm vorging, es hatte mit Palästina zu tun. Ich vermutete, dass er mehr über Bilal und seine Widerstandsaktivitäten wusste, als er vorgab.

»Lass ihn gehen«, sagte Sitti Wasfiyeh zu ihr und murmelte Gebete für seine Sicherheit, seinen Seelenfrieden und seine gesegnete Zukunft mit einer eigenen Frau und Familie. Amen.

»Mama, du musst Jehad in Ruhe lassen. Er ist nicht daran interessiert, wieder zur Uni zu gehen. Er ist zufrieden mit seiner Arbeit und verdient anständiges Geld. Du musst aufhören, ihn dauernd mit Studium, Arbeit, Hochzeit und Kindern zu nerven. Alles, was er hört, ist deine Enttäuschung«, sagte ich.

»Woher weißt du, was er hört? Hat er es dir erzählt?«

»Nein, Mama. Er hat es mir nicht erzählt. Aber ich weiß es trotzdem, denn das ist alles, was ich höre, wenn du dich jeden Tag über mein Leben beschwerst und mir vermittelst, was für eine Versagerin ich doch bin.«

»Das habe ich nie gesagt!« Sie protestierte und begann zu weinen, als ich aufstand und in die Küche ging. Sie folgte mir. »Warum rennen alle immer weg, wenn ich sage, dass mit dieser Familie etwas nicht stimmt? Ein Mutterherz will immer das Beste für die Kinder.«

Mama packte mich am Arm. »Vergiss jetzt mal deinen Bruder. Ich muss dich etwas fragen«, sagte sie. »Den Leuten sind Dinge über dich zu Ohren gekommen.«

Ich hob eine Augenbraue.

»Sie haben Um Buraq nicht namentlich erwähnt, aber sie meinten, dass du viel Zeit mit einer älteren kuwaitischen Frau verbracht hast, die einen schlechten Ruf hat«, raunte sie.

»Wer hat das gesagt?«

»Deine Tanten.«

»Natürlich kam das von diesen Zicken«, sagte ich. »Während du weg warst, hat Latifa mich einmal buchstäblich aus ihrem Haus gescheucht, bevor ihr Mann nach Hause kam, ganz so, als hätte sie Angst, dass er mich dort antreffen würde.«

Mama machte ein Gesicht, als würde ihr eine bestimmte Frage auf den Nägeln brennen.

»Was ist denn noch?«

»Nun, ich habe diese Freundschaft immer ein bisschen seltsam empfunden.«

Ich gab mich empört. »Um Buraq hat uns allen geholfen. Du hast am eigenen Leib erfahren, wie gern die Leute über jede Frau tratschen, die keinen Ehemann mehr hat«, entgegnete ich.

Mama zuckte zusammen. Wahrscheinlich dachte sie daran, was sie durchgemacht hatte, nachdem Baba in den Armen einer anderen Frau gestorben war.

»Mama, Um Buraq ist kein schlechter Mensch. Sie verdient es nicht, dass die Leute über sie reden. Und sie war mir eine gute Freundin.«

»Ich weiß, *habibti*. Tut mir leid«, sagte sie.

Ohne mich zu fragen, hatte Jehad Vorbereitungen für meine Scheidung getroffen, als er in Palästina gewesen war. »Ich habe bereits mit Bilal darüber gesprochen. Sein Bruder hat zugestimmt, ihm eine Vollmacht zu erteilen, um die Scheidung in seinem Namen durchzuführen«, sagte Jehad.

»Du musst es tun, Nahr. Mama hat recht. Du kannst nicht an diesen Mann gebunden bleiben.«

Jehad konnte Mhammads Namen kaum aussprechen. Dass er mich verlassen hatte und ohne ein Wort verschwunden war, war ja nicht alles. Es gingen Gerüchte um, dass Mhammad zu einem israelischen Informanten geworden war (vielleicht sogar schon vor langer Zeit). Nur wenige hielten das für möglich, wegen seiner Geschichte und natürlich wegen seines Bruders Bilal, der von allen Seiten respektiert wurde. Aber er war so oft in Tel Aviv gesehen worden, dass niemand mehr daran glaubte, dass er irgendwo im Westen im Exil lebte.

»Ich möchte wissen, was los ist. Ich weiß, dass du mir etwas verheimlichst«, sagte ich.

»Nanu, ich verheimliche dir nichts«, erwiderte er.

»Arbeitest du irgendwie mit Bilal zusammen?« Ich sah ihm tief in die Augen.

Er schaute auf mich herab, mit sanftem Blick. »Nanu, ich habe den Mann doch gerade erst kennengelernt. Ich will nur, dass es dir gut geht. Du musst diese letzte Verbindung zu Mhammad kappen, oder du wirst niemals frei sein.«

Frei. Als ob irgendeiner von uns jemals frei sein könnte.

»Gut. Ich werde gehen. Ich werde die verdammte Scheidung durchziehen. Aber ich muss zuerst etwas Geld sparen.«

Bevor ich nach Palästina aufbrach, lud Jehad uns alle in seine neue Wohnung zu einem Mittagessen ein. Nicht lange nach seiner Rückkehr aus Palästina war er bei uns ausgezogen. Seine neue Wohnung war mietfrei, im Austausch gegen die Instandhaltung des Grundstücks. Er war noch beim Kochen, als wir ankamen, erlaubte uns aber nicht, ihm zu helfen. »Ich lasse dich nicht das Lob für dieses Festessen abstauben«, sagte er und zwinkerte mir mit seinem gesunden

Auge zu. Dann scheuchte er uns aus der Küche. »Nanu, du kannst Teller auflegen«, rief er.

Mein Blick fiel auf einen ziemlich teuren Computer, so wie man ihn vielleicht bei einem großen Unternehmen erwartet hätte. Bis dahin hatte ich Computer nur in den Internetcafés gesehen, die im ganzen Land aus dem Boden schossen. Nur reiche Leute hatten einen eigenen, privaten Computer.

»Was ist das alles, Jehad?«

Er streckte den Kopf durch die Küchentür. »Ach, nichts. Ich bringe ein gebrauchtes System wieder zum Laufen, um meinen eigenen Server zu haben«, sagte er.

»Was ist ein Server?«

»Vergiss es, Schwester. Kannst du bitte Besteck bringen? Ich bin fast fertig.«

Mama und ich breiteten ein Plastiktuch auf dem Boden aus und arrangierten Bodenkissen darum herum. Nach einer halben Stunde, in der wir Geschirr klappern hörten, tauchte er mit einem Tablett mit *maqlooba* auf: geschichtete Auberginen, Reis und Hühnchen mit speziellen Gewürzen, Schalen mit Gurken- und Joghurtsoße, verschiedene Salate und eingelegte Gurken. »Wie kommt es, dass mir deine Kochkünste bisher verborgen geblieben sind?«, fragte ich, erstaunt über das Festmahl.

»Ich habe mir gedacht, dass ich es lernen muss, bevor wir Magengeschwüre von den ganzen Gewürzen bekommen, die du immer benutzt«, gab er zurück. Dann schenkte er mir jenes warme Lächeln, das mich so glücklich machte und mich daran erinnerte, wie nahe wir uns einmal waren.

»Rede nicht schlecht über deine Schwester«, ermahnte Sitti Wasfiyeh meinen Bruder.

»Weißt du, normalerweise würdest du jetzt auch Witze machen über meine zwei linken Hände am Herd«, sagte ich.

»Iss, Enkeltochter«, sagte sie und häufte mir mehr Hühnchen auf den Teller. Ihr schlecht sitzendes Gebiss drohte herauszufallen, als sie ihr Essen kaute. Sitti Wasfiyeh war freundlicher zu mir, seit wir so viel Zeit zu zweit verbracht hatten. Jehad lächelte mir zu.

Das Zuhause meines Bruders war ein kleines Studio mit Küche und Bad im Erdgeschoss eines fünfstöckigen Gebäudes in einem wohlhabenden Viertel von Amman. Anders als in Kuwait, wo die Stadtviertel nach Schicht und Nationalität getrennt waren, lebten in Jordanien Reiche und Arme Tür an Tür. Das hatte aber nichts mit egalitären Idealen zu tun, sondern mit der Bequemlichkeit der Reichen.

»Auf diese Weise können sie dich bei Bedarf schnell herbeirufen, oder?«, bemerkte ich, voller Sorge, dass diese reichen Jordanier meinen Bruder ausnutzten.

»Das sind gute Menschen, Nahr.«

»Nun, meiner Erfahrung nach kaufen die Reichen die Armen und werfen sie weg, sobald sie mit ihnen fertig sind.«

»Nicht alle sind wie die Kuwaiter. Und selbst die Kuwaiter sind nicht alle gleich. Schau dir nur Um Buraq an. Sie ist Kuwaiterin, und du hast sie geliebt«, sagte Jehad.

»Genug davon. Lasst uns dieses Essen gemeinsam genießen, ohne Kuwait zu erwähnen«, sagte Mama. »Ich freue mich sehr, dass du nach Palästina fährst, meine Tochter.« Sie strich mir liebevoll über die Wange. »Aber ich wünsche mir auch, dass du schnell wieder zurückkommst.«

Seit Mama und Jehad dorthin gefahren waren, fühlte Palästina sich für mich realer, greifbarer an: wie ein Ort in Reichweite. Vielleicht war es der Lauf der Zeit, die Erfahrung von Krieg und Exil, Mamas *tatreez*-Stickereien oder einfach meine Abneigung gegen Amman, aber ich spürte, dass Palästina in meinem Herzen erblühte. Es war nicht mehr das verlorene Zuhause und unser Erbe, gefangen in

Mamas Blechdose voller alter Fotos von ihrer Kindheit in Haifa, der Hochzeit meiner Eltern und deren Leben in Ein el Sultan. Während meiner Reisevorbereitungen durchforstete ich diese Bilder. Mama erzählte mir bereitwillig die Geschichten zu jedem einzelnen Bild. Auf einem Foto sah man meine Mutter im Alter von zehn Jahren unter einem Feigenbaum stehen.

»Dieser Baum wurde von meinem Großvater an jenem Tag gepflanzt, an dem mein Vater geboren wurde. Meine Großeltern haben für jedes ihrer Enkelkinder einen eigenen Baum gepflanzt«, erzählte Mama. »Wir haben uns immer darüber gestritten, wer den besten Baum hatte. Meine Geschwister ritzten ihre Namen in die Baumstämme, aber ich habe meinen in einen Ast ganz oben geritzt.« Mama betrachtete weiterhin das Bild. Ich fürchtete mich davor, sie noch einmal danach zu fragen, ob diese Bäume noch immer da waren oder wie sie sich beim Anblick ihres alten Hauses in Haifa gefühlt hatte. Darum hörte ich ihr einfach nur zu.

»Als ich noch ganz klein war, hat mich mein Vater immer auf seine Schultern gehoben, damit ich meine eigenen Feigen pflücken konnte.« Auf einem anderen Foto standen sie und eine ihrer Schwestern auf dem Tempelberg vor dem Felsendom. »Damals konnten wir den Bus direkt nach Jerusalem nehmen oder mit dem Zug geradewegs nach Beirut oder Damaskus oder Kairo fahren. Die Welt stand uns offen.« Sie starrte das Bild an. »Wenn wir gewusst hätten …«

»Warum verbreitest du hier eine solche Trauer?«, rief Sitti Wasfiyeh aus ihrem Zimmer. »Untergang und Düsternis, bei Gott! Du wirst es beschreien und das Mädchen dazu bringen, doch nicht nach Palästina zu fahren.«

Mama streckte den Kopf durch die Tür. »Hajjeh, wir dachten, du würdest ein Nickerchen machen. Komm, setz dich zu uns.«

»Es sieht so aus, als müsste ich das, weil ich nämlich eine bessere Geschichtenerzählerin bin als du. Ich bin älter und habe mehr Erinnerungen, da ich länger in Palästina gelebt habe«, sagte sie und schlurfte auf den Stock gestützt ins Wohnzimmer. »Mach uns doch einen Tee, während ich mit meiner Enkelin rede.«

Es herrschten immer noch viel Hoffnung und Euphorie wegen des Oslo-Abkommens. Ein berühmter Palästinenser in Amerika namens Edward Said sagte warnend, dass diese Vereinbarung kein Grund zur Freude sei, vielmehr sei sie eine Falle, denn Israel bekomme dadurch mehr Zeit, Palästina zu kolonisieren. Mein Bruder stimmte ihm zu und sagte, Bilal sei derselben Meinung.

»Weißt du, Nahr, du würdest dich gut mit Bilal verstehen«, sagte Jehad. »Er war früher der Chef der Kommunistischen Partei in Palästina. Wahrscheinlich hasst auch er die reichen Kuwaiter.«

Ich wusste nicht, was ich darauf antworten sollte, denn das Einzige, was ich über den Kommunismus wusste, war, dass seine Farbe Rot war und dass die Russen kommunistisch waren. Also nahm ich mir vor, alles über die Kommunistische Partei in Erfahrung zu bringen. Die Leute redeten viel darüber, wie einfach es sei, Informationen im Internet zu bekommen, und so beschloss ich, den Umgang mit dem Internet zu lernen.

Es war etwa um diese Zeit, als mir ein alter Freund in einem Einkaufszentrum in Amman buchstäblich über den Weg lief. Ich erkannte ihn nicht auf Anhieb, aber dann bückte er sich, um die Tragetüten aufzuheben, die er bei unserem Zusammenstoß hatte fallen lassen. »Es tut mir sehr leid, Schwester«, sagte er.

Für die nichts ahnenden Umstehenden wirkte es wie ein

Missgeschick zweier abgelenkter Kunden. Aber als ich von unseren heruntergefallenen Taschen aufschaute, starrte er mir in die Augen. Ich sah Mohsin vor mir, den jungen Mann auf dem Balkon der Wohnung in Kuwait, der eine Zigarette rauchte und mir verriet, dass er auf Jungs stand, und mich bat, ihm ein Geheimnis zu erzählen.

»Nichts passiert, Bruder«, gab ich zurück.

Er nahm meine Taschen und reichte sie mir. Aus den Augenwinkeln sah ich eine Frau mit Kindern, die uns aus einem Laden heraus anstarrte. Ich vermutete, dass es seine Frau war.

»Danke«, sagte ich und verzog mich in die Privatsphäre der nächstgelegenen Damentoilette. Wie ich schon geahnt hatte, hatte er mir seine Visitenkarte in die Tasche gesteckt. Er war Banker. Eine handschriftliche Notiz auf der Rückseite der Karte lautete: »Bitte ruf mich an.«

Ich ließ einen Tag verstreichen, bevor ich es tat. Ich gestand ihm, dass ich fast nicht angerufen hätte, aus Angst, seine Frau könne ans Telefon gehen. Er lachte und erzählte mir, dass er mir die Nummer seines Mobiltelefons gegeben hätte. Die Frau, die ich im Einkaufszentrum bemerkt hatte, war in der Tat seine Ehefrau, und sie hatten gerade Urlaub in Jordanien gemacht, am Toten Meer. Jetzt verbrachten sie noch einige Tage in Amman, bevor sie nach Hause zurückkehrten.

Wir unterhielten uns ein wenig. Ich erzählte ihm, dass ich vorhatte, nach Palästina zu fahren. »Ich freue mich so für dich«, sagte er. »Eines Tages, *inshallah*, wenn Jerusalem befreit ist, werden wir alle wieder in der Lage sein, unsere heilige Stadt zu besuchen.«

Dann sprachen wir über die erstaunlichen technologischen Fortschritte. Das Internet war in aller Munde. Man konnte Briefe sofort elektronisch mit etwas verschicken, das E-Mail genannt wurde. Davon hatte Jehad mir schon erzählt, aber ich wusste nicht viel mehr darüber, als dass es nicht dasselbe war wie ein Fax. »Das Ganze ist erstaunlich, und jeder kann ein kostenloses Konto haben«, schwärmte er, aber in den Internetcafés wurden immer noch Verbindungsgebühren erhoben.

Ich erzählte ihm, dass ich ein paar Freunde hatte, die mir zeigen konnten, wie es funktionierte.

»Nein, lass mich!«, bat er. »Ich kann dir morgen eine E-Mail-Adresse einrichten, wenn du willst.«

Wir vereinbarten, uns in einem Internetcafé zu treffen. Ich stimmte zu, weil ich ihn wiedersehen wollte, nicht wegen einer E-Mail-Adresse.

Mama war immer glücklich gewesen, wenn uns jemand aus Palästina in Kuwait besucht hatte, besonders, wenn er aus Haifa kam. Sie sagte dann, der Besuch bringe den Geist und den Duft ihrer Heimat und Jugend in Palästina mit sich. Deswegen wollte ich Mohsin unbedingt treffen. Er brachte den Geist und den Duft von Kuwait mit sich.

Am nächsten Tag wartete ich ungeduldig unter jungen Leuten, die an verschiedenen Computerterminals saßen. Ich hatte keine Ahnung, was ich machen sollte, denn einen Computer hatte ich noch nie bedient. Dieser Ort war unerhört einschüchternd, und ich fühlte mich völlig fehl am Platz. Mohsin erschien nicht. So eine Enttäuschung, dachte ich und stand auf, um zu gehen, als gerade ein junger Mann eintrat, ganz außer Atem. Er schaute sich um und entdeckte mich. »Sind Sie Frau Yaqoot?«, fragte er. Ich zögerte. »Wer will das wissen?«

»Ich habe ein Paket für Sie, und ich soll Ihnen ein E-Mail-Konto einrichten«, sagte er, noch immer nach Luft ringend.

»Ich bin Yaqoot«, sagte ich.

»Gut. Bevor ich Ihnen das Paket übergebe, muss ich Ihnen noch eine Frage stellen, um sicherzugehen, dass Sie es wirklich sind.«

»Ich beantworte keine Fragen.« Ich schickte mich an, zu gehen.

»Okay. Sie sind die einzige Frau hier, also glaube ich, dass Sie diejenige sind, die es bekommen soll. Aber nur damit ich alles richtig gemacht habe. Können Sie mir bitte sagen …« Er faltete einen Zettel auf und las davon ab: »Wie lautet der andere Name des Mädchens mit den zwei echten Namen?« Flehend blickte er von seinem Merkzettel auf.

»Die Antwort heißt Nahr«, sagte ich lächelnd und schnappte mir das Päckchen. Dann ging ich auf die Toilette des Cafés, um es ungestört öffnen zu können. Darin lagen ein Umschlag mit Bargeld und ein Mobiltelefon in versiegelter Verpackung. Kein Begleitschreiben. Das Geld war mehr, als ich brauchte. Um meine Reise nach Palästina musste ich mir keine Sorgen mehr machen.

Der junge Mann war noch da, als ich wieder aus der Toilette kam. »Frau Yaqoot, ich möchte Sie nicht belästigen, aber ich soll Ihnen die Sache mit der E-Mail erklären, bevor Sie gehen«, sagte er und erläuterte, dass er die gesamte Aufgabe erledigen müsse, um sein Geld zu bekommen. Der E-Mail-Account war bereits eingerichtet, und er zeigte mir, wie ich darauf zugreifen konnte. »Das sind die Anmeldeinformationen. Schreiben Sie sich das auf«, sagte er und zeigte mir, wie ich mit ein paar Klicks mein Passwort ändern konnte.

»Wie Sie sehen können, haben Sie bereits eine E-Mail erhalten«, sagte er und deutete auf eine Zeile auf dem Bildschirm. Er erklärte mir, wie man die Mail öffnete, und beugte sich vor zu der Nachricht, als ich daraufklickte. Ich schob ihn zur Seite. »Ich kann allein lesen«, sagte ich.

Liebe Nahr, ich hoffe, es ist in Ordnung, dich mit diesem Namen anzusprechen. Es tut mir leid, dass ich heute nicht selbst kommen konnte. Mir ist etwas mit der Familie dazwischengekommen, aber ich habe trotzdem versucht, mein Versprechen einzuhalten. Wenn du dies liest, heißt das, dass der Kurier dir ein Paket ausgehändigt hat. Ich schulde dir noch etwas, und ich hoffe sehr, dass ich dir jetzt ein bisschen helfen kann. Ich glaube, es war Schicksal, dass wir uns begegnet sind.

Dein Freund Mohsin.

P. S. Das Handy ist bereits für ein ganzes Jahr in Jordanien vorausbezahlt. Wenn du in Palästina bist, musst du dir eine lokale SIM-Karte kaufen.

Ich klickte das Kästchen mit der Aufschrift »reply« an und tippte mit zwei Fingern: *Du hast nie in meiner Schuld gestanden. Aber was auch immer du glaubtest, mir zu schulden, betrachte es als mehr als abgegolten. P. S. Das Paket war noch versiegelt, und der junge Mann hat seine Aufgabe wirklich hervorragend erfüllt.*

Dann klickte ich auf »Senden«.

»Sagen Sie mir, wenn Sie so weit sind, ich werde Ihnen dann zeigen, wie Sie antworten können«, sagte der junge Mann.

»Junge, ich habe es schon erledigt. Ich bin gut in diesem Internet«, sagte ich stolz. Er sah mich ausdruckslos an.

»Aber ich habe trotzdem noch ein paar Fragen. Setzen Sie sich. Ich lade Sie auf eine Tasse Tee ein. Ich habe ihm geschrieben, dass Sie Ihre Aufgabe hervorragend erfüllt haben«, sagte ich.

Der Junge tat mir den Gefallen und setzte sich mit einem Glas Tee zu mir. Meine Fragen beantwortete er mit der begrenzten Geduld, die man gewöhnlich für ein kleines Kind aufbringt. Ich erfuhr, dass ich nicht immer denselben Computer benutzen musste, um auf mein E-Mail-Postfach zugreifen zu können. Im Gegenteil, ich konnte das von jedem Computer der Welt aus tun. Ich dachte außerdem, dass die E-Mail, die ich gerade abgeschickt hatte, erst in einigen Tagen zugestellt würde, aber er versicherte mir, dass sie bereits im Postfach des Empfängers lag. Einfach so. Ich glaubte ihm nicht, also demonstrierte er es mir mit einer Test-E-Mail von seinem eigenen Postfach an mich. Schließlich erklärte er mir noch, was es mit einer SIM-Karte auf sich hatte.

»Frau Yaqoot, danke für den Tee, aber jetzt muss ich wirklich los«, sagte er. »Ich wünsche Ihnen noch viel Glück.«

»Vielen Dank!«, erwiderte ich und dachte über den Unterschied zwischen uns beiden nach. Er war nicht viel jünger als ich, aber ich war viel älter als er. Ich fühlte mich so alt damals, dabei war ich noch nicht einmal dreißig.

IV. Palästina

Im Würfel, Süden

Eine gepanzerte Tür auf der Südseite ist der einzige Ein- und Ausgang. Essen kommt durch eine hüfthohe rechteckige Öffnung in der Tür. Manchmal werden durch dieselbe Öffnung Bücher geschoben.

Die ersten Bücher bekam ich ein paar Stuhlgänge vor den ersten Besuchern. Eines handelte von Blauwalen, ein anderes vom Kosmos, und ein drittes war eine miserable Übersetzung eines schlecht geschriebenen westlichen Liebesromans. Ich verschlang sie alle, und noch bevor die Besucher kamen, las ich das Buch mit den Blauwalen wieder von vorn. So außergewöhnliche Kreaturen. Sanfte Riesen voller Geheimnisse und Romantik, wie der Ozean selbst.

Die Besucher wurden von einer bewaffneten Wache mit ausdrucksloser Miene in meine Zelle geführt. Eine Frau Mitte zwanzig und ein Mann, der etwa doppelt so alt war wie sie. An ihre Namen erinnere ich mich nicht mehr. Er sprach Arabisch. Sie nicht, aber sie war dabei, es zu lernen, wie sie betonte. Keiner von beiden hat wirklich mit mir gesprochen. Sie stellten mir nur kurze, einfache Fragen. Wie oft bekomme ich etwas zu essen? Was bekomme ich zu essen? Wie oft darf ich nach draußen? Darf ich mit der Familie kommunizieren? Geben sie mir Bücher zum Lesen? Stift und Papier?

Es fällt mir immer schwer, meinen Besuchern in die Augen zu sehen. Deshalb richtete ich meinen Blick auf den

Unterarm des Mannes, der sein weißes Hemd hochgekrempelt hatte.

Ich wollte ihn berühren. Das war alles, woran ich denken konnte. Ich wollte den behaarten Unterarm berühren.

»Interessieren Sie sich für Blauwale?«, fragte die Frau, die von ihrem Notizblock aufsah und auf das Buch auf meinem Bett deutete. »Und für den Weltraum?« Sie lächelte, ganz so, als führten wir eine normale Unterhaltung. Ich verstand ihr Englisch recht gut, wartete aber darauf, dass der Mann übersetzte. Verschiedene Fakten schwirrten mir durch den Kopf. Sie sind die größten Kreaturen, die jemals auf unserem Planeten gelebt haben, bis zu dreißig Meter lang und bis zu zweihundert Tonnen schwer. Blauwale haben ausgefeilte Regeln für das soziale Leben und eine komplexe Sprache. Gejagt fast bis zum Aussterben. Als Walfangbeschränkungen eingeführt wurden, waren nur noch ein paar Tausend Exemplare übrig gewesen, aber die Schwarzmarktjäger setzen sich über diese Beschränkungen hinweg, und die Wale verschwinden vielleicht ganz. Sie ernähren sich von Krill. Krill ist ein norwegisches Wort. Wie mag es sein, ein Norweger zu sein? Wie mag es sein, ein Wal zu sein? Im Wasser zu leben. Das größte Geschöpf der Welt, aber trotzdem gefährdet durch die Gier der kleinen Menschen.

Dunkler, behaarter Unterarm. Hochgekrempelte weiße Ärmel.

»Ja«, sagte ich kaum hörbar. Durch die Art, wie mich die Frau musterte, wurde mir bewusst, dass ich Gefängniskleidung trug. Ich hatte mir Mühe gegeben, mein Haar in Ordnung zu bringen. Während der Mann lässig gekleidet war, trug die Frau einen konservativen dunklen Anzug, schwarze Schuhe mit nur mäßig hohem Absatz und eine graue Bluse. Die blauen Ohrstecker betonten ihre blauen Augen, und als ich sie betrachtete, schien es mir, als hätte die Frau vier blaue

Augen. Schade, dass sie keine Brille trug. Ich hätte so gern mein Spiegelbild gesehen.

»Sie wirken gesund und gepflegt. Mir wurde erklärt, dass Ihre Dusche regelmäßig automatisch eingeschaltet wird. Können Sie täglich duschen?«

Dies übersetzte der Mann nicht. Er bemerkte auch nicht, dass ich mitbekam, dass sie mit mir sprach wie mit einem Kind. Aber ich wollte, dass er es übersetzte. Ich hätte sie nämlich auch gerne nach ihren persönlichen Körperpflege-Gewohnheiten gefragt.

»Yaqoot, gibt es noch etwas, das Sie uns mitteilen möchten oder worüber Sie gern sprechen würden? Wir haben noch zehn Minuten«, sagte der Mann stattdessen.

»Haben Sie mit meiner Familie gesprochen?« Hätten sie das getan, wäre es das Erste gewesen, was sie mir erzählt hätten. Wenn sie einen Funken Anstand besessen hätten.

Der Mann blickte zu Boden. Sie sah erst ihn an, dann mich. »Nein, das haben wir nicht«, erwiderte er. »Aber wir werden mit ihnen sprechen, und ich werde Ihrer Mutter mitteilen, dass es Ihnen gut geht.«

Gut?

Ich legte meine Füße auf das Bett und drehte ihnen den Rücken zu.

Kurz nachdem sie gegangen waren, kam wieder die Wärterin mit dem strengen Gesicht herein, um die Bücher abzuholen. Dieses Mal hatte ich mich mit dem Gesicht nach vorn an den Steckdosen befestigt, weil ich noch einen letzten Blick auf die Bücher erhaschen wollte. Sie sammelte die Blauwale, die Sterne und Planeten und die billige Romanze ein.

»*Otva'li, mu'dak, b'lyad!*!«, brüllte ich, während meine Armbänder mit der Wand verbunden waren.

Wir waren beide schockiert: Ich, weil sie offensichtlich verstand, was ich sagte.

Sie drehte sich zu mir um und lächelte mich an. Ich lächelte auch und wiederholte noch einmal: Fick dich, du Arschloch, fick dich!

Sie lachte. Ich stimmte ein. Sie deutete mit dem Finger auf ihre Brust und sagte: »Klara.« Dann ging sie hinaus, und die Metalltür schloss sich mit einem automatischen Klirren.

Am nächsten Tag wurde mein Walbuch durch die Türöffnung geschoben.

So wurde Klara zu meiner Freundin – wenn man diesen Begriff hier im Würfel überhaupt anwenden kann. Klara spricht manchmal durch den Lautsprecher mit mir, da die Kamera keinen Ton aufnimmt. Ich verstehe nicht immer, was sie sagt. Wenn sie wüssten, dass sie das macht, bekäme sie Ärger, so viel habe ich begriffen. Ich halte den Mund, weil ich sie mag. Manchmal erinnere ich mich daran, dass ich sie nicht mögen sollte. Aber ich freue mich immer, wenn sie Dienst hat. Seit einiger Zeit kommt sie nicht mehr. Ich weiß, dass sie mich auch mag. Sie betrachtet sich nicht als Israeli. Sie ist Russin. Ihre Familie zwang sie, mit nach Israel zu gehen, aber ihr einziger Wunsch ist, in ihr russisches Dorf zurückzukehren. Sie ist nicht einmal Jüdin. Sie gestand mir, ihr Vater habe geschummelt, um die staatlichen Subventionen für Juden zu nutzen, die nach Israel auswandern. Es war geschenktes Geld, und außerdem stand ihr Vater anscheinend kurz davor, wegen Unterschlagung erwischt zu werden. Sie hasste ihren Vater. Und sie vermisste ihren Freund. Sie entschuldigte sich dafür, dass sie nicht mehr Bücher für mich beschaffen konnte. Ich sollte vielleicht hinzufügen, dass ich mir aus allem, was sie erzählt, letztlich irgendwas zusammenreime, denn wir kommunizieren in einem seltsamen Mischmasch aus Englisch, Arabisch und Hebräisch. Ich fragte, ob ich Bücher über den Kommunismus bekommen könne. Sie erwiderte: »Da, naverna.« Ja, wahrscheinlich.

Ich schlief ein, mitten in meinen Gedanken über den dunklen, behaarten Unterarm, der in einem hochgekrempelten weißen Hemd steckte. Er erinnerte mich daran, wie ich Bilal kennengelernt hatte, damals, als ich nach Palästina zurückgekehrt war, um mich scheiden zu lassen.

Die Schichten der Abwesenheit

Ich wurde darauf vorbereitet, dass die israelischen Grenzbehörden mir wahrscheinlich Schwierigkeiten machen würden, wenn ich über den Jordan nach Palästina einreiste. Aber es war nicht so schlimm, wie ich befürchtet hatte. Ich wurde natürlich verhört. Durchsucht. Wieder durchsucht. Sie wollten den palästinensischen Ausweis nicht akzeptieren, für dessen Erneuerung Jehad sich so hartnäckig eingesetzt hatte, weil er nicht in ihrem System auftauchte. Sie sagten, dies sei keine Seltenheit, denn es brauche etwas Zeit, bis sich die neuen *hawiyyas*, die seit Oslo ausgestellt wurden, in ihrem System aktualisierten. Stunden später stempelten sie mir ein Touristenvisum in mein jordanisches Reisedokument. In der Art, wie die eine Verhörbeamtin mich herumkommandierte, wurde überdeutlich, dass sie mir gegenüber ein Machtgefühl empfand, das sie bisweilen exhibitionistisch zur Schau stellte. Sie deutete auf meinen dicken Bauch und fragte: »Kriegst du ein Baby?«

Dumme Zicke.

Insgesamt musste ich sechs Stunden warten, bevor ich auf der anderen Seite des Grenzübergangs wieder herauskam. Vielleicht rührte es daher, dass ich endlich passieren durfte, oder ich spürte die Anwesenheit meiner längst begrabenen Vorfahren, aber als ich aus dem Grenzgebäude trat, fühlte ich mich unglaublich erleichtert und wie zu Hause angekommen. Die Landschaft, die Topografie, das Wetter und die Gerüche unterschieden sich nicht von der Seite östlich des Jordans, aber Palästina war ganz anders als Jordanien. Jenseits des Trubels der Menschen, die sich zwischen geparkten Autos, Taxis, Soldaten und Handkarren tummelten, wartete eine ungeheure Stille. Ich blickte auf das Land, das sich vor mir ausbreitete, dort, wo die Hügel dem Himmel begegneten. In meiner Brust liefen die Bilder zusammen, und ich atmete tiefer. Erinnerungen an zwei Reisen, die wir als Kinder mit Baba gemacht hatten. Sitti Wasfiyehs Geschichten über Ein el Sultan. Erzählungen über Haifa von Mama, Baba, Nachbarn und Freunden. Alles, was ich glaubte, verworfen, abgeschrieben, abgelehnt zu haben. Sie waren alle da, um mich zu begrüßen. Hier haben wir alle unseren Anfang genommen. Hier waren unsere Lieder geboren worden, unsere Vorfahren begraben. Von unsichtbaren Minaretten her ertönte der Adhan. Er schwebte durch mich hindurch, verursachte mir eine Gänsehaut, ließ mich die Augen schließen und den Ruf zum Gebet einatmen.

Dann stand ein Mann vor mir. »*Salam*, Yaqoot.«

Ich wusste natürlich, wer er war, denn er hatte mir telefonisch angekündigt, dass er mich abholen würde. Sein braunes Gesicht war faltig und dunkel. Er wirkte viel älter und müder als auf den Fotos, die ich vor Jahren gesehen hatte. Wahrscheinlich hatte er mich auch anhand von Fotos erkannt, und vielleicht dachte er ja dasselbe über mich. Wir standen eine Weile so da, und es entstand eine unangenehme Pause, in der wir eine diffuse Gemeinsamkeit spürten.

»Hallo, Bilal«, sagte ich schließlich. »Nenn mich doch Nahr.«

»*El hamdillah assalameh*, Nahr.« Er lächelte und nahm meinen Koffer. Seine dunklen, behaarten Arme steckten in einem weißen, hochgekrempelten Leinenhemd. Er sah

Mhammad sehr ähnlich, hatte ein kantiges Kinn und markante Züge, war aber dünner, als ich erwartet hatte – und größer. »Unsere Mutter freut sich darauf, dich zu sehen, und besteht darauf, dass du bei uns wohnst«, sagte er.

Ich kannte meine Schwiegermutter nur vom Telefon. Ich lernte sie schließlich persönlich kennen, als ich kam, um mich von ihrem Sohn scheiden zu lassen. Sie war fast blind und besaß die grenzenlose Großzügigkeit und Freundlichkeit, die oft mit dem Verlust des Augenlichts einhergeht, ganz so, als nähme die Liebe zur Welt zu, wenn die Fähigkeit, sie zu sehen, abnimmt. Ich erinnerte mich an die spontane Zuneigung, die ich beim ersten Telefongespräch für sie empfunden hatte, und wünschte, sie schon früher besucht zu haben.

Sie trug eine schwarze, bestickte *thoba* und einen schwarzen *hijab*, in ständiger Trauer um ihren Ehemann (und manche sagten, um ihren ältesten Sohn Mhammad, obwohl er noch lebte). Für meine Ankunft hatte sie *msakhan* zubereitet. Ob sie es wusste oder ob es bloß Zufall war, dass sie mein Lieblingsgericht gekocht hatte, weiß ich nicht. Ich habe nicht danach gefragt. Ich konnte es schon riechen, als Bilal und ich ihr Haus betraten, ein bescheidenes Steingebäude, das sich im ungeplanten, aber dennoch organischen Stil der palästinensischen Dörfer an einen Hang schmiegte. Sämtliche Böden waren mit schönem Granit aus den El-Khalil-Steinbrüchen gefliest. Das Haus war nur durch eine schmale, gewundene Straße zugänglich, über die ich mich mit meinen hohen Absätzen geradezu quälen musste. Bilal hatte den großen Koffer für mich getragen.

»Bilal, möge Allah ihm seine Gunst erweisen, hat ein paar unserer Hühner geschlachtet und das Essen selbst zubereitet. Ich habe nur darüber gewacht, während es im Ofen war«, sagte sie.

Ich verbarg meine Überraschung und lächelte. Dies war das zweite Mal innerhalb einer Woche, dass ein Mann für mich gekocht hatte. »Allah segne alle Hände, die diese köstliche Mahlzeit für mich zubereitet haben. Ihr beschämt mich mit eurer Freundlichkeit.«

»Du bist eine von uns, Nahr, obwohl du gekommen bist, um dich von uns zu trennen«, sagte Bilal langsam.

Ich sah zu Boden, wusste nicht, was ich darauf entgegnen sollte.

Bilal fuhr fort: »Wir wissen nicht wirklich, was Mhammad dir angetan hat. Aber wir wissen genug, um uns zu schämen und uns dafür zu entschuldigen, wie er dich behandelt hat.«

Die Erwähnung von Mhammads Namen schmerzte Hajjeh Um Mhammad. »Möge Allah ihm vergeben und ihm helfen, den Weg des Lichts zu finden, wo immer er auch ist«, sagte sie.

Das Telefon klingelte. »Wahrscheinlich die Nachbarn«, sagte Hajjeh Um Mhammad.

»Geh nicht ran, Yumma«, bat Bilal. »Wir wollen die Zeit allein mit Yaqoot verbringen, bevor diese Wichtigtuer hier einfallen.«

»Du musst rangehen. Das ist doch unsere Familie, unsere Freunde. Nenne sie nicht Wichtigtuer.«

Bilal lächelte liebenswürdig. »*Ha'ek alay Yumma*«, sagte er und küsste die Hand seiner Mutter.

Ich musste noch ein wenig Mut sammeln, um Bilal zu korrigieren. Nach ein paar Bissen sprach ich schließlich. »Bitte nenn mich Nahr«, sagte ich. »Yaqoot steht nur in meinen offiziellen Dokumenten.« Ich erwähnte nicht, dass es der Name der Geliebten meines Vaters war.

»Ja, tut mir leid«, antwortete er verlegen. »Es liegt nur daran, dass Yaqoot auch ein sehr schöner Name ist, aber ich werde diesen Fehler nicht noch einmal machen.«

»Ist schon gut.« Ich lächelte. »Irgendwann werde ich dir die Geschichte erzählen, die hinter meinen beiden Namen steckt. Drei, wenn du ›Nanu‹ dazuzählst, aber der ist Jehad vorbehalten.« Almas hatte ich schon lange aus meinem Kopf verdrängt.

Ein paar Tage nach meiner Ankunft lud mich Bilal am frühen Abend zum Tee auf einen kleinen Hügel ein, von dem aus man einen Teil des Ackerlandes und eine Weide, auf der Schafe herumstreiften, überblicken konnte. Ich hatte angenommen, wir würden direkt zu dem Platz fahren, hatte mir aber trotzdem meine bequemsten Schuhe angezogen: Sandalen mit nur mäßig hohem Absatz. Stattdessen legten wir nach dem Abstellen des Autos noch gefühlt einige Kilometer zu Fuß zurück. Meine vermeintlich vernünftigen Schuhe entpuppten sich schon bald als Blödsinn. Ich wackelte über das unwegsame Terrain dahin und versuchte, meine Schwierigkeiten zu verbergen. Einmal, als ich fast stürzte, fing Bilal mich an der Taille auf. Er schlug vor, ich solle doch barfuß gehen. »Damit ich von einem Skorpion gebissen werde? Nein, danke«, erwiderte ich.

Er lachte leise. »Hier gibt es keine Skorpione.«

»Dann eben Schlangen«, gab ich zurück. »Ich weiß, dass es hier Schlangen gibt.«

»Nun ja. Manchmal.« Er schmunzelte. »Hier.« Er tippte auf seinen Arm. »Halt dich an mir fest.«

»Das findest du wohl lustig?«

Er lächelte und hob eine Augenbraue – das beherrschte er also auch! »Ja, stimmt.«

»Du hättest mir sagen sollen, dass meine Schuhe ungeeignet sind.«

»Dann hätte ich mich doch um den ganzen Spaß gebracht.« Er lachte.

Es fühlte sich ganz natürlich an, zusammen mit Bilal weit weg von der übrigen Menschheit zu sein.

Vorsichtig legte ich ihm eine Hand auf die Schulter. Über der anderen trug er eine Segeltuchtasche. Wachsam hob er die Hände, bereit, mich wieder aufzufangen, bis wir eine Lichtung nahe der Hügelspitze erreichten. Er setzte sich auf den Boden unter einen großen Olivenbaum, dessen Zweige sich aus dem verknoteten Stamm streckten. Eine kühle Brise zog durch die Blätter und verwehte mir das Haar. Bilal holte nacheinander einige Dinge aus der Tasche hervor: einen verbeulten Zinnkessel, einen kleinen Gas-*babur*, Teegläser, eine Wasserflasche, Plastiktüten mit losem Tee, Salbei, Zucker und *bizir*, aber keine Decke zum Sitzen.

Er musste meine Gedanken gelesen haben, denn daraufhin breitete er die Segeltuchtasche auf dem Boden aus. »Hier, darauf kannst du sitzen«, sagte er. Ich lehnte mich etwas ungeschickt an den Baum und ließ mich dann zu Boden sinken.

Dann streifte ich mir die Schuhe ab und stieß einen Seufzer der Erleichterung wegen meiner schmerzenden Füße aus.

Bilal lächelte, sagte aber nichts. Er zündete den *babur* an, goss Wasser in den Kessel und machte süßen, heißen Tee mit einem Hauch Salbei.

Direkt unter uns konnten wir rege Bautätigkeit in einer neuen jüdischen Siedlung beobachten. Wie er erzählte, hatte alles ein Jahr zuvor begonnen, als die Siedler Wohnwagen brachten, um auf dem Land von Bilals Familie zu kampieren – und nicht mehr weggingen. Die Lkws bewegten sich in einiger Entfernung. »Sie legen Wasserrohre«, erklärte Bilal.

»Warum verlaufen die Rohre oberirdisch?«

»Es ist billiger. Sie investieren gerade genug, um diese Siedler hier zu halten und noch einige mehr zu gewinnen, die bereit sind, für eine Weile etwas rauer zu leben, bis sie genügend Leute zusammenhaben, um größere Investitionen für die Infrastruktur zu rechtfertigen. Ein anderer Grund ist, den internationalen Vereinigungen und Menschenrechtsorganisationen zu suggerieren, dass dieses Arrangement nur vorübergehend ist.«

Wir aßen *bizir.* Dabei knackten wir die salzig gerösteten Wassermelonenkerne auf, um an das fleischige Innere zu gelangen. Ich sammelte das Innere der Kerne gern auf einem Haufen und aß sie dann alle auf einmal anstatt einzeln. Bilal betrachtete den kleinen Hügel aus geschälten Kernen in meinem Schoß und sagte: »Das sieht ja verlockend aus!«

»Komm bloß nicht auf die Idee. Einmal, als wir noch Kinder waren, stritt ich mit einem Nachbarsjungen, weil er mir einen Haufen geschälte *bizir* gestohlen hatte, an dem ich eine Stunde lang gearbeitet hatte. Aber ich erteilte ihm eine Lektion, und er versuchte es nie wieder.«

Er lachte. »Danke, dass du mir die rote Linie verdeutlicht hast. Ich werde sie niemals überschreiten. Dein *bizir*-Haufen ist vor mir sicher.«

Bilal sprach gerade von den Zonen A, B und C, als die Sonne langsam das Meer erreichte und den Himmel, das Land und das Leben darauf in ihre Farben tauchte. Ich kannte die Bezeichnungen, die durch das Oslo-Abkommen geschaffen worden waren, konnte mich aber nicht daran erinnern, was sie voneinander unterschied. Er musste meine Verwirrung gespürt haben und erklärte, dass wir uns in der Zone C befanden, die stark von Israel besiedelt wurde. Das Zuhause meines Schwagers war inzwischen zu einem Hauptziel geworden. Es war das einzige verbliebene Haus weit und breit. Die Häuser in der Nachbarschaft seien »abgerissen worden«, erzählte mir Bilal. »Israel hat viele Ausreden. Keine Genehmigung, illegale Brunnen, Verwandte von Kämpfern, was auch immer ihnen gerade einfällt.«

»Wie ist es dir gelungen, dein Eigentum zu behalten?«, fragte ich und betrachtete das Waldgebiet, das sich vor uns ins Tal hinein erstreckte.

Er sah mich an, und seine sanften braunen Augen suchten mein Gesicht ab. Dann wandte er sich wieder dem Land zu, nahm einen Zug von seiner Zigarette, stieß den Rauch wieder aus und ließ einen Namen auferstehen, den ich seit Jahren nicht mehr gehört oder gedacht hatte.

»Tamara«, sagte er.

Obwohl ich Mama versprochen hatte, unsere eigene Familie zu besuchen, sobald ich angekommen war, schob ich diese Pflicht immer weiter auf, verbrachte meine Zeit lieber mit Bilal und Hajjeh Um Mhammad. Ich setzte mich mit den Widersprüchen dieses Ortes auseinander, mit meinem Geburtsrecht. Die Landschaft, die in den Herzen von Mama, Baba und Sitti Wasfiyeh lebte, fühlte sich nicht an wie mein Zuhause, ergriff mich aber trotzdem. Es gab keine Einkaufszentren oder kilometerlangen Strände, so wie ich es aus Kuwait gewohnt war. Zumindest keine, die uns zugänglich waren. Keine Salons an jeder Ecke, um meine Oberlippe und Augenbrauen fädeln zu lassen, eine Ganzkörperenthaarung zu bekommen oder in einem türkischen Badehaus abgeschrubbt zu werden. Selbst im deprimierenden Amman konnte ich noch in einen guten Dessous- oder Schuhladen flüchten. Ich stolperte ungeschickt durch dieses unbekannte Land, und Bilal fing mich auf, manchmal sogar buchstäblich.

Obwohl Bilals Entlassung Teil des Oslo-Abkommens gewesen war, hing seine Freiheit davon ab, dass er seinen Beruf als Chemiker nicht mehr ausübte, auch nicht als Lehrer. Er durfte sich ohne schriftliche Genehmigung der örtlichen Militärbehörde nicht außerhalb eines bestimmten

Umkreises bewegen, kein politisches Material verfassen oder veröffentlichen, unter keinen Umständen Jerusalem betreten, und wenn er jemals das Land verlassen sollte, durfte er nicht mehr zurückkehren.

Bilal hielt sich an diese Bedingungen, soweit ich das beurteilen konnte. Er hatte einige Tiere geerbt und weitere dazugekauft, als er aus dem Gefängnis entlassen worden war. Er half dabei, sich um sie zu kümmern, wenngleich Jandal der eigentliche Hirte war. Gemeinsam schoren Bilal und Jandal sie einmal im Jahr und verkauften die Wolle an lokale Kleiderfabriken. Während des *Eid* und zu besonderen Anlässen kauften die Menschen Lamm als Opfergaben. Aber Bilal bestand darauf, seinen eigenen Metzger einzustellen, um die rituellen *Halal*-Traditionen für seine Schafe zu praktizieren. »Sonst erschrecken die Leute die Tiere, bevor sie sie töten. Nur wenige Metzger halten sich noch an *Halal*-Anforderungen«, erklärte er. »Ehrlich gesagt, finde ich es furchtbar, dass wir so viel Fleisch essen. Schafe, Kühe, Fische, Wale, Ziegen – das sind eigenständige Völker. Auch sie verdienen die Freiheit.« Die Vorherrschaft der Menschen hatte ich noch nie angezweifelt, bevor ich Bilal kennenlernte.

Die meiste Zeit verbrachte Bilal im Café der Konditorei, einem kleinen Geschäft, das er vor Jahren mit Jandals älterem Bruder Ghassan, seinem früheren Zellengenossen und besten Freund, aufgebaut hatte. Ghassan war Diabetiker und für die Herstellung der Desserts verantwortlich. Die Leute stellten sich morgens an, um frisches Brot zu holen, und abends kamen sie zu *knafe* und süßem Minztee oder arabischem Kaffee. Bilal und Ghassan schienen alle zu kennen, und die Menschen behandelten sie mit dem Respekt und der Zuneigung, die politischen Gefangenen vorbehalten waren.

Es erschreckte mich, wie viele Checkpoints man passieren musste, nur um von einem Dorf ins nächste zu kommen. Anscheinend konnten die Palästinenser kaum fünf Minuten Wegstrecke zurücklegen, ohne an einem Kontrollpunkt warten zu müssen. Auf dem Weg zum Laden mussten wir zwei Checkpoints passieren, den ersten davon mit dem Auto. Gewöhnlich musste man dort ungefähr eine halbe Stunde warten, aber je nach Stimmung der Soldaten konnte es auch nur zehn Minuten oder sogar zwei Stunden dauern. Danach parkten wir das Auto am zweiten Kontrollpunkt, den man nur zu Fuß überqueren konnte. Dieser Kontrollpunkt war nicht permanent besetzt, und manchmal konnten wir einfach durchfahren. Aber normalerweise mussten wir unser Gepäck aus dem Auto holen und den Rest des Weges zu Fuß zurücklegen – etwa achthundert Meter, bei jedem Wetter. Bilal wollte nicht, dass die Soldaten wussten, dass wir zusammengehörten, und darum reihte ich mich weit vor ihm in die Schlange ein. »Schau, nur die älteren Paare passieren den Checkpoint zusammen«, sagte Bilal. Den Grund dafür erkannte ich kurz darauf. Ein Soldat tastete ein junges Mädchen ab, das mit seinem Vater in der Schlange gestanden hatte, und als er protestierte, warfen sie ihn zu Boden und ließen beide stundenlang am Straßenrand sitzen. Bilal kannte den Vater und bot an, die Einkaufstüten der beiden zu kühlen, bis sie freigelassen wurden. Aber die Soldaten schubsten ihn weg.

Früh am Morgen, noch bevor wir in die Konditorei gingen, machten Bilal und ich Ausflüge in die Natur. Zunächst war das anstrengend für mich, aber ich empfand das Zusammensein mit ihm als so angenehm, dass ich keinen Moment davon verpassen wollte. Jeden Tag stellte ich meinen Wecker auf fünf Uhr morgens ein und stand noch vor dem ersten Gebetsruf auf. Bilal war immer schon vor mir wach und hatte Kaffee gekocht. Er und Hajjeh Um Mhammad verrichteten das *fajr-salat*, fütterten die Hühner und aßen ein bescheidenes Frühstück, während die Sonne aufging.

Ich mochte die schroffe Hügellandschaft nicht besonders, aber ich begann, sie durch die schiere Kraft von Bilals Leidenschaft für alles, was sie bot, anders zu sehen. Die Stille war am auffälligsten. Es fehlte die ständige Kakophonie aus Verkehr, Straßenverkäufern, Fußgängern, Baustellen und dem Summen der Straßenlaternen, die jeden Bereich in unseren engen Wohnvierteln sowohl in Kuwait als auch in Amman ausgefüllt hatte. Stattdessen erwachte ich zu den Liedern der Vögel und Windspiele, und abends wurde ich von dem Orchester der Grillen und den Rufen der Schakale und Wölfe eingelullt.

Anfangs war es verwirrend, und ich wusste nicht, wie man sich in dieser Weite verhielt. Morgens, gleich nach dem Erwachen, atmete ich tief und bewusst und sog die Unendlichkeit dieser Stille ein. Nach kurzer Zeit wurde mir klar, wie begrenzt meine Welt gewesen war. Ich hatte nicht im Entferntesten damit gerechnet, in Palästina mehr als Hausschuhe oder vielleicht einmal Schuhe mit hohen Absätzen zu tragen, obwohl ich doch gewusst hatte, dass ich wegen des Scheidungsverfahrens mindestens ein paar Monate hier verbringen würde.

Ich kaufte mir grün-weiße Turnschuhe – mein erster Einkauf in Palästina – und begleitete Bilal auf seinen Streifzügen durch die Hügel. Er betrachtete meine neuen Schuhe mit einem Grinsen. »Jetzt brauchst du dich nicht mehr auf mich zu stützen.«

»Stimmt.«

»Schade.«

Bilal brachte mir den Namen jeder Pflanze bei, mit der wir in Berührung kamen, und dahinter verbargen sich in der

Regel Folklore sowie kulinarische und medizinische Aspekte. Wir pflückten wilden *zaatar* und gelegentlich auch Granatäpfel. Weder in Kuwait noch in Amman gab es eine solch unberührte Natur zu erleben.

Nach ein paar Tagen schloss ich mich Hajjeh Um Mhammad und Bilal für den Morgen-*salat* an und später wieder für das *duhr*-Gebet. Bald betete ich fünfmal am Tag. Ich hatte seit Jahren nicht gebetet, nicht mehr seit der Schule, aber ich wollte Teil ihres Lebens sein. Und ich hatte das Gefühl, dass sie das auch wollten.

Nach dem Frühstück küsste Hajjeh Um Mhammad uns beide auf die Wangen, und wir erwiderten die Küsse, bevor wir aufbrachen. Unsere täglichen Spaziergänge führten uns zu Bilals Auto, das normalerweise etwa achthundert Meter den Hügel hinunter abgestellt war. Es gab keine Zufahrt zu ihrem Haus, da Bilal nie mehr als einen schmalen Fußweg angelegt hatte. Er war gerade breit genug, damit Hajjeh Um Mhammad mit ihrem motorisierten Karren zum Haus gelangen konnte. »Das macht es schwerer für die Militärjeeps und Bulldozer, zu uns zu kommen«, sagte Bilal.

Trotz der Schwierigkeiten, zu ihrem Haus zu gelangen, empfing Hajjeh Um Mhammad fast täglich Besucher. Das zeigte den Respekt und die Liebe, die man ihr zukommen ließ. Sie besuchte jede Hochzeit, Geburtsfeier und Trauerfeier im Umkreis von vielen Kilometern. »So war es schon immer. Es ist *osool.* Du kommst, wenn deine Leute dich rufen«, erklärte sie. Ihr Leben stammte gewissermaßen aus einer verlorenen Zeit, zu schöngefärbt, um real zu sein.

Einmal in der Woche begleitete ich Bilal, um nach den Schafen und Ziegen zu sehen. »Ich finde es schön, wie sich die Herde um Jandal schart, wenn er auf der *Nay* spielt«, erklärte Bilal. Dann musterte er mich. »Du trägst keinen Lippenstift mehr, wie ich sehe.«

»Lass dich davon nicht täuschen, ich bin immer noch ein Stadtmädchen«, entgegnete ich und legte am nächsten Tag wieder welchen auf, um es ihm zu beweisen.

Zwei Wochen nach meiner Ankunft arrangierte Bilal auf meine Bitte hin einen Besuch im Elternhaus meiner Mutter in Haifa. Ich wollte mit eigenen Augen sehen, worüber Mama nicht sprechen wollte. »Der Fahrer kann dich nur bis vor das Haus bringen. Er steht aber bereit, falls du an die Tür klopfen möchtest. Ich wünschte, ich könnte mit dir gehen«, sagte Bilal.

Ich wünschte, ich hätte ihn küssen können.

Vier Stunden lang saß ich im Auto von Bakir, dem Fahrer – zwei davon warteten wir darauf, einen Kontrollpunkt zu passieren. Endlich kamen wir in Haifa an. Die Leute nennen es eine »gemischte Stadt«, aber das stimmt nicht. Es war auf den ersten Blick klar, wo die Juden lebten und wo die Palästinenser; diese Bereiche waren völlig voneinander getrennt. Wir fuhren herum und suchten nach der Adresse. Schließlich erreichten wir ein Viertel mit modernen Häusern auf einem Hügel mit Blick aufs Meer. Ich dachte, Bakir hätte sich vielleicht vertan, bis eine Ansammlung schöner Steinhäuser in Sicht kam und er am Straßenrand anhielt. Die Häuser waren unterschiedlich, aber doch gleich. Ihre alten Bögen, das Mauerwerk, die ummauerten Gärten und die großen Eingänge standen in Kontrast zu den flachen, eckigen Neubauten mit Stahlträgern, Glaswänden und eleganter europäischer Opulenz.

»Ich glaube, hier ist es«, sagte Bakir und deutete auf ein dreistöckiges Haus mit mehreren Balkonen, die zur Straße hinausgingen. Daneben befand sich eine kleine Anpflanzung von Bäumen, umgeben von einer niedrigen Steinmauer mit einem alten Holztor, das nur angelehnt war und kaum noch an den Scharnieren hing. Auf Mamas Fotos waren die

Bäume nicht so alt und das Haus von der Straße aus besser sichtbar gewesen. Ich wusste, dass sich der Haupteingang an der Seite befand, aber man konnte den Garten durch das Holztor betreten, auf dem früher eine verzierte Keramiktafel mit der Aufschrift DOMIZIL VON EL HAJ ABU IBRAHIM, NASER JAMAL NASRALLAH geprangt hatte.

Ich ging zum Holztor. Die Vertiefung, in der sich die Tafel befunden hatte, war noch sichtbar, wenn man wusste, wonach man suchen musste. Ich dachte darüber nach, zum Haupteingang zu gehen und dort an die Tür zu klopfen, aber das heruntergekommene Tor zog mich magisch an. Unsere Abwesenheit war mit Händen zu greifen. Dies waren die Bäume, die mein Urgroßvater für seine Kinder und Enkelkinder gepflanzt hatte. Mein Großvater hätte auch Bäume für mich und Jehad gepflanzt, hätte man uns nicht unseres Schicksals beraubt. Ich ging zwischen diesen Bäumen umher und suchte nach den Schnitzereien, von denen meine Mutter mir erzählt hatte, fand aber keine. Am anderen Ende des Gartens stand ein Eselsfeigenbaum. Er trug rote Früchte in der Nähe der Rinde, im Gegensatz zu den grünen und braunen Feigen, die ich kannte. Ich sah mich um, bevor ich mich am Stamm hochzog, um eine zu pflücken. Sie war viel aromatischer und süßer als normale Feigen. Ich kletterte noch ein Stück, pflückte eine Handvoll Früchte und steckte sie in meine Handtasche, wie um Beweise zu sichern, dass dies der Baum meiner Mutter war.

Ein Tumult auf der Straße lenkte mich ab, und ich schnappte mir eine letzte Handvoll Feigen. Auf dem Ast, an dem die Früchte gewesen waren, befanden sich gezackte Linien. Ich schob ein paar Blätter zur Seite, um den Rest zu enthüllen. Der Straßenlärm wurde lauter, als ich die Worte erkannte: *Rashida, habibti Baba*. Rashida, Papas Mädchen.

So hatte mein Großvater meine Mutter genannt. Dies war ihr Feigenbaum. Dieser Baum war ein Mitglied meiner Familie. Ich gehörte dazu. Alle Bäume in diesem Garten waren meine Familie.

Der Lärm von der Straße kam jetzt näher – eine Frau mittleren Alters schrie mich auf Hebräisch an. Ich kletterte hinunter, die Früchte noch immer in der Hand. Bakir versuchte, mit ihr auf Hebräisch zu reden, und beschwor mich gleichzeitig, mich zu beeilen. »Sie hat die Polizei gerufen. Beeil dich!«, warnte er mich auf Arabisch. Gerade als ich den Boden erreichte, schlug mir die Frau die Früchte aus der Hand und zog mich an den Haaren. Ohne nachzudenken, schlug ich zurück – nicht nur einmal, sondern mehrfach. Sie war das, was wir in meiner Schulzeit eine »Prinzessin« genannt hatten: jemand, der keine Ahnung hatte, wie man kämpft. Ich wollte sie blutig schlagen. Weil sie uns unsere Bäume weggenommen hatte. Weil sie uns unser Land gestohlen hatte. Aber Bakir packte mich am Arm und zog mich weg, und wir rannten zu seinem Auto. Die Nachbarn versammelten sich gerade und hätten uns vielleicht festgehalten, wenn wir nur einen Moment später losgelaufen wären. Das Adrenalin schoss durch unsere Adern, während wir langsam wegfuhren, ganz so, als wären wir ein gewöhnliches jüdisches Paar, das seinem normalen Leben nachgeht, für den Fall, dass wir der Polizei begegneten. Als wir weit genug weg waren, zog ich einige Feigen aus meiner Handtasche, und wir prusteten los.

»Du hast die Frau völlig fertiggemacht. Gut, dass dieses Auto gestohlene Nummernschilder hat, so können sie uns nicht finden«, sagte Bakir.

Ich drehte mich zu ihm um, geschockt, aber voller Bewunderung. Und dann wurde mir klar, wie viel schlimmer die Situation hätte ausgehen können.

»Was? Bilal hat es dir nicht gesagt? Wir stehlen ständig die Autos dieser Wichser und mischen ihre Nummernschilder durch«, sagte Bakir lachend, stolz darauf, seinen Teil dazu beizutragen, das Leben der Kolonisatoren ein wenig unbequemer zu gestalten.

Wir schwelgten weiterhin im Nervenkitzel der Rückkehr an diesen Ort, unserer Flucht und der Feigen. Ich dachte an die Frau, an die Aufregung, die unserem Gerangel vorausgegangen war. »Was hat sie überhaupt gesagt?«, fragte ich Bakir.

»Sie war erst freundlich und dachte, ich sei Jude, wollte aber wissen, warum ich dort am Straßenrand geparkt habe. Ich sagte ihr, ich würde nur die Häuser bewundern, weil ich gern in die Gegend ziehen würde. Ich tat mein Bestes, um jüdisch zu klingen, aber sie können uns daran erkennen, wie wir reden, wie wir stehen oder was auch immer wir tun. Also wurde sie lauter und sagte mir, ich solle wegfahren, bevor sie die Polizei hole. Sie beschuldigte mich, einen Einbruch in ihr Haus zu planen. Sie fragte, ob »die arabische Frau« mich geschickt habe. Ich wusste nicht, was sie meinte, aber anscheinend kam vor ein paar Monaten eine arabische Frau vorbei und behauptete, dies sei ihr Elternhaus. Dann hat sie –«

»Was hat sie noch über die arabische Frau gesagt?«, unterbrach ich ihn.

»Dass sie eine Terroristin war. Anscheinend sah die arabische Frau, dass das Tor offen war, und ging einfach in den Garten hinein. Die jüdische Frau fand sie dort weinend vor, und den Rest kannst du dir wohl vorstellen. Ich bin mir sicher, die arabische Frau ist unter Tränen gegangen.«

Bakir dachte einen Moment nach. »Ich bin so ein Idiot! Hat sie etwa über deine Mutter gesprochen? War deine Mutter vor zwei Monaten hier?«

Ja, das war sicherlich Mama gewesen. Jetzt wusste ich, warum sie sich geweigert hatte, darüber zu sprechen, als ich sie in Amman danach fragte. Es war zu schmerzhaft gewesen. Ich wünschte, ich hätte dieser Frau noch mehr Schläge verpasst. Ich wünschte, ich hätte noch zum Haupteingang gehen können, um von dort über den Berg zu spähen und das Meer zu sehen, wie es meine Mutter als Kind jeden Tag getan hatte. Ich fragte mich, ob Mama das getan hatte, als sie zu ihrem Haus kam, oder ob auch sie es nicht über den Garten hinaus geschafft hatte.

Am nächsten Morgen schob Bilal mir eine seiner Tageszeitungen zu, als wir an unserem Kaffee nippten.

»Was ist das? Was steht in der hebräischen Zeitung?«

»Ich weiß, dass du sie nicht verstehen kannst, aber du möchtest das vielleicht als Andenken behalten«, sagte er.

»Wirklich? Es steht in ihren Zeitungen?«, sagte ich und blätterte durch die Seiten.

»Ja.« Bilal kicherte. »Der Artikel handelt von einer arabischen Frau, die eine Jüdin in ihrem Garten angegriffen hat. Er zitiert Nachbarn und die Polizei, die finden, dass mehr getan werden sollte, um Juden zu schützen, die sich nicht einmal in ihren eigenen Häusern sicher vor den Arabern fühlen können.«

»Puh. Da sind keine Bilder dabei. Dabei hätte ich gern ein Foto von der Frau gesehen.« Ich legte die Zeitung zur Seite.

»Ich hatte ja keine Ahnung, dass du so rauflustig bist.« Bilal lächelte mich an. »Bakir ist das Auto schon losgeworden. Er erzählt mir immer wieder, wie wahnsinnig schnell und kraftvoll du diese Frau zusammengeschlagen hast.«

»Solange er es nur dir erzählt.«

»Mach dir keine Sorgen. Bakir ist kein Dummkopf«, sagte er.

Die meisten Tage verbrachten wir in der Bäckerei und Konditorei. Wenn Bilal und ich am Morgen eintrafen, fanden wir Ghassan und seine Schwester in der Backstube vor, wo sie bereits Brot für die wartenden Kunden backten. Es machte mir nichts aus, im Geschäft mitzuhelfen: Ich putzte, organisierte, bediente und lernte die Kunden kennen. Aber Ghassan und seine Schwester blieben unnahbar, mir gegenüber übertrieben höflich. Es lag nicht in meiner Natur, mich ihnen aufzudrängen, und so erwiderte ich ihre kühle Distanz, machte nur ab und zu mal eine sarkastische Bemerkung.

Bei einer Gelegenheit bemerkte ich, dass zwei Kunden im Hinterzimmer des Ladens verschwanden. Vielleicht wollten sie in den Waschraum? Aber warum kamen sie nicht wieder zurück? Das war zuvor schon einmal passiert, und beide Male hatten die Leute kaum wahrnehmbare Blicke oder ein Nicken mit Bilal oder Ghassan ausgetauscht. Ich wusste instinktiv, dass ich ihnen nicht folgen oder der Sache nachgehen sollte. An diesem Abend schlossen Bilal und ich den Laden ab und brachten noch eine Ladung Brot in die Moschee. Der Himmel leuchtete noch immer in den Farben der Dämmerung, als wir nach Hause fuhren. Elektrische Lichter sprenkelten die illegale Siedlung auf der angrenzenden Hügelkuppe.

»Sieht so aus, als hätten sie jetzt Elektrizität«, bemerkte Bilal.

Vor Bilals Haus loderte ein kleines Feuer. »Wahrscheinlich röstet meine Mutter mit meinen Tanten Kastanien. Komm, wir gehen.« Er schloss das Auto ab, und wir machten uns auf den Weg nach Hause.

Am nächsten Morgen erwachte ich spät. Bilal spähte mit einem Fernglas aus dem Fenster. Hajjeh Um Mhammad arbeitete im Garten.

»Ein Morgen von Güte erfüllt«, flüsterte ich.

»Ein Morgen nach Rosen und Jasmin duftend«, antwortete er.

»Was betrachtest du da?«

»Komm, schau dir das an. Die Hurensöhne verlängern die Wasserleitung.« Er reichte mir das Fernglas.

Die Arbeiten fanden tief im Tal statt, aber ich konnte das Rohr gut erkennen, das alle paar Meter auf Zementstützen ruhte.

»Es ist so nah«, bemerkte ich.

»Ja. Es liegt tatsächlich auf unserem Grundstück.«

»Was machen wir jetzt?«

»Wir können nichts machen«, sagte er.

»Ist das der Grund für die geheimen Treffen im Hinterzimmer des Ladens?«

Er zögerte. »Ich habe bemerkt, dass du etwas mitbekommen hast. Ich werde es dir später erklären.«

Ich fragte mich, ob Bilal vielleicht noch immer Teil des Widerstandes war. Aber er ignorierte meine Fragen zu den mysteriösen Treffen im hinteren Teil des Ladens. Ich war enttäuscht, dass er mir nicht vertraute, und schmollte für den Rest des Abends. Das Abendessen ließ ich aus und ging früh zu Bett. Hajjeh Um Mhammad dachte, ich fühlte mich nicht gut, und machte mir einen Kamillentee. »Das wird deinen Körper beruhigen, meine Tochter«, sagte sie.

Als ich am Morgen auch nicht mit den anderen aufstand, kam Hajjeh Um Mhammad in mein Zimmer, aber ich stellte mich schlafend. Sie fühlte mir die Stirn und ging leise hinaus. Ich hörte Bilals Stimme draußen auf dem Flur, konnte aber nicht verstehen, was er sagte. Eine Weile darauf klopfte er an meine Tür.

»Bist du wütend auf mich?«

Ich öffnete die Tür und stemmte einen Arm in die Hüfte.

»Ja«, sagte ich. »Ich bin seit über einem Monat hier, teile alles mit euch, helfe euch und lebe wie ein Familienmitglied in eurer Mitte. Ihr habt mir das Gefühl gegeben, willkommener als bei meinen eigenen Verwandten in Ein el Sultan zu sein. Warum vertraust du mir dann nicht?«

»Komm, wir brechen auf. Ich werde dir alles erklären. Ich möchte außerhalb der Hörweite unserer Mutter sein, weil ich fürchte, dass du noch wütender wirst, wenn du den Rest erfährst.«

Wir vereinbarten, am Abend nach Geschäftsschluss miteinander zu sprechen.

Es stellte sich heraus, dass Bilal mich einen Monat lang ausspioniert hatte. Er ließ mich verfolgen und wusste zu jeder Zeit, wo ich war. Wenn ich mir einen Tag freinahm, um in einen Salon in die Stadt zu gehen, hatte er dort einen Spion sitzen, der jede meiner Regungen vermeldete, ob ich mir nun die Haare machen, die Augenbrauen fädeln oder den Körper wachsen ließ. Die zwielichtigen Treffen im Hinterzimmer galten mir. Sie wollten mich testen. Abend für Abend spielten sie Backgammon und warteten darauf, ob Soldaten nach einem Hinweis von mir die Konditorei einer Razzia unterziehen würden. Er stellte mir Fallen, und ich bemerkte nichts davon. Bei Telefonaten mit seinen Freunden benutzte er eine auffällige »Geheimsprache« und wartete dann darauf, dass ich selbst telefonierte oder eine SMS absetzte.

»Einen Anruf oder eine SMS an wen?«, stotterte ich. Es wurde bereits dunkel, als wir nach dem Abstellen des Autos Richtung Haus gingen. Kleine Lichter blitzten auf dem Hügel auf.

»An deinen Verbindungsmann«, sagte er.

»Zum Teufel, an welchen Verbindungsmann?« Ich war total verblüfft. »Du glaubst, ich arbeite für sie?« Ich zeigte auf die Lichter.

»Nahr, du musst mich verstehen. Wir kannten dich nicht. Du bist mit einem Handy hier aufgetaucht«, stammelte Bilal. Seine rechte Hand zitterte. »Plötzlich ruft *el Khaneeth* an, um mir die Vollmacht zu geben, dich bei der Scheidung zu vertreten, nachdem meine Familie die ganze Zeit über kaum etwas von euch gehört hatte. Jemand in meiner Position darf kein Risiko eingehen.«

In jenem Moment entging mir, dass er *Khaneeth* sagte. Schwuchtel. Zu sehr war ich von Wut und Demütigung überwältigt. Ich stand noch in Kontakt mit einem der Mädchen in Kuwait, und sie hatte mir eine SMS geschickt, in der sie fragte, ob ich noch arbeitete, weil einer meiner alten Kunden nach Amman kommen würde. Hatte Bilal diese SMS gesehen? Was hatte ich ihr damals geantwortet? Wusste Bilal, wovon die Rede war? Sicher hatte er alles mitbekommen. Mein Gesicht färbte sich rot vor Scham und Panik. Er hatte alle meine Mitteilungen durchstöbert, und nichts, was ich getan hatte, war privat geblieben.

»Wie konntest du nur?« Ich war kurz davor, mich auf ihn zu stürzen. »Du und deine Freunde, ihr habt euch bestimmt totgelacht, als ihr in meine Privatsphäre eingedrungen seid! Ihr Arschlöcher!«

Er trat näher und versuchte, mich zu umarmen. »So war es nicht. Niemand hat über dich gesprochen. Ich erlaube niemandem, schlecht über dich zu reden.«

»Fick dich!« Ich stieß ihn weg. »Ich gehe. Scheiß auf dich. Scheiß auf deinen Bruder. Scheiß auf die Scheidung.« Ich rannte auf das Haus zu, blieb dann jedoch stehen und drehte mich zu ihm um.

»Was ist mit Hajjeh Um Mhammad? Weiß sie davon?«

»Nein. Sie hat keine Ahnung, und ich muss dich darum bitten, dass du im Haus nicht davon sprichst. Es würde sie umbringen. Ihre Gesundheit ist ohnehin angegriffen. Bitte,

Nahr. Können wir hier darüber sprechen? Du hast jedes Recht, wütend zu sein. Aber bitte, lass es mich dir erklären.«

Ein lauter Schlag dröhnte aus dem Tal herauf. Ich zuckte vor Schreck zusammen und zitterte dann geradezu. Ich fühlte mich durch den Verrat hintergangen, war aber erleichtert, dass zumindest die Liebe zwischen meiner Schwiegermutter und mir echt war.

»Ich weiß, dass ich dich verletzt habe. Und ich weiß, dass eine Entschuldigung nicht ausreicht, aber es tut mir wirklich leid, Nahr.« Er versuchte erneut, seine Arme um mich zu legen. Ich wich ihm aus, wollte mich zusammenreißen. Ich wischte mir mit den Händen übers Gesicht, schob Haarsträhnen aus dem Gesicht zurück.

»Du glaubst wohl, dass du mir damit wehgetan hast. Aber ich scheiße darauf, was du gemacht hast.« Mein Herz pumpte Eiswasser durch meinen Körper.

Ich starrte ins Tal. Er hatte wirklich geglaubt, ich würde mit diesen Monstern konspirieren. Unsere gemeinsam verbrachte Zeit war eine Lüge. Dieser Gedanke lastete schwer auf mir, und ich setzte mich auf einen Felsbrocken. Er ließ sich neben mir nieder.

»Hier, zieh das an.« Er legte mir seine Jacke über die Schultern. »Du hast recht mit allem, was du mir jetzt entgegenschleuderst, Nahr. Deine Ankunft hier war das Beste, was mir seit Jahren passiert ist. Das gilt auch für meine Mutter. Aber ich musste ganz sichergehen, weil Menschenleben davon abhängen, und keiner von uns kann es sich leisten, nachlässig zu sein.«

Wir blieben eine Zeit lang so sitzen und starrten auf die sich bewegenden Lichter im Tal. Trotz des Schocks seiner Offenbarung konnte ich nachvollziehen, warum er so gehandelt hatte. Und ich glaubte ihm, als er mir versicherte, er habe kein Vergnügen daran gehabt, mich auszuspionieren.

»Alles, was ich über dich erfuhr, verstärkte meine Bewunderung für dich. Was du mit der Frau gemacht hast, die das Haus deiner Familie besetzt hält. Oder dass dir an einem Checkpoint ›versehentlich‹ eine Flasche Cola im Gesicht eines Soldaten explodiert war.«

Schließlich machten wir uns auf den Weg nach Hause, und ich fiel in einen tiefen Schlaf. Erst am nächsten Morgen, als ich noch im Bett lag und im Kopf die Unterhaltung des Vorabends Revue passieren ließ, fiel mir das Wort ein, das er gesagt hatte. *Khaneeth*.

Am nächsten Morgen machte Bilal ein großes Frühstück mit *shakshouka*, *mhamara*, *labneh* und Gurken sowie anderen *mezze*. »Möge Allah dich segnen für alle deine Tage, mein Sohn, und möge er dir eine freundliche und schöne Braut senden«, sagte Hajjeh Um Mhammad erfreut. Ich musste vor ihr so tun, als wäre alles normal, aber ich redete nicht viel mit Bilal.

Ich packte meine Koffer ein. Und wieder aus. Und wieder ein. Aber dann blieb ich doch und machte weiter wie zuvor. Ich ging in den Laden, arbeitete, kochte, putzte, fuhr wieder nach Hause, spazierte durch die Natur. Am Abend las ich mir meine gesammelten SMS durch. Darin war eigentlich wenig zu finden. Ich hatte dem Mädchen geantwortet, dass ich gerade nicht in Amman war, mehr nicht. Wenn Bilal von meiner Vergangenheit wusste, ließ er sich nichts anmerken. Im Gegenteil, er war besonders aufmerksam mir gegenüber und wirkte zerknirscht.

Dann kam der Mittwoch, der Tag, den Bilal normalerweise mit Jandal und seiner Schafherde verbrachte. »Was hast du heute vor?«, fragte er, als wir das Haus verließen.

»Ich lasse mir im Salon die Haare machen und fahre dann zurück, um mit Mutter und einigen deiner Cousinen Weinblätter zu rollen. Außerdem habe ich diesen lächerlichen

Termin bei dem Eheberater im Gerichtsgebäude«, schnaubte ich genervt. »Ich habe meinen Mann seit Jahren nicht gesehen. Ich weiß nicht, wo er ist. Ich will mich von dem Idioten scheiden lassen. Er hat zugestimmt und seinem Bruder die Vollmacht erteilt. Und trotzdem muss ich diesen Beratungstermin absitzen, um meine Ehe zu retten! Allein!«

»Das ist wirklich lächerlich. Aber ich bin froh, dass es so lange dauert, weil wir dich dann länger bei uns haben«, sagte Bilal.

Bilal, der Charmeur.

»Übrigens hat Mhammad sich nach der Scheidung erkundigt. Das war vor ein paar Tagen. Gestern hat er wieder angerufen. Ich habe ganz vergessen, es dir zu erzählen.«

»Er hat dich angerufen?«

»Nein. Wir sprechen nicht miteinander, wie du weißt. Er hat einen gemeinsamen Bekannten angerufen.«

»Etwa meinen Bruder?«, fragte ich.

Er drehte sich langsam zu mir um, starrte mir in die Augen und sah dann weg. »Ja«, antwortete er. »Was soll ich ihm sagen?«

»Nun, die Scheidung ist der Grund dafür, dass ich hergekommen bin«, erwiderte ich.

Er zögerte kurz und sagte mit einiger Mühe: »Bitte warte damit noch ein bisschen … Es ist nur, ich möchte, dass du länger bleibst.«

Ich wollte abreisen, und ich wollte bleiben. »Wir können nachher darüber reden. Ich bin spät dran für meinen Friseurtermin«, sagte ich und ging.

Die Frau, die mich bespitzelt hatte, arbeitete im Friseursalon. Als ich sie sah, wollte ich sofort wieder gehen.

»Warte! Bitte. Können wir reden? Es tut mir leid«, flüsterte sie.

Der Name der Spionin war Jumana. Ich erinnerte mich

an sie. Sie war mir schlau vorgekommen, parlierte über arabische Feministinnen und andere Themen, bei denen ich nicht mitreden konnte. Deswegen war sie mir auf Anhieb unsympathisch gewesen. An jenem Tag hatte ich sie für eine andere Kundin gehalten. Aber es stellte sich heraus, dass sie die Inhaberin des Salons war. Und sie sei »mit Bilal zusammen«, wie sie sagte.

Ich musste ausgesehen haben wie vom Donner gerührt, denn sie fügte hinzu: »Nein, nicht so, wie du denkst … ich bin nicht mit ihm *zusammen*. Nicht so.«

Im Salon war nur eine andere Kundin. Sie las eine Zeitschrift, während ihr Haar in Folie eingewickelt war. Jumana reckte den Kopf in Richtung der Frau und sagte: »Ihre Farbe muss noch zwanzig Minuten einwirken. Ich werde so lange dieser Dame die Haare waschen.«

Sie versuchte, mich sanft in den hinteren Teil des Salons zu schieben, aber ich blieb einfach stehen. »Bilal vertraut dir, und ich vertraue Bilal. Er hat mich gebeten, dir etwas zu zeigen«, sagte sie.

Jumana war schlank und kantig, und sie hatte ein volles Gesicht mit großzügigen Augen, sinnlichen braunen Lippen und einer auffälligen semitischen Nase. Als wir uns neulich zum ersten Mal begegnet waren, hatte ich sie hübsch gefunden. Sie stammte aus einer der wohlhabenden palästinensischen Familien, die durch die Besatzung viel verloren hatten, strahlte aber noch immer einen gewissen Reichtum aus.

»Es ist mir wirklich scheißegal, was Bilal gerade denkt«, sagte ich und deutete mit den Augen dramatisch auf meinen Arm, den sie noch immer umfasst hielt. »Und bitte nimm deine Hand von mir weg.«

»Entschuldigung.« Sie zog die Hand zurück. »Aber darf ich dir etwas zeigen?«

Aus Neugier folgte ich ihr ins Badezimmer, wo sie die Tür hinter uns schloss, einen Schlüssel herausholte und an ein Schränkchen hinter der Toilette fasste. Sie öffnete den Schrank, hinter dem sich ein Hohlraum befand, und nickte dann in Richtung des Lochs. Ich reckte den Kopf und sah ein Seil mit Knoten, das nach unten in die Dunkelheit fiel. Sofort begriff ich und ging hinaus, ohne ein Wort zu sagen.

»Warte.«

Wieder berührte sie meinen Arm.

»Ich habe doch gerade gesagt, dass ich das nicht mag.« Ich blickte unversöhnlich drein und ballte die Fäuste.

Eine Entschuldigung murmelnd, nahm sie ihre Hand weg und sagte: »Bilal möchte, dass du dich uns am Samstag anschließt.«

»Uns?«

»Eine kleine Gruppe«, sagte sie, machte eine Pause und fügte dann hinzu: »Da unten.«

Ich musterte ihr Gesicht und erinnerte mich daran, dass diese Frau mich bespitzelt hatte, dass sie viel schlauer war als ich. Ich drehte mich um und ging.

An diesem Abend stellte ich Bilal zur Rede. »Hättest du mich nicht selbst fragen können?« Ich suhlte mich noch immer in der moralischen Überlegenheit der Ausspionierten.

»Das reicht, Nahr! Das ist kein Spiel.« Bilal sah mich mit stählernem Blick an. Es gab mehr als einen Bilal. Es gab den Bilal der Hügel, der einfach dasaß oder stundenlang mit einem Buch im Gras lag, nur umgeben von Gott, einem Baum und der Stille. Bilal, den Konditor und Bäcker, der vor dem heißen Steinofen schuftete. Bilal, den Chemiker und stillen Intellektuellen. Bilal, den Gefangenen und Nationalhelden, Sohn seiner Mutter und seines Landes. Bilal den Charmeur. Der Bilal, der jetzt vor mir stand, war ein harter Kämpfer, ein Kommandeur, der mit tiefer, nachdenklicher Bestimmtheit sprach.

Ich fühlte mich klein und unwichtig in seiner Gegenwart. Wie immer in Momenten der Verletzung oder Unsicherheit spürte ich den Impuls, mich hart, respektlos, feindselig, ja, wütend zu geben. Ich rückte näher an Bilals Gesicht heran und sagte mit aller Entrüstung, die ich aufbringen konnte: »Es steht dir nicht zu, mich anzuschreien oder mir zu sagen, was ich empfinden soll.«

Dann sah ich ihm in die Augen und verkündete, dass ich am Samstag mitgehen würde, wenn er sich mit seinen Freunden traf. Wenn man diese Jumana wirklich so nennen konnte.

Eine Welt darunter und »unser Platz« darauf

Es gab eine Stadt unter der Stadt, vielleicht verbargen sich auch noch eine weitere oder sogar mehrere Schichten darunter. Das alles existierte seit Jahrhunderten, vielleicht gar Jahrtausenden. Als ich das Seil hinter dem Toilettenschränkchen im Salon hinabstieg, dachte ich, mich würde ein ausgehöhlter Gang erwarten, wie in den Bildern, die ich von Drogenschmugglertunneln in Amerika gesehen hatte. Aber das hier war etwas anderes.

Ich kletterte voran, beleuchtet durch Jumanas Taschenlampe von weiter oben, und landete ein paar Meter tiefer in der kalten, dunklen Leere. Ich zitterte. Vor mir lag ein feuchter und muffiger Korridor, so breit wie die Spannweite meiner Arme, und am anderen Ende flackerte ein kleines Licht.

»Was ist das?«, flüsterte ich Jumana zu, die jetzt das Seil hinunterstieg. Ich wurde mir der Luft gewahr, wie man es tut, wenn die Luft knapp zu werden droht.

Jumana erreichte den Boden und ging an mir vorbei, um den Weg zu weisen. »Das wirst du sehen«, sagte sie.

Da trat Bilal aus dem Schatten. »Salam, meine Damen«, grüßte er und quetschte sich an uns vorbei. Jumana hielt die Taschenlampe für ihn, als er das Seil hinaufkletterte, an dem wir uns gerade hinuntergelassen hatten. Nach kurzer Zeit kehrte er zurück und erklärte: »Ich habe den Boden hinter der Toilette zugeklappt.«

»Aber der Salon ist doch geschlossen«, wandte ich ein. »Dort ist niemand.«

»Klar. Aber man kann nie wissen«, entgegnete Jumana.

Ich folgte Jumana und Bilal etwa sechs Meter in Richtung des flackernden Lichts, wo sich der Korridor in einen Raum mit drei Bögen und zwei stabilen Säulen öffnete, die Steinmauern stützten, welche ein kleines Becken mit schwarzem Wasser umgaben. Der gesamte Raum war nur etwa dreißig Quadratmeter groß. Zwei batteriebetriebene Taschenlampen und eine Kerze erleuchteten eine uralte Treppe, die tiefer in die Erde führte, aber noch nicht vollständig ausgegraben war. Früher einmal musste hier reger Betrieb geherrscht haben. Ich konnte kaum glauben, was ich sah: Dies waren einmal Häuser, Stände, öffentliche Plätze gewesen. Diese Kammer barg eine andere Welt, einen unvergänglichen Raum aus Zeit und Erde.

»Salam. Ich bin Samer«, sagte eine Stimme aus einer dunklen Ecke. Ich drehte mich um und sah einen Studenten um die zwanzig, der ein T-Shirt der Birzeit-Universität trug und mir die Hand hinstreckte.

Ich ergriff sie, nannte aber nicht meinen Namen. Dann sah ich mich weiter um, erforschte die Umgebung sowohl mit den Augen als auch mit den Händen. Die Oberflächen fühlten sich feucht, aber fest an. Ich kauerte vor dem Becken. »Ist das Öl?«, fragte ich.

Jumana kicherte, aber Samer war so freundlich, mir ernsthaft zu antworten, obwohl die Frage wohl dumm gewesen war.

»Nein. Es ist einfach sehr altes Wasser, das seit über tausend Jahren kein Tageslicht mehr gesehen hat. Aber wer weiß. Es könnte auch Öl sein, dann bist du diejenige, die zuletzt lacht«, sagte Samer.

Ich sann bereits auf Rache an Jumana, weil sie mich lächerlich gemacht hatte, als zwei weitere Männer wie aus dem Nichts auftauchten. Sie trugen Beutel mit Essen und stellten sich als Wadee und Faisal, Jumanas Brüder, vor. Sie waren aus einem Loch gekommen, das ich für einen hohlen Spalt in der Wand gehalten hatte. Tatsächlich war es eine Passage, die von einem anderen Gebäude aus an diesen Ort führte. Samer führte mich nun wie ein Reiseleiter durch den Raum, der sich in jede Richtung nur ein paar Schritte weit ausdehnte. Damals erschien es mir ein bisschen grotesk, aber jetzt, im Würfel, verstehe ich, wie viel Platz und Geschichte in den kleinsten Raum hineinpassen.

»Wir haben nur ausgegraben, was wir brauchten«, erklärte Samer. »Eines Tages werden wir alles den Archäologen übergeben … *inshallah*.« Mit dem Arm fegte er durch den luftleeren Raum. »Ich bin mir sicher, dass hinter diesen Wänden noch viel mehr Kammern liegen. Vielleicht handelt es sich um eine ausgeklügelte Zisterne, wer weiß. Wir dürfen jetzt nicht weiter ausgraben, damit wir nicht unbeabsichtigt geschichtliche Artefakte vernichten oder die gesamte Struktur destabilisieren.«

Samer redete weiter, aber meine Aufmerksamkeit galt inzwischen Jumanas Brüdern. Selbst in diesem Halbdunkel erkannte man gut, dass Wadee und Faisal Zwillinge waren. Es war nicht nur ihr Aussehen, sondern auch die Art, wie sie sich bewegten, wie zwei Wellen desselben Ozeans. Sie richteten das Essen für alle an. Zunächst nahmen sie eine Plastikfolie, die sie an jeweils zwei Ecken packten, und legten sie mit ausgestreckten Armen auf den Boden, wie zwei spiegelbildliche Ballerinas im Plié. Einer begann, Teller mit *mezze* aus den Tüten zu holen, der andere arrangierte sie auf der Plastikplane, sodass zwei gleichmäßige Reihen mit *hummus, ful, labne, fattoush* und *mhamara* entstanden, dazwischen Plastikschalen mit verschiedenen eingelegten Gemüsesorten und Brotstapeln.

»*Tfadalu*«, sagten die Brüder unisono. *Herzlich willkommen.*

Ich hatte keinen Hunger und konnte in diesem stickigen Raum auch keinen großartigen Appetit auf das Picknick entwickeln. Aber ich schloss mich den anderen an und setzte mich zu ihnen auf den Boden, weil ich verstand, dass das Essen mir zu Ehren stattfand, als eine Art Begrüßung, Entschuldigung, Besiegelung einer Freundschaft oder eines gemeinsamen Geheimnisses.

Samer redete noch immer mit leiser Stimme und erzählte, wie er den unterirdischen Raum entdeckt hatte. Dabei erinnerte er mich an einen eifrigen Schuljungen, der sein wissenschaftliches Projekt präsentierte. Anscheinend hatte Samer damit angefangen, auf dem Grundstück seiner Familie zu graben, nachdem sein Bruder getötet und seine Universität geschlossen worden war.

»Mein Bruder hatte etwas über eine alte Stadt gelesen und war sich sicher, dass sie sich genau dort befunden hatte, wo wir lebten. Es gab keine Ruinen in unserem Dorf, aber wir wussten, dass unser Haus irgendwann im 15. Jahrhundert gebaut wurde«, sagte Samer. Die beiden hatten viel darüber gesprochen und sich die vergrabene Stadt vorgestellt, ausgehend von Fotografien uralter unterirdischer Städte in Istanbul. Trotz allem hegte Samer weiterhin Zweifel.

Die anderen aßen schweigend und hörten Samer zu, obwohl sie die Geschichte sicher bereits kannten. »Mein Bruder wollte doch immer nur lesen und lernen.« Samer schüttelte den Kopf und griff nach einem Stück Brot. »An dem Tag, als wir ihn begruben, nahm ich mir einen Vorschlaghammer, ging in den Keller und hackte den Boden auf. Das machte ich, um meinen Verstand zu betäuben. Vielleicht dachte ich auch, ich könne meinen Bruder wiederfinden, wenn ich diese uralte Stadt finde.«

Langsam schwand das Ungewöhnliche des unterirdischen Raumes. Ich war sowohl beeindruckt als auch unruhig, denn einerseits wollte ich mehr erfahren, andererseits möglichst bald an die Erdoberfläche zurückkehren. Es gefiel mir, dabei zu sein, obwohl ich weiterhin Außenseiterin blieb.

»Zuerst benutzte ich kleine Handwerkzeuge und arbeitete mich geradewegs nach unten. Dann nahm ich welche mit längeren Griffen. Ich improvisierte, suchte mir das, was ich brauchte, irgendwie zusammen. Die Grabung wurde mir bald zur Besessenheit, und ich erzählte mindestens acht Monate lang niemandem davon. Aber dann musste ich all die Kisten voller Dreck in der ganzen Wohnung irgendwie entsorgen.«

Ich zwang mich zu essen, während Samer weiter erzählte. Bilal hatte seinen verbeulten Zinnkessel mitgebracht und ihn auf einem batteriebetriebenen Brenner erhitzt. Er goss Tee in kleine Gläser und reichte mir das erste. Das meinte er sicher als Geste der Wertschätzung, aber bei mir verstärkte sich dadurch das Gefühl, nur Gast in ihrer geheimen Welt zu sein. Ich nahm das Glas an und spürte, wie auf engstem Raum eine Distanz zwischen uns entstand.

»Ich musste etwas tun«, sagte Samer, die Augen geweitet vor Aufregung.

Ich nippte an meinem Tee und schmeckte den Salbei heraus. Die meisten Leute gaben Minze in den Tee, aber Bilal bevorzugte Salbei, genau wie ich. Ich lächelte bei dem Gedanken, doch Samer nahm das als Reaktion auf seine Erzählung.

»Überall waren Kisten voller Dreck«, sagte Samer und blickte auf seinen Tee. »Das anfängliche Loch war bald ein Krater, so breit wie ich groß. Es sah vollkommen verrückt aus, und ich war mir nicht mehr sicher, ob ich noch bei Trost war. Ich musste es entweder jemandem sagen oder das Loch wieder auffüllen.«

Aber er grub weiter und ließ sich mit dem Seil in die Grube hinab, die jetzt einige Meter tief war. Bis er eines Nachts ein Grollen hörte. Dann gab der Boden nach, und Samer fiel in die Tiefe. »Es war schrecklich. Ich dachte, das Haus würde zusammenbrechen und wir alle würden lebendig begraben werden«, keuchte er und trank schließlich seinen Tee.

»Was ist mit deiner Familie? Haben sie den Lärm denn nicht gehört?«, fragte ich.

»Sie waren daran gewöhnt, dass ich dort unten werkelte«, erwiderte Samer. »Das größere Problem war der Staub. Ich kaufte einen Abluftwäscher und ließ ihn ständig laufen. Ich bin mir sicher, dass dieser Raum Verbindungen zu mehr Höhlen unter anderen Häusern hat. Wer weiß schon, wie groß das Ganze ist. Unsere Vorfahren haben das alles gebaut. Ich glaube, sie sind jetzt hier, um uns beizustehen.«

Es blieb die Frage des in Kisten verpackten Erdaushubs. Durch den separaten Kellereingang konnte Samer mögliche Begegnungen mit seiner Familie vermeiden, aber in den Straßen tummelten sich zu viele Leute, als dass er die Erde unbemerkt hätte abtransportieren können. Wenn er auch nur eine Kiste trug, würde das Neugier und Hilfsangebote nach sich ziehen. Gleich mehrere Kisten würden israelische Soldaten misstrauisch machen.

Einen Monat lang erforschte Samer die kleine Höhle. Es war pures Glück, dass er über dem Raum mit dem Wasserbecken gegraben hatte. Er war sich sicher, dass sich auch dahinter noch Räume befanden, und der einfachste Weg, sie auszugraben, bestand darin, unter Jumanas Salon weiterzumachen. Im Laufe der nächsten Monate pflügte er sich weiter durch die Erde und stellte bald fest, dass er recht gehabt hatte. Ein kleiner Korridor führte zu einem weiteren Raum unterhalb des Salons.

Samer kannte Jumana, seit er als kleiner Junge mit ihren Brüdern Wadee und Faisal gespielt hatte. Obwohl die Wege der Jungen sich eine Zeit lang getrennt hatten, als Samer begann, zur Universität zu gehen. Sie trafen sich wieder, als Samers Bruder den Märtyrertod starb und die Zwillingsjungen vorbeikamen, um ihre Aufwartung zu machen. Auch der Vater der Zwillinge war von israelischen Soldaten getötet worden, und sie hatten getrennt voneinander Zeit in israelischen Gefängnissen abgesessen. Ihre Freundschaft gedieh auf dem Boden der Trauer über einen Märtyrer, wo sich der Schmerz des Verlustes mit Stolz, Entschlossenheit, Rachegedanken und Kameradschaft mischte.

Vertrauen war jedoch nicht die einzige Grundlage für Samers Entscheidung, Wadee und Faisal einzuweihen, sondern auch Pragmatismus, denn Wadee und Faisal arbeiteten im Baugewerbe und hatten einen großen Pick-up-Truck. Ihre Familie besaß einen nahe gelegenen Hügel, der auf der einen Seite bewaldet war und auf der anderen bewirtschaftet wurde, und der Salon ihrer Schwester bot einen weiteren Zugang zu dem unterirdischen Geheimnis.

Die Zwillinge erzählten weiter. »Wir waren begeistert und verängstigt zugleich. Da sagten wir uns, Jumana würde schon wissen, was zu tun ist.« Die Brüder wechselten sich manchmal mitten im Satz ab, wie bei einem verbalen Staffellauf.

»Wir selbst hatten einfach keine guten Ideen«, sagte Wadee.

»Aber wir waren uns einig, dass nichts ohne Jumana geschehen konnte«, sagte Faisal.

Samer hatte nicht über die Grabung hinausgedacht. Wadee und Faisal konnten einen Plan ausführen, aber keinen entwerfen. Das war Jumanas Rolle. Sie war die große Schwester, die immer auf sie aufgepasst hatte und zu ihrer einzigen Bezugsperson wurde, nachdem ihr Vater starb. Auch mit Bilal und Ghassan war sie seit ihrer Kindheit gut befreundet.

»Sie sagten, sie würden ein neues Badezimmer in meinem Salon einrichten«, sagte Jumana und schnitt eine Grimasse in ihre Richtung. »Seit Monaten hatte ich ihnen damit in den Ohren gelegen, ein paar Dinge zu reparieren, aber sie hatten nie Zeit dafür. Plötzlich waren sie bereit, ein großes Projekt anzupacken.« Theoretisch sprach sie mit mir, schaute aber nie in meine Richtung, sondern blickte abwechselnd ihre Brüder, ihr Glas Tee, das Essen, an dem sie noch knabberte, und Bilal an. »Ich wusste, dass irgendetwas im Gange war, aber so etwas hätte ich mir nie ausgemalt«, fuhr Jumana fort und ließ den Blick über die Wände wandern.

Auf einmal spürte ich das Verlangen, mich zu bewegen. Der Körper besitzt seine eigene Logik, eine Impulsivität, die immer verrät, welche Gefühle gerade in ihm walten. Aber ich beherrschte mich, fest entschlossen, nicht der Unruhe nachzugeben.

Die Zwillinge schilderten, wie sie die genaue Stelle ermittelt hatten, an der sie graben mussten: direkt vor der vorhandenen Toilette. »Wir entschieden uns dafür, das Badezimmer komplett zu entkernen und zu erweitern«, sagte Wadee.

Sie schafften es, zwölf Lastwagenladungen Erde wegzuschaffen, ohne Verdacht zu erregen, vor allem, weil sie spätnachmittags und abends arbeiteten.

»Was war mit Nachbarn und Spionen?«, fragte ich.

»Ja, die Leute waren neugierig. Und wir wussten, dass einige von ihnen Spione und Kollaborateure sein mussten. Deswegen schafften wir als Erstes einen Zugang, den wir hinter einer Mauer versteckten. Dann erlaubten wir den Leuten, sich bei uns umzusehen, während wir renovierten.«

Ich drehte mich langsam zu Jumana um und zwang sie, mich anzusehen. »Und du warst nicht im Mindesten misstrauisch?«

»Doch. Ich wollte endlich wissen, warum sie sich so abschufteten, weshalb die einfache Toilettenrenovierung, um die ich sie gebeten hatte, zu einem Badezimmer mit allen Schikanen wurde, warum sie nachts arbeiteten, warum ihr Nachbar Samer ihnen half, warum sie auch den Rest des Salons renovierten«, sagte sie lachend.

»Wir hatten uns genau überlegt, wie wir es ihr beibringen wollten, aber irgendwie bekamen wir es nicht hin«, seufzte Wadee. »Schließlich zeigten wir es ihr einfach.«

Es war Jumanas Idee gewesen, Bilal mit einzubeziehen. Ghassan hatte zu jener Zeit im Gefängnis gesessen.

»Wir sind zusammen aufgewachsen«, erklärte sie. Endlich sah sie mich an. »Ich vertraute ihm, und er war der einzige Mensch, der uns sagen konnte, was wir da gefunden hatten und was wir damit machen sollten.«

Trotz all der Arbeit, die sie geleistet hatten, um geheime Eingänge zu schaffen, hatten sie nicht viel darüber nachgedacht, was sie mit dem unterirdischen Raum eigentlich anstellen sollten. »Uns war nur klar, dass wir uns dort verstecken konnten, wenn das jemals nötig werden würde. Bilal hatte die Idee, den Raum als Waffenlager zu benutzen. Bei den ständigen Hausdurchsuchungen der Armee und unseren eigenen Verrätern ist es schwer, etwas zu verstecken.« Jumana sah wieder Bilal an, der weiterhin stumm zuhörte.

Meine Unsicherheit, vielleicht auch Eifersucht, verwandelte sich in Ungeduld. Jeder Blick, den sie tauschten, transportierte Zugehörigkeit, Familiengeschichten, Wissen über die lokale Gemeinschaft und Politik, gemeinsame Ziele und Geheimnisse. Je länger sie redeten, desto unbehaglicher fühlte ich mich und desto wichtiger wurde die unausgesprochene Frage: Was mache ich hier eigentlich?

Sie erzählten Geschichten über Leute, die mit Waffen ertappt worden waren. Jetzt empfand ich die Umgebung direkt klaustrophobisch und wollte unbedingt weg von hier. Meine Gedanken wanderten nach Amman. Was Mama jetzt wohl machte? Wie ging es Sitti Wasfiyeh? Warum hatte Jehad mir nicht erzählt, dass er Kontakt zu Mhammad gehabt hatte? Ich vermisste ihn. Das Gefühl, hier nicht dazuzugehören, ließ Heimweh in mir aufsteigen. Warum war ich überhaupt noch hier, bei diesen Leuten, die mich ausspioniert hatten? Die in meine Privatsphäre eingedrungen waren, meine Gedanken und Bewegungen analysierten und sezierten. Bilal kam mir mit einem Mal nicht mehr vertraut vor, und ich hörte Um Buraqs Stimme in meinem Kopf: *Vertraue niemals einem Mann.*

»… und deshalb brauchen wir deine Hilfe, Nahr«, sagte Bilal.

»Was?«, stammelte ich. »Warum?«

»Du bist die Einzige, die nach Jerusalem gelangen kann. Keiner von uns hat die Genehmigung, die Stadt zu betreten. Und wir dürfen nicht in einem Auto mit gelben Nummernschildern erwischt werden«, erklärte Bilal.

Eines der ersten Dinge, die ich bei meiner Ankunft lernte, war der Farbcode für die Nummernschilder. Weiße Nummernschilder waren für die Palästinenser, nur beschränkt gültig für einige Straßen, von denen die meisten nicht einmal miteinander verbunden waren. Gelbe Nummernschilder waren israelischen Bürgern, einigen Palästinensern mit Jerusalemer Ausweisen und Touristen vorbehalten. Mit gelben Nummernschildern durfte man sich überall bewegen, und da ich ein Touristenvisum hatte, durfte ich folglich auch Jerusalem betreten. Bilal glaubte, dass irgendein Beamter einen Fehler gemacht hatte, als er mir ein uneingeschränktes Touristenvisum gewährte, denn die Besitzer von Touristenvisa aus Jordanien und Ägypten waren meist auch von der Einreise nach Jerusalem ausgeschlossen.

»Ich habe einen israelischen Kontaktmann. Er ist Russe und wird uns Waffen verkaufen, aber er kann nicht riskieren, sie durch die Checkpoints zu bringen. Wir müssen sie selbst transportieren.« Bilal war nun sanfter.

»Ihr seid verrückt«, erwiderte ich. »Ich kann eure Waffen nicht schmuggeln!«

»Bitte hör uns an, Nahr«, bat Samer. »Du bist jetzt eine von uns und …«

»Was soll das bedeuten?«, fiel ich ihm ins Wort.

»Halt!« Bilal hob die Hände. »Wir atmen jetzt alle mal tief durch und senken die Lautstärke.«

Samer entschuldigte sich. »Ich wollte nur sagen, dass wir für dich da sind. Egal, was passiert, wir lassen nicht zu, dass du für uns den Kopf hinhältst. Wir haben jedem, den wir in diesen Raum bringen, die Treue geschworen, und wir erwarten im Gegenzug dasselbe. Wir haben auch Geld gesammelt, um dich zu bezahlen.«

»Das ist nicht nötig, weil ich keine Waffen transportieren werde, um dann in einem jüdischen Gulag zu landen.«

»Es tut mir leid, Nahr. Wir haben einen Fehler gemacht. Ich helfe dir das Seil hoch.« Es überraschte mich, wie sehr es mich schmerzte, zu hören, er habe einen Fehler gemacht, mich ausgewählt und mir vertraut zu haben.

Als ich mich zum Gehen wandte, hallte Jumanas Flüstern in der Kammer wider. »Zumindest ist es eine ehrenwerte Art, sein Geld zu verdienen.«

Ich hatte das Ausmaß der Gerüchte über mich nicht gekannt, und als ich nach Palästina gekommen war, hatte ich mir gesagt, dass es doch egal war. Aber jetzt wurde ich damit konfrontiert, hier an diesem seltsamen Ort, und es machte mir doch etwas aus. Was Bilal dachte, war mir nicht egal.

Bilal drehte sich zu ihr um, bevor ich etwas sagen konnte. Auch ihre Brüder wirkten geschockt. »Was hast du gerade gesagt?« In Bilals Stimme schwang Wut mit. Seine Reaktion verblüffte sie, und sie bereute sofort, was sie gesagt hatte. Sie schüttelte den Kopf, als wollte sie am liebsten alles zurücknehmen.

Sie wussten es.

Langsam und bedacht ging ich an Bilal vorbei, auf Jumana zu. Ich spürte, wie ich innerlich zitterte. Jumana setzte zu einer Entschuldigung an, aber ich legte einen Finger an den Mund, um sie zum Schweigen zu bringen. »Psst.«

Das Gefühl, ein Eindringling zu sein, die Unsicherheit und Einsamkeit, die ich verspürt hatte, konzentrierten sich jetzt in einem eisigen Unterton in meiner Stimme. »Ich gebe einen Dreck darauf, was du über mich denkst. Du glaubst, du weißt Bescheid über mich oder darüber, was Ehre bedeutet. Du benimmst dich, als wärst du eine Art Revolutionärin, weil du ein verdammtes Loch im Boden gefunden hast. Meinst du vielleicht, dass du Palästina befreien wirst, du dummes, privilegiertes Mädchen? Oder willst du bloß Bilal beeindrucken? Vielleicht glaubst du, dass du viel besser bist als ich. Dass du das Recht hast, eine Frau zu treten, die vermeintlich unter dir steht.«

Sofort veränderte sich ihr Gesicht. Im weichen Licht dieser ursprünglichen Umgebung sah sie nun verletzlicher aus. Aber ich hatte nicht nur zu ihr gesprochen. Da war noch etwas in meinem Inneren, das sich gerade entwirrte. Meine Gedanken und Verletzungen wurden zu Worten.

»Wirklich revolutionär auf dieser Welt ist man, wenn man einsieht, dass man kein Recht darauf hat, moralisch zu bewerten, mit wem ein anderer Mensch ins Bett steigt und warum. Darum geht es nämlich, oder?« Zu dieser Erkenntnis war ich nach meiner ersten Begegnung mit Mohsin gekommen, hatte sie aber nie im Zusammenhang mit meinem eigenen Leben betrachtet. Jetzt sprach ich über meine heimliche Schande, meine gefühlte Winzigkeit und darüber, wie ich das alles für gewöhnlich überspielte. Ich war so angespannt, dass mein Gesicht unwillkürlich zuckte, und froh über das Halbdunkel, in dem ich mich verstecken konnte. Dieser Augenblick war die pure Freiheit, und die wollte ich nicht wieder loslassen.

»Diese mittellosen Flüchtlinge aus dem Irak und Äthiopien, über die du in deinem feministischen Furor so gern redest – weißt du, was sie in Amman machen? Sie verkaufen ihre Töchter und Söhne. Ehre ist ein entbehrlicher Luxus, wenn du weder Geld noch Zuflucht hast auf dieser verdammten Welt.« Die Zuckungen in meinem Gesicht griffen auf mein Bein über, was es mir schwer machte, ruhig stehen zu bleiben, und auf meine Stimme, die beinahe zitterte. »Nicht alle haben das Glück, eine gute Ausbildung zu erhalten und genügend zu erben, um in Würde leben zu können, auf dem eigenen Land, im Schoß seiner Familie und Geschichte. Zu wissen, wohin man gehört und wofür man kämpft. Einen verdammten Wert zu besitzen.« Ich brachte mein Gesicht näher an ihres. Ich wollte, dass sie meinen Atem schmeckte. »Einige von uns, Fräulein Tugendhaft, haben keine Wahl, als sich ficken zu lassen. Für Geld.« Ich war so erregt, dass ich befürchtete, gleich in Ohnmacht zu fallen.

Jumana schluchzte leise. Das überraschte und widerte mich an. Ich hatte erwartet, dass sie sich angegriffen fühlen und mich eine Hure nennen würde. Aber sie wirkte schuldbewusst und beschämt. Ich erstickte die Tränen, die in mir aufstiegen, drehte mich um und ging zum Korridor. Ich musste mich irgendwo anlehnen, um mich zu beruhigen. Bilal leuchtete mir und öffnete den Badezimmerboden über uns. Er versuchte, etwas zu sagen, mich zurückzuhalten, zu trösten. Aber ich war wie Stein. Auch ich hatte ein gebrochenes Herz und schob ihn weg. Niemand war härter mit mir ins Gericht gegangen als ich selbst.

Ich packte meine Sachen. Die Zugehörigkeit und Akzeptanz, die ich gefunden hatte, schienen mir eine Illusion gewesen zu sein. Palästina war die Welt meiner Mutter. Es gehörte auch in die Geschichten von Sitti Wasfiyeh. Aber Palästina wollte mich nicht, und das beruhte nun auf Gegenseitigkeit. Ich war plötzlich ungeschützt und verletzlich, eine Fremde an einem Ort, der sich angefühlt hatte wie ein Zuhause. Ich brauchte einen Anker und festen Boden unter den Füßen. Was konnte ich schon tun, außer nach Amman zurückzukehren? Aber ein paar Tage musste ich noch auf die endgültigen Scheidungspapiere warten. Diese Zeit verbrachte ich mit Hajjeh Um Mhammad und ihren Lieblingsseifenopern, bei der Gartenarbeit, beim Kochen und beim Füttern der Hühner, mit Beten und Reden. Bilal blieb tagsüber lange weg und kehrte immer erst spätabends zurück.

Hajjeh Um Mhammad versuchte, mich zum Bleiben zu bewegen. »Erst hast du mich dazu gebracht, dich zu lieben, und jetzt verschwindest du. Tu das einer alten Frau nicht an. Hier ist dein Zuhause«, sagte sie. Ob sie es wohl wusste? Und wenn ja, würde sie mich dann noch immer hierbehalten wollen?

Nach zwei weiteren Wochen waren die Scheidungspapiere fertig. Bilal ließ sie auf dem Tisch liegen, damit ich sie gleich morgens nach dem Aufwachen sehen würde. Er hinterließ auch einen Brief für mich.

Liebste Nahr!
Ich weiß, es gibt nichts, was ich sagen könnte, um dich dazu zu bringen, deine Meinung zu ändern, aber ich will nichts mehr, als dass du hierbleibst. Palästina ist dein Zuhause, auch wenn du dich entschließt, nicht bei uns zu leben.

Ich würde gern mit dir sprechen. Ich fürchte nämlich, du hast einige falsche Schlüsse gezogen. Es schmerzt mich, dass du sie mit dir herumträgst. Um unserer Freundschaft willen – bitte setz dich noch einmal mit mir zusammen, bevor du gehst. Es gibt einige Dinge, die du wissen solltest, Dinge, die ich zu lange geheim gehalten habe. Du hast ein Recht darauf. Ich werde bis Sonnenuntergang mit der Herde in den Bergen sein. Ich werde an unserem Ort warten und hoffe, dass du kommst.

In Liebe, B.

Bei den Worten »unser Ort« blieb ich hängen. Heute, in diesem Würfel, in dieser Kammer der zeitlosen Nicht-Zeit, denke ich darüber nach, warum diese Worte mich so berührten. War ich so ausgehungert nach einem Ort? Nach einem Raum für mich – meinen Körper und meine Seele? Vielleicht war es ja auch der Gedanke, dass es auf diesem Planeten eine kleine Lichtung gab, nur für Bilal und mich und die »Liebe«. *In Liebe, B.*

In meinen grün-weißen Sneakers, die inzwischen schmutzig und abgetragen waren, machte ich mich auf zu der Lichtung in den Hügeln, wo wir zum ersten Mal gemeinsam Tee und *bizir* genossen hatten. Seitdem hatten wir viele Stunden zusammen in diesen Hügeln verbracht – wir wanderten, pflückten wilden Thymian, hielten Nickerchen. Die Stille dieser ersten Tage war schon eine ferne Erinnerung, die nach und nach durch das Klopfen der Presslufthämmer, das Röhren der Betonmischer und das Kreischen der Bohrer in den umliegenden Siedlungen ersetzt worden war. Doch am jüdischen Sabbat arbeiteten die Israelis nicht, und so blieb die Landschaft an diesem Tag davon unbefleckt. Ich sah Bilal schon aus der Ferne. Er las unter dem alten Olivenbaum, den Kopf auf den Bauch eines schlafenden Schafs gelegt. Mann und Tier gaben ein Bild vollkommenen Müßiggangs ab.

Die Schafe hörten mich zuerst, und ein paar erhoben sich. Bilal klappte sein Buch zu und stand auf. Jandal, der freundliche Hirte, saß auf der anderen Seite des Baumes. Er begrüßte mich auf galante Art. »Salam, Sitt Yaqoot! Dein Kommen ehrt mich. Die Landschaft ist noch schöner, wenn du hier bist.«

Ich korrigierte den Namen nicht, besonders als er mir noch mehr schmeichelte: »Dein Name, Yaqoot, ist ein weiterer Beweis für deine kostbare Seltenheit.«

»Möge Allah dich immer gesund halten, Bruder Jandal. Du bist zu liebenswürdig«, antwortete ich. Er entschuldigte sich, ging weiter den Hang hinauf. Bilal hatte eine Decke neben sich auf dem Boden ausgebreitet.

»Ich bin froh, dass du gekommen bist.« Das hier war Bilal, der unbeholfene Liebhaber des Lebens. Der ruhige Leser. Der mit den Schafen faulenzende Mann.

»Danke für die Papiere«, sagte ich.

»Wir sind immer noch eine Familie, Scheidung hin oder her. Setz dich zu mir«, sagte er und deutete auf die Decke.

»Worüber willst du sprechen?« Ich ließ mich neben ihm nieder.

»Komm. Trink einen Tee.« Er zeigte auf den verbeulten Kessel, der sich über der brennenden Glut erwärmte. Das Feuer war bereits so weit heruntergebrannt, dass mir klar wurde, dass Bilal schon eine ganze Weile hier gesessen haben musste. Er zog ein zweites Teeglas aus seiner Tasche, und wir kochten Tee, so wie es seit Jahrhunderten der Tradition in diesem Teil der Welt entsprach: einen heißen Kessel aufs Lagerfeuer stellen, Tee und Salbeiblätter hineingeben, Honig oder Zucker hinzufügen, eingießen, den Dampf einatmen, der über dem Glas schwebt, vorsichtig schlürfen und spüren, wie heiße Flüssigkeit durch die Kehle tief ins Innere fließt. Der süße, heiße Minztee mit Salbei wärmte mein Gemüt. Ich war glücklich damit, einfach mit Bilal hier in den herrlichen Hügeln zu sitzen, wo die Stille die kleinen Geräusche verstärkte – der Wind raschelte in den Bäumen, die Schafe kauten, weideten, meckerten, das Feuer knisterte, Bilal atmete. Mir wurde plötzlich klar, wie sehr ich diese Hügel liebte. Die Angst, der Schmerz und die Wut der vergangenen Tage waren nicht mehr in mir. Das war Bilals Werk. Er hatte mich an einen Ort gebracht, an dem ich einfach nur tief durchatmen und auf der Erde liegen konnte, weit weg von den hektischen Gedanken, die sich beharrlich und chaotisch in meinem Kopf tummelten.

Er setzte zu sprechen an, brach dann ab und stammelte irgendetwas.

»Sag es einfach«, bat ich.

Leise räusperte er sich. »Ich hatte schon so eine Ahnung von dem, was Jumana angedeutet hat. Es gingen Gerüchte um, lange bevor du ankamst. Aber ich möchte, dass du weißt, dass wir nie über dich geredet haben … nicht so.«

Ich versuchte, etwas zu sagen, irgendetwas, um die Beklommenheit der Unterhaltung zu brechen.

»Lass mich ausreden«, sagte er und kratzte sich an der Stirn, so wie er es immer tat, wenn er sich unwohl fühlte. »Ich habe immer wieder darüber nachgedacht, was du zu Jumana gesagt hast. Habe deine Worte im Kopf immer und immer wieder abgespielt, und mit jedem Mal habe ich dich mehr bewundert. Ich habe eingeübt, was ich zu dir sagen will, aber jetzt ist alles durcheinander. Es gibt ein paar Dinge, die ich dir mitteilen möchte.« Er wandte den Blick ab, nippte an seinem Tee und begann erneut.

»Die Art, wie du dein Leben in unserer Kultur lebst, ohne Rechtfertigung oder Scham, wenn auch mit gewisser Traurigkeit, macht dich außergewöhnlich und besonders, Nahr. Du bist eine größere Revolutionärin als wir alle zusammen, und die Ironie daran ist, dass du das nicht einmal siehst«, sagte er. Die wirkliche Ironie war, dass ich mich nur in seiner Gegenwart tatsächlich gesehen und geschätzt fühlte und meine Schande vergessen konnte.

»Als Mhammad dich verließ, fingen die Leute an zu tuscheln. Aber unsere Mutter machte dem ein Ende, als sie es mitbekam. Ich weiß nicht, was damals gesagt wurde, aber sie antwortete mit ungewöhnlicher Wut und machte allen klar, dass sie niemals ein Haus betreten würde, in dem man sich solche Dinge über dich erzählte. Genauso wenig durften jene, die so etwas sagten, zu ihr nach Hause kommen. Von da an war Schluss damit, bis Jumana ...«

Sofort spürte ich Hajjeh Um Mhammads Großzügigkeit und Liebe warm in meinem Herzen, aber ich wollte nicht mit Bilal darüber sprechen. Zwei spielende Ziegen landeten fast in der Feuergrube. Bilal warf den Kessel um, als er versuchte, sie wegzuschieben.

Als hätte er meine Gedanken gelesen, sagte er: »Es tut mir leid. Dabei war das nicht einmal das, worüber ich eigentlich mit dir reden wollte. Ich möchte dir von Tamara erzählen.«

»Was ist mit ihr?«, fragte ich misstrauisch.

»Mit ihm.« Er hielt den Blick fest auf mich gerichtet. »Tamara ist ein falscher Name ... in Wirklichkeit lautet er Itamar. Itamar ist der Mann, den dein Ehemann und mein Bruder ... Sie waren ein Liebespaar ... sind ein Liebespaar ... glaube ich. Sie haben sich geliebt. Das wollte ich dir sagen.

Das ist die wahre Geschichte, die meinen Bruder erst ins Gefängnis brachte, dann nach Kuwait, und ihn schließlich zum Kollaborateur machte.«

Mein Körper reagierte getrennt von meinen Gedanken. Er wurde von sich aus schlaff, erleichtert, zu hören, was er bereits wusste. Mein Körper hatte Mhammads Ablehnung verstanden. Er wusste, dass es nicht in seiner Macht gestanden hatte, ihn zu verführen. Gleichzeitig wurde mein Geist von schmerzhaften Erinnerungen ergriffen – meine vergeblichen Versuche, begehrenswert zu sein; die anhaltende Erosion meiner Würde; meine Gefühle des Versagens und der Verlassenheit. Jamils Tränen hatten mich verunsichert. Ich hatte ihn einfach für Mhammads besten Freund in Kuwait gehalten. Aber mein Körper wusste es besser. Mir hatte sich der Magen umgedreht. Und jetzt verstand ich. Mhammad hatte mich benutzt. Er hatte mich ausgeraubt. Er war mein erster Vergewaltiger gewesen, nicht der Mann am Strand. Und er war auch ein Kollaborateur, eine andere Art von Vergewaltiger.

»Habibti, geht es dir gut?«, fragte Bilal.

Bilal nannte mich habibti. »Natürlich. Es wird mir immer gut gehen«, sagte ich.

Sie lernten sich »bei einem Programm, das israelische und palästinensische Teenager zusammenbrachte«, kennen, wie Bilal erzählte. »Itamar war ein irakischer Jude. Schon in den Siebzigern versuchten westliche Gutmenschen, palästinensische und israelische Kinder zusammenzubringen, als wäre unser Zustand nur eine leidige Angelegenheit zwischen zwei gleichberechtigten Parteien, die sich nicht mögen, wo es in Wirklichkeit doch das letzte gottverdammte koloniale Projekt auf der Welt ist.«

Er hielt inne, über sich selbst verärgert. »Gott, ich versuche, dir etwas Persönliches zu sagen, aber es kommt wie ein politischer Vortrag heraus. Manchmal fürchte ich, ich kann mich gar nicht mehr normal unterhalten«, sagte er.

Ich legte meine Hand in seine und drückte sie sanft. Es war nicht das erste Mal, dass wir uns an den Händen hielten, aber es war das erste Mal, dass es sich wirklich intim anfühlte. Die beiden kleinen Ziegen blieben stehen und machten komische Geräusche, als würden sie über uns kichern. Bilal und ich lachten, lehnten uns gegen den Baumstamm, noch immer Hand in Hand.

»Mhammad kehrte als ein anderer Mensch aus diesem Lager zurück«, erzählte Bilal. »Ich war erst zwölf, aber selbst ich erkannte, dass er sich verändert hatte. Er verhielt sich distanziert und verbrachte kaum noch Zeit mit uns. Er war immer weg, und wenn er zu Hause war, spielte er einfach seine Oud oder schrieb in sein Tagebuch.«

Bilal entdeckte das Tagebuch und las es, so wie es jeder neugierige jüngere Bruder getan hätte. Es handelte von der Liebe und Sehnsucht nach Tamara. »Er betonte, dass Tamara fließend Arabisch sprach, was ich merkwürdig fand, aber damals dachte ich nicht großartig darüber nach. Sie spielten beide die Oud, und die Musik verband sie«, erzählte Bilal.

Mhammad und Itamar waren schüchtern und unbeholfen und sonderten sich von der Gruppe ab, um allein zu sein. Dann gingen die ersten Gerüchte um, und ihre Isolation brachte sie einander näher. Schließlich verloren sie ihre Jungfräulichkeit miteinander.

»Er schrieb darüber. Ich war so neugierig auf diese Tamara.«

Schließlich verdächtigte Bilal seinen Bruder, ein Kollaborateur zu sein. »Einmal verhielt er sich merkwürdig gegenüber einem Soldaten an einem Kontrollpunkt. Die Art, wie sie sich anschauten, hatte etwas Vertrautes … als wäre mein Bruder wütend auf ihn und der Soldat zerknirscht wegen irgendetwas.«

Aber das war immer noch zwei Jahre vor dem schicksalhaften Tag, der den Lauf unseres Lebens bestimmte.

»Mein Bruder und ich lebten uns auseinander. Ich schloss die Schule ab, ging auf die Universität und engagierte mich stark im Widerstand. Die meisten von uns wollten sich der PLO anschließen und kämpfen. Das war alles, worüber wir sprachen. So fühlten wir uns wie richtige Männer. Wir waren davon überzeugt, dass wir Palästina innerhalb weniger Jahre befreien würden. Mein Bruder war da schon länger auf der Universität und arbeitete nebenher in einem Restaurant in Jerusalem. Damals war Jerusalem für uns noch nicht gesperrt. Ich nehme an, er traf sich dort auch mit Itamar. Auch wenn sie zusammen waren, sprachen sie sich immer mit Tamara und Delilah an. Delilah war der Deckname meines Bruders.«

»Woher weißt du das? Ich meine, dass er Itamar dort traf?«

Bilal erinnerte sich an vereinzelte Widerstandsaktionen, die der Ersten Intifada vorausgingen. »Zuerst habe ich nur an Straßendemonstrationen teilgenommen. Aber später habe ich mich bei der Planung engagiert. Nur wenige Leute wussten, was ich tat. Wir sabotierten regelmäßig Lkws und Militärfahrzeuge mit Nagelteppichen, und einmal zerstörten wir das Stromnetz für einen ganzen Siedlungsblock.«

»Aber was hat das mit Mhammad und Tamara – oder meinetwegen Itamar – zu tun?«

»Eines Tages folgte ich Mhammad, weil ich ihn im Verdacht hatte, mit Israel zu kollaborieren. Das war schwer, weil er zwei Taxis nacheinander nahm und dann zu Fuß in den Wald hineinging. Aber ich schaffte es, und als ich nahe genug herangekommen war, um ihn zu sehen, befand er sich in leidenschaftlicher Umarmung mit einem israelischen Soldaten, der immer noch in Uniform steckte. Ich war noch jung und so naiv, dass ich nicht verstand, was ich da sah. Er küsste einen Mann, wie man eigentlich eine Frau küsste. Aber es war ja nicht nur ein Mann, sondern auch noch ein feindlicher Soldat. Sie hatten sich die Hemden ausgezogen und befummelten sich.« In Bilals Stimme lag deutlich Abscheu, aber ich war mir nicht sicher, ob er sich darauf bezog, dass sein Bruder mit einem Mann intim war oder dass er mit einem Israeli intim war.

Bilal nahm einen weiteren Zug von seiner Zigarette und stieß eine Rauchwolke aus. Er sah zu, wie sie sich auflöste, dann drehte er sich zu mir um. »Als Nächstes hörte ich ein Lachen und ein Klatschen. Zwei andere Soldaten gingen auf sie zu, während sie sich gegenseitig die Hosen aufknöpften. Die Soldaten gingen ganz in meiner Nähe vorbei, sahen mich aber nicht, weil ich mich lautlos auf den Boden drückte. Ich weiß noch gut, wie heftig mein Herz in meiner Brust trommelte. Ich hatte ein *khanjar*-Messer und zog es instinktiv. Mein Bruder und sein Geliebter zogen sich in aller Eile ihre Hemden an, und einer der Soldaten machte ein Polaroidfoto von ihnen. Da griff ich an, ohne großartig darüber nachzudenken. Plötzlich ersteche ich einen der Soldaten, mein Messer gleitet in seinen Hals und wieder heraus, und dann ertönen zwei Schüsse. Ich dachte, ich wäre tot, aber ich stand noch auf den Beinen. Die Mündung von Itamars Waffe zeigte auf mich, aber mein Bruder warf ihn zu Boden, und ein weiterer Schuss wurde abgefeuert. Dann war alles still. Die beiden lachenden Soldaten lagen zu meinen Füßen, einer erschossen, der andere im Todeskampf. Mein Bruder und Itamar lagen ebenfalls am Boden, völlig fassungslos. Itamar weinte. Ich stand einfach nur da, unfähig, einen klaren Gedanken zu fassen. Ich spürte, wie ich meinen Körper verließ, bis mein Bruder mir zurief, dass ich losrennen solle. Das tat ich, ohne mich noch einmal umzudrehen. Ich merkte nicht, dass ich noch immer das blutbefleckte *khanjar* in der Hand hielt oder dass meine Hände und Kleidung blutig waren, bis ich auf drei Frauen stieß, die Brot in einem *taboon* backten. Sie sahen mich an, und für einen Moment waren wir alle starr vor Entsetzen.«

Bilal nahm den letzten Zug von seiner Zigarette. Seine rechte Hand zitterte.

Er war sich nicht sicher, ob die Frauen ihn erkannten. Sie waren Mitglieder eines Stickereiclubs, der sechs Dörfer umfasste. Seine Mutter hatte ihn zwei Jahre zuvor gegründet, und sie trafen sich einmal im Monat, oft bei ihm zu Hause. »Du bist Zareefehs Junge, oder?«, fragte eine schließlich. »Ich war sowohl erleichtert als auch entsetzt darüber, dass sie wussten, wer ich war«, sagte Bilal. »Ich brach weinend zusammen, erzählte ihnen aber nicht, was passiert war. Ich wusste es ja nicht einmal selbst.«

Zum allerersten Mal hörte ich, dass Hajjeh Um Mhammads Vorname Zareefeh lautete. Er bedeutet *bezaubernd*. So ein hübscher Name, dachte ich.

Eine der Frauen fragte, ob er ein Tier oder einen Menschen erstochen habe.

»Ich sagte die Wahrheit, und sie wollten wissen, ob es ein Palästinenser gewesen sei. Ob es eine Frau oder ein Mann gewesen sei. Ob die Person noch am Leben war. Ich stotterte ›Soldaten‹, und dann fragten sie nicht weiter«, sagte Bilal. Sie schenkten ihm ein altes schwarzes T-Shirt, das er über sein blutiges Hemd zog. Die Frauen packten ihr Brot und den ungebackenen Teig zusammen, wickelten Bilal in ein Tuch und gingen mit ihm zu ihrem Dorf, wo sie ihm beim Säubern halfen und die Kleidung wuschen. Als es dunkel war, setzten sie ihn in ein Taxi nach Hause, versehen mit Obst, Gemüse und frisch gebackenem Brot. Vor dem Fahrer verabschiedeten sie sich von ihm, als wäre er den ganzen Tag über bei ihnen gewesen, um eine Besorgung im Auftrag seiner Mutter zu erledigen. Seine nassen Klamotten waren ganz unten in den Taschen verstaut.

»Es war spät, als ich nach Hause kam. Unsere Mutter hatte schon befürchtet, dass das Militär mich abgeholt hatte.« Bilal sog Luft durch die Zähne ein. »*Immi* küsste mich und sagte Gebete auf. Sie wusste, dass etwas nicht stimmte, das konnte ich sehen, weil ihr *doaa* flehentlicher klang als sonst.«

Ich konnte mir Hajjeh Um Mhammads *doaas* gut vorstellen. »Möge Allah euch segnen, meine Söhne. Möge er euch immer beschützen. O Herr, wache über meine Jungen. Halte ihren Weg frei vom Bösen …« Ich hatte sie täglich für ihre Söhne und für mich beten gehört. »Das *doaa* einer Mutter ist wertvoll in Gottes Ohren«, sagte sie immer.

Mhammad war schon zu Hause. Bilal traf ihn im Wadi an, ein Stückchen von ihrem Haus entfernt, wo er ein Feuer in einem Metallfass entzündet hatte. »Ich ging durch die Dunkelheit auf das Feuer zu. Er blickte mich an, sein Gesicht halb beleuchtet von den Flammen. Lange starrten wir uns an. Keiner von uns sagte etwas, aber wir kommunizierten hier.« Bilal legte eine Hand auf sein Herz.

»Dann griff er nach dem Bündel in meiner Hand. ›Ich habe meins schon verbrannt‹, das war alles, was er sagte.«

Der Himmel verdunkelte sich nun auch über uns. Jandal rief die Schafe. Sie standen tatsächlich auf und rannten in Richtung der Hirtenstimme.

»Es erstaunt mich jedes Mal wieder, das zu sehen«, bemerkte Bilal. »Schafe sind fast blind, aber sie können Geräusche unterscheiden. Jandals Stimme ist ihre Zuflucht. Sie werden immer zu ihm hinströmen. Ich könnte ganz genauso rufen, aber sie würden nicht reagieren.«

Bilal packte zusammen. Viele Male hatte ich ihn dabei beobachtet, und mein Herz schmerzte bei dem Gedanken, dass dies vielleicht das letzte Mal war. Die Art, wie er die Landschaft betrachtete, während er einfache Aufgaben ausführte, war eine Art ritualisierter Abschied. Seine Augen wanderten über die felsigen Hügel, zu der Bautätigkeit in der Ferne, und er atmete tief ein, als er die Decke zusammenfaltete, den Kessel trocken wischte und die Glut mit einer Handvoll Erde erstickte. Dann sah er zu, wie die letzten Rauchfahnen von der Feuerstelle aufstiegen.

Das vertraute Gefühl, allein und verloren auf der Welt zu sein, unsicher über den Weg in die Zukunft, war seit jenem Tag im Untergrund wieder zu mir zurückgekommen. Nur eine dünne Schicht Stolz verbarg die Einsamkeit, die sich in mir ausbreitete. Doch in diesem Moment war ich überwältigt von Bilals Schmerz, von der Schuld, die er mit sich herumgetragen haben musste, von seiner Ohnmacht gegenüber diesen Siedlungen, von der Angst um seinen Bruder und seine Mutter, von der Verzweiflung wegen der Jahre im Gefängnis, der Folter und der Unmöglichkeit, sich fortzubewegen, zu studieren, zu lehren oder seinen Beruf auszuüben. Ich wollte ihn in den Arm nehmen und alles wiedergutmachen. Aber ich konnte nur die Gläser nehmen, und wir wünschten Jandal eine gute Nacht.

Als wir schließlich nach Hause wanderten, sprachen wir nicht mehr über Mhammad. Bilal hielt mir stattdessen einen seiner üblichen botanischen Vorträge. »… und das ist Frauenfarn, *kuzbarat el ajooz*«, sagte er.

»Ja, ich weiß. Ich habe dir geholfen, ihn zu sammeln! Wie schnell du meine Arbeit vergisst«, witzelte ich.

Er lachte und sah mich an. »Bitte geh nicht, Nahr«, flüsterte er.

Ich antwortete nicht, sondern lächelte nur und ging weiter.

»Denk wenigstens darüber nach, zu uns zurückzukommen. Das hier ist dein Land, und du hast immer ein Zuhause bei unserer Familie«, fuhr er fort.

Die Entscheidung zu gehen hatte ich mit klarem Kopf getroffen. Ich brauchte etwas Abstand, um die Ereignisse und Erkenntnisse der vergangenen Tage einordnen zu können. Ich hatte wohl schon immer vermutet, dass Mhammad schwul war, aber jetzt wusste ich es definitiv. Was mir zuvor allerdings nie in den Sinn gekommen war, war der Gedanke, dass er diese Soldaten tatsächlich nicht getötet hatte, sondern ins Gefängnis gegangen war, um seinen jüngeren Bruder zu schützen. Wieder spürte ich, wie sich meine Realität veränderte. Ich brauchte die Beständigkeit des Echten und Vertrauten. Die Geschichte war noch nicht zu Ende, aber mehr noch als die Wahrheit wünschte ich mir, jetzt bei meiner Familie zu sein, die Umarmung meiner Mutter zu spüren.

»Ich weiß, dass du das nicht hören willst, aber Jumana tut es wirklich leid. Sie hat mich angefleht, dich davon zu überzeugen, ihr noch eine Chance zu geben«, unterbrach Bilal meine Gedanken.

»Nein.«

»Okay. Ich will dich nicht bedrängen. Aber du bist hier erwünscht, geliebt und geschätzt. Und das wird sich nicht ändern.« Mit diesen Worten holte Bilal mich zurück. Ich hatte mein Innerstes preisgegeben, und er akzeptierte mich noch immer, liebte mich vielleicht sogar. Aber diese Zeit im Untergrund und die Wahrheit über Mhammad hatten etwas zwischen uns verändert. Ich musste gehen, obwohl ich wusste, dass es in Amman keine Zukunft für mich gab.

Am nächsten Tag verabschiedete ich mich von Mhammads Familie und reiste über den Grenzübergang an der Allenby-Brücke zurück nach Jordanien. Während der drei Stunden, die ich im israelischen Ausreiseverhör zubrachte (Was hatte ich in »Israel« getan? Wo hatte ich mich bewegt? Wen hatte ich getroffen? Wie lautete der Name meiner Mutter? Meines Vaters? Meiner Sippe? Wo war mein Geburtsort? Welche Bücher las ich? Welche Musik hörte ich?), konnte ich an kaum etwas anderes denken als an Bilal. Ich stellte mir vor, wie ich zurückkehrte und in seine ausgestreckten Arme flog.

V. Jordanien, auf ein Neues

Im Würfel, oben und unten

Ein schwarzes Auge sitzt in der Mitte meines Himmels. Eine Halbkugel, ein dunkler Pickel an der Decke, der alles sieht und aufzeichnet, was ich mache. Stunden um Tage um Jahre von mir: während ich schlafe, dusche, lese, masturbiere, Zähne putze, meine Haare flechte, tanze, Selbstgespräche führe, singe, die Wände und meine Haut mit den Fingernägeln ritze, gegen die Wand schlage, scheiße, pisse, mich an- und wieder ausziehe.

Das ist alles, was meinen Himmel ausmacht. Graue Farbe mit einer Überwachungskamera. Warum die Spinnen wohl nie in diese Ecke krabbeln? Ich wünschte, sie würden ein Netz über die Kamera weben.

Der Boden meines Universums ist genau wie die Wände – grauer Beton, nur fällt er leicht ab in Richtung Attar, wo ein Abfluss unter einer perforierten Kuppel verborgen ist.

Klara, die russische Wärterin, ist nach langer Abwesenheit zurück. Ich hatte sie vermisst. Wir reden nicht viel. Sie sagt manchmal ein paar nette Worte zu mir, und ich antworte ihr, versuche, ein Gespräch zu beginnen. Aber sie antwortet mir normalerweise nicht oder sagt einfach, dass sie nicht sprechen kann. Sie bemüht sich weiterhin, mir Bücher über den Kommunismus zu beschaffen. Einmal betrat sie meine Zelle, ohne dass ich mich zuerst an die Wand schließen musste, was ich als eine Geste der Solidarität empfand. Wenn ich meine Sicherheitsarmbänder nicht festschließe, wenn sie draußen auf den Summer drücken, wird der Würfel von einem irrsinnig hohen Ton erfüllt, der danach noch stundenlang in meinen Ohren klingelt. Ich kann nur die Richtung kontrollieren, in die ich mich stelle, wenn ich mich an die Wand schließe.

Ich vermute, der Wunsch nach Kontrolle in meiner kleinen Welt ist auch der Grund dafür, dass ich immer wieder versuchte, die Toilette zu verstopfen. Einfach nur, um etwas zu bewirken. Ich traf eine Entscheidung, formulierte einen Plan, ergriff die nötigen Schritte, um ihn umzusetzen, und nahm die Ergebnisse in Kauf. Ich zog mein Hemd aus und stopfte es in die Toilette, aber solange es da drin war, ging die Spülung nicht an, wie um mich zu verspotten. Ich versuchte es noch einmal, nur schiss ich zusätzlich noch hinein. Die Toilette spülte immer noch nicht, und nach einer Weile war ich gezwungen, mein Hemd aus meinen eigenen Exkrementen zu ziehen. Ich musste darauf warten, dass Attar erschien, nur um es auszuspülen. Es dauerte eine Weile. Einige Mahlzeiten und Hell-Dunkel-Zyklen. Der Gestank war grauenvoll. Schließlich spülte die Toilette wieder, und alles war wieder normal. Ich hatte verloren.

Mein Körper rebellierte auch hier, unabhängig von mir. Meine Beine wurden so dünn, dass ich die Finger beider Hände um einen Oberschenkel schließen konnte, und irgendwann war es dann zu schwer aufzustehen. Von da an führten die Wachen mich mit verbundenen Augen aus dem Würfel. Die ersten Spaziergänge waren kurz, unterstützt von einer Gehhilfe. Als ich mich wieder allein bewegen konnte, ging ich noch ein paar Schritte weiter. Ich mache diese Spaziergänge mit verbundenen Augen jetzt regelmäßig, aber ich weiß nicht, wie lang und wie häufig ich gehe. Wie bereits erwähnt, ist die Zeit hier drin nicht messbar. Ich kann jedoch sagen, dass ich manchmal nach draußen gebracht werde, manchmal in einen anderen Raum. Ich kann das erkennen, weil das Licht und die Dunkelheit dieser Erde sich von dem Licht und der Dunkelheit in einem Gebäude unterscheiden. Ein paarmal fühlte ich die Sonne auf meiner Haut. Das erste Mal glaubte ich, ich würde meine Seele verkaufen, um sie wieder spüren zu dürfen. Aber das musste ich gar nicht. Sie ließen mich wieder an die Sonne. Selbst mit verbundenen Augen ist es herrlich. Aber die meisten Trainingsstunden finden im Haus statt. Ich gebe zu, dass ich manchmal befürchte, Attar könne kommen, während ich weg bin.

Geld erweicht das Herz

Jehad wartete auf mich, als ich den jordanischen Zoll passiert hatte. Ich lief auf ihn zu, und wir umarmten uns lange und herzlich. Wir kommunizierten ohne Worte, spürten die gemeinsame Sehnsucht nach etwas, was verloren gegangen und verschwunden war. Nach einem Zuhause vielleicht oder der Unschuld. Nach Baba. Oder einem Gefühl der Sicherheit oder dem Wunsch, uns wieder so nahe zu sein wie früher, bevor sich unsere Geheimnisse und Traumata zwischen uns gestellt hatten. »Wir haben dich vermisst, Schwesterchen.«

»Ich habe dich mehr vermisst, du Esel.«

»Aaah … sie ist zurück!«

Mein Bruder und ich plauderten auf dem Nachhauseweg, aber meine Gedanken wanderten immer wieder zurück nach Palästina. In der Nacht zuvor hatte ich nicht gut geschlafen, weil mir die unvollendete Geschichte Bilals im Kopf herumgegangen war, und dann war ich früh zum Grenzübergang aufgebrochen. Bilal fuhr mich hin und riskierte damit, wegen Verlassens der erlaubten Zone verhaftet zu werden, aber wir redeten kaum miteinander. Beide fühlten wir uns beinahe erdrückt von dem Gewicht der unausgesprochenen Worte.

Mein Bruder wollte alles über die Reise erfahren, über Bilal und vor allem über mein Gefühl Palästina gegenüber. Im Gegensatz zu mir hatte er immer seine Wurzeln gespürt und sehnte sich nach der Heimat, mit der er qua Geburt verbunden war. Zu Hause gab es Neuigkeiten, aber darüber würde er mir später berichten. Er wollte wissen, ob ich die Landschaft auch so liebte, ob ich nach Jerusalem gefahren war und in der Al-Aqsa-Moschee gebetet hatte und im Felsendom gewesen war. Ob mir Bilals Freunde gefielen? Er sagte außerdem, ich sähe gut aus.

Bald schlängelte sich mein Bruder in seinem alten, verrosteten Peugeot durch die engen Straßen unseres Viertels, sie kamen mir gleichzeitig vertraut und fremd vor. Ich mochte Jordanien noch immer nicht. Als Flüchtlinge hatte es uns dorthin verschlagen, gegen unseren Willen, und das nahm ich dem ganzen Land anscheinend weiterhin übel. Vielleicht hatten meine Eltern und meine Großmutter so etwas Ähnliches über Kuwait gedacht.

Unser Auto unterbrach ein Kinderspiel auf der Straße, und einer der Jungen beschimpfte uns.

»Es tut uns sehr leid«, rief mein Bruder zurück. »Ich werde das nächste Mal einen anderen Weg einschlagen.«

Durch das Seitenfenster konnte ich die Überraschung des Jungen sehen. Mein Bruder hatte eben die Gabe, die Menschen zu entwaffnen. »Schon in Ordnung!«, brüllte der Junge so laut, dass wir seine Vergebung auch ganz sicher hörten.

»Beeindruckend«, bemerkte ich.

»Na ja. Du hast mir beigebracht, die Erwartungen der anderen auszuhebeln.« Er setzte ein schlitzohriges Grinsen auf. Das war die Lektion, die ich damals von Um Buraq gelernt hatte.

Endlich fuhren wir bei unserem Haus vor, und ich wurde von den Müllhaufen auf der Straße begrüßt – welch ein Gegensatz zu den Granatapfel-, Orangen-, Mandel- und Feigenbäumen, an die ich mich in Palästina gewöhnt hatte. Selbst in den ärmsten und am dichtesten besiedelten palästinensischen Stadtteilen hatten die Menschen Bäume gepflanzt, wo immer dies möglich war, wenn auch nur in Kübeln oder auf Dächern.

Nachbarn, die uns sahen, eilten herbei und begrüßten mich. Die Kinder liefen voraus, um meine Mutter zu benachrichtigen. Die meisten kannten wir schon aus Kuwait. Sie waren ebenfalls vertrieben worden, als die Amerikaner einmarschiert waren. Diese Kontinuität machte das Leben in Jordanien etwas erträglicher.

Ich beeilte mich, Mamas Hand auf der Treppe zu küssen, wo sie mit Nachbarn gewartet hatte. Hinter ihr stand Sabah, ein Baby im Arm. Auch sie hatte ich vermisst. Sabah hatte kurz nach unserer Vertreibung aus Kuwait geheiratet und eine Zeit lang in el Zarqa, eine Autostunde nördlich von Amman, gelebt, sodass wir nicht zusammen gewesen waren. Aber ihr Mann hatte einen Job in der Stadt bekommen, und jetzt lebten sie ganz in der Nähe.

Sabah und meine Mutter hielten mich fest umarmt, als wir die Treppe zu unserer Wohnungstür hinaufstiegen. Nachbarn und Kinder folgten uns. Drinnen begrüßte mich Sitti Wasfiyeh, und ich beugte mich vor, um ihre Hand dreimal zu küssen, dann die Stirn und Wangen. Ich atmete ihren Duft ein – eine Mischung aus dem Geruch einer alten Frau, ihrer selbst gemachten Olivenölseife und dem Kardamom, den sie in ihren Morgen-, Mittags- und Abendkaffee gab. »Ich habe dich so sehr vermisst, *habibti*«, schluchzte sie, während ihr Tränen über das Gesicht liefen. Meine Großmutter hatte noch nie etwas so Zärtliches zu mir gesagt. »Ich habe dich auch vermisst, Sitti.«

Mama und Sabah deckten den Tisch, aber Sabah konnte nicht bleiben, um mit uns zu essen. »Ich komme morgen wieder, sobald ich das Baby gefüttert habe. Du verbringst den Tag mit mir. Wage es ja nicht, andere Pläne zu machen«, drohte sie mir scherzhaft, küsste mich und ging.

Es war wunderbar, wieder bei meiner Familie zu sein. Mutter hatte an Gewicht verloren, sah aber strahlend und irgendwie jünger aus. Auch Sitti Wasfiyeh war in bester Verfassung und ungewöhnlich gut gelaunt. Die Beziehung zwischen ihr und meiner Mutter hatte sich verbessert, war freundlicher und rücksichtsvoller geworden. In den neun Wochen meiner Abwesenheit schien sich tatsächlich so einiges verändert zu haben. Ich wandte mich neugierig an meinen Bruder und flüsterte: »Du sagtest, du hättest Neuigkeiten?«

»Okay, aber nicht vor den anderen. Wir sollten erst mal essen«, sagte Jehad.

Wir hatten gerade unsere Teller leer gegessen und genossen einen Tee nach dem Essen, als wir ein Klopfen an der Tür hörten. Meine beiden Tanten väterlicherseits spazierten herein. Bislang hatten sie wenig mit uns zu tun gehabt, hatten alle möglichen Ausreden vorgebracht, Sitti Wasfiyeh nicht zu sich nehmen zu müssen. Sie kamen mit Obstkörben, hießen mich willkommen, küssten meine Wangen und umarmten mich, ganz so, als seien wir eine große, glückliche Familie. Ich war zu verblüfft, um zu protestieren, und erst später dachte ich darüber nach, wie ich hätte besser reagieren können. Ich hätte sie wohl fragen sollen, was sie in unserem Haus taten. Meine Mutter verzog den Mund und verdrehte die Augen in meine Richtung, aber schließlich spielte sie das Spiel mit und servierte ihnen Tee und etwas Süßes.

Jehad beugte sich zu mir herüber. »Das ist die Neuigkeit, die ich meinte«, flüsterte er. Sogar die Nachbarn schienen angewidert zu sein und verabschiedeten sich höflich, nicht ohne wissende Blicke mit meiner Mutter zu tauschen.

Sitti Wasfiyeh hingegen war begeistert und lächelte ununterbrochen, während sie bei uns waren. Als sie gegangen waren, sagte Sitti Wasfiyeh, ohne jemand Bestimmten anzusprechen: »Sie wollten, dass ich heute Nacht bei ihnen schlafe. Aber ich habe gesagt, ich bleibe lieber hier, weil ich nicht will, dass sie sich darüber streiten, bei welcher ich übernachte. Sie haben um mich gekämpft, aber ich habe ihnen klargemacht, dass ich heute Abend nur meine Enkelin sehen möchte.« Meine Mutter, mein Bruder und ich blickten uns verwundert an, und sobald wir außer Sittis Hörweite waren, wurde ich endlich informiert.

Ungefähr einen Monat zuvor war ein Mann gekommen, um mit Sitti Wasfiyeh über ihren Anteil an ihrem Erbe zu sprechen. Es ging um dreißig *dunum* Land in Ein el Sultan. Das Dorf meiner Großmutter, die älteste Stadt der Welt, war zum UNESCO-Weltkulturerbe ernannt worden. Und ein Team palästinensischer und internationaler Archäologen ersuchte um die Erlaubnis, eine Grabungsstätte auf jenem Land, das ihrem Vater gehört hatte, einrichten zu dürfen. Vor Jahren war es Ackerland gewesen, aber weil Israel aus palästinensischen Städten Wasser abpumpte, war es mittlerweile beinahe unfruchtbar. Es lag in Zone A, die unter der Jurisdiktion der Palästinensischen Autonomiebehörde stand. Ein paar Wohnhäuser waren auf dem Land errichtet worden, von Palästinensern, die sich die Genehmigungen dafür mit Schmiergeldern beschafft hatten, jetzt allerdings beträchtliche Summen an meine Großmutter und die Erben ihrer Geschwister als Miete und Entschädigung zahlen mussten. Universitäten und andere Institutionen zahlten derweil viel Geld für die Grabungsrechte. Außerdem ging das Gerücht, dass das Antikenministerium der Palästinensischen Autonomiebehörde das Grundstück kaufen wolle.

»*Subhana Allah!*« Mama verzog das Gesicht, um den Sarkasmus in ihrer Stimme zu unterstreichen. »Das Geld hat die Herzen deiner Tanten erweicht!«

»Von welchen Summen reden wir überhaupt?«, erkundigte ich mich.

»Ich bin mir nicht ganz sicher. Aber die Entschädigungszahlungen der Familien, die ihre Häuser einfach so dort hingestellt haben, betragen eine Viertelmillion Dinar!«

Mutter sah meine Fassungslosigkeit und fuhr fort: »Ja, es ist verrückt. Und diese Hexen schnappten sich sofort ihre Mutter, als sie davon hörten.« Mama war selten so unverblümt. »Sie verhandelten über eine Art ›Vorschuss‹ und nahmen am Ende fast alles. Auf einmal wollten sie, dass deine Großmutter bei ihnen lebt, aber dann kritisierte Sitti die Enkelkinder und so weiter. Du kennst sie ja. Nach ein paar Wochen brachten sie sie zurück und boten mir Geld an, wenn ich wieder für sie sorge.« Mama verzog das Gesicht. »Ist das denn zu glauben? Ich habe sie nur trocken gefragt, was ich ihrer Meinung nach die letzten vierzig Jahre über gemacht habe. Diese Miststücke.«

»Mama, das ist viel Geld. Wir können doch nicht zulassen, dass sie hier auftauchen und alles mitnehmen«, protestierte ich.

»Ich kann nicht viel dagegen machen. Zum Glück vertraut deine Großmutter vor allem deinem Bruder. Er hat ihr ins Gewissen geredet«, sagte sie. Trotzdem schien meine Mutter nicht so sehr an dem Geld interessiert zu sein, wie ich es für angemessen hielt. Dann wurde mir klar, dass sie seit meiner Rückkehr keine einzige Zigarette geraucht hatte.

»Ich habe aufgehört«, sagte sie ganz nüchtern. Ich betrachtete meine Mutter genauer und bemerkte noch weitere Unterschiede. Sie trug jetzt Make-up, und ihre Nägel waren lackiert. Ihr Hijab war anders, moderner und farbenfroher. War sie etwa verliebt?

»Nein, du dummes Mädchen!«, rief sie. Sie hatte einen »anständigen Job« bekommen.

»Wovon sprichst du? Du hast immer einen anständigen Job gehabt«, sagte ich.

Sie arbeitete in einem Frauen-Krisenzentrum, telefonierte, organisierte Selbsthilfegruppen und leitete ein Team von Freiwilligen. »Es ist ein Schreibtischjob! Ich leite den ganzen Laden. Nicht zu fassen, oder?«

Ich hatte bis dahin nicht verstanden, wie gedemütigt meine Mutter sich in ihrem Leben gefühlt hatte. Die einfache Würde eines »Schreibtischjobs«, wie sie es nannte, hatte sie verändert. Ich hätte ihr entgegnen sollen, dass ihre Stickerei wertvoller war, als es irgendein »Schreibtischjob« je sein konnte. Dass sie eine Künstlerin war. Dass westliche Vorstellungen von berufstätigen Frauen nicht unbedingt für uns galten. Dass Seriosität oder Modernität nur willkürlich festgelegte Konzepte waren. Stattdessen gratulierte ich ihr einfach. Sie fügte hinzu: »Sie schulen mich auch bald darin, einen Computer zu benutzen. Unglaublich, oder?«

Am nächsten Morgen stand Sabah mit Geschenken vor der Tür – Datteln, Mangos, Granatäpfel und Gemüse, das sie in Töpfen auf ihrem Balkon gezogen hatte. »Schau mal, wie schön reif es ist. Warte nur, bis du es probierst. Ich habe die Samen von meiner Familie in Palästina bekommen.« Sie drängte sich an mir vorbei in die Küche. »Komm, wir machen Frühstück. Es gibt so viel zu erzählen.« Sie nahm ihren *hijab* ab und fing an, Gurken zu schälen. Ich stellte den Wasserkocher auf und holte mir eine Pfanne, um die Eier zu braten.

»Du verwendest immer noch zu wenig Öl, Mädchen«, tadelte Sabah und schüttelte den Kopf. »Und du solltest das gute Olivenöl nicht beim Braten verschwenden.«

»Soll ich etwa diese amerikanische Mazola-Brühe benutzen?«

Sabah lachte. »Ein paar Monate in Palästina, und du klingst wie ein alter Bauer.«

Wir richteten ein Tablett mit Essen für uns und Sitti Wasfiyeh an, die schon Stunden vor mir aufgestanden war, um den Morgen-*salat* zu beten, und danach wie üblich auf einem Bodenkissen sitzend im Koran gelesen hatte. Sie hasste Sofas und weigerte sich, darauf zu sitzen. »*Frangie* – Dummheiten«, sagte sie über die meisten westlichen Dinge. Unsere Sofas waren im Grunde bloß Rückenlehnen für unsere Bodenkissen.

Sabah und ich bereiteten eine herrliche Mahlzeit zu: Eier, warmes Brot, frische Tomaten und Gurken, *zaatar*, Olivenöl, *zubnah*, Granatapfelkerne und siedend heißen Tee mit Salbei, den wir mit übertriebener Hingabe aus arabischen Mokkatassen tranken.

»Ich mag Tee mit Salbei im Winter. Und mit Minze im Sommer«, sagte Sitti. »So muss guter Tee sein.«

»Mögest du ihn in Gesundheit und Freude trinken, Hajjeh«, sagte Sabah.

Und Sitti antwortete: »Möge Allah dir und deinem Kind nur Freude bringen. Und möge er meiner Enkeltochter einen so guten Ehemann wie den deinen schicken.«

»Das ist meine Großmutter!«, sagte ich, dankbar für die Vertrautheit, die zwischen uns herrschte.

»Was willst du eigentlich?«, protestierte sie. »Ich bete doch nur dafür, dass du einen Ehemann bekommst. Ich weiß nicht, ob das in deinem Alter überhaupt noch möglich ist. Schade, dass du nicht mal ein einziges Kind bekommen hast.«

Ich nickte kapitulierend, genau wie Mama es immer tat. Sabah lächelte mich an. Von Mama hatte ich gelernt, dass es dumm war, mit Sitti Wasfiyeh zu streiten, weil sie es eigentlich nie böse meinte. So war sie nun einmal. »Nimm einen

Bissen aus meiner Hand, meine geliebte Großmutter«, sagte ich und streckte ihr ein wenig Brot mit *labneh* und *zaatar* hin.

»Möge Allah mir die süßen Hände meiner Enkelin immer erhalten«, sagte sie und nahm es entgegen.

Sabah und ich überließen Sitti Wasfiyeh ihren täglichen Telefonaten mit den Töchtern, der Koranlektüre und den Besuchen bei den Nachbarn. Während wir das Essen abräumten und das Geschirr spülten, plauderten wir in der Küche. Sie hatte nicht den Jungen, den sie liebte, geheiratet, sondern einen Verehrer, der eine bessere Partie gewesen war. Durch die Vertreibung aus Kuwait war ihre Familie mittellos geworden, so wie alle anderen Vertriebenen auch. Ihre Ehe hatte die Familie aus der größten Not gerettet.

»Er ist sehr großzügig und freundlich«, sagte sie. Sie verliebten sich nach der Heirat, aber sie räumte ein, dass es nicht so befriedigend war, wie sie sich zuvor erhofft hatte.

»Kein Mann ist jemals so befriedigend, wie wir es uns erhoffen«, witzelte ich, und sie lachte. Wir standen Schulter an Schulter an der Spüle, sie wusch, während ich nachspülte.

Sabah wollte alles über Palästina erfahren. Wir hatten ab und zu miteinander telefoniert, als ich dort gewesen war, und sie wusste genug, um gezielt nach Bilal zu fragen. Natürlich erwähnte ich den unterirdischen Raum nicht. Aber ich erzählte von der Bäckerei, der Landschaft, den Schafen und Ziegen, Jandal, Jumana – die mir später einen langen Entschuldigungsbrief schickte –, ihrem Salon und ihren Brüdern, den Wasserleitungen, den Siedlungen, den Kontrollpunkten, den täglichen Erniedrigungen und Demütigungen. »Israels Besatzung entspricht dem, was man in den Nachrichten sieht. Aber alles andere zeigen sie nicht: die Hochzeiten und Cafés, das Nachtleben, die Einkaufsmöglichkeiten, die Kunst- und Musikszene, die Universitäten, die

Landwirtschaft und die Ernten. Es ist überhaupt nicht, wie ich es mir vorgestellt hatte, aber irgendwie doch.«

»Im Fernsehen sieht es aus wie ein endloses Kriegsgebiet«, sagte sie und holte eine Zigarette hervor.

»O nein. Nicht auch noch du? Seit wann rauchst du?«, fragte ich und zeigte auf die Zigarette.

»Warum gibst du nicht einfach auf und fängst auch an, Nahr? Du bist so ungefähr die einzige Erwachsene im Land, die nicht raucht.«

»Ich mag meine Lunge sehr und schätze es nicht, wenn andere sie mir verpesten!« Ich schnappte mir die Zigarette und nahm ihr dann das ganze Päckchen weg.

»Na schön. Gib sie mir zurück. Ich werde nicht rauchen.«

»Ich gebe sie dir später zurück, wenn du gehst.«

»Du bist eine Tyrannin!«

»Bilal ist Kettenraucher, aber wenn ich dabei bin, nimmt er Rücksicht«, grinste ich.

»Klingt nach echter Liebe«, neckte sie.

»Wir lieben uns. Aber nicht so, wie du denkst. Es gibt kein richtiges Wort dafür. Unsere Beziehung ist romantisch, aber ohne sexuelle Komponente, zumindest steht die nicht im Vordergrund. Es ist merkwürdig vertraut und angenehm. Aber es ist auch keine reine Freundschaft.«

»Hört sich an, als hättet ihr die ersten zwanzig Jahre der Ehe übersprungen und wärt direkt ins Stadium des alten Ehepaars übergegangen«, unterbrach sie und fügte noch hinzu: »Bestimmt fährst du bald wieder hin?«

Ich verbrachte ein paar Tage damit, mich mit alten Freundinnen zu treffen, doch die Aufregung um meine Heimkehr ließ schnell nach, und die übliche Langeweile setzte ein. Ich war gern mit Sabah zusammen, aber sie führte ein erfülltes Leben, das ihre ganze Zeit in Anspruch nahm. Sitti Wasfiyehs

Erbschaft und die Geschichten von den Frauen im Krisenzentrum waren die bestimmenden Themen zu Hause. Ich bekam einen Job als Kassiererin in einem Supermarkt in Amman. Der Lohn reichte jedoch kaum aus, um die Fahrtkosten von und zur Arbeit zu decken. Mein Leben in Amman war ereignislos. Alles und jeder sah in meinen Augen gleich aus. Jeder Tag war eine Kopie des vorherigen. Ich fing wieder an, nebenher Augenbrauen zu fädeln und Haare zu stylen. Die Leere meiner Tage wurde durch die Zielstrebigkeit meiner Mutter noch betont. Ich versuchte, mehr Zeit mit meinem Bruder in seiner Wohnung zu verbringen, aber er führte ein ausgefülltes Leben. Wenn er nicht im Garten arbeitete oder Sitti Wasfiyehs neues Vermögen verwaltete, tippte er wie ein Verrückter auf seine Tastatur ein, und auf seinen Computermonitoren erschienen unverständliche Zeichen. Das war ein beeindruckender Anblick, zeigte aber auch, wie stark wir uns auseinanderentwickelt hatten seit der Zeit, als wir gemeinsam in den Straßen von Kuwait gespielt hatten. Die Familie, die ich kannte und liebte, hatte sich über Nacht verändert, und ich empfand nichts als Freudlosigkeit, war unzufrieden mit allem um mich herum.

Ich beschwerte mich über die Lebensmittelgeschäfte. »Hier gibt es so viel abgepackten Mist und nicht genügend frisches Obst und Gemüse«, sagte ich zu meiner Mutter, die eine Schachtel mit einer komischen Pasta hochhielt. »Was soll *macaroni and cheese* sein? Wie kann man Käse ungekühlt in eine Schachtel legen?« Ich jammerte über das Wetter. »Wie kann es hier so kalt sein und nur wenige Kilometer östlich in Kuwait so heiß?« Jehad hielt das für eine echte Frage und setzte zu einem naturwissenschaftlichen Vortrag an. Ich klagte über das Wasser: »Es macht mein Haar stumpf«, über die Taxifahrer: »Das sind alles Betrüger«, und natürlich über meine Tanten: »Warum sind diese falschen Hexen ständig bei uns zu Hause?«

»Nahr, sei doch nicht immer so negativ«, sagte mein Bruder, als ich zum millionsten Mal behauptete, dass meine opportunistischen Tanten versuchten, Sitti Wasfiyeh um ihr Geld zu bringen. »Schau, wie glücklich unsere Großmutter ist. Was macht es für einen Unterschied, aus welchem Grund ihre Töchter sie jetzt dauernd besuchen. Sie kommen nicht an ihr Geld heran. Unsere Großmutter ist kein Dummkopf. Sie überlässt auch ihren Töchtern und unseren Cousinen viel. Aber glaub bloß nicht, dass sie uns nicht liebt«, sagte Jehad.

Es stellte sich heraus, dass Sitti Wasfiyeh heimlich einen Teil ihres Geldes für den Bau eines Hauses im Viertel Sweifiyeh für meine Mutter aufwendete. »Und auch für dich, Nahr«, sagte mein Bruder. »Meine Mutter wusste nichts davon. Eine schöne Überraschung, dachte ich.

Mein Leben fühlte sich ziellos an, und dafür machte ich ganz Jordanien verantwortlich. Und zwar deswegen, weil es nicht Palästina war. Weil Bilal nicht hier war. Weil mich hier keiner brauchte. Wie gern hätte ich mich jetzt mit Um Buraq getroffen. Ich konnte sie in meinem Kopf beinahe hören: ›Geh zu ihm, und fick dich um den Verstand. Macht gemeinsam eine Revolution. Fürchte den Tod, aber niemals das Leben. Verliebe dich, wenn's sein muss, aber denk dran: Die Grausamkeit hat immer einen Schwanz.‹ Wie weh es mir tat, dass sie im Gefängnis saß! Irgendwie sind es immer die freiesten Individuen, die am Ende in den Staatsgefängnissen landen.

Um Buraq hätte sicherlich gesagt, dass sich nicht meine Familie verändert hatte, sondern ich. Palästina hatte mich verändert. Ich war dorthin gefahren, um mich scheiden zu lassen – und wieder weggegangen mit einem neuen

Bewusstsein für meinen eigenen Wert. Ich war nun eine Frau, die sich intellektuell mit der Welt auseinandersetzen konnte, die lieben und geliebt werden konnte. Eine Frau, die verstand, dass die Natur dort draußen schöner war als alles, was Menschen erschaffen konnten. Ich wagte es, mir vorzustellen, Teil von etwas Wichtigem zu sein: Teil von Widerstand und nationaler Befreiung. Die Idee, Waffen zu transportieren, hatte sich in mir eingenistet und verwandelte sich in einen Plan.

In den sechs Monaten, seit ich Palästina verlassen hatte, hatte ich keine einzige E-Mail erhalten. Hin und wieder besuchte ich trotzdem das Internetcafé, um meine E-Mails zu checken. Ich verfasste oft Nachrichten an Bilal und löschte sie dann wieder. Doch eines Tages forderte mein Bruder mich dazu auf, meine E-Mails zu überprüfen. »Bilal hat dir eine E-Mail geschickt. Ich wusste gar nicht, dass du überhaupt eine Mailadresse hast!«, rief er.

»Hast du mit Bilal gesprochen?«

»Ja.«

»Warum hat er mich nicht angerufen?«

»Ich weiß nicht. Ich soll dir bloß eine Nachricht weiterleiten«, sagte er.

Liebe Nahr. Alle hier vermissen dich, besonders ich. Ich hoffe, es geht dir gut, und ich hoffe, dass du wiederkommst, zumindest, um uns zu besuchen. Du hast hier immer ein Zuhause.

Ich las mir die E-Mail immer wieder durch.

Lieber Bilal. Ich freue mich sehr über diesen elektronischen Brief von dir. Ich habe viel nachgedacht und würde gern zurückkommen, um dir bei der Ernte zu helfen. Ich könnte ja dein Olivenöl transportieren.

Ich hoffte, dass meine Formulierung diskret genug war. Er antwortete sofort.

Aktuell ist deine Hilfe nicht notwendig. Wir haben alles im Griff, aber bitte komm zurück. Du wirst sehr vermisst.

Ich wusste nicht, wo ich wohnen oder was ich tun würde, falls ich dorthin zurückging, aber es gab kein Zurück nach Kuwait und keinen Platz für mich in Amman.

Ich war mir auch nicht sicher, ob es in Palästina einen Platz für mich geben würde, aber ich sehnte mich danach, dorthin zurückzukehren, und gab mir ein paar Monate Zeit, um etwas Geld zu sparen und meine Reise zu organisieren.

Endlich hatte ich ein klares Ziel, und es fühlte sich gut an, darauf hinzuarbeiten. Ich bat um mehr Stunden an meinem Arbeitsplatz und nahm so viele Schönheitstermine wie möglich an. Ich stellte Körperbutter, Reinigungspasten und Feuchtigkeitscremes her und verkaufte sie. Ich stellte mir vor, Bilal würde auf mich warten.

Eine Woche später färbte und stylte ich bei einer Kundin zu Hause die Haare von Zwillingsschwestern im Teenageralter, die zur Geburtstagsfeier einer Klassenkameradin eingeladen waren. Ihre Mutter bezahlte mich dafür, damit sie »besser aussehen als alle anderen«. Sie wollte, dass die Haare ihrer Töchter »glänzend, seidig und blond« wirkten, wollte sie aber nicht in einen Salon schicken, weil dann »jeder wissen würde, dass sie es hatten machen lassen«. Ich berechnete ihr viele Extraposten und ließ sie im Voraus bezahlen. Die Mädchen waren recht angenehm, und ich arbeitete konzentriert, während sie über die Schule, Jungen und ihre Freundinnen plauderten, die auf sie eifersüchtig waren. Der Fernseher lief im Hintergrund, die jüngeren Geschwister spielten laut, und die Mutter ging telefonierend im Zimmer auf und ab und wies die Kleinen regelmäßig lautstark an, sich zu benehmen.

Der Fernsehmoderator nannte einen Namen, der durch den Lärm zu mir hindurchdrang: »Jandal al-Ramli.«

»Halt!«, schrie ich und rannte los, um den Fernseher lauter zu stellen. Als ich mit meinen behandschuhten Händen nach der Fernbedienung griff, geriet Haarfärbemittel auf die Tasten.

»… ein einfacher Hirte. Die zionistischen Behörden behaupten, er sei mit seiner Herde in eine militärische Feuerzone eingedrungen, aber die Bewohner erklärten, das sei eine Lüge. Der Dorfmukhtar sagte, dass es auf keinen Fall ein Unfall gewesen sei, da sie auch vierzehn seiner Tiere erschossen hätten und alle dort gefunden worden wären, wo sie normalerweise grasten. Laut der Ärzte ist es wahrscheinlich, dass er aus nächster Nähe erschossen wurde. Weiter nach Hebron …«

Mein Herz zog sich zusammen. Die Luft fühlte sich schwer an. Sogar die Gummihandschuhe lasteten auf meinen Händen. Ich zog sie aus und warf sie in einen Papierkorb. Ich wollte weinen, mit Bilal sprechen, mein Gesicht in Mamas Brust vergraben.

»Wo gehen Sie hin?«, bellte meine Kundin.

»Die eine ist fertig. Waschen Sie der anderen einfach in fünf Minuten das Haar aus«, sagte ich.

»Aber Sie haben ihnen noch nicht die Haare gefönt und die Augenbrauen gefädelt«, protestierte sie.

»Es tut mir sehr leid. Das war mein Freund in den Nachrichten. Israel hat ihn getötet.«

»Möge er in Frieden ruhen. Aber ich habe Sie bereits bezahlt und erwarte, dass Sie zu Ihrem Wort stehen. Haben Sie keine Ehre?«

»Was zur verdammten Hölle wissen Sie über Ehre?« Ich hätte ihr für diesen Moment süßer Wut danken sollen, der mich davon abhielt, auf der Stelle in Tränen auszubrechen.

»Wie können Sie es wagen, so schmutzigen Dreck in meinem Haus und dazu noch vor den Kindern von sich zu geben!« Sie forderte ihr Geld zurück.

»*Otva'li, mu'dak, b'lyad!* Ich behalte mein Geld«, sagte ich und wandte mich an ihre Töchter. »Mädchen, ihr seid wunderschön ohne den ganzen Firlefanz. Und wie man aussieht, hat sowieso nicht viel mit Schönheit zu tun.«

Mein Handy klingelte, als ich das Haus verließ. »Komm zu mir nach Hause. Ich habe dir etwas zu sagen«, sagte Jehad.

»Ich bin schon auf dem Weg. Ich habe die Nachrichten gesehen.«

Wir versuchten, Bilal von Jehads Wohnung aus anzurufen, aber es hatte keinen Sinn. Das ganze Dorf war sicherlich bei Ghassan versammelt, und der Trauerzug würde am nächsten Tag frühmorgens abgehalten werden.

»Wir können es morgen noch einmal versuchen.« Jehad konnte meine Seelenqualen sehen. »Wenn du früher als geplant zurückkehren möchtest, kann ich dir etwas Geld geben.«

Der liebe, freundliche, sanfte Jandal war fort. Ich erinnerte mich an unsere letzte Begegnung am Tag vor meiner Abreise aus Palästina – an sein schüchternes Lächeln, daran, wie seine Herde auf seine Stimme und auf die Musik seiner Ney reagierte. Die Ziegen, die sich an jenem Tag beim Fangenspielen gegenseitig gejagt hatten, waren wahrscheinlich auch nicht mehr da. Jandal hatte einer alten palästinensischen Tradition Kontinuität verliehen. Vielleicht war das der Beweggrund dafür, Jandal und seine Tiere zu töten. Er kannte die Hügel wie seine Westentasche. Er wäre nie in eine Feuerzone gewandert, obwohl Israel immer mehr palästinensische Zonen für die militärische Ausbildung an sich riss. Es war mit Absicht geschehen. Jandal war ermordet worden. Und wie bei Tausenden anderen Palästinensern würde es keine

Bestrafung für seine Mörder geben. Ich war voller Wut, die ich nicht herauslassen konnte. Die unaufhörliche Anhäufung von Ungerechtigkeit brachte mich dazu, gegen die Welt zu kämpfen, um mich zu schlagen, zu schreien. Aber nur in den Armen meines Bruders konnte ich weinen.

Zwei Wochen später war ich bereit zur Abreise, aber Bilal schrieb mir per E-Mail, dass ich das Dorf nicht betreten könne. *Die Lage ist sehr angespannt, und wir haben immer noch eine Ausgangssperre.*

Die Armee hatte Jandals Trauerzug am Tag nach seinem Tod angegriffen. *Überall patrouillieren noch immer Soldaten*, schrieb Bilal. *Aber*, enshallah, *die Situation wird sich bald beruhigen. Ich kann es kaum erwarten, dich wiederzusehen.*

Wieder vier Wochen später rief Bilal an, um mir zu sagen, dass die Ausgangssperre aufgehoben worden war. Am nächsten Tag stand ich an der Allenby-Brücke und versuchte, wieder nach Palästina einzureisen. Dieses Mal tauchte meine *hawiyya* in Israels »System« auf, und mein Visum wurde entsprechend für die Einreise nach Jerusalem gesperrt.

VI. Palästina, für immer

Im Würfel, der Raum dazwischen

Dann gibt es noch den Raum dazwischen. Ich liege auf meinem Bett, schaue nach oben und versuche, mich an den Himmel, die Sterne, die Sonne und die Wolken zu erinnern. In solchen Momenten dringt die Zeit von außen ein und belastet mich schwer. Selbst wenn man keine Pläne oder Ziele hat, keine Entschlusskraft oder Hoffnung, bleibt es ein unbezähmbarer Urimpuls, das eigene Leben irgendwie darzustellen.

Ich improvisiere Kalender, spaziere hinein und wieder hinaus, zerstöre sie und baue sie neu auf. Eine Zeit lang maß ich meine Existenz in Menstruationszyklen ab. Nach einhundertsiebzehn Perioden seit Beginn der Aufzeichnung mit blutigen Punkten an der Wand kommt die Dolmetscherin Lena mit Vertretern des Roten Kreuzes. Das Interesse an politischen Gefangenen ist wieder aufgeflammt, weil Israel Gaza bombardiert. »Wir haben die Gelegenheit genutzt, um uns nach Ihnen zu erkundigen.« Lena dolmetscht und überbringt mir eine Nachricht nach der 194-Methode: *Deine Großmutter ist verstorben.*

Eine neue Art von Trauer frisst sich in mich ein, ein isolierter Schmerz, unveränderlich und unerreichbar. Ich kann ihn nicht sehen, riechen oder umarmen. Er nistet sich in mir ein und beansprucht seinen Platz. Ein Ding innerhalb eines Gefängnisses innerhalb einer Gefangenen innerhalb des Würfels.

Ich sehne mich danach, Klara zu sehen. Zu jemandem zu sagen: »*Otva'li, mu'dak, b'lyad!!*« *Fick dich, du Arschloch, fick dich!*, und ein Lächeln als Antwort zu bekommen. Aber auch Klara ist schon weg. Ich hoffe für sie, dass sie nach Russland zurückgekehrt ist. Einige andere Wärterinnen kommen und gehen, aber ich sehe nur selten ihre Gesichter, und keine spricht mit mir über den Lautsprecher, so wie es Klara getan hat.

Niemand besucht mich mehr. Attar ist schon eine Weile nicht mehr erschienen. Ich würde gern duschen. Wobei ich auf das Duschen verzichten würde, wenn ich dafür noch einmal Musik hören könnte. Die Stille der Einzelhaft ist ganz anders als die beruhigende Stille des Himmels. Hier hat die Stille scharfe Kanten, die meinen Verstand zerreißen, wenn ich dagegenstoße, und ich flüchte mich zu den Klängen, die sich unter meiner Haut befinden: Unterhaltungen und Filme, Geschichten und Schreie, Weinen, Feuer. Ich rufe die Lieder wach, die in meinem Inneren erklingen. Und ich tanze. Aber das Gedächtnis, so scharf es auch sein mag, ist kein Ersatz für Musik.

Ich fange an zu beten, verbeuge mich. Es gibt keinen *adhan* im Würfel. Ich bete, wenn mir danach ist, obwohl das weder meinen Glauben vertieft noch mir etwas gibt, außer einer Beschäftigung. Meine Fingernägel sind brüchig und haben Risse. Das stört mich, weil ich früher starke, gute Nägel hatte. Sitti Wasfiyeh schimpfte mich immer aus, wenn ich sie mir lackierte. Sie sagte, das knallige Rot wirke billig, ich wolle wohl belästigt werden. »Achte auf deinen Ruf«, sagte sie. Gott hab sie selig.

Ich vermisse Mama und Jehad. Ich vermisse Bilal. Endlich haben sie mir ein Buch über den Kommunismus gegeben. Es heißt *Wie der Kommunismus die Menschheit zerstört*. Ich habe es gelesen. Es klang überzeugend, aber ich wusste es besser. Bilal, der vollkommenste Mensch, den ich jemals gekannt habe, ist nämlich Kommunist.

Die Anatomie der Heimat

Am Tag meiner Rückkehr in Hajjeh Um Mhammads Haus wurde ich von dem Duft von *msakhan* empfangen. Mindestens zwanzig Personen hatten sich versammelt, um mich willkommen zu heißen. Zuerst begrüßte ich Hajjeh Um Mhammad, küsste ihr die Hand, den Scheitel und dann die Wangen. »Möge Gott dich segnen, meine Tochter. Möge er deine Tage mit Freude und Güte füllen«, sagte sie.

Nacheinander begrüßte ich alle. Hajjeh Um Mhammads Schwestern und einige ihrer Kinder waren mit ihren Sprösslingen gekommen. Ghassan und seine Schwester hatten frische Süßigkeiten aus der Bäckerei mitgebracht. »Möge unser lieber Jandal in Frieden ruhen. Mögen seine verbleibenden Jahre zu deinem Leben dazugerechnet werden«, sagte ich zu seiner Schwester, die freundlich erwiderte: »Und auch zu deinem.« Ich hätte auch Ghassan umarmt, aber ich ließ es bleiben, weil das seiner traditionell eingestellten Schwester nicht gefallen hätte. Die Zwillinge waren gekommen und beendeten wie üblich die Sätze des anderen. Sie teilten mir mit, dass Wadee sich verlobt hatte.

»Das ist Rula, meine Verlobte«, sagte Wadee mit unübersehbarem Stolz. Sie hatte blond gefärbtes Haar und trug grüne Kontaktlinsen. Wadee schwebte wie auf Wolken und kümmerte sich liebevoll um sie. Sie schien ihm nicht ganz so viel Hingabe entgegenzubringen.

Samer und Jumana kamen gemeinsam. »Zu spät, wie es jetzt Mode zu sein scheint«, bemerkten die Zwillinge, als Jumana Hajjeh Um Mhammad, die Dame des Hauses, begrüßte. Ich hatte aus dem Hintergrund alles beobachtet. Dann entdeckte sie mich und kam mit ausgestreckten Armen auf mich zu. Ein paar Monate zuvor hatte sie mir einen weiteren langen Brief geschickt, in dem sie sich erneut entschuldigte und versprach, alles zu tun, damit ich ihr vergab. Sie versicherte mir auch, dass ich falsch lag, wenn ich ihr ein Interesse an Bilal unterstellte. Sie wollte mir außerdem noch etwas sagen, was sie nicht in einem Brief schreiben konnte, und ich glaubte an ihre Aufrichtigkeit. Wenn ich ehrlich bin, war ich froh, dass es zu unserer Konfrontation gekommen war. Dadurch bekam ich die Gelegenheit, meinem früheren Leben den Mittelfinger zu zeigen. Aber das war jetzt nicht mehr wichtig. Ich glaube, Jandals Tod hatte uns alle verändert.

»Nahr, ich danke Gott, dass du sicher bei uns angekommen bist«, sagte sie.

»Gott behüte dich, Jumana«, sagte ich und ließ mich von ihr umarmen.

Hinter mir hörte ich die Stimme, auf die ich gewartet hatte. »Ich danke Gott für deine sichere Ankunft, Nahr«, sagte er. Mein Herz hüpfte, als ich Bilals Stimme vernahm. Ich sah ihn an, wollte ihn am liebsten mit meinen Armen und Beinen umschlingen. Aber alle Augen waren auf uns gerichtet.

»Gott behüte dich, Bilal«, sagte ich und gab ihm die Hand, während sich unsere Augen ineinander verloren.

Samer strahlte eine gewisse Nervosität und soziale Unbeholfenheit aus. Ja, normalerweise war er zappelig, aber an diesem Tag noch mehr als gewöhnlich. Wenn er saß, hüpften seine Knie ununterbrochen auf und ab, und seine Hände zuckten. Wenn er stand, klopfte er mit den Handflächen gegen Wände und Tische. »Es gibt viel zu erzählen«, flüsterte er. »Aber erst, wenn die Leute gegangen sind.« Die Art, wie er sich bemühte, die Neuigkeiten für sich zu behalten, war liebenswert, beinahe kindlich.

Das Erste, was ich nach meiner Ankunft in Palästina tun musste, war, Jandals Familie meinen Respekt zu erweisen. Tatsächlich überraschte es mich, Ghassan und seine Schwester bei meinem Begrüßungsempfang zu sehen, aber ich nahm an, dass das Leben eben weitergehen musste.

»Du kannst mit uns fahren«, sagte Ghassan. »Ich komme sowieso hierher zurück, dann kann ich dich auch nach Hause fahren.«

»Bilal, warum kommst du nicht mit?«, schlug Ghassans Schwester vor. Wir sahen uns alle an. Offensichtlich versuchte sie, mich auf dem Weg der Tugend zu halten. Vielleicht fürchtete sie, ich könne ihren Bruder auf dem Heimweg vergewaltigen. Ich sagte nichts, aus Mitgefühl für ihren Verlust.

Die rituellen vierzig Tage der Trauer waren vergangen, doch Ghassans Mutter war immer noch voller Kummer. Jandal war ihr Baby gewesen, das jüngste Kind von sieben, und hatte ein enges Verhältnis zu seiner Mutter gehabt. Aber das Leben findet immer einen Weg, sich zu erneuern. Nicht lange nach Jandals Tod wurde ein kleiner Junge in die Familie hineingeboren, und Ghassans Mutter verbrachte die Zeit meines Besuches damit, sich mit dem Säugling zu unterhalten und ihm Schlaflieder vorzusingen. Ich blieb nicht lange. Ghassans Familie würdigte den Respekt, den ich bei meinem Besuch direkt nach meiner Rückkehr nach Palästina gezeigt hatte.

»*Aseeleh, ya* Nahr«, sagte seine Mutter. »Du bist die Tochter deines Landes. In Zeiten wie diesen zeigt sich die wahre Würde eines Menschen.« In ihren Worten schwang vieles mit.

Ich nahm es als eine unausgesprochene Akzeptanz meiner Person.

Hajjeh Um Mhammad und ihre Schwestern waren verschwunden, als wir zurück nach Hause kamen.

»Sie ist bei dem wöchentlichen Treffen der Frauenvereinigung«, erklärte Bilal.

»Was ist das?«

»Eine Gruppe, die sie während der Ersten Intifada gegründet haben. Sie nennen sich Aishas Armee und haben vor einem Monat wieder mit den Treffen angefangen. Soweit ich weiß, helfen sie bei der Organisation von Gefängnisbesuchen für Frauen im ganzen Land. Aber so wie ich unsere Mutter kenne, könnte sie selbst eine Revolution organisieren«, sagte er und lächelte so charmant, dass ich rot wurde.

Faisal und Samer räumten den Tisch ab und machten Tee über der Glut, Ghassan und Bilal bereiteten ein paar *argilehs* vor, und Jumana und ich spülten das Geschirr. Ich hegte keinen Groll gegenüber Jumana. Auch das war ein Beweis dafür, wie sehr ich mich verändert hatte. Die frühere Version von mir hätte ihre Missachtung nicht so einfach durchgehen lassen und auf Rache gesonnen.

»Warum spülen die denn nicht?«, fragte sie augenzwinkernd und nickte in Richtung der Männer.

»Weil wir ihnen nicht zutrauen, es auch sauber zu bekommen. Schließlich müssen wir wieder von diesem Geschirr essen«, sagte ich.

»Kluges Mädchen.«

Wir plauderten ein bisschen über den Salon und die Stammkundinnen. Das Geschäft lief gut, und sie fragte, ob ich ihr nicht ein bisschen helfen wolle. »Du bekommst achtzig Prozent von dem, was du einnimmst«, bot sie mir an. Das war mir sehr recht, denn ich hatte tatsächlich darüber nachgedacht, Jumana meine Hilfe anzutragen.

Als wir mit dem letzten Topf fertig waren, fragte ich: »Was ist denn nun so wichtig, dass du es mir nur persönlich sagen kannst?«

Sie hielt inne, drehte sich zu mir um und widmete sich dann wieder dem Geschirr. »Als wir uns das erste Mal trafen, warst du überrascht, dass ich in meinem Alter noch nicht verheiratet war.«

Ich nickte.

»Die Wahrheit ist, dass ich aus demselben Grund nicht geheiratet habe wie Ghassan«, sagte sie.

»Du und Ghassan, ihr seid zusammen?«

»Seit wir Kinder waren. Er hat mir in der ersten Klasse einen Heiratsantrag gemacht«, erzählte sie lächelnd. »Aber dann kam das Leben dazwischen, und als die Zeit reif war, verbot es seine Familie. Die Leute machen meinen Vater für den Mord an Ghassans Vater verantwortlich«, sagte Jumana. »Ghassans Vater war in den Untergrund gegangen …« Sie sah mich an. »Und mein Vater hat das Militär zu ihm geführt.«

Ich nahm ihr den ordentlich gesäuberten Topf ab. Sie brauchte nicht weiterzureden. Ihr Vater war ein Verräter, der Israel geholfen hatte, Ghassans Vater zu ermorden. Seine Familie würde ihnen niemals erlauben zu heiraten.

»Warum muss die Liebe immer so tragisch sein?«, seufzte ich, stellte den Topf ab und umarmte sie. »Also, wer muss noch sterben, bevor ihr beide endlich heiraten könnt? Ich denke, es ist nicht hoffnungslos, ansonsten würdest du nicht noch warten.«

Sie lachte. »O Nahr! Du bist wunderbar direkt.«

»Also?«

Sie sah zu Boden und wieder zu mir. »Sein Onkel ist das Problem.«

»Nur ein Onkel?«

»Ja. Das Familienoberhaupt. Er sagte, er werde seinen Neffen verstoßen, wenn er die Familie entehrte und die Tochter des Mannes heiratete, der dabei half, seinen Bruder zu töten.«

»Na, das sind aber große Worte!« Wir lachten und schlossen uns den anderen auf der Terrasse an.

Wir setzten uns in einen Halbkreis und blickten ins Tal hinunter. Jumana nahm die *argileh*-Pfeife von Ghassan und stieß mit einem Seufzer eine Rauchwolke aus. Ich beobachtete die beiden – sie streichelten sich fast unmerklich die Hände, lächelten einander zu. Wie hatte mir das bislang entgehen können?

Ich ertappte Bilal dabei, wie er mich beobachtete. Er sah mich an und lächelte. Mein Herz schlug schneller. Ich lehnte mich in den Stuhl zurück und atmete die frische Luft tief ein. Wilde Mohnblumen sprenkelten die Landschaft und kündigten den nahenden Frühling an. In wenigen Wochen würden sie das Land mit einem Teppich aus rotem Samt überziehen. Der Himmel war bereits von roten und orangefarbenen Vorboten des Sonnenuntergangs durchzogen. Wir alle saßen schweigend da, gebannt von dieser Schönheit, und versuchten, die wuchernde Siedlung vor uns zu ignorieren.

Samer setzte sich auf und sah mich an. »Wir möchten dir einige Dinge berichten«, sagte er. Die anderen lachten und sahen auf ihre Armbanduhren.

»Ich habe gewonnen«, erklärte Ghassan. Sie hatten darauf gewettet, wie lange Samer es aushalten würde, ohne mit den jüngsten Entwicklungen herauszuplatzen.

In meiner Abwesenheit hatten sie einen komplizierten Plan entwickelt, in dem ich als Schmugglerin nicht vorkam. »Die ursprüngliche Idee war nicht sehr gut, weil alles kaputt gewesen wäre, wenn man dich erwischt hätte«, sagte Bilal.

Stattdessen dachten sie sich eine neue Strategie aus, die in meinen Ohren noch gefährlicher klang, weil mehr Parteien involviert waren: ein russisch-israelischer Waffenschieber, Drogenhändler und Touristen.

Ein Anruf bei einem Computertelefon – ich hatte keine Ahnung, dass es so etwas gab – von einem Reiseleiter in Nazareth würde die Schmuggeloperation einleiten.

Der Nazareth-Mann arbeitete für eine Busgesellschaft, die Touristen in die Westbank zu den biblischen Stätten brachte. Gelegentlich war er freiberuflich für kleine, unabhängige Gruppen tätig. Das waren seine lukrativsten Jobs, nicht nur wegen der Trinkgelder, sondern auch, weil der Firmen-Van Geheimfächer hatte, in denen er Drogen transportierte. Der Nazareth-Reiseleiter gab einfach per SMS durch, wann und wo das Auto für eine Zeit lang geparkt war, und jemand mit einem Ersatzschlüssel holte die Ware ab, während er mit seinen Touristen herumging. Bei seiner nächsten freiberuflichen Tour würde er die geheimen Fächer für unsere Waffen anstelle von Drogen benutzen.

»Ihr vertraut einem Drogendealer?«, fragte ich ungläubig.

»Eigentlich einem Drogenschmuggler«, erwiderte Faisal. »Nein, es sind die Russen, die ihm vertrauen.« Inzwischen hatte sich Wadee zu uns gesellt und vollendete den Gedanken seines Bruders: »Er gehört zu ihnen.«

»Wenn die Russen einen einfachen Weg nach drinnen hatten, warum haben sie so lange damit gewartet, es uns mitzuteilen?«, fragte ich.

»Keine Ahnung«, antwortete Bilal. »Vielleicht wollten sie sicherstellen, dass wir nicht mit der israelischen Polizei oder der Palästinensischen Autonomiebehörde zusammenarbeiten. Und wahrscheinlich wollen sie auch nicht, dass wir wissen, wie sie Drogen in palästinensische Gebiete einschmuggeln. Sie haben etwas dagegen, dass wir ihnen ihr Geschäft verderben.«

»Woher weißt du, dass sie nicht verdeckt arbeiten?«

»Das weiß ich nicht.« Bilal sah mich ernst an – eine Erinnerung daran, dass dies kein Spiel war. Ich nahm seinen Blick in mir auf und hoffte, dass er dieselbe Entschlossenheit in mir zum Keimen bringen würde.

Ghassan fügte hinzu: »Auf dem Weg befinden sich Beobachtungsposten, die uns warnen, falls es sich um eine Falle handelt.«

»Und was ist mein Job?«, fragte ich.

»Du und Jumana, ihr müsst am Checkpoint für Ablenkung sorgen, falls der SUV angehalten und durchsucht wird«, sagte Ghassan. Jumana fügte hinzu: »Wir kämpfen um einen Mann.«

»Bereite dich darauf vor, dass ich dir in den Arsch trete. Ich bin sauer«, sagte ich. Alle lachten, und ich spürte ihre Aufrichtigkeit. Ich war keine Außenseiterin mehr, sondern eine Kameradin, eine Freundin, eine Schwester. Ich dachte an Um Buraq und an Sabah, die einzigen anderen Freundinnen, die ich nach über drei Jahrzehnten auf dieser Erde vorzuweisen hatte.

»Nahr?« Jumana berührte sanft meine Hand. Ich sah sie an. »Du siehst traurig aus«, flüsterte sie.

Ich drückte ihre Hand und lächelte. »Es geht mir gut«, sagte ich. Die Sonne war mittlerweile zu einem orangefarbenen Halbkreis zwischen den Hügeln geworden. Samer ging hinein, um den Tisch zum Kartenspielen aufzustellen.

Drei Wochen später, es war ein Freitagabend und schon fast zehn, piepste das Computertelefon. Tante Um Mhammad fühlte sich nicht wohl und war nach dem Abendessen zu Bett gegangen. Bilal und ich spülten das Geschirr, hatten Lust auf etwas Süßes und diskutierten darüber, ob es sich lohne, noch ein Eis kaufen zu gehen. Der Nazareth-Reiseleiter beendete unsere Unterhaltung. Mit nassen Händen nahm Bilal den Hörer, und ich lauschte gebannt neben ihm.

»Der Sabbat ist gut. Da wird es ruhig sein. Nein. In Barmal. Doch, auf jeden Fall! Es muss in Barmal sein. Ich habe Leute dort. *Inshallah. Salam*. In Gottes Händen.«

Der Nazareth-Mann machte an diesem Samstag eine private Tour. Bilal hatte darauf bestanden, dass er den Van in Barmal abstellte, einem Stadtteil Bethlehems, in dem der Autodiebstahl florierte. Es war nahe genug für Exkursionen zur Geburtskirche und zu den übrigen Sehenswürdigkeiten, aber auch einsam genug, dass jemand, der mitbekam, wie ein Touristenfahrzeug geplündert wurde, lieber in die andere Richtung sah und den Mund hielt.

Er legte auf. Ich schlang meine Arme um seine Taille und drückte mein Ohr an seine Brust. Sein Herz schlug so aufgeregt wie meines. Er schmiegte sich an mich und umarmte mich fest. »Ich bin froh, dass du zurückgekommen bist«, sagte er und küsste mich auf den Scheitel. Wir schliefen in getrennten Zimmern unter demselben Dach, aber jeden Abend, wenn ich zu Bett ging, stellte ich ihn mir neben mir vor.

Ich löste mich aus der Umarmung. »Hast du Angst?«, fragte ich.

Er zögerte und kam mir wieder näher.

»Ja«, flüsterte er und schloss die Lücke zwischen uns. Ich machte die Augen zu, als sich unsere Lippen fanden. Ich würde gern sagen, dass ich von Leidenschaft übermannt wurde, aber so war es nicht. Nein, eine tiefe Unruhe in meinem Inneren, so beständig, dass ich sie schon gar nicht mehr wahrnahm, kam plötzlich an die Oberfläche. Als der Kuss sich vertiefte, ausdrucksvoller wurde, ergriff mich das

Verlangen zu weinen. Niemand hatte mich jemals mit solcher Liebe geküsst. Ich erkannte, dass das Glück Tiefen erreichen kann, die sich fast wie Trauer anfühlen.

Wir alle waren am nächsten Morgen früh auf den Beinen und nahmen unsere Positionen ein. Jumana und ich brachen gegen neun zum Checkpoint auf. Als sich der Van zusammen mit den anderen Autos dem Kontrollpunkt näherte, gingen Jumana und ich den Fußweg entlang, um den Checkpoint zu überqueren. Wir bereiteten uns schon darauf vor, einen Streit zu inszenieren, da wir klar erkennen konnten, dass das Fahrzeug viel tiefer lag, als es mit nur sechs Passagieren der Fall sein sollte. Zu unserer Überraschung bemerkten die Soldaten das aber nicht und winkten den Van durch, als die ausschließlich weißen Passagiere ihre westlichen Pässe vorzeigten.

»Ich denke, unsere Arbeit hier ist erledigt«, sagte Jumana.

»Verdammt. Ich hatte mich schon darauf gefreut, dir in der Öffentlichkeit den Arsch zu versohlen.« Ich lachte.

»Mädchen«, sagte sie und spannte den Bizeps an. »Hat dir nie jemand geraten, dich vor den ruhigen, zierlichen Frauen in Acht zu nehmen?«

»Ich zerquetsche dich mit einer Arschbacke, bevor du mir irgendetwas mit diesem armseligen kleinen Muskel antun kannst.«

Wir lachten beide, aber ohne Heiterkeit, angespannt von all dem, was in den nächsten Stunden schiefgehen konnte. Wadee, Faisal und Samer hatten den gefährlichsten Job. Sie mussten die Waffen aus dem Geheimfach des Vans holen, in das alte Sofa im Laderaum des gemieteten Lieferwagens stecken, in den Salon fahren und das Sofa dort ausladen. Das Ausladen des Sofas vor Jumanas Salon war der riskanteste Teil, denn es würden sicherlich Passanten herbeiströmen, um zu helfen, und das Gewicht des Sofas konnte leicht Verdacht erregen und das Militär zu uns führen. Die Zwillinge mussten also jede Hilfe ablehnen, was möglicherweise die Helfer verletzen und Verdacht erregen würde.

An diesem Punkt kamen Jumana und ich wieder ins Spiel. Wir sollten bereits im Salon warten, um die Sofakissen reinzutragen, von denen jedes mit Waffen und Munition gefüllt war. Niemand würde es seltsam finden, dass eine Frau nicht mehr als ein Kissen gleichzeitig tragen konnte. Wir planten jedes Detail, trafen sogar Vorkehrungen, damit die Kundinnen im Salon nicht versuchten zu helfen. Wir würden ihnen Haarfolien applizieren oder sie unter die Trockenhauben setzen, damit sie nicht aufstehen konnten.

Jumana und ich mussten einen Checkpoint passieren, um zum Salon zurückzukehren. Wir hatten nicht erwartet, aufgehalten zu werden, aber einer der Soldaten beschloss, Jumanas Ausweis genauer zu inspizieren. Aus Angst, Zeit zu verlieren, flirtete ich mit ihm. Er war mindestens zehn Jahre jünger als ich, aber man konnte sich immer darauf verlassen, dass diese Männer von ihren Schwänzen gesteuert wurden. Der jüdische Junge mit der großen Waffe ließ uns durch und lächelte mir zu, den Blick auf meinen wackelnden Hintern gerichtet.

Ich packte Jumanas Hand, als wäre sie meine Geliebte, und sagte: »Dreh dich nicht um, egal was passiert.«

»Du bist meine Heldin.« Sie umklammerte meine Hand. »Wenn ich mal groß bin, möchte ich so sein wie du.«

»Du Miststück, du bist älter als ich.« Wir probierten es mit Humor, aber die Angst ging dadurch nicht weg. Den Rest des Weges legten wir schweigend zurück, ungefähr zwanzig Minuten zu Fuß bis zum Salon. Jumana lockerte ihr Kopftuch und ließ es mit jedem Schritt ein Stückchen weiter fallen, bis es ihren Hals umschlang. Als wir uns dem

Salon näherten, sahen wir eine Menschenmenge auf der Straße. Jumana ergriff meine Hand, und wir eilten auf den Salon zu. Schließlich erkannten wir, dass die Leute im Begriff waren, die Tür aufzubrechen. Wir rannten jetzt, und die Nachbarskinder riefen: »Beeil dich, Tante Jumana! Dein Laden brennt!«

Wir bahnten uns einen Weg durch die Menge. Aus der Tür und den Fenstern quollen dünne Rauchfahnen. Ein Feuerwehrauto mit ohrenbetäubender Sirene kam herbeigefahren, und die Menge machte die Bahn frei. Wir traten zurück in die Masse der Körper, die Arme umeinander gelegt, und beobachteten die brüllenden Männer mit dem Wasserschlauch, die Flammen, die zischend erloschen, den schwarzen aufsteigenden Rauch.

Die hohe Stimme eines Kindes sagte: »Sieht so aus, als müssten deine Brüder die ganze Arbeit noch einmal machen.« Wir drehten uns beide um. Da stand ein kleines Mädchen, eines der Kinder, die uns zuerst alarmiert hatten. Wir sagten nichts, sorgten uns aber über dieselben Dinge: Was, wenn sie den unterirdischen Raum entdeckten? Was sollen Samer und die Zwillinge jetzt tun? Was ist mit Bilal und Ghassan?

Im Geiste sah ich uns alle schon in israelischen Gefängnissen sitzen, der Folter ausgesetzt. Sie würden das gesamte Viertel abreißen und von Siedlern neu aufbauen lassen, als eine weitere jüdische archäologische Stätte à la Disneyland aufbereiten, die Stadt umbenennen, die Bevölkerung in ein neues Getto stecken. Mir wurde schlecht.

Mein Handy klingelte, und ich klappte es auf. »Bilal!«

»*Habibti*, geht es dir und Jumana gut?«

»Uns geht es gut. Aber der Salon …«

»Wir haben es schon gehört. Ghassan und ich sind unterwegs. Bleibt ruhig.«

Kurz nachdem das Feuerwehrauto abgefahren war, brach Jumana zusammen und scheuchte schreiend die Leute weg. Wir beide standen in ihrem verkohlten, durchnässten Salon. Die Trockenhauben, Formica-Theken und Plastikstühle waren zu abstrakten Formen zusammengeschmolzen. Die Topfpflanzen waren schwarz und schlaff, und der Deckenventilator baumelte gefährlich an ein paar Drähten. Von seinen Flügeln tropfte Löschwasser. Der weiße Schaum der Feuerlöscher durchzog den schwarzen Rußfilm, der den ganzen Raum bedeckte.

»Ich habe einen Teil des Hofes meines Vaters verkauft, um diesen Salon zu eröffnen. Es ist nichts mehr davon übrig. Sie werden uns töten und alles an sich reißen«, sagte sie zu sich selbst, und Glasscherben knirschten unter ihren Füßen. Ich spähte ins Badezimmer. Die Wände und die Möbel einschließlich des Schranks hinter der Toilette waren geschwärzt, aber nicht verbrannt. Jumana lehnte sich mit dem Rücken gegen die Wand, glitt zu Boden, umfasste ihre Knie und begann zu schluchzen. Ich kniete mich neben sie hin. So langsam machte ich mir Sorgen. Wo blieben Bilal und Ghassan denn bloß?

»*Habibti*, du musst dich zusammenreißen. Wir werden es schon irgendwie schaffen, den Laden zu renovieren, aber jetzt ...«

»Ich weine nicht wegen des Salons. Ich habe keine Möglichkeit, Kontakt zu Faisal und Wadee aufzunehmen. Ich habe keine Ahnung, was mit ihnen ist. Es gibt niemanden, den man anrufen kann, nichts, was man tun kann, ohne sie einem noch größeren Risiko auszusetzen.« Sie sah mir in die Augen: »Was haben wir nur getan?«

»Hör auf!« Ich packte sie an den Schultern. Mit so viel Autorität, wie ich aufbringen konnte, raunte ich: »Vor einer halben Stunde hätten Bilal und Ghassan hier sein sollen.

Wahrscheinlich sind alle Männer verhaftet worden, und bald werden Soldaten hier stehen, um uns auch noch zu holen.«

Sie riss die Augen auf, als wäre sie gerade aus einem bösen Traum erwacht. »Was machen wir jetzt?« Sie klang panisch. »Sollen wir in den unterirdischen Raum gehen?«

»Nein. Die Leute werden uns sehen«, erwiderte ich. »Ich muss nach Hause, um nachzusehen, wie es Tante Hajjeh Um Mhammad geht. Wir müssen sie bei ihrer Schwester unterbringen, falls Soldaten unterwegs sind. Dann können wir beide …«

Draußen hielt ein Auto. Bilal und Ghassan eilten herbei. Bilal rutschte beinahe auf dem Löschschaum aus. Wir sprangen auf, Jumana warf sich in Ghassans Arme und ich mich in Bilals. Jumana schluchzte weiter, nun an Ghassans Brust.

»Wieso habt ihr so lange gebraucht?«, fragte ich, als ich wieder Atem geschöpft hatte.

»Es gibt einen neuen Checkpoint in der Abu Hayyan Street. Wir mussten erst mal an zwei Hunden in Uniform und ein paar Felsbrocken in der Mitte der Straße vorbeikommen«, sagte er. Aber die beiden Männer lächelten und betrachteten das geschwärzte Badezimmer. Es stand noch und verbarg weiterhin unser Geheimnis.

»Was ist denn so lustig?« Jumana stieß Ghassan ein Stückchen von sich weg.

Ghassan umarmte sie erneut und entschuldigte sich. »Nichts ist lustig. Aber du brauchst dir keine Sorgen zu machen. Deinen Brüdern und Samer geht es gut, und wir werden alle zusammen in kürzester Zeit deinen Salon instandsetzen. Das verspreche ich dir«, sagte er.

Ich sah Bilal an. Wir vier tauschten Blicke. Zuerst kicherten wir leise vor Erleichterung, dann lachten wir so laut, dass einige Passanten vor lauter Neugier in die schwarze Leere hineinspähten.

Schließlich schlug Ghassan vor, den Salon zu verlassen. »Kommt, wir essen einen Happen. Bilal und ich werden die Fenster und Türen mit ein paar Brettern vernageln.« Er zeigte auf einige Einzelteile der angerußten Möbel. »Wir erzählen euch, was passiert ist, wenn wir zu Hause sind.«

»Nein, sag es uns jetzt«, beharrte Jumana. »Wo sind meine Brüder und Samer?«

»In Sicherheit. Sie haben die Ware. Der Lieferwagen wird über Nacht in einer Garage abgestellt. Samer hatte die gute Idee, sie für eine Woche zu mieten, und unser Kontakt in Barmal bringt die drei heute Nacht bei sich unter«, sagte Bilal, und Jumana sah zur Bestätigung Ghassan an.

»Es stimmt«, sagte Ghassan. »Morgen früh kommen wir alle zum Salon, um die Außenwand zu reparieren, die Tür und die Fenster auszutauschen, und das Sofa bringen wir an einem anderen Tag.«

Jumana runzelte die Stirn. »Wie willst du die Fenster ersetzen, bevor du den ganzen Rest reparierst? Was, wenn der ganze Laden zusammenbricht?«

Ghassan kicherte erneut: »Es ist nicht so schlimm, wie es aussieht. Der Salon braucht nur Wasser und Seife und ein bisschen Tischlerarbeit. Feuer verbrennt ja nicht das Mauerwerk, *habibti.*«

Männer haben manchmal eine Art, mit uns Frauen zu sprechen, als wären wir Kinder. »Ich bin mir sicher, dass sie das weiß, Ghassan«, blaffte ich ihn an.

Er sah Bilal an und signalisierte ihm wortlos, dass er sich aufgrund ihrer Freundschaft zurückhalte. Aber ich fuhr unbeirrt fort: »Sie weiß ja auch, genau wie du, dass das Feuer den Mörtel schwächen kann, wodurch sich das Mauerwerk verschieben oder sogar zusammenbrechen kann, wenn er nicht repariert wird.« Das hatte ich mir ausgedacht, aber es klang logisch, und ich dachte, Ghassan wüsste es wahrscheinlich nicht besser. Ich mochte Ghassan. Aber seine machohafte Art trieb mich manches Mal in den Sarkasmus, und so provozierten wir uns gegenseitig.

Bilal und Jumana griffen ein und unterbrachen sich gegenseitig unbeholfen, während sie versuchten, die Situation zu entschärfen. »Ihr habt beide recht«, war der einzige zusammenhängende Satz, den ich hörte. Aber Ghassan musste das letzte Wort haben.

»Lass das einfach mal die Männer regeln«, sagte er, zufrieden mit sich selbst, und ging voran. Bilal bedeutete mir flehentlich, nicht zu antworten. Ich hielt meine Zunge im Zaum, nicht wegen Bilal, sondern wegen dem, was Ghassan als Nächstes sagte.

»Es war nur ein elektrisches Feuer, keine Explosion. Jumana hätte diese Kochplatte eben nicht anlassen sollen«, bemerkte er.

Jumana legte sofort ihren Arm um mich und flüsterte: »Ich lasse das blöde Ding die ganze Zeit über an.« In diesem Moment wurde mir klar, was die Feuerwehrleute Jumana erzählt hatten – und dann auch allen anderen in der Stadt. Die einzige »Kochplatte« im Salon war der Wärmetopf für das Enthaarungswachs – und das verwendete nur ich. Ich war diejenige, die die Platte angelassen hatte. Das Feuer war meine Schuld, und das hatte Jumana weder mir noch Ghassan gesagt. Ich sah entschuldigend zu Jumana hinüber, aber sie signalisierte mir, ich solle nichts sagen.

Zum ersten Mal seit langer Zeit wälzte ich mich im Bett und dachte darüber nach, wie ich mich angemessen entschuldigen und meine Reue zum Ausdruck bringen konnte.

Ghassan hatte recht gehabt mit der Einschätzung, dass das Feuer die Bausubstanz nicht angegriffen hatte. Der Schaden war jedoch so groß, dass die Brüder eine Woche lang jeden Abend arbeiteten, während Jumana und ich putzten, malten und reparierten. Wenn das Feuer etwas Positives hatte, so war es das wachsende Vertrauen zwischen Jumana und mir. Nun war ich an der Reihe, mich zu entschuldigen, aber sie wollte nichts davon wissen.

»Wenn ich jemanden beschuldigen möchte – was ich aber nicht tue –, so wären das meine Brüder wegen der fehlerhaften Verkabelung«, sagte sie.

In den Stunden, in denen wir Ruß von den Wänden, Decken, Böden und Möbeln kratzten, legten wir den Grundstein für unsere Schwesternschaft. Nachdem wir alles gereinigt hatten, strichen wir die Wände. Das neu installierte Frontfenster und die vordere Tür waren weit geöffnet, um die Frühlingsluft hereinzulassen, das Radio spielte Popmusik von Nancy Ajram, Hayfa Wahbe, Amr Diab, Sherine und Ragheb Alama.

»Da du dich schuldig fühlst und büßen möchtest, kannst du später meine Augenbrauen fädeln«, sagte sie.

»Das mache ich doch sowieso immer.«

»Ja, aber nicht nach einem Tag, an dem wir im Salon geschrubbt, gefegt und gestrichen haben.«

»Das klingt, als hätte ich eine Gehaltserhöhung verdient.«

»Du hast gesagt, du willst büßen!«

»Ich habe nichts von büßen gesagt. Ich habe mich nur entschuldigt.«

Sie drehte sich zu mir um und lächelte spitzbübisch. Dann schnippte sie den Pinsel, den sie in der Hand hielt, und schleuderte mir einen Spritzer blauer Farbe entgegen. Ich war überrascht, fing mich aber rasch wieder. Anstelle eines Pinsels hielt ich einen Farbroller an einem langen Stiel und rollte ihr eine breite blaue Linie vom Gesicht bis zur Taille hinunter, bevor sie weglaufen konnte. Wir schrien und lachten gleichzeitig, während ich sie mit meinem Farbroller durch den Salon jagte.

»Du hast das nicht sehr gut durchdacht, Mädchen«, rief ich. Sie landete noch ein paar gute Treffer, aber ihr kleiner Pinsel war der großen Reichweite meiner Walze nicht gewachsen.

Farbverschmiert begrüßten wir dann ihre Brüder, die kamen, um die Theken und Regale aufzustellen, die sie in ihrer Werkstatt gebaut hatten. Während unseres Farbrausches lief *Ah We Nos* von Nancy Ajram als Hintergrundmusik.

»Was zum Teufel macht ihr Verrückten da?«, fragte Faisal. »Schwesterchen, das geht jetzt nicht!« Sie hatten drei Tage lang sowohl in ihrem regulären Job als auch abends im Salon gearbeitet, nicht viel geschlafen und waren nicht in der Stimmung für ausgelassene Spiele. Wadee vermisste seine Verlobte. »Sie glaubt, ich würde sie betrügen«, klagte er. Faisal war ein einziges Nervenbündel und rechnete ständig damit, dass irgendjemand den Lieferwagen entdecken würde.

»Meine lieben kleinen Brüder. Geht nach Hause und ruht euch aus. Morgen ist der Laden fertig gestrichen, und ihr könnt in Ruhe die Theke und Regale einbauen. Stellt einfach alles dort ab.« Jumana zeigte zum vorderen Teil des Ladens.

Jumana und ich machten eine Pause, um uns zu säubern und ein Glas Tee zu genießen, bevor wir wieder an die Arbeit gingen. Bilal und Ghassan konnten tagsüber nicht viel mithelfen, da es in der Bäckerei so viel zu tun gab, vor allem weil der Ramadan vor der Tür stand.

»Gibt es noch einen anderen Grund dafür, dass Ghassan hier nur abends hilft, nachdem ich gegangen bin?«, fragte ich Jumana.

Sie sah nicht von ihrem Tee auf. »Er kommt, wenn auch ich gegangen bin. Du weißt doch, wie gern die Leute reden.«

»Das ist aber nicht der Grund, oder?«

»Doch«, seufzte sie.

»Lügnerin.«

Sie sagte nichts.

»Er hat etwas dagegen, dass du mit mir befreundet bist, oder?«, fragte ich.

»Nahr«, seufzte sie. »Er ist ein traditioneller palästinensischer Mann. Ein guter Mann mit großem Herzen.«

»Aber?«

Sie zögerte. »Er ist es nicht gewohnt, dass Frauen ihm Widerworte geben, das ist alles.«

Ich sog Luft durch meine Zähne. »Komm, gehen wir wieder an die Arbeit«, sagte ich und stand auf.

»Aber er respektiert dich auch. Tatsächlich bewundert er dich sogar.«

Das überraschte und freute mich, wenn es denn wirklich so war. »Wirklich?«

»Ja, er hat es mehr als nur einmal gesagt.«

Wir schufteten bis in den Abend hinein und legten nur einmal eine kurze Sandwichpause beim Falafel-Wagen auf der anderen Straßenseite ein. Wir schwangen die Hüften zu der Musik aus dem Radio, putzten und malten. Wir redeten über alles Mögliche, Kundinnen und Nachbarinnen, über Liebe, die Revolution, Beautytipps, Essen und Einsamkeit, Bilal, ihre Brüder, Ghassan, die Bäckerei, Siedlungen, Menstruationsfragen, Astrologie, streunende Katzen, Nachrichten aus umliegenden Dörfern, Politik und darüber, warum keine von uns Kinder wollte.

»Ich mache mir schon genug Sorgen um meine Brüder, erwachsene Männer, in dieser beschissenen Situation. Ich glaube, dass ich es nicht ertragen könnte, wenn meine Kinder sich überall mit Soldaten und Siedlern herumschlagen müssten«, sagte sie. »Was ist mit dir? Warum willst du keine Kinder?«

»Ich weiß es nicht. Wahrscheinlich aus demselben Grund wie du. Ich möchte keine Kinder in eine Welt setzen, die sie verachten wird, und weil … ich manchmal den bloßen Gedanken an Sex so widerlich finde, dass ich mich am liebsten übergeben würde.«

Ich sah aus dem Augenwinkel, wie Jumana sich zu mir umdrehte, aber ich schaute sie nicht an. Ich überließ es ihr, sich ihre eigenen Gedanken zu machen.

Chaostheorie

Zwei Wochen nach der Schmuggeloperation kehrte wieder Normalität ein, der Lieferwagen war schon lange zurückgegeben, und das neue Sofa, jetzt ohne seinen geheimen Inhalt, ersetzte das alte, verrußte im sauberen, renovierten Salon. Wir waren erschöpft, aber stolz auf das, was wir geleistet hatten. Wir hatten als Team gearbeitet und einander beigestanden, selbst in schlimmen Zeiten. Das Vertrauen, das daraus entstanden war, hatte großes Gewicht – etwas Unverrückbares, so wie die Berge um uns herum, voller Geschichten, die sie nie preisgeben werden, und voller Leben, das sie immer nähren werden. So erlebte ich es jedenfalls.

»Das Feuer hat uns einen Vorwand geliefert, ein neues Sofa aufzustellen, obwohl das alte noch gar nicht abgenutzt war«, sagte Faisal. Er konzentrierte sich immer auf das Positive.

Am wichtigsten war, dass die Zwillinge die Lieferung sicher unter die Erde gebracht hatten. Bilal und Ghassan, die Einzigen, die Ahnung von Waffen hatten, mussten die Lieferung inspizieren. Da sie unter Beobachtung standen, ließen sie sich nur zu Hause und in der Bäckerei zusammen sehen. Die beste Gelegenheit würde sich in einer Woche während einer bevorstehenden Hochzeit ergeben. In der Zwischenzeit konnten Samer und die Zwillinge bloß verkünden: »Wir haben alles gezählt, und es ist alles da.«

Schließlich trafen sich Bilal und Ghassan im Untergrund, und Jumana und ich hielten bei der Hochzeit die Augen auf nach Leuten, die früher gingen oder nach den beiden fragten. Eine Zeit lang leisteten wir Hajjeh Um Mhammad Gesellschaft, die aber bald wieder ging, da ihre Schwester sich nicht wohlfühlte. Ich versuchte, mich zu beherrschen, wurde aber immer wieder zum Tanzen aufgefordert und verlor mich in der Musik. Zum Glück behielt Jumana einen kühlen Kopf und zog mich schließlich fort. »Mädchen, wenn du weitertanzt, wird die Braut dich verprügeln. Du stiehlst ihr die Schau«, warnte sie. Ich drehte mich zur Braut um und lächelte sie an, aber sie verengte die Augen zu Schlitzen und wandte sich von mir ab. Die Musik von Elissas *Bitmoun* erfüllte den Saal.

»Wenigstens hast du sie abgelenkt«, flüsterte Jumana.

Wir sahen Samer auf unseren Tisch zukommen. Es war schwer einzuschätzen, wann er es ernst meinte oder scherzte, wehmütig oder fröhlich war. Ihn umgab eine Art nervöse Unruhe, wie eine atmosphärische Aura, die man nicht durchdringen konnte. Immer, wenn man ihn sah, fühlte man sich gezwungen, sich nach seinem Befinden zu erkundigen.

»Alles in Ordnung, Samer?«, fragte Jumana.

Er deutete auf sein Ohr, als Zeichen dafür, dass er uns nicht hören konnte. Die Musik war zu laut. Jumana zog einen Stuhl für ihn heran und drückte ihn darauf. Wir drei steckten die Köpfe zusammen. »Was ist denn los?«, fragte sie.

»Sie sind nicht zufrieden«, sagte er. *Sie*, das waren Bilal und Ghassan. »Sie sagen, das meiste Zeug sei nutzlos.«

Wir setzten uns aufrecht hin. Ich sah Bilal und Ghassan auf der entgegengesetzten Seite des Raums. Sie taten so, als würden sie die Party genießen. Etwa dreißig Leute tanzten zu einem Amr-Diab-Lied, andere saßen an Tischen, unterhielten sich, aßen und schauten dem Treiben zu. An diesem

Abend konnten wir nichts mehr ausrichten. Ich ging auf Bilal zu, wurde aber auf die Tanzfläche gezogen, als der DJ zu Fairuz wechselte. Die ersten Töne ihres Liedes *Ya Tayr* bewegen mich immer. Es ist eine einfache Flötenmelodie, aber sie klingt wie ein Abbild der Zeit. Nach allem, was gut war und jetzt verloren ist. Ich schloss die Augen, um tiefer in die Musik einzutauchen. Die anderen auf der Tanzfläche hakten sich unter, wiegten sich im Takt und sangen mit. Fairuz hatte eine Stimme, die das Herz bewegt und einen an einen anderen Ort versetzt. Ich dagegen wurde in die Vergangenheit katapultiert: Ich saß in Kuwait am Strand und bohrte meine nackten Zehen in den nassen Sand des Arabischen Golfs. Die Flut kam und ging, und Hunderte von Strandschnecken wühlten sich durch den Sand. Ich schlenderte mit meinen Freundinnen durch die El-Bahr-Straße in Salmiya, flirtete mit den Jungs, zeigte meine Kurven. Stumme Bilder von Mama, Sitti Wasfiyeh, Jehad, Sabah und Baba, eingerahmt von den Liedtexten, schwebten sanft vorbei. Mhammads Einsamkeit und Unehrlichkeit, Um Buraqs List und Großzügigkeit, Deepa und Ajay, Saddam Hussein und die amerikanischen Bomben. Und schließlich Palästina, der gute Jandal und die kleinen Ziegen. Meine Hüften wirbelten eine Spirale von Erinnerungen hervor, die durch mich hindurchzogen und in den Äther aufstiegen, bis das Lied schließlich ausklang. Ich öffnete die Augen und sah, dass Bilal mich beobachtete.

Jumana lachte und flüsterte mir etwas ins Ohr. »Ich bin mir ziemlich sicher, dass du jedem Mann um uns herum einen Ständer und jeder Frau Bluthochdruck verpasst hast. Wir sollten lieber gehen«, sagte sie.

Ich sah Bilal an. Er lächelte nicht mit dem Mund, sondern mit den Augen. Monate später sagte er zu mir: »Dich tanzen zu sehen, verloren in der Musik, das hat mich gelähmt zurückgelassen. Ich konnte mich weder bewegen noch die Augen abwenden.«

Am Ende aller Planung, Sorgen und der Risiken, die wir auf uns genommen hatten, blieben nur zwei vernünftige Gewehre, ein 9-mm-Revolver und reichlich Munition übrig, erhalten von einem russisch-israelischen Gangster und einem palästinensischen Drogenschmuggler. Bilal hatte fast seine kompletten Ersparnisse aufgewendet, um einen vorwiegend nutzlosen Posten an russischen und amerikanischen Kleinwaffen aus der Zeit des Kalten Krieges zu erwerben. Wir fühlten uns ohnmächtig. Obwohl Bilal und Ghassan anfangs wütend darüber waren, dass man sie dermaßen über den Tisch gezogen hatte, hatten sie sich bei unserem nächsten Treffen beruhigt und konzentrierten sich ganz optimistisch auf das, was möglich war. Ich nehme an, diese Eigenschaft war es, die sie zu Revolutionären gemacht hat. Sie waren mit dem Herzen dabei und gaben alles, und das bedeutete auch, sich mit Niederlagen und Enttäuschungen auseinanderzusetzen, neue Pläne zu machen und frische Hoffnung zu schöpfen.

In den nächsten Wochen war alles wie immer. An einem Samstag allerdings gelang es Ghassan und Bilal, sich für ein Schießtraining tief in den Wald hineinzuschleichen, wo man ihre Schüsse nicht hören würde. Es war nicht leicht für sie, allen wachsamen Augen zu entgehen, aber sie hatten schon Erfahrung damit und konnten ihre Spuren verwischen. Gerade am jüdischen Sabbat waren nämlich die meisten israelischen Arbeiter entweder zu Hause oder auf dem Weg dorthin. Die Überwachung war hauptsächlich die Aufgabe der palästinensischen Informanten. Bilal und Ghassan versuchten herauszufinden, wer sie waren, und im Laufe der Jahre gelang es ihnen, mehrere zu identifizieren. Sie benutzten sie, um Israel einige Male erfolgreich in die Irre zu führen. Oder sie stellten sicher, dass man sich um sie »kümmerte«. An jenem Samstag, als sie zum Schießtraining gingen, begaben sie sich getrennt in belebte Städte und verkleideten sich dort als Frauen. »Es ist nicht schwer, aber zeitaufwendig«, hatte Bilal zu mir gesagt. Jeder von ihnen wählte seine Waffe und ließ sie dann von den Zwillingen zu einem vereinbarten Treffpunkt transportieren, an den sie zurückgebracht wurde und unterirdisch versteckt blieb, bis sie wieder gebraucht wurde.

Sie waren fast den ganzen Tag fort. Jumana und ich verbrachten die Zeit zusammen, um uns nicht allein Sorgen machen zu müssen.

»Die Leute reden«, sagte sie, als ich ihr die Augenbrauen fädelte.

»Worüber?«

»Über uns.«

»Sie glauben, wir sind Lesben?«

»Nein, du Esel! Über mich und Ghassan und über dich und Bilal.«

»Ich dachte, sie hätten schon genug über dich und Ghassan getratscht.«

»Aber nicht so. Wir waren bisher noch nicht so offenherzig.«

»Was meinst du denn damit? Du bist noch immer nicht offenherzig.«

»Die Leute sehen uns oft in euer Haus kommen. Und sie tratschen über dich und Bilal, weil ihr zusammen in einem Haus wohnt, und das obwohl Hajjeh Um Mhammad auch noch da ist.«

»Stört dich das?«

»Klar!« ... »Autsch!«

»Schau dich an. Nennst dich Revolutionärin und kannst den Schmerz beim Augenbrauenfädeln nicht aushalten.«

»Ich hasse dich.«

»Du Lügnerin, du liebst mich doch.« Ich gab ihr einen Handspiegel, damit sie meine Arbeit überprüfen konnte.

»Sieht gut aus.«

»Es sieht großartig aus. Warum heiratest du Ghassan nicht endlich? Pfeif doch auf seinen nachtragenden Onkel. So macht das doch auch keinen Sinn.«

»Nun, wir haben tatsächlich darüber gesprochen. Die meisten Männer der Familie stehen auf Ghassans Seite. Er wird sich mit seinem Onkel unterhalten und Klartext sprechen, wenn das nötig sein sollte.«

»Na, endlich!«

Wir sprachen es nicht aus, aber ich glaube, Ghassans Eile, Jumana heiraten zu wollen, hatte etwas mit der Gefahr zu tun, in die wir uns sehenden Auges begaben.

Der Rest der Waffen blieb zwei Monate lang gut versteckt, bis wir uns alle im Untergrund treffen konnten. Es war ein Freitagnachmittag, als die Männer zu ihrem üblichen Kartenspiel bei Samer auftauchten. Jumana und ich schlossen den Salon wie gewöhnlich und halfen einander dabei, über das Seil hinter der Toilette abzusteigen. Der Tunnel war schmutziger, als ich ihn in Erinnerung hatte, direkt erstickend. Aber ich ertrug es, weil ich vor Ghassan keine Schwäche zeigen wollte.

Wir gingen durch den schwach erleuchteten Korridor in Richtung der Lichtkegel zweier batteriebetriebener Lampen. Die Schatten der Männer zuckten auf den dreckigen Wänden, bevor sie selbst in unser Blickfeld traten. Wir flüsterten uns einen Gruß zu, und Jumana und ich setzten uns auf eine Decke auf dem Boden. Ich spürte die kalte Erde unter mir.

»Gute Idee«, sagte Samer und setzte sich auf seine Hände, nachdem er mich dabei beobachtet hatte. Er kaute energisch auf seinem Kaugummi herum.

»Ghassan und ich haben uns einen Plan ausgedacht. Wir möchten euch ein paar Einzelheiten erklären, um sicherzugehen, dass wir uns alle einig sind«, begann Bilal.

»Wir können euch den Plan nicht verraten, aber wir müssen uns überlegen, was wir sagen, falls wir erwischt werden.« Ghassan machte eine Kunstpause.

»Wenn jemand gefangen genommen wird, muss er sich unschuldig geben und mit dem Finger auf mich zeigen«, sagte Bilal.

»Und auf mich«, fügte Ghassan hinzu.

»Unter keinen Umständen darf jemand die Existenz dieses Raums offenbaren«, beschwor uns Bilal. Nur die Hälfte seines Gesichts war im Halbdunkel sichtbar. Ich versuchte immer wieder, einen Blick auf die andere Hälfte zu erhaschen, wenn sich sein Kopf bewegte und das Licht der Scheinwerfer einfing. »Wenn sie es jemals herausfinden, werden sie das gesamte Viertel und alle, die darin wohnen, vernichten. Ist das klar?«

Samer schaukelte auf seinen Händen. »Aber was machen wir denn nun?«

»Ihr macht im Moment nichts, außer dass ihr euer normales Leben lebt«, erwiderte Ghassan.

»Wir können euch nicht sagen, wann und wo wir zuschlagen, nur so viel, dass wir simultane Operationen ausführen werden«, sagte Bilal. Das Licht spielte auf seinem Gesicht, als er sich nach vorn beugte, und für einen Moment sah man alles außer einem Auge, ganz so, als trüge er eine Augenklappe.

Bilal erklärte, dass ein paar alte Kameraden aus ihrer Haftzeit auch in den Plan einbezogen waren, aber je weniger wir wussten, desto besser.

Sie hatten einen Plan entwickelt, um israelische Soldaten auszuschalten. »Und was dann?«, fragte ich. Es war eine ernst gemeinte Frage, aber bei Bilal kam sie anders an.

»Hier gibt es kein *was dann.*« Bilal, der hartherzige Kommandant, sah mich mit stechendem Blick an. »Wir tun, was wir können, um uns zu wehren, und werden die Folgen ertragen, egal wie schwer sie auch sein mögen.« Er beugte sich vor, sodass sein Gesicht im Ganzen sichtbar wurde. Er blinzelte nicht. »Das können wir tun. Mehr nicht.«

Ich starrte ihn an, wütend und verraten. Wie konnte er vor den anderen, vor allem vor Ghassan, so mit mir sprechen?

Samer zog die Hände unter dem Hintern hervor. »Das Problem ist, dass es so schwierig ist, eine große Sache zu organisieren, wenn überall Verräter herumlaufen.«

»Du hast recht«, sagten Wadee und Faisal im Chor. Jumana meldete sich und berichtete, wie kompliziert es gewesen sei, in Anbetracht der intensiven Überwachung durch Israel und der grassierenden Korruption bei der Palästinensischen Autonomiebehörde irgendwelche Widerstandsoperationen zu organisieren.

Ich war immer noch wütend über Bilals Worte und versuchte, nicht zu zeigen, dass ich mich angegriffen fühlte. Also lachte ich.

»Ich denke, wir brauchen Chaos, nicht Organisation«, sagte ich, ohne Bilal anzusehen, und brach in einen spontanen Monolog aus. »Niemand ist besser organisiert als die Palästinenser«, begann ich, und dann kam doch meine spöttische, wehrhafte Seite zum Vorschein. »Schaut euch doch nur mal an, wie wir uns so ordentlich an den Checkpoints anstellen und gehorsam unsere kleinen grünen Pässe vorzeigen.« Ich sah mich im Raum um. Bilal hatte sich in den Schatten zurückgelehnt, und nur ein schwacher Umriss seines Gesichts war zu sehen. »Erinnert ihr euch noch daran, wie ich eine Limonadenflasche ins Gesicht eines Soldaten spritzte? Das fandet ihr alle großartig, und die Soldaten schissen sich fast in die Hose. Warum?« Ich antwortete mir gleich selbst, den Kopf trotzig vorgestreckt: »Weil es ein bisschen Chaos in einer ansonsten perfekten Choreografie der Ordnung war!«

Ich konnte nicht sagen, ob meine Zuhörer meinen Monolog tiefgründig fanden – oder so lächerlich, dass sie nicht wussten, wie sie reagieren sollten.

»Soldaten, die vor einer riesigen Menschenmenge stehen, aus der Steine fliegen, erschrecken sich nicht so sehr wie bei diesem Limonadenangriff. Warum? Weil sie Steine und Molotowcocktails erwarten. Wir überraschen sie nicht. Wir sind durchorganisiert in farblich gekennzeichneten Zonen, haben farblich gekennzeichnete Nummernschilder. Denkt ans Tanzen«, fuhr ich fort. »Den Leuten muss man nicht sagen, dass sie tanzen sollen. Die Musik beginnt, und sie wissen, was zu tun ist. Man kann den ganzen Tag lang einen Tanz organisieren, aber niemand wird sich bewegen, bevor die Musik spielt. Wir müssen nur noch herausfinden, welche Musik es ist, die einzelne Menschen und kleine Gruppen dazu bringt, eigenständig, ohne große Organisation im ganzen Land zu handeln.«

Bilal rieb sich die Schläfe. »Du glaubst, Widerstand gegen eine imperiale militärische Besatzung ist wie Tanzen?« Der Spott in seinen Worten traf mich tief. Samer, der langsamer gekaut hatte, während ich sprach, nun aber wieder zu einer höheren Geschwindigkeit übergegangen war, versuchte das Thema zu wechseln.

Scheiß drauf, dachte ich und schickte mich an zu gehen.

»Warte«, sagte Ghassan. »Ich glaube, das ergibt Sinn, was du sagst … seltsamerweise.« Alle Augen waren auf Ghassan gerichtet.

Selbst im Halbdunkel konnte ich erkennen, dass Ghassan und Jumana Blicke austauschten. Sie beinhalteten ein unausgesprochenes Lächeln, das mir verriet, dass sie über mich gesprochen hatten. Vielleicht hatte sie ihn ja gebeten, netter zu mir zu sein.

»Wir brauchen nicht viele Menschen, zumindest nicht am Anfang. Wir können die wenigen Waffen, die wir haben, für ein paar kleine Operationen gebrauchen. Abhängig davon, wie erfolgreich wir sind, könnten wir vielleicht Waffen von Soldaten konfiszieren«, sagte Ghassan. »Vielleicht sollte dies unser erstes Ziel sein: Operationen durchzuführen, die es uns ermöglichen, mehr Waffen zu sammeln.«

Sie haben es immer noch nicht kapiert, dachte ich, obwohl ich nicht wusste, warum, und auch selbst keine Antworten anzubieten hatte. »Ich glaube, wir sollten damit anfangen, die Fantasie der Menschen anzuspornen, damit sie auf ihre eigene Art und Weise und mit ihren besonderen Fähigkeiten agieren können. Sie werden dann an Dinge denken, die uns nicht eingefallen sind«, sagte ich.

Die Stille, die darauf folgte, war nachdenklich durchdrungen von Möglichkeiten und von der Vergangenheit, genau wie der Untergrund selbst.

»Ich habe mit unserem Kontakt in Jordanien zusammengearbeitet«, sagte Samer, und ich verstand nicht, warum sich mit einem Mal alle Augen auf mich richteten und sich dann abwandten. Samer wand sich ein wenig, fuhr dann aber fort: »Er ... ich meine, sie haben Verbindungen ins Ausland geknüpft. Wir können eine Website einrichten, über die wir ungestört kommunizieren können.«

Jumana und ich (und vielleicht auch Ghassan) waren technisch nicht so versiert wie die anderen. Wir benutzten das Internet nur selten und hauptsächlich für E-Mails, obwohl ich in den letzten Monaten auch gelernt hatte, im Internet zu recherchieren. Aber das machte ich nicht oft, denn sowohl zu Hause als auch in den Cafés wurde die Verbindung nach Minuten abgerechnet.

Jumana stellte Samer schließlich die Frage, die auch mich beschäftigte. »Wofür soll das gut sein?«

Ihre Brüder antworteten ihr und ergänzten wie so oft die Sätze des jeweils anderen. »Dadurch haben wir die Möglichkeit, Ideen zu verbreiten und Message-Boards für ganz Palästina zu erstellen ...«, »... und auch für den Rest der Welt. Die Website wird in Übersee gehostet ...«

»Warum kleben wir nicht einfach Plakate oder versenden E-Mails?«, fragte ich. Sie kicherten, das nervte mich.

»Nun, E-Mails können leicht nachverfolgt werden. Die Website dagegen kann nicht zu uns zurückverfolgt werden«, sagte Samer.

»Ach so.« Ich wandte mich an Jumana. »Das ergibt Sinn.«

Bilal hatte ruhig zugehört. Langsam wurde es spät. »Wir sollten Schluss machen für heute«, sagte er. »Das Treffen war wirklich gut.« Er bat Samer: »Halt uns weiter auf dem Laufenden.« Dann sagte er zu mir: »Nahr, du hast uns viel Material zum Nachdenken gegeben.« Dann wandte er sich an Samer, Faisal und Wadee: »Brüder, dank euch besitzen wir jetzt diese Waffen. Wir können weiter unsere Pläne schmieden, weil ihr hervorragende Arbeit geleistet habt.«

Genauso, wie wir nicht gemeinsam an diesem Ort ankommen konnten, durften wir ihn nicht gemeinsam verlassen. Darum gingen Bilal und Ghassan als Erste. Als Nächstes waren Jumana und ich an der Reihe. Die Zwillinge und Samer räumten noch auf, dann brachen auch sie auf.

Bilal war bereits zu Hause, als Jumana mich dort absetzte. Hier war er ganz anders als in Gesellschaft.

»Bevor du etwas sagst, Nahr, möchte ich mich bei dir entschuldigen«, sagte er und nahm meine Hände. »Ich habe mich geirrt, das war mir gleich klar.« Ich hätte ihn gern gefragt, warum er es nicht in dem Moment hatte zugeben können, sagte aber nichts. »Ich fürchte, ich bin einfach ein anderer Mensch, wenn ich den Widerstand im Kopf habe. Vielleicht ist es das Gewicht der Unterdrückung und der Erniedrigung, das ich in diesen Stunden spüre, aber ich weiß, dass ich dann hart und unbarmherzig bin. So möchte ich aber nicht sein«, gestand er mir. Zärtlich legte er die Arme um mich. In seiner Umarmung fühlte ich mich zu Hause.

»Ich möchte dir auch versichern, dass ich deine Gedanken wirklich tiefgreifend finde. Das ist mir jetzt klar geworden«, sagte er.

Ich trat einen Schritt zurück. »Sag mir das noch einmal, und sieh mich dabei an.«

»Du bist genial«, sagte er. »Du bist wirklich intelligent und klug, jenseits von Büchern und abstrakten Theorien.«

Mein Herz floss über vor lauter Liebe, und ich sehnte mich nach körperlicher Nähe, so sehr ich sie auch fürchtete. Aber wir würden das Vertrauen von Hajjeh Um Mhammad nicht missbrauchen. Also umarmte ich ihn fest und lange. Ich wusste nicht recht, was ich mit der Sehnsucht meines Körpers anfangen sollte.

In der Woche darauf ging die Website von Samer online. Sie hieß »Chaos-Orchester«. »Ich habe sie nach deiner Theorie des Chaos benannt«, sagte er. Das gefiel mir.

Jumana kaufte fünf Spraydosen mit Wespen- und Hornissenkiller. »Das ist besser als Tränengas, denn dieses Zeug sprüht bis zu sechs Meter weit.« Ihr gebührte das Verdienst, die erste kreative Idee für eine unmittelbare Konfrontation ausgebrütet zu haben. »Ich dachte, wir könnten einen der kleineren Kontrollpunkte ohne einen Wachturm wählen. Wir könnten sie ausschalten, besonders wenn sich Bilal und Ghassan mit den Gewehren in der Nähe aufstellen.«

»Das klingt so einfach …«, sinnierte Wadee. »Immerhin reden wir von schwer bewaffneten Soldaten, die innerhalb weniger Minuten ein ganzes Bataillon herbeirufen können.«

Faisal schaltete sich ein: »Der Surda-Checkpoint wäre ideal, besonders wenn es dunkel wird und kaum jemand vorbeigeht. Sie haben dort nur ein Militärfahrzeug und höchstens vier Soldaten.«

»Es ist schon eine Weile her, dass ich in Birzeit war, aber ich dachte, sie hätten den Checkpoint abgebaut«, sagte Bilal.

»Vor einigen Wochen haben sie ihn wiederaufgebaut. Wir sollten handeln, bevor sie ihn wieder demontieren«, sagte Faisal.

»Wenn wir das tun, werden die Israelis alle unsere Städte in Brand setzen«, sagte Wadee, schloss die Augen und atmete tief durch. Vielleicht dachte er an seine Verlobte. Wir alle hatten unsere Zweifel, aber Wadee war derjenige, der sich traute, sie zur Sprache zu bringen, da für ihn Liebe, Ehe und Familie ja in Reichweite lagen.

Ghassan antwortete ihm schließlich. »Wadee, Bruder, du brauchst nicht mitzumachen. Niemand wird dir Vorwürfe machen, wenn du jetzt gehst. Aber irgendwann werden sie kommen und dich holen, unsere Städte niederbrennen, ob wir sie nun bekämpfen oder nicht. Du magst vielleicht verschont werden – aber nicht die Menschen, die du liebst.«

Das Chaos-Orchester sah harmlos aus. Auf der Website wurden Neuigkeiten berichtet und ein »Lied des Monats« präsentiert. Samer dachte, das sei eine clevere Art, der Musik zu huldigen, dem Ursprung dessen, was er als »Chaostheorie« bezeichnete.

»Dieser Begriff ist schon vergeben, mein Freund«, sagte Bilal und zog an der *argileh*, als wir zusammen auf unserer Terrasse mit Blick ins Tal saßen.

»Ach, wirklich?«, erwiderte Samer. Dann wandte er sich zu mir um: »Du hast das ganze Tanz- und Chaosding plagiiert?«

»Ich habe keine Ahnung, wovon Bilal da spricht.«

Ghassan lachte. »Bruder, mach ein bisschen langsamer mit dem Hasch«, sagte er und nahm die *argileh*.

»Hasch?«, wiederholten Jumana und ich im Chor, die Augen weit aufgerissen. Hatten sie etwa die ganze Zeit Haschisch statt Tabak geraucht?

Ghassan bot mir die Pfeife an, aber ich lehnte ab. »Ich mag meine Lunge wirklich sehr«, sagte ich. Aber Jumana probierte davon. Alle griffen zu, außer Samer und mir. »Ich habe gehört, dass manche Leute high werden und sich nie mehr davon erholen«, sagte er.

»Auf jeden Fall stellt die Chaostheorie ein ganzes Feld der Mathematik dar. Es geht nicht um Unordnung, denn das Chaos ist nichts Zufälliges. Es bildet vorhersehbare Muster«, dozierte Bilal, der berauschte Professor. »Tatsächlich gibt es in den meisten Phänomenen, die die Menschen als zufällig betrachten, sehr komplexe, aber deterministische Systeme mit sich wiederholenden Mustern, ständigem Feedback und einer Organisation, die stark von den Startbedingungen abhängt.«

Ich kapierte überhaupt nichts von dem, was er sagte, und schaute mich in der Runde um, ob die anderen ihn besser verstanden. Doch alle wirkten ein wenig verwirrt. Bilal fuhr fort. »Es ist wichtig, zu verstehen, dass ›deterministisch‹ nicht gleich ›vorhersehbar‹ ist. Und ›unvorhersehbar‹ bedeutet nicht ›zufällig‹. Das Wetter ist ein Beispiel für die Chaostheorie. Und der Aktienmarkt. Sie sind deterministisch, haben wiederkehrende Muster, ständiges Feedback und sind selbstorganisierend. Unvorhersehbar, aber nicht zufällig. Ein Schmetterling, der in Japan mit den Flügeln schlägt, könnte einen Hurrikan im Golf von Mexiko auslösen. Das ist Bestandteil der Chaostheorie.« Bilal dachte kurz nach und fügte noch hinzu: »Siehst du, Nahr? Du hattest recht. Tanzen ist ein gutes Beispiel für ein Chaossystem, und ich glaube, du hast auch damit recht, dass eine Revolution eins sein könnte.«

Ich strahlte, ich konnte einfach nicht anders.

»Ich verstehe kein Wort von dem, was du gesagt hast, und gleichzeitig erscheint es mir total logisch, Bruder«, sagte Faisal.

»Mir auch«, ergänzte Wadee. »Leute, ich kann es noch immer nicht glauben, dass Rula mich heiraten wird.«

Wir alle lachten. »Wir auch nicht!« Nur Jumana lachte nicht mit. Sie strich ihm zärtlich über das Haar. »Sie hat Glück, dass sie dich bekommt, mein süßer Bruder«, hauchte sie.

Neben dem News-Bereich und dem »Lied des Monats« bot die Website ein privates Message-Board, auf das nur zuvor überprüfte Personen zugreifen konnten. Es versprach Privatsphäre, aber die Gespräche wurden von unserem »Kontaktmann« in Jordanien überwacht. Sie wollten mir nicht sagen, wer er war, aber diese Person benutzte das Chat-Board, um potenzielle Rekruten anzuwerben. Ich hatte den Verdacht, der jordanische Kontaktmann könnte Jehad sein, aber ich fragte nicht nach. Irgendwann würde ich es schon erfahren.

Auf der Website fanden sich außerdem Berichte über historische Ereignisse, Essays, politische Analysen über Revolutionen in der ganzen Welt sowie die Biografien der Revolutionäre. Dieser Teil der Website stammte von den privaten und öffentlichen Chat-Boards. Samer und der »Kontaktmann« kopierten interessante Beiträge in einen Bereich, der zu einem Archiv historischer Ereignisse und

Persönlichkeiten wurde. Das wiederum wurde zu einer Quelle für Studiengruppen.

Jumana vergrub sich geradezu in die Seite und redete viel mit mir darüber. Plaudereien und Tratsch über Kundinnen, lästige Arbeiten, Geld, Männer und Schönheit wurden langsam ersetzt durch Geschichten über Dalal Mughrabi, Leila Khaled, Angela Davis, Harriet Tubman und Kathleen Cleaver. Jumana sagte: »Die meisten dieser Frauen führten gewöhnliche Existenzen, aber das Leben kitzelte das Außergewöhnliche aus ihnen heraus.«

»Wann ist es so weit?« Faisals Worte erschütterten die Stille. Wadee hatte aufgehört, zu unseren Freitagstreffen zu kommen, aber niemand erwähnte es, obwohl alle sahen, dass Faisal ohne seinen Bruder nur ein halber Mensch war.

Ghassan stieß Rauch aus der *argileh* aus. »Wir werden schon merken, wenn der Moment gekommen ist.«

Ich verdrehte die Augen, sagte aber nichts. Es ärgerte mich, wenn die Leute in Rätseln sprachen.

»Was ist mit Rosh Hashanah oder Jom Kippur?«, hakte Faisal nach. »Wie damals, als Gamal Abdel Nasser sie unvorbereitet erwischte.«

Ghassan sagte: »Ja, das ist der Moment, auf den wir warten.« Der Fairness halber muss man hinzufügen, dass Ghassan stoned war. Wahrscheinlich stand er noch immer in Kontakt mit dem Touristenführer aus Nazareth. Bilal rauchte an diesem Abend nicht mit. Sie hatten gemeinsam angefangen, aber für Ghassan schien das Kiffen mittlerweile zur Gewohnheit geworden zu sein.

Samer wechselte das Thema. »Ich habe einige Recherchen über antike Kriegsführung angestellt. Nicht zu fassen, wie viele Hightechwaffen es damals gab!« Er zeigte uns einen kleinen Blätterstapel. »Schaut euch das an«, sagte er und deutete auf einen Fotoausdruck. »Das ist eine chinesische halbautomatische Armbrust namens Zhuge Nu. Ganz erstaunlich, und vor allem etwas, das wir leicht nachbauen und benutzen könnten.« Er blickte in die Runde. »Diese Information wurde bereits in unserem Online-Message-Board gepostet. Jemand anders aus der Gruppe hat Anweisungen zur Herstellung von Blasrohren eingestellt. Indigene Stämme in Amerika jagten mit Giftpfeilen nach Großwild.«

Er blätterte in seinen Papieren und zeigte auf ein anderes Foto, das wir dann herumreichten. »Das hier ist eine andere mächtige Armbrust, die von den Griechen im 5. Jahrhundert vor Christus geschaffen wurde. Hier seht ihr außerdem ein Polybolos, ein Artilleriesystem mit Repetierfunktion, das von den Griechen im 3. Jahrhundert vor Christus erfunden wurde. Und da sind natürlich noch die *ninjas*, die von den Palästinensern im 20. Jahrhundert erfunden wurden, während der Ersten Intifada des vergangenen Jahrhunderts.« Samer lachte und zeigte auf ein Foto der Reifenstichvorrichtungen aus großen Eisennägeln, die in Gummischeiben aus gebrauchten Reifen eingesetzt wurden.

Bilal setzte sich auf und schnappte sich das Bild. »Daran erinnere ich mich gut. Ich saß bereits im Gefängnis, aber ich weiß, dass die Leute diese Dinger während der Ersten Intifada vor dem Militär auf die Straße warfen und dann zusahen, wie die Jeeps mit platten Reifen von der Straße abkamen.«

Die Sonne war schon vor einer Weile untergegangen, und wir saßen unter einem Sternenhimmel, dessen dichte Dunkelheit beinahe zu leuchten schien und die Fantasien und Ängste in unserem Inneren erst so richtig befeuerte. Sie konnten Jandal und tausend andere ins Fadenkreuz nehmen und abdrücken, aber wir waren nicht machtlos. Es gab viele Möglichkeiten, kreativen bewaffneten Widerstand zu leisten.

Bilal und ich machten an einem Freitagabend ein Picknick, in unserem Zelt zwischen den Bäumen im Olivenhain, nicht weit entfernt von der Stelle, an die er mich kurz nach meiner Ankunft in Palästina geführt hatte. Wir waren nicht mehr dort gewesen, seit Jandal getötet worden war. Ein Teil seiner Herde graste noch hier, und einer seiner Cousins kümmerte sich jetzt um sie. Für Bilal war das jedoch nicht dasselbe. Nur selten sah er noch nach den Tieren.

»Ich möchte dir etwas sagen, für den Fall, dass mir etwas zustößt. Nur Ghassan weiß es sonst«, sagte Bilal und nahm einen Schluck Tee.

Ich wartete gespannt.

»Siehst du, wie die Mandelbäume sterben?«

Ja, das sah ich. Wir hatten schon einmal darüber gesprochen. Israel rationierte das Wasser für die Palästinenser, insbesondere für die Landwirte, und beschlagnahmte dann die Haine mit den sterbenden Bäumen, weil sie angeblich vernachlässigt wurden. »Hast du Angst, dass die Israelis dir die Haine wegnehmen?«, fragte ich.

Er holte tief Luft und sah in die Ferne, ganz so, als würde er darüber nachdenken, wie er etwas formulieren sollte. »Einer der Arbeiter, die an dieser Wasserleitung gearbeitet haben, ist ein alter Freund. Er nahm den Job aus Verzweiflung an, deswegen mache ich ihm keinen Vorwurf. Aber ich habe ihn dafür bezahlt, zwei Löcher in das Rohr zu bohren und kleine Schläuche daraus abzuleiten, die die Mandeln bewässern«, sagte er.

Plötzlich war ich ganz aufgeregt. »Das ist ja fantastisch!«

»Die Schläuche laufen seitlich aus dem Boden und reichen nur etwa drei Meter weit. Er konnte sie nicht länger machen, ohne erwischt zu werden. Ich muss jetzt die restliche Strecke ergänzen, damit sie mit dem Bewässerungssystem hier verbunden werden kann«, erklärte er und zeigte mir, wo er vom Zelt aus einen unterirdischen Schlauch vergraben hatte. »Ich habe so getan, als würde ich um die Bäume herum jäten und den Boden umgraben, aber das letzte Stück bekommen wir noch immer nicht hin, ohne entdeckt zu werden.«

Ich saß da und hörte ihm zu. Die Planen flatterten sanft, als der Wind durch das Zelt wehte. Es hatte nur drei Seiten und ein Dach. Die vierte Seite öffnete sich zu den bewaldeten Hügeln und dem grünen Tal hinaus. Ein alter Teppich bedeckte den Planenboden, und die inneren Wände waren mit schwerer Beduinenwolle überzogen, um das Rascheln der Planen im Wind zu dämpfen. Ich saß im Schneidersitz und spielte mit der ausgefransten Kante des Teppichs.

»Kann ich dir vielleicht dabei helfen, die Schläuche anzuschließen?«, fragte ich schließlich.

Er war kurz davor, etwas zu sagen, blieb aber stumm.

»Was auch immer getan werden muss, ich werde es tun«, sagte ich.

»Wir sind uns sicher, dass sie irgendeine Art von Überwachung haben, aber sie sind noch nicht so weit, dass sie fest installierte Kameras haben. Soweit ich das beurteilen kann, haben sie nur einen Posten mit wenigen Soldaten zur Beobachtung, da es sich noch um eine relativ kleine Siedlung handelt«, begann Bilal. »Ich brauche dich, um die Schläuche zu verbinden, während ich die Soldaten ablenke. Ich sage dir genau, was du tun musst.«

»Wie wirst du sie ablenken?«, fragte ich, aber er antwortete nicht. »Wirst du dann verhaftet?«

»Vielleicht.«

Ich dachte kurz nach. »Es hört sich so an, als hättest du alles durchdacht, und ich vertraue dir. Sag mir, was ich tun soll und wann.«

»Heute Abend geht es los«, sagte er und erklärte mir den Plan dann Schritt für Schritt, bevor er mich mit einem motorisierten Erdbohrer, einem Schlauch, einer Rolle Plastikklebeband und einem Timer im Zelt zurückließ.

Die Nacht brach herein, und ich begriff, warum Bilal darauf bestanden hatte, dass ich einen Pullover und eine Jacke mitnahm, obwohl es noch warm war: Nachts kam der Winter. Bibbernd saß ich im Zelt und wartete auf das Signal: ein Feuer auf einem der vielen Hügel hinter Ghassans Haus.

Eine Symphonie der Grillen erfüllte die Dunkelheit, und ich spürte, wie meine Angst zunahm. Ich war allein in der Natur, und die Erinnerung an einen längst vergangenen Ort in einer längst vergangenen Zeit kehrte zu mir zurück: der Strand in Kuwait, als sich mir eine Glasscherbe mit jedem Stoß des Mannes immer tiefer in den Rücken bohrte. Ich fühlte einen stechenden Schmerz an der Narbe, durch die sich jene Nacht für immer in meinem Körper eingebrannt hatte, und mir wurde klar, wie sehr sich mein Leben verändert hatte. Zwei furchterregende Nächte allein in der Natur, die eine voller Verzweiflung und Hilflosigkeit, die andere voller Möglichkeiten, Leben, Vorfreude und Machtgefühl.

Da war es! Das Signal. Ich sprang auf, als Feuerwerkskörper im Wind krachten und aufleuchteten wie tausend glühende Augen in der Dunkelheit. Mein Herz klopfte wie wild in meiner Brust. Ich startete den Timer, schnappte mir den Schlauch und maß vierzig Schritte von dem Baum ab, den Bilal markiert hatte. Dort ließ ich mich auf den Boden fallen und tastete nach einem Haufen aus kleinen Steinen. Ich blickte auf den Timer und geriet in Panik, weil ich der Zeit schon hinterherhinkte. Ich suchte hektischer, ohne Erfolg, doch als ich fast schon wieder umkehren wollte, fand ich endlich die Steine und grub an der Stelle, bis ich den Plastikschlauch spürte. Es war ganz leicht, meinen Schlauch daran anzuschließen. Bilal hatte befürchtet, die Enden würden nicht zusammenpassen. In dem Fall hätte ich mit dem Klebeband improvisieren sollen, aber das war nicht notwendig. Ich kroch ein Stückchen nach rechts und suchte nach der zweiten Röhre. Nichts. Dann fiel mir ein, dass ich ja nach links gehen musste.

Die Feuerwerkskörper explodierten weiterhin, immer mit ein paar Sekunden der Ruhe dazwischen. Ich fand den zweiten Steinhaufen und befestigte den zweiten Schlauch. Nun musste ich zwei kleine Gräben ausheben, um beide Schläuche in der verbotenen Zone zwischen der Wasserleitung und dem Rand des Hains unter die Erde zu bringen. Ich hielt den Atem an und wartete darauf, dass das Feuerwerk anschwoll, damit ich den Erdbohrer starten konnte. Dies war der gefährlichste Teil, weil der Motor so laut war. Ich betätigte den Hebel, stieß den Bohrer schräg in den Boden hinein und führte ihn auf die Baumgrenze zu. Es war einfacher, als ich gedacht hatte, denn der Bohrer zog mich geradezu hinter sich her. Schnell begrub ich den ersten Schlauch und rollte mich den Hügel hinunter, um den Aushub etwas einzuebnen. Ich tastete mich zum zweiten Schlauch vor und wartete auf einen erneuten Ausbruch des Feuerwerks, bevor ich den Arbeitsgang wiederholte.

Die letzten Feuerwerkskörper explodierten krachend. Es wurde dunkel. Und ich ging auf das Haus zu. Ich konnte nicht viel sehen, aber ich war mir sicher, dass ich mit Schmutz, Schweiß und möglicherweise auch Insekten bedeckt war. Wenn Bilal verhaftet werden würde, müsste ich den Rest des Weges allein zurücklegen, und das war der riskanteste Teil seines Plans. Mein Herz schlug schneller und heftiger, als ich je für möglich gehalten hatte.

Ich war nicht weit gekommen, als Bilal neben mir auf der Straße anhielt. »Steig ein«, rief er.

»Alles erledigt«, sagte ich, und er grinste breit. Er packte mein Gesicht und küsste mich direkt auf die Lippen, kam dabei fast von der Straße ab. Die ganze Zeit lachte er.

Wir glaubten, die israelischen Soldaten würden in dieser Nacht kommen, aber sie kamen nicht. Sie kamen auch nicht am nächsten oder am übernächsten oder am überübernächsten Tag. Sie kamen auch nicht, um Ghassan wegen der Feuerwerkskörper abzuholen, und es machte uns alle nervös, da sie anscheinend etwas Großes planten.

»Oder vielleicht wissen sie einfach nicht, wer es getan hat«, sagte Ghassan.

»Was getan hat?«, fragte ich.

Ghassan musste lachen.

Bilal und ich gingen zurück zu den Baumhainen und taten so, als würden wir dort schneiden und jäten, während wir in Wirklichkeit die Schläuche mit dem verbanden, was Bilal bereits unter die Erde gebracht hatte. Er blickte in Richtung der Pipeline. Die zwei Gräben, die ich ausgehoben und wieder gefüllt hatte, waren noch sichtbar, aber nur, wenn man wusste, wonach man suchen musste.

»Du hast gute Arbeit geleistet«, sagte er anerkennend.

Ein Bewässerungssystem war schon seit Langem vorhanden. Es wurde aus einem großen Wasserfass auf dem Hügel direkt hinter dem Zelt gespeist, und Bilal füllte es manchmal mit teuren Wasserwagenlieferungen auf, wenn der Regen nicht ausreichte. Aber jetzt, da wir vor einem Tablett mit Knabbereien saßen und heißen Tee schlürften, saugte eine kleine Pumpe Wasser aus den dünnen unterirdischen Röhren in das Fass, von wo es zu den Bäumen gelangte.

»Du bestiehlst Diebe«, bemerkte ich.

»Nicht wirklich. Ich hole nur ein bisschen von dem zurück, was ohnehin uns gehört«, korrigierte er mich. Manchmal hatte Bilal nicht viel Humor.

Er zeigte mir, wo ich das Gerät anschließen sollte. »Bring es mit, wann immer du hierherkommst«, sagte er.

»Vielleicht wissen sie ja nicht, dass du es warst«, sagte ich. »Oder vielleicht fanden sie die Feuerwerkskörper nicht weiter bemerkenswert.«

»Glaub mir«, sagte er und sah mich aus dem Augenwinkel an. »Sie wissen es, und sie werden kommen.«

»Warum versteckst du dich nicht einfach?«

»Damit würde ich es noch schlimmer machen. Dann würden sie das Haus abreißen oder etwas anderes tun, um die Menschen zu verletzen, die ich liebe.«

Als ich die Pumpe hörte, kam mir ein Gedanke. »Wenn der Tank voll ist, sollten wir die Pumprichtung umkehren und unser Abwasser in ihre Rohrleitung schicken«, sagte ich.

Am Mittwochmorgen um 4:30 Uhr kamen die Soldaten. Bilal schlief noch, aber Hajjeh Um Mhammad führte bereits eine *Wudu*-Reinigung durch, um sich auf das *Fajr*-Gebet vorzubereiten. Ich erwachte von einer Explosion, die das Hoftor wegblies, und zog schnell einen Pullover über meinen Schlafanzug. Als ich es zur Tür geschafft hatte, stürmten schon die Soldaten herein. Sie schleppten Bilal nur in seiner Pyjamahose ohne Hemd nach draußen, die Hände hinter dem Rücken festgebunden. Hajjeh Um Mhammad begann zu schreien, und ein Soldat stieß sie zu Boden. Als ich ihr zu Hilfe eilte, riss mich einer von ihnen zurück und band auch meine Hände fest. Die Kabelbinder schnitten mir in die Haut ein. Hajjeh Um Mhammad warf den Soldaten alles entgegen, was sich in Reichweite befand: einen Aschenbecher, ein hölzernes Schmuckstück, einen Schuh und die *argileh*. Als sie aufstand, hob einer von ihnen drohend die Hand, und sie spuckte ihm ins Gesicht, unaufhörlich fluchend. Ein anderer Soldat zog seinen Kameraden weg, und vielleicht, um nicht das Gesicht zu verlieren, packte er mich stattdessen. Er zog mich an den Haaren hoch und zerrte mich nach draußen zu Bilal.

Es war noch dunkel, und der Wind blies kalt. Ich war froh über meinen Pullover. Bilal stand auf dem Hof und wurde von zwei Soldaten bewacht, genau wie ich. Der Mondschein warf ein milchiges Licht auf seinen nackten Oberkörper. Ich hatte ihn noch nie ohne Hemd gesehen, obwohl ich oft davon geträumt hatte. Er war dünn, aber recht muskulös, mit einem dreieckigen schwarzen Haarbüschel auf der Brust, das sich zu einer Linie verengte. Sie lief an seinem Oberkörper hinab bis zu seinem Bauchnabel und weiter in die Hose hinein. Sein Bauch sah weich aus. Ich hatte ihn viele Male gespürt, wenn wir uns berührten, und in diesem Moment sehnte ich mich danach, seine nackte Haut auf meiner zu fühlen. Er sah mich an, und gemeinsamer Schmerz, Angst und Wut ergriffen uns. Wir starrten uns an, während wir hörten, wie Dinge im Haus zu Bruch gingen. In den Häusern der Umgebung wurde es hell. Bald würden die Leute herbeiströmen. Einige gingen direkt durch die Olivenhaine, um den auf der Straße postierten Soldaten auszuweichen. Sie kamen aus Solidarität, aus Neugierde, um Zeugen zu sein und weil sie wollten, dass auch Menschen kamen, wenn einmal ihre Zeit gekommen war.

Das Tageslicht radierte langsam den Mond und die Sterne aus, während weitere Soldaten über den Pfad herbeikamen.

Bilal lachte. »Na, wunderbar! Sieh an, wer da ist! Wie kommen wir zu der Ehre, Kommandant?«, sagte Bilal spöttisch zu dem sich nähernden Israeli in Uniform. Die beiden Männer standen sich gegenüber. Ich hörte Bilal flüstern:

»Hallo, Tama…«, und dann schlug der Israeli ihn mit seinem Gewehrkolben bewusstlos. Da wusste ich: *Das war Tamara.*

Vier Soldaten hoben Bilal vom Boden auf und zerrten ihn den Weg hinunter zur Straße. Jeder hielt eine von Bilals Gliedmaßen gepackt, und sein schlaffer Kopf wackelte mit jedem ihrer Schritte.

Der Kommandant drehte sich zu mir um und starrte mich an. Dann sah er wieder weg und befahl ihnen, mich loszubinden. Inzwischen hatte sich eine Menschenmenge versammelt. Soldaten drängten die Leute zurück, gaben Warnschüsse in die Luft ab und schossen mit Tränengas auf herannahende Männer am Hang. Ich hörte Jumana, noch bevor ich sie entdeckte. Ein Soldat, der an ihr vorbeigegangen war, hatte sie zu Boden gestoßen. »*Sharmoot! Ibn Sharmoota*«, rief sie. *Hure! Hurensohn!*

Als die Israelis mit Bilal abzogen, war die Sonne aufgegangen. Obwohl wir gewusst hatten, dass es so kommen würde, quälte ich mich wegen seiner Verhaftung und seiner Abwesenheit. Ich verbrachte schlaflose Nächte damit, mir auszumalen, was die Vernehmungsbeamten ihm wohl antaten.

Jumana und ich holten Hajjeh Um Mhammads Herz- und Blutdruckpillen und bereiteten ihr ein kleines Frühstück zu, das sie allerdings nicht anrührte. Alle Schränke im ganzen Haus waren geöffnet worden, und der Inhalt lag überall auf dem Boden verstreut. Ein Regiment aus Nachbarn und Verwandten umringte Hajjeh Um Mhammad, die noch immer auf die mittlerweile verschwundenen Soldaten schimpfte. Als ich sie betrachtete, sah ich die wunderbare Frau, die nichts anderes kannte als militärische Besatzung, harte Arbeit und das Dasein als Witwe. Zwischen verschiedenen Kraftausdrücken beschwor sie Allah, die Juden niederzuschlagen und die Bösen in die Knie zu zwingen, da alle

Unterdrücker bestraft und die Opfer gerächt werden müssten. Aber sie vergoss keine einzige Träne. Sie war wie ein Fels in der Brandung. Sie war einfach eine starke Frau. Später würde sie weinen, qualvolle und bittere Tränen. Aber nur allein oder in Gesellschaft ihrer Schwestern und liebsten Freunde. Ich vermisste meine Mutter und Sitti Wasfiyeh, Um Buraq und alle Frauen unseres *hara* in Kuwait, die ebenfalls diese Traumata des Kolonialismus hatten erdulden müssen.

Jumana legte den Arm um mich. »Bilal ist ein Krieger. Er lässt sich nicht unterkriegen«, sagte sie. »Kommt, wir bringen dieses Chaos wieder in Ordnung.« Da begannen wir mit einer weiteren Putzaktion. Wir falteten die verstreute Kleidung zusammen, sammelten verschüttete Lebensmittel auf und retteten den Reis, der quer über den Küchenboden geschleudert worden war. Wir saugten den Zucker und das Mehl von den Möbeln ab und säuberten die Wände.

Am folgenden Tag bekamen wir die Nachricht von Ghassans Festnahme. Hajjeh Um Mhammad kochte eine Mahlzeit für seine Familie, und wir stiegen in Bilals Auto, um zu ihrem Haus zu fahren, das ebenfalls geplündert worden war. Viele Leute waren schon vor Ort und halfen der Familie beim Aufräumen, aber Jumana und ich blieben trotzdem noch eine Weile, um mitzuhelfen, bevor wir mit Hajjeh Um Mhammad wieder zurückfuhren, um unser eigenes Zuhause wiederaufzubauen.

Einen weiteren Tag später hatte ein lokaler Schreiner unsere kaputten Schränke, Schubladen und Regale repariert, und in den folgenden Wochen brachten uns die Schwestern von Hajjeh Um Mhammad und die vielen Familien, die sie liebten, mehr köstliche Speisen, als jeder von uns essen konnte. Wir froren einen Teil ein und verschenkten den Rest. Die Sonne ging unter und wieder auf, ganz so, als wäre nichts passiert, gleichgültig gegenüber Bilals und Ghassans Abwesenheit und der Tatsache, dass sie auf eine Weise verletzt wurden, die außerhalb unserer Vorstellungskraft lag. Es gab keine Anklage. Keinen Prozess. Beide saßen in sogenannter »Verwaltungshaft«. All das wegen etwas Wassers für die Bäume.

Ein gebrochenes Herz kann den Körper schwer belasten. Hajjeh Um Mhammad magerte ab in den Monaten nach Bilals Verhaftung, und ich blieb bei ihr, um mich um sie zu kümmern. Jumana teilte ihre Zeit auf zwischen ihrem eigenen Haus, unserem und dem Salon. Sie begleitete mich mehrmals in der Woche in den Hain, um die Pumpe zu betätigen und die Mandelbäume zu gießen. Ghassans Schwester und andere Familienmitglieder übernahmen die Leitung der Bäckerei. Mit der Arbeit von Bilal und Ghassan weiterzumachen war unsere Art, ihre Gefangenschaft ertragen zu können.

Die Haft von Bilal und Ghassan wurde dreimal verlängert, jeweils nach sechs Monaten. Keiner von beiden wurde jemals eines Verbrechens angeklagt. In diesen achtzehn Monaten heiratete Wadee seine Verlobte, erhielt Samer ein Stipendium, um in Russland zu studieren, verbrachte Hajjeh Um Mhammad eine Woche im Krankenhaus, und die Olivenernte kam und ging ohne sie und mich, da ich mich um sie kümmerte, während die Familie und alle Dorfbewohner pflückten, sortierten und die Oliven auspressten. Es gab immer häufiger Siedlerangriffe, aber insgesamt war es eine gute Ernte, wie man mir sagte. Es war die erste, die Hajjeh Um Mhammad in ihrem ganzen Leben verpasst hatte.

Wieder war es Ende Oktober, Erntesaison, als die Nachricht kam, dass Bilal freikommen sollte. Die Freude von Hajjeh Um Mhammad kannte keine Grenzen. »Lob und Dank dir, Allmächtiger. Preiset Ihn!«, sang sie, lachte und weinte gleichzeitig. Übermütig singend schwebte sie durchs Haus. Ihre Schwestern und Freundinnen kamen wie üblich vorbei und halfen dabei, *mansaf*, Bilals Lieblingsgericht, zu kochen. Wir wussten nicht, wann genau er freigelassen wurde, aber sein Anwalt versicherte uns, dass es heute so weit war. Hajjeh Um Mhammad beschäftigte sich den ganzen Morgen damit, das Fleisch und den *jameed*, den fermentierten und getrockneten Joghurt, zuzubereiten. Sie schickte Jumana und mich los, um die besten und frischesten Lammfleischstücke zu beschaffen, die wir auftreiben konnten, und gab uns Anweisungen, worauf wir achten sollten.

»Wenn es streng riecht, wurde es zu alt geschlachtet, dann ist das Fleisch nicht gut. Gleiches gilt für die Farbe. Schaut, dass das Fleisch eine hellrosa Farbe hat. Rotes Fleisch ist zu zäh und nicht zart genug.«

»*Haader, ya sit el kol*«, antworteten wir im Chor. *Jawohl, meine Dame.*

»Bringt mir auch frisches Kardamom. Ich werde es hier mahlen.«

»*Haader, ya sit el kol.*«

»Und geht unbedingt zu Abu Abdelkarim. Bei ihm kaufe ich meine Gewürze am liebsten. Vergesst nicht zu sagen, für wen es ist.«

Sie versuchte, uns Geld zu geben, aber wir nahmen es natürlich nicht an. Seit ich mit dem Arbeiten aufgehört hatte, um mich ganz um Hajjeh Um Mhammad zu kümmern, war das Geld knapp, aber Jehad rettete mich mit einer Überweisung, die so großzügig ausfiel, dass ich mich davon ein paar Monate über Wasser halten konnte. Finanziell ging es ihm gut. Er arbeitete freiberuflich mit Computern und verwaltete ansonsten das Vermögen von Sitti Wasfiyeh.

»Also, dann nehmt wenigstens das hier für Abu Farooq und Abu Abdelkarim mit«, sagte sie und reichte uns Taschen mit Obst und Gemüse, um damit den Metzger und Gewürzhändler zu beschenken. »Ich bringe ihnen immer ein paar Kleinigkeiten aus meinem Garten mit.«

Die Nachricht hatte sich schnell verbreitet. Die Leute hielten uns auf der Straße an und wollten wissen, ob Bilal tatsächlich nach Hause käme. Dann fragten sie natürlich auch nach Ghassan, und Jumanas Augen verrieten ihre heimliche Verzweiflung, denn Ghassan blieb weiter eingesperrt.

Der Metzger gab uns ein paar zusätzliche Fleischstücke mit, und der Gewürzhändler belud uns mit Geschenken: Kaffeebohnen, Cashewkerne und frische Kurkuma »für die Hajjeh und unseren Helden Bilal«.

Hajjeh Um Mhammad hatte den Reis bereits eingeweicht und den *jameed* angerührt, als wir zurückkehrten. Die anderen Frauen hatten ein wenig im Garten gearbeitet und waren wieder nach Hause gegangen. Jede hatte ein paar Früchte und etwas Gemüse mitgenommen, so wie es üblich war, da die Ernten der heimischen Gärten immer miteinander geteilt wurden. Jumana und ich sahen gespannt zu, wie Hajjeh Um Mhammad die Tüten durchsah, an den Gewürzen schnupperte und das Fleisch inspizierte.

»Das habt ihr gut gemacht, Mädchen!« Sie lächelte uns vom Küchentisch aus an. Jumana und ich waren erleichtert, dass wir die Aufgabe zufriedenstellend ausgeführt hatten. Wir wuschen das Fleisch mehrfach, so wie sie es wünschte, und gaben es ihr, damit sie es würzen konnte. Arthritis hatte die Kraft aus Hajjeh Um Mhammads Händen genommen, und ihre Bewegungen wirkten unrund.

»Ihr müsst jedes Stück einzeln bearbeiten«, erklärte sie und rieb die Gewürzmischung in die Fleischstücke ein. »Und rezitiert dabei den Koran in euren Herzen ... oder denkt wenigstens an gesegnete Dinge. Dankt Gott und dem

Tier, das uns jetzt nähren wird. Oh, Herr, segne diesen Tag. Wir danken dir für alles. Herr, wir loben dich.«

Jumana half ihr, den Rest des Lamms zu würzen, während ich das Kardamom zu Pulver mörserte. Dann gab Hajjeh Um Mhammad das Lamm in den Topf mit kochendem Wasser und fügte das Kardamom, Lorbeerblätter, *mistka*, Salz, schwarzen Pfeffer und Nelken hinzu. Nun duftete es im ganzen Haus, so wie es sich gehörte, wenn man sehnsüchtig auf seinen Sohn wartete. Als das Fleisch fast fertig war, stellten wir einen weiteren Topf auf, um die Soße zu machen. Jumana und ich wechselten uns dabei ab, den Joghurt zu rühren, während Hajjeh Um Mhammad langsam die zarten Fleischstücke dazugab. Sie nahm eine Prise Kurkuma, streute sie in die weiße Soße ein und probierte immer wieder. »Ein bisschen mehr Salz«, verlangte sie dann oder ein bisschen mehr von diesem oder jenem. »Sind die Mandeln geröstet?«, fragte sie.

»Ja. Und die Petersilie ist gehackt«, antwortete ich.

»Ihr seid so brave Mädchen, ihr beide. Allah hat mir die Töchter geschenkt, die ich selbst nie hatte. Lobet ihn. Lobet seine Weisheit und seine Barmherzigkeit.« Sie sah auf die Uhr an der Wand. »O Herr, mögest du in deiner unendlichen Barmherzigkeit meinen Sohn bald nach Hause bringen. O mein Gott und mein Meister, bitte beschütze ihn vor dem Bösen und der Bosheit dieser Menschen.«

Jumana und ich sahen uns an. Bilal hätte längst zu Hause sein sollen. Wir machten weiter mit dem Kochen und Putzen. Mehrere Leute kamen vorbei, um sich nach dem neuesten Stand zu erkundigen, und wünschten uns Segen. Die meisten blieben bei uns, und als es dann so aussah, als käme Bilal vielleicht doch nicht nach Hause, strömten noch mehr Besucher herbei, um Hajjeh Um Mhammad zu trösten, darunter ihre Schwestern und die Freundinnen, die am Morgen noch da gewesen waren.

»Er kommt heute. Nach dem Willen des Allmächtigen kommt er heute nach Hause«, sagte Hajjeh Um Mhammad und wollte sich mit nichts weniger zufriedengeben. Sie bat uns, ihren motorisierten Rollstuhl zu holen. Als wir ihr den Gefallen taten, hörten wir das Grölen einer Menschenmenge, dann sahen wir eine Gruppe von dreißig oder vierzig Männern, die den Weg hinaufkamen und Bilal auf ihren Schultern trugen. Er lächelte, aber es war ein künstliches Lächeln. Ich wusste, dass es ihm peinlich war, derart im Mittelpunkt zu stehen, und sah ihm die Erschöpfung und Müdigkeit an. Als Erstes ging er zu seiner Mutter, kniete vor ihr nieder und küsste ihr die Füße, während sie sich abmühte, ihn an ihr Gesicht zu ziehen. Er küsste ihr die Hände, dann die Stirn und schließlich die Wangen. Als Nächstes zog er seine Tanten und andere in die Umarmung hinein, dann Jumana und mich. Es spielte keine Rolle, dass wir nicht miteinander verwandt waren. Die Menschen akzeptierten diesen Ausdruck der körperlichen Zuneigung, als wären wir seine Schwestern. Und so fühlten wir uns auch. Vor allem aber waren wir die besten Freunde, und seine Heimkehr erfüllte mich mit Glück und Erleichterung, ähnlich wie an jenem Tag, als Jehad aus einem kuwaitischen Gefängnis zu uns zurückkehrte.

Ich hörte, wie er Jumana ins Ohr flüsterte: »Ghassan schickt dir seine Liebe.«

Hajjeh Um Mhammad beorderte alle Frauen in die Küche, um das Essen zu wärmen und anzurichten. Auf vier großen Tabletts schichteten sie Safranreis zu kleinen Hügeln. Hajjeh Um Mhammad nahm die Lammbrocken und ordnete sie sorgfältig auf jedem der Reishügel an. Gerade, als sie die Petersilie und die gerösteten Mandeln darübergestreut hatte, stand Ghassans Mutter vor der Tür. Hajjeh Um Mhammad eilte so schnell auf sie zu, wie es ihr arthritischer

Körper zuließ, und wurde von ihrer Freundin innig umarmt. Die beiden Hajjehs hielten sich für einen langen und ergreifenden Moment. Als sie sich losließen, nahm Bilal die Hand von Ghassans Mutter und küsste sie.

»Lass mich dein Gesicht küssen, mein Sohn. Du bist mir so lieb wie Ghassan. Lobe Gott für deine sichere Rückkehr, mein Sohn. Lobe Gott«, sagte sie.

»Ghassan geht es gut, Tante. Sie haben uns letzte Woche in dieselbe Strafanstalt gebracht, und ich habe ihn dort oft gesehen. Er schickt dir seine Liebe«, sagte Bilal zu ihr. Darüber freute sie sich und sprach immer mehr Gebete für die beiden Männer und alle palästinensischen Gefangenen.

»Komm, komm, Schwester!« Hajjeh Um Mhammad zog ihre Freundin weg. »Wir wollen essen. Nach Allahs Willen werden wir bald wieder gemeinsam speisen, um Ghassans Rückkehr zu feiern«, verkündete sie und schüttete die Joghurtsoße auf die Reishaufen. Dann wies sie uns an, den Rest des Essens aus der Küche zu bringen und um die Tabletts herum anzuordnen. Das *mansaf* war herrlich: zartes Lammfleisch in würziger weißer Joghurtbouillon auf einem Bett aus Safranreis, abgerundet mit gerösteten Mandeln, Petersilie und Pinienkernen.

Es waren mehr Leute anwesend, als ins Haus passten. Darum ging eine Gruppe mit einem der Tabletts auf die Terrasse und aß dort, in der frischen, kühlen Oktoberbrise von Palästina.

Mansaf war in meiner Jugend immer ein Gericht für große Versammlungen oder Feiertage gewesen, und es schmeckte noch besser, wenn es mit der Hand gegessen wurde. Der Fortbestand dieser Traditionen trug dazu bei, den Raum zu überbrücken zwischen meiner Entwurzelung und dem Zuhause, das ich mir in jenem Land aufgebaut hatte, in dem meine Wurzeln lagen. Ich wusste dennoch: Ich konnte nie wieder ganz an einem Ort sein. So war das, wenn man als Verbannte und Enterbte lebte – man war zwischen Ländergrenzen hin und her gerissen und niemals ganz an einem Ort. Letzteres bedeutete, sich von einem anderen loszureißen. Ich sehnte mich nach meiner Mutter. Nach meinem Bruder und meiner Großmutter. Ich nahm einen Bissen *mansaf* in die Hand und schaute mich im Raum um. Bilal, Jumana, Samer, Wadee und Faisal, andere Freunde, Hajjeh Um Mhammad und ihre Schwestern, Nachbarn und Familie. Hier gehörte ich hin, aber so viel von mir war auch anderswo verstreut.

Die Ernte

Ich zog bei Jumana ein, nachdem Bilal zurückgekehrt war, weil ich nicht wollte, dass die Leute noch mehr als ohnehin schon redeten. Dabei dachte ich vor allem an die angegriffene Gesundheit von Hajjeh Um Mhammad. Aber ich ging jeden Tag bei ihr vorbei, obwohl es auch viele andere Leute gab, die sich um sie kümmerten.

»Möge Allah deine Tage verschönern und dich vor dem Bösen beschützen, meine Tochter. Du siehst immer nach mir. Mögen Gottes Engel immer nach dir sehen. Amen«, sagte sie.

Ein paar Tage nach Bilals Heimkehr brach Hajjeh Um Mhammad in der Küche zusammen. Der Arzt sagte, es sei Erschöpfung, wahrscheinlich eine Kombination aus Aufregung über Bilals Rückkehr und den Vorbereitungen für die Ernte in der kommenden Woche. Das Alter hatte ihr Kraft und Beweglichkeit geraubt, und sie konnte nicht mehr so fest anpacken wie bislang, aber die Ernte war immer ein Fixpunkt in ihrem Leben gewesen. Auf keinen Fall würde sie sie erneut verpassen, besonders jetzt, da Bilal wieder zu Hause war, selbst wenn der Arzt ihr geraten hatte, sich auszuruhen.

Am Abend vor dem großen Tag bereiteten Jumana und ich Salate und *mezze*-Gerichte für die Arbeiter in den Hainen zu. Hajjeh Um Mhammad und ihre Freundinnen kneteten Teig zu frischem *kobz*-Brot, das sie im Freien auf einem heißen *taboon* backen würden. Der erste Tag der Ernte begann sehr früh. Wir packten unsere Sachen und wanderten zu den Hainen, noch bevor die Sonne aufgegangen war. Ich trug einen der Körbe sogar auf dem Kopf, ganz wie es die Älteren machten – und sicher auch meine Vorfahren.

Obwohl Hajjeh Um Mhammad nicht gut laufen konnte, hatte sie immer darauf bestanden, die jährliche Wanderung zu den Olivenhainen zu unternehmen. In diesem Jahr gab sie klein bei und erlaubte Bilal, sie auf den Gipfel des Hügels zu fahren, von wo sie einige Hundert Meter bis zu den älteren Verwandten und Freundinnen laufen konnte, um gemeinsam mit ihnen die Oliven zu sortieren, Brot zu backen und Speisen zuzubereiten. Ich staunte über die Frauen, die es schafften, eine Last auf ihren Köpfen zu balancieren und sich miteinander zu unterhalten, während sie gleichzeitig die steilen, steinigen Wege entlanggingen und manchmal gar noch ein Kind trugen. Ich bemühte mich, den Korb nicht von meinem Kopf herunterfallen zu lassen, und hielt ihn mit einem Arm fest. Dann musste ich beide Arme zu Hilfe nehmen. Einige der Kinder kicherten, als sie mich sahen. Auch Wadee und Faisal foppten mich. »Steh zu dir, Stadtmädchen«, neckte Faisal. »Wir schließen schon Wetten ab, wann und wo der Korb fallen wird.« Wadee lachte, und die Kinder stimmten ein.

»Auf welcher Seite stehst du, Jumana?«

»Nun, normalerweise wäre ich auf der Seite einer Schwester. Aber hier geht es ums Gewinnen. Deswegen muss ich leider darauf wetten, dass dir der Korb vom Kopf fallen wird, bevor du die Bäume erreichst.«

»Und wenn ich es schaffe? Bekomme ich dann den Preis?«, fragte ich.

»Nein. Sie bekommt ihn. Sie wettet darauf, dass du es ganz wunderbar machen wirst«, sagte Jumana und zeigte auf ein kleines Mädchen, vielleicht neun oder zehn Jahre alt. Es hieß Amna und war eine Verwandte von Bilal.

»Komm her, meine liebe Amna«, sagte ich. »Du bist meine einzige wahre Freundin. Wir werden es ihnen zeigen, stimmt's?«

»Ja.« Das kleine Mädchen sah mich an und lächelte bewundernd.

Der Preis bestand aus einer Tüte M&Ms, die Amna gewann und zum Nachtisch nach einem harten Arbeitstag zur Seite legte. »Sollen wir mit den anderen teilen?«, fragte ich Amna. Das kleine Mädchen grinste verlegen: »Nur, wenn sie hart arbeiten. Und sie müssen mir zeigen, wie viele Oliven sie gepflückt und sortiert haben!«

Als wir ankamen, hatte Bilal die Planen bereits gelegt. Wir machten uns sofort an die Arbeit und schufteten zwischen den uralten Bäumen, während die Sonne langsam ihren Bogen zog. Amna brachte mir bei, wie man die Oliven richtig pflückte. »Einige der faulen Jungs schlagen bloß auf die Äste, um die Oliven herunterzuschütteln, aber das ist schlecht. Mein Vater meint, es ist falsch, einen Baum zu schlagen, der einem Segen gibt. Mach es lieber so«, sagte Amna. Flink, aber sorgfältig pflückte sie eine Olive nach der anderen und ließ sie auf die Plane fallen, die unter dem Baum lag. Das »Plopp« von Hunderten von Oliven, die von den Bäumen fielen, war wie Musik, wie Regen bei klarem blauem Himmel.

Fünf oder sechs Leute arbeiteten an jedem Baum und pflückten, so weit ihre Arme nach oben reichten. Einige, darunter auch Amna, kletterten auf Leitern und füllten Eimer mit Oliven von den hohen Ästen. Andere saßen auf den Planen und sortierten die Früchte nach Farbe und Reifegrad in verschiedene Körbe ein. Die Kinder, die noch zu klein zum Pflücken waren, holten die Körbe ab und brachten sie zur Olivenpresse. Jumana, Amna und ich arbeiteten

Seite an Seite, gegenüber von Bilal, Wadee und Faisal, und hörten Musik aus einem Radio, das eine andere Familie mitgebracht hatte. Wir redeten. Sangen. Die Arme wurden mir lahm, und feuchte Flecken breiteten sich unter meinen Achseln aus. Die Luft war kühl, aber ich spürte, wie mir der Schweiß stetig den Rücken hinunterrann. Ich hatte nicht gewusst, wie herrlich körperliche Arbeit sein konnte. Bald darauf zog der Duft von frischem Brot durch die Äste. Es war bald Zeit, eine Pause einzulegen, oben auf dem Hügel wurde das Essen auf dem Boden ausgebreitet, nicht weit entfernt von dem Schotterweg, auf dem Bilals Auto geparkt war.

»Ich stinke ja!« Jumana roch an ihren Achseln.

»Wer ist jetzt das Stadtmädchen?«, sagte ich und grinste frech.

Wir drehten uns beide zu Amna um, aus deren Kehle ein erstickter Laut zu hören war. Sie ließ ihren Eimer auf den Boden fallen. Die Sonne blendete in meinen Augen. Ich konnte Amna nicht sehen, aber Jumana beschrieb mir später die Angst auf ihrem Gesicht. Bevor wir etwas sagen konnten, schrie ein kleiner Junge von einem Hang weiter oben: »Soldaten! Soldaten!«

Die Menschen rappelten sich auf und sammelten so viele Oliven ein wie möglich. Ich rannte zu Amna, die oben auf der Leiter stand. Ihre Beine zitterten. Ich befürchtete, sie könne herunterfallen, und griff nach ihr, gerade als Bilal an uns vorbeirannte. Wadee und Faisal folgten ihm und befahlen uns, die Oliven einzupacken.

»*Allah yustor*«, betete Jumana mit zitternden Händen, als sie die Oliven in Eimer schaufelte.

Wir konnten sie jetzt sehen: Siedlerkinder, die Steine warfen. Hinter ihnen hielten ihre Väter Gewehre im Anschlag, während daneben Soldaten wachten, um sie zu beschützen.

Amna rezitierte den Koran, noch immer zitternd, als ihre Mutter sie zu sich rief. Ich sah die beiden fliehen. Tränengaswolken krochen bedrohlich zwischen den Bäumen hindurch und zwangen die Menschen ins Tal.

Kann etwas, das man erwartet, noch eine Überraschung sein? Wir wussten, dass die Israelis sich während der Olivenernte besonders aggressiv verhielten. Sie wissen um den historischen und symbolischen Wert der Oliven für uns, da seit Jahrtausenden die Oliven die Hauptstütze und das Herzstück unseres sozialen, wirtschaftlichen und kulturellen Lebens sind. Es tut ihnen weh, die ununterbrochene Kontinuität unserer Traditionen zu sehen. Sie kamen mit ihren Waffen und der kolonialen Logik der Eindringlinge, die weder unsere Präsenz noch unsere Freude ertragen können.

Zwei Schüsse krachten.

»Los, weg hier!«, rief Jumana.

Ich rannte den Hügel hinauf. Die Siedler schienen sich zurückzuziehen und feuerten von immer weiter weg. Hajjeh Um Mhammad war inmitten zerbrochener Teller, Essen und Blutlachen zusammengebrochen. Bilal kam schreiend angerannt, um seiner Mutter zu helfen, aber die Soldaten schleppten ihn fort. Auch Faisal wurde von den Soldaten mitgenommen. Wadee half dabei, einen Jungen mit Bauchschuss zur Straße zu tragen, wo sich ein Krankenwagen näherte. Der Junge würde in dieser Nacht im Krankenhaus sterben.

Hajjeh Um Mhammad hatte Probleme mit dem Atmen, war aber bei Bewusstsein. Als Bilal verhaftet wurde, schrie ich so laut ich konnte, dass es seiner Mutter gut ging und wir sie ins Krankenhaus bringen würden, und betete, dass er mich hörte.

Am nächsten Tag, als große Menschenmengen die Leiche des getöteten Jungen zu seinem Begräbnis brachten, konnte man die Trauer auf den Straßen beinahe mit den Händen greifen. Er war acht Jahre alt geworden. Es gab immer noch viel zu tun in den Hainen, und wir taten, was wir konnten. Doch was gestern noch eine Freude gewesen war, fühlte sich jetzt unerträglich an. Am Himmel hingen Wolken. Niemand sprach, sowohl Radios als auch Lieder waren verstummt. Der Regen der fallenden Oliven klang nur noch bitter und traurig. Die Verwandten von Hajjeh Um Mhammad kümmerten sich abwechselnd um sie. Körperlich hatte sie sich erholt, aber ihr gebrochenes Herz hielt sie fest in der Trauer und in ihrem Bett.

Am Nachmittag kehrten wir von der Arbeit zurück und erwiesen der Familie des getöteten Jungen unsere Ehre. Einige Ausländer kamen, um uns dabei zu helfen, die Oliven zu pflücken. Sie setzten ihre Körper und Kameras als Schutz gegen einen weiteren Angriff jüdischer Siedler ein. Am dritten Tag kamen die Ausländer wieder, aber als maskierte Siedler eintrafen, die erneut von Soldaten geschützt wurden, konnten sie nichts tun, außer zu filmen. Ich pflückte wie ein Roboter. Mein Verstand brachte keine Gedanken hervor und mein Herz keine Emotionen. Über die Jahre hatte ich es perfektioniert, mich in diesen abgestumpften Zustand zu versetzen. Der Schweiß, der meinen Rücken kitzelte, holte mich ins Hier und Jetzt zurück. Ich war gleichzeitig da und nicht da.

Ein Tumult war zu hören: Schreie, Feuer, Rauch, lachende Siedler, die sich davonmachten, und Soldaten, die zuschauten und Feuerwehrfahrzeuge daran hinderten, uns zu erreichen. Die Körpersprache der Soldaten schien ihre Langeweile angesichts unserer anschwellenden Panik auszudrücken.

Die Menschen strömten von überall herbei, um das Feuer zu löschen. Jumana und ich schnappten uns unsere Eimer und rannten zum Schauplatz. Wir füllten sie mit Dreck, den wir in das Inferno hineinschleuderten, aber es war wie ein Tropfen auf dem heißen Stein. Die einzige andere Option war jedoch, untätig herumzustehen und einfach zuzusehen, wie das Land abbrannte, und das wäre schmerzhafter gewesen als die Verbrennungen auf unserer Haut und der Rauch in unseren Lungen.

Da griff Gott ein, so erzählte man es sich jedenfalls später. Noch mehr Wolken sammelten sich am Himmel, und ein Blitz fuhr herunter. Bald schon regnete es wie aus Kübeln. Jumana sank zu Boden und weinte vor Angst und Erleichterung. Das Feuer erstarb, und die Glut zischte, wo der Regen niederging. Wir standen einfach nur da, während der Regen den Ruß von unserer Haut spülte. Würden jetzt Retter kommen? Oder wieder die Siedler, um uns zu erschießen? Würde das Gewitter ihre Kolonie in Brand setzen? Aber da kam nichts mehr. Nur Regen. Ich zog mein Kopftuch aus und wischte Jumanas Gesicht ab. Sie hatte aufgehört zu schluchzen, zumindest nach außen hin, und wir wateten durch Schlamm und Asche.

Jumana und ich gingen zu ihr nach Hause, um uns zu waschen. Ich hätte sofort Hajjeh Um Mhammad aufsuchen und ihr versichern sollen, dass alles in Ordnung war. Bestimmt wusste sie durch die Nachbarskinder schon von dem Feuer, egal wie sehr wir sie von allem abschirmen wollten. Ich hätte dabei sein sollen, als sie davon erfuhr, um sie mit meinem Augenzeugenbericht zu beruhigen. Ich hätte ihr von dem Regen erzählt, der die Ausbreitung des Feuers verhinderte, und ihr versichert, dass nur ein kleiner Teil der Bäume verloren gegangen war. Aber in jenem Moment konnte ich ihren Schmerz einfach nicht ertragen. Ich war zu erschöpft, schaffte es gerade noch, mir den Tag vom Körper zu waschen.

Jumana und ich verbanden uns gegenseitig die Verbrennungen und schliefen noch auf dem Sofa ein. Am nächsten Morgen erwachte ich, als es gegen sechs Uhr an der Tür klopfte. Jumana lag am anderen Ende des Sofas, unsere Beine waren ineinander verknotet. Vor der Tür stand ihr Bruder Wadee. Seine Verlobte hatte angerufen, um ihm mitzuteilen, dass ein Krankenwagen mit Hajjeh Um Mhammad im Krankenhaus eingetroffen sei.

Noch so einen Tag ertrug ich nicht. Ich brauchte Zeit auf dem Sofa, um mich zu erholen. Doch gerade, als ich mich zusammenriss und mit den anderen ins Krankenhaus aufbrechen wollte, wirbelte ein weiterer Nachrichtensturm unsere Köpfe durcheinander: Ghassan war gerade freigelassen worden.

Bilals erneute Verhaftung, die verbrannten Haine und die Krankenhauseinlieferung von Hajjeh Um Mhammad ließen die Zeit unerträglich langsam vergehen. Wir erfuhren, dass Bilal in einen Hungerstreik getreten war und Hajjeh Um Mhammad einen Schlaganfall erlitten hatte, wodurch eine Seite ihres Körpers nun gelähmt war. Die Ärzte sagten, dass es auch ein Problem mit ihrem Herzen gab: Es sei sehr groß geworden und könne nicht mehr genug Blut durch ihren Körper pumpen. Sie könnten nichts mehr tun. »Es liegt in Allahs Hand«, erklärten sie. Ihre Schwestern wechselten sich damit ab, an ihrem Bett zu wachen, und ein stetiger Besucherstrom erfüllte das Zimmer. Hajjeh Um Mhammad war wach und redete, aber nur ihre Schwestern konnten verstehen, was sie sagte.

Dass israelische Siedler während der Ernte Bäume in Brand setzten, war während der letzten zehn Jahre so alltäglich geworden, dass internationale Hilfsorganisationen gegründet worden waren, die ausschließlich dazu dienten, die palästinensischen Bauern zu schützen. Die Gruppe, die uns geholfen hatte, versprach auch, den Boden zu sanieren und neue Bäume zu pflanzen. Ich schloss mich ihnen an, sooft ich konnte, um beim Wiederanpflanzen zu helfen und den Boden umzugraben, aber ich war nicht an wiederholte Tiefschläge gewöhnt. Ich brauchte Zeit, um zu trauern und mich zu erholen.

Ich arbeitete wieder im Salon. Manchmal half ich auch in der Bäckerei, obwohl Ghassan mich dort nicht wirklich brauchte. Jeden Tag besuchte ich Hajjeh Um Mhammad, aber ich muss beschämt gestehen, ich tat es eher aus Pflichtgefühl als aus eigenem Willen. Es war so hart, die stetige Verschlechterung ihres Zustands zu beobachten. Vor lauter Beklommenheit hatte ich ständig einen Kloß im Hals.

Als ihr klar wurde, dass ich ihre Worte nicht verstehen konnte, drückte Hajjeh Um Mhammad meistens bloß meine Hand, wenn ich ihr Nachrichten aus dem Dorf überbrachte. Es gab aber auch einige gute Tage, an denen sie wacher war. Einmal zog sie mich zu sich heran und versuchte, mir etwas zu sagen. Zwei ihrer Schwestern waren ebenfalls anwesend und halfen mir dabei, ihre Worte zu verstehen: Sie wollte, dass Bilal und ich heirateten. Es war nicht das erste Mal, dass sie dies vorgeschlagen hatte, aber jetzt klang es wie der letzte Wunsch einer sterbenden Frau. Ich wusste, dass wir unser derzeitiges Arrangement in unserer konservativen Kultur nicht beibehalten konnten, wollte aber in seiner Nähe bleiben. Doch die Ehe machte mir Angst. Die physische Intimität darin. Die Beständigkeit. Besitz eines Mannes zu sein. Die Leute würden sicherlich gehässig herumerzählen, dass ich beide Brüder geheiratet hatte.

»Ihr seid wie geschaffen füreinander. Hör auf eine alte Frau, die mehr über die Welt weiß als du«, krächzte sie. Ihre Schwestern stimmten zu. Sie hatten schon darüber gesprochen. Von den vier Schwestern hatte nur Hajjeh Um Mhammad weniger als fünf Kinder zur Welt gebracht. Sie war auch die Einzige ohne Töchter und die Einzige ohne Enkelkinder. Sie war die einzige Witwe unter ihnen und würde nun die Erste sein, die starb, obwohl sie nicht einmal die Älteste war.

Ich wusste, dass sie manchmal Neid verspürte, wenn sie in der Nähe des blühenden Lebens war, das ihre Schwestern hervorgebracht hatten – Söhne und Töchter, Enkelkinder und Urenkelkinder. Einmal hatte sie mir anvertraut, dass sie sich ab und zu fragte, ob Gott sie wegen irgendeines Vergehens bestrafte, das sie vielleicht begangen hatte. Dann scheuchte sie den Gedanken fort, bat Gott um Verzeihung und dankte ihm für alles, was sie hatte, und für alles, was sie nicht hatte. »Man muss Gott immer für sein Schicksal dankbar sein«, hatte sie gesagt.

Ich sah Hajjeh Um Mhammad in die Augen und wusste nicht, was ich sagen sollte. Jetzt sprach sie wieder, und ich verstand sie genau. »Er liebt dich. Und ich weiß, dass du ihn liebst«, sagte sie. Wie seltsam, als Ehefrau des einen Bruders in diese Familie aufgenommen zu werden, sich dann in den anderen zu verlieben und von ihrer Mutter den Segen zu erhalten, ihn nach der Scheidung von dem ersten zu heiraten.

Ich liebte Bilal, ja, obwohl diese Worte zu klein für seine umfassende Präsenz in meinem Herzen waren. Er betrachtete mich, sah mich in der Gesamtheit meiner Schande und meiner zerbrochenen Teile und schaute nicht weg. Und durch seine Augen erblickte und wurde ich vielleicht eine andere Version meiner selbst – eine nachdenkliche, kraftvolle, intellektuelle Frau, die lieben und geliebt werden konnte, die die Welt beeinflussen und vielleicht wieder von einem Mann berührt werden konnte.

»Die Familienältesten wissen es am besten, Tochter«, flüsterte mir ihre Schwester zu. »Bilal wird dich ehren. Erlöse sie, bevor sie stirbt, Nahr, mein Liebling. Du bist doch fast wie eine eigene Tochter für sie in ihren letzten Tagen.«

Ich küsste Hajjeh Um Mhammad die Stirn, die Hände und die Wangen. Dann schmiegte ich mein Gesicht an ihr Ohr und flüsterte: »Ich werde mich um Bilal kümmern. Wenn es Gottes Wille ist, so werde ich ihn heiraten.«

Ich konnte spüren, wie sich ihr Körper entspannte, und ließ den Tränen freien Lauf. Ich sagte ihr, wie sehr ich sie liebte. Wie dankbar ich war für die Freundlichkeit, die sie mir erwiesen hatte. Dass sie einen ebenso großen Platz in meinem Herzen hatte wie meine eigene Mutter.

Da hörte ich jemanden eintreten, blickte aber nicht auf und sprach weiter mit Hajjeh Um Mhammad. Ihre Schwestern fragten: »Wer bist du?« Ich hob den Kopf und sah mich einer dünnen Frau mit *niqab* gegenüber. Sie legte den Schleier ab und senkte die *abbaya*, und dann erkannten wir, dass es ein Mann war. Sein Haar war zu lang für einen Araber aus dieser Region, und ein Ziegenbart umrahmte seinen Mund. Er wirkte irgendwie krank. Aber es gab keinen Zweifel: Das war Mhammads Gesicht. Hajjeh Um Mhammad stieß einen hörbaren Schrei aus, und ihre Schwestern sprangen von den Sitzen auf, um ihn zu umarmen. Ich erstarrte.

Die Schwestern beeilten sich, die Tür zu schließen. Hatte ihn irgendjemand gesehen? Er kniete neben Hajjeh Um Mhammads Bett nieder und küsste ihre Hand, und die beiden weinten still.

»Möge Allah dich segnen, mein Sohn«, stammelte Hajjeh Um Mhammad immer wieder unter Tränen. Auch ihre Schwestern weinten. Ich stand bloß da, sah verwundert und verwirrt zu, vergaß beinahe, dass sie mich sehen konnten.

Eine seiner Tanten sagte zu der anderen: »So ein mutiger Sohn. Er hat sich zurück ins Land geschlichen, nur um seine Mutter zu sehen …«

Die andere Schwester: »Den ganzen Weg aus Kanada. Ich hätte nicht gedacht, dass wir den Jungen jemals wiedersehen würden. Er ist sehr mutig und einfallsreich.«

Kanada? Sie glauben, er lebt in Kanada?

»Beide Söhne von Zareefeh waren schon immer gute Jungs«, sagte die Tante und tätschelte ihrem Neffen den Rücken. »Möge Allah dich segnen, mein Sohn.«

»Hallo, Nahr.« Mhammads Stimme klang rauer, als ich sie in Erinnerung hatte. Seine Augen waren rot und wirkten irgendwie distanziert. Es gab eine Zeit in meinem Leben, in der ich mich danach gesehnt hatte, dass dieser Mann zu mir zurückkehren würde, aber das Mädchen von damals war nicht mehr da, und jetzt fand ich ihn widerwärtig.

Ich küsste Hajjeh Um Mhammad. »Ich komme später zurück, um nach dir zu sehen«, flüsterte ich. Als ich die Tür öffnete, hörte ich Mhammad hinter mir sagen: »Es versteht sich wohl von selbst, dass niemand wissen darf, dass ich hier bin.«

Ich musste mich beherrschen, um ihn nicht zu schlagen.

An jenem Tag, als Mhammad sie besuchte, wollte Hajjeh um Mhammad aus dem Krankenhaus entlassen werden. Er war bis zum frühen Abend bei ihr geblieben. Dann hatte er seine *niqab*-Verkleidung wieder angezogen und war gegangen. »Ich möchte in meinem eigenen Zuhause sterben«, sagte Hajjeh Um Mhammad. Ihre Nieren produzierten sehr wenig Urin, und die Ärzte sagten, es würde nicht lange dauern, bis auch die anderen Organe versagten.

»Solange ich noch reden kann, sage ich euch, dass ich das Krankenhaus verlassen will«, krächzte sie mit gebrechlicher Stimme, aber bemerkenswerter Kraft.

Ihre Schwestern brachten Hajjeh Um Mhammad nach Hause, und wir alle begannen mit der Totenwache. Jumana und ich waren dort, als sie an jenem Abend einschlief, umgeben von etwa zwanzig Familienmitgliedern, und wir waren noch da, als ihre Schwester am nächsten Morgen um fünf Uhr weinend über Hajjeh Um Mhammads leblosem Körper zusammenbrach. Die Nachricht verbreitete sich schnell. Unterdessen wuschen die Schwestern von Hajjeh Um Mhammad ihren Körper gemäß dem islamischen Ritual.

Jumana und ich kümmerten uns zusammen mit einigen Nichten von Hajjeh Um Mhammad um die vielen Menschen, die zur Beerdigung erschienen und während der folgenden Trauerwochen bei uns vorbeikamen. Ich weiß nicht mehr, wer es zuerst sagte, aber plötzlich war ich allgemein als Bilals Verlobte bekannt. Nach der Beerdigung kamen unzählige Menschen, um der Verstorbenen ihren Respekt zu erweisen. Die Männer versammelten sich täglich auf der Terrasse, und die Frauen behielten ihren heiligen Platz im Haus – Hajjeh Um Mhammads Nichten und Neffen, deren Kinder und Ehepartner, die angeheirateten Verwandten mitsamt ihren Kindern und Enkelkindern, ihre Freunde und deren Familien, ihre Nachbarn (selbst diejenigen, deren Häuser abgerissen worden waren und die gezwungen worden waren, weit wegzuziehen). Händler, die sie in verschiedenen Städten aufgesucht hatte. Bauern, die ihr Obst und Gemüse geliefert hatten. Tischler und Klempner, die in ihrem Haus gearbeitet hatten. Ghassan, zusammen mit seiner Familie. Freunde ihrer Söhne und ihre Familien, Gefängnisgenossen ihrer Söhne und deren Familien. Alle waren da, außer ihren eigenen Söhnen.

Eine der Schwestern flüsterte: »Gott sei Dank, Mhammad hat es geschafft, den Israelis zu entgehen, um sie in ihren letzten Stunden zu trösten. Zumindest hat sie ihn ein letztes Mal gesehen. Aber ich weiß, es hat ihr das Herz gebrochen, dass Bilal nicht da sein konnte. Möge Allah die Herzen der Israelis verbrennen. Amen.« Eine andere brachte sie zum Schweigen: »Leise! Mhammad ist vielleicht noch nicht in Sicherheit außerhalb des Landes.«

Ich sah fragend zu Jumana hinüber, aber sie wandte den Blick ab. Wie viel wusste sie? Es war jedoch nicht die Zeit, danach zu fragen.

Einmal mehr zog sich Bilals Inhaftierung über Wochen, dann über Monate hin. Während der vierzig Tage der Trauer, in denen die Menschen Hajjeh Um Mhammad ihren Respekt zollten, erweckte Bilals Hungerstreik größere Aufmerksamkeit. Israels englischsprachige Zeitung veröffentlichte einen Artikel über die Verschlechterung seines Gesundheitszustandes in der Haft, und mehrere internationale Medien nahmen das Thema ebenfalls auf. TeleSur in Venezuela, Al Jazeera und BBC berichteten über Bilals Inhaftierung ohne Anklage oder Gerichtsverfahren. Ich füllte jene dunklen Tage mit der festen Entschlossenheit aus, mir wenigstens ein bisschen Normalität zu bewahren. Ich kochte für die Trauergäste, putzte, arbeitete täglich im Salon und machte mit Jumana einmal in der Woche ein Picknick in den Hainen, um in Bilals Abwesenheit das Bewässerungssystem aufrechtzuerhalten.

Vor Jahren, als die Mandeln starben, hatte Bilal die Anordnung der Bäume verändert. Die durstigen Mandeln wurden hinter den eher trockenheitsresistenten Oliven neu angepflanzt, um zu verhindern, dass Israel das Land unter dem Vorwand des Absterbens von Bäumen übernahm. Das Bewässerungssystem, das er sich ausgedacht hatte, verlief von der Mitte nach außen, sodass der größte Teil des Wassers zu den Mandeln floss. Nun wirkten sie wieder gesund, mit zarten weißen Blüten, wenn auch noch ohne Mandeln. Jandals Cousin brachte die Schafe täglich zum Weiden, um sicherzustellen, dass der Boden genügend Stickstoff bekam. Sogar der verbrannte Fleck zeigte neue Lebenszeichen, und hier und da sprossen ein paar Unkräuter. Die beschädigten Bäume hatten wir mit weißem Tuch umwickelt, um die Sonne abzuhalten und die Feuchtigkeit zu bewahren. Ich hatte einen Schlauch an diese Stelle geführt, um den Boden so weit wie möglich aus dem Wassertank zu versorgen, den wir weiterhin mit der Pumpe füllten. Bäume sind in dieser Hinsicht nicht viel anders als Menschen. Man schützt die verbrannten Teile vor extremen Wettereinflüssen, versorgt den Körper so gut wie möglich mit Wasser und Nahrung und wartet, bis das Leben sich selbst heilt.

»Ich möchte nur, dass Bilal diesen Ort voller Leben vorfindet, wenn er wieder rauskommt«, sagte ich zu Jumana. »Es muss wirklich schlimm für ihn gewesen sein, als seine Mutter starb und er nicht bei ihr sein konnte …«

Sie schaute weg, hinaus auf die Bäume.

»Du hast doch was auf dem Herzen. Sprich es einfach aus«, sagte ich.

Sie drehte sich zu mir um. »Was, wenn sie ihn diesmal nicht rauslassen?«

»Du bist so eine Schwarzseherin! Was, wenn morgen Außerirdische landen?«

Sie lachte. »Okay, zeig mir noch einmal, wie das alles funktioniert, falls morgen Außerirdische hier landen und dich mitnehmen«, sagte sie und griff nach der Pumpe.

Ich zeigte ihr die Ventile am Wassertank. »Wenn die Pumpe eingeschaltet ist, musst du hier drehen, um den Tank aufzufüllen. Danach drehst du hier, damit das Wasser durch die Schläuche tropft«, erklärte ich. »Und dies ist die neutrale Position, in der das Wasser gar nicht fließt. Die stellst du ein, wenn es regnet oder wenn der Boden zu nass aussieht. Eine gute Drainage ist wichtig.«

»Sieh mal an«, sagte Jumana ironisch. »Da steckt doch eine Bäuerin in dem Stadtmädchen!«

»Halt dich an mich, ich werde dir ein paar Dinge beibringen«, sagte ich. »Also, hör mir zu, du Schlaubergerin. Du musst alles sorgfältig überwachen. Es ist schwierig, weil die Mandeln einerseits viel Wasser brauchen, andererseits aber keine Staunässe vertragen. Und die Oliven dürfen nicht zu viel Wasser bekommen, weil ihr Öl sonst zu dünn schmeckt. Kapiert?«

»Ja, Boss.«

Die Aufmerksamkeit der internationalen Medien wuchs, je mehr sich Bilals Gesundheit verschlechterte. Eine europäische Delegation wurde entsandt, um über seine Freilassung zu verhandeln, als bekannt wurde, dass er möglicherweise in kritischem Zustand in ein Krankenhaus eingeliefert worden war. Zwei Wochen später, mehr als vier Monate nach Bilals Festnahme und fast zehn Wochen nach seinem Hungerstreik, stimmte Israel zu, Bedingungen für seine Freilassung auszuhandeln. Seinen ersten Bissen sendeten sie im Fernsehen: einen Löffel Suppe. Zu Hause, im Salon und in der Bäckerei klingelte ununterbrochen das Telefon.

»Dank des Allmächtigen kommt unser Bruder nach Hause«, sagte Ghassan, als er mich im Salon anrief. »Ihr solltet heute Abend in der Konditorei vorbeischauen. Esst mit uns zu Abend.«

Es war weniger eine Einladung als eine dringende Bitte, aber unsere Anrufe wurden überwacht. Wir konnten nicht Klartext sprechen. »Ja, natürlich, Bruder. Es tut mir leid, dass ich nicht früher gekommen bin. Jumana und ich werden kommen, sobald wir den Salon geschlossen haben.«

»In Ordnung. Bis bald. Wir möchten auch alles über die Hochzeitspläne erfahren. Wir freuen uns darauf, euch beide gebührend zu feiern«, entgegnete er, und wir legten auf.

Meine Hochzeit beflügelte die Fantasie aller, dabei hatten Bilal und ich noch gar nicht richtig darüber gesprochen. Zum ersten Mal seit meiner Jugend in Kuwait hatte ich eine Vision: ein Leben nach meinen ganz persönlichen Vorstellungen. Eine Geschichte, die Bilal und ich gemeinsam schreiben würden. Ich wagte sogar, mir die Ewigkeit mit ihm auszumalen und mir ein Kind von ihm zu wünschen, ein Kind der Liebe, auf ewig geliebt.

Ich wandte mich an Jumana. »Glaubst du, Bilal weiß von seiner bevorstehenden Hochzeit?«

»Wahrscheinlich hat er seit dem Tag deiner Scheidung davon geträumt«, entgegnete sie.

»So ist er nicht.«

»Alle Männer sind so«, sagte sie und erinnerte mich dabei an Um Buraq.

Wir trafen Ghassans Schwester im Laden an, wo sie manchmal arbeitete. Neuerdings aber nicht mehr oft, weil Ghassan ihre unablässigen Vorträge nicht ertragen konnte: Er sei nicht fromm genug, solle langsam heiraten und Kinder haben, er habe keine frommen Freunde, und warum müsse er immer so stur sein? Am schlimmsten aber war ihre Verachtung für Jumana.

Wir waren überrascht, sie zu sehen. Sie war überrascht, uns zu sehen.

»Willkommen, meine Damen. Ghassan hat mir nicht gesagt, dass wir Gesellschaft bekommen«, sagte sie. Sie musterte Jumana, und ihr Blick blieb an ihren Haaren hängen. »Du trägst noch immer keinen Hijab.«

Ich stellte mich schützend vor Jumana und starrte

Ghassans Schwester feindselig an. Gerade, als ich mit Worten auf sie losgehen wollte, erschien Ghassan. Darum flüsterte ich ihr nur zu: »Was hast du für ein Problem?«

Man sah ihr die Missbilligung an, als Ghassan Jumanas Hand ergriff und sie auf die Wangen küsste, aber sie machte gute Miene zum bösen Spiel. Ghassan gratulierte uns zu Bilals Triumph – und zu der Hochzeit, die er und ich wohl bald feiern würden.

»Ach, Ghassan. Dies ist die seltsamste Hochzeit in der Geschichte Palästinas«, sagte ich. »Bilal wird …«

»Hat er dir überhaupt einen Antrag gemacht?«, fiel mir Ghassans Schwester ins Wort.

Bevor ich meine Krallen in ihre Augäpfel versenken konnte, fuhr Ghassan sie an: »Was machst du noch hier? Dein Mann hat dich vor einer halben Stunde nach Hause gerufen. Geh!«

»Ich habe gerade frisches Brot gebacken, und gleich kommt das Abendessen. Ich habe nach ein paar *mashawi-* und *mezze*-Platten geschickt«, sagte Ghassan.

»Du solltest dir doch keine Mühe machen«, wehrte Jumana ab.

Er lächelte sie an und zitierte ein altes Sprichwort. »Für die, die wir lieben, ist nichts jemals Mühe, und alles ist niemals genug.«

»Ihr beide seid albern.« Ich verdrehte die Augen. »Ihr solltet endlich heiraten. Wir sollten eher über *eure* Hochzeit sprechen.«

Ghassan beugte sich vor. »Wir haben Zuhörer«, sagte er und deutete auf eine Gruppe junger Männer, die an einem Tisch gegenüber saßen. Sie waren die einzigen Kunden, und wir unterhielten uns nur oberflächlich, bis sie gingen.

»Glaubst du, sie sind Spione?«, fragte Jumana, als Ghassan aufstand, um die Tür hinter ihnen abzuschließen.

»Wer weiß das schon. Sie stammen aus dem Dorf, aber sie kommen nicht oft hierher«, sagte er. »Hört zu, wir haben neue Ware. Wir müssen sie morgen wegbringen«, fügte er hinzu. »Zwei Frauen werden am späten Nachmittag in deinen Salon kommen, um sich die Haare machen zu lassen. Seht zu, dass euer Parkplatz für sie frei bleibt. Außerdem müsst ihr alle übrigen Kundinnen rauswerfen, wenn sie kommen. Wir kümmern uns um alles andere.«

Ich sah Jumana an. Auch sie wusste nicht, was sie sagen sollte. Ghassan fuhr fort: »Tut so, als würden wir nur ein freundliches Gespräch führen. Jeder, der vorbeigeht, kann uns sehen.« Das sahen wir ein und achteten von da an auf unsere Mimik, saßen wir doch direkt vor dem großen Schaufenster.

Zuletzt waren wir zusammen mit Bilal im Untergrund gewesen, und das war mittlerweile mehr als zwei Jahre her, auch wenn Ghassan in der Zwischenzeit einige Male allein dorthin gegangen sein mochte. Samer war gerade zu Hause, weil die Universität in Moskau über die Semesterferien geschlossen war. Nun hatte er mehr zu verlieren und lebte in noch größerer Angst, dass seine Mutter oder einer seiner herumschnüffelnden Neffen das Loch im Boden entdecken würden.

Wadee sagte zu Jumana und mir: »Samer glaubt, dass er seine ganze Familie in Gefahr bringt, nur weil wir uns der Illusion hingeben, tatsächlich Widerstand zu leisten, weil wir ein Loch im Boden gefunden haben.«

Jumana sah ihren Bruder prüfend an: »Ist das Samers Ansicht oder deine?«

Wadee wandte den Blick ab, dann sah er uns wieder an. »Seit Jahren war niemand mehr dort unten. Wir müssen das Ganze vergessen.«

Jumana ging nervös auf und ab. »Na schön. Im Moment brauchen wir keine Entscheidungen zu treffen. Wir müssen nur sicherstellen, dass die Einstiege gut versteckt sind, falls die Armee unsere Häuser durchsucht. Dann wäre auch Samer etwas zuversichtlicher.«

Ich schlug vor: »Er könnte doch einen Kleiderschrank mit einem falschen Boden bauen und über das Loch stellen, so wie im Salon?«

»Die Soldaten werfen die normalerweise um«, sagte Wadee.

Jumana warf verärgert die Hände in die Luft. »Dann baut er eben eine Art Wandschrank fest in den Raum ein! Warum machst du es uns unnötig schwer?«

Der Wandschrank erwies sich als die richtige Lösung für Samer. Er, Faisal und Wadee verbrachten ein paar Tage damit, ihn zu bauen, mit einer komplizierten Bodenkonstruktion, die von oben und von unten geöffnet und geschlossen werden konnte. »Es ist großartig. Man muss genau wissen, wonach man sucht, um das Geheimnis zu entdecken«, sagte Faisal stolz, als sie fertig waren.

In dieser Zeit wurden die Einzelheiten von Bilals Freilassungsvereinbarung veröffentlicht. Er würde nur noch den Rest der Verwaltungshaft absitzen, exakt fünf weitere Wochen.

Als wir uns schließlich in unserem Versteck trafen, zwei Wochen vor Bilals Entlassung, entdeckten wir, was Ghassan im Untergrund gehortet hatte: zwanzig Armbrüste mit über vierhundert Pfeilen. Einige komplizierter als andere, manche aus Holz, andere aus Kunststoff oder Metall. Die komplexesten besaßen Drahtsehnen, Hebel und ein Zielfernrohr und bestanden aus Glasfaser und Metalllegierungen. Sie wirkten fachmännisch gearbeitet. Keiner von uns wusste, wo Ghassan die Waffen bekommen und woher er das Geld dafür genommen hatte.

»Wer auch immer die gemacht hat, ist ein wahrer Könner«, sagte Faisal und fuhr mit den Fingern über das glatte Metall und die straffen Sehnen der Armbrust. Auch die Pfeile waren eine Mischung aus verschiedenen Formen und Materialien. Einige sahen aus wie lange Metallstifte, andere eher, wie man sich Pfeile so vorstellt, mit gefiederten Enden und einer Spitze aus Metall.

»Das alles verdanken wir diesen Forumsbeiträgen über unkonventionelle Waffen«, sagte Jumana und sah ihren Bruder an. »Wirklich erstaunlich, dass Israel die Website nicht schon längst unterwandert hat.«

Alle drehten sich zu mir um, und es stieg ein vertrauter Verdacht in mir auf. »Warum schaut ihr immer mich an, wenn wir auf die Website zu sprechen kommen?«, fragte ich. »Ist etwa mein Bruder dafür zuständig?«

»Ja!«, rief Wadee. Er musterte die anderen und protestierte: »Was wollt ihr denn? Sie weiß es doch sowieso!«

Jumana sah mir in die Augen. »*Habibti*, wir waren alle der Meinung, dass du es wissen solltest, und wollten es dir sagen, aber dein Bruder legte großen Wert darauf, dass du es nicht mitbekommst. Er wollte dich wohl beschützen. Aber ich glaube nicht, dass er weiß, wie tief du schon in dieser Sache drinsteckst.«

Die Heimkehr

Die Leute fragten sich, ob es richtig war, Bilals Heimkehr zu feiern, da er bei seiner Rückkehr zum ersten Mal mit Hajjeh Um Mhammads Tod konfrontiert werden würde. Außerdem war er noch immer gesundheitlich angeschlagen von dem langen Hungerstreik. Wir hatten in Berichten gelesen, dass seine Organe in den zehn Wochen ohne Nahrung bleibende Schäden erlitten hätten. Die Nieren, wenn ich mich richtig erinnere. Und das Herz. Ich hatte gehofft, es wären bloß Gerüchte. Ghassans und Bilals Tanten und ihre übrigen Verwandten hatten sich im Haus versammelt und warteten auf Nachrichten. Das Militär entließ seine Gefangenen für gewöhnlich nach Lust und Laune, darum wussten wir nicht, wann und wo man ihn absetzen würde. Da kamen ein paar Jungen angerannt. Sie waren aufgeregt und riefen durcheinander. Jeder wollte der Erste sein, der uns die Neuigkeit überbrachte.

»Tief durchatmen«, sagte ich und gab den Kindern Süßigkeiten. »Hier, eins für jeden. Und du«, sagte ich und zeigte auf den Jüngsten, »sag du es mir.«

»Ammo Bilal ist mit allen anderen Männern zum Friedhof gegangen«, sagte er.

»Gut. Jetzt du«, sagte ich und deutete auf einen anderen Jungen.

»Sie haben die Fatiha für Hajjeh Um Mhammad rezitiert.«

»Wie hat er ausgesehen?«

Sie tauschten verwirrte Blicke. »Na, wie Ammo Bilal.«

»Gut. Danke, Jungs. Nehmt noch ein paar Süßigkeiten.«

Ghassan stürzte zur Tür hinaus. Wahrscheinlich wollte er zum Friedhof. Aber plötzlich hörten wir Gesänge. Und dann sahen wir die Männer, die Bilal auf ihren Schultern nach Hause trugen. »*Inshallah*«, so Allah will, sagte seine Tante zu mir: »Das nächste Mal, dass wir dich auf Händen tragen, wird an deinem Hochzeitstag sein!«

Ghassan bahnte sich einen Weg durch die Menge, und Bilal wurde vorsichtig auf den Boden gestellt. Die beiden Freunde umarmten sich fest, begruben die Gesichter an der Schulter des anderen. Als Ghassan den Kopf hob, glitzerten Tränen in seinen Augen. Es war sicherlich eine bittere Freude, die er empfand. Es schmerzte ihn, den dünnen, zerbrechlichen Körper eines Menschen zu halten, der einmal so stark gewesen war. Als Bilal auf mich zukam, dachte ich: Worte können nicht beschreiben, wie sehr man einen Menschen lieben und begehren kann. Er schlang seine Arme um mich, und ich legte meine um ihn, und so siegte die Liebe über die Schicklichkeit. Ich konnte seine Rippen unter dem Pullover spüren, aber in meinen Armen fühlte er sich größer an als die ganze Welt. Er flüsterte mir ins Ohr: »Du bist mein Ein und Alles, Nahr.«

Widerwillig zog ich wieder bei Jumana ein, um die gesellschaftlichen Regeln zu wahren, bis wir verheiratet waren. Bilals Tanten wohnten abwechselnd in seinem Haus, während er sich weiter erholte. Niemand störte sich daran, dass ich tagsüber mit ihm allein war.

»Vielleicht denken sie, dass man nur im Dunkeln Sex haben kann«, witzelte Bilal.

»Tja, sie haben nicht an unsere dicken Vorhänge gedacht.«

Aber meistens sprachen wir nicht viel, besonders in den ersten Tagen nach seiner Rückkehr. *Du bist mein Ein und*

Alles, Nahr füllte alles aus, und durch die Stille hallten jene Worte, wenn wir zusammen waren.

Am ersten Morgen nach seiner Rückkehr kochte seine Tante gerade Kaffee, als ich ankam. »Guten Morgen, Tochter!«, grüßte sie mich. »Ich bin froh, dass du so früh gekommen bist. Ich muss nach Hause, mein Enkel ist krank. Hier, kümmere dich um den Kaffee.«

Bilal saß auf der Terrasse und blickte ins Tal hinunter. In der Ferne ragte die jüdische Siedlung wie ein Tumor aus dem Hügel heraus, die weite Fläche mit Olivenhainen und Obstbäumen trennte uns von ihnen. Bilal sah aus wie ein alter Mann, hatte eingefallene Augen und hervorstehende Wangenknochen. Sein Kopf war kahl rasiert. Langsam näherte ich mich ihm, wollte nicht in seine Gedanken eindringen. »Morgen der Güte«, sagte er mit einem Lächeln, das in seinen Augen, aber nicht auf seinen Lippen sichtbar war.

»Morgen des Lichts und des Jasmins«, entgegnete ich, stellte das Kaffeetablett ab und küsste ihn auf die Stirn. Jetzt im Würfel denke ich gern an diese herrlichen, stillen Vormittage mit Bilal. Die Morgensonne, das Land, die Bedrohungen. Der Wind streichelte unsere Gesichter.

Ich trug das Kaffeetablett in die Küche, wo ich ein einfaches Frühstück zubereitete. Bilal ging mir nach. Eine frische Brise säuselte auf der Terrasse, raschelte in den Blättern und ließ das Windspiel erklingen. Das Rauschen des Wassers aus dem Wasserhahn, das Pfeifen des Teekessels, das gelegentliche Klappern eines Tellers oder Messers, das Quietschen der Ofentür, das rhythmische Stampfen von Bilals Gehstock. Dann das Nippen am heißen Pfefferminztee, das Zerreißen von Brot. Ich wollte die Schönheit der Ruhe nicht stören, doch als Bilal endlich sprach, freute ich mich über das willkommene Geräusch. »Warum hast du nicht wieder geheiratet? Du hättest dich schon vor langer

Zeit wegen Abwesenheit scheiden lassen können, ohne hierherzukommen.«

Ich aß weiter und dachte über eine Antwort nach.

Einige Momente vergingen, bevor ich sagte: »Ich weiß nicht, warum. Warum hast du nie geheiratet?«

»Ich wollte nichts zu verlieren haben. Wolltest du je wieder heiraten?«

»Nein, wollte ich nicht.«

»Hast du dir vorgestellt, für immer unverheiratet zu bleiben?«

»Formal gesehen, wäre ich für immer eine Geschiedene.«

Er gluckste. »Du Besserwisserin. Jedenfalls, hast du dir deine Zukunft so ausgemalt?«

»Worauf willst du hinaus?«

»Auf gar nichts. Ich möchte dich nur verstehen. Ich frage mich, ob du glücklich warst ohne Partner.«

»Ziehst du deinen Antrag zurück?«

»Eigentlich habe ich dir nie einen gemacht.«

Mir gefiel nicht, wie er das sagte, obwohl ich wusste, dass er bloß einen Witz machte. »Der ganze Ort weiß, dass du mir einen gemacht hast«, erwiderte ich.

»Also, ich fühle mich geehrt und bin überglücklich darüber, dass wir heiraten werden.« Er ergriff meine Hand.

»Also, eigentlich habe ich deinen Antrag nie angenommen.«

Er lachte. »Der ganze Ort weiß, dass du ihn angenommen hast.« Ich lachte auch.

Die wunderbare Stille legte sich wieder über uns. Dann sagte er: »Macht es dir nichts aus, dass ich ...« Er zögerte und sah an seinem eigenen Körper hinab. »Macht es dir nichts aus, dass ich so aussehe?«

Ich dachte, dies wäre eine gute Gelegenheit, um das Gespräch einzuleiten, das wir noch führen mussten, aber ich hatte Angst. »Ich muss dir etwas sagen«, begann ich.

»Sag mir nicht, dass du dich schon wieder von mir scheiden lassen willst.«

Ich lächelte unsicher und spuckte die Worte geradezu aus: »Ich glaube nicht, dass ich mit dir schlafen kann.«

Er wirkte schockiert und verletzt.

»Es geht nicht um dich. Nicht nur um dich, jedenfalls. Ich weiß einfach nicht, ob ich mit einem Mann schlafen kann«, sagte ich.

»Magst du lieber Frauen?«

»Nein. Das ist es nicht. Ich bin nur …« Ich versuchte, die Worte zu finden, die ich eingeübt hatte, fand sie jedoch nicht. »Bilal, ich weiß nicht, warum. Ich bin einfach eine verletzte Seele«, sagte ich schließlich.

Seine Züge entspannten sich. Er zog mich sanft zu sich hin und schlang meine Arme um seine Taille. So verharrten wir lange. Mein Kopf schmiegte sich an seinen Hals, und der Rhythmus seines Atems schenkte mir Geborgenheit.

»Wir können zusammen zwei verletzte Seelen sein«, flüsterte Bilal mir zu. »Solange ich dich nur so halten kann, werde ich ein glücklicher Mann sein.«

Innerhalb weniger Tage nahm Bilal an Gewicht zu, und die Farbe kehrte langsam in sein Gesicht zurück. Das Gehen fiel ihm noch schwer, und er brauchte den Stock.

»Wie war es für dich, Mhammad wiederzusehen?«, sagte er eines Morgens auf der Terrasse.

»Ich habe mich schon gefragt, wann du es ansprechen würdest.« Ich trank meinen Tee.

»Wir brauchen nicht darüber zu reden, wenn du nicht willst«, sagte er.

»Also, mich hat überrascht, dass einige Leute glaubten, Mhammad lebe in Kanada. Allein von dem Gerede im Ort ausgehend, kann ich aber nicht beurteilen, ob er ein Held oder ein Verräter ist.«

»Er ist beides. Und nichts davon.« Ich verdrehte die Augen, weil ich von seinen kryptischen Andeutungen genervt war. »Ich versuche nicht, geheimnisvoll zu tun«, sagte er. »Die Wahrheit lautet, dass ich nicht weiß, wer oder was mein Bruder ist.«

»Dann erzähl mir den Rest dieser Geschichte, die du vor meiner Abreise nach Amman angefangen hast«, sagte ich. Und das tat er am Abend desselben Tages.

Mhammad und Bilal sahen an jenem schicksalhaften Abend ihre Kleider im Feuer verbrennen. Die Nacht, ruhig und wunderschön, breitete ihren schützenden Mantel über ihre zitternden Körper und ihre zerstörte Zukunft. Selbst das Knistern der Flammen verriet nicht das Inferno, das folgen würde, da Israel den Tod der beiden Soldaten im Wald unweigerlich rächen würde.

Bilal sprach nur stockend. Er spannte die Faust an und versuchte, sein Zittern zu kontrollieren. »Die Erinnerung, ein Messer in den Hals eines Mannes zu rammen, ist in meine Hand eingeschrieben. Selbst nachdem mein Körper in jener Nacht aufgehört hatte zu zittern, beruhigte sich meine Hand nicht. Es hat nie wirklich aufgehört.«

Bilal sagte, Mhammad sei ruhig und gefasst gewesen, als sie vor dem Fass mit dem brennenden Beweismaterial standen. Er bat um das Messer, sagte zu Bilal, er solle niemals davon sprechen, was er gesehen hatte, und ordnete an, dass Bilal früh am nächsten Morgen nach Jordanien fahren und bei einem Onkel unterkommen solle. Bilal war sich sicher, dass sie alle Grenzübergänge schließen würden, aber Mhammad versicherte ihm: »Es wird eine Weile dauern, bis sie die Leichen finden.«

»So wurde mir klar, dass er und Tamara … Itamar … einen Plan hatten. Dass sie zusammenarbeiteten«, sagte Bilal. »Ich ging nach Hause, duschte und packte.«

In jener Nacht hatte er im Bett gelegen und geweint – ein junger Mann, der darauf wartete, dass der Himmel über ihm einstürzte –, während sich die vorangegangenen Stunden immer wieder von Neuem in seinem Kopf abspielten. Sein Bruder und der israelische Soldat. Ihre aggressive Lust aufeinander. Das Gelächter der anderen Soldaten. Die Kamera. Das Messer im Hals. Er musste aufbrechen, bevor seine Mutter wach wurde.

»Gegen halb fünf ging ich nach unten, mich im Dunkeln vorantastend, und stellte meine Sachen an der Tür ab. Da ging eine Tischlampe an und beschien meinen Bruder auf einem Stuhl. Er musste die ganze Nacht dort gesessen haben. Seine Augen waren starr, darunter dunkle Ringe. Ich wusste, dass er geweint hatte, und fragte mich, ob er dasselbe in meinem Gesicht sah.«

Mhammad gab ihm eine Kiste, die er mit auf die Reise nehmen sollte. Darin befand sich ein Buch, das mehrere Polaroidnegative enthielt, versteckt in seinem harten Einband. Die Kamera selbst war auch in der Box. »Er bat mich, die Kiste an einem sicheren Ort zu verstecken und die Negative herauszuholen, wenn irgendetwas passieren sollte. Genauer drückte er sich nicht aus. Ich wüsste dann schon Bescheid.«

Später sah Bilal, dass es die Polaroids von Mhammad und Itamar waren, aufgenommen von den lachenden israelischen Soldaten. Mhammad besaß darin ein Pfand, das er für die Sicherheit seiner Familie nutzte. Mhammad und Itamar hatten einen Plan ausgearbeitet, der Bilal und seine Familie verschonte, Mhammad hinter Gitter brachte und Itamar eine Beförderung verschaffte. Schon bald wurde er ein hochrangiger Kommandant.

»Hört sich an, als hätte er sich geopfert, um dich und den Rest der Familie zu retten.«

»Das hat er. Aber er ist auch nicht unschuldig. In dieser Sache haben sich alle mit Blut besudelt«, sagte Bilal. »Ein paar Jahre lang blieb ich in Amman. Ich ging aufs College und bekam eine Anstellung als Chemiker in einem Kunststoffunternehmen in Kuwait«, sagte Bilal.

»Was? Du warst in Kuwait?«

»Nur ein paar Jahre lang.« Mit dem Arm deutete er auf die grüne Landschaft, die vor uns lag. »Kuwait bestand nur aus Beton und Sand. Ich habe es gehasst. Ich war noch nie so einsam wie dort, nicht einmal im Gefängnis.«

»Mein Gott! Wir hätten uns auf der Straße begegnen können«, sagte ich, ganz überwältigt von dem Gedanken.

Um die Geschichte glaubhaft zu machen, hatte Mhammad Itamar mit seinem eigenen Militärmesser oberflächlich in den Bauch gestochen und ihm einen Stein auf den Kopf geschlagen, gerade fest genug, um Blutergüsse und Schwellungen zu hinterlassen. So konnte Itamar Verletzungen vorweisen und behaupten, dass er bewusstlos und nicht in der Lage gewesen sei, Hilfe zu holen. Es dauerte mehrere Stunden, bis die Soldaten vermisst wurden und die Suche nach ihnen begann. Als ihre Kameraden den Wald erreichten, wurde der blutende und benommene Itamar sofort zum Helden, aber nicht weil er einen Angriff überlebt hatte.

»Nein, die einzigen israelischen Helden sind diejenigen, die Araber töten.«

»Ich verstehe nicht.«

Bilal zog an einer Zigarette, deren Spitze aufleuchtete. Seine rechte Hand zitterte.

»Ganz in der Nähe wohnten zwei Brüder, die wir als Kinder gekannt hatten. Haj Aymans Jungen. Es gingen Gerüchte, dass sie Kollaborateure waren. Aber ich glaube nicht, dass es stimmte. Sie machten ihrem Vater Schande, nahmen Drogen, gingen in israelische Bars und hatten Sex mit jüdischen Frauen. Solche Sachen. Aber sie waren keine Verräter.« Er zog wieder an seiner Zigarette und sah zu Boden. »Oder vielleicht doch? Ich weiß es nicht.«

Ich erinnerte mich an die Zeitungsartikel, die vor vielen Jahren Mhammads Ankunft in Kuwait begleitet hatten. Er habe zwei Komplizen gehabt, die zusammen mit den israelischen Soldaten tot am Tatort aufgefunden worden seien.

Bilal sah zu mir auf. »Mhammad und Itamar wussten, dass die Jungs von Haj Ayman sie für Liebhaber hielten. Mhammad opferte zwei Palästinenser, Haj Aymans Jungs, für seinen jüdischen Liebhaber.«

Ich nahm alles in mich auf, betrachtete meine kurze Zeit mit Mhammad. Nun sah ich den Mann, den ich geheiratet hatte, in einem anderen Licht. »Vielleicht hat er es auch für dich getan?«, fragte ich.

Er atmete aus, fuhr sich mit den Fingern durch die Borsten seines ergrauten Haares und hielt sich die Seiten seines Kopfes, als wolle er seine Gedanken am Fliehen hindern. »Ja. Er hat versucht, mich zu schützen«, sagte er mit tränenerstickter Stimme.

»Ich weiß nicht, was die Jungs von Haj Ayman am Tatort zu suchen hatten. Ich vermutete, dass Mhammad oder vielleicht Itamar sie irgendwie dorthin gelockt hatte. Vielleicht mit Drogen. Ich weiß es nicht«, sagte Bilal. »Ich will es auch gar nicht wissen. Itamar hat sie dort ermordet. Er inszenierte die Szene, um die Geschichte zu untermauern, dass er die palästinensischen Angreifer erschoss, bevor er ohnmächtig wurde.«

»Weiß sonst noch jemand Bescheid?«, wollte ich von ihm wissen.

»Nein.«

»Nicht einmal Ghassan?«

»Nein.«

»Warum sagst du es dann mir?«

Er zögerte, sah mich an und blickte wieder in die Ferne. »Du solltest wissen, wen du geheiratet hast … und wen du jetzt heiraten wirst.«

Ich hatte keinen Begriff für das, was jetzt in meiner Kehle aufstieg: eine Mischung aus Liebe, Enttäuschung, Abscheu und Mitgefühl.

Ihre Lüge, einst in die öffentliche Vorstellung eingepflanzt, war zu einer lebendigen und atmenden Erzählung geworden, die das Leben der Menschen wie eine Wahrheit prägte.

Aus dieser Lüge erstanden an jenem Tag sowohl palästinensische als auch israelische Helden. Haj Ayman konnte den Kopf nun wieder oben tragen. Seine Söhne hatten den rechtschaffenen Weg des Widerstands gewählt und starben als Märtyrer im Namen der Freiheit. Die Menschen kamen, um Haj Ayman ihren Respekt zu erweisen und seine gefallenen Söhne zu ehren. Die Solidarität der Gemeinschaft minderte den Schmerz, miterleben zu müssen, wie das israelische Militär sein Zuhause demolierte und aus ihm einen Obdachlosen machte.

Israel richtete in ganz Palästina Verwüstungen an und brauchte einen lebenden Verdächtigen, um die massive Zerstörung zu rechtfertigen, die es Tausenden unschuldiger Palästinenser angedeihen ließ. Die Behörden hatten Bilal immer im Verdacht gehabt, weil er über Nacht verschwunden war und später als Anführer des Widerstands im Exil auftauchte. Aber irgendjemand musste ins Gefängnis gehen. Am Tag, nachdem Mhammad vor Gericht gestellt und verurteilt worden war, kam das Militär, um auch das Haus von Bilal zu zerstören. Das hatte ich nicht gewusst.

»Dies ist nicht das Haus, in dem wir aufgewachsen sind«, erzählte er. »Als mein Vater starb, rissen sich meine Onkel väterlicherseits den größten Teil unseres Erbes unter die Nägel. Wir waren noch Kinder. Unsere Mutter war Analphabetin und vertrauensselig. Sie unterschrieb einige Papiere, oder sie fälschten Dokumente. Sie nahmen, was sie kriegen konnten. Wir dagegen behielten unser angestammtes Zuhause, die Obstplantagen und den Rest des Grundbesitzes. Wir konnten nicht viel damit anfangen, der Unterhalt war kaum zu stemmen, ein Verkauf aber undenkbar. Wir bekamen es irgendwie hin. Der jüngere Bruder meiner Mutter, unser Onkel, der mit einer chilenischen Frau in Chile lebte, schickte uns jeden Monat Geld, und als die Armee unser Haus demolierte, übertrug er ihr das Haus, in dem er und unsere Mutter aufgewachsen waren. Es ging ihm gut in Chile, und er hatte nicht vor zurückzukehren. Er stellte lediglich die Bedingung, dass seine Kinder zeitweise in dem Haus leben durften, wenn sie auf Besuch kamen, oder auch dauerhaft, wenn Palästina befreit werden würde.«

Die Mücken fingen an zu beißen. Ich wollte hineingehen, wollte Bilal aber nicht unterbrechen, nun, da er sich mir geöffnet hatte. Also ertrug ich die Insekten tapfer, während wir zusahen, wie eine müde Sonne den Himmel in Brand setzte und die Hügellandschaft mit einer feurigen Palette aus Rot-, Orange- und Gelbtönen bemalte. »Wie haben sie Mhammad gefasst?«

»Sie fanden die Quittung einer Werkstatt mit seinem Namen am Tatort. Als sie ihn verhafteten, leugnete er natürlich, dort gewesen zu sein. Seine kostbare Tamara unterstützte ihn jedoch nicht. Er sagte aus, er habe Mhammad nicht am Schauplatz gesehen, aber es sei möglich, dass es einen dritten Angreifer gegeben habe. Dann ließ Israel einige Jungen unter Folter gestehen, dass sie Mhammad zusammen mit den Jungs von Haj Ayman an jenem Tag gesehen hatten.«

Seufzend schloss Bilal die Augen. Vielleicht dachte er daran, wie er selbst als Junge vom Militär gefoltert worden war.

»Ich glaube nicht, dass Mhammad und Itamar geplant hatten, dass er ins Gefängnis kommt. Alle Schuld sollte die Jungs von Haj Ayman treffen. Aber sie hatten nicht mit der Quittung am Tatort gerechnet.«

Als das israelische Militär Itamar, die beiden toten Soldaten und die Leichen von Haj Aymans Jungen gefunden hatte, hatte Israel bereits Hunderte palästinensische Häuser überfallen, eintausendachthundert Palästinenser, hauptsächlich junge Männer und Jungen, verhaftet und ganze Städte auf der Suche nach ihnen terrorisiert.

»Was hat er auf die Frage geantwortet, was sie überhaupt im Wald zu suchen hatten?«

»Itamar erzählte die Geschichte, dass die drei einen palästinensischen Mann mit einem Gewehr gesehen hätten. Sie hätten keine Verstärkung anfordern können, weil ihre Ausrüstung nicht funktionierte, behauptete Itamar. Er erklärte, dass ihn jemand k.o. geschlagen habe, als er und seine Kameraden dem Terroristen gerade Handschellen anlegten. Als er wieder zu sich gekommen sei, hätten die beiden palästinensischen Angreifer über den blutenden Soldaten gestanden. Itamar habe seine Waffe erreichen können und die beiden erschossen, wie in einem verdammten James-Bond-Film. Er und Mhammad hatten sämtliche Details ausgearbeitet und den Tatort so präpariert, dass die Beweise die Aussage untermauerten, die er seinen Vorgesetzten gegenüber machte.«

»Wie konnte ihnen die Quittung entgehen, wenn sie den Tatort sorgfältig präparierten?«, fragte ich.

»Darüber habe ich im Laufe der Jahre oft nachgedacht. Es gibt nur zwei Erklärungen. Erstens: Sie haben es wirklich nicht gemerkt. Zweitens: Itamar hat sie absichtlich dort hingelegt. So wie mein Bruder die Polaroids als Pfand an sich genommen hatte, wollte Itamar vielleicht sein eigenes Pfand.«

Es war spät geworden. Bilals Tanten hätten längst da sein sollen. Als wir von der Terrasse ins Haus gingen, sah er mich an. »Willst du mich noch immer heiraten?«

Da klingelte das Telefon. Bilals Tanten waren am Apparat und wollten sich nach ihm erkundigen. Sie konnten nicht zu ihm kommen, weil das Militär unerwartet eine Ausgangssperre bis fünf Uhr verhängt hatte. Ich hörte nur Bilals Seite des Gesprächs: »Danke, Tante. Es ist sowieso nicht notwendig, dass ihr kommt. Ich kann auf mich aufpassen … Ja, Tante … Danke, Tante … Ja, Tante. Sie ist vor einiger Zeit gegangen. Ja … Danke, Tante. Gute Nacht.«

»Sie wollte wissen, ob ich gegangen bin?«, fragte ich.

»Wie hast du das erraten?«

Wir lachten. Plötzlich klingelte das Telefon erneut. Es war Jumana. Bilals Tanten hatten angerufen, um zu kontrollieren, ob ich auch wirklich bei ihr war.

»Was hast du ihnen gesagt?«

»Ich habe gesagt, du bist bei Bilal, und ihr habt sicher eine schreckliche Sünde begangen«, sagte Jumana trocken.

»Sehr gut.«

»Bis morgen. Ich hoffe, ihr begeht eine schreckliche Sünde.«

»Nein, wirklich, was hast du ihnen erzählt?«

»Ich habe ihnen erzählt, dass du schreckliches Kopfweh hast und schon im Bett liegst.«

Die Mücken hinterließen kleine rote Quaddeln auf meinen Armen. »Warte hier«, sagte Bilal, ging in die Küche und kam mit einer Untertasse mit etwas Olivenöl zurück. »Hier«, sagte er und nahm meine Hand. Er tauchte seine

Finger in das Öl und rieb es in meine Haut ein. Jene süße Stille, die ich erst in seiner Gegenwart kennengelernt hatte, legte sich schützend um uns herum. Als er fertig war, schliefen wir eng umschlungen ein.

Zeit für uns

Etwas mehr als vier Monate nach dem Tod von Hajjeh Um Mhammad heirateten Bilal und ich in einer wunderschönen *fallahi*-Zeremonie. Wir hatten uns nur eine bescheidene Feier im kleinen Kreis gewünscht. Teilweise deswegen, weil wir uns nicht mehr leisten konnten, aber eher noch, weil es uns damals nicht richtig erschien, eine große Hochzeit zu feiern – die Zweite Intifada war in ihrem zweiten Jahr, und die Israelis hatten Ariel Sharon, den Schlächter von Beirut, zu ihrem Premierminister gewählt. Sein brutales Vermächtnis war bereits spürbar. Doch meine Mutter und Bilals Tanten wollten nichts davon hören.

»Ganz im Gegenteil. Wir zeigen diesen Hunden, dass wir auf unserem Land weiterhin leben und lieben werden, egal was sie uns antun«, sagte Ghassan zu Bilal.

Mama, Jehad und Sitti Wasfiyeh reisten aus Jordanien an. »Nur deinetwegen habe ich mich breitschlagen lassen, mir ein Visum von den Söhnen Satans in ihrer gottverlassenen Botschaft zu holen«, sagte Sitti. »Deine Mutter hat versucht, mir die Hochzeit zu verbieten, weil der Arzt sagt, mein Herz ist zu schwach. Aber mein Herz fühlt sich gut an.« Dann wandte sie sich an Bilal. »Ihre Mutter ist bloß eifersüchtig, weil die Kinder meines Sohnes mich mehr lieben als sie. Du bist ein guter Mann, weil du meine Enkelin heiratest, obwohl sie schon einmal verheiratet war und ihren Mann nicht lange bei der Stange gehalten hat«, verkündete sie.

»Er weiß es, Sitti«, versicherte ich ihr. »Mhammad war sein Bruder, erinnerst du dich?«

»Wirklich?« Sie schien überrascht zu sein, aber dann dämmerte es ihr. »Ja, das stimmt«, sagte sie.

Sie wandte sich wieder an Bilal und sagte zu ihm: »Ohne meine Enkeltochter ist es einfach nicht dasselbe. Ich wünschte, wir wären alle noch mit meinem Sohn in Kuwait. Oder wir könnten alle wieder hier sein, für immer.« Sie wischte sich die Tränen mit ihrem *hijab* ab. Mama tröstete sie und gab uns mit einem Blick zu verstehen, dass Sitti dabei war, den Verstand zu verlieren, und oft in solchen Träumereien gefangen war.

Mama hatte schon eine Weile versucht, mich wegzuziehen. Als ich endlich einen Moment Zeit hatte, gingen wir zusammen zum Gästezimmer. Vor der Tür bat sie mich, die Augen zu schließen, und führte mich hinein.

»Öffne die Augen«, sagte sie.

Was ich nun sah, nahm mir den Atem. Ich schlang die Arme um den Hals meiner Mutter und fing an zu schluchzen. »*Habibti*, Mama. Möge Gott dir immer seine Gunst erweisen. Möge er dein Leben verlängern und dich immer in meiner Nähe halten. Dies ist das beste Geschenk, das ich je bekommen habe. Danke, Mama.«

Auf dem Bett lagen eine atemberaubende, elegant bestickte *thobe* und eine ebenso beeindruckende Kopfbedeckung.

»Komm, probier sie an«, sagte sie. Als ich näher kam, um sie zu berühren, erklärte Mama mir ihre Schöpfung. »Ich habe viel darüber nachgedacht und beschlossen, die Grundmuster einer Jerusalemer *thobe* zu verwenden, weil wir im Begriff sind, aus der Geschichte der Stadt und ihren

Grundfesten gelöscht zu werden«, sagte sie. Selbst die Art, wie sie ihre Stickerei beschrieb, war poetisch.

»Normalerweise hätte ich für dieses Gewand weiße Seide verwendet, aber ich entdeckte diese wunderschöne Terrakotta-Seide und fand, dass sie an Jericho erinnert. Hier auf dem Bruststück, dies ist ein Halsband, das von kanaanäischen Königinnen getragen wurde. Diese geometrischen Muster hier sind typisch für Romi-*thoben* aus Ramallah und stehen für Oliven-, Mandel- und Granatapfelbäume. An den Seiten siehst du die Kreuzigung aus der Zeit, als die Kreuzfahrer über uns herrschten, und das ist der Halbmond als Symbol für die Rückkehr Jerusalems zur muslimischen Herrschaft seit der Zeit von Salah Eddin.«

Ich war tief beeindruckt. »Das ist ein echter Schatz, Mama.«

»Du bist der Schatz«, gab sie zurück. »Und hier, schau dir diese Formen genau an.«

»Das ist Schrift«, sagte ich.

»Ja. Koranvers 21 aus der Sure Ar-Rum. Ein Gebet für die Ehe.«

Es war schwer, die verschlungenen Buchstaben zu erkennen, aber Mama las sie mir vor.

Und von Seiner Weisheit zeugt, dass Er euch Kameradinnen erschuf, damit ihr bei ihnen ruhen könnt. Und er verband euch mit Zuneigung und Gnade. Wahrlich sind dies Weisheiten für diejenigen, die nachdenken.

Ich fuhr mit den Fingern über die komplizierten Stiche in den Farben Türkis, Terrakotta, Smaragd, Kastanienbraun und Apricot. Ein ganz und gar unerwarteter Traum hüllte mich ein.

Jumana war am Tag der Hochzeit an meiner Seite und half mir, mich schön zu machen. Mama lud Cousins und Cousinen aus Ein el Sultan und Haifa ein, die ich noch nie gesehen hatte. Das ganze Dorf kam, um zu feiern. Sogar das palästinensische Fernsehen berichtete über die Hochzeit eines Nationalhelden. Der Tag ging in den Abend und dann in die Nacht über, in einer nicht enden wollenden Abfolge aus Gesang, Tanz, Essen, Ausgelassenheit, *zaghareet*, Gebeten, Gratulanten und Geschenken. Mein Bruder übernahm den Großteil der Kosten, weil Bilal und ich uns nicht alles leisten konnten. »Eigentlich ist das meiste von unserer Großmutter«, sagte er. Bilal war das nicht ganz recht. Jehad sagte zu ihm: »Betrachte es als meinen Beitrag zur Revolution.«

»Als ob du keine Website betreiben würdest«, bemerkte ich und grinste ihn an. Auch er lächelte. Mehr Worte verloren wir nicht über die Tatsache, dass er unser Jordanien-Kontaktmann war.

Am Ende der Feier waren Bilal und ich völlig erschöpft. Wir hatten uns einen romantischen Ausklang unserer Hochzeit gewünscht, aber kaum waren wir ausgezogen und gewaschen, schliefen wir eng umschlungen ein. Eine dermaßen ereignislose Hochzeitsnacht würde die meisten Paare wohl verstören, aber für uns war das etwas ganz Natürliches und Kostbares.

Wir waren die Letzten, die am nächsten Tag wach wurden. Ein Tumult in der Küche trieb uns aus dem Bett. »Von wegen ruhiger, romantischer Morgen danach«, sagte er. »Wenn sich meine Mutter und Großmutter in der Küche streiten, ist das das Gegenteil von Romantik«, fügte ich hinzu.

Zuerst begrüßten wir Sitti Wasfiyeh, dann Mama. Jehad saß auf der Terrasse und trank Kaffee. »Deine Mutter macht die Eier falsch«, beschwerte sich Sitti Wasfiyeh.

»Bitte, Hajjeh. Ich mache deine Eier seit fünfunddreißig Jahren«, sagte Mama.

Sitti hob die Brauen und signalisierte damit, dass sie einen Gedanken mit uns teilen wollte. Gebeugt schlurfte sie auf mich zu, den Blick gesenkt. »Ich habe vergessen, dir von deiner Freundin zu erzählen. Hast du es schon gehört?«, sagte sie zu mir.

»Welche Freundin, Sitti? Was gehört?«

»Die Verrückte, die uns beinahe zu Tode gefahren hätte, als wir Kuwait verließen.«

»Um Buraq?«

»Woher soll ich ihren Namen wissen? Sie ist doch deine Freundin!«

Ich musste lachen. »Was ist denn mit ihr?«

»Ich habe es vergessen. Frag deine Mutter. Aber da stand irgendetwas über sie in der Zeitung.«

Ich sah Mama an, die gerade Knoblauchtomaten briet. »Ich bin mir nicht sicher. In der Zeitung hieß es, dass sie bald auf humanitärer Basis freigelassen werden könne.« Mama erklärte mir, dass Um Buraq Krebs hatte und einige kuwaitische Beamte die Justizbehörde drängten, sie unter der Bedingung freizulassen, dass sie ihre kuwaitische Staatsbürgerschaft aufgäbe und in den Irak abgeschoben würde, wo sie Familie hatte. Es machte mich traurig, so etwas von meiner alten Freundin zu hören. Nun war sie also krank und mittellos und musste auf die Barmherzigkeit ihrer Verwandten im Irak hoffen. Ich dachte an ihre Abschiedsworte in Kuwait: *Was auch immer passiert auf dieser unnachgiebigen Welt, wir werden uns wiedersehen, meine Schwester.*

Wir fünf frühstückten zusammen auf der Terrasse. Die Winterregen im Dezember und Januar waren heftiger als üblich ausgefallen und hatten eine dichte, bunte Decke aus Wildblumen auf den Hügeln erschaffen. Rote, weiße und violette Anemonen und rosafarbene und weiße Alpenveilchen zierten die Hügel im Osten. Mohnblumen, Butterblumen und rote Spreublumen überlagerten sich in zufälligen Mustern. Hier und da sah man eine seltene wilde Tulpe dazwischen. Nizza-Malven, Jerusalem-Salbei, Senf und Thymian fanden ihren Platz um Felsen und Felsbrocken herum.

Bald würden die blaue Lupine und die gelbe Saatwucherblume die Anemonen ersetzen. Die Krokusse und die Blausterne warteten in ihren Zwiebeln darauf, im Sommer zu blühen. Das Geißblatt hatte bereits begonnen, über die Büsche und Bäume zu kriechen, und die Hyazinthen, Gänseblümchen und Narzissen sah man ein Stückchen weiter oben.

Mama und Jehad waren beeindruckt, dass ich so viel über die lokale Flora wusste. Hajjeh Um Mhammad, Allah hab sie selig, hatte mich die Namen der Pflanzen und ihren medizinischen Nutzen gelehrt. Ich konnte mich nicht an alles erinnern, was sie mir vermittelt hatte, und wünschte, ich hätte ihre Ausführungen aufgeschrieben, aber ich war mir sicher, dass auch Bilal diese Kenntnisse hatte. Hajjeh Um Mhammad pflegte zu sagen, dass es auf dieser Erde keine Krankheit gebe, für die Allah uns keine Medizin geschenkt hätte.

»Palästina passt zu dir«, flüsterte Jehad mir zu. Er sagte, er habe mich noch nie so strahlend und lebendig erlebt.

»Auch nicht in Kuwait?«, fragte ich.

»Nein. Kuwait war ein anderes Leben. Wir waren zu jung. Zu anders.«

Das stimmte. Jehad hatte sich verändert. In seiner Art lag etwas Ernsthaftes, etwas Solides und Starkes, auf das ich mich immer stützen konnte. Er und Bilal waren sich in dieser Hinsicht ähnlich.

»Du hast sicher recht. Es ist viel Zeit vergangen, seit wir in der kleinen Wohnung in Hawalli lebten. Erinnerst du dich noch daran, wie wir im Sommer jobbten, wie du wissenschaftliche Experimente gemacht hast und ich mit meiner Mädchengang herumgezogen bin?«

»Wer könnte das je vergessen? Niemand hat sich getraut, mich dumm anzumachen, wegen dir und deiner Gang.« Mein kleiner Bruder lachte und legte den Arm um mich.

Wenn ich heute im Würfel eine Bestandsaufnahme meines Lebens mache, so kann ich ohne Zweifel sagen, dass diese wenigen Tage um meine Hochzeit herum, im Februar 2002, umgeben von meiner Familie, die glücklichsten waren. Meine Familie reiste bald nach der Hochzeit ab, denn es war geplant, dass Mama und Jehad zusammen mit Sitti Wasfiyeh noch einige Tage in Ein el Sultan verbringen und dann nach Amman zurückfahren würden.

»Ich komme in zwei Monaten zurück«, versprach Mama. Sie hatte sich etwas freie Zeit verdient. In der Dämmerung küssten wir uns und verabschiedeten uns voneinander. Sitti Wasfiyeh setzten wir in den alten Motorwagen von Hajjeh Um Mhammad, obwohl sie damit langsamer fuhr, als sie ging.

»Du kannst auch schneller fahren, Hajjeh«, drängte Mama.

»Du versuchst wohl, mich umzubringen«, giftete Sitti sie an.

»Hajjeh, du bist unzerstörbar. Gib noch etwas mehr Gas«, sagte Mama.

»Ich verfluche deine grauen Haare, Frau! Hör auf, mich zu hetzen!«

Bevor sie losfuhren, flüsterte Sitti mir zu: »Möge Allah euch beide segnen und eure Ehe segnen und euch viele Babys bringen. Verbock es dieses Mal nicht so wie beim ersten Mal. Allah liebt dich, und auch wir alle lieben dich.«

Als es dunkel wurde, machte Bilal draußen ein Feuer. Er konnte mittlerweile auf den Stock verzichten, aber sein Gang war noch immer nicht wie früher. Wir kuschelten uns aneinander, in eine Decke gehüllt, saßen im Schein der Feuerstelle. »Endlich allein.« Er küsste mich. Die Nähe, die ich empfand, war mir so vertraut, als wären wir schon immer zusammen gewesen. Es war schwer, sich an das Leben ohne Bilal zu erinnern.

Wir starrten hinauf in den schwarzen Himmel, den eine Million Sterne erhellten.

»Alle meine Sorgen wirken unglaublich klein und unbedeutend im Angesicht dieses Himmels«, sagte Bilal leise.

Ich schmiegte meinen Kopf an seine Schulter und küsste seinen Hals. »In der zweiten Klasse habe ich richtig Ärger bekommen, als ich versuchte, das Universum zu ergründen«, sagte ich.

»Wie meinst du das?« Bilal sah mich neugierig an.

»Meine Religionslehrerin erzählte der Klasse, wie groß und gewaltig Allah das Universum gemacht habe. Sie sagte, er habe Millionen von Planeten gemacht, und auf einigen könnte es Leben geben wie auf der Erde. Ich stellte dann Fragen, die mir vollkommen logisch erschienen: Warum kümmert sich Allah nur um die Menschen auf der Erde? Wie schafft er es, überall auf dem Laufenden zu bleiben und zu sehen, wer Schweinefleisch isst? Mussten die kleinen außerirdischen Mädchen *hijab* tragen? Und schließlich der Tropfen, der das Fass zum Überlaufen brachte: Warum sollte er sich überhaupt dafür interessieren, was wir essen und tragen? Hat er nicht wichtigere Dinge im Universum zu tun?«

Bilal lachte. »Die meisten Menschen leben ihr ganzes Leben ohne einen einzigen so klaren Gedanken«, sagte er.

»Ich wurde für eine Woche suspendiert.«

»Dieses dumme Schulsystem treibt den Kindern jegliche Neugier und Kreativität aus«, sagte Bilal.

»Aber ich bin fürchterlich nachtragend. Als ich in die vierte Klasse kam, schlitzte ich meiner Lehrerin die Autoreifen auf. Das ist nie herausgekommen«, sagte ich.

Bilal lachte laut. »Das ist ja köstlich! Du bist schon von klein auf eine Rebellin und Revolutionärin gewesen!«

»Das ist wahr. Und du bist der glückliche Mann, der mich heiraten durfte.«

»Ja, der bin ich.«

Wir unterhielten uns, genossen gemeinsam die Stimmung, flirteten miteinander. Ich wollte mit ihm schlafen, aber mein Körper wollte es nicht. Oder vielleicht war es umgekehrt, mein Körper wollte, aber ich nicht. Auch er schien in seinem eigenen inneren Konflikt festzustecken.

Er sprach zuerst. »Wir denken beide gerade daran, oder?«

Ich lächelte.

»Ich respektiere und akzeptiere deine Wünsche, Nahr. Du hast es mir bereits gesagt und musst das nicht zweimal tun. Damals wollte ich dir versichern, dass nur wir bestimmen können, wie unsere Beziehung aussehen soll. Wir können einander sein, was wir wollen. Wir müssen jetzt nicht miteinander schlafen und vielleicht auch nicht in Zukunft, solange es das ist, was wir wollen. Alles, was ich von dir will, ist Ehrlichkeit. Ich werde dir dasselbe schenken und immer daran arbeiten, mir deine Liebe und deinen Respekt und deine Loyalität zu verdienen«, sagte er.

Mein Herz war noch nie so sehr mit Liebe angefüllt. Ich vergrub mein Gesicht in seinem Nacken, zufrieden und dankbar für dieses Leben.

Er rutschte unbeholfen auf seinem Stuhl herum und sagte: »Ich möchte dir etwas sagen.«

Ich wartete leise ab.

»Ich wollte es dir schon an dem Tag erzählen, an dem du mir eröffnet hast, dass du nicht mit mir schlafen willst. Aber ich hatte nicht deinen Mut«, begann er. »Als ich kürzlich wieder im Gefängnis war, folterten sie mich auf härtere Weise. Vor Jahren schlugen sie mich vor allem in die

Leistengegend, aber diesmal schlugen sie mich immer wieder auf die Genitalien. Ich musste mich ständig erbrechen, und alles war angeschwollen zwischen meinen Beinen. Danach ließen sie mich in Ruhe, aber ich bekam eine Entzündung, und sie wollten mich nicht zum Arzt bringen. An diesem Punkt begann ich mit dem Hungerstreik. Als sie mich endlich in die Militärklinik verlegten, war die Infektion zu weit fortgeschritten, und der Schaden konnte nicht mehr repariert werden.« Bilal umarmte mich fest und gestand mir unter Tränen, dass sie einen seiner Hoden hatten entfernen müssen.

»Ich schämte mich zu sehr, um es dir zu sagen. Es tut mir leid, dass ich es nicht getan habe.« Er hielt inne und schlug sich mit der Hand gegen die Stirn, als wäre ihm gerade etwas eingefallen. »Und ich bitte *dich* um Ehrlichkeit.« Er sog Luft durch die Zähne ein. »Ich wollte es dir an jenem Tag sagen. Dass ich nur ein halber Mann bin … und dass ich nicht weiß, ob ich körperlich in der Lage bin zu lieben.« Seine Kiefermuskeln spannten sich an, und er sah mir nicht in die Augen.

Ich küsste ihn sanft auf die Lippen. »Tu dir das nicht an.« Ich küsste ihn auf die Wange. »Ich liebe dich, Bilal. Und du hast es richtig gesagt: Die Menschen sind kompliziert. Wir werden herausfinden, was uns guttut, und das dauert eben seine Zeit.« Ich nahm sein Gesicht in beide Hände. »Im Moment haben wir schon mal Ehrlichkeit, Vertrauen und Liebe.« Ich wollte ihm sagen, dass die emotionale Intimität, die zwischen uns wuchs, mein Herz auf die herrlichste und positivste Weise berührte. Aber ich fand nicht die richtigen Worte, außer dass ich ihm sagte, dass ich ihn liebte, und das war nicht annähernd genug.

Wir verbrachten die ganze Nacht und jede weitere auf diese Weise, in einer Nähe, die ich noch nie mit einer anderen

Person gespürt oder für möglich gehalten hatte. Ich war glücklich. Wahrhaftig und absolut zufrieden.

Als ich in Bilals Armen einschlief, dachte ich an die Hügel hinter der Terrasse. Bald würden die Wildpflaumen-, Pfirsich-, Birnen-, Feigen-, Mispel-, Maulbeer-, Dattel- und Mandelbäume blühen. Im Sommer würde ich mich um Hajjeh Um Mhammads Loquats und Granatäpfel kümmern.

Mama und Jehad kehrten nach Jordanien zurück, kurz bevor Ariel Sharon das Land erschütterte und die Sonne zerriss. Das war nicht einmal zwei Monate nach unserer Hochzeit. Er löste erneuten Terror aus und bombardierte alle unsere Städte, um seine Beliebtheitswerte in seinem Land zu erhöhen. Er bombardierte den Flughafen von Gaza und ebnete die Landebahn ein, ein kleines Symbol palästinensischer Souveränität. Das Militär exekutierte Anführer, legte Schulen in Schutt und Asche, stahl Bevölkerungsdatenbanken und Studentenstatistiken und setzte uns alle unter eine monatelange Ausgangssperre, während der wir unsere Häuser zu keinem Zeitpunkt verlassen durften, es sei denn, das Militär verkündete eine ausdrückliche Ausnahme.

Bilal war noch immer nicht vollständig wiederhergestellt, und die Ärzte fürchteten, dass er möglicherweise nie mehr richtig gehen konnte, weil ein Teil der Muskulatur in seiner Leistengegend und in der Hüfte entfernt worden war, um die Infektion zu beseitigen. Aber er hatte wieder an Gewicht und Kraft zugelegt. Er telefonierte selten, weil unsere Anrufe überwacht wurden, aber er arbeitete von seinem Computer aus. Im Unterschied zu vielen anderen hatten wir das Glück, einen Heimcomputer zu besitzen. Er bewahrte uns vor der schlimmsten Langeweile, als wir vierundzwanzig Stunden am Tag zu Hause sitzen mussten, ohne dass eine Besserung in Sicht war. Wir hatten einen Dell. Ich benutzte ihn nur, um E-Mails zu schreiben und im Internet zu surfen, aber Bilal forschte zu Chemiethemen, die ich nicht verstand, und benutzte eine spezielle Software, um Berechnungen für die Gebräue vorzunehmen, die er manchmal in der Küche herstellte.

»Was machst du da?«, fragte ich ihn.

»Ach, ich bastele nur ein bisschen, um mir die Zeit zu vertreiben.«

Aber als ich uns einen Snack in der Küche zubereiten wollte, ließ er mich nicht hinein, bevor er die gesamte Küche gründlich geputzt hatte. »Ich brauche einen anderen Raum für dieses Zeug«, murmelte er vor sich hin.

»Ich gehe davon aus, dass das keine neuen Backrezepte sind?«

Er umfasste meine Taille. »Dein Sarkasmus ist so sexy.«

Am nächsten Tag richtete er sich im Badezimmer im zweiten Stock einen Arbeitsbereich ein und baute den Ventilator so um, dass die Luft direkt über seiner Arbeitsfläche abgesaugt wurde. Meine Neugier wuchs.

Er las auch viel, und ich versuchte zwar, mit ihm Schritt zu halten, fand abstrakte politische Theorien aber nicht interessant genug. Ich mochte lieber Geschichten, menschliche Dramen. Manchmal kuschelten wir stundenlang auf dem Sofa, sahen fern oder machten gar nichts. Das erste Mal, als er mir laut vorlas, war es ein Aufsatz eines Amerikaners namens James Baldwin, ein Brief an seinen Neffen Big James, der begann:

»Zerstört werden kannst du nur durch den Glauben, dass du wirklich bist, was die Weißen einen Nigger nennen.«

Es gab noch andere auf der Welt, die wie wir als wertlos angesehen wurden, von denen nicht erwartet wurde, dass sie nach etwas streben oder sich auszeichnen, für die Mittelmäßigkeit vorherbestimmt war und die damit rechnen sollten, dass ihnen gesagt wird, wohin sie gehen, was sie tun, wen sie heiraten und wo sie leben sollen. Mr. Baldwin sagt zu Big James:

> »Du warst da, um geliebt zu werden. Um heftig geliebt zu werden, mein Junge, auf der Stelle und auf alle Zeit gewappnet gegen die lieblose Welt.«

Bilal las weiter, aber meine Gedanken blieben bei diesem Satz hängen, weil ich wusste, dass ich geliebt wurde trotz allem. Ich wurde heftig geliebt. Auf der Stelle und auf alle Zeit gegen die lieblose Welt. Ich vermisste meine Familie. Auch Um Buraq. Aber ich war hier zu Hause. »Entschuldige, *Habibi*, kannst du das letzte Stück noch einmal lesen? Ich habe über die Stelle davor nachgedacht.«

»Ich weiß, was du meinst. Baldwin muss man langsam lesen. Jeder Satz lockt nicht nur den Verstand, sondern auch das Herz, die Geschichte und die Zukunft eines Menschen.« Er hielt inne.

> »Hätten wir einander nicht geliebt, hätte keiner von uns überlebt.«

»Glaubst du, so haben wir überlebt?«, fragte ich. Er legte das Buch weg, dachte einen Moment nach und sah mich an.

»Ich weiß nicht, wie man den Kolonialismus sonst überleben könnte. Wir müssen unseren eigenen Zustand verstehen. Wenn Baldwin sagt, wir haben einander geliebt, dann meint er nicht nur die Lebenden. Überleben, indem man sich liebt, bedeutet auch, seine Vorfahren zu lieben. Ihre Schmerzen, Kämpfe und Freuden zu kennen. Es bedeutet, unser kollektives Gedächtnis zu lieben: wer wir sind, woher wir kommen«, sagte er. Nach einem Moment der Stille, um diesem Gedanken Raum zu geben, las er weiter.

»Du hast keine Veranlassung, so zu werden, wie die Weißen, und es gibt nicht die geringste Grundlage für ihre unverfrorene Annahme, sie müssten dich akzeptieren. Die schreckliche Wahrheit ist, mein Junge: Du musst sie akzeptieren. Das ist mein voller Ernst. Du musst sie akzeptieren, und zwar mit Liebe. Eine andere Hoffnung gibt es nicht für diese unschuldigen Menschen. Sie sind noch immer in einer Geschichte gefangen, die sie nicht verstehen; und solange sie die nicht verstehen, können sie sich auch nicht davon befreien. Viele Jahre lang und aus unzähligen Gründen mussten sie glauben, Schwarze seien weniger wert als Weiße. Viele von ihnen wissen es eigentlich besser, aber du wirst sehen, der Mensch tut sich schwer damit, nach seinem Wissen zu handeln. Handeln ist ein Bekenntnis, und Bekenntnis bedeutet Gefahr.«

»Bekenntnis bedeutet Gefahr.« Diese Worte habe ich nie vergessen.

Mit James Baldwin verbrachten wir die Zeit der Ausgangssperre, wenn Bilal nicht gerade an seinen Chemieexperimenten saß. Ich habe nie jemandem verraten (nicht einmal Bilal), dass das erste Buch, das ich je von Anfang bis Ende las, auch das erste war, das wir zusammen lasen: *Nach der Flut das Feuer* von James Baldwin, und da war ich schon vierunddreißig Jahre alt.

»Glaubst du, Baldwin würde sagen, wir sollten die Israelis lieben?«

»Ich glaube nicht, dass Baldwin das so sagen würde. Er fordert nur, dass wir uns mit Liebe stärken sollen, wenn wir ihnen gegenübertreten. Es geht eher um unseren eigenen Zustand der Gnade, darum, unseren Geist vor der Abwertung durch sie zu schützen. Zu wissen, dass unser Kampf in der Moral verwurzelt ist und dass der Kampf selbst nicht gegen sie als Volk gerichtet ist, sondern gegen das, was sich in ihnen eingenistet hat – die Vorstellung, dass sie bessere Menschen sind, dass Gott sie bevorzugt, dass sie von Natur aus überlegen sind und dass wir verzichtbar sind.«

Als Nächstes lasen wir Ghassan Kanafani – auch seine Texte genoss ich sehr. Wir begannen mit *Männer in der Sonne* und brauchten dafür nur einen Tag. In der Geschichte starben palästinensische Männer in einem Wassertank, der nach Kuwait geschmuggelt wurde, still und leise in der sengenden Wüstenhitze. »Warum haben sie nicht an die Tankwand geklopft, um herauszukommen?« Diese Frage beschäftigte mich und setzte sich auch in meinen Träumen fest.

Baldwin und Kanafani waren Zeitgenossen, die Tausende von Kilometern voneinander entfernt waren und sich nie trafen, sondern parallel lebten. Sie schrieben mit derselben Leidenschaft, derselben Respektlosigkeit und demselben Trotz; mit ähnlichen Wunden und grenzenloser Liebe zu ihrem Volk. Baldwin wurde ins selbst auferlegte Exil gezwungen und Kanafani von Israel ermordet. »Bekenntnis bedeutet Gefahr.«

Diese gemeinsamen Wochen allein im Haus, ohne Besuche, mit gelegentlichem Luftschnappen im Garten oder am offenen Fenster, waren vielleicht die schönsten Flitterwochen, die man sich wünschen konnte. Wir packten ein paar Jahre in wenige Monate. Wir verloren uns ineinander, ließen den anderen ein in die verborgenen Korridore der Erinnerung, der Unsicherheit und der Träume. Wir erforschten den Körper des anderen und bewegten uns auf einen verzauberten Berggipfel zu, der sowohl beängstigend als auch unwiderstehlich war. Bilal strich mit den Fingern über die Narbe auf meinem Rücken.

»Ist es so weit?«, fragte er. Ich sah ihn an und flüsterte: »Ja.«

Ganz langsam küsste er meinen ganzen Körper, seine Lippen umkreisten zärtlich meine Narbe. Bilal veränderte alles. Er stellte meine Welt auf den Kopf. Ich glaube, das war das erste Mal, dass ich einen Mann wirklich begehrte. Mein Körper sehnte sich nach ihm: auf emotionaler, psychologischer, intellektueller und schließlich auch physischer Ebene.

Wir haben uns viele Male geliebt, bevor wir uns geliebt haben. Unsere Körper verschmolzen oft miteinander, wenn er mir vorlas, wenn wir uns küssten, unterhielten, umarmten, uns entkleideten, badeten, schliefen. Und als es endlich geschah, als er langsam in mich eindrang, fiel ich in den herrlichen Abgrund, der er war. Das Feuer, das sich in meinem Körper und Herzen ausbreitete, brachte mich zum Schluchzen.

»Soll ich aufhören?«, fragte er.

»Nein«, flüsterte ich, noch immer weinend. Er küsste mich gierig und schob sich tiefer in mich hinein. Ich verschlang ihn und lernte eine sexuelle Sehnsucht, die durch eine Liebe so weit wie der Himmel zu einem schier unersättlichen Drang wurde.

Während der nächsten Tage verließen wir kaum das Bett. Wir lasen, hörten Nachrichten, sahen fern, kochten, aßen und badeten zusammen. Ariel Sharon verwüstete noch immer das Land. Nun drangen sie in das Flüchtlingslager von Jenin ein. Bilal telefonierte nun ständig mit Kameraden, sprach codiert und plante aus der Ohnmacht heraus. Dann liebten wir uns wieder. Wir fanden Wege zu einer befriedigenden

Sexualität, trotz seiner körperlichen Einschränkungen, die ihn frustrierten, nicht aber mich. Ich war fast dankbar dafür, denn jedes Mal, wenn es mit Erektion oder Orgasmus nicht klappte, schien uns das einander näherzubringen, Liebe und Vertrauen zwischen uns zu stärken. Fünf Millionen Menschen waren wie wir in ihren Häusern eingesperrt, und vielleicht oszillierten auch sie zwischen Wut und Liebe.

Es fällt mir nicht leicht, über diese Wochen meines Lebens zu berichten, ohne in Klischees zu verfallen, in erster Linie deswegen, weil mir die richtige Sprache dafür nicht zur Verfügung steht. Ich habe nicht genügend Worte, um zu beschreiben, wie ich mich in der Liebe ganz und gar verlor.

Ich weiß auch jetzt im Würfel, dass er bei mir geblieben ist, unsichtbar, und mich noch immer liebt. Ich weiß, dass die Dinge, die sie mir über ihn erzählt haben, nicht wahr sind. Ich weiß, dass er mich nicht aufgegeben hat. Ich weiß es. Ich weiß es. Ich weiß es. Und dieses Wissen wird nicht weichen, selbst an diesem unnatürlichen grauen Ort.

In der dritten Woche der Ausgangssperre waren unsere Essensvorräte deutlich geschrumpft. Aber uns ging es besser als vielen anderen. Wir hatten Gemüsebeete im Garten und genug Olivenöl für mindestens ein Jahr. Bilal machte einmal in der Woche Brotteig, und ich half ihm beim Backen.

»Das erinnert mich an die Zeit, als Saddam Kuwait besetzt hielt. Es gab kein Brot mehr, da backten die Leute eben zu Hause«, sagte ich, während ich mit dem Nudelholz eine Teigkugel platt walzte. »Das fühlt sich jetzt an wie in einem früheren Leben. Fast so, als wäre es jemand anderem passiert.«

Er sagte nichts, knetete weiter den Teig und ballte ihn zu Kugeln.

Ich griff mir noch etwas Teig, rollte ihn aus und sagte: »Um Buraq ist diejenige, die mich dazu gebracht hat.«

Er sah mich neugierig an.

»Sie ist diejenige, die die Termine arrangierte und uns zu Partys mit Männern mitnahm«, sagte ich.

Bilal erstarrte. Nur seine rechte Hand zitterte. Sein Blick war auf den Teig gerichtet. Ich hielt den Atem an.

Er erklärte: »Ich sage es dir ehrlich, manche Dinge sind schwer zu ertragen. Aber ich liebe dich, Nahr, mehr als du dir vorstellen kannst. Alles, was du mir erzählst, wird von den Wogen unserer Liebe fortgespült werden.«

Ich sagte ihm alles. Nicht sofort, aber später. Ich wollte, dass er alles erfuhr, was ich sonst niemandem erzählen konnte. Alles. Ich konnte einfach nicht aufhören. Abu Nasser, der Höschenschnüffler. Abu Moathe, mein Vergewaltiger. Saddam Hussein, mein Retter. Das Geld. Um Buraq, meine Zuhälterin, meine Freundin. Wie ich alles vor meiner Familie verheimlichte. Warum ich es überhaupt tat. Warum ich damit aufhörte. Warum ich wieder damit anfing. Ich erzählte es ihm so, wie ich es Ihnen erzählt habe. Als wäre es das Leben einer anderen gewesen, als hätte es nichts mit mir zu tun gehabt. Da waren weder Scham noch Trauma. Ich hielt die Tränen nicht zurück – es gab ganz einfach keine.

Bilal streichelte mein Haar und hörte zu, ohne mich zu unterbrechen. Ohne durchblicken zu lassen, was er dachte. Ohne erkennbar mitzufühlen oder sich einzufühlen, aber mit Geduld.

Als ich fertig war, dämmerte es bereits. Wir hatten die Fernsehnachrichten verpasst, nichts gegessen. Ich stand auf, um ins Badezimmer zu gehen, aber er hielt mich zurück. »Ich liebe dich jetzt noch viel mehr: für alles, was du durchgemacht und was du getan hast, um deine Familie zu unterstützen, dafür, dass du mir vertraust«, sagte er.

Bilal stellte den Wasserkessel auf. Er benutzte nur so viel

Wasser, dass wir uns zwei kleine Tassen Tee machen konnten, denn der Tank auf dem Dach war fast leer. Zusammen bereiteten wir eine leichte Mahlzeit mit dem frischen Brot, das wir gebacken hatten. Wir brieten Tomaten, Knoblauch und Zucchini aus dem Garten, kochten Eier hart, schnitten den Rest unseres *nabulsi*-Käses auf, gossen *zeit-o-zaatar* in kleine Untertassen, gaben *labneh* mit Olivenöl und Paprika auf einen Teller und arrangierten Gurkenscheiben, Rüben und eingelegtes Gemüse auf einem anderen. Auf einem Tablett trugen wir das Mahl dann zu unserem Essplatz neben der geöffneten Terrassentür. Nach draußen trauten wir uns nicht, denn dort konnten Scharfschützen mit Nachtsichtgeräten lauern. Wir aßen im Dunkeln bei Kerzenlicht und hörten uns die Nachrichten im Radio an.

Das israelische Militär deutete an, dass wir möglicherweise eine zweistündige Ausgangserlaubnis erhalten würden, um uns mit Lebensmitteln zu versorgen. Der Ankündigung folgte die strenge Warnung, dass alle Personen, die sich nach Ende der zwei Stunden nicht im Haus befanden, sofort erschossen werden würden. Bilal und ich machten noch mehr Brotteig und berechneten sein Aufgehen so, dass wir ihn später in der Bäckerei zu frischem Brot verarbeiten konnten. Und wir wagten uns in den Garten, um so viel zu ernten, wie wir nur konnten, um es mit Freunden und Familie zu teilen. Dieser Ankündigung folgte jedoch noch eine andere am nächsten Tag: Die Ausgangserlaubnis war bis auf Weiteres widerrufen worden.

Kämpfer in Jenin hatten der Invasion Israels auf heroische Weise Widerstand entgegengesetzt und Dutzende Soldaten getötet. Aber die Kämpfe waren nun vorbei, und die israelischen Soldaten gingen im Lager auf Rachefeldzug. Bilal schaltete das Radio aus. Es war schon dunkel, aber wir ließen das Licht aus. Niemand machte Licht, wenn die Fenster nicht verdunkelt waren. Kugeln und Raketen nämlich wurden – wie Motten – vom Licht angezogen.

Wir trugen das Essenstablett durch die Dunkelheit in die Küche zurück. »Lass das«, sagte Bilal, als ich mit dem Abwasch beginnen wollte. Wir mussten Wasser sparen. Er küsste mich, hob mich auf die Arbeitsplatte, und ich schlang die Beine um seine Taille. Als unsere Küsse leidenschaftlicher wurden, trat er einen Schritt zurück und streichelte meine Wange. Ich konnte die Konturen seines Gesichts im Mondlicht sehen. »Wirst du für mich tanzen?«, flüsterte er.

Er trug mich in unser Schlafzimmer, noch immer hinkend, aber voller Kraft, zog die schweren, dunklen Vorhänge zu, holte so viele Kerzen, wie er auftreiben konnte, drapierte sie um uns herum und zündete sie an. Er legte ein Mix-Tape in den Rekorder und ließ es mit gedämpfter Lautstärke laufen. Es war keine Tanzmusik, sondern *tarab*, klassische arabische Lieder aus der Levante und dem Maghreb. Er nahm seine *kaffiyeh* vom Nachttisch und band sie mir um die Hüften. Anfangs tanzte ich für ihn, aber schon bald nur noch um der Musik willen, um des Tanzes willen, um meines Körpers, der Luft, der Nacht willen. Für die Erinnerung und den Mond. Aus Liebe zu Bilal und aus Sehnsucht nach meiner Familie. Es fühlte sich gut an zu tanzen. Die vergangenen Stunden flossen durch meinen Körper hindurch und konzentrierten sich in meinen Hüften. Ich fühlte Bilals Hände auf meiner Haut, aber ich war noch nicht bereit für ihn. Ich wollte noch Zeit mit der Musik verbringen. Seit Ewigkeiten hatte ich nicht mehr getanzt. Ich zog mir die weite *dishdasha* über die Schultern, löste den *kufiyyeh* um meine Hüften und ließ mein Gewand zu Boden gleiten. Ich war nackt. Bilal band mir den *kufiyyeh* wieder um, und ich kehrte zur Musik zurück. Ich tanzte. Er betrachtete mich. Für eine lange Zeit. Es gibt solche Musik, die ich hören und genießen kann. Aber es gibt noch eine andere Art der Musik. Sie entsteht, wenn die vielen kleinen Bewegungen der Instrumente eine Art Schönheit hervorrufen, die den Raum erfüllt. Sie ruft die Geschichte herbei. Die Jahrhunderte, die vergangen sind, und vielleicht auch die Zeit, die noch kommen wird. Sie nimmt mir den Atem. Dringt in meine Haut ein. Ich schließe die Augen und sehe zu, wie sich die Schönheit in mir ausdehnt, und ich spüre, wie sie meine Hüften, Beine, Arme, Schultern, Finger und Zehen, meinen Kopf, Hals und Bauch, meine Brust belebt. Und irgendwann – das geschieht immer – schließt auch die Musik die Augen. Sie nimmt einen Atemzug – vielleicht mit dem Klagen einer Geige, dem Ruf einer *Nay* oder dem Zittern einer Oud – und legt sich sanft auf mein Herz, wie ein vertrauliches Wispern.

Bilal flüsterte: »Du bist die großartigste Frau, die ich je gesehen habe.« Als Abdel Halim Hafez aus dem Kassettenrekorder *El Hawa Hawaya* sang, kniete Bilal neben mir nieder und berührte mein Bein, küsste meine Knöchel, Waden, Knie, bewegte sich langsam an der Innenseite meiner Oberschenkel hinauf. Die Musik spielte weiter. Die Kerzen flackerten und brannten aus, als wir uns während der Ausgangssperre liebten, hinter verdunkelten Fenstern, versteckt vor den Panzern, Jeeps und Scharfschützen, die unsere Stadt belagerten.

Die Temperaturen stiegen, und wir versuchten, uns irgendwie abzukühlen. Ich machte mir Sorgen um die Bäume, denn die Sonne brannte, es gab keinen Regen. Das würde besonders den verbrannten Bäumen, die sich immer noch erholten, und den Schösslingen mit ihren flachen Wurzeln zu schaffen machen.

Als wir in der vierten Woche der Ausgangssperre bei unserem Morgenkaffee saßen, hörten wir aus dem Radio: »Die zionistische Einheit Israel wird zunehmend international verurteilt. Es gehen Gerüchte, dass die zionistischen Besatzungstruppen planen, die Ausgangssperre für einige Stunden aufzuheben, um es der Bevölkerung zu ermöglichen, Kranke zu evakuieren, Tote zu begraben und die Vorräte aufzustocken.«

»Wenn sie die Ausgangssperre aufheben, sollte einer von uns die Mandeln und Oliven bewässern«, sagte ich zu Bilal.

Er sah mir fragend in die Augen. Ich spürte, wie sich Wörter auf seiner Zunge ansammelten.

»Was ist los?«, fragte ich.

»Wir werden die Bäume gießen, aber danach werde ich die Pumpe umkehren«, sagte er.

»Wie meinst du das?«

»Setz dich«, sagte er und berührte mich sanft an der Schulter. Er setzte zu einem unverständlichen Monolog an und redete über »Verbindungen« mit Namen, die ich nicht aussprechen konnte, und benutzte wissenschaftliche Ausdrücke wie »antiandrogen«, die mir gar nichts sagten.

»Stopp. Das Einzige, was ich verstanden habe, ist, dass du im Badezimmer im Obergeschoss irgendwelche Verbindungen hergestellt hast«, sagte ich.

Er holte tief Luft und begann von vorn.

»Warte«, sagte ich wieder. »Ich muss meine eigenen Verbindungen im Badezimmer machen.«

Er lachte, als ich davoneilte.

Beim zweiten Versuch verstand ich ihn. Die Verbindungen, die er fabrizierte, wurden »Phthalate« genannt. Sie sind antiandrogen, was bedeutet, dass sie Männer feminisieren und ihr Sperma schwächen. Androgene sind männliche Hormone. Phthalsäureanhydrid ist ein Phthalat. Phthalate finden sich in fast allem, was wir verwenden, von Klebstoffen und Haushaltsreinigungsmitteln bis zu Kosmetika, Baumaterialien, Kinderspielzeug, Farben und medizinischem

Bedarf. Vor Jahren hatte Bilal eine Variante davon erzeugt, die sich als zu giftig für die wirtschaftliche Verwendung herausstellte.

»Aber die richtigen Phthalate in ausreichend hohen Konzentrationen stören die endokrinen Funktionen und ...«

»Was sind endokrine Funktionen?«, unterbrach ich ihn.

»Das ist das System der Hormone im menschlichen Körper«, sagte er und fügte hinzu: »Wie Androgene.«

»Okay, mach weiter.«

Er sah mich ausdruckslos an. Ich starrte zurück, bis ich verstand, was er meinte. »Willst du Phthalate in ihr Wasser pumpen?«

»Psst.« Er legte einen Finger an die Lippen und kam näher. »Sag das nicht laut«, flüsterte er. »Ja, das werde ich tun.«

»Wird sie das töten?«

»Nein. Aber es könnte sie übel schädigen.« Er wartete nicht auf meine Reaktion, sondern ging gleich zur Verteidigung über. »Diese Leute versuchen, alle Spuren von uns zu tilgen. Ich werde alles tun, was nötig ist. Und obwohl sie Gift und Abwasser in unsere Brunnen und Quellen gepumpt haben, versuche ich nur, sie so zu erschrecken, dass sie gehen. Also, das mache ich, und ich danke dir für diesen genialen Einfall, den du zuerst hattest.«

Ich erinnerte mich an den Tag, an dem wir ein Picknick gemacht hatten und ich vorgeschlagen hatte, unser Abwasser in ihr Trinkwasser zu pumpen.

Bilal und ich trennten uns während des dreistündigen Zeitfensters, in dem Israel die Ausgangssperre aufhob. Es hatte seit Wochen nicht mehr geregnet, und einer von uns musste zu den Bäumen. Der ganze Südrand musste intensiver bewässert werden, da die Setzlinge sich in der versengten Erde sehr schwertaten. Ich glaubte, er würde das übernehmen, aber er wollte lieber das Brot im Laden backen und in die Stadt gehen, um dort Lebensmittel und Vorräte zu kaufen. Ich sollte ihn also mit dem Auto in die Stadt bringen, von dort allein zu den Baumhainen fahren und ihn danach in der Bäckerei abholen. Er glaubte nämlich, es würde verdächtig aussehen, wenn er zu den Bäumen anstatt in die Bäckerei ging, wo die Aufhebung der Ausgangssperre doch nur so kurz dauerte. Sie würden annehmen, dass er etwas vorhatte. Es gab jedoch noch einen anderen Grund, den ich erst später erfahren würde.

Wir füllten das Auto mit vier leeren Zwanzig-Liter-Wasserkanistern, den Teigeimern und den Gemüsesäcken aus unserem Garten. Dann luden wir alles außer den leeren Krügen in der Bäckerei ab, und ich fuhr wieder los, während sich vor dem Laden lange Schlangen von Menschen bildeten, die frisches Brot erstehen wollten. Ausländische Reporter mit Kameras huschten durch die Stadt wie Wanzen mit Kameras, zoomten auf die von Elend gezeichneten Gesichter der Menschen, die so viel wie möglich einkauften, um sich auf eine weitere Ausgangssperre von unbekannter Dauer vorzubereiten.

Die Baumhaine waren etwa zehn Autominuten entfernt – zum Glück musste ich auf dem Weg dorthin keine Kontrollpunkte passieren. Aber die Straßen, die zuvor schon schlecht ausgesehen hatten, waren von den Panzern aufgerissen worden. Überall waren die Strommasten kaputt, und ich musste auf herunterhängende, Funken sprühende Drähte achten. Viele Rohre waren geplatzt, und das kostbare Wasser strömte einfach so auf die Straße. Einige Autos, die ihre Besitzer vor der Ausgangssperre auf der Straße stehen gelassen hatten, waren von den Panzern zerquetscht worden.

Ich parkte das Auto oben auf dem Hügel und ging zum Zelt und zum Wassertank. Letzterer war umgerissen worden. Das bedeutete, entweder waren Soldaten oder Siedler hier gewesen. Doch der steinige Bereich, in dem die Schläuche versteckt waren, sah unberührt aus. Zuerst richtete ich den leeren Tank wieder auf und aktivierte die Pumpe, um den Wasservorrat aus der Leitung der Siedler aufzufüllen. Ich nahm die leeren Wasserkanister aus dem Auto, tat aber so, als wären sie voll. Ich mühte mich mit den »schweren« Krügen ab und kippte das nicht vorhandene Wasser in den Tank. Das war nur Show, für den Fall, dass mich Soldaten durch ein Fernglas beobachteten. Man konnte sich nie sicher sein, wann und wo sie zusahen, aber wir wussten, dass sie Bilal und seine Aktivitäten im Auge behielten. Falls sie beschlossen, ihren Ausguck zu verlassen und mir einen Besuch abzustatten, musste ich vorweisen können, dass der Wassertank tatsächlich voll war.

Nachdem sich der Tank von der Wasserleitung her ausreichend gefüllt hatte, wechselte ich die Anschlüsse, damit das Wasser zu den Bäumen gelangte, und versteckte den Zuleitungsschlauch wieder im Boden unter ein paar Steinen.

Es dauerte zwei Stunden, bis ich fertig war, hauptsächlich deswegen, weil ich die ganze Hügelkuppe abschritt, um die Bäume am Rand zu kontrollieren. Ich war froh, dass die Setzlinge noch da waren und sich wacker schlugen. Auch der Boden machte einen guten Eindruck. Unter der Kruste der sonnenverbrannten Erde war der Boden feucht genug, um Würmern Lebensraum zu bieten.

Als ich wieder bei der Bäckerei ankam, warteten dort noch immer Menschen, obwohl nur noch vierzig Minuten lang Zeit war. Bilal hatte keine Zeit gehabt, um Vorräte zu kaufen, aber man hatte Tüten voller Lebensmittel für uns bereitgestellt. Bilal verteilte das Gemüse an seine Tanten und an Ghassan, und sie gaben uns dafür Käse und Gurken sowie Gewürze und Reis. Ghassans Schwester und ich kümmerten uns um die letzten Kunden, während Bilal und

Ghassan unser Auto beluden. Ich hatte gerade noch Zeit, schnell ein Eis kaufen zu gehen, und brachte genug für uns alle mit. Ghassan freute sich besonders.

»Danke, meine Schwester, du hast mich zu einem glücklichen Mann gemacht!«, sagte er. Ich hatte Ghassan noch nie so überschwänglich erlebt. Wer hätte gedacht, dass es dafür nur ein Eis brauchte?

Ich hatte keine Gelegenheit, mich mit Jumana zu treffen. Dafür war nicht genügend Zeit, aber wir telefonierten. Sie war losgegangen, um im Salon nach dem Rechten zu sehen, und dort wartete tatsächlich eine Frau, die ihre kostbaren drei Stunden damit verbringen wollte, ihr Haar färben und stylen zu lassen, ihr Gesicht mit Wachs behandeln und ihre Nägel pflegen zu lassen. »Ich sagte ihr, der Salon sei nicht geöffnet, aber sie sah so schrecklich aus, dass ich mich erbarmte«, erzählte Jumana. »Sie bezahlte mich gut, aber ich kam leider nicht zu dem, was ich mir vorgenommen hatte. Zum Glück hat Faisal unsere Vorräte aufgestockt. Wadee habe ich nicht zu Gesicht bekommen. Seine Frau ist schwanger, und sie macht eine schwere Zeit durch.«

Ich hätte mich auch gern im Salon verwöhnen lassen. Als ich nach Hause kam, versuchte ich, mir wenigstens die Augenbrauen zu fädeln, aber es hatte keinen Sinn. Bei sich selbst funktioniert das einfach nicht. Mein Haar war sichtlich grau geworden, und ich hätte es gern färben lassen. Ich brauchte eine Körperwachsbehandlung. Das konnte ich zwar selbst erledigen, aber die Enthaarung war immer eine Gelegenheit gewesen, sich mit den Freundinnen zu treffen. Sofort machte ich Pläne für die nächste dreistündige Aufhebung der Ausgangssperre. An eine vollständige Aufhebung dachte ich gar nicht mehr. Es war tragisch, wie wir unsere Wahrnehmung dessen, was normal war, anpassten.

Bilal und ich stürzten uns gleich auf das Eis. »Du bist genial, meine Frau!«, rief er. »Das liebe ich so an dir. Wir anderen rennen durch die Gegend, um das Nötigste zu beschaffen, aber du hast genug Verstand, um auch an das Süße zu denken.«

»*El hilw ma byinsa el halawa*«, sagte ich. *Die Süßen vergessen die Süßigkeiten nicht.*

Er schaltete den Fernseher ein, während ich die Vorräte verstaute. Der Reporter interviewte gerade eine junge Frau, als das Militär mit Lautsprecherwagen durchfuhr. Das Mädchen rannte sofort davon und wollte nach Hause, doch der Reporter legte sich mit dem Soldaten an und sagte, sie hätten noch fünfzehn Minuten Zeit. Da kam es zu einem Gerangel, und der Film endete abrupt. Im selben Augenblick entdeckte ich einige seltsame weiße Plastikbehälter in einer der Tüten.

Der Nachrichtensprecher war wieder an der Reihe und verlas die neuesten Statistiken: die Anzahl der Getöteten, die Anzahl der Verletzten, die Anzahl derjenigen, die während der Ausgangssperre in ihren Häusern gestorben waren und bis zur Aufhebung der Sperre nicht abtransportiert werden konnten, die Anzahl der Personen, die in den letzten drei Stunden in ein Krankenhaus verlegt worden waren, die Anzahl der Ärzte und Krankenschwestern, die während der Ausgangssperre praktisch in den Krankenhäusern lebten. Ein Teenager in Nablus war vor wenigen Augenblicken erschossen worden, weil er nach Ablauf der drei Stunden auf der Straße gesichtet wurde. Es stellte sich heraus, dass er geistig behindert war und seine Familie nicht gemerkt hatte, dass er nicht mit ihnen zurückgekehrt war. Die Soldaten erschossen Menschen, selbst wenn sie rausdurften. Yousef Iyad und seine Frau Jameleh ließen ihre Kinder im Flüchtlingslager Dheishe zurück, um Lebensmittel zu kaufen, als

Israel dort die Ausgangssperre aufhob. Auf dem Weg zum Laden beschossen Soldaten ihr Auto, und das Paar rannte zum nächsten Haus, um dort Schutz zu suchen. Doch dann wurde die Ausgangssperre wieder in Kraft gesetzt, und das Paar war von seinen Kindern getrennt. Das jüngste Kind war zwei Monate alt, wurde noch gestillt und war seit achtzehn Stunden nicht mehr gefüttert worden. Der Reporter interviewte das älteste Geschwisterkind am Telefon, und wir konnten das Baby weinen hören.

»Was ist das?«, fragte ich und hielt einen der Plastikbehälter mit einem weißen Pulver darin hoch. Auf dem Schild stand in englischer Sprache: *Phthalsäureanhydrid.*

»Ich war mir nicht sicher, ob es klappen würde«, sagte er und packte die Plastikbehälter wieder in die Tasche zurück. »Ein israelischer Professor hat es mir gebracht.«

»Es ist ein bisschen nervig, wenn du Sachen erzählst, die nur in deinem Kopf einen Sinn ergeben, und dann von mir erwartest, dass ich dich verstehe«, sagte ich, als er mit der Tasche nach oben ging. Ich folgte ihm. »Bilal, wohin hat der Professor die Behälter gebracht?«

»In die Bäckerei.«

»Heißt das, Ghassan weiß Bescheid?«

»Ich musste es ihm schon aus praktischen Gründen sagen, aber auch, damit er endlich aufhört, dein Engagement anzuzweifeln«, sagte Bilal. Nun, das war wahrscheinlich der Grund dafür, dass Ghassan zuletzt so nett zu mir gewesen war. Ich hatte geglaubt wegen des Eises.

Bilal ging in die Küche und kam mit einer großen Schüssel und zwei Löffeln in der einen Hand wieder zurück. Hinter dem Rücken versteckte er etwas in der anderen Hand.

»Wenn das Eis ist, bekommst du deinen gerechten Anteil nicht, Liebling. Hol dir lieber eine eigene Schüssel, denn ich bin eine Eisessmaschine. Ich muss hart arbeiten, um so mächtige Oberschenkel und diesen Hintern zu bekommen«, sagte ich.

»Ich wusste, dass du das sagen würdest.« Er zog die Hand hinter seinem Rücken hervor und präsentierte eine weitere Schüssel.

»*Habibti*«, begann er. »Dieser israelische Professor schickte mir Chemikalien für mein Labor, als ich noch Chemie unterrichtete, weil wir nicht über das Budget dafür verfügten. Als Gegenleistung gab ich ihm von Zeit zu Zeit Daten, die er unter seinem Namen veröffentlichen durfte. Er ist ein totaler Idiot, aber ich kann mich darauf verlassen, dass er mir Chemikalien zukommen lässt, ohne Fragen zu stellen. Phthalsäureanhydrid ist eine inerte und harmlose Verbindung. Er hat keine Ahnung, wofür ich es verwende. Aber jetzt habe ich genug, um vom gewünschten Stoff eine ausreichend große Menge in hoher Konzentration herzustellen.«

Wir aßen so viel Eis an diesem Abend, dass wir das Abendessen ausließen.

Wir holen uns die Geschichte zurück

Die Bewohner von Nablus waren die ersten Palästinenser, die ihre Häuser in Massen verließen. Am Montag, dem 29. Juli 2002, dem vierzigsten Tag der Ausgangssperre, gingen Tausende von jungen Männern und Frauen auf die Straße und bewarfen israelische Soldaten mit Steinen. Jenin hatte dem israelischen Militär Opfer abverlangt. Nablus forderte die Soldaten offen heraus, indem es die Ausgangssperre infrage stellte. Bethlehemkämpfer verbarrikadierten sich in der Geburtskirche und weigerten sich, trotz schrecklicher Belagerung, aufzugeben. Ramallah musste die schwerste militärische Präsenz erdulden, weil sich dort Jassir Arafat im Hauptquartier der Palästinensischen Autonomiebehörde verschanzt hatte. Jeder Bezirk schrieb seine eigenen Geschichten in diesen fast sechzig fürchterlichen Tagen, in denen Häuser und Städte zu Gefängnissen wurden.

Einige jüngere Aktivisten kritisierten Bilal und Ghassan dafür, »nichts getan zu haben«. Sie sagten, die Anführer, zu denen sie aufblickten, hätten sich »wie die Hasen« versteckt, als sie gebraucht wurden. Bilal schmerzten ihre Worte zutiefst. Ich glaube, er verspürte tatsächlich Schuldgefühle, weil er die Stunden dekadent mit Liebe verbracht hatte, anstatt etwas zu tun. Er sprach es nicht an, aber ich merkte, dass sich zwischen uns etwas verändert hatte. Es war fast so, als gäbe er mir die Schuld dafür. Dieser Zustand dauerte aber nicht lange an, und er wurde wieder zum Mann der vergangenen Tage. Dieses Muster spielte sich von da an jedoch immer wieder ab: Eine greifbare Manifestation des Konflikts in seinem Inneren, zwischen dem Kämpfer, der sein Leben der nationalen Befreiung widmete, und dem Ehemann, der sich Liebe und eine Familie wünschte.

In den zwei Wochen, nachdem wir die Plastikbehälter mit dem Phthalsäureanhydrid erhalten hatten, arbeitete er viele Stunden in seinem Badezimmerlabor. Er benutzte die Chemikalie, um andere Phthalate herzustellen, Liter um Liter, die wir in die Wasserleitung zur Siedlung pumpten, als die Ausgangssperre endlich aufgehoben wurde.

Als wir schließlich aus unseren Heimgefängnissen entlassen wurden, las sich die Statistik fürchterlich. Hunderte von Palästinensern gestorben, Tausende verhaftet, Unzählige verschwunden, Tausende weitere verwundet oder verkrüppelt, Hunderte von Häusern abgerissen ... und so ging es weiter. Es war schwer, der Gewalt gegenüber nicht abzustumpfen. Man kann nämlich nicht in einem beständigen Zustand der Empörung und Trauer existieren. Zumindest ging mir das so. Bilal nicht. Er spürte die Geschichten auf, die einzelnen Leben und die zurückgelassenen Familien.

»Sieh dir das an.« Er zeigte mir einen Ausschnitt aus der *Sunday Digest* vom 30. Juni 1957, in dem Auszüge aus dem Tagebuch eines Mannes im American Colony Hotel in Jerusalem zitiert wurden. »Lies den vorletzten Absatz.«

Nach dem Massaker im arabischen Dorf Deir Yaseen brachte ich fünfzig Babys in unser Pflegeheim. Als ich mit den verängstigten Frauen sprach und die Babys registrierte, blickte mich ein Junge im Alter von drei bis vier Jahren an und sah, dass ich kein Araber war. Er schrie auf und fiel in Ohnmacht. Ich beeilte mich, Wasser zu holen, um ihn wiederzubeleben, aber er war tot. Welchen schrecklichen Anblick hatte er gesehen, um dieses Herzversagen hervorzurufen?

»Deir Yaseen ist nicht nur ein Massaker, ein abstraktes Wort aus Zahlen und unscharfen Fotos aus einer lange vergangenen Zeit. Für mich ist Deir Yaseen dieser kleine Junge. Ich habe für jedes Pogrom, das sie gegen uns verübten, eine Geschichte wie diese«, sagte er. Bilal umgab sich mit Geschichten – überall stapelten sie sich. Er sammelte die Schmerzen der Menschen und fügte sie in historische Ereignisse und politische Analysen ein.

Ich hörte zu und half ihm, Pläne auszuarbeiten. Und ich pumpte hohe Konzentrationen von Phthalaten in die Wasserleitung der Siedlung.

Wir überwachten die israelischen Medien. Hauptsächlich suchten wir nach relevanten Nachrichten über diese jüdische Kolonie. Nach fünf Monaten, in denen wir beständig Phthalate in die Rohrleitung gepumpt hatten, erschien in einer lokalen Zeitung ein Artikel, in dem die merkwürdigen Symptome der Bewohner beschrieben wurden. Das Gesundheitsministerium hatte ihre Bitten nach Ermittlungen bislang ignoriert. Die Behörden sagten, sie hätten noch nichts getan, weil die Symptome keine Untersuchung rechtfertigten. »Manche Männer bekommen Brüste. Okay, vielleicht sollten sie dann auf Diät gehen«, wurde eine Quelle zitiert. Es gab jedoch noch andere Probleme. Frauen hatten Schwierigkeiten, schwanger zu werden. Die Quelle antwortete, dass »dies eben manchmal passiert. Sie müssen es weiter versuchen oder zur Fruchtbarkeitsbehandlung gehen. Immerhin sind dort ja einige Frauen schwanger geworden.« Das stimmte. Es gab einige schwangere Frauen, aber nur wenige. Aber da war noch mehr: Asthmatiker bekamen häufigere Anfälle, neue Fälle von Atemnot wurden vermehrt diagnostiziert.

Der Artikel war perfekt. Er diente uns als Warnung dafür, dass die Behörden bald zu einer Untersuchung anrücken würden. Wir nutzten die nächsten Tage, um die Pumprichtung umzukehren und so viel sauberes Wasser wie möglich abzupumpen und einzulagern. Als wir sahen, wie die weißen Wagen der Wasserbehörde in die Siedlung einfuhren, hatte die Leitung seit vier Tagen nur noch sauberes Wasser transportiert. Rein gar nichts würde dabei herauskommen, wenn sie das Wasser testen würden. Und so geschah es auch. Ihre Untersuchungen brachten kein Ergebnis, bis auf leicht erhöhte Pestizidwerte, die jedoch nichts mit uns zu tun hatten. Die Werte waren auch nicht hoch genug, um eine Erklärung für die Symptome darzustellen.

Aber die Probleme hörten nicht auf, denn wir sabotierten die Rohrleitung wieder, sobald die Inspektoren verschwunden waren.

Ein anderer Artikel beschrieb den Zorn der Behörden auf die Bewohner der Siedlung. Es waren Neuankömmlinge, hauptsächlich aus den Vereinigten Staaten, die staatliche Subventionen erhalten hatten, um auf konfisziertem palästinensischem Land zu leben. Die meisten beherrschten kaum Hebräisch, und die Israelis sahen sie als Schwächlinge an, Juden, die noch nicht vom Militär oder von den Realitäten des Landes abgehärtet worden waren.

»Diese Leute hassen einander. Wenn sie nicht uns als Sündenböcke hätten, würden sie sich gegenseitig umbringen«, sagte Bilal.

Er erhöhte die Phthalatkonzentration, bis die Ärzte Alarm schlugen, die wichtigsten Medien darüber berichteten und die religiösen Führer erklärten, dass das Gebiet verflucht sei. Und schließlich hatten wir, was wir wollten: Die Menschen begannen, die Kolonie zu verlassen.

Wir hörten damit auf, Phthalate einzuleiten. Wagenladungen von Wissenschaftlern untersuchten Wasser, Boden, Baumaterial, Straßen und Zimmerpflanzen. Zufällig hatte die Kolonie ihr Obst und Gemüse fast ausschließlich von einer Hofgemeinschaft erhalten, die einmal drei Onkel und Cousins von Bilal gehört hatte und dann beschlagnahmt worden war. Im Boden und in Urinproben von Menschen, die getestet wurden, fand man ungewöhnlich hohe Pestizidkonzentrationen. Das war's. Sie identifizierten die Quelle und behoben das Problem, indem sie weniger Pestizide einsetzten. Aber der Schaden war nun einmal angerichtet. Niemand würde mehr etwas von der Farm kaufen.

Nicht alle waren mit dem offiziellen Bericht zufrieden. Viele zogen weg. Der Hof konnte sich nicht halten. Die Presse berichtete, dass einige der verbliebenen Bewohner glaubten, dass »die Araber« sie mit schwarzen Zaubersprüchen verflucht hätten, aber sie beabsichtigten zu bleiben, weil sie darauf vertrauten, dass Gott auf ihrer Seite war. Für sie war es ein Kampf zwischen Gott und dem Teufel. Aber es waren nur noch wenige Bewohner. Die Kolonie leerte sich jeden Tag weiter.

Wir lasen alle Berichte und feierten. Wir bereiteten uns auch auf neue Angriffe vor.

Ich brachte Bilals Chemikalien, Flaschen und Reagenzgläser in den Untergrund. Jeden Tag, wenn ich zur Arbeit im Salon ging, nahm ich ein paar Sachen mit. Jumana wusste nichts davon, weil ich mir immer jene Tage dafür aussuchte, an denen ich den Laden eröffnete, bevor sie kam. Ich fühlte mich schuldig, es ihr zu verheimlichen, aber Bilal sagte, je weniger jeder Einzelne wusste, desto sicherer waren wir alle.

Das Militär kam natürlich. Itamar legte Wert darauf, seine Soldaten persönlich zu überwachen, während sie unser Haus plünderten. Bilal und ich, die Hände mit Kabelbindern gefesselt, beobachteten ihn. Er sprach mit uns auf Arabisch. Schatten der Müdigkeit hatten sich in sein Gesicht eingegraben. »Ich tue das nicht gern, Bilal. Aber ich werde die Informationen von dir bekommen, auf die eine oder die andere Art«, sagte er.

»Informationen über was? Ihr Arschlöcher beobachtet uns vierundzwanzig Stunden am Tag. Ihr wisst, wann ich scheißen gehe.« Bilal gab sich empört.

Vielleicht tat Itamar auch nur so als ob, als er seine Hand um Bilals Kehle schloss und raunte: »Du weißt, zu was wir fähig sind. Wenn es sein muss, hole ich deine Frau und lasse dich dabei zusehen, wie meine Männer sie nacheinander ficken.«

Bilal blickte Itamar in die Augen, offensichtlich nicht in der Lage zu atmen. Sein Gesicht wurde rot. Als Itamar seinen Griff lockerte, krümmte sich Bilal, hustete und schnappte nach Luft. Dann zischte er: »Du bist ein kranker und grausamer Mann aus einer kranken und grausamen Gesellschaft. Du vergisst: Ich weiß genau, was für ein verfaultes Stück Müll du wirklich bist.«

Ich dachte, Itamar würde ihn schlagen, vielleicht gar erschießen. Aber er stand nur da und nahm Bilals Worte entgegen. Dann starrte er Bilal lange an. In sein Gesicht geschrieben war eine Mischung aus Kummer, Wut und Niederlage.

»Hier ist nichts«, sagte er zu seinen Soldaten und befahl ihnen, herauszukommen. Als zwei von ihnen Bilal und mich angingen, befahl Itamar ihnen, uns loszulassen. Die Soldaten zögerten verwirrt. Itamar schrie: »Schneidet ihnen die Fesseln ab! Lasst sie in Ruhe!«

Im Jahr 2003 war die Zweite Intifada bereits im dritten Jahr, und die Schrecken des scharfen israelischen Vorgehens brachten Demütigung und Verzweiflung über die Menschen. Aber neun Monate nach den entsetzlichen Monaten der Ausgangssperre wurden viele, viele palästinensische Babys geboren. Ich denke, Bilal und ich hatten genau das Gleiche getan wie alle anderen. Wenn man das Haus nicht verlassen kann, keine Arbeit hat, Essen und Wasser knapp sind, ist Sex alles, was bleibt. Die Wut wuchs, die Pläne des Widerstands nahmen Gestalt an, die Augen und Ohren der Verräter in unserer Mitte waren aktiv – und dennoch verteilten Familien überall Süßigkeiten, um ihre neugeborenen Mädchen und Jungen zu feiern.

Ghassan sagte: »Diese dummen Wichser haben Angst, dass wir sie zahlenmäßig übertreffen, und was tun sie? Sie sperren uns monatelang zu Hause ein, ohne eine sinnvolle Beschäftigung, da machen wir eben Babys. Und jetzt gibt es Tausende kleiner demografischer Bedrohungen. Das ist ausgleichende Gerechtigkeit!«

Landwirte verloren ihre Ernte, Familien verloren Söhne und Väter, Städte verloren Strom und Straßen, Israels Gefängnisse waren voll mit Jungen und Alten, Arbeitsplätze gab es nirgends, aber die Babys brachten die Menschen zusammen, gaben ihnen Hoffnung und etwas zu tun, brachten sie dazu, zusammen zu essen, zu tratschen und die nationale Befreiung zu planen.

Meine Periode war drei Wochen überfällig.

Was folgte, kam nicht überraschend. Es gab ständige Proteste und Streiks, verstärkte Konfrontationen der Steinewerfer mit den Soldaten und sogar einige Selbstmordattentate. Bilal und Ghassan waren mit ihren Planungen beschäftigt. Jumana und ich sollten nicht mit einbezogen werden, es sei denn, es war notwendig. Da Samer in Moskau die Universität besuchte, waren wir die einzigen Nutzer der unterirdischen Räume. Wadee und Faisal wurden ebenfalls außen vor gelassen. Was auch immer Bilal und Ghassan vorhatten, es würde wohl den größten Teil des Waffenvorrats einschließen. Jumana und ich konnten uns das zusammenreimen, weil wir geholfen hatten, Waffen und Munition nach und nach aus dem Untergrund nach oben zu schmuggeln. Wir transportierten sie dorthin, wo es uns gesagt wurde; normalerweise sollten wir sie einfach nur zu dem Müllcontainer am Ende der Straße bringen, wo sie jemand abholen würde. Einmal verpackten wir eine Armbrust wie ein großes Geschenk und brachten sie zu einer Babyparty. Wir kannten die junge Mutter noch nicht einmal, aber ihr Bruder nahm die Schachtel entgegen, und vor den übrigen Gästen taten wir so, als seien wir befreundet.

Eines kühlen Februartags versammelten wir uns alle in unserem Haus, und Bilal und Ghassan weihten uns zumindest teilweise in ihre Pläne ein.

»Hört zu«, sagte Bilal. »Viele andere Leute sind an unserem Plan beteiligt. Einige könnten gefasst oder sogar getötet werden. Aber sie kennen die Risiken, genau wie Ghassan und ich.« Bilal sah mich an, Ghassan schaute Jumana an, die Zwillinge sahen sich in die Augen – Blicke, die sowohl Liebe bezeugten als auch eine Erinnerung daran, dass wir uns unseres Schicksals bewusst waren.

»Wir verwischen unsere Spuren, so gut es geht, aber mit ziemlicher Sicherheit werden sie uns verhaften. Und das schließt euch ein, einfach nur, weil ihr Verbindungen zu uns habt.« Jetzt richteten sie sich an die Zwillinge. Wadee war nur widerwillig zu dem Treffen gekommen. Er hatte deutlich gemacht, dass er mit weiteren Plänen nichts mehr zu tun haben wollte, und dadurch war eine Art Bruch mit seinem Zwilling entstanden. Es tat weh, diese Entwicklung mitzuerleben. Wadee war unrettbar in seine hochschwangere Frau verliebt. Obwohl es uns allen klar war, dass sie seine Zuneigung nicht erwiderte, hatte er seine ganze Energie darauf verwendet, ihr Herz zu gewinnen.

Wadee stützte den Kopf in die hohlen Hände. »Warum bin ich hier? Und was hat das alles mit mir zu tun?«, fragte er. Faisal blickte ihn angewidert an, aber Ghassan unterbrach ihn, bevor er etwas sagen konnte.

»Höchstwahrscheinlich werden sie uns alle festnehmen«, sagte Ghassan.

Gereizt warf Wadee den Kopf zurück. Faisal sah so wütend drein, dass ich fürchtete, er würde seinem Bruder gleich eine verpassen. Ich glaube nicht, dass er wirklich wütend war auf Wadee; Faisal war ganz einfach unvollständig ohne seine andere Hälfte, doch Wadee interessierte sich für nichts als seine Ehefrau.

Ghassan fuhr fort: »Sie werden uns foltern. Sie werden auch unsere Häuser, den Laden und den Salon auf den Kopf stellen.« Er machte eine Pause, um uns die Möglichkeit zu geben, die Bedeutung seiner Worte zu erfassen. »Es wäre unrealistisch, davon auszugehen, dass jemand die Folter übersteht, ohne zu sprechen. Keiner von uns ist übermenschlich. Wir sind keine Helden. Irgendetwas müssen wir ihnen sagen.« Er gab das Wort an Bilal weiter, zündete sich eine Zigarette an und stieß eine Rauchwolke aus, während Bilal erzählte, was wir mit der Rohrleitung, den Phthalaten, der Pumpe und den Bäumen gemacht hatten.

»Du meinst, du bist der Grund dafür, dass sie die Siedlung aufgegeben haben?«, rief Wadee beeindruckt aus.

»Streng genommen, bin ich der Grund«, meldete ich mich zu Wort. Ich sehnte mich nach ein wenig Anerkennung für meine harte tägliche Arbeit mit den schweren Wasserkanistern und der Pumpe. Aber Bilal warf mir einen einschüchternden Blick zu.

»Das habt ihr nicht gehört. Wenn ihr glaubt, es sei Zeit für ein Geständnis, erzählt ihnen von der Wasserleitung – und dass ich es allein getan habe. Nahr hatte keine Ahnung, was vor sich ging. Keiner von euch hatte eine Ahnung davon. Wenn jeder gesteht, davon gehört zu haben oder ein bisschen darüber zu wissen, ist das überzeugend genug. Aber unter keinen Umständen darf jemand von uns jemals über den Untergrund reden.«

Bilal holte tief Luft. »Das muss ich noch einmal sagen. Gebt zu, was ihr wollt. Erfindet notfalls irgendwas. Aber erwähnt niemals den Untergrund.«

Wir stimmten unsere Aussagen miteinander ab. Wie, wann und wo jeder von uns erfuhr, wie die Rohrleitung vergiftet wurde.

Alle Schuld sollte auf Bilal fallen. »Wir haben einen Plan«, sagte er. »Er kann funktionieren oder auch nicht. Aber auf jeden Fall ist klar, dass ihr mich beschuldigen werdet. Ihr verwendet diese Informationen, um ihnen etwas zu geben, falls ihr gefoltert werdet.«

»Jeder von euch wird etwa fünf Stunden vor einem wichtigen Ereignis einen Anruf erhalten. Ihr müsst darauf achten, dass ihr euch für die folgenden Stunden ein absolut wasserdichtes Alibi besorgt«, fügte Ghassan hinzu.

»Wann wird das passieren?«, wollte Faisal wissen. Es war das Erste, was er sagte.

»Das können wir euch nicht verraten. Sogar die Leute, die den Plan ausführen, werden dies erst fünf Stunden im Voraus erfahren«, sagte Bilal.

Zwei ältere ägyptische Frauen führen mich durch einen dunklen Korridor. Sie kommen mir bekannt vor, und mir fällt wieder ein, wo ich sie schon einmal gesehen habe. »Nein.« Ich sage ihnen, dass ich mein Kind nicht abtreiben möchte. Aber sie lachen nur und sagen: »Wir sind schon bezahlt worden.«

Ich wachte auf, von Panik ergriffen, bis der Nebel des Schlafes sich langsam lichtete. Ich saß aufrecht im Bett und schwitzte, Bilal schlief noch immer neben mir. Die Uhr zeigte 3:48 Uhr. Es war Freitag, unser Tag zum Ausschlafen. Auf den Zehenspitzen ging ich ins Bad und pinkelte gemäß der Anweisung auf den Schwangerschaftstest. Ich sah zu, wie sich mein Urin am Teststreifen entlangzog. Er durchquerte das erste Fenster des Tests und offenbarte eine einzelne rote Linie. Dies war die Kontrolllinie, die anzeigte, dass der Test korrekt funktionierte. Im nächsten Fenster erschienen kurz darauf zwei Doppellinien. Laut Anleitungsheftchen bedeutete das: »Positiv: Glückwunsch! Sie sind schwanger.«

Ich blieb noch ein wenig länger auf der Toilette sitzen und dachte: Diese Leute sollten sich lieber an die Fakten halten, ohne Annahmen über die Lebensumstände schwangerer Frauen zu machen. Verdammtes Patriarchat. Ich wickelte den Teststab in ein Stück Klopapier ein und warf ihn weg. Dann ging ich wieder ins Bett und schlief, bis ich von dem grellen Sonnenlicht aus meinen Träumen gerissen wurde. Ich hatte vergessen, am Abend zuvor die schweren Vorhänge zu schließen.

Bilal war schon wach und angezogen, er machte gerade Frühstück. »Morgen der Güte und des Jasmins, meine Schöne«, sagte er ungewöhnlich fröhlich, ein bisschen wie im Film. Normalerweise redete er am Morgen nicht gern. Meistens grunzte er bloß, bis er auf der Terrasse seinen Kaffee getrunken hatte.

»*Sabaho, habibi*«, sagte ich und küsste ihn. *Guten Morgen, Liebling.*

Die Filmszenen-Fröhlichkeit des Morgens wurde bald zu

gewöhnlicher Stille, und wir gingen zu unserer Freitagsroutine über. Kaffee, ein leichtes Frühstück für ihn, ein großes für mich, Zeitung lesen auf der Terrasse, faule Stunden zu Hause und, obwohl er nicht an Gott glaubte, das Nachmittagsgebet in der Moschee. Darauf freute er sich die ganze Woche lang. Ich liebte die Widersprüche an ihm. Hin und wieder ging ich mit, aber meistens traf ich mich mit Jumana zum Kochen. Manchmal bedienten wir ein paar Kundinnen im Salon, machten Einkäufe oder spielten Karten. Bilal arbeitete seine Schicht in der Bäckerei. Später trafen wir uns alle in unserem Haus oder gingen spazieren, hinaus zu der Schafherde. (Bilal hatte irgendwann wieder damit angefangen, nach den Tieren und ihrem neuen Hirten zu sehen.) Unsere Freitage waren uns heilig.

Da klingelte das Telefon. Ich nahm nicht ab, weil Bilal gern ans Telefon ging. Aber jetzt drehte er sich zu mir um. »Willst du nicht rangehen?«

Wie seltsam, dachte ich und nahm den Hörer ab. Es war Jehad!

»*Habibi*, kleiner Bruder! Ich vermisse dich so sehr! Was für ein schöner Start in den Tag mit deiner Stimme!«

»Ich vermisse dich auch. Aber ich habe schlechte Nachrichten.«

Ich setzte mich hin. »Was denn für Nachrichten?«

»Sitti Wasfiyeh ist gestorben«, sagte er ernst. Sie sei friedlich eingeschlafen.

Jetzt liege ich im Würfel auf meinem Bett und erinnere mich an diesen Anruf und an das Klicken des Hörers, als er auflegte. Ich erinnere mich auch an den Schock und an meinen Gedanken danach: Wie kann es sein, dass der Tod die einzige Gewissheit im Leben ist – und gleichzeitig die größte, furchtbarste Überraschung?

Bilal umarmte mich von hinten. »Alles in Ordnung?« Er sagte, er würde Geld von der Bank holen und meine Reise nach Amman zur Beerdigung arrangieren.

»Aber was ist mit …«

»Keine Sorge. Es wird nicht in den nächsten paar Wochen passieren.«

»Ich dachte, niemand würde wissen, wann es passiert, es sei denn, fünf Stunden im Voraus.«

»Nun, ich habe dir gerade gesagt, wann es *nicht* passiert. Jetzt solltest du anfangen zu packen und dann zu deiner Familie fahren.«

Er hat recht, dachte ich und machte mich ans Kofferpacken. Ich nahm mir Zeit, da ich annahm, ich würde erst am nächsten Morgen losfahren. Aber Bilal überraschte mich weniger als eine halbe Stunde später, als er mir etwas Geld gab und sagte, er hätte eine Fahrt bis zur Grenze für mich arrangiert.

»Ich wünschte, ich könnte mit dir gehen oder dich wenigstens bis an die Grenze bringen, *habibti*«, seufzte er und nahm mein Gesicht in die Hände. Die Bedingungen seiner letzten Haftentlassung hatten seine Bewegungsfreiheit auf einen noch kleineren Radius eingeschränkt.

Ich versuchte, Jumana anzurufen, konnte sie aber nicht erreichen. Da rief mein Bruder erneut an und forderte mich auf, so schnell wie möglich zu kommen. Er sagte, unsere Mutter brauche mich, doch ans Telefon holen wollte er sie nicht. Seltsam.

»Du solltest so schnell wie möglich los, Schatz, weil sie freitags früh die Grenze schließen«, drängte mich Bilal. Bevor ich einen klaren Gedanken fassen konnte, stieg ich schon in ein Taxi. Dabei war es noch vor wenigen Stunden ein völlig entspannter Freitag gewesen.

Bilal umarmte mich lange, bevor ich ging. Er küsste mich

voller Leidenschaft, ganz so, als wollte er mich einsaugen. »Keine Sorge, mein Geliebter. Ich bin in ein paar Tagen wieder da. Allerhöchstens ein oder zwei Wochen werde ich fort sein«, sagte ich. Er löste sich aus der Umarmung und sah mich an, als wollte er jedes Detail festhalten.

»Nimm das hier.« Er zog einen verschlossenen Umschlag aus seiner Gesäßtasche. »Gib ihn Jehad, wenn du in Amman ankommst.«

»Was ist das?«

»Es ist ein verschlüsselter Brief. Er wird ihn verstehen. Aber öffne ihn nicht, bevor du in Jordanien bist.«

Ich steckte den Umschlag in meine Handtasche, schlang meine Arme um seine Taille, legte meinen Kopf an seine Brust und lauschte dem Rhythmus seines Herzschlags. Er drückte mich noch einmal.

»Ich liebe dich, Nahr. Du hast mir die schönste Zeit meines Lebens geschenkt«, sagte er.

Ich stieg in das Taxi, küsste meinen Mann ein letztes Mal durch das Autofenster und gab dem Fahrer das Zeichen zum Losfahren.

Das war das letzte Mal, dass ich ihn gesehen habe.

Ich liebe dich, Nahr. Du hast mir die schönste Zeit meines Lebens geschenkt. Diese Worte tanzen jetzt in meinem Kopf herum. Ihre Buchstaben fallen auseinander und schweben durch meine Augen hindurch, hinter meinem Gesicht herum, durch meine Kehle. Und ich krieche überall hinein, um sie einzusammeln und wieder zusammenzusetzen, voller Angst, ich hätte den Klang von Bilals Stimme vergessen oder die Schläge seines Herzens nicht mehr im Ohr. Ich liege auf meinem Bett im Würfel und konzentriere mich darauf, alles zusammenzubauen, um es erneut in meinem Kopf abzuspielen. *Ich liebe dich, Nahr. Du hast mir die schönste Zeit meines Lebens geschenkt.* Oft schaffe ich es nicht und werde von Panik ergriffen. Ich habe furchtbare Angst davor, es zu vergessen.

Die Sehnsucht nach meiner Familie in Amman erfasste mich, als das Taxi losfuhr. Traurigkeit breitete sich in meinem Herzen aus, als ich mir die Wohnung ohne Sitti Wasfiyeh vorstellte. So nahe war mir der Tod zuletzt gekommen, als unser Vater starb. Die Unbegreiflichkeit und die Endgültigkeit des Todes wurden mir deutlich wie nie zuvor. Meine Großmutter war mein ganzes Leben lang präsent gewesen. In diesem Taxi, fast auf halbem Weg zur Grenze, sah ich Sitti Wasfiyehs Leben mit besonderer Klarheit – ein vierfacher Flüchtling. Eine Mutter, die ihren einzigen Sohn verlor, eine Mutter, deren Töchter sie nicht ertrugen. Eine Frau, die sich verteidigte und ihren Schmerz durch Beleidigungen nach außen abwehrte und die ihr Leben damit verbrachte, dem Zuhause, aus dem sie vertrieben wurde, hinterherzujagen. Ich spürte eine verzweifelte Sehnsucht, mich an die Brust meiner Mutter zu schmiegen. Und Jehad – wie herrlich würde es sein, Zeit mit ihm zu verbringen. Endlich konnten wir über seine Rolle im Widerstand sprechen und über seine Gründe, sie vor mir geheim zu halten. Ich überprüfte meine Handtasche – war der Brief noch da? Ja, ich zog ihn heraus, legte ihn jedoch ungeöffnet wieder hinein.

Die ungewöhnliche Stille auf der Straße durchbrach meine Tagträume. Es herrschte kaum Verkehr, selbst in der Stadt, wo das Hupen der Autos normalerweise kaum wegzudenken war. Ich entdeckte keine geschlossenen Läden, sah aber nur wenige Menschen herumlaufen, was gerade an einem Freitag sehr ungewöhnlich war. Wenn ich darüber nachdachte, war eigentlich der ganze Tag merkwürdig gewesen. Ich ging den Vormittag im Kopf noch einmal durch, angefangen mit Bilals Fröhlichkeit am Morgen.

Warum hatte er gewollt, dass ich ans Telefon gehe? Hatte er gewusst, dass es für mich war? Ja. Er musste es gewusst haben. Er musste schon mit Jehad gesprochen haben, als ich noch schlief. Warum hatte er so hartnäckig darauf bestanden, dass ich schnell aufbrach? Er war besorgt gewesen, weil ich so lange zum Packen brauchte. Warum war Jumana nicht ans Telefon gegangen?

Da geschah etwas. Zu meinem Erstaunen stellte ich fest, dass der Fahrer bis jetzt geschwiegen hatte. Ich bat ihn, die Radionachrichten einzuschalten. Stattdessen stellte er Musik an.

»Nein, bitte mach doch einen Nachrichtensender an. Findest du nicht auch, dass heute alles irgendwie seltsam wirkt?«

»Es tut mir leid, meine Tochter. Ich darf das nicht. Ich soll dich einfach direkt zur Grenze fahren«, gab er zurück.

»Was meinst du damit, du darfst das nicht?« Ich rappelte mich hoch und beugte mich nach vorn über den Sitz.

Er antwortete nicht, wechselte aber etwas widerwillig den Sender. »Du hast recht. Es ist wirklich etwas los«, sagte er und drehte die Lautstärke auf.

Der Sprecher befand sich in der Mitte des Satzes: »... wegen der starken militärischen Präsenz. Wir wissen noch nicht, was passiert ist, bekommen aber laufend neue Augenzeugenberichte herein. Inzwischen hat das Militär die Gegend abgeriegelt. Es scheint, dass auch jegliche Telefonkommunikation unterbrochen wurde, da keine Anrufe an die Anwohner in der Umgebung durchkommen.«

Ich zog mein Handy heraus und wählte Bilals Nummern. Weder im Haus noch in der Bäckerei nahm jemand ab. Der Fahrer hielt vor einer Schmiede am Straßenrand. Die Leute eilten nach Hause, und die Geschäfte machten dicht. Der Fahrer beugte sich vor zum Radio, als könne er so besser hören. Mein Herz raste, und in meinem Kopf setzten sich die Puzzleteile zusammen. Hastig zog ich Bilals Brief an meinen Bruder heraus und riss ihn auf. Da wurde mir klar, dass der Brief in Wirklichkeit an mich gerichtet war.

An meine süße, schöne, liebe Frau. *Habibti*, Nahr, ich bete, dass du diesen Brief in der Sicherheit deiner Familie in Amman liest und dass du dort bleiben wirst, um unser Kind großzuziehen ...

Er wusste es also. Der Schwangerschaftstest im Papierkorb! Ich hatte ihn nicht gut genug versteckt.

... bis wir wieder zusammen sein können. Ich schreibe dies, während du in unserem Bett schläfst. Ich habe schon mit Jehad gesprochen. Ich bin mir sicher, dass du das inzwischen weißt, und ich hoffe, dass du uns beiden vergeben hast. Ich kann den Gedanken nicht ertragen, dass ...

»Dreh um!«, schrie ich den Fahrer an. »Bring mich zurück!«

Ich bin mir sicher, dass du das inzwischen weißt ... Nein, das hatte ich schon gelesen. Wo war ich stehen geblieben?

»*Ya Satir!*« Mit zitternden Händen drehte der Fahrer die Lautstärke hoch. »... vor wenigen Augenblicken. Wir haben jetzt die Bestätigung, dass der Widerstand zwei Operationen im Abstand von zwanzig Minuten durchgeführt hat. Es scheint, als wären sie nach Art des Helden Tha'ir Hamad durchgeführt worden. Wir bekommen die Information, dass ...«

Plötzlich stellte der Fahrer das Radio ab, legte sich auf den Vordersitz und befahl mir, den Kopf zu senken. Ich sah

Militärjeeps in der Ferne auf uns zukommen und legte mich schnell hin. Unser Auto erzitterte, als sie an uns vorbeirasten. Langsam sah ich auf und schaute in die Augen des Fahrers, der sich umgedreht hatte und mich anglotzte. Sein Blick war starr, ganz so, als würde er mich nicht wirklich sehen. »Halt den Kopf unten«, sagte er verängstigt. Wir hörten einen Hubschrauber, der über uns brummte, und weitere Ladenbesitzer, die ihre Geschäfte verrammelten. »Gott, hilf uns«, rief der Fahrer. »Wenn es sich um eine weitere Operation von Tha'ir Hamad handelt, werden sie die Hölle entfesseln.«

Tha'ir Hamad war ein zweiundzwanzigjähriger, auf eigene Faust handelnder palästinensischer Scharfschütze, der zu Beginn der Zweiten Intifada Soldaten an einem Checkpoint angegriffen hatte. Dabei besaß er lediglich ein altes Mausergewehr aus dem Zweiten Weltkrieg und dreißig Schuss Munition. Noch vor dem Morgengrauen des 3. März 2002 hatte Tha'ir Hamad sich auf einem Hügel mit Blick auf das Wadi al Haramiya, das Tal der Diebe, unter einigen Olivenbäumen ein Versteck gegraben und auf die israelische Kompanie gewartet, die am Checkpoint Uyoun al Haramiya stationiert war. Er schoss viermal und tötete vier Soldaten. Die beiden Soldaten, die erschienen, um den Schützen zu finden und die gefallenen Soldaten zu bergen, wurden ebenfalls von ihm erschossen. Tha'ir Hamad griff auch die anrückende Verstärkung an, tötete den Sergeanten und verwundete mehrere seiner Männer. Eine israelische Frau mit ihren Kindern, die in diesem Moment den Checkpoint passieren wollte, schrie er an, sie solle verschwinden, weil er keine Zivilisten verletzen wolle. Er verließ den Schauplatz erst, als die letzte Kugel unerwartet im Gewehr festklemmte, fünfundzwanzig Minuten, nachdem er angefangen hatte zu schießen. Die Israelis schickten Hubschrauber und

Hundesucheinheiten aus, um den Schützen aufzuspüren, aber es gelang ihnen nicht einmal, sein Versteck zu finden. Letztlich wäre er mit dem Coup durchgekommen, hätte er nicht den Fehler begangen, sich einem Freund anzuvertrauen. Sein Name wurde zum Inbegriff für Präzision und Treffsicherheit.

Ich behielt den Kopf unten. Merkwürdigerweise war ich ganz ruhig. Konzentriert ließ ich die vergangenen Tage Revue passieren. Bilal und Ghassan mussten irgendetwas mit den aktuellen Entwicklungen zu tun haben. Sie hatten gesagt, wir würden es fünf Stunden im Voraus erfahren, wenn sie ihren Plan in die Tat umsetzten, aber der Schwangerschaftstest hatte anscheinend bewirkt, dass sie mich so schnell wie möglich aus dem Land schaffen wollten. *Hatte er Jumana angewiesen, meine Anrufe nicht zu beantworten? Wusste sie es?*

Ich sah noch einmal in den Brief hinein.

... uns beiden vergeben hast. Ich kann den Gedanken nicht ertragen, was sie dir antun würden, wenn sie wüssten, dass du unser Kind in dir trägst. Deswegen werde ich ...

Der Fahrer schaltete das Radio wieder ein und stellte die Lautstärke auf niedrig.

»... der dritte Schauplatz, und jetzt heißt es, dass in Huwwara die Sirenen heulen. Das bedeutet den vierten Angriff auf einen Checkpoint innerhalb einer halben Stunde. Das ist unglaublich! Unglaublich! Niemand hat, soweit wir wissen, die Verantwortung dafür übernommen. Wir haben mit Augenzeugen gesprochen, die uns erzählten, dass einige der Soldaten von Pfeilen getroffen wurden.«

Die Stimme eines Anrufers knarzte wegen des schlechten Handyempfangs: »Ich habe mit eigenen Augen gesehen, was in Huwwara passiert ist. Es lebe der Widerstand! Es sah aus, als wäre eine Shabab-Gruppe untereinander in Streit geraten, und die Soldaten gingen mit gezogenen Waffen auf sie zu. Da holten unsere Jungs Spraydosen hervor, und ungefähr zehn weitere Jungs erschienen wie aus dem Nichts. Sie sprühten den Soldaten etwas ins Gesicht – es stellte sich heraus, dass es Hornissenspray war. Und dann regneten Pfeile auf sie nieder, wie in amerikanischen Westernfilmen. Lob sei Gott! Lob sei Gott! Allah segne unsere Krieger! Allah segne den Widerstand. Allah beschütze sie. *Allahu Akbar.*« *Gott ist allmächtig*.

Der Fahrer und ich hörten ungläubig zu. »Gott sei Dank. *Allahu Akbar*«, sagte er. *Gott ist allmächtig*.

Mein Herz hämmerte in meiner Brust. »Ich glaube, wir sollten aus dem Auto steigen und versuchen, zum nächsten Haus zu laufen«, sagte ich. »Die Straße wird bald vor lauter Panzern wimmeln, und sie werden direkt über dieses Auto hinwegrollen. Wenn du versuchst wegzufahren, werden wir wahrscheinlich mit einer Rakete aus einem der Hubschrauber beschossen.«

»Ja. Ja. O Gott, o Gott. Erbarmen, o Gott.« Langsam hoben wir die Köpfe. Auf der Straße war es ruhig. Die Menschen waren in ihren Häusern oder Geschäften verschwunden, und der Hubschrauberlärm ließ bereits nach. Unsere beste Option war ein Wohnhaus in nur fünf Metern Entfernung. Obwohl wir keine unmittelbare Gefahr erkennen konnten, war die unheimliche Stille beängstigend. Wir konnten nicht beurteilen, ob vielleicht israelische Scharfschützen auf den Dächern in der Umgebung lauerten. Vorsichtig öffneten wir die Autotüren einen Spaltbreit. Der Fahrer kroch auf die Beifahrerseite, und dann verließen wir gleichzeitig das Fahrzeug. Beim Aussteigen hörten wir, wie der Hubschrauber näher kam.

»Der Hubschrauber!«, schrie der Fahrer. Wir beide reagierten auf unterschiedliche Weise. Er stürmte aus dem Wagen in Richtung des Gebäudes und ließ dabei die vordere Beifahrertür offen. Ich dagegen zog mich in das Fahrzeug zurück und schloss die hintere Beifahrertür. Während er noch rannte, brachte sich der Hubschrauber über ihm in Stellung, und Militärjeeps rasten die Straße hinunter. Ich kauerte mich auf dem Rücksitz zusammen und hörte ein paar Schüsse knallen, und fast im selben Moment krachte irgendetwas in das Auto hinein. Ich wurde durchgerüttelt, war völlig desorientiert. Da war Blut. Das Auto stand auf dem Kopf. Soldaten richteten riesige Gewehre auf mich und zerrten mich zuerst am Hals, dann am Arm aus dem Auto heraus. Die zerbrochene Fensterscheibe riss die gesamte rechte Seite meines Körpers auf, als sie mich gewaltsam herauszogen.

»Yaqoot? Bist du Yaqoot?«, fragten sie auf Arabisch mit Akzent.

Der Brief steckte noch immer in meiner Hand. Ich hatte ihn nicht vollständig gelesen.

Der Brief! Ich wollte den Rest lesen. *Ich darf nicht zulassen, dass sie den Brief bekommen!*

Während sie mich die Straße entlangschleiften, stopfte ich mir den Brief in den Mund. Der Asphalt riss mir das Gesicht auf. Ich hielt den Mund fest geschlossen und versuchte, den Brief in kleinere Teile zu kauen, während sie mir die Hände und Arme fesselten, mich auf den Rücksitz eines Jeeps warfen und meine Habseligkeiten durchwühlten. In meinen Augen stand Blut. Wo blutete ich? War das wirklich mein Blut?

Einer der Soldaten bemerkte, dass ich kaute. »Was hast du im Mund?«, bellte er, und ich schluckte hinunter, was ich nur konnte. Er rief den anderen Soldaten etwas auf

Hebräisch zu, und innerhalb von Sekunden stürzten sie sich auf mich und versuchten, mir gewaltsam den Mund aufzureißen. Ich biss auf Fleisch und spürte Blut. Von dem Brief war nicht mehr viel übrig.

Das Nächste, woran ich mich erinnere, ist, dass ich im Krankenhaus aufwachte, das Handgelenk mit Handschellen ans Bett gekettet. Eine Soldatin saß auf einem Plastikstuhl neben mir und las eine Zeitschrift. Ich muss irgendetwas gemurmelt haben, weil sie zu mir herübersah und eine Krankenschwester rief. Die nächsten Tage waren verschwommen. Ich hatte ständig merkwürdige, wechselnde Schmerzen. Manchmal waren sie stechend, manchmal gedämpft durch die Medikamente, die so stark waren, dass mein Kopf sich dick, trübe und schwer anfühlte und jede Bewegung geradezu übermenschliche Kraft erforderte. Wegen der Handschellen konnte ich mich nicht anders hinlegen. Als ich versuchte, die Infusionsnadel herauszuziehen, fesselten sie mir auch das andere Handgelenk. Dann fiel mir ein, dass Sitti Wasfiyeh tot war. *Aber war sie wirklich tot? O Gott, Bilal!*

Ich weiß nicht, wie lange ich im Krankenhaus war. Sie verlegten mich ein paar Mal in andere Abteilungen. Als ich wieder klare Gedanken fassen konnte, war ich in einer Gefängnisklinik. Ich erfuhr, dass ich eine Kopfverletzung erlitten und zwei Tage lang im Koma gelegen hatte.

»Es gibt kein Baby«, war die einzige Antwort, die ich auf meine wiederholten Fragen bekam. Plötzlich war mein Leib eine Höhle, eine ausgehöhlte Leere an jenem Ort, an dem Liebe, Leben, Hoffnung und Zukunft gepflanzt worden waren. Sogar jetzt im Würfel höre ich manchmal noch Babyschreie aus meinem Bauch.

Die erste Vernehmung war harmlos im Vergleich zu dem, was ich erwartete. Ich wurde in einen Raum gebracht. Mein

Kopf war immer noch dick verbunden, aber die anderen Verletzungen, Schnittwunden und Prellungen heilten. Ich hatte eine lange rote Narbe, die genäht worden war und sich seitlich über meinen Rumpf erstreckte. Die schmuddeligen Wände des kleinen Raums waren mit purpurroten Flecken bespritzt, und ein gebrauchter Latexhandschuh lag in einer kleinen Pfütze mit schmutzigem Wasser auf dem Boden. Zwei Männer in Jeans setzten mich auf einen Metallstuhl an einem Metalltisch. Der eine trug ein weißes T-Shirt, der andere ein schwarzes. Ein dritter Mann im Anzug ging langsam im Raum auf und ab. Über uns brummte ein alter Deckenventilator.

Das weiße T-Shirt fragte, wie ich mich fühlte und ob ich gern eine Zigarette hätte. Ich sagte, ich rauche nicht. »Ein Glas Tee?«

»Nein, danke«, sagte ich.

»Die hier ist höflich«, bemerkte das schwarze T-Shirt.

Das weiße T-Shirt gab vor, die Unhöflichkeit des schwarzen T-Shirts zu missbilligen, und sagte: »Wir haben viele Fragen an Sie, Yaqoot. Aber zuerst müssen Sie uns sagen, wo ist Bilal?«

Ich sah, dass er sofort bereute, mich danach gefragt zu haben, weil ich anscheinend gelächelt oder irgendwie sonst meine Erleichterung verraten hatte.

»Ich weiß es nicht«, sagte ich.

Er tat sein Bestes, seinen Zorn zu verbergen, aber es gelang ihm nicht. Anstatt Informationen von mir zu erhalten, hatte er mir unabsichtlich mitgeteilt, dass Bilal entkommen war. Alle drei Männer gerieten durch meine Zufriedenheit etwas außer Fassung. Unwissentlich gaben sie noch eine weitere Information preis.

Das schwarze T-Shirt verlegte sich darauf, mich aggressiv zu befragen. Seine Wut wuchs jedes Mal, wenn ich nicht antwortete oder etwas Nichtssagendes entgegnete, während das weiße T-Shirt so tat, als würde er versuchen, seinen Kollegen zu beruhigen, als würde er Mitleid für mich empfinden. Plötzlich schlug mich das schwarze T-Shirt. Ich war wie vom Donner gerührt, denn ich hatte gar nicht richtig mitbekommen, wie mir geschah. Schließlich schaffte ich es, die Fassung wiederzuerlangen. Das weiße T-Shirt reagierte daraufhin mit ehrlicher Wut und tadelte das schwarze T-Shirt. Sie sprachen auf Hebräisch miteinander, aber ich konnte zwei Worte aufschnappen, die seine Reaktion erklärten: *zeekaroon* und *zokheret*.

Bilal hatte mir erklärt, dass Hebräisch eine einfache Sprache sei, ohne viele Konjugationen, dafür mit vielen Verben und Substantiven, die dem Arabischen ähnelten. *Zeekaroon* und *zokheret* klangen wie der arabische Wortstamm *zakra* und bedeuteten »Gedächtnis«. Ich hatte eine Kopfverletzung, und das weiße T-Shirt sorgte sich darüber, dass ich mich möglicherweise an nichts erinnern könne. Er wollte es nicht noch schlimmer machen. Und von diesem Moment an gab ich vor, mich an fast nichts mehr zu erinnern, selbst, was unbedeutende Dinge betraf.

»Yaqoot, ich möchte mich für die schlechten Manieren meines Kollegen entschuldigen«, sagte das weiße T-Shirt. »Sagen Sie mir bitte, wohin Sie unterwegs waren, als wir Sie verhaftet haben.«

»Ich weiß nicht, wann Sie mich festgenommen haben«, erwiderte ich. »Tatsächlich bin ich mir nicht einmal sicher, wie ich hierhergekommen bin. Ins Gefängnis, meine ich.«

»Erinnern Sie sich daran, dass Ihre Großmutter gestorben ist?«

»Meine Großmutter ist tot? Sitti Wasfiyeh ist tot?«

»Nein, ist sie nicht. Sie lebt, und es geht ihr gut«, sagte das weiße T-Shirt.

An dieser Stelle konnte ich meine Verwirrung nicht verbergen. »Warum sagen Sie so etwas, wenn es ihr gut geht? Gott sei Dank, sie lebt.« Sie wussten von Sitti Wasfiyeh, weil sie unsere Telefonate überwacht hatten. Eine andere Erklärung gab es nicht. Es sei denn, sie hatten Jumana verhaftet, und sie hatte es ihnen gesagt. Ich vermutete, dass Israel schwer getroffen worden war. Ihr Geheimdienst hatte nicht mit einer solchen Raffinesse und Koordination gerechnet. Meine Vernehmungsbeamten ließen mich wissen, dass Israel gerade unser Wohnviertel auf den Kopf stellte, mit einem Furor, »den man sich nicht vorstellen kann«. Es war wahrscheinlich nur eine Frage der Zeit, bis sie entdeckten, was wir mit den Wasserrohren gemacht hatten.

»Ich habe keine Ahnung, wovon Sie sprechen«, erwiderte ich.

Die T-Shirts tauschten einen Blick, und das schwarze T-Shirt schlug mit der Hand auf die Tischplatte. Das gab einen furchtbaren Knall, der in meinem Kopf widerhallte. Ich zuckte vor Schreck zusammen und fing an zu weinen, hielt mir die Hände vor das Gesicht.

»Wir versuchen, Ihnen zu helfen«, sagte das weiße T-Shirt. »Wir wissen bereits, was Sie mit der Wasserversorgung getan haben.«

Ich war froh, dass ich in meine Handflächen geweint hatte, denn so konnte ich meinen Schock besser überspielen. Ich gab mich ahnungslos und betonte, ich wisse nicht, wovon sie sprachen.

»Wir haben bereits genügend Beweise gegen Sie in der Hand. Ihre Komplizen haben gestanden.«

Das ging tagelang so weiter. Wie lange genau, weiß ich nicht mehr. Stunden um Stunden vergingen mit Warten, dann folgten Fragen und Gebrüll. Sie banden mich in einer schmerzhaften Position auf meinem Stuhl fest. Mein Rücken war so weit durchgebogen, wie es nur ging, und als sie mich endlich losbanden, tat es schrecklich weh, als ich mein Rückgrat wieder aufrichtete. Wie wir vor langer Zeit beschlossen hatten, gestand ich schließlich, dass ich mitgeholfen hatte, die Wasserleitung zu sabotieren. Ich weigerte mich aber standhaft, Bilal etwas anzuhängen. Am Ende unterschrieb ich ein Geständnis auf Hebräisch. Wer weiß schon, was wirklich in diesem Dokument stand.

Sie schickten mich ins Gefängnis zurück, wo ich mit vier anderen in einer Zelle lebte. Es war überhaupt nicht so, wie Bilal seine Inhaftierung beschrieben hatte, wo Kameradschaft und Brüderlichkeit unter den palästinensischen politischen Gefangenen herrschte. Ich wurde unter anderem mit israelischen Kriminellen eingesperrt, die mich von Anfang an verachteten. Eine von ihnen sprach Arabisch und versuchte nach einer Weile, sich mit mir anzufreunden, warnte mich vor diesem und jenem und gab mir Tipps, wie man das beste Essen bekam und welche Wachen oder Insassen es zu vermeiden galt. Sie behauptete, dass sie Palästinenserin aus Galiläa sei und wegen »Widerstandsaktivitäten« im Gefängnis saß. Sie schien fast eine Karikatur von dem zu sein, was Bilal einmal als »Vögel« bezeichnet hatte: palästinensische Gefangene, die sich mit Neuankömmlingen anfreundeten, um Informationen zu bekommen. Sie behauptete, sie kenne Bilal. »Na ja, ich kenne ihn nicht persönlich. Aber natürlich habe ich von ihm gehört. Jeder hat von ihm gehört. Du hast das Glück, mit einem Helden verheiratet zu sein«, schwärmte sie.

Ich nickte. Sie lächelte.

»Ich möchte, dass du weißt, dass ich die Gerüchte über dich nicht glaube. Ich verabscheue es, wenn die Leute aus schierer Eifersucht den Ruf eines Mädchens ruinieren«, sagte sie.

Ich erwiderte nichts. Sie war kein sehr guter Vogel und konnte ihre Ungeduld kaum im Zaum halten, so dringend wollte sie mich zum Reden bringen. Schließlich ließ sie mich in Ruhe und verschwand kurz darauf aus dem Gefängnis. Dann begannen die Belästigungen durch andere Insassen und die Wärterinnen. Ich hatte große Angst und tat mein Bestes, sie zu verbergen. Als ich das zweite Mal geschlagen wurde, kamen mir unerwartet zwei israelische Frauen zu Hilfe. Sie waren nicht daran interessiert, mit mir befreundet zu sein, machten den anderen aber klar, dass es Konsequenzen geben könne, wenn sie nicht aufhörten, mich anzugreifen. Ich weiß nicht, warum sie das taten, aber ich habe gelernt, dass man selbst an den unmenschlichsten Orten von Menschlichkeit in vielerlei Gestalt überrascht werden kann.

Mein Prozess war auf Hebräisch und dauerte zwei Tage. Es wäre schneller gegangen, aber »ich verschwendete die Zeit des Gerichts und verschlimmerte dadurch alles«.

Das erste Mal, als Israel Bilal zu einer Haftstrafe verurteilte, wurde er in Abwesenheit vor Gericht gestellt. Sie sperrten ihn ein, als er sich schließlich gegen seinen Bruder eintauschen ließ. Jede weitere Inhaftierung begründete sich mit Verstößen gegen die Bedingungen seiner Freilassung oder wurde einfach als »Verwaltungshaft« bezeichnet. Er stand nie in einem Gerichtssaal, und er hatte mir vor langer Zeit gesagt, dass er niemals an einem Gerichtsverfahren teilgenommen hätte, weil dies die Anerkennung der Autorität Israels bedeutet hätte.

Ich machte es genauso, wie er es gemacht hätte. Ich wollte, dass er stolz auf mich war, wo auch immer er sich aufhielt. Vielleicht würde er es in den Nachrichten sehen oder in der Zeitung lesen. Ich ging noch einen Schritt weiter. Ich sang, obwohl ich keine gute Stimme habe. Zuerst sang ich *Yumma Mweil elHawa*, um mich in die richtige Stimmung zu bringen. Die Richterin ermahnte mich. Ich wartete eine Weile und sang dann nacheinander jeden Song von Abdel Halim Hafez, an den ich mich erinnern konnte. Erst *El Hawa Hawaya*, gefolgt von meinem Favoriten *Qariatol Fingan*. Die Richterin sah erst verblüfft drein, dann zornig, schrie mich an, danach die Staatsanwälte, Anwälte und Gerichtsdiener. Sie befahl den Wachen, mich zum Schweigen zu bringen. Ich schmetterte *Mawood*, eins meiner Lieblingslieder. Die Richterin hatte Reporter im Gerichtssaal zugelassen. Aber jetzt bedeutete sie ihnen zu gehen und sagte etwas auf Hebräisch zu ihnen. Und sie verließen den Raum, aber erst nachdem sie Fotos und Videos von mir gemacht hatten, für die ich posierte, so gut ich konnte.

Ich tat das, was Bilal gemacht hätte. Ich kolonisierte den Machtbereich des Kolonisators, seinen Gerichtssaal. Ich machte mich frei und hielt den Gerichtssaal in meiner Freiheit gefangen. Ich spürte Bilals Anwesenheit in mir. In diesen Stunden gab es mir Trost und Kraft, mir vorzustellen, dass er mir zusah. Als ich partout nicht aufhörte zu singen, befahl die Richterin den Wachen, mich abzuführen und sicherzustellen, »dass sie sich morgen zivilisiert benimmt«.

Ich trällerte weiter, als sie mich in den Flur schleiften, wo die Reporter sich um die besten Plätze balgten und von den Wachen, die mich abführten, weggeschoben wurden. Inzwischen war ich bei *Gabbar* angekommen und dehnte die lange Note der letzten Silbe bis ins Endlose aus – *Gabbaaaaaaaaaaaaaaaaaaaaaaaaaaaaar* –, bis einer der Wärter mir den Mund zuhielt. Ich leckte seine Handfläche ab – Um Buraq hatte mir ja beigebracht, mich unberechenbar zu verhalten. Reflexartig zog er seine Hand weg, legte sie dann wieder über meinen Mund und packte meinen Kiefer dabei so fest, dass meine Wangen blaue Flecke bekamen.

Den restlichen Tag und die Nacht über steckten sie mich in ein Metallverlies, mit hellem Licht und lauter Musik, die bis zum nächsten Morgen spielte. Dann zerrten sie mich wieder ins Gerichtsgebäude. Ich war so erschöpft, dass ich den Kopf kaum oben halten konnte, hatte dunkle Ringe unter den Augen. Am zweiten Verhandlungstag war der Gerichtssaal leer, mit Ausnahme der Gerichtsdiener. Ich summte leise vor mich hin, aber die Wärter stopften mir einen Lappen in den Mund und verpassten mir noch einen Streifen Klebeband darüber. Die Richterin verwies als Erstes die Reporter des Saales und brachte ihre Enttäuschung darüber zum Ausdruck, dass die Medien einer Terroristin erlaubt hatten, die Heiligkeit ihres Gerichtssaals zu entweihen und damit auch die israelische Demokratie zu beschädigen. Sie fügte hinzu, sie freue sich darüber, dass ich mich nun anständig benahm.

Ich versuchte mein Bestes, konnte aber nicht die Energie aufbringen, um durch den Knebel hindurch zu summen. Die Freiheit meines Trotzes blieb mir in der Kehle stecken, und ich verschluckte mich daran. Mein Körper füllte sich mit Stille und Erschöpfung. Ich war dankbar, nicht mehr dem hellen Licht und der dröhnenden Musik ausgesetzt zu sein. Mein Kopf senkte sich, meine Augen schlossen sich, und als ich sie wieder öffnete, befand ich mich erst in einem Gefangenentransporter und dann im Würfel.

Den genauen Grund für meine Inhaftierung wusste ich lange nicht, da alle Verfahren auf Hebräisch verliefen, aber ich nahm an, dass es zumindest mit der Wasserleitung zu tun hatte. Und den Phthalaten. In meiner frühen Zeit im Würfel wurden mir arabische Zeitungsausschnitte durch die Tür geschoben, vielleicht um mich zu demoralisieren. Dort entdeckte ich sie: längst vergessene Fotos von meinem neunzehnjährigen Ich, das inmitten gieriger Männer tanzte, von denen mich einer mit Geldscheinen überschüttete. Ihre Gesichter waren unkenntlich gemacht worden, nicht von der Zeitung. Um Buraq hatte das bereits erledigt, bevor sie die Fotos an Abu Moathe verkaufte. Ich weiß nicht, wie es dem israelischen Geheimdienst gelungen war, sie in die Finger zu bekommen, aber ich vermute, sie verfolgten die Gerüchte bis zu Abu Moathe zurück. Und vielleicht sah Abu Moathe dann die Gelegenheit, sich an mir zu rächen, weil ich sein Bankkonto vor all diesen Jahren geplündert hatte.

Ich starrte auf die Fotos und bemerkte anfangs nicht einmal die Schlagzeile. Ich dachte an meine Familie: Wie sehr es sie verletzen musste! Vielleicht schämten sie sich auch. Bei dem Gedanken war ich beinahe froh, eingesperrt zu sein, obwohl ich mich auch danach sehnte, meine Mutter zu sehen.

Dann fiel mir die Überschrift ins Auge: »Heldin oder Bestie?« Es schien, als hätten die Medien über meinen Prozess berichtet. Die Leute waren beeindruckt von meinem Widerstand. Israel war es nicht gelungen, das Videomaterial zu zensieren, das zeigte, wie sein Gericht erniedrigt und seine Autorität von einer palästinensischen Frau in Fesseln infrage gestellt wurde. Ich hatte nichts davon gewusst. In dem Artikel erfuhr ich zum ersten Mal, dass mein Verbrechen als »Terrorismus« bezeichnet wurde. Natürlich hatte ich mir das bereits zusammengereimt, nicht zuletzt durch die Bemerkungen der Vernehmer, aber dies war die Bestätigung dafür. Der Artikel berichtete von Israels Behauptung, ich hätte Bilal bei der Planung mehrerer Terroranschläge unterstützt, von denen einer als »stiller Terroranschlag« bezeichnet wurde. So nannten sie die Sache mit der Wasserleitung.

Israel versuchte, viele Details zu verheimlichen, um Nachahmern keine Ideen zu liefern.

Bilal hatte bald Legendenstatus unter den Palästinensern und anderen Arabern, da er sich einer Festnahme entzogen hatte. Israel vermutete öffentlich, dass er höchstwahrscheinlich tot war und dass das gut war, weil er einen zweiten Hitler verkörperte. Sie hatten das auch über Saddam gesagt. Sie bezeichneten jeden, den sie nicht mochten, als einen Hitler.

Falls Israel wusste, was wir mit der Wasserleitung getan hatten, machten sie es nicht öffentlich, da die Medien die Auswirkungen unserer Sabotage heruntergespielt und gleichzeitig die Grausamkeit von Terroristen wie mir hervorgehoben hatten. Ein Reporter durfte mir während eines Interviews im Würfel einen Artikel zeigen. Darin hieß es: »Obwohl es den Terroristen gelungen ist, sich an der Wasserleitung zu schaffen zu machen, war der Grund für die Erkrankung unserer tapferen Siedler der Missbrauch von Pestiziden. Die ursprüngliche Untersuchung dieser Angelegenheit dauert noch an.«

Bilal und ich hatten die möglichen Konsequenzen unseres Tuns schon vor langer Zeit akzeptiert (andererseits, wie konnten wir sie wirklich akzeptieren?): Es bedeutete die vollständige Zerstörung der Haine und der Obstplantagen sowie den Abriss unseres Hauses. Und vor der Verhandlung, noch bevor ich in das erste der vielen Gefängnisse geschickt wurde, geschah es so tatsächlich. Es war ein geringer Preis, verglichen mit dem, was den anderen widerfuhr.

VII. Im Zwischenraum der Freiheit

Im Würfel, das nahe, unerreichbare Dahinter

Der erste Schock, nachdem ich die Zeitungsausschnitte zu sehen bekommen hatte, löste sich schnell auf. Gefühle verflüchtigen sich hier drin. Erinnerungen lassen nach. Alles, was übrig bleibt, sind Fakten ohne die Emotionen, die sie einst begleitet haben. Ich weine nicht an diesem Ort. Hier ist nicht genug Platz, damit sich das Herz bewegen kann. Es gibt keinen Wind, der es zum Säuseln bringt. Stille ist hier nicht die Abwesenheit von Tönen, sondern die Anwesenheit einer dichten und unerschütterlichen Ruhe. Wie die dunkle Materie des Raumes ist die Stille hier eine lebendige Kraft, die in alle Winkel und Ecken des Geistes und des Herzens kriecht. Inzwischen richte ich mich ganz danach.

Ich bin jetzt lange genug hier, dass meine Haare – nun fast ganz ergraut – mir dreimal hintereinander den Rücken hinunterwuchsen, nachdem sie mir jeweils nur wenige Zentimeter kurz geschnitten worden waren. Ich frage mich immer noch, ob Bilal lebt. Wenn Israel es wüsste, dann wüsste ich es wohl auch, denn solche Informationen stehen unter hohem Druck und dringen durch jede kleine Ritze hindurch. Was ich im Laufe der Zeit erfahren habe – aus geschmuggelten Zetteln und gelegentlichen Gesprächen –, ist, dass die koordinierten Angriffe von Bilal auf Israels Militär vierundzwanzig Soldaten töteten und zwölf verwundeten. Es war ein erstaunlicher Blutzoll für Israel, weil unsere Angriffe sie völlig überrascht hatten. Sie hätten es nie für möglich gehalten, dass wir mit so unkonventionellen Waffen wie Armbrüsten und Hornissenspray Guerillawiderstand leisten konnten. Einige der Pfeilspitzen waren mit Pflanzenölen vergiftet, die allesamt aus Ghassans Haus stammten. Die Soldaten hatten sein Haus schon viele Male durchsucht und nie gemerkt, dass sich die Waffen, die er gegen sie einsetzen würde, in den Topfpflanzen befanden, die sie zertrampelten und die Ghassan hinterher einfach neu pflanzte. Es waren diese Pflanzen, die sie dazu brachten, Ghassan als unseren Vordenker zu bezeichnen. Israel musste solche Geschichten an sein Volk und an die Welt verkaufen, denn das Eingeständnis, dass ihnen der wahre Anführer entkommen war, wäre ein unerträgliches Zeichen der Schwäche gewesen.

Der erste Angriff war ein Ablenkungsmanöver gewesen, um die Ressourcen von den nachfolgenden abzuziehen. Es handelte sich um einen kleinen, abgelegenen Checkpoint mit zwei Soldaten, die von dreien unserer Kämpfer mit einem Pfeilhagel getötet wurden. Dieser Kontrollpunkt lag einige Minuten vom nächsten Soldatenposten entfernt, und unsere Männer legten große Steine auf die Straße, um die Verstärkung und die Rettungskräfte aufzuhalten. Dann wurden die automatischen Waffen und Handgranaten der getöteten Soldaten dazu eingesetzt, um die mittlerweile angerückte Verstärkung anzugreifen. Der zweite Kontrollpunktangriff lief exakt so ab wie der erste. Nachdem die verfügbaren Kräfte zu den ersten beiden Schauplätzen beordert worden waren, griffen Ghassan und sechs weitere Männer einen dritten Checkpoint an, einen der größten und am stärksten besetzten. Sie benutzten dazu die wenigen funktionierenden Waffen, die sie von den russischen Schmugglern erhalten hatten. Als die israelischen Soldaten sich innerhalb des befestigten Checkpoint-Gebäudes in

Sicherheit bringen wollten, stürzte sich Ghassans Brigade auf sie. Ungefähr zwanzig Palästinenser, die an dem Checkpoint gewartet hatten, schlossen sich spontan den Kämpfern an und überwältigten die wenigen Soldaten, die es nicht geschafft hatten, sich hinter den kugelsicheren Mauern zu verstecken. Dann folgte ein vierter Angriff, der den ersten beiden ähnelte.

Ghassan wurde an jenem Tag getötet. Die Militärverstärkung erschien am Schauplatz und tötete jeden palästinensischen Kämpfer dort. In einem Zeitungsartikel hieß es, Ghassans Mutter habe die israelischen Behörden angefleht, die Leiche ihres Sohnes freizugeben, damit sie Ghassan neben seinem Vater und seinem jüngeren Bruder Jandal begraben konnte. Einer meiner Vernehmer zeigte mir ein Foto von Ghassan, leblos und blutverschmiert am Straßenrand liegend. Ich musste mich übergeben, als ich es sah, und dann noch einmal, als ich mir Jumanas Qualen ausmalte. Nach dem Erbrechen kam die Erleichterung – und die Scham über die Erleichterung, dass es nicht Bilal war.

Man erzählte sich, Bilal sei am zweiten Kontrollpunkt unter Ghassans Männern gewesen. Es gingen sogar Gerüchte, dass auch Mhammad dabei gewesen war. Das hat mich schockiert, aber ich weiß nicht, ob es wahr ist. Allen wurde jedoch klar, dass Mhammad die ganzen Jahre über unmöglich in Kanada gewesen sein konnte. Es hieß, er habe in Tel Aviv gelebt und dort als Barkeeper gearbeitet. Wie auch immer die Wahrheit aussah, Tatsache war, dass Mhammad einige Wochen nach meiner Verhaftung tot aufgefunden wurde und seine Leiche immer noch die Spuren der Folter trug. Vielleicht hatten sie geglaubt, dass er Bilal versteckte.

Israel verlor den Verstand und startete einen Generalangriff gegen alle Palästinenser, einschließlich derer mit israelischer Staatsbürgerschaft in den 1948 besetzten Gebieten, der sogenannten Grünen Linie. Sie benutzten Kampfflugzeuge, um Bomben auf Schulen, Moscheen, Geschäftszentren und Fabriken im Westjordanland und im Gazastreifen abzuwerfen. Sie verhafteten Tausende von Männern und Frauen und forderten Rache. Es wurden weitere Ausgangssperren verhängt, eine kollektive Bestrafung von fünf Millionen Zivilisten. Und Israel erlebte einen nationalen Skandal, an dem ein hoher Militärgeneral namens Itamar beteiligt war, der, wie sich herausstellte, eine Affäre mit einem Araber namens Mhammad gehabt hatte, dem älteren Bruder Israels meistgesuchtem Verbrecher. Die israelischen Behörden beschuldigten ihn, unbeabsichtigterweise die Flucht von Bilal ermöglicht zu haben. Sie machten seine »orientalischen Wurzeln« dafür verantwortlich, denn er war ein irakischer Jude. Sie beklagten auch die jüdische Neigung zur Freundlichkeit gegenüber Nichtjuden und instrumentalisierten den Fall als Warnung für jeden, der den Arabern vertraute.

Itamar – ich denke weiterhin an ihn als Tamara – sitzt noch immer im Gefängnis, genau wie ich. Jumana wurde verhaftet, gefoltert und vergewaltigt, selbst nachdem sie ihre Mitwisserschaft an Bilals Wasserdiebstahl gestanden hatte. Sie stritt jedoch ab, von den Phthalaten gewusst zu haben. Sie wurde vier Jahre lang inhaftiert. Auch Faisal gestand, von der Sache mit der Wasserleitung gewusst zu haben, und bezichtigte Bilal, der Vordenker gewesen zu sein, so wie Bilal uns alle angewiesen hatte. Faisal wurde aus dem Gefängnis entlassen, weil er damit einverstanden war, nach Gaza deportiert zu werden. Irgendwann während meiner Haftzeit wurde Gaza zu einem riesigen Gefängnis. Samer blieb in Moskau, wo er mit Jehad die Website weiterbetrieb und auf mehrere Netzwerke ausweitete. Israel versuchte, ihn auf die Liste von INTERPOL setzen zu lassen, aber das gelang ihnen nicht. Jehad wurde nie erwischt, und auch sein Name wurde nie erwähnt, außer als in der Presse über meinen Bruder, einen behinderten Gärtner mit nur einem Auge und einer lahmen Hand, berichtet wurde. Wadee, von dem wir alle geglaubt hatten, dass er das schwächste Glied war, erwies sich als das stärkste. Er gestand nichts.

Wie sich herausstellte, war seine Frau tatsächlich Teil einer anderen Widerstandszelle gewesen. Nachdem sie ein Jahr verheiratet gewesen waren und eine Tochter bekommen hatten, erfuhren sie das Geheimnis des jeweils anderen in einem Verhörraum, in dem die Frau von israelischen Soldaten vor den Augen ihres Mannes vergewaltigt wurde, um ihn zu einem Geständnis zu zwingen. Sie hatten nicht gewusst oder auch nur vermutet, dass sie eine aktive Rolle spielte. Auch Wadee hatte nichts davon geahnt, aber als sie – zum allerersten Mal überhaupt – laut rief: »Mein Mann, meine wahre Liebe«, fand er den Mut, den er brauchte. An jenem Tag, als sie beide sich endlich in der ganzen Fülle ihres Wesens erkannten, verliebte sie sich endgültig in ihren Ehemann. (Das weiß ich nicht sicher, aber so stelle ich mir Wadees Glück vor.) Sie wurde einige Tage lang festgehalten und dann freigelassen. Wadee blieb zwei Jahre lang ohne Anklage in Haft. Er wurde schließlich vor einem Militärgericht angeklagt und zu lebenslanger Haft wegen Terrorismus verurteilt. Genau wie bei mir dauerte es ganze zwei Tage von der Anklage bis zur Verurteilung. Seine Frau und seine Tochter dürfen ihn alle zwei Monate eine halbe Stunde lang besuchen.

Und Bilal? Niemand wusste, wo er war oder ob er noch lebte. Die Art und Weise, wie Israel Palästina zusetzte und die meisten Männer festnahm, ließ alle wie gelähmt zurück, aber es dauerte nicht lange, bis sich der Widerstand neu formierte und eine weitere Intifada ausbrach. Dabei wurden zwei israelische Soldaten gefangen genommen und die Überreste von zwei toten Soldaten erobert. Das alles passierte vor nicht allzu langer Zeit.

Die Stadt im Untergrund blieb unser Geheimnis.

Das ist meine Geschichte, und das ist alles, was ich weiß. Ich starre wieder auf das Papier, es sind vielleicht dreitausend geschriebene Seiten, die aufeinandergestapelt an den Wänden des Würfels lehnen. Überall ist Papier. Die Gefängniswärter haben bisher keine Anstalten gemacht, etwas davon zu beschlagnahmen. Ich nehme an, sie warten damit, bis ich fertig bin. Aber wenn sie es tun, wird es sich wie das Kauderwelsch einer Verrückten lesen – unsinnige Versuche, eine endlose Kindergeschichte zu schreiben. Der Text ist in unserer 194-Methode codiert.

Ich weiß nicht, warum ich damit angefangen habe, alles aufzuschreiben. Um einige Dinge klarzustellen? Um die Liebe in dem aufzudecken, was andere als anstößig empfinden? Um mir die Zeit zu vertreiben? Um meinen Platz in der Welt zu markieren? Um dieser leblosen Kiste Leben einzuhauchen? Um einfach zu beweisen, dass ich überlebt habe? Um Bilal in meiner Nähe zu behalten?

Vielleicht werde ich alles zerstören und von vorn anfangen. Vielleicht werfe ich alle Seiten ins Wasser. Aber Attar ist seit einiger Zeit nicht mehr hier gewesen. Der Moschus unter meinen Armen und zwischen meinen Beinen reift, und ich versuche mein Bestes am Waschbecken.

Der Alarm signalisiert mir, dass ich meine Armbänder an die Wand schließen muss. Die Wärterin kommt mit einem Stuhl herein. Das bedeutet, ein Besucher wird kommen. Sie stellt ihn vor mein Bett und winkt einer anderen Wärterin zu, die eine israelische Reporterin einlässt, eine weiße Frau mittleren Alters mit freundlichen Augen, ungezähmtem braunem Haar und Sommersprossen. Sie trägt eine Brille, alte Jeans und Turnschuhe, kein Make-up. Sie war schon einmal hier. Ich erinnere mich an sie.

»Hallo, Nahr«, grüßt sie, als die Wachen meine Arme von der Wand lösen. Sie war die Einzige, die mich nicht Yaqoot nannte. »Darf ich mich setzen?« Sie spricht Arabisch mit Akzent.

Ich nicke. »Hallo, Nira.«

»Haben Sie das alles geschrieben?« Sie deutet auf die Papierstapel.

»Ja.«

Sie hat einen kleinen gelben Notizblock, einen Stift und einen Zeitungsausschnitt in der Hand, den sie langsam auseinanderfaltet. »Ich habe die Erlaubnis bekommen, Ihnen dies hier zu zeigen. Ich darf Ihnen das Blatt Papier nicht überlassen, aber ich darf es Ihnen zeigen und vorlesen. Soll ich das tun?«

»Worum geht es?«

»Sie könnten im Rahmen eines Gefangenenaustausches freikommen.«

Es war nicht das erste Mal, dass ich so etwas gehört hatte während der ganzen Zeit, in der meine Brüste schlaff wurden und mein Haar sich in Asche verwandelt hatte. »Ach, wirklich?«

»Ich glaube, diesmal ist etwas dran. Ein Austausch. Sechshundert palästinensische Gefangene gegen vier gefangene israelische Soldaten, von denen zwei tot sind.«

Ich lache, kann es nicht glauben. Israel hat immer wieder versucht, mich irgendwie dazu zu bringen, ihnen Informationen über Bilal zu geben – als wüsste ich irgendetwas über ihn. »Und Sie gehen zu allen sechshundert Gefangenen, um die Nachricht zu überbringen?«

»Nein, nur zu Ihnen.« Sie nimmt ihre Brille ab. »Die Verhandlungen laufen seit einem Jahr. Es hieß, sie seien abgeschlossen und die Freilassung werde in den nächsten drei Wochen erfolgen. Israel und die Palästinensische Autonomiebehörde haben das Land auf den Kopf gestellt, um die Soldaten zu finden, ohne Erfolg. Man glaubt, dass sie irgendwie aus dem Land geschmuggelt worden sind. Eine neue Organisation hat die Verantwortung dafür übernommen und fordert diesen Austausch, seit die Soldaten gefangen genommen worden sind«, berichtet sie. Ich denke darüber nach, was ich in dieser langen Zeit gemacht habe: gelesen (als sie mir Bücher gaben), auf Attar gewartet, auf Klara gewartet, getanzt. Ich kann mich nicht dazu zwingen, mich darüber zu freuen. Ich empfinde nichts.

»Sie sind die einzige Gefangene, die nach Jordanien entlassen wird.«

Ich blicke ihr in die Augen, auf der Suche nach Antworten, und fange an, ihr zu glauben.

»Ich schreibe eine Reportage über den Austausch.«

Die Ränder meines Sichtfeldes verdunkeln sich. Das passiert manchmal. Ich blinzle fest, reibe mir die Augen und schüttele den Kopf, um meine Sinne wiederzuerlangen.

»Geht es Ihnen gut?«

Ich nicke.

»Darf ich Ihnen ein paar Fragen stellen?«

Als ich noch darüber nachdenke, Nein zu sagen, fragt sie: »Können Sie sich einen Grund vorstellen, warum Sie die einzige Gefangene sind, die nach Jordanien freigelassen wird?«

Wir starren uns an. Sie versucht, das Wohlwollen in ihren Augen zu behalten, aber ich sehe, wie es wegrutscht, und sie weiß, dass ich es sehe. Sie setzt ihre Brille wieder auf. Ein Name sickert in den Raum zwischen uns ein. Sie möchte, dass ich ihn zuerst ausspreche. Ihr Atemrhythmus ändert sich, ihre Brust hebt und senkt sich deutlicher. Es ist irgendwie hypnotisierend.

»Nein, kann ich nicht«, sage ich und hebe unbeabsichtigt eine Augenbraue. Ich bin schon in Gedanken versunken. Was bedeutet das alles? Ich durchstreife meine innere Welt, grabe Gesichter und Stimmen aus dem weiten Gelände der Erinnerung aus.

Sie blinzelt, schließt dann sanft die Augen und öffnet sie wieder, holt tief Luft und atmet ruhig aus. »Glauben Sie, Ihr Bilal lebt?«

Ich war zu unseren Flitterwochen zurückgekehrt: Bilal und ich, eingeschlossen in unserem Haus während der Ausgangssperre von 2002.

»Nahr?«

»Werden Sie mir das hier vorlesen?«, frage ich und deute auf den nur teilweise entfalteten Zeitungsartikel.

Sie klappt ihn auf und beginnt, laut zu lesen. Es ist ein langer Artikel, der vieles wieder aufwärmt: die legendären Armbrustangriffe, das Hornissenspray, die Entführung der israelischen Soldaten, die Vergeblichkeit der Rettungsversuche, den neuen palästinensischen Widerstand in Palästina und in der Diaspora, die internationale Boykottkampagne BDS. Der Artikel zitiert einen israelischen General, der die Freilassung der Gefangenen als ein notwendiges Opfer bezeichnet und andeutet, dass er sie am Ende sowieso wieder verhaften wird. »Terroristen landen immer wieder im Gefängnis, wo sie auch hingehören«, sagt er. Der Artikel erwähnt auch meinen Namen.

... Sie ist die Ehefrau von Bilal Jalal Abu Jabal und die einzige Gefangene, bei der die Forderung erhoben wurde, sie nach Jordanien zu entlassen. Dies hat zu der weitverbreiteten Annahme geführt, dass der berüchtigte Terrorist noch am

Leben ist. In palästinensischen Kreisen wird Abu Jabal als Held und geschätzter Kämpfer verehrt. Der General kann darüber nur lachen. »Seine Frau ist eine Hure«, erklärt er.

Nira sieht mich an.

»Weiter«, sage ich.

... »Seine Frau ist eine Hure«, erklärt er. Als ihm auseinandergesetzt wird, dass die Palästinenser sie ebenso wie ihren Ehemann als eine revolutionäre Figur betrachten, lacht der General erneut und schnaubt: »Eine revolutionäre Hure.«

Ich weiß jetzt, so wie ich es immer ahnte, so wie es dieser israelische General weiß, wie Nira weiß, wie die Welt jetzt weiß, dass Bilal lebt. Ich weiß auch, dass ich ihn, selbst wenn ich in Freiheit bin, vielleicht niemals wiedersehen werde. Ich lege mich flach auf das Bett, um meinen Betonhimmel zu betrachten. Zu viele Gedanken und Fragen, Bilder und Erinnerungen rasen durch meinen Kopf und kollidieren. Nira sagt, dass sie gerne meine Texte lesen würde und sie vielleicht veröffentlichen könne. Sie meint, sie könne die Erlaubnis bekommen, sie aus dem Würfel auszuführen. Sie redet immer weiter. Das wird mir zu viel. Ich drehe mich auf die Seite, drehe ihr den Rücken zu und schließe die Augen. Ich nehme Bewegungen und Stimmen wahr. Ich muss aufstehen, um meine Armbänder festzuschließen, stelle mich mit dem Gesicht zur Wand hin und höre, wie die Gefängnistür ins Schloss fällt. Die Verriegelung wird freigegeben. Bald darauf leuchtet Attars roter Blitz auf. Ich drehe mich um und sehe zu, wie das Wasser aus der Dusche hinabfällt, aber ich rühre mich nicht. Scheiß auf Attar.

Tag eins

In Handschellen und Fußfesseln gehe ich zu einem wartenden schwarzen Fahrzeug. So weit bin ich in sechzehn Jahren nicht gegangen. Meine Beine sind bald erschöpft, und ich muss tiefer und schneller atmen. Leute in Uniform übergeben mich anderen Leuten in Anzügen. Es sind Männer und Frauen, groß und klein, aber irgendwie sehen sie alle gleich aus. Müde schließe ich die Augen.

Schließlich bin ich im Auto. Es ist ein großer Geländewagen, das schickste und ungewöhnlichste Fahrzeug, das ich je gesehen habe. Der Fahrer fordert auf Hebräisch die Wegbeschreibung zur jordanischen Botschaft an. Niemand antwortet ihm, aber vorn leuchtet ein Bildschirm mit einer Karte auf, und ich merke, dass er mit dem Auto spricht. Das alles ist seltsam. Die Männer und Frauen in Anzügen – eine vorn, je einer neben mir und zwei in der Reihe hinter uns – haben alle Mobiltelefone. Das vermute ich jedenfalls, als eine der Frauen so ein Gerät ans Ohr hält und redet.

Die Welt hat sich so sehr verändert. Diese Erkenntnis erschöpft mich auf einmal, und ich möchte schlafen. Die nächsten Stunden sind durch endloses Warten bestimmt. Wir erreichen die Botschaft, ein hässliches, eckiges Gebäude namens Oz, in dem Leute in Anzügen und Uniformen herumlaufen, während ich von einem Raum zum nächsten geführt werde. Die Mode hat sich verändert. Die Herrenanzüge sind enger geworden, die Krawatten schmaler. Die

Lippenstiftfarben sind gedämpfter, die Röcke kürzer. Die Wachen lösen meine Fußfesseln, aber ich rühre mich nicht. Die Leute kommen und gehen, um mich anzuglotzen. Sie wollen die Frau von Bilal Jalal Abu Jabal sehen. Die einzige Gefangene, die nach Jordanien entlassen wurde. Die Hurenheldinterroristin. Ich lege meine Beine auf das Sofa und strecke mich darauf aus. Ich vermisse den Würfel.

Woche zwei

Ich bin jetzt in Jordanien. Die Zeit hier bemisst sich anhand eines Kalenders, und ich rechne aus, dass ich sechzehn Jahre im Würfel verbracht habe. Ich wurde zu irgendeinem Regierungsministerium gebracht, wo Fotos von mir mit noch mehr Männern und Frauen in Anzügen gemacht wurden. Auf dem Weg nach draußen, einige anstrengende Stunden später, traf ich auf eine Menschenmenge und viele Reporter, die sich nicht einigen konnten, ob ich nun eine Heldin war oder eine Hure – eine mit dem Heldentum unvereinbare Schande. Ihre Rufe dröhnten laut in meinem Kopf, und die blendende Sonne brannte mir auf die Schultern. Ich fiel in Ohnmacht. Zu Hause sagte man mir, mein Bruder hätte mich weggetragen. Wir wohnen in einem modernen Haus mit großen Fenstern und modernen Möbeln. »Danke«, sagte ich zu ihm und betrachtete das große gerahmte Foto von Sitti Wasfiyeh, das mit einem schwarzen Band über einer Ecke des Rahmens an der Wand hing. Ich fragte nicht, wann oder wie sie gestorben war. Ich weiß, dass dies das Haus ist, das sie für meine Mutter hat bauen lassen. Der Lärm ist unerträglich. Autos, Hupen und Sirenen auf der Straße, Türen, die sich öffnen und schließen, Leute, die miteinander reden und, wenn ich Pech habe, auch mit mir. Selbst das Summen des Kühlschranks und der Klimaanlage vibriert in meinem Gehirn. Mama sieht alt aus. Sie hat sich endlich dazu durchgerungen, mich allein in meinem Zimmer auf der Seite liegen zu lassen. Sie glaubt, ich sei depressiv, aber ich kann ihr nicht das Gegenteil beweisen. Ich kann in den Augen der Menschen um mich herum lesen, dass ich nicht die Person bin, an die sie sich erinnern. Ich habe jedoch keine Gefühle, was das angeht.

Woche drei

So geht es weiter. Ich kann den Lärm noch immer nicht ertragen. Die beste Tageszeit ist, wenn Mama zur Arbeit geht. Wenn Gratulanten vor der Tür stehen, um mich zu begrüßen, tue ich so, als sei niemand zu Hause, und mache nicht auf. Ich dachte, sie würden langsam aufhören mit ihren Besuchen. Aber sie sind unerbittlich. Abends, wenn Mama zu Hause ist, halte ich es kaum aus. Sie kommen in Scharen, mit Süßigkeiten und Lächeln und Küssen und so viel gottverdammtem lautem Geschwätz. Aber ich erdulde es, weil meine Mutter tut, was sie kann.

Trotzdem zieht es mich ins Bett in der Zimmerecke, und ich finde keine Ruhe, bis ich mich auf die Seite legen kann, mit dem Gesicht zur Wand. Ich versichere Mama noch einmal, dass ich nicht depressiv bin. »Ja, ich weiß, dass du stolz auf mich bist, und ja, ich weiß, dass du findest, ich bin eine Heldin, und ja, ich weiß, du findest nicht, dass ich *so was* bin.« Ich sage ihr auch, dass ich keine Heldin bin, dass Sprache absurd ist, dass das Leben absurd ist, dieses Theater der Besucher absurd ist und das Summen des gottverdammten Kühlschranks mir in die Knochen fährt. »Bitte glaub mir einfach, dass ich etwas Ruhe brauche. Ich störe doch niemanden, bitte.«

Wochen vier und fünf

Mama polstert das Fenster und die Tür meines Zimmers, um den Lärm zu dämpfen. Es kommen keine Besucher mehr.

Mama klopft sanft, kommt herein. Sie setzt sich auf die Bettkante und legt die Hand auf mein Schienbein. »Liebling, da ist jemand, der dich besuchen möchte.«

Bevor ich sie anflehen kann, den Gast hinauszuwerfen, sagt sie: »Es ist Um Buraq.«

Ich drehe mich um. Plötzlich steigt eine Erinnerung in mir auf: eine verrückte Autofahrt, der Abschied aus Kuwait. Lachen und Weinen. Sitti Wasfiyeh zwingt uns zum Anhalten, weil sie auf den Rücksitz wechseln will. Mein Bruder schweigt. Worte aus einem anderen Leben rumoren in mir und schlagen von innen gegen meinen Körper, und ich höre ein Flüstern in meinem Kopf. *Was auch immer passiert auf dieser unnachgiebigen Welt, wir werden uns wiedersehen, meine Schwester.*

Ich setze mich auf und sehe eine kleine, dünne Frau in einer schwarzen *abbaya*, die sich auf einen Gehstock stützt. Sie lächelt. Dieses riesige Lächeln mit Zahnlücke – einfach unverkennbar. Ich erhebe mich, gehe auf sie zu und umarme sie still. Sie legt ihren freien Arm um mich und stößt einen Seufzer aus. Die Jahrzehnte, die vorbeigeflogen sind, umschließen uns.

Sie riecht nach alter Frau. Ich kann ihre Rippen unter der locker sitzenden *abbaya* fühlen.

»*Waleh, ma ajmal shooftitsh*«, sagt sie. *Mädchen, was für ein schöner Anblick bist du in meinen Augen.* »Hilf mir auf die Bettkante.«

Zum ersten Mal seit ewigen Zeiten überkommt mich ein Lächeln, das ich nicht unterdrücken kann. Ich bin so dankbar, ein einziges Mal nicht mit Samthandschuhen angefasst zu werden. Ich hatte geglaubt, ich würde Um Buraq niemals wiedersehen. Aber wir sind wirklich hier, und die verschlissenen Fäden unserer Leben schließen sich zu einem Kreis. Ich kann sehen, dass das Leben es auch mit ihr nicht gut gemeint hat. Aber das Schicksal fühlt sich gnädig an in diesem Moment, und irgendetwas in meinem Inneren wird wieder ganz. Ich spüre, wie mit Farbe und Struktur wiederhergestellt wird, was zuvor stumpf und vertrocknet war.

»Du bist aber auch alt geworden«, sagt sie, und ihre enorme Zahnlücke lässt die Sonne in meinem Inneren aufgehen.

Wochen sechs, sieben, acht und neun

Ich steige auf Mamas Waage und registriere, dass ich drei Kilo zugenommen habe. Letzte Woche ging Um Buraq mit mir in ein türkisches Badehaus. Dort saßen wir zusammen nackt im Dampf, und die Badewärterinnen schrubbten unsere Körper ab. Es war das erste Mal seit meiner Ankunft, dass ich das Haus verließ. Morgen werden wir das Badehaus wieder aufsuchen. Aber heute, sagt sie, gehen wir in den Park. »Keine Sorge, er liegt außerhalb der Stadt, dort ist es ruhig. Fast keine Menschenseele wird da sein, und der einzige Lärm kommt von den Vögeln und dem Wind.« Sie schüttelt den Kopf und fügt hinzu: »Du bist genauso schwierig wie deine Großmutter, Allah hab sie selig.«

»Du hast meine Großmutter ja gar nicht gekannt«, wende ich ein.

»Natürlich kannte ich sie. Dieses Miststück hat mich zum Anhalten gezwungen, nur um mir eine Szene wegen meines Fahrstils zu machen. Erinnerst du dich nicht mehr daran?«

Ich lache. »Da hatte sie aber recht.«

Der Park ist nicht wirklich ein Park, sondern eher ein offenes Gelände aus Hügeln und Tälern, mit Bäumen und Felsen. Es sieht so aus wie die Landschaft Palästinas. Wie der Blick auf die Obstgärten, die Bilal und ich immer bewunderten. Ich lasse in meiner Fantasie die Vorstellung einer Welt zu, die es uns ermöglicht hätte, einfach nur zu leben, Kinder großzuziehen, Jobs zu haben, uns frei auf der Erde zu bewegen und zusammen alt zu werden. Ich erlaube mir, mir vorzustellen, dass die Würde von Heimat und Freiheit auch den Elenden dieser Erde zustehen könnte. Bilal und ich wären an einem Ort wie diesem, und mindestens ein erwachsenes Kind, ein junges Mädchen, würde uns auf einer Wanderung begleiten. Ihr Vater würde ihr die Namen und Eigenschaften aller Pflanzen beibringen, die wir finden würden. Ich würde ihr dabei zuhören, wenn sie mir erzählte, was sie bewegte – ihre Freundinnen, ihre Verliebtheiten, Träume und Pläne. Wir würden als Familie zusammen essen und nach einem langen Tag, an dem wir unversehrt und frei auf Erden waren, müde nach Hause gehen. Ich fühle den Verlust dessen, was wir nie hatten, und ich bin froh zu merken, dass mein Herz noch in der Lage ist, etwas zu fühlen.

Um Buraq hat Krebs. Er ist schon zum dritten Mal wiedergekommen, und die Ärzte sind der Meinung, dass die Behandlung nicht anschlägt. »Nur deswegen hat Kuwait mich aus dem Gefängnis entlassen und über Jordanien in den Irak abgeschoben«, erzählte sie mir gleich am ersten Tag, als sie uns besuchte. »Einige unserer alten Kunden haben sich für mich eingesetzt.« Im Irak lebte sie zunächst bei ihren entfernten Verwandten.

»Es war schrecklich, von ihrer Gnade abhängig zu sein, aber zum Glück sorgte Saddam selbst während der amerikanischen Sanktionen für kostenlose Gesundheitsfürsorge und Sozialleistungen. So hatte ich zumindest ein klein wenig eigenes Geld zur Verfügung und fand eine winzige Behausung zum Leben.« Die amerikanischen Kampfflugzeuge und Kriegspläne folgten ihr auch dorthin, und im Frühjahr 2003 fielen Bomben, auf Befehl eines Präsidenten, dessen Vater den Irak bombardiert hatte, als wir noch in Kuwait lebten. Dieses Mal zerstörten sie Babylon, diese einst stolze antike Zivilisation. Sie machten Bettler aus den Lehrern, Taxifahrer aus den Ärzten und stahlen Schätze und Kunstgegenstände. Um Buraq war Teil des dichten Menschenstroms aus irakischen Flüchtlingen, der nach Jordanien drängte. »Die Amerikaner sind wahre Teufel«, sagte sie.

Verbitterung ist schwer zu unterdrücken. Um Buraq seufzt und entblößt dabei ihre Zahnlücke. »Die Welt ist aber trotzdem wunderschön.« Sie weiß, dass ihre Tage begrenzt sind.

Das ist alles, was wir zu Krankheit und Krieg sagen.

»Glaubst du, es hat etwas zu bedeuten, dass wir beide im Gefängnis waren?«, fragt Um Buraq.

»Es bedeutet, dass das Schicksal manchmal einfallslos ist«, erwidere ich, überdenke die Frage aber weiter. »Oder es bedeutet, dass der Staat immer eine Möglichkeit finden wird, jene einzusperren, die wirklich frei sind, die weder soziale noch wirtschaftliche oder politische Beschränkungen akzeptieren.«

Das ist alles, was wir über das Gefängnis sagen. Wir gehen wieder nach Hause, wo ich ihr die Nägel lackiere und eine Gesichtsbehandlung mache.

Ich verbringe nun mehr Zeit draußen. Ich stelle wieder Körpercremes aus Oliven- und Kokosnussöl her und reibe sie in Um Buraqs trockene Haut ein. Ihre Haare sind ausgefallen, darum brauche ich sie ihr nicht zu färben und auch nicht ihre Augenbrauen zu fädeln. Oder ihr die Intimzone zu wachsen. »Schau dir deine nackte Muschi an«, sage ich. »Wie bei einem kleinen Mädchen.«

»Diese gottverdammte Muschi bringt nichts als Scheiße. Sie könnte genauso gut ein weiteres Arschloch sein«, schnaubt Um Buraq. »Reib mir einfach die gute Lotion in die Oberschenkel ein, und lass den Rest in Ruhe.«

Zweimal in der Woche machen wir es so: Wir gehen ins Badehaus, lassen uns sauber schrubben, und ich reibe ihr den Körper mit meinen Lotionen ein, lackiere ihr die Nägel und umrande ihr die Augen mit Kajal. Die Badewärterin kennt und mag uns. Sie weist uns immer die besten Dampfräume zu, und wir geben ihr ein gutes Trinkgeld. Um Buraq bekommt Geld von einigen ihrer alten Kunden in Kuwait, die mit den Jahren mild geworden waren, nachdem sie die Zerstörung des Irak und Palästinas mit angesehen haben, und die im Dienste ihrer Schuld und Nostalgie handelten.

»Egal, was passiert ist, wir sind immer noch Araber. Wir sind Brüder und Schwestern. Trotz allem liebe ich Kuwait und betrachte mich weiterhin als Kuwaiterin, trotz der Aberkennung meiner Staatsbürgerschaft. Wir gehören zusammen. Wenn du dir anschaust, was die Amerikaner uns angetan haben ... Was sie mit dem Irak und Libyen gemacht haben ... Das bricht uns allen das Herz. Daran merkt man, dass wir ohne einander nur Einzelteile sind«, sagt sie, und das erinnert mich daran, wie Bilal über Panarabismus und Panafrikanismus dozierte.

»Hast du mitbekommen, wie Marzouq al-Ghanim neulich den israelischen Vertreter aus diesem internationalen Treffen geworfen hat? Was für eine Solidarität! Welch ein Mann. Ich war so stolz auf Kuwait. Hast du es gesehen?«, fragt sie. Ich schüttele den Kopf. »Wer ist Marzouq al-Ghanim?«

»So langsam nervst du mich. Siehst du dir denn nicht die Nachrichten an? Er ist ein kuwaitischer Diplomat.«

»Ich glaube, ich kann das auf diesen Computern finden«, sage ich. »Jehad kann es mir sicher zeigen.«

Wir sprechen über Computer, »Smart«-Phones und die neuartige Technologie, die uns von der Welt entfremdet hat. Wir reden über Kuwait.

»Das waren gute Zeiten, nicht wahr?«, sage ich. »Was gäbe ich darum, noch einmal ein Abendkonzert am Wasser in Salmiya zu erleben. Die salzige Luft, den Sternenhimmel über der Wüste, die Musik.« Ich verliere mich in der Erinnerung.

»Ja, das kann man wohl sagen«, entgegnet Um Buraq. »Weißt du noch, wie die zurückweichende Flut Tausende von Krebsen am Ufer freilegte? Ach, und die Ala'a-Eddin-Eisdiele in Salmiya. Ich hätte jetzt gerne ein Eis, würde in mein altes Haus gehen und mir stundenlang Seifenopern ansehen.«

»Erinnerst du dich an den Abend, an dem wir uns kennengelernt haben?«, frage ich.

»Wie könnte ich den vergessen? Du warst die beste Tänzerin, die ich je gesehen habe«, schwärmt sie.

Ich weiß, dass sie das als echte Frage meint. Also antworte ich: »Ja, das kann man wohl sagen.«

Wir spüren beide das Gewicht jenes Tages, und alle unausgesprochenen Worte drängen an die Oberfläche.

Um Buraq spricht zuerst. »Es tut mir leid, was ich dir angetan habe. Das war schrecklich. Kannst du mir jemals vergeben?«

Ich ziehe sie an mich und küsse sie auf den Kopf. »Tief im Inneren hatte ich keine Angst vor deiner Erpressung, weil ich wusste, dass du diese Bilder niemandem zeigen würdest. Da beschloss ich, gute Miene zum bösen Spiel zu machen. Ich wollte die Anerkennung, die ich bekam, weil ich ein bisschen Geld hatte und meiner Familie helfen konnte. Ich mochte es, Regeln zu brechen, bei denen ich kein Mitspracherecht hatte, und gleichzeitig hasste ich mich dafür.« Ich nehme ihr altes Gesicht in meine Hände. »Du brauchst meine Vergebung nicht, aber wenn du sie willst, betrachte sie als gewährt.«

Freude

Um Buraq sitzt jetzt im Rollstuhl. Wir kommen wie üblich im Badehaus an, und ich schiebe sie zur Rezeption. Unsere freundliche Badewärterin ist da. Sie nimmt unser Geld entgegen und gibt uns die Eintrittskarten, aber sie hat noch mehr für uns, einen Umschlag. Sie sieht sich um und flüstert: »Jemand hat den abgegeben mit der Bitte, ihn euch zu übergeben. Wie ihr seht, ist er noch versiegelt.«

Ich danke ihr und rolle Um Buraq in die Umkleidekabine. »Mach ihn auf!«, fordert Um Buraq.

Es ist ein getippter Geschichtenbrief, ein Märchen für Kinder. Das ist seltsam und ergibt keinen Sinn. »Lass mich mal sehen.« Um Buraq nimmt mir den Bogen ab.

Als sie den Zettel gerade lesen will, fällt mir plötzlich etwas ein, und ich reiße ihn ihr wieder aus der Hand. Ich schiebe sie in unser privates Dampfbad. Hastig durchstöbere ich meine Handtasche nach einem Stift. Ich fördere nur einen Eyeliner zutage, aber er tut es auch. Mein Herz rast, als ich das Blatt auf die Bank lege und das erste Wort umrunde. Um Buraq hat keine Ahnung, was ich da mache, aber hält sich zurück. Ich zähle neun Wörter ab und kreise das neunte ein. Ich zähle vier Wörter ab und kreise das vierte ein. Dann fange ich von vorne an. 1–9–4, bis ich am Ende des Briefes angekommen bin. Ich lege den Eyeliner weg und lese die eingekreisten Wörter.

Aber ich kann die Worte kaum durch den Dampf erkennen, und das Papier ist schon nass. Mit Mühe schaffe ich es, die Dampfdüse auszuschalten und öffne das Fenster.

Meine ... geliebte ... Frau ... ich ... habe ... all ... die ... Jahre ... damit ... verbracht ... den ... Weg ... zurück ... zu ... dir ... zu ... suchen ... wenn ... du ... mich ... empfangen ... willst ... komme ... ich ... zu ... dir ... da ... ist ... ein ... Baum ... im ... Tal ... setz ... dich ... morgen ... darunter ... ich ... lege ... einen ... Brief ... für ... dich ... unter ... einen ... Stein ... in ... der ... Nähe ... wir ... werden ... uns ... wiedersehen ... meine ... Liebe.

Ich sacke auf der Bank zusammen, Schweiß und Tränen rinnen mir über das Gesicht. Ich bin überwältigt von der Möglichkeit, Bilal zu sehen, elektrisiert von dem Gedanken an ihn.

Bilal lebt. Israel wusste es die ganze Zeit. Sie haben all die Jahre versucht, ihn zu finden. Deshalb haben sie mich zu ihrer besonderen Gefangenen gemacht. Deswegen haben sie mich in den Würfel gesteckt. Deswegen haben sie mich der Welt präsentiert. Ich war der Köder und bin es immer noch.

Um Buraq beobachtet mich ahnungsvoll. »Die Nachricht ist von ihm, nicht wahr?«, fragt sie, kann die Antwort aber auf meinem Gesicht ablesen.

Mühsam erhebt sie sich aus ihrem Rollstuhl und setzt sich neben mich. »Schalte den Dampf wieder ein, und mach das Fenster zu«, sagt sie.

Ich lege meinen Arm um sie, um ihr etwas ins Ohr zu flüstern, obwohl wir allein sind. »Er hat überlebt«, sage ich. »Wir haben sie alle überlebt.«

Ihre Lippen dehnen sich langsam, und heraus kommt dieses gewaltige Lachen. Es ist der einzige Teil von ihr, der nicht kleiner geworden ist. Ich weiß, dass sie bald fort sein wird und ihr großartiges Lachen mitnehmen wird. Ich weiß nicht, wann und wie ich Bilal sehen werde, und ich weiß, dass wir niemals offen zusammen sein können. Ich werde vielleicht nie einen Platz auf dieser Welt finden, aber jetzt in diesem Moment spüre ich die reine, vollkommene Freude.

Danksagung

Ich schulde drei arabischen Frauen Dank, die ihre Körper verkauft haben, um schwierige Zeiten in ihrem Leben zu überstehen. Obwohl ich sie nicht namentlich nennen werde, möchte ich ihnen hier dafür danken, dass sie mir vertrauen. Ich möchte den politischen Gefangenen danken, deren außergewöhnliches Leben und Schreiben mir geholfen haben zu verstehen (wobei mir bewusst ist, dass ich es nicht vollständig verstehen kann), was es bedeutet, ein politischer Gefangener zu sein: Khalida Jarrar, Ahmad Sa'adat, Mumia Abu-Jamal, Albert Woodfox und Mitglieder der MOVE-Familie. Insbesondere möchte ich Janet Holloway Africa, Janine Phillips Africa und Ria Africa danken, die vor Kurzem nach mehr als vierzigjähriger Haft freigelassen wurden und mit mir über ihr Leben im Gefängnis gesprochen haben. Ich empfinde große Ehrfurcht für ihre Standhaftigkeit, Großzügigkeit, ihr Engagement für die Welt und füreinander und für die Liebe, die sie geben, trotz anhaltender Erniedrigungen, die sich die meisten Menschen nicht vorstellen können.

Kurz nachdem ich eine lesbare Fassung dieses Romans fertiggestellt hatte, fand ich Anjali Singh, eine brillante Agentin bei der Ayesha Pande Literary Agency. Ich bin ihr dankbar dafür, wie sie das Manuskript verbessert hat, und freue mich sehr, mit ihr an meiner Seite ein neues Kapitel meiner literarischen Karriere aufzuschlagen. Aufgrund meines Wechsels zwischen den Agenturen hat es sich ergeben, dass die deutschen und schwedischen Übersetzungen vor der englischen Version veröffentlicht worden sind, was bedeutet, dass meine wunderbaren Lektorinnen vom Diana Verlag und von Norstedts besonders hart arbeiten mussten. Danke, Stefanie Fahrner und Britta Hansen und Rose-Marie Nielsen und Gunilla Sondell.

Vielen Dank auch an Martha Hughes, meine vertraute Lektorin, die meine Arbeit vom Rohmaterial aus entwickelt, bis sie als Geschichte erkennbar wird. Abgesehen von meiner lieben Freundin Mame, ist Martha der einzige Mensch, dem ich die frühen Fassungen meiner Bücher anvertraue, und ich bin dankbar für ihre Ermunterung und ihre fundierten Lektoratsvorschläge.

An meine Lektoren bei Simon & Schuster und Bloomsbury, Michelle Herrera Mulligan, Alexandra Pringle und Allegra Le Fanu: Vielen Dank, dass ihr an mich und an Nahr glaubt. Ich habe das Glück, auf dieser literarischen Reise von so kraftvollen Frauen begleitet zu werden.

Ich danke den Mitgliedern meiner Familie, die mir aus erster Hand von der irakischen Besatzung und der anschließenden US-Invasion erzählten. Sie möchten nicht namentlich genannt werden. Ich bin Dr. Salman Abu Sitta und Ibrahim Nasrallah dafür dankbar, dass sie mich mit der Literatur versorgt haben, die ich für meine Recherchen benötigte. Vielen Dank an Dr. Richard Falk, Rachel Holmes, Adab Ibrahim, Eric Larsen, Linda Hanna, Ghada Dajani und Raja Shehadeh für das kundige Lesen eines frühen Entwurfs. Danke auch an Dr. George Zahr, den ich zu meinen Fragen über organische und anorganische Chemie zurate ziehen durfte.

Neben den Verlagen Norstedts und Diana möchte ich mich bei allen anderen internationalen Verlagen bedanken, insbesondere bei Aschehoug (Norwegen) und Feltrinelli (Italien), die über die Jahre so gut zu mir gewesen sind.

Mame Lambeth, meine liebste und älteste Freundin, las meine Bücher mehrmals in verschiedenen Stadien. Ich wandte mich nicht nur deswegen an sie, weil sie brillant und kreativ war, sondern auch, weil sie mich liebte und ich ihr mehr als allen anderen auf der Welt vertraute. Sie las einen groben Entwurf dieses Romans, bevor sie am 12. Juni 2018 verstarb, in der Nacht nach ihrem 75. Geburtstag. Die darauffolgenden Monate verbrachte ich damit, dieses Manuskript zu überarbeiten, in der tiefen Trauer darüber, jemanden verloren zu haben, der in den letzten zweiunddreißig Jahren der einzige Anker in meinem Leben gewesen war. In meinen beiden früheren Romanen habe ich sie in einer Weise geehrt, die nur sie erkennen würde – abgesehen von ihrer Tochter Erin Caldwell, meiner ehemaligen Klassenkameradin. Mame hat mir viele Dinge beigebracht, unter anderem, wie ich meine Wahrheit leben kann, selbst (und gerade dann) wenn sie im Widerspruch zu gesellschaftlichen Konventionen steht. Sie zeigte mir, wie man das Alleinsein schätzen und lieben kann, wie man sich mit der natürlichen Welt verbinden und emotionale Beziehungen zu Tieren aufbauen kann. Sie mochte nicht viele Menschen und ließ nur sehr wenige in ihr Leben. Darum war es ein Privileg, von ihr geliebt zu werden. Sie hat mich nie im Stich gelassen oder enttäuscht, obwohl ich mir sicher bin, dass ich sie oft im Stich gelassen oder enttäuscht habe. Dieser Roman ist ihrem Andenken gewidmet, und wie bei früheren Romanen habe ich sie in diesem Buch auf eine Weise geehrt, die nur sie erkannt hätte. Ich bin froh, dass ich ihr noch sagen konnte, wie sehr ich sie liebte und was ihre dauerhafte und unerschütterliche Freundschaft für mich bedeutete, seit wir uns das erste Mal trafen und ich eine verlorene und verstörte sechzehnjährige Schülerin war. Aber ich habe noch immer das Gefühl, dass ich nicht genug getan oder gesagt habe. Sie hat mir weit mehr gegeben als ich ihr. Darum ist es nur angemessen, diesen Roman ihrem Andenken zu widmen, auch wenn das vielleicht unzureichend ist oder zu spät kommt. Mein Leben ohne sie ist trister. Ich habe mich immer noch nicht daran gewöhnt, dass unsere täglichen Online-Scrabble-Spiele nicht mehr stattfinden. Oder dass ich nicht mehr zum Telefon greifen kann, um sie anzurufen, wann immer ich will, um mich nach ihrem Garten, ihren Hunden, ihren Schulterproblemen, ihren Kindern und Enkeln zu erkundigen; oder ihr von meinem Leben zu erzählen, zu klatschen, mich zu beschweren, mich zu freuen und mich im Allgemeinen der tiefsten Freundschaft hinzugeben, die ich je erlebt habe.

Und dann, gerade als die Fahnen gedruckt waren, erfuhr ich, dass meine leibliche Mutter, Aminah Abulhawa, schwer erkrankt war. Zum ersten Mal seit zehn Jahren hatten wir wieder Kontakt zueinander aufgenommen. Sie lag im Krankenhaus und bekam nur schwer Luft, aber wir sahen uns über FaceTime, und ihre Augen lächelten hinter der Sauerstoffmaske, als ich ihr sagte, dass ich nach Kuwait kommen würde, um sie zu besuchen. Als mein Flugzeug ein paar Tage später dort landete, lag sie bereits auf der Intensivstation, stand unter starken Beruhigungsmitteln und nahm weder meine Anwesenheit noch den Kampf ihres Körpers bewusst wahr.

Ich hatte mich immer gefragt, wie sich dieser Moment anfühlen würde. Aber es war ganz anders, als ich es mir jemals vorgestellt hatte. Es war ein unglaublich trauriges, einsames Land, übersät mit den Scherben uralten Schmerzes und uralten Zorns, mit den Skeletten so vieler unausgesprochener Worte und unbeantworteter Fragen, mit Erinnerungen ohne Geschichten. Zum Beispiel daran, wie ich meine Mutter 1975 zum ersten Mal sah. Ich war fünf Jahre alt. Sie war wunderschön, mit langen, glänzenden schwarzen

Haaren, seidig olivfarbener Haut und schicken Schlagjeans. Ich war in Kuwait aus dem Flugzeug gestiegen, und ein heißer Wind strich über mein Gesicht. Auf meinen weißen Shorts zeichneten sich schwarze Flecken vom Gepäckförderband ab. Aminah sagte: »Ich habe dir doch gesagt, du sollst dich dort nicht hinsetzen.« Ein Foto von einer Mutter und einer Tochter, die zusammen im Bett kuschelten und lächelten. Ich sah glücklich aus. Sie ebenfalls. Ich war ihre Erstgeborene und damals noch ihr einziges Kind.

Die anderen (fünf weitere Mädchen) sollten erst viel später kommen. Niemand in der Familie kannte den Abgrund, der uns aneinanderband. Sie glauben, dass sie Bescheid wissen, und sie haben ihre eigenen Narrative – böse Tochter, gemeine Schwester, die schwierigen Entscheidungen einer Mutter und so weiter. Die Wahrheit ist, dass ich sie als Erwachsene gerne gekannt hätte. Sie hatte es nicht leicht, wurde von schrecklichen Männern an ihrer Entfaltung gehindert, zuerst von meinem Vater, dann von meinem Stiefvater. Sie hat mir deswegen immer leidgetan. Aber sie und ich konnten diesen Abgrund nicht überwinden, obwohl wir beide es versuchten und zu unterschiedlichen Zeitpunkten an seinen Rändern taumelten. Er war einfach zu groß, zu tief, zu dunkel.

Sechs Monate zuvor hatte sie mir auf Facebook eine Freundschaftsanfrage geschickt, die ich annahm. Dann sandte sie mir eine Nachricht: »Hallo.« Sonst nichts. Ich wusste nicht, wie ich darauf reagieren sollte, und obwohl ich mir diese Nachricht viele Male ansah, habe ich nie geantwortet. Ich glaubte, ich hätte mehr Zeit.

Ihre Lunge hatte genug von den vielen Zigaretten und versagte einfach ihren Dienst. Die anderen Organe folgten, eins nach dem anderen. Im Krankenhaus beobachtete ich, wie die Ödeme langsam ihre Falten glätteten und ihr Gesicht wieder die Ebenheit ihrer Jugend annahm. Wir beide sahen uns so ähnlich. Das bestätigten alle. Einige Leute, die mich lange nicht gesehen hatten, hielten mich für sie. Eines ihrer Enkelkinder. Ein Neffe, den ich gerade erst kennengelernt hatte, dachte, seine »Teta« sei aus dem Krankenhaus entlassen worden, als er mich zum ersten Mal sah. Das gefiel mir, es war geradezu poetisch.

Ich hatte genug Ahnung von Vitalfunktionen und Blutwerten, um zu erkennen, dass sie in ein oder zwei Tagen tot sein würde. Ich verabschiedete mich endgültig von ihr und fuhr zum Flughafen. Die anderen Töchter, die eine weniger komplizierte Liebe mit unserer Mutter verband, sollten die Erinnerung, die Tage der Trauer und die vielen Beileidsbesuche, die bei muslimischen Verstorbenen üblich sind, für sich allein haben, ohne dass die entfremdete älteste Tochter aus Amerika die Aufmerksamkeit auf sich zog.

Allein mit meinem Kummer starrte ich auf die Facebook-Nachricht, die Aminah mir geschickt hatte: »Hallo« – das einzige schriftliche Zeugnis jener Frau, die mir das Leben geschenkt hat. Zum ersten Mal wurde mir klar, dass sie bei so vielen meiner Entscheidungen und Erfolge eine treibende Kraft gewesen war – ich wurde angetrieben von dem Wunsch, sie zu verletzen, ihre Aufmerksamkeit zu wecken, sie stolz zu machen. Sie taucht in allen drei meiner Romane auf, in den komplizierten Mutter-Tochter-Beziehungen meiner ersten beiden, dann einfacher gezeichnet in diesem Roman.

Ich bin eine Tochter vieler Frauen, und zwei von ihnen möchte ich hier ehren: Mame und Aminah. Mögen sie in Frieden, Kraft und Liebe ruhen.

An die Menschen, deren Liebe mich stützt – meine Tochter Natalie Abulhawa und meine lieben Freundinnen hier und auf der ganzen Welt: Danke, ich liebe euch. Ein Gruß an meine pelzigen Babys, auch an diejenigen, die nicht mehr da sind: Luca, Lily, Lavar und Shami; Gipsy und Midnight; Tommy und Emerson; Char, Toby und Max.

Abschließend möchte ich Ihnen, liebe Leserin, lieber Leser, danken. Ohne Sie wäre ich keine Schriftstellerin, und ohne Ihre Gedanken und Interpretationen kann ein Roman niemals reifen oder seinen Platz in der Welt finden.

Glossar

ABBAYA: umhangförmiger Mantel, mit dem sich Frauen verhüllen
ADHAN: muslimischer Gebetsruf
AHLAN: willkommen
ARGILEH: Wasserpfeife
BABA: Papa
BABUR: Gaskocher
BISMILLAH: im Namen Gottes
BIZIR: geröstete Kürbiskerne, Kerne
DABKA: palästinensischer Reihentanz
DUHR: Mittag
DUHR-GEBET: Mittagsgebet
DISHDASHA: traditionelles langes Gewand
DIWAN: Sitzungssaal, Amt, Büro
DOAA: Anbetung, Bitte an Gott um Beistand
DSCHINN: Geist
DUNUM: Flächenmaß, etwa tausend Quadratmeter
ELHAMDULLIAH: Gott sei Dank!
FAJR-SALAT: Gebet zum Morgengrauen
FALLAHI: traditionelle Hochzeit auf dem Land
FATTOUSH: Salat mit geröstetem Brot
FRANGIE: Ausländer
FUL: Gericht aus dicken Bohnen
GALABIYA: langes traditionelles Gewand (sowohl von Frauen als auch von Männern getragen)

Ghutra-O-Egal: traditionelles Kopftuch mit Kordel, das Männer tragen
Habibi: mein Lieber
Habibti: meine Liebe
Hajjeh: eine Frau, die die Pilgerfahrt nach Mekka vollzogen hat
Halal: erlaubt (religiös)
Hara: Stadtviertel
Haram: verboten (religiös)
Hashwah: Füllung
Hassad: Neid, böser Blick
Hawiyya: Ausweis
Hijab: Kopftuch
Hijra: Auszug des Propheten Mohammed aus Mekka nach Medina im Jahr 622
Hummus: Kichererbsen
Ibriq: Kanne
Immi: meine Mutter
Inshallah: so Gott will, hoffentlich
Jafra: palästinensisches Volkslied
Jameed: getrockneter Joghurt
Kufiyyeh: Kopftuch der Männer
Khala: Tante mütterlicherseits
Khamr: Alkohol
Khaneeth: Schwuchtel
Khanjar: Dolch
Knafe: Süßspeise mit Käse und Fadennudeln
Kobz: Brot
Labneh: Joghurt
Makhfar: Polizeiwache
Mansaf: Gericht, in fermentiertem Joghurt gekochtes Lamm, mit Reis oder Bulgur serviert
Maqlooba: Gericht, bei dem Reis, Auberginen und Lamm-

oder Hähnchenfleisch zusammen in einem Topf gekocht werden

MASHAWI: Grillfleisch

MEZZE: Vorspeisen

MHAMARA: Vorspeise aus gestampfter gegrillter Paprika und Walnüssen

MISTKA: Mastix

MITKAWEEN: Palästinenser, denen man die kuwaitische Staatsbürgerschaft verliehen hat

MO'AKHAR: Scheidungsmitgift

MOLOKHIYEH: Gericht aus einer spinatähnlichen Pflanze, häufig als Suppe zubereitet

MSAKHAN: palästinensisches Gericht mit Huhn, Zwiebeln, Sumach, Safran und gerösteten Pinienkernen

MUTCHBOOS: traditionelles kuwaitisches Gericht aus golden angebratenem Hühnchen und scharfer Tomatensoße auf Safranreis mit Rosinen und Nüssen

NABULSI: aus der Stadt Nablus

NAY: Rohrflöte

NIQAB: Gesichtsschleier

NQOOT: Umschläge mit Bargeld

OSOOL: Brauch, Tradition

OUD: arabische Kurzhalslaute

QABBAH: Teil des Kaftans

RADAH: Schulterstück des Kattans

SALAM: Friede (Gruß)

SALAMTIK: ungefähr: Möge es Ihnen wieder besser gehen!

SALAT AL MAGHRIB: Gebet zum Sonnenuntergang

SALAT: Gebet

SHABKA: Morgengabe, Verlobungsschmuck

SHAKSHOUKA: Gericht aus Eiern, Tomaten, Chili und Zwiebeln

SIRWAL: Unterhose

Taboon: Feuerofen zum Brotbacken
Taqseem: Musikstücke
Tarab: klassische arabische Lieder aus Ägypten, Syrien und dem Libanon
Tatreez: Stickerei
Tfadalu: Bitte! (als Aufforderung)
Thoba: Kleid
Umm/Um: Mutter von jemandem
Wudu: die rituelle Waschung vor dem Gebet
Ya satir: Gott hilf mir aus dieser peinlichen Situation!
Zaatar: Gewürzmischung mit Thymian, Kurkuma und Sesam
Zubnah: Butter
Zaffah: Hochzeitsprozessionen
Zaghareet: Freudentriller (zu einer Hochzeit oder einer Geburt)
Zakra: Gedächtnis
Zeit-O-Zaatar: eine auf Thymian basierende Gewürzmischung in Olivenöl